Siewca Wiatru

Maja Lidia
Kossakowska

Siewca Wiatru

Ilustracje

Dominik Broniek
Grzegorz Krysiński

fabryka słów

Lublin 2007

Beznogi tancerz

Powiadają, że w czasach przed Stworzeniem był pośród sylfów tancerz, którego kunszt nie miał sobie równych we wszystkich wszechświatach. Telto, Matka Demonów, dowiedziawszy się o tym, sprowadziła go do swego pałacu, aby zabawiać zmysły jego popisami. Jednakże po niedługim czasie tancerz zatęsknił za Podniebną Krainą oraz bliskimi, z którymi zmuszony był się rozstać, i potajemnie opuścił dominium Telto. Matka Demonów, wpadłszy w wielki gniew, rozkazała pojmać uciekiniera i odrąbać mu nogi, aby przed nikim innym nie tańczył ten, który ośmielił się wzgardzić jej łaskami. Sława tancerza nie zgasła jednak. Przeciwnie, nawet w odległych dominiach chwalono i podziwiano jego sztukę. Telto, sądząc, że jej rozkaz nie został wykonany, posłała siepaczy, aby zgładzili sylfa i ostatecznie zakończyli tę upokarzającą dla niej sytuację. Ku swemu zdziwieniu ujrzeli oni leżącego w łożu kalekę, ruchami dłoni ożywiającego papierową lalkę w stroju tancerza. Nim zginął pod ciosami mieczy, miał ponoć rzec: „Zabierzcie moje życie, skoro niczego więcej nie potrafiliście mi zabrać".

„Opowieści zasłyszane – spisane ku rozrywce i nauce przez anielicę Zoe z dworu Jaśniejącej Mądrością Pani Pistis Sophii – Dawczyni Wiedzy i Talentu".

Prolog

aldabaot był zadowolony.

Ogromna kryształowa szyba w Komnacie Blasku rozjarzyła się i przygasła, ukazując nowy obraz – rozległą przestrzeń nagich, ostrych niby brzeszczoty skał. Ponad ich grzbietami lśniła lustrzana tafla bladego nieba. Wysoko wypiętrzony łańcuch górski, monumentalny, surowy i piękny, przywodził na myśl potęgę chórów niebiańskich. Przypominał zastygłą w granicie pieśń. Skalne ściany cięły głębokie żleby, szczyty dumnie wznosiły czoła ku słońcu. Na tle poznaczonej plamami cienia i światła szarości zboczy, w pierwszej chwili trudno było dostrzec poruszające się niestrudzenie sylwetki aniołów służebnych. To ich morderczy wysiłek przyczynił się do wypiętrzenia szczytów, ale Jaldabaot nie zaprzątał sobie tym uwagi. Rozpierała go duma. Lubił myśleć, że Architektem, co prawda, jest Pan, lecz nadzór nad budową spoczywa w jego, Jaldabaota, rękach.

Co za piękny świat, dumał, smukłymi palcami muskając piętrzące się na biurku mapy i plany. Tak, z całą pewnością był zadowolony, gdyż potęga, którą dysponował, nie miała sobie równych wśród powołanych do tej pory do życia.

– To miejsce doprowadza mnie do szału – warknął Daimon Frey. – Kiedy ostatni raz miałeś na sobie naprawdę czystą koszulę? Mam wrażenie, że śmierdzę, moje łachy cuchną zgnilizną, a miecz pokrywa się brudnym nalotem. Niedługo zapomnę, do czego służy. Według niektórych, pewnie do dłubania w zębach. Zdajesz sobie sprawę, jak długo już tutaj tkwimy?

– Czwarty rok, według rachuby Królestwa – mruknął Kamael. Miał szczupłą, inteligentną twarz i piękne oczy barwy czystego nieba. Półdługie kasztanowe włosy zaczesywał do tyłu.

– Jego wspaniały, nowy świat! – Daimon ścisnął palcami skronie. – On oszalał! Uważa się za Stwórcę. Wkrótce udławi się własnym dostojeństwem. Żałosny, próżny demiurg! Słyszałeś, że kazał się nazywać Prawicą Pana?! Według mnie, Proteza brzmi trafniej. Pozbył się nas z Królestwa, bo napawamy go przerażeniem. Jesteśmy zbyt silni dla niego, za groźni. Zobacz, gdzie się przez niego znaleźliśmy! Do czego doprowadziły te dworskie intrygi. Dwanaście tysięcy Aniołów Zniszczenia, nadzorujących usypywanie gór, kopanie rowów pod rzeki, osuszanie bagien i całą resztę tych beznadziejnych, prostackich robót hydraulicznych. Kiedy to się skończy, każe nam wytyczać grządki pod nasionka, zobaczysz!

Kamael westchnął. To, co powiedział Frey, było prawdą, ale nie pozostawało nic innego, jak zacisnąć zęby i przetrwać. Daimon wysączył ostatnie krople wina z kielicha i nachylił się, żeby sięgnąć po stojący w cieniu za głazem dzban.

– Hej! – krzyknął charakterystycznym, stłumionym, głuchym głosem, który przypominał plusk kamieni wrzucanych do podziemnego jeziora. – Dzbanek jest pusty! Czy mi się zdaje, czy rzeczywiście widzę dno?!

Od grupy pracującej najbliżej natychmiast oderwała się mała, przerażona anielica, chwyciła pokaźną konew z winem i przydreptała spiesznie, przechylona pod ciężarem naczynia.

– Racz wybaczyć, panie – jęknęła płaczliwie. – Racz wybaczyć.

W jej oczach błysnęły łzy. Zaczęła niezgrabnie napełniać dzbanek. Odprawił ją ruchem ręki.

– Sam to zrobię – powiedział ze znużeniem. – Inaczej niechybnie mnie oblejesz.

Ukłoniła się i uciekła.

Wino miało cierpki smak i zdecydowanie należało do gatunku popularnie zwanego cienkuszem. Skrzywił się, odprowadzając wzrokiem pospiesznie drepczącą anielicę.

– Jak myślisz, czy Jaldabaot specjalnie powybierał dla nas najbrzydsze służące, żeby nie stwarzać niepotrzebnych pokus? – Po raz pierwszy od początku rozmowy na drapieżnej twarzy Daimona pojawił się uśmiech.

Patrząc na ostry profil przyjaciela Kamael nie po raz pierwszy doszedł do wniosku, że nie chciałby zmierzyć się z Daimonem w otwartej walce. Tymczasem Frey spokojnie sączył wino. Czarne włosy, odrzucone do tyłu, sięgały połowy pleców. W pociągłej twarzy płonęły głęboko osadzone ciemne oczy. Ich przeszywające spojrzenie, a także gardłowy głos, który czasem przechodził w nieprzyjemną chrypkę, potrafiły wywołać ciarki na plecach najbardziej pewnych siebie. Wielu, w tym sam Kamael, podziwiało Daimona, lecz równie liczni bali się go i nienawidzili. Nie bez słuszności, gdyż trzymające kielich silne, kościste dłonie należały do najlepszego szermierza w Królestwie. Jego pochodzenie również często stawało się przyczyną zawiści, bo Daimon był aniołem krwi – czystej, niebezpiecznej i potężnej jak Miecz, któremu służył.

Panowie Miecza stanowili elitę rycerstwa. Pełnili funkcje oficerów dowodzących dwunastoma tysiącami Aniołów Zniszczenia, zwanych Szarańczą, ponieważ po ich przejściu pozostawała tylko goła ziemia, bez jednego źdźbła trawy. Dowodził nimi Kamael, a ich największą świętością był Miecz, którym u zarania Przedwieczny rozdzielił ostatecznie Światło od Mroku. Wtedy zostali stworzeni pierwsi, najpotężniejsi aniołowie, zmuszeni natychmiast dokonać wyboru między ładem a chaosem. Niemal połowa opowiedziała się po stronie ciemności. Wkrótce wybuchła wojna, a po początkowych, krwawych, lecz nierozstrzygniętych potyczkach, Pan stworzył swych najlepszych wojowników – Aniołów Miecza – i posłał ich do boju na czele Szarańczy. Posłał w sam środek szaleństwa i masakry. Zmusili armię ciemności do cofnięcia

się poza granice czasu, lecz zręby nowego świata stanęły na miejscu zbryzganym ich krwią. W Królestwie szeptano, że to ona nadała czerwoną barwę planecie Mars, a zakopane głęboko w ziemi żelazo pochodzące z pozostałych na pobojowiskach zbroi i oręża na zawsze zostało naznaczone krwawymi plamami, które ludzie nazwą potem rdzą. Tych, którzy przetrwali, demiurg Jaldabaot skierował do nadzorowania robót ziemnych na nowo powstającym świecie, mającym jakoby szczególne znaczenie w boskim planie Stworzenia.

Daimon wzniósł w górę kielich.

– Za Marszałka Murarzy i jego niezrównany talent twórczy!

Wypili szyderczy toast. Ich spojrzenia spotkały się na moment.

To trwa o wiele za długo, pomyślał Kamael, widząc cień goryczy, ostatnio wciąż obecny w kącikach ust przyjaciela. Moi najlepsi oficerowie tracą panowanie nad nerwami. Nawet Daimon jest u kresu sił. Cóż, otrzymaliśmy wspaniałą nagrodę za wierną służbę!

Frey odgarnął z czoła mokre od potu kosmyki. Z nieba lał się żar wysysający siły. Powietrze drgało od upału.

Rozpościerająca się przed nim rozległa równina pokryta była nieregularnymi wykopami przypominającymi liszaje. Mdli mnie od tego widoku, pomyślał. Stuknął paznokciem o brzeg kielicha. Może lepiej, żebym się upił? Chociaż upijanie się takim winem jest zbrodnią przeciw dobremu smakowi.

– Spójrz tam! – zawołał nagle Kamael, wskazując palcem poruszający się na horyzoncie punkt. Frey przesłonił ręką oczy.

– Zwiadowca?

– Pędzi, jakby go demony ścigały.

Daimon skierował na dowódcę spojrzenie, w którym błysnął ślad zainteresowania.

– Myślisz, że Pan wysłuchał naszych modłów?

– Mam nadzieję, że nie – odparł ponuro Kamael.

– Tak – mruknął Daimon. – Nie mam wątpliwości, że Pan nas wysłuchał.

Klęczał na szczycie wzgórza z dłońmi opartymi o ziemię.

– Zastanówcie się, o co prosicie, bo przy odrobinie pecha możecie to otrzymać – odezwał się cierpko Kamael.

– Więc lepiej nie proście o nic – dokończył Frey.

Wódz Aniołów Miecza pochylił się w siodle.

– Mocne?

– Jak sama zaraza. Lepiej tu podejdź i sprawdź.

Kamael zsiadł z konia i przyklęknął obok Daimona. Kiedy położył rękę na ziemi, twarz ściągnęła mu się w niełanym grymasie. Poderwał się na nogi, gwałtownie potrząsając dłonią.

– Jak ty to wytrzymujesz?

Daimon posłał mu krzywy półuśmiech.

– Rutyna, rozumiesz.

Wstał, otrzepał ręce i wskoczył na siodło. Jego koń, Piołun, miał sierść równie czarną, jak włosy jego pana. Odzywał się rzadko, a mówił najczęściej zagadkami. Jak wszystkie konie kawalerii należał do boskich Zwierząt i jak wszystkie Zwierzęta był kompletnie szalony. Jednak Daimon nie tylko rozumiał swego wierzchowca, ale i ufał mu bezgranicznie, niebezpodstawnie zresztą, bowiem Piołun niejednokrotnie uratował mu życie.

– Dawno obserwujesz te wibracje? – spytał Kamael.

Zwiadowca, który przyprowadził ich na wzgórze, potrząsnął głową.

– Zawiadomiłem was, panie, gdy tylko je wyczułem, ale nie wiem, jak długo trwają, bo pracujący tu aniołowie służebni niczego nie zgłaszali.

Daimon wykrzywił usta.

– No pewnie – rzucił gorzko. – Po co mieliby informować o czymś takim znienawidzonych strażników?

Piołun przestąpił z nogi na nogę. Niespodziewanie usłyszeli jego głos, wprost w umysłach, jak zimne dotknięcie stali. To nie było przyjemne uczucie.

– *W głębokich dolinach zbiera się cień. Ma barwę nocy, lecz pachnie jak krew. Nazywają go śmiercią, ale nie mają racji. Śmierć przy nim jest pełnią życia.*

– Zgadzam się z nim – powiedział Daimon. – To nie są żadne lokalne manifestacje ciemności. Chyba ktoś chce nam złożyć wizytę.

Kamael pobladł.

– Myślisz, że to... – zawiesił głos.

– Czułeś te wibracje? Poparzyły mi ręce.

Spojrzeli na siebie. Niewiele zostało do powiedzenia.

– Cóż, Daimonie – westchnął Kamael. – Chyba pojedziesz do Królestwa wcześniej, niż się spodziewałeś.

Niech czeka, zadecydował Jaldabaot. To dobrze mu zrobi. Nieco zegnie ten jego hardy kark. Będzie musiał połknąć upokorzenie, zrozumieć, gdzie jego miejsce. Za kogo oni się uważają, ci Aniołowie Miecza? Banda butnych młokosów. Żadnego szacunku, żadnej pokory. W sumie to pospolici mordercy. Od dawna byli mu solą w oku. Stworzeni, a nie zrodzeni. Dlaczego Pan ofiarował im aż tak wysoką pozycję, tak świetne pochodzenie? Stworzył ich osobiście, na długo po tym, jak nadał słowom Metatrona moc powoływania do życia wciąż nowych zastępów anielskich. A właściwie dlaczego właśnie Metatron? Aniołowie niskich kręgów, te rzesze ptactwa niebieskiego, nazywają go po cichu przyjacielem Pana. Czy to tylko brak szacunku, czy może już świętokradztwo? Jaldabaot tysiące razy tłumaczył sobie, że Metatron otrzymał łaskę stwarzania niższych aniołów, bo on sam ma zbyt wiele obowiązków przy budowie Ziemi, lecz poczucie krzywdy jątrzyło się w nim jak zbyt głęboko wbita drzazga. Pozostawała przecież jeszcze jedna zniewaga – archaniołowie. Tego Jaldabaot zupełnie nie potrafił pojąć. Aniołów Miecza Pan stworzył do boju, z potrzeby chwili, ale po co Mu archaniołowie? Bezczelne, nieopierzone koguttki! Agresywne dzieci, które bawią się w prawdziwych dostojników! Na litość Pana, są przedostatnim z chórów! Trzeba będzie utrzeć im nosa. Trzymają z tymi rycerzykami, tymi krwawymi gnojkami od Miecza. Frey jest z nich najgorszy. Awanturnik. Mroczna, zatwardziała dusza. Niech czeka. Jaldabaot wytrze sobie buty jego dumą. Niech czeka.

Daimon czekał. Z trudem powstrzymywał się, żeby nie krążyć nerwowo po korytarzu. Mijały godziny, dzień miał się ku końcowi. Wieczór rozbryzgiwał czerwone słoneczne plamy na posadzkach Domu Archontów. Jaldabaot omawiał wzory na nowe arrasy w refektarzu. Nie mógł się zdecydować, wybierał długo.

Niech czeka.

Daimon starał się nie patrzeć wyczekująco na drzwi. Czubkiem miecza grzebał w szczelinie między marmurowymi płytami podłogi.

Wielki Archont oglądał hafty na swoją nową szatę. Podobały mu się, ale robił wiele uwag i poprawek. Zgromadzeni w sali audiencyjnej archaniołowie zaczęli zdradzać oznaki zmęczenia. Stali tu od rana i Jaldabaot miał nadzieję, że któryś zemdleje. Niestety, rozczarowali go. Trudno, jest jeszcze ten Frey.

Niech czeka.

Teraz trzeba się zająć przebudową altany w Ogrodzie Różanym. Przecież to pilne!

– Wielki Archont, Budowniczy Wszechświatów, Eon Eonów, Prawica Pana, Zwierzchnik Wszystkich Chórów, Książę Niebieskich Książąt, Jaśniejący Mocą i Sprawiedliwością Jaldabaot, Pan Siedmiu Wysokości, przyjmie teraz Daimona Freya, Rycerza Miecza! – obwieścił herold.

Daimon ruszył do drzwi.

– Ależ panie – wymamrotał wartownik. – To sala audiencyjna. Nie możesz tam wchodzić z bronią u boku!

Na twarzy Freya pojawił się wyjątkowo paskudny uśmiech.

– Jestem Aniołem Miecza – powiedział. – Nie lubię się z nim rozstawać. Jeśli ci to nie odpowiada, odbierz mi go.

Wartownik przepuścił go bez słowa.

– Powtórz jeszcze raz to, co powiedziałeś. Nie słuchałem cię zbyt uważnie.

Daimon po raz trzeci tego wieczoru zaczął streszczać sytuację, która zmusiła go do odwiedzenia Wielkiego Domu Archontów. Twarz miał kamienną, ale głos nabrał chrapliwego, nieprzyjemnego brzmienia.

– Zwiadowca odkrył źródło niezwykle silnych wibracji. W ciągu paru godzin w tym samym rejonie znaleziono pięć podobnych źródeł. Moc, która z nich płynie, jest bardzo potężna. Pochodzi z samego serca Mroku, nie z jego manifestacji. Podejrzewamy, że niebawem nastąpi w tej okolicy atak Cienia. W jego własnej postaci, nie poprzez któregoś z podległych demonów. Wyjaśniam na wypadek, gdybyś nie słuchał zbyt uważnie... Prawico Pana.

Jaldabaot, dotychczas stojący do niego plecami, odwrócił się. Kontrast pomiędzy dwoma aniołami, który nie umknął uwadze chyba wszystkich zgromadzonych, stał się jeszcze wyraźniejszy teraz, gdy stanęli twarzami do siebie.

Daimon ubrał się starannie, lecz bez śladu zbytku – tak jak lubili się nosić Aniołowie Miecza. Miał na sobie białą koszulę z cienkiego, delikatnego materiału ukrytą pod krótkim sięgającym talii kaftanem z czarnej skóry, wąskie czarne spodnie i długie buty zapinane na niezliczone klamerki. U boku nosił miecz i sztylet. Włosy związał luźno na karku, pozostawiwszy wolno dwa pasma opadające aż na pierś. Na palcu prawej ręki nosił jedyną ozdobę: pierścień z czarnego kamienia z wyrytą pieczęcią, symbolem znaczenia, pozycji i pochodzenia. Wysoki i smukły, niemal dorównywał Jaldabaotowi wzrostem. Wielki Archont w pysznym, ceremonialnym stroju wyglądał dostojnie i majestatycznie. Jego proporcjonalna, doskonała twarz przypominała posąg z marmuru. Oślepiająco białe ceremonialne szaty pokryte były mieniącymi się skomplikowanymi haftami i aplikacjami z bezcennych, przejrzystych jak sama Jasność klejnotów. Sztywny kołnierz płaszcza otaczał kunsztownie ufryzowaną głowę. Włosy Jaldabaota lśniły niczym srebro, podobnie jak cudowne zimne oczy o przenikliwym spojrzeniu. Wąskie, niemal porcelanowe dłonie demiurga zdobiły pierścienie z białego złota i brylantów. Ilekroć się poruszył, dawał się słyszeć suchy szelest kosztownych tkanin.

– Twierdzisz więc, że Ziemia, ognisko nowego życia, które spodobało się Panu rozniecić, zostanie zaatakowana przez Antykreatora, Jego Cień, rzucony w czasach przed czasem na otchłanie niebytu. Mam przez to rozumieć, że ten, którego nazywamy Odwiecznym Wrogiem i Siewcą Wiatru, powrócił właśnie teraz i właśnie po to, żeby naprzykrzać się Rycerzom Miecza?

Daimon poczuł, jak ogarnia go fala ślepej wściekłości. Powoli zaczynał rozumieć, że ten szalony despota zlekceważy niebezpieczeństwo tylko dlatego, żeby go upokorzyć. Mimowolnie zacisnął pięści. Jaldabaot spoglądał na niego z triumfalnym uśmieszkiem na ustach.

– Wyjaśnij mi, skąd masz pewność, że wibracje pochodzą od Antykreatora?

– Czułem jego obecność. – Głos Daimona wciąż brzmiał niemal spokojnie.

– Ach tak? – Jaldabaot uniósł brwi z wyrazem udanego zdziwienia. – Udało ci się po prostu ją wyczuć? Czy to jakaś sztuczka magiczna?

Twarz Daimona ściągnęła się. Pobladł, a w oczach zapłonął mu złowrogi ognik.

– Zapominasz, Wielki Archoncie, że kilka razy miałem okazję widzieć go z bliska.

– Interesujące. Z bardzo bliska?

– Tak, jak ty nigdy byś się nie ośmielił. Na wyciągnięcie miecza.

Cisza w sali stała się prawie namacalna.

Nagle Jaldabaot roześmiał się.

– Twoja bezczelność, rycerzu – powiedział – znacznie przewyższa odwagę. Powtórz głośno przed wszystkimi prośbę, z którą tu przybyłeś.

Przez chwilę zdawało się, że Anioł Miecza skoczy Jaldabaotowi do gardła. Opanował się jednak.

– Przyjechałem po pomoc – powiedział chrapliwie. – Po oddziały, które pozwolą nam stoczyć względnie równą walkę z potęgą Cienia.

Demiurg znów odwrócił się do niego tyłem, a Daimon usłyszał śpiewny szelest drogocennego jedwabiu. Już prawie po wszystkim, to niemal koniec, powtarzał sobie. Już za chwilę stąd wyjdę. Spokojnie i powoli. Jedwab śpiewał, posadzka lekko się kołysała, a kostki jego zaciśniętych pięści były białe jak papier. W głosie Wielkiego Archonta, dochodzącym jakby z oddali, nie słychać było zdziwienia ani specjalnych emocji.

– Nie dostrzegam potrzeby przegrupowania żadnych oddziałów. Wasze siły są aż nadto wystarczające. Nie mam zamiaru powołać pod broń choćby jednego żołnierza dlatego tylko, że kilku oficerów Miecza popadło w bezpodstawną panikę. Posiłki są potrzebne przy budowie gwiazd i planet. Radzę nauczyć się panować nad własnymi słabościami. Możesz to powtórzyć swemu dowódcy.

– Co do słowa – warknął Daimon.

– Aha, jeszcze jedno. Na przyszłość nie będę tolerował żadnych niesubordynacji. Mam na myśli opuszczenie przez ciebie posterunku bez wyraźnego nakazu. Następnym razem poniesiesz zasłużoną karę.

Anioł Miecza posłał mu długie, przeciągłe spojrzenie.

– Nie będzie żadnego następnego razu. Zapewniam cię.

Ma wilcze oczy, pomyślał Jaldabaot. Za chwilę rzuci się gryźć. Cóż, wilczku, zdaje się, że powyrywałem ci kły. Niedbale machnął ręką.

– Możesz odejść. I tak zająłeś mi zbyt wiele czasu.

Daimon skłonił się sztywno, ceremonialnie. Jego twarz wydawała się zupełnie bez wyrazu, lecz nie wiadomo jakim sposobem w każdym geście anioła kryło się więcej pogardy niż w jakimkolwiek ostentacyjnym nietakcie. Jaldabaot nie raczył się odkłonić ani nawet spojrzeć na odchodzącego.

– Widzieliście, jak go potraktował? Jak śmiecia! – głos Lucyfera drżał z oburzenia.

– Nie lepiej obszedł się z nami – mruknął Razjel.

– Bezczelny dupek! – wrzasnął poirytowany Michael, potrząsając szafranowymi lokami. – Zmusił nas do stania cały dzień w swojej pieprzonej sali tronowej za karę, że mu podskakujemy. Niby małe anielęta w kącie!

– Problem w tym, że musimy go słuchać.

– Kto powiedział, że musimy? – Lucyfer walnął pięścią w stół.

Gabriel bawił się pierścieniem z pieczęcią.

– Uważacie, że sytuacja dojrzała do działania? – spytał.

Rafael poruszył się nerwowo, otworzył usta, ale w końcu się nie odezwał. Archaniołowie trwali w ponurym milczeniu.

– Zastępy z pewnością pójdą za nami – powiedział wreszcie Michał. – Ręczę za to.

– Wiem, Michasiu – westchnął Gabriel. – Ale co z rzeszą aniołów służebnych, urzędników dworu, starą arystokracją, gwardią pałacową i wszystkimi pozostałymi? Wola Jaldabaota jest dla nich równoznaczna z wolą samego Pana.

– Niezadowolenie narasta wszędzie. – Razjel wzruszył ramionami.

– Aniołowie Miecza też za nami pójdą. Zwłaszcza po tym, co się stało wczoraj – dodał Lucyfer.

– Jeśli którykolwiek z nich zostanie przy życiu – mruknął milczący do tej pory Samael.

– Nie mogę uwierzyć! – wykrzyknął Rafał. Na jego twarzy malowała się udręka. – Czy my rzeczywiście rozważamy możliwość buntu?

Samael się skrzywił.

– Ależ skąd. Omawiamy plan pikniku w Ogrodzie Różanym.

– Do rzeczy, panowie – powiedział sucho Gabriel. – Co proponujecie?

– Przygotowywać się powolutku i zwracać jak najmniej uwagi – rzekł Razjel. – Panowanie Jaldabaota lada chwila upadnie. Wtedy zgrabnie zajmiemy jego miejsce.

– No, to na co czekamy? Do dzieła! – Michał uśmiechnął się radośnie.

– Niczego nie możemy zacząć teraz – przerwał Gabriel.

– Sprawimy przez to wrażenie, że występujemy przeciw Panu! Chyba nikt nie bierze tego pod uwagę?

– W żadnym wypadku! – zawołał Lucyfer, wyraźnie poruszony. – Przeciw Panu?! Nigdy! To nie wchodzi w grę!

Zapadła cisza. Przerwał ją kpiący głos Samaela:

– Pogadaliśmy sobie, panowie. Ponarzekaliśmy. Jak zwykle. Chodźmy już do domu, dobra? Nogi mnie bolą.

– Pan osadził Jaldabaota na stanowisku Wielkiego Archonta. Widocznie miał swoje powody, chociaż ciężko mi zrozumieć, jakie.

– Więc zasuwaj i spytaj Go o to, Gabrysiu – warknął Samael.

– Więcej szacunku – syknął Michał. – Za chwilę przegniesz pałę i...

– Wiem, pozbieram zęby z podłogi.

– Zamknijcie się! – głos Razjela brzmiał niczym trzask bicza. – Zachowujecie się jak szczeniaki. Przypominam, że rozmawiamy o władzy w Królestwie, a nie o praniu się po pyskach. Reasumując, wychodzi na to, że czekamy na wyraźny znak od Pana. Znak, że Jaldabaot utracił łaskę w Jego oczach.

– Tak. – Gabriel nerwowo obracał na palcu pierścień. – Bez tego nic nie zdziałamy.

– Odmówił?! – w głosie Kamaela słychać było niedowierzanie pomieszane z wściekłością. – To niemożliwe! Wytłumaczyłeś mu wszystko jak trzeba?

Daimon spojrzał na niego, a w oczach miał coś takiego, że dowódca Aniołów Miecza zamilkł.

– Tak – odpowiedział wolno. – Trzy razy. Kazał nam pracować nad słabościami.

Kamael dzielnie starał się nie pokazać po sobie, że jest załamany.

– No, nic. Ewakuujemy z zagrożonego terenu wszystkich, którzy nie są niezbędni, wzmocnimy posterunki, skrzykniemy chłopaków i...

– Przygotujemy się na śmierć – dokończył Frey.

Nikt nie zapamiętał imion dwóch aniołów, którzy zginęli pierwsi. Nagle ziemia i niebo pękły, przedzielone pionową szczeliną, która rozszerzyła się, tworząc wrota zdolne przepuścić jednocześnie pięćdziesięciu jeźdźców. Fala mrocznej energii wylała się na równinę, pochłaniając pracujących przy wykopach robotników. Umierali ogłuszeni, zatruci, zdławieni, z sercami przepełnionymi strachem, jakiego nie doświadczyli dotąd nigdy. Wszystko to trwało nie dłużej niż mgnienie. Potem przez bramę przestąpiły szeregi dziwacznych kreatur, podobnych do kłębów ciemności, na pozór niezgrabnych, lecz przeraźliwie skutecznych. Rycerze Cienia płynęli nieprzebraną ławą. Były ich dziesiątki, setki i setki tysięcy, widoczne w przejściu między światami. Wylewali się przez otwarte wrota powoli, jak połyskliwa rzeka magmy. Powietrze, naładowane potężną, złowrogą mocą, drżało. Stojący na wzgórzu Aniołowie Miecza poczuli dobrze znane symptomy obecności Cienia – ucisk w klatkach piersiowych, szum w uszach i mdłości.

– Antykreator! – szepnął Kamael.

Jofiel wyciągnął rękę.

– Patrzcie! Jest tam.

Rzeczywiście, daleko, widoczny przez szczelinę między światami, drgał gęsty wibrujący Cień.

– Niech Pan błogosławi wszystkie bramy Królestwa – wypowiedział prastarą formułę Kamael.

– Niech Miecz prowadzi i zwycięża – odpowiedzieli.

– Zajmijcie stanowiska.

Zawrócili rumaki i uformowali szyk. Za ich plecami czekało w ciszy dwanaście tysięcy doborowej jazdy Królestwa. Bukraniony ich koni, wymodelowane na kształt lwich głów, połyskiwały matowo. Światło odbijało się w zbrojach jeźdźców, ślizgało po ostrzach włóczni, jakby żołnierze emitowali wewnętrzny blask.

Daimon wyjechał przed czoło prawego, a Jofiel lewego skrzydła. Kamael zajął miejsce w centrum.

– Do boju, Szarańczo! – krzyknął.

Witaj niebycie, pomyślał Daimon. Nie mieli żadnych szans. W obliczu potęgi wroga stanowili garstkę desperatów. Może utrzymaliby się przez jakiś czas, gdyby od razu zablokowali wlot otwierającego się przejścia, ale teraz było na to za późno. Wydobywająca się z szeroko rozwartej szczeliny fala trujących wyziewów pozabijałaby ich natychmiast. Wyszarpnął miecz, unosząc go wysoko nad głowę. Stal schwytała słoneczny promień, który zatańczył na ostrzu i zgasł.

– Za mną! – zawołał ochryple.

Spiął konia i, nie oglądając się, runął w dół wzgórza.

Wpadli w połyskliwą stalową rzekę. Zakotłowało się. Żelazo wystąpiło przeciw żelazu, rozpoczęło swój krwawy taniec. Szarańcza wbiła się klinem w bok czarnej kolumny, próbując przeciąć ją na pół i opanować bramę. Miecze rycerzy Królestwa wyrąbały głęboką szczerbę w szeregach żołnierzy Mroku, niby przesiekę w gęstym, ciemnym lesie. Rumaki parły naprzód, tratując i miażdżąc strąconych z siodeł jeźdźców. Ziemia spłynęła krwią i dziwną, lepką posoką. Ich szeregi rozluźniły się nieco, wpuszczając rozpędzoną jazdę Królestwa do środka kolumny.

Źle, pomyślał Daimon. Chcą nas otoczyć.

– Okrążają nas! – wrzasnął, próbując zwinąć prawe skrzydło i uderzyć nim w tworzącą się mackę, złożoną z oddziałów ciemności. Wtem ich szyki rozstąpiły się, wypluwając niekształtne, zakute w żelazo bestie ziejące płomieniami wprost w walczących aniołów. Pod ich osłoną wojsko chaosu przystąpiło do ataku. Dym zasnuł pole bitwy. Wszędzie rozlegały się rozpaczliwe krzyki, kwik koni i szczęk oręża. Wydawało się, że wystarczy chwila, aby armia Mroku rozniosła formacje Królestwa, ale aniołowie postanowili drogo sprzedać swoje życie. Miażdżeni, cięci i tratowani, wciąż nie dawali się rozproszyć i wybić jak rzeźne bydło. Szarańcza zbierała krwawe żniwo, więc wkrótce rumaki deptały po trupach. Lecz z bramy wylewały się wciąż nowe szeregi brzydkich, pokracznych, morderczych żołnierzy. Pomiot chaosu, synowie Cienia.

Z wolna doborowa kawaleria Królestwa poczęła słabnąć i umierać. Jeźdźcy walili się w błoto wyrobione przez końskie kopyta z pyłu i krwi. Ich pancerze – żółte jak siarka, czerwone jak ogień, granatowe jak dym – wyglądały niczym konfetti rozsypane na strudze smoły. Daimon walczył w samym środku bitwy, siejąc popłoch w szeregach Mroku. Ci, którzy ośmielali się do niego zbliżyć, jechali po śmierć. Musiał zerwać z głowy hełm, przepalony ognistą śliną jednego z potworów chaosu, więc włosy miał skłębione i pozlepiane krwią. Wyglądał jak upiór – z bladą twarzą i okrwawionym mieczem, który niezmordowanie zagłębiał się w ciałach wrogów. Padali, nie zdążywszy nawet skrzyżować z nim broni. Ale w końcu i on zaczął słabnąć. Pot zalewał mu oczy, ramiona mdlały, a potężniejące z każdą chwilą tchnienie Antykreatora wysysało siły, zaćmiewało wzrok, mąciło myśli. Niemal mechanicznie podrywał i opuszczał miecz, ogłuszony bitewnym wrzaskiem i szczękiem oręża.

Potworny ryk rozdarł nagle powietrze. Daimon poczuł podmuch smrodliwego gorąca i ujrzał tuż przed sobą rozwartą paszczę ognistej bestii. Ciął ją skośnie przez pysk. Zawyła, strzykając płomienną śliną. Ścisnął wierzchowca kolanami, Piołun wykonał ciasny piruet i stanął dęba. Daimon uniósł się w strzemionach i potężnym pchnięciem wbił miecz w wytrzeszczone, zdumione oko potwora. Płomień osmalił mu twarz, wypalił w ziemi spory lej. Bestią wstrząsnął dreszcz, z wizgiem zwaliła się w błoto, nieomal podcinając Piołunowi nogi. Uzbrojone w pazury łapy darły ziemię, a koń Daimona tańczył między nimi, usiłując uniknąć ciosu. Frey pochylał się w siodle, żeby rozpruć brzuch zdychającego potwora, gdy poczuł, jak po żebrach prześlizguje mu się coś zimnego i gorącego zarazem. Ostrze topora rozdarło mu bok. Wyprostował się, ciął przeciwnika szeroko przez klatkę piersiową. Tamten zachwiał się i zwisł w siodle swego opancerzonego rumaka, a Daimon w ostatniej chwili uchylił się przed zabójczym ciosem w głowę zadanym przez kolejnego czarnego rycerza. Piołun błyskawicznie targnął łbem, miażdżąc zębami twarz przeciwnika, który zalał się krwią i zwalił na ziemię. Tracę refleks, pomyślał Daimon. Niedługo będą mnie mieli. Czubek czyjegoś miecza rozdarł mu rękaw i głęboko skaleczył przedramię.

– *Czy jest coś piękniejszego niż dachy Hajot Hakados fioletowiejące z nadejściem wieczoru?* – usłyszał w głowie i zrozumiał, że Piołun się z nim żegna.

– Spotkamy się w niebycie, stary – szepnął, rozcinając niemal na pół wyrosłego jak spod ziemi wielkoluda w hełmie z kitą. Sytuacja przedstawiała się rozpaczliwie. Rycerze Miecza z niedobitkami Szarańczy próbowali przedostać się w kierunku wrót, z desperacką nadzieją, że uda się je zablokować. Z rozdziawionej na kształt ust dziury we wszechświecie wciąż jednak wylewali się nowi czarni żołnierze w sile, która pozwalała wyrównać zadane przez Szarańczę straty. Przewaga Mroku była tak duża, że mogli sobie pozwolić na niespieszne dokończenie dzieła zniszczenia.

Wtem Piołun obrócił się gwałtownie, tratując podnoszącego się z ziemi jeźdźca, którego jego pan przed chwilą strącił z siodła, a Daimon przez sekundę spojrzał w paszczę otwartych wrót. To, co ujrzał, wstrząsnęło nim. Rzesze żołnierzy Mroku, którzy właśnie zadawali im śmierć, stanowiły zaledwie forpoczty całej armii. Jej trzon czekał nienaruszony! W świecie Cienia stały gotowe do boju oddziały, a ich końca nie było widać aż po horyzont. Stawić im czoła mogłyby tylko wszystkie zastępy Pańskie, miriady aniołów rozproszonych po całym kosmosie, aby wytyczać trajektorie gwiazd i planet. Nawet jeśli przybędą posiłki, armia, którą szybko uda się skrzyknąć, nie wystarczy, żeby pokonać Cień. Zagrożony jest więc nie tylko nowy projekt Pana, ale istnienie samego Królestwa.

Daimona ogarnęły żal i wściekłość na wspomnienie wyniosłej gęby Jaldabaota. Możliwość upokorzenia mnie będzie kosztowała drożej, niż ktokolwiek mógł przypuszczać, pomyślał. Z goryczą przypomniał sobie udzielone przed bitwą rozkazy Kamaela. Starajcie się zepchnąć ich na bok i zastawić bramę. Jest wąska; broniąc jej, mamy jakąś szansę. Zepchnąć ich! Imponujący pomysł. Zamknąć to pieprzone wejście! Olśnienie przyszło nagle, między pchnięciem miecza a unikiem. Sposób był szalony i właściwie nie miał prawa się powieść, ale obudził w nim odrobinę nadziei.

– Wynieś mnie stąd, Piołun! – wrzasnął w samo ucho wierzchowca, rzucając się na koński kark, bo tam,

gdzie przed chwilą znajdowała się jego głowa, przeleciał potężny młot. Koń zadrobił w miejscu nogami.

– Ruszaj się, cholerna chabeto! Może zdążymy!

– *Zaraza na twoją duszę, Daimon!* – wycharczał rumak. – *Jest szalona!*

Wydał z siebie długi, przeciągły wizg i stanął dęba. Anioł Miecza zachwiał się w siodle, ale nie upadł, uczepiwszy się kurczowo grzywy. Potężne kopyta znalazły się niespodziewanie tuż przed twarzą najbliższego rycerza Cienia, a Daimon ujrzał w oczach wroga paniczny strach, przez krótką tylko chwilę, zanim podkowy Piołuna nie roztrzaskały paskudnej czaszki.

– W górę! – krzyknął do konia, siekąc mieczem na prawo i lewo, żeby wywalczyć dla niego trochę miejsca. I nagle stało się coś nieprzewidywalnego. Potężny rumak, stęknąwszy, odbił się od ziemi i wzbił w powietrze. Opadł na karki i ramiona walczących, na hełmy i wzniesione miecze rycerzy Mroku, tratując ich niby łan młodego zboża. Ci, którzy ujrzeli ten widok, zamierali w przerażeniu, pewni, że spotkali samą śmierć. Z wyszczerzonego pyska rumaka lała się piana. Zarówno on, jak i siedzący na nim rycerz sprawiali wrażenie, jakby zostali odlani z połyskującego rdzawo metalu, bo cali schlapani byli krwią.

– Do Królestwa, Piołun! – wychrypiał Daimon. – Do Szóstego Nieba!

Z trudem utrzymywał się w siodle. W uszach słyszał monotonny szum, a wszystko, na co patrzył, podbarwiało się na czerwono, rozmywało i krzywiło. Poczuł nagłe szarpnięcie i ujrzał pustkę kosmosu wypełnioną gwiazdami, które natychmiast rozmazały się w złociste smugi.

Wiatr uderzył go w twarz, rozwiał włosy. Zrozumiał, że się udało. Piołun pędził do Królestwa.

Dija, młoda służebna ze świty Matki Rachel, przerwała śpiew. Między znajomy świergot ptaków i szelest liści wdarł się obcy dźwięk, jakby tętent. Narastał, lecz Dija nie potrafiła rozpoznać jego źródła. Łodygi kwiatów zgięły się jakby w nagłym podmuchu wiatru, a anielica poczuła wilgotne krople spadające na dłonie i twarz. Były czerwone. Dija z krzykiem odrzuciła śpiewnik, rozmazując szkarłatne smugi na włosach i policzkach. Jej piękna twarz wykrzywiła się w grymasie paniki i obrzydzenia. Urodziła się przecież w Szóstym Niebie. Nigdy nie widziała krwi. Po ziemi przesunął się cień, więc poderwała w górę głowę i krzyk zamarł jej na ustach. Podniebnym szlakiem pędził jeździec. Długie włosy powiewały za nim niczym czarny sztandar. Jego twarz była maską szaleństwa i rozpaczy. W dłoni ściskał nagi miecz. Wyglądał jak burzowa chmura na tle błękitu Szóstego Nieba, gdzie nigdy nie spada kropla deszczu. Dija zasłoniła ręką oczy i padła na miękki dywan szmaragdowej trawy.

– *Muszę zejść niżej, na ziemię* – głos Piołuna łamał się z wysiłku.

Poruszanie się podniebnymi szlakami pozwalało rozwijać zawrotne prędkości, ale było bardzo męczące. W Królestwie obowiązywał ścisły zakaz ich używania, z uwagi na zamieszanie wywołane obecnością w powietrzu wielu aniołów naraz, lecz tym ograniczeniem Daimon postanowił się w tej chwili nie przejmować. Kilka razy żandarmi Jaldabaota próbowali go zatrzymać, pierzchali jednak, ustępując mu z drogi, gdy stawało się jasne, że nie ma zamiaru zwolnić.

– W porządku, schodź! – zawołał pełen złych przeczuć, bo gościńce Królestwa zawsze były bardzo zatłoczone. W tej sytuacji bezpieczniej wydawało się przejechać na przełaj przez Ogrody. Runęli w dół, tratując nienaganną murawę, równając z ziemią klomby róż i lilii, roztrącając spacerujących. Przejechali przez grupę muzykujących aniołów i anielic, rozganiając ich niby stadko białych kuropatw. Daimonowi mignął przed oczami roztrzaskany kopytami Piołuna klawikord. Podniosły się okrzyki trwogi i bólu, lecz nie miał czasu zwracać na nie uwagi. Za zakrętem ścieżki wpadli wprost na kilku Aniołów Lata, w których pieczy znajdowały się Ogrody Królestwa.

– Z drogi! – ryknął Daimon. Zaskoczeni ogrodnicy bezładną pierzastą kupą wzbili się w powietrze. W przelocie dostrzegł czyjąś przerażoną twarz, coś miękko uderzyło go w bok, usłyszał jęk.

– Do Pałacu Cudownych Przedmiotów – nakazał koniowi, nie obejrzawszy się nawet.

Pałac, będący raczej obszerną kaplicą, mieścił w sobie Boskie Narzędzia – Kielnię i Cyrkiel, którymi Pan wytyczył wszechświat, oraz Klucz do wymiarów, za pomocą którego otwierał kolejne rzeczywistości. Ten właśnie Klucz Daimon uznał za jedyną szansę ocalenia Królestwa.

Piołun zarył kopytami w żwir ścieżki przed samym frontem białego pawilonu, ażurowego niczym tort z cukru. Opuścił nisko łeb, dyszał z wysiłku. Daimon zsunął się z jego grzbietu. Kiedy dotknął stopami ziemi, zakręciło mu się w głowie. Musiał schwycić się łęku, żeby nie upaść. Do tej pory nie zdawał sobie sprawy, jak bardzo jest poraniony. Lewy bok, nogawkę spodni i but pokrywała lepka, krzepnąca krew. Nie wolno mi teraz zemdleć, pomyślał i najszybciej jak jeszcze potrafił, pobiegł chwiejnie w kierunku wejścia do budynku. Natychmiast zastąpiło mu drogę dwóch strażników z toporami u boków.

– Wpuśćcie mnie! – wychrypiał. – Królestwo jest w niebezpieczeństwie!

– Precz! – warknął wyższy. – Kalasz swoją obecnością święty przybytek!

Daimona ogarnęła furia. Tam giną jego przyjaciele, jego bracia, a tych dwóch tępych sukinsynów ośmiela się stać mu na drodze?

– Albo mnie wpuścicie, albo przemodeluję wasze głupie pyski! – wrzasnął wściekle.

Sięgnęli po broń, ale nawet nie zdążyli jej wyjąć. Daimon trzasnął jednego w twarz rękojeścią miecza, drugiego powalił na ziemię kopniakiem, wyrwał mu topór zza pasa i rąbnął w głowę obuchem. Wszystko to nie trwało dłużej niż jedno westchnienie. Wpadł do chłodnego, cichego wnętrza. Powietrze zdawało się gęstsze niż na zewnątrz, wibrowało wyczuwalnie potężną mocą. Ściany lśniły złotawym blaskiem. Pośrodku pomieszczenia stały trzy kryształowe szkatuły zawierające święte przedmioty. Dotknął misternie rzeźbionego wieka, przez które można było dostrzec zarys złotego Klucza.

– Wybacz mi, Panie – szepnął.

Osłaniając twarz zgiętym ramieniem, z całej siły uderzył w szkatułę rękojeścią miecza. Ozwał się śpiewny jęk, a odłamki kryształu z trzaskiem rozsypały się na posadzce. Złoty Klucz, którego dotykała do tej pory jedynie ręka Pana, leżał na szkarłatnej poduszeczce, połyskując oleiście. Pokrywały go pajęcze ornamenty, tak delikatne, że ledwie widoczne. Daimonowi wydało się, że drzemie w nim potężne, złowrogie życie.

Wyciągnął rękę, wstrzymując oddech. Drżące palce dotknęły metalu, zacisnęły się na nim. Klucz był zaskakująco ciężki. Nagle Daimon poczuł w dłoni ruch, jakby nie przedmiot trzymał, ale żywe zwierzę, małą jaszczurkę. Niemal w tym samym momencie Klucz rozjarzył się białym blaskiem. Anioł Miecza krzyknął. Targnął nim ból. Frey odruchowo rozwarł palce, lecz nie upuścił artefaktu. Pozwolił mu leżeć na otwartej dłoni, która płonęła, a fale bólu obejmowały szybko całe ramię niby języki ognia liżące suchą szczapę. Zacisnął zęby. Wszystko w nim krzyczało, żeby odrzucić źródło cierpienia, ale wiedział, że nie wolno mu tego zrobić. W końcu biały blask przygasł i znikł zupełnie. Klucz stał się znowu martwym kawałkiem metalu. Na wewnętrznej stronie dłoni anioła ziała ogromna półksiężycowata rana, przypominająca rozdziawione w szyderczym uśmiechu usta. Daimon, pomagając sobie zębami, odpruł od poduszeczki złoty sznurek, którym była obszyta, i zawiesił sobie Klucz na szyi.

Jasne światło słońca na zewnątrz niemal go oślepiło.

Podciągnął się na siodło, wyjął miecz z pochwy i przerzucił do lewej ręki.

– Wracamy, Piołun – powiedział.

Koń bez słowa zerwał się do biegu. Gnał jak wicher.

Bitwa wciąż trwała. Przybyłe z Królestwa oddziały w pewnej chwili zdawały się zdobywać przewagę, ale teraz były konsekwentnie spychane w tył przez czarne mrowie żołnierzy Cienia.

– Cofnijcie się! Odwrót!!! – Daimon na próżno starał się przekrzyczeć zgiełk bitwy.

Rąbał mieczem z całą siłą, na jaką mógł się zdobyć, próbując wyciąć sobie drogę do pierwszej linii. Rozbijał czarne hełmy, rozcinał pancerze i kubraki niby worki pakuł. Każdemu ciosowi towarzyszył jęk lub wrzask bólu. W pewnej chwili dostrzegł jasną plamę twarzy Kamaela, poszarzałą i poznaczoną cętkami krwi. W duchu podziękował Panu, że przyjaciel wciąż jeszcze żyje.

– Dalej! – krzyknął do konia, który utknął na chwilę w kłębowisku ciał i żelaza. – Musimy zostawić wszystkich naszych za sobą!

– *Jak powiedział żebrak na widok darmowej garkuchni* – warknął Piołun, posłusznie prąc naprzód.

Przed oczami Daimona zaczęły przeskakiwać czarne i złote iskry. Długo tak nie wytrzymam, myślał. Dłoń pulsowała nieprzerwanym, tępym bólem. Miecz zadawał ciosy coraz wolniej. Frey czuł, że kilka razy drasnęło go jakieś ostrze.

– Cofnąć się! – krzyczał do każdego napotkanego anioła. Wreszcie stwierdził, że otacza go jednolite morze czarnych hełmów. Zerwał z szyi Klucz, wyciągnął rękę i przekręcił w powietrzu.

– Czeluść – powiedział. – Bezdenna Czeluść poza czasem i wymiarami.

Ziemia zatrzęsła się i rozstąpiła. W miejscu, gdzie przed momentem były wrota Antykreatora, otworzył się lej. Cień i jego armia zapadli się w jednej chwili. Lej rozszerzał się, wciągając żołnierzy Siewcy Wiatru. Ziemia uciekała spod kopyt oszalałych, kwiczących ze strachu rumaków. W niebo wzbił się chóralny krzyk rozpaczy. Zastępy Antykreatora ginęły w Czeluści. Kilku aniołów, którzy nie zdążyli wycofać się w porę, ześlizgnęło się do środka leja. Pustka przybliżała się błyskawicznie. Daimon balansował na jej skraju z lśniącym Kluczem w dłoni. Zginąłby, gdyby nie Piołun. Gdy ziemia, na której stali, zaczęła się osuwać w bezdenną szczelinę, koń wykonał rozpaczliwy zwrot i odskoczył w tył na pewniejszy grunt. Daimon ponownie przekręcił Klucz w powietrzu.

– Dość – wymamrotał z trudem. Ostatnim wysiłkiem spojrzał na pole bitwy. Rozpościerała się przed nim znajoma, pokryta liszajami wykopów równina. Antykreator wraz ze swą armią zniknął.

Za plecami Frey miał ziemię zaścieloną trupami. Słyszał jęki i przekleństwa rannych. Oddziały Królestwa ścigały nielicznych ocalałych żołnierzy Mroku. Upuścił Klucz, zakołysał się w siodle i ciężko zwalił z konia.

– Jest świętokradcą i mordercą! – wrzasnął Jaldabaot.

– Jednak niewątpliwie uratował Królestwo – powiedział ze znużeniem Jao, sekretarz demiurga.

– Tylko Pan może decydować o losach Królestwa! Tylko On może wybawić je lub zgubić, zgodnie ze swoją wolą!

– W takim razie wybawił je Jego rękami.

– Bronisz mordercy, Jao? Trzy niewinne dusze, trzech czystych aniołów zginęło z tych jego bohaterskich rąk! Dwóch stratował w Ogrodach, a jednego z zimną krwią zaszlachtował toporem, gdy bronił świętego przybytku przed zbezczeszczeniem.

Jao westchnął.

– Po prostu uważam, że skazanie go na śmierć nie jest najlepszym pomysłem... politycznym. Całe Królestwo, wszystkie zastępy uważają go za bohatera.

Jaldabaot spiorunował go wzrokiem.

– Więc wykażę im błąd w rozumowaniu! Zaślepienie i niewłaściwy ogląd sprawy. Jak śmiesz opowiadać o jakiejś polityce! Tu chodzi o pryncypia, o zasady! O świętokradcę, którego brudny dotyk zbrukał najczystszą świętość!

– Jeśli już musisz go zgładzić, zrób to szybko i cicho, po krótkim nieupublicznionym procesie...

– Proponujesz mi postępek godny skrytobójcy? Nigdy! Wszyscy obejrzą tę egzekucję! Wszyscy, od samych książąt Sarim począwszy, a skończywszy na najmarniejszym z aniołów służebnych. A ten zbrodniarz, ten obrazoburca, publicznie się przed nimi pokaja!

Jao miał ochotę jęknąć.

Pełgają mdłe ogniki pochodni. Na ścianach rodzą się i umierają fantastyczne cienie. Gdzieś bardzo daleko słychać kapanie wody. A może to krew?

– Jesteś mordercą! Podłym, bezlitosnym zbrodniarzem! Pozbawiłeś życia niewinne istoty! Wiesz, czym jest życie? Bezcennym darem od Pana! A ty splugawiłeś ten dar. Więcej! Zbezcześciłeś świętość! Odważyłeś się sięgnąć po to, co należy do samej Jasności! Krwawą ręką! Tak, krwawą ręką! Teraz ta krew krzyczy! Woła do mnie, do wszystkich. Jesteś potworem. Twoja dusza to wiadro pomyj. Grzeszysz! Nawet teraz grzeszysz pychą i zatwardziałością serca. Ukorz się, zanim nie będzie za późno! Pokajaj się! Błagaj o przebaczenie! Na kolana, zbrodniarzu! Powiedziałem: na kolana!

Nigdy! Nigdy, choćby przyszło mu tu zdechnąć. Nie ukorzy się przed tą bladą gębą szaleńca, przed tymi nerwowo drgającymi dłońmi jak porcelanowe bibeloty, które nigdy nie trzymały miecza, które nigdy nie dotkną słowa „honor".

Lekkie, białe machnięcie, zgrzyt. Krwawy sukinsyn! Kazał poluzować łańcuchy. A nogi nie chcą go utrzymać, gną się. Kolana zaraz uderzą o brudną kamienną posadzkę.

Chwycił ciężkie ogniwa kajdan, podciągnął się na pokaleczonych dłoniach. Zachowaj dla maluczkich swoje tanie sztuczki. Nie ujrzysz Anioła Miecza na kolanach przed tobą, Protezo Pana!

– Przyznaj, kim jesteś! Wyznaj swoje zbrodnie! – syczy wielki biały nietoperz o srebrnych włosach i oczach. – Mów!

Rozkrwawione usta więźnia obnażają w uśmiechu zęby.

– Jestem wiernym rycerzem Pana – szepcze. – A ty, Wielki Archoncie?

Pan Siedmiu Wysokości odskakuje, jakby nadepnął na węża.

Wilcze oczy świecą nieugiętym złowrogim blaskiem.

W lochach śmierdzi pleśnią i mdlącym odorem spalenizny. Jao czuje narastające obrzydzenie – do Jaldabaota, do całej tej sprawy, do swojej funkcji. Gdyby ktoś mu to zaproponował, zrzekłby się jej nawet natychmiast.

Jaldabaot nerwowo skubie rękaw. Widzi sekretarza, w srebrnych oczach tańczą iskierki lęku.

– To demon – mówi. – Ma przeklętą duszę.

Jao ze świstem wciąga powietrze.

– Oszalałeś?! Zabijesz go!

– To demon! – powtarza Wielki Archont. – Ani śladu skruchy! Po wszystkich tych zbrodniach...

– Na litość Pańską, każ go natychmiast rozkuć! Jak chcesz dokonać egzekucji na trupie?! Kazałeś postawić na nogi całe Królestwo!

Jaldabaot, skonsternowany, rozkłada ręce. Jego kosztowną białą szatę pokrywają rdzawe plamy.

– Jao, jestem przerażony...

– Ja też! – wrzeszczy sekretarz. – Wyjdź stąd, przebierz się i zostaw całą resztę mnie!

Najpierw wszystkie dźwięki zaczęły z wolna cichnąć, a potem usłyszał wielkie dzwonienie ciszy. Z trudem rozkleił powieki. Jedno oko miał tak zapuchnięte, że właściwie nic na nie nie widział.

– Witaj, Rycerzu Miecza – zaszemrał nieomal niesłyszalny szept. – Rany, jak kiepsko wyglądasz!

Spoza krat spoglądała na niego brzydka, inteligentna twarz.

– Duma – powiedział, ledwie poruszając wargami. Przez ostatnie parę godzin nauczył się eliminować wszystkie zbędne ruchy. – Kopę lat! Przyszedłeś pogawędzić?

Przykucnięty przed drzwiami Anioł Śmiertelnej Ciszy, w odwiecznych czerwieniach i czerniach, uśmiechnął się, pokazując krótkie, ostre kły.

– Wpadłem popatrzyć, jak sobie radzisz. Powiadają, że nawet nie krzyknąłeś. To prawda? Nie zrozum mnie źle, pytam z czystej ciekawości.

Daimon zdobył się na krzywy uśmiech.

– Jak myślisz?

– Jakoś trudno mi było uwierzyć, ale chyba zmienię zdanie – zaszemrał Duma. – Nie przepadamy za sobą, Daimon, ale właściwie przyszedłem powiedzieć ci coś, co, moim zdaniem, masz prawo wiedzieć. Nikt nie chce wykonać na tobie wyroku. Białaczka się wściekł, pozdejmował ze stanowisk większość urzędników sądowych i więziennych. W końcu zaproponował nawet tę fuchę mnie, a nawet Afowi i Chemie. Kupa śmiechu, co?

– Jestem pod wrażeniem. Bliźniaki wciąż mają do mnie żal?

– No chyba! – szepnął Duma. – Po tym, jak obiłeś ich płazem na środku Niebiańskiego Placu? Co oni ci właściwie zrobili?

– Mieli fałszywe informacje. Twierdzili, że Aniołowie Miecza to żądne krwi sukinsyny. Wyprowadziłem ich z błędu. Nie byli nawet draśnięci...

– Raczej sini – mruknął czarno-czerwony anioł.

– Nie chcieli się zemścić?

– No, co ty? W ten sposób? Nawet oni mają trochę honoru.

Daimon przymknął powieki.

– Męczę cię, co? – zaszeptał widmowy głos. – Trzymasz się resztkami sił. Żegnaj, Aniele Miecza. Może się kiedyś spotkamy... po drugiej stronie.

– Do zobaczenia w niebycie – powiedział Daimon, nie otwierając oczu.

– Nikt tego nie zrobi. Nie możesz wziąć pierwszego lepszego siepacza. On jest aniołem krwi, arystokratą.

– Musimy kogoś znaleźć! – Jaldabaot ciskał się po komnacie. – To zaczyna zakrawać na bunt!

Jao milczał znacząco.

– Myślę, że jest taki ktoś – odezwał się rozlewnym, modulowanym akcentem Astafajos, archont, władca pierwszego elementu.

– No to mów! – krzyknął demiurg, zwany Prawicą Pana.

– Raguel. Młody, bardzo obowiązkowy. Rozkaz jest dla niego święty. Pełni funkcję kapitana bursy w Drugim Niebie. To archanioł.

Jaldabaot rozpromienił się.

– Cudownie! Widzisz, Jao, jakie to proste? Chcieć, znaczy móc. W dodatku archanioł. Prawdziwy policzek dla tych butnych szczeniaków z bandy Gabriela. Pokażemy im młodzieńca świecącego przykładem, który szanuje tradycje i zna swoje miejsce. Natychmiast go przyprowadźcie.

Raguel nerwowo przełknął ślinę.

Ten koszmar odbywa się naprawdę, pomyślał.

Wielki Archont przechadzał się po komnacie z rękoma założonymi do tyłu.

– Twoje zdolności i przykładna postawa zostały zauważone – odezwał się w końcu. – Nie myśl, że młody wiek wyklucza odpowiedzialne stanowisko. Umiemy dostrzegać diamenty w błocie. Niniejszym otrzymujesz awans. Zostałeś mianowany egzekutorem. Będziesz wykonywał wyroki boskiego sądu na wysokich dostojnikach niebiańskich. Zaczniesz od pokazowej egzekucji obrzydłego świętokradcy i zbrodniarza, niejakiego Daimona Freya.

– Tak jest, Wasza Jasność – wymamrotał Raguel, przekonany, że wszystkie nieba Królestwa kolejno spadają mu na głowę.

Jaldabaot obrócił się na pięcie tak gwałtownie, aż zafurkotały poły płaszcza.

– Cóż to? Nie dziękujesz?

Archanioł przykląkł na jedno kolano, spuszczając głowę, żeby Wielki Archont nie mógł dostrzec wyrazu jego twarzy.

– Jestem niewypowiedzianie wdzięczny, Wasza Jasność. Nie zasługuję na tę łaskę.

Jaldabaot zatarł ręce.

– Doskonale! – zawołał. – A teraz idź przygotować się do nowej roli. I pamiętaj! Wszystko musi być zorganizowane w perfekcyjny sposób. To rozkaz!

– Tak jest – szepnął zdruzgotany Raguel.

Nie przewrócę się. Nawet się, kurwa, nie potknę, powtarzał sobie dobitnie, żeby rozkaz dotarł do plączących się nóg. Panie, jakżeż to daleko!

Szafot sterczał jak pokryta błękitnym i złotym suknem wyspa pośrodku ogromnego Niebiańskiego Placu. Wokół niego rozpościerało się morze głów i skrzydeł – nieprzebrane rzesze aniołów. Szpaler prowadzący od wrót Pałacu Sprawiedliwości wydawał się przez to wąski. Po obu jego stronach stał co pięćdziesiąt kroków żandarm w ceremonialnym stroju. Tuż przy samym podeście Jaldabaot ustawił naprzeciw siebie dwie milczące, trwające w bezruchu grupy – archaniołów i Rycerzy Miecza, którym udało się ocalić z niedawnej rzezi. Za szafotem wznosiły się trybuny, gdzie zasiadała Rada Archontów, książęta Sarim, w tym tytularny zwierzchnik Miecza, książę Soked Hezi, z bardzo kwaśną miną, oraz wysocy dostojnicy dworscy.

Blask słońca oślepiał Daimona, którego oczy przywykły do ciemności lochu, więc mimo że wytężał wzrok, mógł dostrzec na trybunach tylko zamazane plamy.

– Czas iść – powiedział jeden z czterech eskortujących strażników i lekko popchnął go w plecy.

Ceremonia wyglądała imponująco. Jaldabaot spoglądał z wyżyn trybuny na plac z miną wyniosłą i srogą, nie dając po sobie poznać zadowolenia. Napawał się triumfem nad wrogami. Napawał się władzą. Zerknął na siedzącego daleko po lewej stronie Metatrona. Jego twarz była spokojna i właściwie pozbawiona wyrazu, choć zdawała się emanować wielką dobrocią. Ulubiony anioł Pana pokornie przyjął przyznane mu przez demiurga niezbyt zaszczytne miejsce. Wielki Archont uznał, że niepotrzebnie się go obawiał. Tuż obok siedział jego brat, zacięty i chmurny Sandalfon, rzucający co pewien czas pełne niechęci spojrzenia w stronę Jaldabaota, lecz nim demiurg nie zamierzał się przejmować.

Wtem Jao delikatnie dotknął jego rękawa.

– Spójrz na Rycerzy Miecza – szepnął.

Jaldabaot wychylił się lekko.

– Co to ma znaczyć? – syknął.

Stali z odkrytymi głowami i włosami szarymi od popiołu. Na policzkach mieli grube kreski namalowane krwią.

– Żałoba – powiedział sucho Jao. – Oni noszą żałobę.

Jaldabaot zatrząsł się ze złości. Odebrał Rycerzom Miecza broń, każąc zastąpić ją paradnymi mieczykami, więc nie spodziewał się z ich strony żadnych kłopotów. To nic, uspokoił się, błaha demonstracja. Nie są w stanie odwrócić biegu wydarzeń. Nie są w stanie sprzeciwić się mojej władzy.

Daimon ze wszystkich sił walczył, żeby się nie potknąć. W porwanym, zakrwawionym ubraniu, z bladą i pokaleczoną twarzą i zmierzwionymi włosami wyglądał strasznie. Gdy się pojawił w drzwiach Pałacu Sprawiedliwości, przez tłum przebiegł szmer podobny do westchnienia. Nie był to jednak objaw litości, nie miłosierdzie i żal przepełniały anielskie serca, a raczej lęk i szacunek, gdyż w każdym sztywnym kroku, w każdej próbie utrzymania wysoko uniesionej głowy było więcej godności niż w wystudiowanych pozach całej Rady Archontów. Zgromadzone na placu rzesze pokornych, pracowitych aniołów służebnych niemal namacalnie czuły pogardę i gniew skazańca, gotowe ugiąć karki przed jego błękitną krwią, jego nienawiścią i niszczącym szaleństwem, którym w chwili stworzenia naznaczył go Pan, aby ustanowić go nad Mieczem Swojego Gniewu. W oczach Daimona wyglądali jak bydło i czuli się jak bydło przyglądające się schwytanemu lampartowi. I wysławiali Pana za nieskończoną dobroć, dzięki której mogli pracować w trudzie i znoju bez piętna morderczej wściekłości, bez sztyletu mieszkającego na dnie serca.

Daimon zrównał się ze stojącymi niemal przy samych stopniach szafotu Rycerzami Miecza. Jego spojrzenie na chwilę skrzyżowało się ze wzrokiem Kamaela, którego twarz była szara jak płótno. Kreski, namalowane krwią na policzkach, krzyczały to, czego nie mogły wypowiedzieć zaciśnięte usta. Kamael nie dał żadnego znaku, nie wyrzekł ani słowa, lecz nagle szereg nieruchomych i milczących Aniołów Miecza załamał się, gdy wszyscy równocześnie uklękli, prezentując broń – te śmieszne, złote mieczyki, które rozkazał im wydać Jaldabaot. Promienie słońca tańczyły na bezużytecznych klingach, kiedy doborowi rycerze Królestwa żegnali najlepszego spośród siebie.

Daimon wspiął się na szafot. Tak wiele razy stawał naprzeciw śmierci, że właściwie przestał się jej bać. Niemal. Odczuł ulgę, że udało mu się bez pomocy pokonać schody. Ktoś mógłby pomyśleć, że stracił siły ze strachu, a on po prostu był bardzo zmęczony. Zdawał sobie sprawę, że w środku, w nim, niby rój zdenerwowanych os, huczy ból, ale nawet cierpienie okryła ciężka zasłona obezwładniającego zmęczenia.

Tłum, widziany z góry, przypominał wiosenny klomb, na którym dopiero zaczynały kiełkować i kwitnąć najwcześniejsze rośliny, gdyż kolorowe szaty wyższych rangą aniołów rozmywały się wśród popielatych i burych tunik ptactwa niebieskiego. Niebiański Plac nigdy nie wydawał się Daimonowi równie szeroki. Wszystko wokół wyglądało, jakby zostało wycięte z kartonu. Nie sposób przejmować się dwuwymiarową dekoracją. Na stopniach schodów i surowych deskach podestu czyjaś ręka wykreśliła cieniutki falisty wzór, jakby ciągnący się za Daimonem drobny szew. Krwawię, pomyślał. Jaldabaotowi chyba udało się mnie zabić i bez tego żałosnego przedstawienia. Spojrzał w stronę loży dostojników, lecz dostrzegał tylko zamazane kontury.

Pozbawić życia anioła krwi wcale nie jest łatwo, powtarzał sobie pobladły, dygoczący Raguel. To musi być

cios prosto w serce. Jeden cios w samo serce. Onyksowa rękojeść długiego, pokrytego magicznymi inskrypcjami sztyletu ślizgała się w jego spoconej dłoni. Trzymał ją, jakby była łbem węża. Nigdy przez swoje krótkie, nawykłe do posłuszeństwa życie nie czuł się tak nieszczęśliwy. Z trudem przełykał ślinę w suchych jak wiór ustach. To on wyglądał jak skazaniec i przez chwilę zgromadzonym wokół szafotu wydawało się, że prawda przedstawia się odwrotnie, że czarnowłosy anioł przyszedł po życie egzekutora, a może także życie wszystkich obecnych. Raguel spojrzał na smukłą, nieruchomą postać Daimona. W serce? – pomyślał w popłochu. Na litość Pańską, czy on je w ogóle ma?

Frey odetchnął głębiej. Dziwne oszołomienie powoli mijało. Dopiero teraz dostrzegł Raguela. W oczach na chwilę zapłonął mu wilczy blask.

– Hej, Raguel – powiedział niskim, chrapliwym głosem. – Ładny awansik, co?

Archanioł drgnął. Przypomniał sobie o ciążących na nim obowiązkach.

– Przywiązać go! – rozkazał oczekującym pachołkom. Jego głos brzmiał piskliwie i niepewnie.

Daimon przymknął powieki, dał się popchnąć w kierunku stojącego pośrodku podestu dziwnego rusztowania z belek. Pozwolił przykuć sobie ręce, choć pod czaszką eksplodował mu snop iskier, kiedy potarły o siebie kawałki złamanej kości.

Herold monotonnym głosem odczytywał listę jego zbrodni.

Przynajmniej uratowałem Królestwo, pomyślał z goryczą. Umrę jako bohater. Ból zaczął przypominać o sobie coraz natarczywiej. Był niczym tancerz wypróbowujący wciąż nowe kroki, jakby ciało Daimona było sceną, na której trzeba wystąpić przed wymagającą publicznością. Anioł Miecza zacisnął zęby. Skończże wreszcie! – warknął w myślach do herolda. Ten zaczął jednak odczytywać tytuły Jaldabaota, więc Daimon skonstatował z ironią, że jeszcze jakiś czas to potrwa.

Wtem pojawiła się przed nim blada, przerażona twarz Raguela.

– Wybacz mi – usłyszał szept.

– Co?! – Z pewnym trudem uniósł głowę, żeby spojrzeć egzekutorowi w oczy. – Daruj sobie.

To nie był dobry moment na okazywanie współczucia.

– Proszę, wybacz... Ja tylko wykonuję rozkaz...

Gdyby zostało mu więcej siły, Daimon wpadłby w szał. W jego nieugiętych, szyderczo zmrużonych oczach Raguel dostrzegł własne odbicie – obraz słabego, podłego chłopca, który zawsze będzie drżał z lęku przed kimś potężniejszym. Zadygotał na myśl, że drapieżna, piękna twarz anioła, którego za chwilę zabije, pozostanie na zawsze, niczym piętno, odciśnięta w jego pamięci.

Ostry, drwiący uśmiech rozciągnął wargi Daimona.

– Jesteś nikim – powiedział. – Pyłem na wietrze. Spójrz na nich, na Rycerzy Miecza, archaniele. Są nieśmiertelni. Ich krew nie umiera.

Raguel postąpił dwa kroki w tył. Zobaczymy, pomyślał tępo, wypatrując znaku od Jaldabaota. Już za chwilę.

Witaj, niebycie, powiedział do siebie Daimon. Prawie się nie bał, ale jednocześnie wcale nie pragnął umierać. Nie pociągały go niewzruszony spokój i majestat śmierci. Przypomniał sobie cierpki smak wina, które przyniosła mu brzydka służąca; Kamaela wachlującego się pergaminem z rozkazami Jaldabaota, kpiącego, że to jedyne, do czego może się przydać ten dokument. Piołuna tratującego lilie w rajskim ogrodzie; piękne twarze anielic... Witaj, niebycie.

Jaldabaot, biały i kunsztowny jak ozdoba z pianki, wychyliwszy się z trybun, dał znak.

Raguel zamachnął się sztyletem i uderzył. Świat cofnął się gwałtownie, malejąc do rozmiarów szpilki. Ból był przeraźliwie ostry, ale bardzo odległy. Czynność tak prosta, jak nabranie oddechu, stała się nagle zdumiewająco skomplikowana. Czarno-czerwona cisza, przenikliwa niczym szept anioła Dumy, śpiewała w uszach. Z wolna wszystko poczęło gasnąć. Witaj, niebycie!

Raguel wyszarpnął ostrze. Ciało Daimona zadrgało i znieruchomiało. Rozsypane włosy okryły skazańca jak całun. Archaniołowie patrzyli na siebie, milcząc. Niektórzy bezwiednie zaciskali pięści. Twarz Razjela ściągnęła się tak, że przypominała maskę. Gabriel nerwowo bawił się pierścieniem. Kamael przesunął dłonią po czole i policzkach. Jego usta tworzyły zaciśniętą prostą kreskę.

Nagle niebo pękło. Błękitne światło, które zalało plac, wtłaczało oddechy z powrotem do płuc, oślepiało, powalało na kolana, na twarz. Wszyscy – aniołowie służebni, żołnierze i dostojnicy – czołgali się w pyle. I wszyscy słuchali. Tylko Metatron klęczał z uniesionymi w górę rękami i spojrzeniem promieniejącym nieopisanym szczęściem.

Błękitny wir porwał Daimona, wyszarpnął z ciemności. Wypełnił go oślepiającym bólem, potęgą zmuszającą do krzyku. Cisnął między nieskończone przestrzenie, wykazując dokładnie, czym jest życie, śmierć i dzieło stworzenia. Ogarnął go, zniszczył, stworzył, znowu zniszczył i znów odbudował. A potem przemówił, chociaż Daimon był pewien, że nie używał słów:

– Aniele Miecza, stworzony z gniewu, przynależny chaosowi – bezczelny, dumny, lecz, przyznaję, odważny – oto mianuję cię Niszczycielem – Abbaddonną, Burzycielem Starego Porządku, Tańczącym na Zgliszczach i Aniołem z Kluczem do Czeluści, bo ośmieliłeś się po niego sięgnąć. Przekonałeś się przecież, że to twoje powołanie. A teraz wracaj, żeby mi służyć. Twój czas się jeszcze nie wypełnił.

I oszołomiony, półprzytomny Daimon z hukiem spadł na deski szafotu. Dźwignął się na kolana, potrząsając głową, żeby odzyskać ostrość widzenia. Zdawał sobie sprawę, że przed chwilą słyszał nie tyle Głos Pana, co własne myśli, lecz z pewnością dobrze pojął sens Jego przekazu. Umarł i został wskrzeszony. Z nosa ciekła mu krew, a rozdzierający ból w klatce piersiowej przekonywał, że sztylet Raguela nie chybił. Przycisnął ręce do rany i spróbował wstać. Chciał jak najprędzej zejść z tego przeklętego podestu. Minął skulonego, płaczącego archanioła, potrącając nogą sztylet z onyksową rękojeścią i czerwono lśniącym ostrzem. Czuł się bardzo słaby i chory. Plac przybliżał się i oddalał, budowle wyprawiały niezwykłe podskoki. Z ziemi niemrawo podnosili się aniołowie, pustymi oczami przyglądając się sobie nawzajem. Nagle ktoś krzyknął, wyciągając rękę w stronę szafotu. Daimon dzielnie pokonał pierwszy stopień. Niemal wszystkie głowy obracały się już w jego stronę. Nowo mianowany Niszczyciel chwiejnie i niezwykle powoli zmagał się ze schodami. Ręce wciąż przyciskał do piersi, jakby niósł tam coś niesłychanie cennego. Na ostatnim stopniu potknął się i pełnym gracji, nienaturalnym ruchem zgiął się wpół niby w ukłonie. Kamael i Razjel skoczyli ku niemu równocześnie, lecz przy tym dziwnie niezgrabnie. Daimon skierował na nich olbrzymie, bezdenne źrenice, w których odbijała się kosmiczna pustka. Były to oczy starsze niż czas.

– Pomóżcie mu! – krzyknął archanioł do otępiałych ze zdziwienia żandarmów. Żaden się nie poruszył, a Daimon na ułamek sekundy zastygł i upadł na bok, między buty żołnierzy.

Spróbował się poruszyć, ale to wywołało tylko dalekie echo jakiegoś dźwięku, który przypominał jęk.

– Chyba odzyskuje przytomność – usłyszał pełen napięcia głos Kamaela. – Daimonie, to ja, Kamael. Poznajesz mnie? Żyjesz?

– Nie – szepnął, mimo woli przywołując na twarz cień uśmiechu.

– Słyszysz mnie? – teraz pytał Razjel.

– Aha.

– Widzisz?

Ostrożnie rozchylił powieki. Nad sobą zobaczył nieco nieostre profile przyjaciół.

– Tak – potwierdził.

– Chwała Jasności – westchnął z ulgą Kamael. – Nawet sobie nie wyobrażasz, jakie szaleństwo ogarnęło Królestwo z twojego powodu!

– Cieszę się, że was widzę – szepnął Daimon. Chciał zaczerpnąć głębszego oddechu, ale powietrze eksplodowało białym płomieniem.

Razjel pochylił się ku niemu.

– Boli cię? – spytał z lekkim niedowierzaniem.

– Zaraza, Razjel! Daj mu spokój! – uniósł się poirytowany Kamael. – Nie widać, czy co?

Razjel spojrzał na niego wymownie.

– Założyłem mu potrójne, wiązane zaklęcie uśmierzające. Nie powinien nic czuć. Poza tym jest...

Przerwał, bo Kamael spiorunował go wzrokiem. Daimon wyczuł powstałe nagle napięcie.

– Czym jest? – spytał cicho.

– Trupem – powiedział sucho archanioł. – W gruncie rzeczy ty nie żyjesz, Daimonie. Czujesz, myślisz, oddychasz, twoje serce bije, lecz mimo to nie ma w tobie życia w takim sensie jak przedtem. Nie rozumiem, jak to możliwe. Nie pytaj mnie. Pan cię wskrzesił, a moja wiedza jest niczym w obliczu Jego mocy. Cieszę się tylko, że odzyskałem przyjaciela.

– Ja też – rzekł poważnie Kamael. – Uratowałeś Królestwo, zachowywałeś się tak, że wszyscy pojęli, co znaczy honor dla Rycerza Miecza. Jestem dumny, że należałeś do mojej formacji.

– Należałem?

Kamael rozłożył ręce.

– Pan wyznaczył ci inne zadanie. Od tego czasu stoisz ponad nami. Masz prawo dowodzić wszystkimi Aniołami Zniszczenia, nie tylko Szarańczą. Przekonasz się, że dysponujesz mocami, o których my nawet nie marzymy. Otrzymałeś Klucz do Czeluści i prawo burzenia światów.

Wciąż jestem twoim przyjacielem, Daimonie, lecz teraz nie ośmieliłbym się wydawać ci rozkazów.

Frey na chwilę przymknął oczy. Nie potrafił zebrać myśli. To, co usłyszał, wstrząsnęło nim. Jestem żywym trupem, powtarzał sobie. Co za szaleństwo! Przecież czuję się tak samo jak zawsze.

– Co mówią w Królestwie? – spytał z wysiłkiem.

Twarz Kamaela spochmurniała. Zanim zdążył się odezwać, głos zabrał Razjel:

– Różnie. Większość uważa cię za bohatera, a twoje wskrzeszenie za cud. Dwór uznaje twoją pozycję, stałeś się teraz wybrańcem Pana, kimś ważnym, choć niebezpiecznym. Przyszedł tu nawet nasz książę Soked Hezi, ale nie wpuściliśmy go, bo byłeś nieprzytomny i tylko by przeszkadzał. Są jednak tacy, którzy przeklinają twoje imię, robią z ciebie demona. Wielu się ciebie boi. Nazywają cię upiorem.

– Mogłeś mu tego oszczędzić – sarknął Kamael. – I śmiesz twierdzić, że masz talent do dyplomacji.

– Lepiej, żeby dowiedział się od nas niż od nich – uciął archanioł.

Daimon słuchał ich, jakby mówili o kimś obcym.

– Ja się prawie nie zmieniłem – powiedział wolno.

– Wiem. – Razjel skinął głową. Jego głos zabrzmiał niespotykanie łagodnie. – Wiem. Problem w tym, co myślą inni.

Daimonowi nagle świat zawirował przed oczami. Ból i ucisk w klatce piersiowej nasiliły się.

– Dużo... czasu minęło?

– Trochę – niechętnie przyznał Razjel. – Parę dni. Nie więcej niż dwa tygodnie.

Daimon nie miał siły się zdziwić.

– A... Proteza Pana? Jaldabaot...

Kamael machnął ręką.

– Nim nie masz się co przejmować. Sytuacja lekko się zmieniła.

Daimon patrzył na przyjaciół pytająco. Razjel wzruszył ramionami.

– Rozumiesz, mały pucz. Upragniony znak od Pana i zgadnij, kto wkracza na scenę?

– Gabryś – dokończył dowódca Aniołów Miecza. – Za starym demiurgiem prawie nikt się nie opowiedział, tak ewidentnie popadł w niełaskę. Smutne, co?

Daimon zdobył się na blady uśmiech.

– To co tu jeszcze robicie?

– Kochamy cię! – Kamael wyszczerzył zęby. – Spełniamy obowiązek względem miłosierdzia i przyjaźni. Nie bój się, nie zapomną o nas. Teraz nastaje pajdokracja! Pod naszymi rządami Królestwo stanie się wreszcie normalne. No dobrze, prawie normalne. Przysięgam, że postaramy się lepiej i inaczej niż Jaldabaot.

– I nikt nie będzie skazywał na śmierć bohaterów wojennych – uśmiechnął się Razjel.

– Nie wątpię – mruknął Daimon nie bez sarkazmu, chociaż nie wątpił w szczere intencje przyjaciół. Władza polityczna wydawała mu się zawsze kąskiem raczej zgniłym niż kuszącym. W sumie jednak wierzył, że zmiana wyjdzie Królestwu na dobre. Jaldabaot był szaleńcem, a archaniołowie mieli całkiem rozsądne poglądy. Ucieszył się w duchu, ale zabrakło mu sił, żeby to okazywać. Z każdą chwilą czuł się gorzej i mówienie sprawiało mu ogromną trudność.

– Powiedźcie mi... – zaczął, ale Razjel podetknął mu pod usta kubek z gorącym, gorzko pachnącym płynem.

– Nie jesteś teraz całkiem zwyczajny, Daimon – powiedział. – Twoje rany goją się paskudnie i bardzo powoli. Nie reagujesz na zaklęcia uśmierzające ani uzdrawiające. Faszeruję cię bardzo potężną magią, używając całego mego kunsztu i wiedzy. Uszanuj te wysiłki, co? Wypij to świństwo, odpocznij, spróbuj zasnąć i przestań wreszcie gadać, dobra?

Jaldabaot w milczeniu spoglądał na zawalające biurko plany i mapy. Precyzyjne rysunki tańczyły mu przed oczami, składając szydercze ukłony. Kosztowne, wyszywane szaty szeleściły melodyjnie przy każdym ruchu, ale Jaldabaot już tego nie słyszał. Wciąż uporczywie, natrętnie powracało do niego wypowiedziane pokaleczonymi wargami zdanie; nieugięta deklaracja lojalności.

Jestem wiernym rycerzem Pana. A ty, Jaldabaocie? A ty?

Wielki Archont, Władca Siedmiu Wysokości, przekładając smukłymi palcami zapisane pergaminy, nie był w stanie odpowiedzieć sam sobie, w którym momencie przestał być wiernym rycerzem Pana.

Rozdział I

Współcześnie,
wiele tysiącleci później

Razjel zatrzasnął kronikę. Tłoczona we wzory skórzana oprawa opadła ciężko. Powołanie Daimona było ostatnim świetlanym momentem w historii Królestwa, pomyślał gorzko Archanioł Tajemnic. Potem wszystko wzięło w łeb. Z początku szło świetnie. Po obaleniu Jaldabaota przejęliśmy władzę. Młodzi, pełni zapału, rozkochani w Jasności archaniołowie. Mieliśmy zapoczątkować nową erę, czas rozkwitu, sprawiedliwości, wolności, mądrych, pięknych idei. Staraliśmy się. Pracowaliśmy jak szaleni. Gdy Rafał i Gabriel sadzili pierwsze drzewa w Ogrodach Edenu, nasze serca szybciej biły z radości. I dumy. Wielkiej dumy. Oto, czego dokonaliśmy. Wznosimy nowy wspaniały świat według nakazów Pana. My, drugi od końca chór w hierarchii. Wolni od skostniałej etykiety, od dworskich rozgrywek, silni, radośni, młodzi... Wybrańcy Pana. Razjel westchnął. Kiedy wszystko zaczęło się psuć? Już wtedy? Pamiętał przecież dobrze, z jakim oddaniem służyli, jak głęboko poświęcili się wielkiemu dziełu Stworzenia. Czyżby za bardzo? Obracali planety wokół słońc, a słońca rzucali wprost w bezbrzeżną czerń Kosmosu. W pustce tworzyli zręby nowego. Nieśli materię i ideę. Światło i moc tworzenia. Na Ziemi wypiętrzali góry, wytyczali granice oceanów, kładli między rudy metali warstwy skał, kształtowali dna mórz, formowali kontynenty. I obejmowali stanowiska. Regent Słońca, Regent Księżyca, Władca Czterech Wiatrów, Naczelnik Żywiołów, Pan Trzeciej, Szóstej, Siódmej Wysokości, Wódz Zastępów, Wielki Kanclerz, Wielki Architekt, Wielki Sternik. Zarządca, zwierzchnik, dowódca, nieważne jaki, byle wielki. Czy wtedy już zrobili się próżni? Nie, przecież nie tak, jak Jaldabaot i jego archonci. Ale pracując, zapominali o Jasności. Nie odczuwali na każdym kroku potęgi Stworzenia, nie wysławiali każdym czynem niezwykłego dzieła Pańskiego. Zgubili po drodze cud i radość tworzenia. Po prostu byli rzetelni. A potem zmęczeni.

Razjel wodził palcami po tłoczeniach na skórzanej oprawie kroniki. Słowa, pomyślał. Litery. Ile zawierają w sobie emocji. Otworzył księgę na chybił trafił. *A dnia onego podjął Pan zamiar uczynienia jeszcze jednej istoty, imieniem Adam Kadmon i objawił ową wolę aniołom Swoim*, brzmiało pierwsze zdanie na stronie. Razjel pamiętał ten dzień, tak samo jak inne, które po nim nastały. Aniołowie nie byli specjalnie zdziwieni nowym zadaniem. Wbrew późniejszym pomówieniom, nie odczuli też zazdrości, gdy pojawił się pierwszy człowiek. Obsługiwali go, uczyli, czuwali nad nim, tak samo jak nad zwierzętami Ziemi. Nie widzieli w istocie ludzkiej żadnej konkurencji dla siebie, jak głoszą teraz głupie plotki z Głębi. Towarzyszyli Adamowi, a potem jego potomkom, ludziom, od zarania dziejów. Rośli wraz z nimi, zmieniali się wraz z nimi, dojrzewali z nimi. Królestwo przekształcało się, podobnie jak Ziemia, którą skrzydlaci mieli pod opieką. Nie, ludzie nie stali się przyczyną rozłamu w chórach i upadku co trzeciego spośród aniołów.

Książę Magów zamyślił się głęboko. Do dziś nie potrafił zrozumieć, co skłoniło Lucyfera do wzniecenia tego nieszczęsnego buntu. Znał go niegdyś dobrze i wiedział, jak bardzo Lucyfer był oddany Jasności. Razjel miał całkowitą pewność, że gdzieś głęboko, u źródeł nieszczęścia, krył się Samael, Ryży Hultaj ze złym, krzywym uśmieszkiem na obrośniętym czerwoną szczeciną pysku. A motywy Samaela nie dawały się łatwo przeniknąć. Rudowłosy archanioł był jak odprysk Chaosu, jak wicher, który nadejdzie niespodziewanie i zburzy budowlę, która zdawała się solidna jak sam Kosmos. Razjel wcale by się nie zdziwił, gdyby dowiedział się, że Samael postawił sobie za punkt honoru skłonić do buntu jednego z najbardziej oddanych dziełu aniołów dla zwykłego kaprysu, czczej sztuczki spryciarza. Na Jasność, do jakiej tragedii doprowadził ten głupi wybryk. Lucyfer przecież nie przypuszczał, że zwykła, co tu kryć, szczeniacka próba zwrócenia na siebie uwagi Pana zakończy się wojną domową. A potem już nie potrafił się wycofać. Razjel przerzucił kilka stron. Jego wzrok padł na przypadkowe zdanie.

Po gwałtownym zerwaniu rozmów nie można było dłużej żywić nadziei. Trzecia część skrzydlatych pod wodzą tego, który z racji funkcji i imienia nieść winien światło, poniosła Królestwu jedynie ciemność, krew i pożogę. Najgorsza z wojen ogarnęła świat, fundamenty nowego dzieła Pańskiego zbryzgała posoką tak wiernych, jak i zbuntowanych. Wojna między braćmi.

Archanioł Tajemnic przestał czytać. Zamyślony, spoglądał w okno. Mrok gęstniał już ponad pałacami i ogrodami Hajot Hakados, najpiękniejszej dzielnicy Szóstego Nieba. Ześlizgiwał się w dół po złotych i srebrnych kopułach budynków, oplątywał wokół strzelistych wież i wdzięcznych wieżyczek, kładł się cieniem na balkonach i tarasach, pełzał wśród fontann i klombów słynących z urody ogrodów. Wille i pałace, jedne po drugich, zaczęły rozbłyskać światłami, a po chwili Hajot Hakados wyglądała jak lśniąca kolia na granatowej sukni nocy. Ale Razjel zdawał się nie dostrzegać czarownego widoku.

Przed oczami miał obrazy wywołane z mroku wspomnień. Wypalone skorupy chałup w Limbo. Ciasne, skromne domy aniołów służebnych z Pierwszego Nieba dosłownie starte na proch. Trupy i barykady na ulicach Drugiego. Splądrowane sklepy, podpalone kamienice, zniszczone ogrody w Trzecim. Gmachy urzędów straszące oczodołami okien, powybijanymi drzwiami, obtłuczonymi fasadami, zbezczeszczonymi symbolami państwowości Królestwa. Michael na czele Zastępów odparł oddziały buntowników dopiero w Czwartym Niebie. Bronili się twardo, walcząc dosłownie o każdy dom. W końcu regularna armia zdołała wyprzeć ich z obrębu murów Królestwa i w Limbo zmusić do ostatecznej rozgrywki na otwartym polu. Lucyfer, oszalały z rozpaczy, chciał znaleźć w tej bitwie śmierć, ale kapryśna kostucha nie miała ochoty poddać się jego woli. Nawet wtedy, gdy los zmusił go do pojedynku z dowódcą armii Królestwa. Przed oczami Razjela stanęła niespodziewanie skurczona, szara jak płótno twarz Michała skulonego na krześle w zdemolowanym gabinecie regenta.

– Nie mogłem... – powtarzał w kółko. – Niech mi Jasność wybaczy, nie mogłem go zabić. Niebieskie oczy Pana Zastępów pociemniały z bólu. – Powiedział „Zrób to dla mnie, Michale". A ja nie mogłem. Zrozumcie, nie mogłem... Cholera jasna, no nie mogłem i już! Nie gapcie się tak!

Milczące postaci archaniołów rozwiały się jak dym. Pojawiła się na ich miejsce inna twarz. Pogrążonego w rozpaczy, zdruzgotanego potępieńca, który nie miał już po co żyć. Maska, w jaką zamieniło się po klęsce oblicze Lucyfera. Razjel miał czas dobrze się jej przypatrzeć, kiedy przedarł się po kryjomu do Głębi, żeby poskładać i opatrzyć strzaskaną podczas upadku, zmasakrowaną nogę nowego władcy Otchłani. Lucyfer na jego widok odwrócił się do ściany i nie wypowiedział żadnego słowa. Czy uczyniłem wtedy dobro, czy zgrzeszyłem? – pomyślał z goryczą Razjel. Popełniłem zdradę, czy zdobyłem się na odruch miłosierdzia? Zamknął kronikę.

– Ta wojna, ta upiorna wojna, kiedy musieliśmy wystąpić przeciw przyjaciołom, przeciw braciom – szepnął do siebie. – To był dopiero początek. Prawdziwa tragedia nadeszła później. Ale o tym nikt się nie dowie z żadnej księgi. Póki ja żyję.

Podparł czoło dłonią.

Wszyscy – myślał – Gabriel, Michał, Rafał, ja, wszyscy powinniśmy umrzeć z rozpaczy, gdy tylko dowiedzieliśmy się prawdy. Czemu tak się nie stało? Czyżbyśmy mieli serca z kamienia? Przecież jesteśmy aniołami. Nie wolno nam żyć, po tym jak Pan opuścił Królestwo.

Roześmiał się gorzko.

Oto twoja największa tajemnica, Książę Magów. Jasność odeszła z Królestwa, Pan opuścił swoje dziedziny, swoją skrzydlatą trzódkę i zniknął. Nawet nie wiemy, czy jeszcze istnieje. Zabrał Królową, grono świętych i patriarchów, Metatrona, swego ukochanego anioła, oraz gwardię przyboczną, nieodstępnych, szalonych Serafinów. Nagle, bez zapowiedzi, bez znaku osierocił Niebo. To wszystko przypominało makabryczny żart. Ale nim nie było. Razjel doskonale pamiętał chwilę, kiedy Gabriel, który dowiedział się pierwszy, zawlókł go do sali tronowej i pokazał mu pusty Biały Tron. U stóp podwyższenia siedział wódz chóru Serafinów, Serafiel, zupełnie obłąkany, uśmiechnięty i drwiący. I tak już zostało.

Byli zupełnie sami. W pamięci Księcia Magów pojawił się obraz narady, którą archaniołowie odbyli po odkryciu szokującej prawdy. Co do jednego nie mieli wątpliwości. Nikt nie może się dowiedzieć. W gabinecie prywatnego pałacu Gabriela na Księżycu panowała grobowa atmosfera. Rafael płakał nieustannie, rozpaczliwe chlipanie irytowało pozostałych. Michał podpierał brodę pięścią, Pan Objawień nerwowo krążył po pokoju. Razjel ugniatał w palcach koniec warkocza. Przed chwilą zawiązali spisek. Udało się przekonać pozostałych trzech archaniołów, którzy mieli prawo niewzywani stanąć przed Białym Tronem, żeby trzymali języki za zębami. Pozostali skrzydlaci w Królestwie musieli otrzymać imienny rozkaz stawienia się przed obliczem Jasności, aby w ogóle Je ujrzeć. Prawda była taka, że większość aniołów nigdy nie widziała Pana. Więc spisek miał szanse powodzenia.

– No, zrobiliśmy to – powiedział ochryple Gabriel. – Przynajmniej nie dopuścimy do szalonej wojny domowej, która zniszczy świat.

Rafał jęknął.

– Nie wiem, czy naprawdę dobrze robimy. Powinniśmy powiedzieć prawdę.

Zielone oczy Gabriela zalśniły niebezpiecznie.

– Ani się waż – warknął – przysiągłeś, pamiętaj.

– Posłuchaj, Rafale – powtórzył po raz setny Razjel. – Tylko wola Pana jest gwarantem naszej władzy. Jeśli prawda wyjdzie na jaw, rzucą się na nas wrogowie i uzurpatorzy z całego Królestwa, a świat diabli wezmą.

– Żeby tylko diabli – mruknął Michał.

– Wciąż mówicie o władzy! – chlipał Rafael. – Pana nie ma! Rozumiecie?! Poszedł sobie! Zostawił nas na pastwę losu. Na potępienie!

Gabriel okręcił się na pięcie.

– Natychmiast przestań – syknął. – Póki siedzimy na stołkach i udajemy, że nic się nie zmieniło, Królestwo ma szansę przetrwać. Nie rozpadnie się.

– Ale wy chcecie się związać z Lucyferem! – wrzasnął Rafał.

Zgromadzeni popatrzyli po sobie. Istotnie, chcieli. Jasność sygnowała zarówno niebiańską, jak i głębiańską władzę. Tron Lucyfera zachwiałby się jeszcze szybciej niż regenta Królestwa, gdyby wyszło na jaw, że Pan opuścił Wszechświat. Jeśli powierzą tajemnicę Lucyferowi i jego najbliższym współpracownikom, zyskają przynajmniej sprzymierzeńca, który będzie się równie gorliwie jak oni starał o zachowanie sekretu.

– No i stało się – powiedział na głos Razjel. – Lucek i jego banda znów są naszymi przyjaciółmi.

Nawet teraz, po latach, Książę Magów nie wyzbył się wątpliwości. Ale dobrze wiedział, że gdyby znów miał możliwość wyboru, postąpiłby tak samo. Podobnie jak reszta archaniołów. Spisek wytrzymał wiele stuleci. Oprócz siedmiu skrzydlatych konspiratorów i kilku najbliższych Lucyferowi Głębian dołączył do niego tylko Daimon Frey, Anioł Zagłady. Gabriel był pewien, że można mu zaufać, a Frey miał szansę stać się źródłem cennych informacji. Moc destruktora, Burzyciela Światów, budziła się w nim jedynie na bezpośredni rozkaz Pana. Gdyby więc Daimon przeistoczył się w Abaddona, archaniołowie otrzymaliby dowód, że Jasność interesuje się w bezpośredni sposób Królestwem. Jednak miecz Freya, Gwiazda Zagłady, ani razu od czasu odejścia Jasności nie zapłonął blaskiem mocy.

Razjel westchnął po raz kolejny tego wieczoru. Nie miał już dłużej ochoty ni siły rozpamiętywać przeszłości. Zbyt wiele się tam kryło bolesnych wspomnień. Książę Magów wstał, odłożył kronikę na półkę i postanowił, że dla odprężenia spróbuje trochę popracować nad eliksirem czystej radości. Opuścił bibliotekę i udał się w kierunku pracowni. Ledwo przestąpił próg, poczuł straszny ucisk w skroniach, ujrzał przed oczami słup kolorowych iskier i zwalił się bez przytomności na podłogę.

Regent Królestwa, Gabriel, nie spał dobrze tej nocy. W sennych majakach pozostawał zawieszony głęboko w pustce Kosmosu, nieruchomy i bezwolny. Widział gwiazdy i planety krążące w odwiecznym kontredansie, maleńkie, gładkie i kolorowe. Wreszcie zdał sobie sprawę, że to szklane kulki różnej wielkości toczące się po olbrzymim stole nakrytym czarnym suknem. Gabrielowi nie podobało się, że nie ma żadnej kontroli nad wizją. Na Jasność, przecież był Panem Snów. Próbował wpłynąć na obraz, zmienić go, ale nie potrafił. Nie mógł też się obudzić. Trwał nieruchomo, wpatrzony w taniec szklanych kulek. Wtem w jego umyśle rozległ się głęboki, niski głos, którego dźwięk wprawił anioła w irracjonalne przerażenie.

– *Zagrasz ze mną, Gabrielu?*

Regent Królestwa otworzył usta do krzyku i ocknął się niespodziewanie we własnym łóżku, drżąc jakby z wielkiego zimna. Przerażenie znikło wraz z marą senną, jednak pozostawiło po sobie niemiły niepokój, który nie opuścił Gabriela nawet z nastaniem ranka. Nigdy dotąd Archanioł Objawień nie spotkał się ze snem, nad którym nie umiałby zapanować.

Potworny ból rozsadzał czaszkę. Usadowił się gdzieś za oczami i promieniował stamtąd, obejmując całą głowę, przewiercając się przez żołądek, sięgając aż do czubków palców.

Razjel jęknął. Świadomość powracała powoli, więc dobrą chwilę zajęło mu stwierdzenie faktu, że leży skulony na podłodze pracowni. Spróbował się poruszyć, ale usłyszał w mózgu przeraźliwy wrzask bólu, a ciało momentalnie oblało się lodowatym potem. Przymknął powieki i postanowił poleżeć jeszcze przez parę sekund. Natychmiast zapadł w ciemność pozbawioną czasu i przestrzeni, więc gdy znowu otworzył oczy, nie wiedział czy minęła chwila, czy kilka godzin. Jednego był pewien. Ktokolwiek uderzył w niego tak potężną dawką destrukcyjnej magii, umiał się nią posłużyć. Z wielkim trudem dźwignął się na czworakach, a potem na kolana. Świat wokół wirował, kołysał się, pełen jaskrawych kolorów i dziwacznych kształtów, jak wielki obłędny korab dryfujący w nieznane.

Razjelem targnęły mdłości, lecz mimo to podjął próbę wstania na nogi. Chwycił drżącymi, mokrymi od potu palcami krawędź stołu, żeby się na nim oprzeć i usłyszał brzęk tłuczonego szkła. Drobne odłamki rozprysły się po posadzce, a archanioł dopiero wtedy zdał sobie sprawę, że strącił kilka retort. Plamy rozlanego na podłogę płynu zaczęły parować. Ostry, nieprzyjemny zapach, choć drażnił nozdrza, odrobinę Razjela otrzeźwił. Czepiając się stołu, zdołał wstać i, mimo koszmarnego bólu i zawrotów głowy, nie upaść ponownie. Miał kłopoty z ostrością widzenia, małe przedmioty, na które patrzył, nagle olbrzymiały, duże wydawały się maleńkie albo bardzo odległe. Oblizał suche usta, spróbował splunąć, żeby pozbyć się obrzydliwego posmaku, jaki towarzyszy zawsze zatruciu czarną magią, lecz nie znalazł ani odrobiny śliny.

– Ładnie cię urządzili, Razjel – wychrypiał do siebie z niedowierzaniem. Był Panem Tajemnic, Księciem Magów, najpotężniejszym czarnoksiężnikiem i alchemikiem w Królestwie, należał do siedmiu archaniołów dzierżących absolutną władzę nad Zastępami, pełnił funkcję szefa tajnego wywiadu, z którym mógł się równać tylko wywiad Azazela z Głębi, a został zaatakowany i powalony przy pomocy nieznanej magii we własnej pracowni strzeżonej jak forteca. Do tej pory uważał swój pałac, a w szczególności pracownię, za najbezpieczniejsze miejsce jakie znał, zabezpieczone zaklęciami, znakami i pieczęciami nie do przełamania. Teraz ponury, obolały, z trudem powstrzymujący mdłości, musiał zmienić zdanie. Któż, na najplugawsze zakamarki Głębi, był na tyle potężny, żeby niepostrzeżenie wkraść się do prywatnych komnat Razjela i użyć przeciwko niemu klątwy, której archanioł nie tylko nie wyczuł, ale nawet teraz nie potrafił rozpoznać? Co gorsza niczego nie pamiętał. Wszedł do pracowni, sprawdził wyniki doświadczeń, zapisał je w księdze... O, na Czeluść! Księga!!! Zachwiał się, bo zrobiło mu się słabo. Potrącił niechcący wysoką kolbę, która wychlapała gęstą, zielonkawą zawartość na stronice otwartego manuskryptu, oczywiście nie TEGO, lecz zwykłych, banalnych notatek, gdzie zapisywał obserwacje eksperymentów prowadzonych raczej dla rozrywki niż z myślą o poważnej pracy.

Krzywiąc się z bólu, przyklęknął, wyrysował palcem na podłodze dwa skomplikowane znaki, które przez chwilę drgały bladymi fosforyzującymi liniami, a następnie wsiąkły w deski. Podniósł się i, rozkładając ramiona, zaintonował śpiewne długie zaklęcie. Potem wyrzucił przed siebie ręce, wydając gardłowy stłumiony okrzyk, przeszedł przez ścianę jakby zrobiono ją z mgły i znalazł się w swojej tajnej komnacie. Tu zajmował się poważną pracą, prowadził ciekawsze lub niebezpieczne doświadczenia oraz przechowywał ważne dokumenty. Skierował się prosto w prawy róg pomieszczenia, gdzie stał krzywy stoliczek na wilczych łapach, z podniszczonym blatem, z którego szczerzył się, wykonany techniką intarsji, łeb drapieżnika. Razjel podszedł do mebla, wykonał nad nim skomplikowany gest palcami prawej ręki, podczas gdy lewą trzymał sztywno nad głową, wypowiedział głuchym głosem kilka słów, które brzmiały jakby ktoś spuścił po schodach puszkę żelaznych nakrętek, a następnie dodał dobitnie:

– Zielony język, żmijowa głowa. Koleżka wilczur nóż w pysku chowa. Gdy go wezwiecie, słowo po słowie, diabli was wezmą, mili panowie.

Wymyślił to hasło, bo wydawało mu się odpowiednio absurdalne i trudne do odgadnięcia. Powietrze ponad stolikiem zawirowało, rozbłysło i skrystalizowało się w formie małej, bogato rzeźbionej szkatułki. Gdy Razjel pstryknął palcami, wieko odskoczyło. Klucz wciąż znajdował się w środku, ale ten widok wcale archanioła nie uspokoił. Jeśli ktoś okazał się na tyle mocarny, że zgasił go jak świeczkę, być może wcale nie potrzebował klucza, żeby dobrać się do Księgi. Wyjął klucz z puzderka i położywszy dłoń na ścianie, przesuwał ją tak długo, aż poczuł wibracje. Pochylił się, niemal dotykając ustami muru, chuchnął. W powietrzu zawirowały drobiny magicznego, maskującego piasku, a w ścianie pojawiła się dziurka. Wsuwając w nią klucz, zauważył jak mocno drżą mu palce. Miał problem z trafieniem do otworu. Serce obijało się o żebra jak wściekła mucha o szybę, zaś Razjel doszedł do wniosku, że niczego nie pragnie bardziej, niż nie być zmuszonym do otwarcia skrytki. Ale nie pozostawało mu żadne inne wyjście. Przekręcając klucz, zacisnął powieki. Otworzył je ostrożnie i zaklął. Niemożliwe stało się jak najbardziej rzeczywiste. Skrytka była pusta. Nie pomogło mruganie i przecieranie oczu trzęsącymi się dłońmi. Księga Razjela, zbiór najpotężniejszych zaklęć i tajemnic świata, jakie powierzył mu Pan w ostatnim dniu Stworzenia, znikła.

– *Osobiście powierzył! Osobiście!* – zaskrzeczał brzydki, szyderczy głosik w głowie archanioła. – *Byłeś za nią odpowiedzialny. Wiesz, co teraz nastąpi? Domyślasz się, prawda?*

– Nie! – wrzasnął Razjel, waląc pięścią w drzwi skrytki z taką siłą, że omal nie połamał sobie palców. – To jakiś obłęd! Koszmar!

– *Akurat!* – syknął głosik. – *To tylko twoja dupa się pali, Książę Tajemnic.*

I Razjel zmuszony był przyznać mu rację. Nie było sensu wpatrywać się dalej w pustą skrytkę, bo choćby spędził na tym zajęciu długie lata, w ten sposób mógłby się tylko przekonać, jak bardzo Księgi w niej nie ma. Powoli szok mijał. Razjela ogarnął wisielczy nastrój. Właściwie dlaczego nie zdezerterować na rzecz Głębi, wybrać się w samotną podróż na krańce czasu albo zaciągnąć się do bandy najemników Raguela, pomyślał. Jesteś skończony, panie archaniele. I, jeśli Księga dostanie się w ręce jakiegoś rąbniętego sukinsyna, to samo można powiedzieć o całym Wszechświecie. Nagle poczuł się bardzo zmęczony, chory i wcale nie najmłodszy. Bolała go głowa. Co chwila wracały mdłości. Spróbował rzucić na siebie czar uzdrawiający, ale był zbyt rozbity, żeby się skupić.

– Trzeba za wszelką cenę odzyskać Księgę i znaleźć bydlaka, który ją ukradł – powiedział na głos. Wykrzywił twarz w gorzkim uśmiechu, gratulując sobie szyderczo, że tak łatwo znalazł rozwiązanie problemu.

Powlókł się z powrotem do pracowni, nie zaprzątając głowy maskowaniem tajnych przejść. Teraz nie było już czego strzec. Spojrzał na potłuczone retorty, na zachlapane stronice notatnika i poczuł, że zrobiono mu straszną krzywdę, że własny dom stał się dla niego obcy, splugawiony.

– Zapraszam – mruknął. – Chodźcie tu wszystkie sukinsyny i wynieście, co chcecie. Co mnie to obchodzi.

Podszedł do wiszącego przy drzwiach okrągłego lusterka w misternie kutej ramie. Stuknął w nie palcem. Natychmiast wewnątrz tafli zapłonął wizerunek oka, z wąską pionową źrenicą, nawleczonego na kunsztowną horyzontalną oś.

– Gabrielu! – zawołał stłumionym głosem. – Musimy porozmawiać!

W tej samej chwili oko zaczęło się obracać, najpierw wolno, później coraz szybciej. Źrenica rozsunęła się, bluzgając głęboką czernią na całą taflę lustra. I Razjel ujrzał szczupłą twarz Archanioła Objawień okoloną prostymi lśniącymi jak antracyt włosami, przyciętymi na wysokości szczęki. Intensywnie zielone oczy spoglądały na niego bystro i chłodno.

– O co chodzi? – zaczął Gabriel ostro, ale gdy tylko przyjrzał się uważnie twarzy Razjela, natychmiast zmienił ton. – Co ci się stało? Wyglądasz jak śmierć!

– Nie mogę teraz wyjaśnić – powiedział Pan Tajemnic zgnębionym głosem. – Natychmiast zwołaj wszystkich zaufanych. Musimy porozmawiać.

– Zaraz u ciebie będziemy. Czekaj – rzekł Gabriel, nie tracąc czasu na zbędne pytania, stuknął palcem w taflę, gasząc ekran. Pobladł trochę, twarz mu się ściągnęła, a w sercu zakiełkowało zimne ziarenko strachu, bo sarkastyczny, zasadniczy Razjel nigdy nie przejawiał skłonności do histerii. Wywołał w swoim zwierciadle obraz Oka Dnia i zawołał cicho:

– Michał? Jesteś tam?

W tej chwili z czerni wyłoniła się szczera, przystojna twarz Pana Zastępów w gęstwinie krótkich szafranowych loków.

* * *

– Mamy go! Mówię wam, tym razem go mamy! – stłumiony głos dźwięczał triumfem. W ogromnym wnętrzu kamiennego budynku panowała cisza i ciemność. Mdłe światło z ulicy wpadało przez witraże, kładąc się na posadzce strzępami barwnych plam. Ułożone z kolorowych szybek sceny, obrazujące ważniejsze wydarzenia przedwiecznej bitwy z Mrocznymi, stawały się przez to jakieś groteskowe, zdeformowane. Potężne rydwany wydawały się rozsypywać w kawałki, a oblicza zwycięskich aniołów wykrzywiać obłędnym strachem lub nienawiścią. Wynaturzone postacie splatały się z sobą w wieloznacznych pozach. Pięciu skrzydlatych siedziało przy wąskim, zbitym z surowych desek stole wspartym na krzyżakach.

W cieniu posępnych kolumn, pod sklepieniem wysokim jak niebo, samym sobie zdawali się mali i słabi. Fakt, że spotkali się w byłym gmachu przesłuchań nabierał jakiegoś złowieszczego znaczenia. Czuli się nieswojo, kiedy uświadamiali sobie, jak niewiele trzeba, żeby wszyscy stanęli oko w oko z prawdziwymi śledczymi.

– Powtarzam, tym razem dobraliśmy się do niego! – krzyknął drobny, niemłody anioł, zrywając się z miejsca. – Na Otchłań, panowie, spójrzcie na dowody!

Dźgnął palcem rozłożone na blacie papiery. Żaden z czterech pozostałych skrzydlatych nie wykazał specjalnego entuzjazmu.

– Nie sądzisz, że lepiej dać sobie z tym spokój? – spytał smagły, krótko ostrzyżony anioł. – To się staje zbyt niebezpieczne.

– Spokój?! Teraz, kiedy wreszcie mamy na niego haka! I to jakiego!

Potężnie zbudowany, jasnowłosy skrzydlaty oparł łokcie o stół.

– Wykręci się – burknął. – Udowodni, że jest czysty jak łza, a nas w najlepszym razie wyśle do lochu. Wolę nie myśleć, co z nami zrobi, jeśli akurat nie będzie w humorze.

Smagły skinął głową.

– Prawda. Suczy syn jest mściwy jak żmija. Mam wam przypomnieć, jak mnie potraktował? Do dziś jeszcze chodzę z piętnem zdrajcy, wszyscy odsuwają się ode mnie, nie mam żadnego rozsądnego stanowiska ani należnej pozycji. A co ja mu takiego właściwie zrobiłem? A Raguel? Pamiętacie historię Raguela?

Pamiętali. Został skazany, wygnany z Królestwa i oficjalnie uznany za demona tylko dlatego, że sumiennie wykonywał obowiązki. Zapadło ponure milczenie.

Drobny anioł wciąż stał u szczytu stołu. Oddychał gwałtownie, drżał, a w oczach lśniło mu szaleństwo rozpaczy i nienawiści.

– Nie rozumiecie! – zawołał. – Teraz nie zdoła się wykręcić! Spójrzcie na dowody.

Smagły, westchnąwszy, sięgnął po dokumenty. W miarę jak czytał, jego twarz stawała się coraz bardziej napięta. Bez słowa podsunął papiery jasnowłosemu. Ten przejrzał je spiesznie, podał pozostałym, krzyżując ponad stołem spojrzenie ze smagłym. Śmiertelnie poważne spojrzenie.

– Na Jasność! – szepnął. – Jeśli tylko są autentyczne...

– Oczywiście, że są! – krzyknął triumfalnie drobny skrzydlaty. – Mówiłem wam...

– Skąd je masz? – przerwał smagły, nerwowo wyłamując palce. Drobny lekko się zmieszał.

– Ktoś wysoko postawiony postanowił nam pomóc.

– Kto?

Niski anioł wzruszył ramionami.

– Czy to ważne? Mamy dokumenty i tyle.

– Ważne – mruknął jasnowłosy. – No więc kto?

– Ktoś, kto ma dosyć jego tyranii i całej tej bandy, której przewodzi. Ktoś potężny, wpływowy i światły, który cierpi, widząc, co się dzieje w Królestwie.

– Czego zażądał w zamian? – spytał podejrzliwie smagły.

– Niczego. Po prostu komuś leży na sercu dobro Królestwa, podobnie jak nam.

– A jeśli to pułapka?

– W żadnym wypadku! To wspaniała, niezależna osoba, ciesząca się powszechnym szacunkiem. Ktoś, kto nie musi bać się jego podłych intryg.

– I sam się z tobą skontaktował?

Drobny z zapałem skinął głową.

– Panowie! – zawołał. – Oto zapłata za nasze krzywdy! Oto ręka sprawiedliwości, która zmiażdży wreszcie tę plugawą, krwawą wesz żerującą na Królestwie!

Jasnowłosy anioł sięgnął po papiery, zważył w dłoni.

– To potężna broń – powiedział. – Dzięki niej możemy przewrócić całe Królestwo do góry nogami. Pozostaje tylko mieć nadzieję, że dokumenty są autentyczne i nikt nie zastawia na nas sideł, bo od tej chwili wszyscy zabrnęliśmy zbyt głęboko, żeby móc się wycofać.

Daimon Frey pędził przez ogromne otchłanne przestrzenie poznaczone strzępami gwiazd. Krwawo gasnące słońca wyglądały w ciemności jak rany albo rozwarte paszcze potworów. Komety śmigały z wizgiem, szczerząc do niego szalone, roześmiane usta. Ich ogony ciągnęły za sobą snopy iskier. Pęd szamotał długimi czarnymi włosami anioła, wyszarpywał kosmyki ze starannie zaplecionego warkocza. Mimo skórzanych rękawic, dłonie zaciśnięte na łęku siodła kostniały, palce traciły czucie. Wiatr smagał twarz, zmuszał do mrużenia oczu. Daimon czuł narastające zmęczenie. Dokuczała mu sztywność w plecach i karku, kąsało zimno. Był w drodze nieskończoną ilość dni, a niosący go na grzbiecie olbrzymi kary rumak wydawał się niezmordowany. Kopyta dźwięczały miarowym, równym rytmem, prędkość nie malała nawet na chwilę.

Daimon słyszał głęboko w umyśle cichy głos konia, który nucił jakąś pozbawioną sensu, monotonną pieśń.

Było tam coś o Boskich Zwierzętach, błyskawicach, morzu, Królowej Syren i Sarniej Księżniczce.

Frey nawet nie próbował dociekać, co to znaczy. Piołun był wierzchowcem parasim, więc siłą rzeczy miał nierówno pod sufitem. Z punktu widzenia skrzydlatych obłęd dotykał wszystkie Bestie, które zachowywały się nieprzewidywalnie, odzywały niedorzecznie, pojawiały i znikały bez dania racji, i w większości przypadków nie reagowały na próby porozumienia, więc kontakt z nimi właściwie nie był możliwy. Ich umysły były dziwaczne i obce. Niewykluczone, że postradały zmysły, ponieważ Pan wymyślił je u zarania świata, kiedy kosmos jeszcze się nie narodził, a wyobraźnia najpotężniejszych nawet skrzydlatych nie umiała objąć niezwykłości czasów przed Stworzeniem. Bestie powstały jako dzieci Chaosu, pierwsze zabawki Pana, należały jeszcze do przedwiecznego mroku. Starsze niż światło, znające tajemnice, o których nie śniło się największym aniołom, mieszkały samotnie na krańcach Wszechświata, w głębiach praoceanu, w Strefach Poza Czasem. Tylko rumaki, stworzone najpóźniej, wykazywały tyle rozsądku, że mogły masowo służyć jako wierzchowce kawalerii.

Daimon znał Piołuna od wieków i uważał za swego przyjaciela, ale nigdy nie miał pewności, co wierzchowiec naprawdę myśli i czy rozumuje tak samo jak on. Piołun był milkliwy i rzadko odzywał się z własnej woli. A teraz Daimon potrzebował jego opinii, bo choć z pozoru wszystko wydawało się w porządku, męczył anioła jakiś niejasny niepokój. Zbliżali się do obrzeży świata, dalej rozciągały się Strefy Poza Czasem. Pogranicze, jak zwykle, roiło się od zbiegów z Otchłani, złośliwych duchów i nieukształtowanych, bezmyślnych potworów Chaosu, nie było to jednak nic niezwykłego, ani wyjątkowo niebezpiecznego. A jednak Anioł Zagłady nie mógł się pozbyć niedobrych przeczuć. Nie umiał ich wytłumaczyć, bo nie natrafił na żadne wibracje ani szczeliny w strukturze świata. Położył dłoń na karku konia, pochylił się nisko i krzyknął mu w ucho:

– Nie zauważyłeś czegoś dziwnego, Piołun?

Nieprzyjemny, nosowy głos rumaka odezwał się bezpośrednio w głowie anioła.

– *Wiele napawa mnie zdumieniem, odkąd sięgam wstecz pamięcią, próbując przywołać rzeczy minione.*

Daimon zaklął cicho. No tak. Innej odpowiedzi nie miał co oczekiwać. Koń był zbyt pochłonięty starciem Sarniej Księżniczki z Bezwłosym Stuletnim Psem, żeby odpowiedzieć do rzeczy. Popadł w filozoficzny nastrój, z którego nic nie mogło go wytrącić. Jednak było zimno, Frey czuł się zmęczony, miał paskudne przeczucia, więc Piołun go zirytował. Stuknięty bydlak, pomyślał ze złością, zginając i prostując palce, które zziębły tak, że w każdej chwili mogły się chyba rozkruszyć. Zamknął oczy, wywołując w wyobraźni wizję wykładanej turkusową emalią, zdobionej morskimi motywami wanny w swoim pałacu w Królestwie po brzegi wypełnionej ciepłą, cudownie rozgrzewającą wodą.

– *Niedobrze rozstawać się z mieczem, gdy może być przydatny* – usłyszał uprzejmy głos konia. – *A jeszcze gorzej zginąć, nim się go wydobędzie.*

W tej samej chwili Daimon poczuł falę ohydnego smrodu i omal nie wyleciał z siodła, gdy Piołun wykonał potężny odskok.

– Jasna cholera! – wrzasnął, wyszarpując przytroczoną na plecach broń. Zobaczył przed sobą paskudny, wykrzywiony pysk wyłaniającego się z ciemności demona, który bluzgał w niego kolejną falą smrodliwego dymu. Tuż przed twarzą anioła rozbłysły małe złośliwe ślepia, a potężna, zbrojna w szpony łapa minęła tylko o włos jego bok. Daimon zamachnął się, tnąc potężnie przez łeb stwora. Demon zawył i stanął w płomieniach. Przez sekundę w rozpaczliwym niezrozumieniu młócił na oślep łapami, aż rozpadł się w fontannę złotych iskier, powoli gasnących w mroku. Gdyby napadł zwykłego podróżującego z jakąś misją skrzydlatego, bez trudu rozdarłby go na strzępy. Daimon Frey, Anioł Zagłady, patrolował pogranicze między innymi po to, żeby eliminować podobne zagrożenia.

– *O nim można powiedzieć obłąkany* – odezwał się Piołun z lekkim wyrzutem. – *Istnieje różnica między umysłami chorymi a głębokimi.*

– Wybacz, stary – wymamrotał Daimon, zastanawiając się, skąd koń wiedział, że w myślach odmawiał mu zdrowych zmysłów. – I w ogóle dzięki.

– *Ja też jestem zmęczony* – rzekł rumak, niezmordowanie pokonując przestrzeń, a Frey poczuł wobec niego wdzięczność za to oczywiste kłamstwo.

Jak, u diabła, mogłem nie zauważyć tego demona, pomyślał. Przysnąłem, skonstatował. Na Jasność, źle ze mną, jeśli zaczynam zasypiać w siodle podczas rutynowych misji. Starzeję się, czy co?

– Długo spałem? – spytał.

Koń potrząsnął głową.

– *W obliczu wieczności, któż potrafi oceniać chwile?*

Długo, stwierdził ponuro Daimon. Zaraza na to wszystko!

– *Jest ciemniej niż zwykle* – powiedział niespodziewanie Piołun. – *Dużo ciemniej, Daimonie.*

Anioł poruszył się nerwowo. Wiedział, że koń nie ma na myśli blasku odległych słońc.

– Więc jednak coś czujesz?

– *Nic. Tylko przeczucia.*

– Potrafisz je nazwać?

Piołun ani na chwilę nie zmienił rytmu kroków, lecz Daimonowi wydało się, że wykonał gest odpowiadający wzruszeniu ramion.

– *Tak samo jak ty, Aniele Zagłady* – parsknął. – *Instynkt. Niepokój łowcy, który wie, że coś bardzo potężnego wyruszyło na żer.*

Frey poczuł dreszcz przebiegający po krzyżu. On może mieć rację, pomyślał. To absurdalne i nierealne, ale przecież może mieć rację. Klepnął konia w szyję.

– Dotrzemy do samej granicy. Jeśli nic się nie wydarzy, przejedziemy się trochę po Strefach Poza Czasem, chociaż niewykluczone, że będziemy musieli wrócić do Królestwa prędzej niż zamierzaliśmy.

Koń się nie odezwał, a jego kopyta niewzruszenie biły ciemność.

Gabriel zdał sobie sprawę, że po raz trzeci obchodzi stół. Splótł ręce za plecami, żeby nie obracać nerwowo na palcu sygnetu z pieczęcią, oznaką władzy i pozycji. Gdy zbliżył się do ściany, ujrzał przelotnie w zwierciadle Razjela

odbicie swojej zasępionej twarzy. Wciąż jeszcze nie potrafił ogarnąć umysłem rozmiarów katastrofy.

– Gdybym wiedział, w jaki sposób do tego doszło, zapobiegłbym temu! – usłyszał poirytowany głos Razjela. Odwrócił się i zobaczył chudą postać Pana Tajemnic skulonego na wysokim rzeźbionym krześle. Nigdy nie widział go w tak kiepskim stanie. Kościste nadgarstki, skrzyżowane na kolanie, wydawały się przetrącone i kończyły dłońmi zupełnie pozbawionymi życia. Skórę miał jak popiół, a podbarwione głębokimi sińcami oczy, zwykle lśniące lodowatym błękitem, zmętniały. Głowę archanioła owijał bandaż.

– Chodziło mi tylko o to, jak ktoś zdołał tu wejść i dobrać się do skrytki – wymamrotał usprawiedliwiająco Rafael, Pan Uzdrowień, który siedział za stołem naprzeciw Razjela.

– Nie wiem! – wrzasnął zapytany. – Pojęcia nie mam! Nawet nie zadał sobie trudu, żeby mnie zabić! Wszedł, wyłączył mnie, zabrał Księgę i wyszedł. Jak ci się podoba taka wersja? Zadowolony?

Gabriel drgnął. Odkąd pamiętał, Razjel nigdy nie podniósł głosu. Katastrofa to określenie znacznie za łagodne. Rafał spuścił ciepłe piwne oczy z twarzy Księcia Magów, wpatrzył się we własne dłonie leżące na blacie stołu.

Ewidentnie zrobiło mu się przykro.

– No, moment! – warknął Michał, odchylając się w tył na krześle. – Czego się wściekasz? Ma prawo wiedzieć, jak to się stało. Wszyscy mamy. Pan powierzył ci Księgę, która znikła w tajemniczych okolicznościach, a ty nic nie pamiętasz. Dobrze zrozumiałem?

Razjel zbladł jeszcze bardziej.

– Co ty sugerujesz?

– Co sugeruję? Że miałeś w posiadaniu jedną z najcenniejszych rzeczy w Królestwie i pozwoliłeś ją sobie ukraść. Znam kilka określeń na kogoś takiego, a wśród nich smętna wołowa dupa brzmi jak komplement!

– Zostaw go, Michasiu. Przestań się czepiać – powiedział Gabriel zmęczonym głosem. – Gdybyś zapomniał, to jest Razjel, Pan Tajemnic, Książę Alchemików, najlepszy mag w Królestwie. Sądzisz, że naprawdę zaniedbał czegoś w związku z Księgą? Od wieków pracujemy razem, wieki temu zostaliśmy przyjaciółmi, jesteśmy razem wplątani w sprawy, za które każdy sąd kazałby z nas drzeć pasy. Zawsze sobie ufaliśmy. Jeśli teraz zaczniemy żreć się między sobą jak wściekłe psy, przepadliśmy. Nie mogę uwierzyć, że w ogóle muszę o tym przypominać! Zwłaszcza kiedy sytuacja przedstawia się tak fatalnie, znacznie poważniej niż sądzicie. Księga zaginęła. To katastrofa, śmiertelne niebezpieczeństwo dla Królestwa, zgadzam się. Ale kto i w jaki sposób ją zabrał? Postarajcie się zrozumieć z jak potężnym wrogiem mamy do czynienia, jeśli potrafił wejść do pracowni Razjela, nie zostawiwszy żadnych śladów, ogłuszyć go z beztroską łatwością i zabrać przedmiot, do którego ochrony użyliśmy całej dostępnej nam mocy. Przypominam, że wszyscy obkładaliśmy Księgę zaklęciami. Razjel miał jej tylko pilnować. Boję się, że będziemy musieli walczyć z czymś, co przewyższa potęgą nie każdego z nas z osobna, ale wszystkich razem. Jeśli w ogóle powinniśmy walczyć.

– To niemożliwe! – krzyknął Michał. – Nie istnieje nikt silniejszy od nas...

Urwał i zbladł tak gwałtownie, aż na jego twarzy zaczęły się uwidoczniać złote plamki piegów.

Razjel przymknął powieki.

– Prawie nikt – szepnął.

– Absurd – wymamrotał bez przekonania Michał. – Myślmy poważnie.

Rafał wiercił się nerwowo na krześle.

– Wybaczcie, ale nie rozumiem. Mówicie o koalicji Głębian? Nawet gdyby dogadali się między sobą, nie zaryzykują kolejnej wojny. Są za słabi. Nie mogą się z nami równać.

– Oni nie – mruknął Razjel – ale istnieje Ktoś, kto nie tylko równa się z nami, ale niebotycznie nas przewyższa.

Rafał zacisnął szczęki.

– Skończcie z tymi zagadkami! Nie bawimy się w quiz dla katastrofistów!

Zielone oczy Gabriela zalśniły z irytacji.

– Rafałku – powiedział wolno. – Nie rób z siebie kretyna, jeśli nie musisz. Spróbuj pomyśleć. To nie takie trudne.

Archanioł Uzdrowień przełknął ślinę.

– Powariowaliście – jęknął. – Jesteście chorzy! Macie na myśli... Pana?

– Bingo! – burknął Michał. – Szanowny pan wygrał.

– Sami nie róbcie z siebie kretynów! Po co miałby kraść Księgę, którą w pewnym sensie podyktował? Jest wszechmogący! Na Otchłań, na co Mu spis magicznych zaklęć!

Gabriel znów okręcał pierścień na palcu.

– Nie ukradł jej – wyjaśnił ponuro. – Sprawił, że przestała istnieć.

– Dlaczego? – upierał się Rafael.

– Żeby pozbawić nas mocy i ochrony. Stopniowo będzie zabierał wszystkie związane z Nim przedmioty, z których Królestwo czerpie siłę. Obawiam się, panowie, że doczekaliśmy czasów ostatecznych. Być może Panu zachciało się skończyć z tym światem. Musimy się przygotować na najgorsze.

– Czekaj, Dżibril – wtrącił łagodnie Razjel, używając imienia nadanego niegdyś Gabrielowi przez dżinny, które to imię przyjaciele traktowali jako zdrobnienie. – Gdybyś miał rację, Pan by mnie zabił, zabierając Księgę. To prawda, że zawiera groźne zaklęcia mogące zniszczyć świat, ale prawdziwe tajemnice znam tylko ja. Na pamięć, panowie. Nigdy nie zostały zapisane.

Gabriel przełknął ślinę, jakby połykał gorzkie lekarstwo. Wiedział, że Razjel jest Księciem Tajemnic, ale do tej pory nie podejrzewał, jak ogromnej wagi są te tajemnice. Starał się zignorować ukłucie zazdrości i nie okazać, jak mocno zabolało go wyznanie Razjela. Jednak nie potrafił nie zadać sobie gorzkiego pytania, czemu jemu nie powierzono żadnego naprawdę istotnego sekretu. Uniósłszy głowę, napotkał serdeczne, niewesołe spojrzenie Księcia Alchemików. Wtedy, w jednej chwili zrozumiał ciężar odpowiedzialności, który Razjel dźwigał od wieków. Wspomniał też ogrom władzy, jaka przypadła w udziale jemu samemu, i doszedł do wniosku, że każdy z nich otrzymał odpowiednio potężne brzemię. Michael chrząknął, spoglądając na Razjela niepewnie.

– Nie zrozum mnie źle – zaczął – ale co by się stało, gdybyś wpadł w niepowołane ręce i ktoś, hmm... próbowałby skłonić cię do podzielenia się sekretami najwyższej wagi bez twojej woli. Myślałeś o tym? Nie żebym wierzył, że dojdzie do takiej sytuacji, ale przecież może.

Pan Tajemnic zdobył się na krzywy uśmiech.

– Kiedyś Pan mi ufał, Michałku.

Gabriel westchnął.

– Kiedyś Pan ufał nam wszystkim.

Cisza, która zapadła, brzmiała ponuro. Czterem zgromadzonym w pracowni skrzydlatym nikt nie musiał przypominać o ironii ich położenia. Należeli do siedmiu archaniołów Obecności Bożej, dzierżyli pełnię absolutnej władzy w Królestwie, wraz z regentem Słońca Urielem, Archaniołem Pokuty Fanuelem i Sarielem, który zginął niedawno, ujawniając spisek demonicy Lilith. Byli wybrańcami awansowanymi na najwyższe stanowiska, choć przedtem, jako archaniołowie, należeli zaledwie do przedostatniego chóru, gdzie pełnili funkcje bezpośrednich zwierzchników szeregowych skrzydlatych. Michał został podniesiony do godności serafina, a Gabriel cherubina, dwóch najwyższych szczebli hierarchii niebiańskiej. Cała siódemka miała prawo wstępować bez ograniczeń przed Tron Pański. Tylko że Tron ten był pusty. Pan porzucił Królestwo. Odszedł, zabierając ze sobą Serafinów, kilku proroków, patriarchów i świętych oraz Metatrona-Wretila, swego ulubionego anioła, który, śpiewając na cześć Majestatu pieśni pochwalne, potężnym głosem powoływał do życia nowych skrzydlatych. Z tego powodu od lat na świecie nie narodził się żaden anioł. Wraz z Panem odeszła też Królowa, a moc tchnięta w Królestwo wyczerpywała się powoli lecz równomiernie, gdyż Duch Pański przestał je przenikać. Z biegiem czasu co wrażliwsi aniołowie zaczęli odczuwać niedosyt Jasności i tęsknotę za Panem. Narastał niepokój. Złaknieni mocy aniołowie zaczęli zwracać się ku Ziemi i miejscom odwiedzanym ponoć przez Królową. Dochodziło nawet do skandalicznych uzależnień od związanych z Nią przedmiotów. W wyniku tego narodził się kontrolowany głównie przez Głębian nielegalny handel wodą z Lourdes czy trawą z Fatimy.

Wciąż wybuchały jakieś bunty, pucze, spiski. Archaniołowie, głównie dzięki determinacji i talentom Gabriela, trzymali całe Królestwo twardą ręką, lecz doskonale zdawali sobie sprawę, że siedzą na bombie. Jak do tej pory, udało im się utrzymać w tajemnicy zniknięcie Pana, chociaż musieli w tym celu zawiązać koalicję z elitą Mrocznych z Głębi. Przedsięwzięcie zakrawało na zdradę stanu i z chwilą, gdyby zostało wykryte, oznaczałoby nie tylko koniec kariery czy wygnanie, ale natychmiastowe spotkanie z katem. Jedynie Pan miałby prawo osądzić inaczej. Sytuacja w Otchłani przedstawiała się jeszcze mniej stabilnie niż w Królestwie. Formalnie władza należała do Lucyfera, który zapanował nad Głębią po nieudanym buncie przeciw Jasności. Jednak stara arystokracja piekielna, aniołowie, którzy u zarania dziejów, kiedy Pan ostatecznie rozdzielił mrok i światło, opowiedzieli się po stronie Chaosu, uważała Lampkę, jak pogardliwie nazywano Niosącego Światło, za uzurpatora i tyrana. Lucyfer nie dysponował siłą pozwalającą ich zdławić, a oni byli za słabi, żeby strącić go ze stołka. W dodatku możni Głębianie niezbyt przejmowali się władzą centralną, utrzymywali prywatne armie, nieustannie najeżdżali sąsiadów i prowadzili politykę sprzeczną z ogólnymi interesami Otchłani. Większość ziem należała do magnatów i udzielnych książąt, gdyż Głębia, w przeciwieństwie do Królestwa, uchodziła za enklawę absolutnej wolności. W związku z tym, w razie niebezpieczeństwa, Gabriel mógł powołać pod broń wszystkie Zastępy, czyli każdego anioła w Królestwie, a Lampka wystawić kilka kontyngentów, na jakie było go stać z własnych funduszy i liczyć na lojalność przyjaciół, z którą w Głębi, programowo, nie było najlepiej. Niemniej jednak Lucyfer pozostawał najpotężniejszym z Mrocznych i utrzymywał się przy władzy. Zniknięcie Pana stawiało zarówno archaniołów, jak i Niosącego Światło w bardzo niepewnej sytuacji, gdyż tylko wola Jasności była gwarantem istniejącego porządku rzeczy. Ujawnienie tajemnicy równałoby się wybuchowi wojny domowej i totalnemu chaosowi, bo po władzę mógłby sięgnąć każdy, skoro Pan tak jawnie opuścił dotychczasowych ulubieńców. Mroczni i Świetliści musieli więc współpracować, oficjalnie pozostając wrogami, żeby utrzymać nie tylko swoje stanowiska, ale dotychczasową strukturę Wszechświata.

– Nie ulega wątpliwości, że natychmiast trzeba wszcząć poszukiwania Księgi – powiedział Gabriel. – Zostaje jeszcze jedna kwestia. Powiadamiamy Lampkę, czy uznajemy problem za własny?

– Na razie bym się wstrzymał. – Michał przesunął ręką po włosach. – Może uda się ją odzyskać bez zbędnego szumu.

– Zazdroszczę wiary w cuda – skrzywił się Razjel. – Ja jestem w stanie liczyć jedynie na katastrofę i popłakałbym się ze szczęścia, gdyby w ogóle udało się Księgę odzyskać.

– Czyli uważasz, że Lampkę należy powiadomić? – Gabriel bawił się pieczęcią.

– Nie. Na razie im mniej osób wie, tym lepiej. Po co nam jeszcze zbiorowa panika?

– Rafał?

Rafael drgnął.

– Wiecie, że trudno mi się przyzwyczaić do poufałości z Głębianami. Razjel ma rację.

Gabriel westchnął.

– W porządku. Zatem babrzemy się w tym błocie sami. Co do mnie, uważam, że lepiej wstrzymać się także z wciąganiem w sprawę Uriela i Fanuela. Nie są jednymi z nas.

Trójka archaniołów skinęła głowami.

– Nic nie pamiętasz, Razjelu? Zupełnie nic? Skup się. Używałeś magii?

Książę Tajemnic obrzucił Pana Objawień ponurym spojrzeniem.

– Używałem, a jakże. Mało mi łeb nie pękł z wysiłku. I nic. Żadnych śladów. Nie jestem nawet w stanie określić, jakiego rodzaju zaklęć użyto.

– Lepszych niż twoje – burknął Michał.

Razjel się nie zmieszał.

– Z pewnością. A to dobrze nie wróży.

Gabriel potarł kąciki oczu.

– Jeśli on sobie nie poradził, nikt sobie nie poradzi, Michasiu. O magii na razie możemy zapomnieć. Jakieś inne propozycje?

– Wyślijmy Zofiela.

Michael parsknął.

– Niby dlaczego mamy mu ufać? Zdajesz sobie sprawę, jakiej wagi jest problem? Nasze tyłki od tego zależą. Trzeba uruchomić wojsko.

Razjel uśmiechnął się krzywo.

– Jeśli nie ufasz własnym szpiegom, jesteś o krok od paranoi, Michasiu.

– To nie mój szpieg – warknął Michał – tylko twój! Może też straci pamięć i sprzeda informacje nie temu, kto go wysłał.

Źrenice Razjela zwęziły się.

– Czy na pewno chcesz, żebym usłyszał to, co powiedziałeś?

– Zamknijcie się! – ryknął Gabriel. – Z kim ja się muszę zadawać! Banda kretynów! No dalej, powybijajcie sobie zęby, zanim ja to zrobię. Na co czekasz, Razjel? Daj mu w pysk! Zasuwaj, Misiu! Zapraw mu kopa! Dalej, chłopcy! Ukręćcie sobie łby! I tak nie ma z nich pożytku!

– Dobra – mruknął Michał. – Przepraszam. Poniosło mnie.

– Głowa mi pęka – wymamrotał Razjel. – Nie panuję nad sobą.

– Zgadzam się, żeby wysłać Zofiela – powiedział Gabriel sucho – chociaż nie rozumiem, dlaczego wywiad nie wiedział nic o planowanym porwaniu Księgi. Dobrze to o nim nie świadczy. Na razie przyjmuję, że winę za to ponosi wyjątkowość sytuacji. A ty, Rafaelu? Nie zaszczycisz nas żadnym pomysłem?

Rafał nerwowo skubał rękaw.

– Porozmawiajmy z Serafielem.

Gabriel drgnął. Łagodne oczy Archanioła Uzdrowień patrzyły na niego niepewnie.

– Istnieje szansa, bardzo nikła, wiem, że on istotnie rozmawia z Panem. Może usłyszymy coś, co nam pomoże, albo chociaż pokrzepi.

Z nas wszystkich tylko Rafał nie utracił do końca daru wiary, pomyślał Gabriel gorzko. Dla mnie spotkanie z Serafielem jest warte tyle, co pogawędka z nogą od stołu.

– W porządku – powiedział jednak. – Odwiedzimy go.

Usłyszał jak Razjel i Michał wciągają gwałtownie powietrze. Serafiel dowodził kiedyś chórem Serafinów, najwyższym w niebiańskiej hierarchii. Stworzeni zostali z ognia, co upamiętniało ich imię – płonący – otaczali Tron Pański, nieustannie wielbiąc Jego wszechmoc. Byli obcy nawet wyższym aniołom. Przebywali za blisko Jasności, żeby pozostać normalni. Stali się narzędziami gniewu Bożego, strażą przyboczną Tronu, istotami potężnymi, lecz budzącymi lęk. Odchodząc, Pan zabrał ich ze sobą, zostawiając tylko Serafiela, który twierdził, że jest łącznikiem z Jasnością, ale dla skrzydlatych był po prostu ze szczętem obłąkany. Kontakty z Serafinami nigdy nie należały do przyjemnych, a szalony Serafin był równie łagodny i poczytalny co tornado lub bomba atomowa.

– Idziemy, panowie – zadecydował Gabriel. – Lepiej mieć to rendez-vous za sobą.

Archaniołowie wstali niechętnie.

Na dziedzińcu, pośród szemrzących fontann i płytkich, wykładanych mozaikami basenów, gdzie pluskały egzotyczne hydry Razjela, oczekiwały rumaki wyraźnie pogrążone w rozmowie. Gdy konie ujrzały archaniołów, przerwały pogawędkę, uprzejmie skłaniając głowy. Honory domu pełnił smukły, elegancki rumak Razjela, imieniem Lapis, o sierści lśniącej srebrem i błękitem. Obok stała popielata Gwiazda Rafaela i masywny, rudy jak rdza Klinga Michała. Obłok, wódz wierzchowców parasim, potrząsając grzywą zbliżał się do Gabriela. Był najpotężniejszym z koni, pył sypiący się spod jego złotych kopyt uzdrawiał chorych i ożywiał martwe przedmioty. Sierść miał nieskazitelnie białą. W bitwie znaczył więcej niż rozpędzony Tron.

– *Dzisiejszy dzień jest jak poranek na pobojowisku. Jednym przynosi radość, innym szczerbę po mieczu. Tyś ujrzał swoich przyjaciół w smutku i strapieniu, ja w radości, Archaniele Objawień. Czasem weselej być wierzchowcem niż księciem* – usłyszał w głowie Gabriel. – *Czy życzysz sobie podróżować?*

– Jedziemy do Siódmego Nieba. Wybacz, że musieliście czekać tak długo.

– *Długo czeka się tylko na lepsze czasy* – zaśmiał się rumak.

Gabriel go dosiadł. Pozostali archaniołowie już siedzieli w siodłach.

Przez błękitną kutą bramę pałacu Razjela wyjechali na ulicę. Słońce kładło się złotymi plamami na bruku. Rozpalało wielobarwne ognie na gzymsach, dachach i kopułach budynków. Przejeżdżali przez Hajot Hakados, najpiękniejszą dzielnicę Szóstego Nieba. Wieże pałaców, białe i kruche, chwytały błękit w objęcia ażurów. Kaskadowe ogrody wspinały się aż na grzbiety chmur, podniebne mosty, podobne pasmom mgły, spinały koronkowe budowle.

Gabriel odetchnął głęboko. Od wieków patrzył na te ulice, ale wciąż ogarniał go zachwyt. Poczuł się trochę spokojniejszy, czarne myśli nie były już tak uporczywe. Królestwo nie zginie, powiedział sobie. Jest zbyt potężne, zbyt piękne. Czyny żadnego z nas nie mogą ani mu zagrozić, ani uratować. Królestwo to wcielona myśl Pańska. Na ulicach panował ożywiony ruch. Jeźdźcy wymijali rydwany i lektyki, w cieniu portyków przechadzali się piesi. Wielu z uszanowaniem pozdrawiało przejeżdżających archaniołów.

Przez Bramę Osiemnastu Igieł dostali się do Siódmego Nieba. Powietrze tu miało zapach mirry, a ulice przemieniały się w aleje oszałamiająco pięknego ogrodu. Mijali skwery porosłe drzewami życia, przekraczali strumienie uzdrawiającej wody, objeżdżali fontanny radości i błogosławione łąki. Senne kwiaty szeptały im legendy o Raju, a złotookie sylfy płynęły przez błękit podobne rzeźbom ze słonecznego blasku. Wreszcie, wśród zieleni pojawiły się smukłe kształty siedmiu wież Pałacu Tronu. Hełmy ich kopuł płonęły jak miedź w palenisku. Potężna budowla, oślepiająca bielą marmurów i błyskami kryształu, mimo swego ogromu zdawała się tak lekka, jakby za chwilę miała wznieść się ku obłokom. Przy wejściu, w milczeniu, czuwało dwanaście gryfów większych niż smoki, gotowych natychmiast rozszarpać każdego, kto zbliżył się za bardzo. Archaniołowie, którzy posiadali przywilej przebywania przed Tronem, niezatrzymywani przez nikogo przejechali bramę pod ciężkim spojrzeniem stworów.

– Jeśli kiedyś im odbije, zrobią z nas sałatkę warzywną – mruknął półgłosem Michał.

– Nie zatrzymałbyś ich, Michałku? – zdziwił się Rafał. – Jesteś Księciem Zastępów.

– Jednego, może dwa, ale dwanaście? Tych nie zatrzymałby nawet Sąd Ostateczny. Są piękne, co? Popatrzcie na ich linię, na wielkość skrzydeł! Perfekcja! Dużo bym dał, żeby mieć kilka takich w oddziałach powietrznych. Wyglądają lepiej niż najcięższe smoki Beliala. Rozniosłyby je w trzy sekundy. Założę się, że dolatują bez siadania do samego Jeziora Płomieni w środku Głębi!

– Z tego, co wiem na razie nie planujemy ataków na Jezioro Płomieni – odezwał się cierpko Razjel. – Masz jakieś własne projekty, Misiu?

– Z pewnością lepsze niż gubienie przedmiotów mających kluczowe znaczenie dla bezpieczeństwa Królestwa. Ja, w przeciwieństwie do niektórych, staram się je chronić.

– Zamknijcie się – syknął złowrogo Gabriel. – Dobrze radzę.

Michał, który zignorował wściekły błysk w zielonych oczach, wyprostował się w siodle.

– Narozrabiał, a teraz się stawia! Całe Królestwo zapłaci za jego niekompetencję!

– Powiedziałem, dość! – twarz Gabriela wykrzywiła się wściekłością. Nikt nie zauważył ruchu ręki ani skrętu tułowia. Michael, nagle zrzucony z grzbietu rumaka, zatoczył w powietrzu łuk, padając między lilie. Zdumione, pochylały nad nim białe głowy, szemrały. Klinga, wytrącony z równowagi siłą ciosu, tańczył przez moment na bruku dziedzińca, kopyta ślizgały się na kamieniach.

Rafał i Razjel rozdziawili usta. Michał, pocierając szczękę, zbierał się z klombu.

– Rycerzyki, co? – Zdławiony głos Archanioła Objawień brzmiał jak warkot. – Dobrze się bawicie? Podobało się, Michasiu? Potrzebna powtórka?

– Nie denerwuj się, Dżibril. – Razjel przełknął ślinę. – To nie było do końca serio.

Dwa zielone sztylety przewiercały Księcia Magów na wylot.

– Wiem, kretynie. Nie odzywaj się do mnie. Też byś oberwał w pysk, ale wyglądasz jak trup na urlopie, a ja jeszcze do końca nie straciłem panowania. Co się z wami dzieje? Na Jasność, jesteście elitą Królestwa! Wstawaj, Michael!

Obłok zbliżył się do klombu, a Gabriel wyciągnął rękę.

– Wstań!

Książę Zastępów zawahał się, spojrzał w twarz przyjaciela i ujął podaną dłoń.

– Przykro mi – powiedział Gabriel. – Nie chciałem tego.

– W porządku. – Michał otrzepywał spodnie. – Mnie też przykro.

Wdrapał się na grzbiet Klingi i ruszyli. Ponury, zamyślony Gabriel jechał, milcząc, z rękami skrzyżowanymi na łęku, a żaden z archaniołów nie przejawiał chęci do pogawędek. Zmieszany Razjel spoglądał na Michała przepraszająco. Ten zdobył się na krzywy uśmiech.

– Wściekł się – szepnął. – Ależ mi przydzwonił!

– Założę ci czar uzdrawiający, żebyś nie spuchł – mruknął Książę Magów.

Michał wzruszył ramionami, ale pozwolił Razjelowi wymamrotać nad sobą kilka zaklęć i pstryknąć dwa razy palcami. Wlokący się z tyłu Rafał był zbyt wstrząśnięty i przygnębiony, żeby zareagować. Na ostatnim dziedzińcu pozsiadali z koni, przestąpili ogromne wrota Pałacu Tronu. Wciąż milcząc, mijali kolejne zachwycające przepychem komnaty, aż zatrzymali się przed Salą Tronową. Gabriel bez słowa otworzył drzwi. Uderzył w nich żar i monotonny syk płomienia.

Skulony przy podwyższeniu u stóp pustego tronu siedział Serafiel. Górną parą cienkich jak pergamin skrzydeł okrywał wydłużoną, obłą głowę, dolną owijał nogi, a środkową, przylegającą do pleców, na widok aniołów rozpostarł ze świstem. Jego ciało zdawało się być stworzone z zakrzepłego ognia, tak że cała postać nieustannie drgała, wydzielając nieznośny żar, rozbłyskując i przygasając niby płomień w ognisku. Bił od niego blask, który jednak nie oślepiał, ani nawet nie rozświetlał pomieszczenia. Wódz Serafinów przekrzywił na bok głowę, zwrócił ku przybyłym ogromne, beznamiętne oczy.

– Wali się most, którym kroczycie, panowie anioły – usłyszeli niski, świszczący szept. – Czego tu szukacie, skrzydlaci? Lekarstwa na strach?

Gabriel z trudem przełknął ślinę.

– Twierdzisz, że rozmawiasz z Panem – zaczął, z nadzieją, że głos za bardzo mu nie drży. – Zatem potrzebujemy porady. Zaginęła cenna rzecz...

Urwał, bo przerwał mu upiorny chichot wydobywający się z gardła Serafina.

– Owieczki moje! Co za przykrość! Ale idźcie płakać gdzie indziej. To jest komnata Tronu. Rońcie łzy swoje nad rzekami Babilonu, w ciemności Szeolu, nizajcie je niby diamenty, sypcie przed wieprze i pozostałe tałatajstwo. Rady potrzebujecie? Oto ona. Pokory, słowicy, bo ciężkie czasy przychodzą zawsze bez zaproszenia.

– Dobra – mruknął Gabriel. – Zabieramy się stąd. On bredzi od rzeczy, jak zwykle, Rafałku.

– Niebywałe! – zaszemrał Serafin, z wizgiem rozpościerając górne skrzydła. Pęd gorącego powietrza uderzył aniołów w twarze, szarpnął włosami. – Sami sobie dacie radę! Dzielni słowicy! Podziwiam. Wszak jesteście potężni. Kim cię Pan uczynił, Dżibril? Cherubem? Pamiętam! Ale czy ciosałeś podwaliny światła w nieskończonym mroku? Nie przypominam sobie tam ciebie, archaniele. A ty, Mikail? Ciebie uczyniono serafem! Zatem jesteś tożsamy ze mną. Wykonuj więc to, co przystoi serafom. Śpiewaj wraz ze mną! Wychwalaj Tron Pański!

– Wychodzimy! – krzyknął Razjel, ale Serafiel już powstał z miejsca. Zatrzepotał trzema parami skrzydeł, wzbudzając wicher gorący jak piach na pustyni.

– Święty, Święty, Święty – zaryczał huragan, a ogłuszeni, słaniający się na nogach archaniołowie na oślep szukali wyjścia z komnaty pośród huczącego wiru płomieni.

– Królu Straszliwy Morza, który dzierżysz klucze katarakt niebieskich, który pędzisz na rydwanie wokoło światów...

– Gdzie te cholerne drzwi?!

– Panie nieskończoności eterycznych, gdzie wznosi się tron twej potęgi, z którego wysokości twe oczy straszne widzą wszystko...

– Rafał, gdzie jesteś? Odezwij się!

– Serafinie Michaelu, czemu nie śpiewasz ze mną? Czyżbyś nie potrafił?

– Sukinsyn nas upiecze!

– Co zatem potraficie, skrzydlaci?

Gabriel, bezradnie macający ścianę, potknął się, upadł i boleśnie uderzył kolanem o coś twardego na podłodze. Próg, na Jasność, to próg! Porwał się, namacał klamkę.

– Znalazłem drzwi! – zawołał ochryple. – Tutaj!

Naparł na wrota, otworzył. Żar wylał się na korytarz, a do wnętrza wpłynęło nieco cudownie chłodnego powietrza.

– Tędy! – krzyczał Gabriel i kolejno, krztuszący się, z trudem chwytający oddech archaniołowie wydostawali się z Sali Tronowej. Żegnał ich szyderczy śmiech serafina. Ostatni wytoczył się Michał i Gabriel z ulgą zatrzasnął drzwi.

– Świr chciał nas podusić! – wychrypiał Książę Zastępów, ocierając załzawione oczy. – Dlaczego nic nie zrobiliście?

– Miałem rozwalić komnatę Tronu Pańskiego? – Razjel dyszał, oparty o ścianę.

– Racja – mruknął Gabriel, ocierając czoło. – Ryzyko było za duże. Wiedział, że nie możemy się obronić. Chciał nas zmusić do ucieczki, upokorzyć.

– No i udało mu się.

Michał potrząsnął szafranowymi lokami.

– Ześwirował do reszty. Zrobił się niebezpieczny.

– Przepraszam, że was do tego namówiłem – szepnął Rafał. – Miałem nadzieję, że nam pomoże.

– Pomógł przewietrzyć płuca.

– Co go napadło? – Razjel wzruszył ramionami. – Dotychczas zachowywał się spokojnie.

– Nie wiem – Gabriel w zamyśleniu pocierał brodę. – No nic. Chodźmy, trzeba się zająć poszukiwaniem Księgi. Nie wolno nam tracić czasu. Wezwiesz Zofiela, Razjelu?

Pan Tajemnic skinął głową.

– W porządku. Michał, ułóż listę najbardziej zaufanych skrzydlatych w armii. Tych, co do których lojalności masz najmniejsze podejrzenia, natychmiast wyślij w długie i bardzo dalekie misje. Oczywiście należycie odpowiedzialne, żeby nie mogli się przyczepić. To na wszelki wypadek, panowie. Aha, warto zwiększyć aktywność służb bezpieczeństwa. Teraz nie możemy sobie pozwolić na żadne spiski ani wybuchy niezadowolenia. Zajmij się tym, Razjelu.

Na dziedzińcu znów dosiedli koni, znowu mijali rajskie krajobrazy Siódmego Nieba, ale Gabriel nie mógł się otrząsnąć po niemiłym incydencie z Serafielem. Wydawało mu się, że szaleniec wiedział więcej niż podejrzewali, a jego świszczący głos wieszczył im nadejście klęski o wiele poważniejszej niż utrata magicznej księgi.

Ogromny meteor, wrzeszczący jakieś zaklęcia bez słów, przemknął tuż obok Daimona. Przez chwilę Anioł Zagłady widział wytrzeszczone płonące oko wielkości sporego placu w Królestwie. Nieco dalej pędziło całe stado, koziołkując, wizgając i obijając się o siebie. Wśród ciemności tryskały gejzery kolorowych ogni wypluwające snopy iskier. Sypały się jak gwiazdy wyrzucane wiadrami z okna w sąsiednim wszechświecie. Piołun, bez śladu zmęczenia, galopował przez mrok. Eksplozja jakiegoś słońca na moment rozmazała na wszystkim smugi biało-błękitnego blasku, obrysowując sylwetkę konia i jeźdźca konturem wyładowań, niby wycinankę z blachy. Wybuch oślepił Daimona, przez dobrą chwilę przed oczami skakały mu tylko wielobarwne bryzgi światła.

– *Patrz, granica* – usłyszał głos konia.

Przymrużył załzawione oczy. Rzeczywiście, przed nimi, tam gdzie ciemność jeszcze niedawno zdawała się najgęstsza, pojawiła się cienka fosforyczna linia w barwie srebra i seledynu. Ogromniała, w miarę jak się do niej zbliżali, aby przemienić się w ścianę wibrującej jasności. Wyglądała jak tafla oceanu ustawiona na sztorc.

– *Wchodzimy?* – spytał Piołun.

– Tak.

– *Lubię to!* – zawołał koń, przechodząc w cwał.

Świst wiatru w uszach Freya przerodził się w ryk, gwiazdy zwinęły się w złote serpentyny, a pęd wcisnął oddech z powrotem do płuc. Lubię to znacznie mniej niż on, zdążył pomyśleć anioł, nim rumak uderzył w taflę. Daimon był pewien, że zaciska zęby, chociaż pośród huku i trzasków wyładowań słyszał własny krzyk. Zalała ich fala upiornego świetlistego seledynu. Drgania energii przenikały anioła, czuł pulsowanie mocy, jakby wpadł wprost do serca gigantycznej istoty. Przez głowę przebiegały mu tysiące myśli, ale na żadnej nie potrafił się skupić i czuł, że żadna nie należy do niego. Bezwiednie zamknął powieki, bo wiry srebrzystej zieleni, powstające z niczego i pędzące ze świstem przez seledynową jasność wyraźnie zamierzały pochłonąć go wraz z rumakiem. Kiedy nabrał pewności, że tym razem przejście się nie uda, poczuł wstrząs towarzyszący zetknięciu się końskich kopyt z twardym podłożem. Otworzył oczy.

Krajobraz Sfer Poza Czasem wynagradzał przykre przeżycia związane z przekraczaniem granicy. Daimon lubił patrzeć na potężne machiny od zarania dziejów wprawiające Wszechświat w ruch. Olbrzymie zębate koła obracały się, skrzypiąc. Drewniane kołki, choć stare i wytarte, z zaskakującą perfekcją zahaczały o siebie, napędzając parciane pasy. System przekładni i kołowrotów działał bez zarzutu, naprężone liny wyciągały i opuszczały obciążniki, wyrobione dźwignie zawsze wskakiwały we właściwe miejsca. Aniołowie wyznaczeni do obsługi maszyn często narzekali, że mechanizm jest przestarzały, ale były to zastrzeżenia bezzasadne. Skomplikowane, monumentalne urządzenia nie psuły się nigdy i wymagały zaledwie minimalnej konserwacji. Niestrudzone w swym nieustannym ruchu wyznaczały trajektorie gwiazd i planet, obracając kosmiczne tryby bez najmniejszych odchyleń czy błędów. Koła, osie i przekładnie ciągnęły się aż po horyzont, a do ich obsługi, wbrew pozorom, nie potrzebowano zbyt wielu skrzydlatych. Oczywiście, jeśli brało się pod uwagę pracujących po wewnętrznej stronie, bezpośrednio przy ciałach niebieskich, ich liczba urastała do miliardów, lecz po przekroczeniu granicy Sfer Poza Czasem można było podróżować przez wiele dni, nie napotkawszy żadnego anioła. Daimon spoglądał na stare maszyny z sympatią. Ich widok zawsze go uspokajał, pozwalał znów wierzyć w ogrom i celowość zamysłów Pańskich. W pracy, jaką wykonywał, takie chwile miały swoją wartość. Drewniane koła klekotały miarowo, parciane pasy skrzypiały. Przesycone mgiełką powietrze rozświetlał blask niemający konkretnego źródła. Horyzont był niewyraźną kreską pośród perłowych i łososiowych oparów. Na ciemnym, wyślizganym drewnie załamywały się oleiste refleksy. Stukot kopyt Piołuna stał się cichszy, bardziej głuchy. Jeździec i koń rzucali blady, rozmazany cień.

– Miejsce spokojniejsze niż to istnieje tylko w wyobraźni zadowolonego z siebie hipokryty – mruknął Frey. – Nabieram nadziei, że nasz instynkt łowców to zaledwie napad manii prześladowczej.

– *Istotnie* – odpowiedział Piołun. – *Oczekiwać należy tylko scen pasterskich i trzód.*

– Hej, czekaj! Tam się coś rusza. – Anioł uniósł się w siodle, wyciągając rękę. – Widzisz?

Daleko, między zębatkami maszyn, majaczyła niewyraźna bryła cienia. Migotała dziwnie, zdając się przesuwać nad ziemią nieskoordynowanymi zygzakami. Wielkością niemal dorównywała drewnianym kołowrotom.

– *Istota* – warknął koń. – *Dziecię Chaosu.*

– Cholera – syknął Daimon, sięgając po miecz. – Potwór jest olbrzymi!

Koń szarpnął łbem, rozdął chrapy, szykując się do boju. Ciemna sylwetka przed nimi drgała, owinięta pasmami mgły. Piołun wydłużył krok, przyspieszył, Daimon mocno ujął rękojeść miecza. Zdumiał go fakt napotkania smoka Mroku na terenach kontrolowanych przez Królestwo. Stwór musiał być zdesperowany albo chory, żeby się tu przywlec. Tak blisko granicy czekała go pewna śmierć. Frey nie spodziewał się kłopotów, mimo imponujących rozmiarów przeciwnika. Zabił ich już tak wiele, że szykował się raczej na szybkie, rutynowe starcie, w brzydki sposób przypominające ubój. Nie przepadał za podobnymi spotkaniami, ale stanowiły część jego roboty. Chociaż wytężał wzrok, nie potrafił rozpoznać do jakiego gatunku należy smok. Właściwie nie widział go dobrze, a to, co zdołał dostrzec, nie wyglądało znajomo. Ma dziwny kształt, przebiegło mu przez myśl. Znaleźli się już odpowiednio blisko, żeby czuć fale uderzających wibracji, które stwór emitował. Były tak silne, aż brakowało tchu, jednak zupełnie inne niż znane energie Chaosu. Wreszcie rozpoznał stworzenie, zbyt zdumiony, żeby od razu uwierzyć oczom. Cholera, to żaden potwór! To Zwierzę, Boska Bestia.

– Stój, Piołun! – wrzasnął. – Nie atakuj go!

Koń, wyraźnie skonsternowany, sam już zwalniał galop. Zatoczył szeroki łuk, przechodząc w kłus, aż wreszcie stanął. Szczerzył zęby, potrząsając głową.

– *Istota* – zgrzytnął z niechęcią. – *Mówi, ale nie rozumiem jego myśli. Uważaj, Daimon. Krew potwora pozostaje krwią potwora bez względu na koronę, jaką nosi.*

Frey wciągnął głęboko powietrze, chowając miecz do pochwy.

– Nie denerwuj się, stary. Wszystko w porządku.

Chciałbym w to wierzyć, pomyślał. Wciąż nie widział wyraźnie Bestii, choć znajdowali się blisko niej. Była ogromna jak góra, ale otaczała się drgającą mgłą i dziwacznym, mącącym wzrok poblaskiem, który wydawał się ciemny. Od stwora biła moc potężna niczym huragan. Daimon po cichu starał się obliczyć siły. Jako Anioł Zagłady nie był bez szans, ale wolałby uniknąć starcia. Nie miał pojęcia, z jakimi zamiarami i po co Bestia przybyła. Zazwyczaj Istoty nie pojawiały się tak blisko granic Wszechświata. Napotkawszy Istotę, należało się liczyć z każdym możliwym rozwojem wydarzeń, więc Frey w napięciu śledził rozmazaną bryłę ciemnego blasku, gotów zareagować natychmiast. Odruchowo zaciskał szczęki, udało mu się jednak zachować spokój, mimo iż wewnątrz dygotał. Piołun też stał nieruchomo, podobny do posągu z czarnego metalu, chociaż Daimon czuł drżenie wierzchowca. Gdyby stwór rzucił się na nich, musiałby walczyć, a nie uciekać. Bestia bez trudu dogoniłaby Piołuna. Ponura historia, pomyślał. Czemu przytrafiła się akurat mnie?

Lśniąca ciemność wokół Zwierzęcia zagęszczała się. Daimon poczuł chłodną kropelkę potu spływającą spod włosów na skroń. Prawdopodobnie czekał go ciężki pojedynek, a jeszcze nigdy do tej pory nie przyszło mu zmierzyć się ze stworzeniem oficjalnie należącym do wysokich dostojników Królestwa. Co z tego, że szalonym jak marcowa chimera? Nawet gdyby zwyciężyli, Frey nie mógłby liczyć na nic prócz poważnych problemów. Drgnął nagle, bo mgła wokół Zwierzęcia rozsypała się, spadając na ziemię w postaci błyszczących płatków. Dużo go kosztowało, żeby utrzymać ręce zaciśnięte na łęku siodła i nie sięgnąć po miecz. Usłyszał westchnienie konia i sam jęknął w duchu, ujrzawszy Istotę. Jasna cholera! To Jagnię! W złą godzinę zachciało ci się scen pasterskich, Piołun. Puchata, bielsza od śniegu owieczka wielkości sporego pagórka zwróciła ku aniołowi kudłaty łebek. Czarne, wilgotne oczy patrzyły z niewinną ufnością. Gdy się poruszyła, dyndający u jej szyi dzwoneczek odezwał się słodkim srebrzystym tonem. Daimon przełknął ślinę, a Jagnię przekrzywiło główkę.

– Witaj destruktorze – powiedział w jego głowie głos, który nie miał nic wspólnego z łagodnością czy słodyczą. – Czy się cieszysz?

– Niektóre rzeczy przynoszą mi radość – zaczął ostrożnie. – Nie wiem jednak, którą z nich masz na myśli.

– Zapytałom, czy się cieszysz? – powtórzyło Jagnię głębokim, wibrującym szeptem, odczuwalnym aż w końcach palców.

– Nie – przyznał Daimon. – Ani trochę.

– Krew – zaszemrał szept. – Krew i pożoga. A oto objawi się spodziewany, wszakże bardziej niespodziewanym niż umysły wasze zdolne są pojąć. Czyż nie powinieneś się radować, o destruktorze?

Być może Królestwo prosperowałoby lepiej, gdyby połowa Świetlistych nie była wariatami, pomyślał ponuro Daimon.

W tej samej chwili Jagnię wybuchło śmiechem, tak zgrzytliwym, aż się skrzywił.

– Nie lekceważ, Aniele Zagłady, słów wypowiadanych w dobrej wierze. Wasze myśli, skrzydlaci, są jak pył na wietrze. Bestie wiedzą. Bestie czują. Niesiemy posłannictwo radości tobie, Abaddonie. Oto ono – Krew i pożoga. Nie chcesz ujrzeć, straty będą tylko po twojej stronie. My liczymy miliony lat. Dla nas kraniec staje się zaledwie ciekawym doświadczeniem, rozrywką, której nie zaznaliśmy od eonów. Bez strachu, bez smutku. Strach i smutek należą wam, skrzydlaci. Traciłom czas.

Jagnię odwróciło się, a Daimon poczuł obojętność emanującą z ostatnich słów. Bestia nagle i całkowicie przestała się nim interesować.

– Poczekaj! – zawołał. – Powiedziałoś, że mam coś zobaczyć. Czy zechcesz mi to pokazać?

– Powiedziałom – przytaknęło Jagnię. – Wiele rzeczy starałom ci się przekazać. Czyż nie nadejdą dni? Czyż nie zapłoną noce? Pyłem na wietrze są myśli skrzydlatych.

Anioła zaczął oganiać niepokój. Próbował pojąć, o co chodzi Zwierzęciu, ale do głowy przychodziły mu same ponure pomysły. Tymczasem Jagnię znów zaczęło otaczać się mgłą, wyraźnie zamierzając odejść.

– Wyjaśnij mi, czy coś się stało? Wiesz o czymś, co ma znaczenie dla Królestwa?

Z gardła stwora wydobył się ogłuszający ryk, a Daimon usłyszał w głowie słowa brzmiące jak walenie młotem w spiżowy dzwon. W tym samym momencie Jagnię rozpoczęło przemianę. Biała sierść zaczęła się skłębiać, wyłazić kłakami i zmieniać w skręcone, skołtunione futro. Pysk wydłużył się w szeroką, zębatą paszczę z wystającymi kłami. Na środku łba wyrzynały się rogi, kręcone i ostre. Wyglądały jak siedem konarów uschłego drzewa, a jeden był złamany w połowie. Nabiegłe krwią ślepia pączkowały na czole Bestii, z trudem rozklejając powieki pokryte lepkim śluzem. Spoglądały na Daimona upiornym wzrokiem martwej ryby. Było ich siedem, podobnie jak rogów. Łeb przekrzywił się pod dziwacznym kątem, jakby potwór miał przetrącony kark.

– Czy wiem? Rzeczy takie rozumiem i widziałom, które przekraczają granice pojęcia. Oto topi się w tyglu żelazo, drży kamień węgielny. Nie pomoże miecz, nie pomoże szarańcza, zginą ci, którzy im zaufają. Czy morza krwi, gruzy i zgliszcza krzyczeć potrafią? Słońca skąpane w posoce, walą się wieże błękitne. Ja widzę! Abaddonie, ja widzę! Oto twój czas! Pora krwi i pożogi. Przyjdzie ci umrzeć po wielekroć, Aniele Zagłady. Powiadam, to twój czas, ale zapłatą krew, ból i zgliszcza. Cień się kładzie, o Abaddonie. Cień i cisza. Słyszymy ją, bestie. Widzimy cień i drżymy. Nawet my, którzy bez lęku witamy kraniec.

Freya przeszedł dreszcz. Teraz nie miał już wątpliwości, o czym mówiło Jagnię, ale nie potrafił uwierzyć.

– *Istota nie kłamie* – odezwał się Piołun. – *Dotknęła Cienia.*

– Wiem – szepnął Daimon.

Zwierzę obróciło się wolno. Siedmioro oczu wpatrywało się w anioła, płacząc krwawymi łzami.

– Pojąłeś? Zrozumiałeś czemu przybyłom do ciebie?

Anioł skinął głową.

– Pojąłem. A teraz pokaż mi to, co powinienem ujrzeć.

Rozdział 2

W pałacu wszystko było przesycone tonem ciepłego ciemnego złota, nawet światło padające z ciężkich kandelabrów. Zoe uniosła głowę znad papierów, spojrzała na mozaikę zdobiącą ścianę nad wejściem. Anielica odziana w długą sztywną szatę unosiła ręce ku sufitowi, pełnemu gwiazd i słońc. Wokół fruwały płomiennookie sylfy zastygłe w hieratycznych pozach. Na przeciwległej ścianie orszak salamander z włosami zaczesanymi w sztywne czuby niósł dary, które składał u stóp innej anielicy o surowym wyrazie twarzy.

Zoe lubiła patrzeć na mozaikę. Znajoma scena uspokajała myśli, koiła wzrok. Komnata nazywana pracownią, gdzie zwykła pisać, skromna sypialnia, kilka sąsiednich pomieszczeń i ogród za wysokim murem stanowiły jedyny świat, w którym czuła się pewnie. Znała nieźle prawie cały pałac, oprócz pomieszczeń dla służby i kwater dżinnów, ale prawdziwy dom miała tutaj. Ziemie należące do dominium jej pani, Pistis Sophii, Dawczyni Wiedzy i Talentu, zwierzchniczki wszystkich czterech chórów aniołów żeńskich, były dla Zoe terenami nieznanymi i pełnymi niebezpieczeństw, a całe Królestwo jakąś mityczną krainą, którą należy kochać, ale raczej jako symbol niż rzeczywistość. Oczywiście, anielica wiedziała, że istnieje, lecz opuszczała pałac tak rzadko, że świat zewnętrzny kojarzył jej się wyłącznie z mglistym wspomnieniem zasłoniętego kotarami dusznawego wnętrza lektyki. Zdawała sobie sprawę z istnienia Limbo, otaczającego Królestwo i stanowiącego coś w rodzaju pasa ziemi niczyjej i równocześnie podgrodzia, oddzielającego Niebo od Otchłani, z istnienia samej Otchłani jako siedziby Głębian, a także Sfer Poza Czasem, lecz sama myśl o tym, że kiedykolwiek mogłaby odwiedzić którąś z tych krain, wydawała się jej tak absurdalna, że aż śmieszna.

Mimo to Zoe nie była głupia ani ograniczona. Całą wiedzę, którą dysponowała, czerpała z ksiąg. One stanowiły grono najlepszych przyjaciół Zoe, one uczyły ją wszystkiego, co powinna wiedzieć o Wszechświecie i Ziemi, zdradzały tajniki funkcjonowania Królestwa, opiewały jego wzniosłość, snuły cudowne historie o ludziach, aniołach i Panu. Dzięki nim nigdy się nie nudziła, nie czuła samotna. Uwielbiała zapach i szelest pergaminu, precyzję starodawnych sztychów, nasycone barwy rycin, pajęcze siatki map. Zoe kochała słowa, a one, wdzięczne za tę miłość, pozwalały jej splatać się i nawlekać w poruszające opowieści – jej, która tkwiła zamknięta w złotych ścianach pałacu niby w kosztownej szkatułce i wcale nie pragnęła wiedzieć, co dzieje się na zewnątrz. Czasem anielicy wydawało się, że to słowa rządzą nią, nie ona nimi, lecz nawet wtedy była szczęśliwa. W księgach, myślała, mieszka przeszłość. Ale i teraźniejszość, bo to, co zapisane, staje się w pewien sposób rzeczywiste; utrwalają chwilę, są bowiem jedynym zapisem tego, co natychmiast znika. Stanowią o nas samych, gdyż pozostaniemy w pamięci potomnych takimi, jakimi nas opisano. Pogładziła skórzaną oprawę leżącego przed nią na biurku manuskryptu. Tak, księgi mają moc, a dzięki Jasności ona także w skromny sposób przyczynia się do powiększenia biblioteki Wszechświata. Pogrążona w myślach nie zauważyła, kiedy do komnaty weszła Pistis Sophia. Władczyni żeńskich chórów obserwowała ją chłodnymi, brązowymi jak bursztyn oczami wykrojonymi na kształt migdałów.

– Witaj, Zoe. Mam nadzieję, że nie przeszkadzam – powiedziała.

Młoda anielica drgnęła. Zaskoczona, poderwała się z miejsca, zginając w ukłonie.

– Wybacz, o pani! Zamyśliłam się i nie usłyszałam, jak weszłaś!

– Ależ uspokój się, dziecko. W niczym mi nie uchybiłaś. Jesteś po wielekroć usprawiedliwiona, jeśli dumałaś nad nowymi historiami.

– Niezupełnie, pani. Traciłam czas na głupie rozważania o księgach, gdy powinnam spisywać opowiastki, aby zająć cię i zabawić!

Sophia uśmiechnęła się łagodnie. Wyglądała jak uosobienie dobroci, lecz na dnie jej źrenic mieszkał twardy, chłodny blask. Jednak Zoe patrzyła na nią z uwielbieniem i nie mogła sobie wybaczyć głupiego lenistwa, które kazało jej bawić się w filozofa, zamiast pracować, aby dostarczyć Sophii rozrywki. Kochała bowiem swoją panią tak mocno jak księgi.

– Nie kajaj się, moja droga. Czy mogłabym gniewać się na autorkę cudownych „Opowieści Zasłyszanych"?

– Jesteś zbyt łaskawa, pani – szepnęła zmieszana Zoe, spoglądając jej w twarz.

Pistis Sophia była skończoną pięknością. Włosy, które nie miały jasnej barwy, ale świeciły głębokim odblaskiem złota, nosiła kunsztownie upięte. Skóra także lśniła bladym złotem, lekko napięta na wysokich kościach policzkowych. Ciemne brwi i nieco skośne migdałowe oczy przydawały Sophii egzotycznej urody, a prosty długi nos i wydatne usta nadawały twarzy zdecydowany, choć władczy wyraz. Podbródek trzymała trochę uniesiony, prezentując długą, gładką szyję. Była wysoka, smukła. Dziś założyła ciężką wyszywaną złotem suknię, która odsłaniała nieskazitelne ramiona, nie szła, lecz sunęła po posadzce, niosąc twarz jak cenny prezent, który zgodziła się ofiarować światu.

– Usiądź przy mnie, Zoe – powiedziała, wskazując sofę.

– Tak, pani. – Anielica posłusznie odeszła od biurka, poczekała, aż Sophia zajmie miejsce, i przysiadła skromnie na skraju kanapy.

– Twoje opowieści i wiersze uważam za poruszające. – Pistis dotknęła wypielęgnowaną dłonią naszyjnika z rubinów. – Jasność obdarzyła cię prawdziwym talentem. To nie tylko moje zdanie. Wiesz, że jesteś jedną z najpoczytniejszych balladzistek w Królestwie? Czytają cię rzesze skrzydlatych, na ulicach śpiewają piosenki do twoich słów. Potrafisz poruszać serca, Zoe.

Z zadowoleniem dostrzegła, że smagłe policzki anielicy pokrywa rumieniec. Poczytna poetka wbijała ciemne, osłonięte długimi rzęsami oczy w mozaikową podłogę. Doskonale, skonstatowała Sophia. Jest skromna, rozpaczliwie naiwna i bardzo ładna. Z pewnością się nada.

– Gdyby tak słowami udało się naprawić zatwardziałe dusze – ciągnęła ze smutkiem. – Ach, Zoe, jak prosty byłby wtedy świat! Tyle okrucieństw, tyle zła dzieje się nie tylko w Głębi czy na Ziemi, ale i w samym Królestwie. Nawet potężni aniołowie sięgają po miecze i nurzają je we krwi, jakoby z rozkazu Pana. Ale czy w naturze Pana może leżeć upodobanie do przelewu krwi?

Zoe poczuła, jak serce ściska jej się ze smutku. Pani, taka dobra, martwi się o rzeczy, z którymi tak niewiele lub zgoła nic nie można zrobić.

Cudownie, pomyślała w tej samej chwili Sophia. Mała jest tak przejęta, że za chwilę zacznie płakać.

– Miecze, walki, zabijanie w Królestwie! Czy potrafisz to pojąć? Och, Zoe, nie wierzę, że aniołowie Pańscy naprawdę stali się źli. W ich duszach z pewnością może jeszcze obudzić się dobro! Gdyby tak tchnąć w nich miłość, nauczyć prawdy. Walka nie przystoi posłańcom Bożym. Jestem pewna, że w duchu to czują, wiedzą o tym i cierpią, wykonując swoje mroczne obowiązki, ponoć w imieniu Pańskim. Twoje historie są takie piękne, takie jasne, Zoe, aż nabieram nadziei, że ktoś tak czysty jak ty potrafiłby wskazać zbłąkanym właściwą drogę. Czyż nie byłoby to prawdziwe zwycięstwo, uczynek naprawdę szlachetny, niegodny porównania z mdłą sławą uzyskaną dzięki kilku zgrabnym rymom?

– Ależ pani – ośmieliła się wymamrotać Zoe. – Nigdy nie łaknęłam takiej sławy!

– Wiem, dziecko, wiem. To nie próżność, tylko chwila słabości. Wszak masz prawo radować się talentem, który w swej dobroci ofiarował ci Pan, nawet jeśli służy on rozrywce i zajęciu myśli. To także jest pożyteczne. Pomyśl, że ci, którzy czytają twoje słowa, mogliby poświęcać ten czas nie tylko na zbożne uczynki, ale na przykład na czynienie zła. W takim wypadku chwała ci, że piszesz.

– Ach, pani – jęknęła zdruzgotana poetka. – Błagam, powiedz mi, co mam czynić, żeby stać się naprawdę pożyteczną! Niczego właściwie nie umiem!

Gotowa, ucieszyła się Sophia. Może przesadziłam, może jednak jest zbyt naiwna, żeby się przydać? Chociaż wygląd powinien zrobić swoje. Oceniła owalną twarz, prosty nos i ciemne, gęste włosy anielicy. Śliczna. Łagodna, uległa i bardzo oddana. Cóż, spróbujemy z nią.

– Ależ dziecko! O czym ty mówisz? Wiem, że czynisz wszystko, co w twojej mocy! Nie można żądać od ciebie więcej! Nie przeskoczysz ograniczeń własnej natury.

No już, nie rozpaczaj. Głowa do góry. Gdybym wiedziała, że tak zareagujesz, nie przyszłabym do ciebie. Nie chciałam cię zmartwić, pragnęłam tylko podzielić się z tobą, jak z przyjaciółką, własnymi troskami. Nie bierz sobie tego do serca, Zoe. Do głowy nie przyszło mi cię ganić. Nie płacz już! Wracaj do swoich papierów. Przecież tak ślicznie piszesz, moja droga!

Anielica wybuchnęła łkaniem.

– Ach, Zoe, nie chciałam sprawić ci przykrości. Pójdę już, skoro mój widok tak cię rozstraja.

Sophia wstała, a Zoe nie była w stanie poprosić, by nie odchodziła, ani wykrztusić żadnego słowa, więc tylko zgięła się w pożegnalnym ukłonie. Władczyni żeńskich chórów, dosyć zadowolona z przebiegu rozmowy, przepłynęła przez komnatę, zostawiając nadworną poetkę, której łzy padały na pergamin, rozmazując litery bezużytecznych, nieprzynoszących nic dobrego wierszy w brzydkie, nieczytelne hieroglify.

– Szybciej, Piołun, szybciej!

Syk pędzącego powietrza ogłuszał Daimona, wicher, wiejący w twarz, utrudniał oddychanie. Koń charczał z wysiłku. Nie było widać gwiazd ani komet, tylko rozmazane wstęgi jasności.

– Zasuwaj, chabeto! Sam wiesz, dlaczego!

Piołun, nie tracąc sił na odpowiedź, cwałował przez mrok.

Uzjel, adiutant Gabriela, wsunął się do gabinetu.

– O co chodzi? Powiedziałem, żeby mi nie przeszkadzać! – warknął Pan Objawień.

Uzjel potrząsnął kobaltowymi lokami.

– Wybacz, ale przybył Daimon Frey i nalega na natychmiastowe spotkanie. Wygląda na bardzo zdrożonego i nie sądzę, żeby dał się łatwo spławić.

– Na Jasność, co ci strzeliło do łba, żeby go spławiać? Już do niego wychodzę. Niech poczeka w bibliotece. I dajcie mu coś do picia, najlepiej wina.

Banda kretynów, pomyślał Gabriel. Jak zwykle. To cud, że Królestwo jeszcze się trzyma. Wyrzucać Daimona! Panie!

Otworzył tajne przejście za kotarą tkaną w jednorożce, i wąskim korytarzykiem przecisnął się do biblioteki.

– Witaj, Daimonie! Harpie cię ścigały, czy co?

Anioł Zagłady istotnie wyglądał na znużonego. Oczy miał podkrążone, na policzkach smugi brudu, czarną skórzaną kurtkę i spodnie pokryte kurzem. Ciemne włosy splecione w warkocz były potargane i pełne śmieci.

– Spotkałem Jagnię – powiedział charakterystycznym ochrypłym głosem, który przywodził na myśl echo w katakumbach.

– Wspaniale! Jeszcze jego brakowało! Ale to chyba nie powód, żeby paraliżować ruch na szlaku karawan, pędząc na łeb, na szyję, by spotkać się ze mną. Nie myśl, że tego nie cenię. Ja też się za tobą stęskniłem.

– Miło, Gabrysiu, że się cieszysz na mój widok, ale dlaczego, do cholery, wyłączyłeś Oko Dnia? Nie mogłem cię dorwać.

– Trochę się wydarzyło, odkąd wyjechałeś.

– A ja trochę widziałem w terenie – mruknął Daimon.

– I chciałeś o tym pogadać przez Oko? – Archanioł nie mógł się powstrzymać od lekkiej złośliwości.

Frey popatrzył mu w oczy. Nawet Gabriel trochę się zmieszał pod spojrzeniem bezdennych ogromnych źrenic okolonych cieniutką, fosforycznie zieloną otoczką.

– Chciałem się z tobą umówić w bezpiecznym miejscu, gdzieś na trasie.

– A co się stało?

– Jagnię pokazało mi szczelinę.

Gabriel podszedł i położył wyciągnięte ręce na ramionach Anioła Zagłady.

– Posłuchaj, wiem, że w normalnych warunkach to poważna sprawa, ale tutaj doszło do katastrofy. Ukradziono Razjelowi Księgę. Sam Razjel oberwał czarną magią tak, że do tej pory nie doszedł do siebie. Wybacz, ale jestem zmuszony mieć w dupie twoją szczelinę.

Daimon pokręcił głową.

– Pochopnie, Gabrysiu. To, co widziałem i poczułem, wygląda na działalność Cienia. Jagnię podeszło pod samą granicę, wieszcząc wydarzenia, których wolałbym nie doczekać.

Gabriel zamachał rękami, unosząc wzrok do sufitu.

– Świry! Nic tylko świry! Jagnię, Serafiel! I wszyscy wieszczą! Daj spokój, Daimonie. To szaleńcy. Uwielbiają wieszczyć. Same klęski, oczywiście. Widzą krew, zgliszcza, dym, sine trupy, gołe dupy i puste pudełka! Mam dosyć. Jeszcze jeden wieszczący szaleniec i podam się do dymisji.

Daimon, nie okazując oznak zniecierpliwienia, westchnął i zaczął od początku.

– Posłuchaj. Byłem tam. To na pewno Cień. Włamuje się do nas, czuję to. Mówię o inwazji na tereny podlegające Królestwu, sąsiadujące z nim. Pamiętasz, kiedy ostatnio mieliśmy do czynienia z Cieniem?

Gabriel przełknął ślinę. Dawno, przed powstaniem człowieka, przed buntem Lampki.

– Mówię o końcu czasów, o dniach gniewu, Dżibril. Przykro mi, ale w tym kontekście zagubienie zeszytu, pełnego magicznych mruczanek, traci nieco na znaczeniu.

– Nie masz pewności – powiedział Gabriel cicho.

– Nie. Ale wystarczająco silne podejrzenia.

Skrzypnęły drzwi i weszła anielica z winem.

– Napij się, Daimonie. Jesteś zmęczony. Dlaczego nie siadasz?

– Bo przez kilka ostatnich dni nasiedziałem się do woli w siodle – odrzekł Anioł Zagłady kwaśno.

– W porządku, co chcesz, żebym zrobił?

– Przynajmniej rzuć na to okiem.

Gabriel się żachnął.

– Niby jak? Nie mogę sobie pozwolić na opuszczenie Królestwa choćby na jeden dzień.

– Użyj mocy i przenieś nas.

– Żądasz za wiele. Nie wolno mi marnować czasu na jakieś głupie eskapady, ani sił na skoki w przestrzeni. Mam na głowie naprawdę poważne sprawy.

Coś złowrogo zalśniło w bezdennych źrenicach Freya.

– Obawiam się, że czekają cię znacznie poważniejsze, Dżibril.

Gabriel zadrżał. Zbywam go dlatego, że nie wiem, co pocznę, jeśli on się nie myli, pomyślał z lękiem.

Daimon nalał sobie wina, patrzył przez kryształ w rubinowy płyn, a potem upił długi orzeźwiający łyk. Trunki Gabriel zawsze miał znakomite.

– Dobrze – powiedział Anioł Objawień. – Pokaż mi tę szczelinę. Zabierzemy ze sobą kogoś neutralnego. Może być Rafał?

Daimon upił kolejny łyk.

– Może. Cholernie dobre są te twoje wina, Gabrysiu.

Stali na płaskim pagórku, gdzieś głęboko w Sferach Poza Czasem. Daimon gotów był się założyć, że ani Gabriel, ani Rafał nigdy wcześniej tu nie dotarli. Obaj odwiedzali tylko większe miasta i ważniejsze miejsca Sfer, nie zawracając sobie głowy resztą. Okolica wyglądała brzydko i dziko. Aż po horyzont ciągnął się step porosły wyrudziałą trawą i kępami uschłych ostów, nakryty bladym chmurnym niebem niby przewróconą do góry dnem miską. Brakowało tylko pobielałych skutkiem upływu czasu zwierzęcych czaszek i wylizanych deszczem szkieletów. Nad pustkowiem unosił się gęsty, ciężki opar, wyczuwalny, choć niewidoczny. Czasem przez trawy przebiegał szelest czy jęk przyginający ku ziemi pożółkłe źdźbła. Było duszno. Daimon spróbował zaczerpnąć głębiej oddechu, ale natychmiast zakręciło mu się w głowie.

Spojrzał na szarego jak płótno Gabriela, który dyszał płytko, półotwartymi ustami.

– Co teraz powiesz?

– Kiepsko... Potworna szczelina.

Frey westchnął.

– Nie chodzi o to jak duża, ale czym emanuje. Czy jesteśmy narażeni na atak Cienia, Dżibril, czy dostałem nagłej histerii?

– Nie wiem. Rany, jak mnie głowa boli.

– Przez wibracje. Czujesz je?

– Nie jestem z drewna, Daimon. Za chwilę zemdleję. Jak możesz stać spokojnie i gawędzić w tak piekielnym strumieniu ciemności?

Anioł Zagłady wzruszył ramionami.

– Widocznie półtrupy umieją.

Gabriel się zmieszał.

– Przepraszam. Nie chciałem cię urazić. Sęk w tym, że... Cholernie boli mnie głowa. Zapomniałem, co miałem powiedzieć.

– Dlatego boję się, że to Cień. Od lat nie pamiętam tak potężnych wibracji. Zwalają z nóg. Ty wysiadłeś od razu, ja też się kiepsko czuję... Zaraz, a gdzie Rafał?

Archanioł Uzdrowień siedział na ziemi, a jego pozieleniałą, spoconą twarz wykrzywiał grymas cierpienia.

– Rafał! Na Jasność Pańską, co z tobą? – Gabriel przyklęknął, chwytając przyjaciela za ramiona.

– Nnniedobrze mi... duszno – wyjąkał archanioł, zwróciwszy na Pana Objawień udręczone spojrzenie. Próbował jeszcze coś powiedzieć, ale zabrakło mu tchu. Daimon lekko uniósł brwi.

– Jakiego zdania jest, według ciebie, neutralny ekspert, Gabrysiu?

– W porządku! Widziałem dosyć! Wracamy do Królestwa.

Gabriel rozłożył ramiona, otaczając siebie i obu pozostałych aniołów tęczową poświatą. Frey poczuł nieznaczne mrowienie przebiegające po skórze, a za chwilę niewielki zawrót głowy, gdy świat wokół zwinął się i zawirował. W ułamku sekundy znaleźli się na tarasie pałacu Archanioła Objawień. Metoda podróżowania za pomocą mocy i słów stanowiła błyskawiczny i wygodny sposób przemieszczania się z miejsca na miejsce, dostępny tylko dla potężnych mieszkańców Królestwa, lecz nie należało jej nadużywać, ponieważ była bardzo wyczerpująca, a przy tym zostawiała na długo ślad w magicznej strukturze przestrzeni, po którym zbyt łatwo dawało się odgadnąć, dokąd wędrowiec się skierował. Szybkość, z jaką pozwalała podróżować, wywoływała czasem błędne mniemanie, że aniołowie potrafią przebywać w wielu miejscach równocześnie.

– Wina! – Gabriel zaklaskał w dłonie w momencie, gdy dotknęli stopami posadzki. – Najlepszego! Cały dzban! Siadaj, Rafaelu. Tu jest dużo powietrza, zaraz poczujesz się lepiej.

– Nic się nie stało – wyszeptał Pan Uzdrowień, opadając na fotel. – Nie róbcie sobie kłopotu.

Daimon oparł plecy o balustradę tarasu.

– Jasność paruje z Królestwa jak woda z kałuży w słoneczne popołudnie. Może ta szczelina powstała w naturalny sposób i nie ma nic wspólnego z Cieniem, ale i tak powoduje potężne zaburzenia po naszej stronie Kosmosu. Trzeba pomyśleć, jak to naprawić, Dżibril.

Gabriel rozłożył ręce.

– Co chcesz, żebym zrobił? Nie zalepię jej przecież. Nikt z nas nie da sobie rady z taką dziurą. Jestem w stanie najwyżej wzmocnić patrole w okolicy. Gdyby coś się z nią działo, zameldują.

Anioł Zagłady popatrzył krytycznie na swoje brudne paznokcie i skrzywił się z niesmakiem.

– Brałeś pod uwagę związek kradzieży Księgi z pojawieniem się szczeliny? – spytał, spoglądając na Archanioła Objawień spod przymrużonych powiek. Gabriel się wzdrygnął.

– Wolę o tym nie myśleć.

– Też bym nie myślał, gdyby nie pojawienie się Jagnięcia. Ono nie jest byle jaką Bestią, Gabrysiu. To zwiastun końca.

– Kraczesz, Daimon!

Anioł Zagłady uśmiechnął się.

– Chyba masz rację. Zmęczyłem się. Od miesięcy oglądam tylko pustkę pełną gwiazd. Wszyscy, których tam spotykam, są stuknięci – Piołun, Istoty, obsługa machin i ciał niebieskich. Staję się taki jak oni, wieszczę, wypatruję znaków...

Machnął ręką.

– Starajmy się robić, co do nas należy – odezwał się cicho Rafał z głębin wyściełanego fotela. – Reszta jest wolą Pana.

– No, tak – mruknął Gabriel, dla którego słowa Rafaela zabrzmiały cokolwiek gorzko.

W tym momencie na tarasie pojawiły się anioły służebne, niosąc wino i kielichy, a za nimi majordomus z pergaminem w dłoni.

– Strasznie długo to trwało – rzekł Gabriel kwaśno. – Moi goście gotowi umrzeć z pragnienia.

Majordomus zgiął się w ukłonie.

– Wybacz, panie. Właśnie przyszło pismo do Waszej Jasności.

Gabriel wziął pergamin.

– To od Pistis Sophii – powiedział, marszcząc brwi. – Zaprasza Daimona i mnie na pogawędkę dziś po południu. Czego ona, na Otchłań, może chcieć?

Frey wzruszył ramionami.

– Zapytaj lepiej, skąd wie, że wróciłem.

– Pół Królestwa wie. Pędząc głównym szlakiem, sparaliżowałeś ruch karawan na kilka dobrych godzin. Czyżbyś nie zauważył?

Daimon pokazał w uśmiechu zęby.

– Nie. Widzisz, spieszyłem się. Myślisz, że to prawda, co mówią o Sophii? Że to ona posłała do Ogrodu węża?

Gabriel obrócił na palcu pierścień.

– Kto wie? To do niej podobne. Jest wcieloną Mądrością Pańską, więc nie ma nic wspólnego z miłosierdziem i przyzwoitością. Jeśli tylko wąż leżał w jej interesach...

– Trzeba uważać, żeby w jej interesie nie leżało wysadzenie nas z siodła – przerwał Frey. – Nie ufam jej.

– A skorpionowi byś zaufał? – zaśmiał się Gabriel.

– Nie macie dowodów przeciwko Sophii – wtrącił się Rafał. – Zawsze postępowała lojalnie. Nigdy nie wystąpiła przeciw nam.

– Nie, na to jest za mądra. – Daimon potrząsnął głową. – Wie, że lojalność to towar, który szybko się psuje.

– Cicho, ktoś się dobija przez Oko – syknął Gabriel. Wyjął z kieszeni owalny kryształ z wizerunkiem wirującego oka, które znikło błyskawicznie, zastąpione przez w obraz podłużnej twarzy Razjela.

– Przed chwilą dostałem zaproszenie od Sophii – rzekł Pan Tajemnic.

– Ja też. I Daimon.

– Co robimy?

– Pójdziemy. Lepiej jej nie ignorować. Nie wiadomo, czego od nas chce.

– Nie jestem zachwycony. Ona coś knuje. Czuję to. Po diabła jej Daimon? Przecież go nie toleruje.

Gabriel wzruszył ramionami.

– Nie wiem. Spotkajmy się przy Bramie Salamander. Pojedziemy razem, pogadamy po drodze. Daimon dopiero co wrócił, z pewnością chce się umyć i przebrać. Jeśli wystąpi w podróżnym stroju, straż Sophii gotowa odmówić mu wstępu do pałacu. Wiesz, jaką wagę Pistis przywiązuje do ceremoniału. Wszyscy musimy się wystroić jak królewny na bal.

Anioł Zagłady energicznie skinął głową.

– W porządku. Widzimy się za dwie godziny pod Bramą Salamander.

Daimon stukał paznokciem w krawędź pucharu.

– Cóż to się stało Dawczyni Wiedzy i Talentu, że zechciała zaprosić okrutnego półdemona, żywego trupa, zbrodniarza i niszczyciela? Z pewnością każe egzorcyzmować posadzki, po których przejdę.

– Niechęć do ciebie to fragment jej publicznego wizerunku. Kreuje się na chodzącą słodycz, więc nie może poprzeć żadnego anioła pełniącego funkcję destruktora. Tak samo obrywają od niej Duma, Alimon, a nawet Faleg. Oficjalnie nigdy ci jednak nie uchybiła.

Daimon sięgnął za pazuchę kurtki, wyjął bibułkę, podejrzanie pachnące zioła i zaczął robić skręta.

– A mniej oficjalnie, za moimi plecami, ochrzciła mnie upiorem.

Gabriel westchnął.

– Myślałem, że przez tyle wieków zdążyłeś się przyzwyczaić.

– Widocznie nie do końca.

Pan Objawień klepnął go w plecy.

– Nie przejmuj się. Zależy ci?

Anioł Zagłady odpowiedział krzywym uśmiechem.

– Nie jestem przejęty. Jestem wkurzony. – Spojrzał na swoje ręce, ubranie i buty. – I brudny. Przebiorę się, zanim Sophia okrzyczy mnie na dodatek śmieciarzem. Za dwie godziny przy bramie?

Gabriel skinął głową.

– Na razie, Rafał.

Rafael pomachał mu słabo. Daimon spojrzał na koniec skręta, w jego dziwnych oczach mignął złoty błysk, a papieros zapłonął jak zapałka. Zdmuchnął płomień i zaciągnął się dymem.

– Muszę uważać, żeby nie przeholować, bo wtedy wybucha, parząc palce – mruknął. – Trzymaj się, Gabrysiu.

– Ty też.

Schodząc po marmurowych stopniach z tarasu do ogrodu, Frey zatęsknił do wykładanej emaliami wanny. Dwie godziny, pomyślał. To będzie przyjemna kąpiel. Z zadowoleniem stwierdził, że w domu panuje porządek, a podczas jego długiej nieobecności nic się nie zmieniło. Spędził ponad godzinę w kąpieli, zmienił ubranie i wyruszył na miejsce spotkania. Nie musiał się spieszyć, więc wybrał dłuższą drogę przez spacerowe aleje i główną ulicę Hajot Hakados. Kopyta Piołuna dźwięczały na wykładanych półszlachetnymi kamieniami brukach, a Daimon przyznał przed sobą, że zapomniał, jak piękne są wysokie Nieba Królestwa. Przy bramie zastał czekającego Razjela.

– Jakie to gwiazdy sprowadziły cię do domu, Daimonie? – zawołał.

– Ciemne, jak zawsze. – Frey się uśmiechnął. Zrównawszy się z Razjelem, uścisnął go serdecznie. Jeśli mógł nazwać kogoś swoim przyjacielem, to z pewnością właśnie jego. Pan Tajemnic wyglądał mizernie, ale wyraźnie wracał do siebie.

– Słyszałeś o Księdze? – spytał.

Daimon skinął głową.

– Cholerna historia. Bardzo oberwałeś?

Razjel zaśmiał się gorzko.

– Och, na jakiś czas ktoś zgasił mi światło. Wysłałem Zofiela, mam nadzieję, że coś wywęszy.

– Ma szansę. W końcu jest najlepszym szpiegiem w Królestwie.

– A ja najlepszym magiem, a i tak oberwałem, zanim zdążyłem się spostrzec – mruknął cierpko Razjel. – No, dobra. Co u ciebie?

Daimon podrapał się w policzek.

– W Sferach spotkałem Jagnię.

– Wiem, był u mnie Gabriel. Myślisz o tym samym co ja, prawda? O szczelinie i Księdze, które dziwnym przypadkiem splatają się ze sobą w czasie.

Zielona otoczka wokół źrenic Freya zmniejszyła się do cieniutkiej kreski.

– Tylko w bardzo, bardzo parszywych chwilach, Razjelu.

Sięgnął do wewnętrznej kieszeni, wyciągnął pomiętego skręta i skrzywił się.

– Muszę skoczyć na Ziemię po porządne papierosy. Te wojskowe z mirry i kadzidła smakują jak sieczka.

W zimnym błękicie oczu archanioła coś mignęło i zgasło.

– Podobno proponowałeś jakiemuś śmiertelnemu, żeby objął twoją posadę.

Daimon rzucił Panu Tajemnic spojrzenie spod przymrużonych powiek.

– Skąd wiesz?

Razjel wzruszył ramionami.

– Gadali o tym w Królestwie jakiś czas temu.

Usta Anioła Zagłady rozciągnął lekki uśmieszek.

– W takim razie gadali prawdę. Miałem chwilowe załamanie nerwowe. Moja praca bywa stresująca. Wywaliłem w powietrze parę światów, nic wielkiego, krzywe, kalekie kosmosy, jakie ciągle tworzą się na granicy między Ziemią i Strefami Poza Czasem. W sumie rutynowe akcje, ale poczułem się znużony. Przez chwilę miałem nadzieję, że uda mi się przekazać komuś innemu moją funkcję. Nawet, jeśli ten ktoś będzie tylko śmiertelnikiem. Oczywiście nic z tego nie wyszło. Ale zdążyłem sobie zrobić krótki urlop.

Razjel ze zrozumieniem skinął głową.

– Każdy ma czasem dość. Spójrz, Gabriel już jest.

Archanioł Objawień zatrzymał Obłoka na środku ulicy i naglącym gestem kazał im dołączyć. Frey ruszył pierwszy, rzuciwszy peta na ziemię.

– Zrób to w pałacu Sophii – poradził Razjel.

Daimon wyszczerzył w uśmiechu zęby.

– Z przyjemnością. Na najładniejszy z jej dywanów.

Rezydencja Pistis Sophii składała się z kilku rozległych, płaskich budynków nakrytych wysokimi kopułami, lśniącymi w słońcu złociście. W oczach Daimona wyjątkowy przepych i majestat budowli budził raczej niechęć niż podziw. Raziło go sztywne, ceremonialne zachowanie służby, wyliczanie nieskończonych tytułów i oczekiwanie w coraz to innych olbrzymich, wykładanych mozaikami komnatach. Czuł się jak we wnętrzu starej komody. Pomimo rozmiarów sal i korytarzy, brakowało mu przestrzeni.

– Wiedziałem, że nie przyczepią się do miecza – mruknął do Razjela. – Mają być uprzejmi i nie prowokować zadrażnień.

Archanioł Tajemnic przybrał minę pełną powątpiewania.

– Zanim zdążyłbyś go użyć, zastrzeliliby cię przemyślnie ukryci łucznicy Sophii.

Daimon uśmiechnął się krzywo.

– Tak sądzisz?

– Ale pewny nie jestem – odpowiedział Razjel uśmiechem.

Gabriel odwrócił się od ściany, opuścił rękę, którą gładził zawieszony na niej arras.

– Wiem, dlaczego mi się tu nie podoba – westchnął. – Nie ma okien. Długo każe na siebie czekać. Jeśli jeszcze raz usłyszę, z ust kolejnego gnącego się w pokłonach wezyra, że jestem Wielkim Eonem, regentem Królestwa, Panem Objawień, Zemsty i Miłosierdzia to wpadnę w szał i popruję jej te gobeliny.

– Pożyczę ci miecza – podsunął uprzejmie Frey.

Wtem trzasnęły otwierane drzwi, w których pojawił się herold i cztery dżinny w liberiach.

– Jaśniejąca Mądrością Pani Pistis Sophia, Dawczyni Wiedzy i Talentu, wita Dostojnych Panów – regenta Królestwa, Wielkiego Eona...

– No, nie! – stęknął poirytowany Gabriel.

– ...Pana Tajemnic, Księcia Magów...

Razjel wydął wargi.

– ...oraz Abaddona Niszczyciela, Anioła z Kluczem do Czeluści, Burzyciela Starego Porządku, Tańczącego na Zgliszczach...

Daimon ziewnął.

Herold zakończył litanię i zadął w fanfarę tak gorliwie i głośno, że stojący najbliżej Anioł Zagłady się skrzywił. Dżinny w liberiach rozstąpiły się, zginając karki w pokłonach, a następnie przyklękły po obu stronach wejścia.

Do sali wsunął się wezyr odziany w turban oraz szatę tak długą i sztywną, że miał poważne kłopoty z najprostszymi gestami.

– Dostojni i potężni panowie, zechciejcie łaskawie przestąpić progi tej komnaty...

– Z pewnością zechcemy – przerwał ostro Gabriel, ruszając do drzwi. Daimon i Razjel podążyli za nim, odepchnąwszy bezceremonialnie wezyra, który ze zdumienia zapomniał zamknąć usta.

Na tronie ustawionym na podwyższeniu siedziała Sophia w otoczeniu dworek. Na widok aniołów wstała i popłynęła ku nim przez komnatę, urokliwa jak wczesny, słoneczny październik. Miała na sobie szatę w kolorze złota i burgunda, wyszywaną w sceny polowań na gryfy, rubinową kolię i diadem na kunsztownie ufryzowanych włosach. Natomiast aniołowie byli ubrani cokolwiek ostentacyjnie. Daimon założył czarny strój Aniołów Miecza, złożony z krótkiej skórzanej kurtki, wąskich spodni i wysokich butów zapinanych na wiele klamerek. Należał do tej elitarnej formacji, zanim Pan uczynił go Niszczycielem. Włosy rozpuścił, tak że opadały swobodnie na plecy. Razjel miał na sobie ulubione błękity i srebra, ale skrojone krótko i wygodnie, na głębiańską modłę. Nosił wycięty kaftan maga i wysoko wiązane buty, przynależne tylko czarnoksiężnikom najwyższego stopnia. Gabriel ubrał się całkowicie po ziemsku, w czarny płaszcz z miękkiej skóry, rozcięty z tyłu, żeby nie utrudniał konnej jazdy, wąskie spodnie o barwie skrzepłej krwi i buty na grubej podeszwie. Żaden z nich nie założył ceremonialnych szat dworskich, choć wszyscy powinni, bo zaproszenie miało bardzo oficjalny charakter

– Jakże miło mi was widzieć! – zawołała Sophia, rozkładając ręce.

– Przyjemność jest obopólna – powiedział sucho Gabriel, skłoniwszy głowę. Sophia, uśmiechnięta słodko, podeszła bliżej i ujęła go pod ramię.

– Panowie, zaprosiłam was na wino i pogawędkę, a każę wam stać w pustej sali. Co sobie pomyślicie o mojej gościnności? Proszę za mną.

Pociągnęła Gabriela ku wyjściu, odprowadzana zdumionymi spojrzeniami dworek i służby.

– Urocza żmija – mruknął Daimon w ucho Razjela.

Wysokie buty stukały na marmurowych posadzkach, gdy bijące nieustannie pokłony dżinny otwierały przed skrzydlatymi kolejne drzwi. Sophia gruchała jak gołębica, a jej brązowe oczy pozostawały przenikliwe i chłodne. Aniołowie odpowiadali uprzejmie, lecz zdawkowo. Wiedzieli, że każda nawet drobna informacja, przypadkiem sprzedana Sophii, mogła w każdej chwili zostać użyta przeciwko nim. Wreszcie Daimon poczuł powiew przesyconego zapachem kwiatów powietrza, a za kolejnymi drzwiami otworzył się niewielki wewnętrzny ogród.

– Jesteśmy na miejscu. Tu możemy porozmawiać swobodnie. – Pistis wysłała w przestrzeń jeszcze jeden oszałamiający uśmiech. – Proszę, usiądźmy wokół fontanny.

Przysiedli na niskich kamiennych ławach. Woda tryskająca z pyska stylizowanej hydry szemrała, spływając po stopniach marmurowego basenu. Ciężkie krople rosy zbierały się na liściach egzotycznych blado kwitnących roślin. Było bardzo gorąco.

Pistis zaklaskała.

– Bakalie! – zawołała ostro. – I trunki!

Ciemnolice, złotoskrzydłe dżinnije, śliczne i dzikie jak oswojone drapieżniki, podały dzbany oraz tace pełne słodyczy. Sophia odprawiła je machnięciem ręki.

– Skosztujcie, proszę. Wina są dobrego rocznika. Pochodzą z piwnic króla Salomona.

Daimona drażnił zapach kwiatów. Czuł, że za chwilę rozboli go głowa. Drobne kropelki potu łaskotały skórę u nasady włosów. Otarł ręką czoło. Spojrzał na Razjela z wahaniem sięgającego po puchar. Ich oczy się spotkały. Suka chyba nas nie otruje, pomyślał. Nie ośmieli się na oficjalnym podwieczorku. Pan Tajemnic pociągnął łyk wina z miną, jakby spodziewał się cykuty. Gabriel też wziął z tacy kielich i powoli obracał go w palcach.

– Gardzisz winem, panie, więc nie pogardź przynajmniej słodyczami – zagruchała Sophia, podsuwając Daimonowi misę. – Choćby z czystej uprzejmości.

– Z rozkoszą zadośćuczynię twojej prośbie – powiedział, ale jego uśmiech nie sięgnął oczu. – Wiele jestem w stanie zrobić, żeby zasłużyć na twą łaskę, pani.

Odgryzł kawałek niemiłosiernie słodkiego ciastka. Karmel natychmiast skleił mu palce. Zdecydował się spłukać słodycz winem. Miało ciężki, korzenny posmak. Pistis mierzyła go chłodnym, brązowym spojrzeniem.

– Wyborne – rzekł, ukazując zęby w zaczepnym uśmiechu.

– Bardzo mnie cieszy to spotkanie, pani – wtrącił Gabriel – ale czy powodem twego uprzejmego zaproszenia jest coś więcej poza chęcią poczęstowania nas ciastkami?

Zwierzchniczka chórów żeńskich westchnęła.

– Tak miło jest usiąść i pogawędzić w uroczym towarzystwie, że z niechęcią myślę o przejściu do spraw napawających mnie lękiem i zmartwieniem. Ale cóż, zdaję sobie sprawę, iż potężni archaniołowie, na których barkach spoczywa ciężar absolutnej władzy w Królestwie, nie mają czasu na kobiece błahostki.

– Ze zbyt wielką skromnością nazywasz, pani, kobiecymi błahostkami rządy nad wszystkimi chórami anielic – mruknął Razjel.

– Cóż to znaczy w porównaniu z władaniem Zastępami? – syknęła Sophia.

– Trochę mniej obowiązków, ale nie możliwości – odrzekł.

Zmierzyła go twardym, złym spojrzeniem.

– Słabemu łatwo się bać. Każda drobnostka napawa lękiem.

Razjel się roześmiał.

– Zapewniam cię, pani, że w tym ogrodzie nie ma dziś nikogo słabszego od najlepszych mieczy kawalerii parasim.

– I te by się wyszczerbiły, zetknąwszy się z żelaznym sercem niektórych z nas – odezwał się Daimon.

Sophia pogładziła suknię.

– Nie obwiniaj się o żelazne serce, panie. Skrupuły utrudnią ci pełnienie funkcji Tańczącego na Zgliszczach.

Daimon potrząsnął głową.

– Nie zrozumiałaś, pani. Nie ośmieliłbym się przypisywać sobie niezasłużonej chwały w obecności prawdziwego mistrza.

Przygryzła wargę, ale zanim zdążyła odpowiedzieć, Gabriel chrząknął.

– Wybacz, Dawczyni Wiedzy i Talentu, lecz choć niezmiernie cenię uroki ogrodów i basenów, ze smutkiem muszę przypomnieć, że kierowanie Królestwem w znacznym stopniu ogranicza czas, jaki mogę poświęcić ich kontemplacji.

Pistis westchnęła.

– Cóż, miłe chwile są takie ulotne. Przejdźmy więc do problemów. Anielice, wysłane z misją do Sfer Poza Czasem, wróciły z niepokojącą informacją o pojawieniu się wielu Bestii. Istoty podążają do Królestwa, wieszcząc nieszczęścia. Moje podwładne były przerażone, biedactwa! Opowiadały, że Bestie przybywają ze wszystkich krańców wszechświata.

Daimon i Razjel znów wymienili porozumiewawcze spojrzenia. Doskonale zdawali sobie sprawę, że informacje Sophii pochodzą od jej fanatycznych świetnie wyszkolonych szpiegów.

Gabriel z pozornym spokojem przyglądał się plującej wodą hydrze. Był głęboko poruszony, ale starał się nie zdradzić, jakie wrażenie wywarły na nim słowa Sophii. Mógł udawać obojętność, ale prawda wyglądała tak, że aniołowie nie mieli pojęcia o pojawieniu się innych Bestii poza Jagnięciem. Nie zameldował o tym ani wywiad cywilny, ani wojskowy, ani żaden przypadkowy oddział żołnierzy. Pozostawało tylko pytanie, czy Pistis nie blefuje.

Gabriel spojrzał w jej migdałowe oczy drapieżcy, ale nic nie potrafił z nich wyczytać. Wzruszył ramionami.

– Nie przywiązywałbym do tego wielkiej wagi. Bestie są niepoczytalne. Myślę, że żandarmeria i straż miejska Królestwa poradzą sobie z ich ewentualną wizytą. Nie obawiaj się, pani, z pewnością nie wtargną na teren twej posiadłości i nie narobią szkód.

Daimon obserwujący Sophię znad brzegu pucharu z winem doszedł do wniosku, że uśmiech władczyni żeńskich chórów z trudem maskuje grymas wściekłości.

– To piękne, panie, kiedy głowa państwa wykazuje taką dbałość o założenia parkowe i wille miejskie, ale ja miałam na myśli treść proroctw, a nie ewentualne szkody materialne poczynione przez Istoty.

Zielone oczy Gabriela stały się zimne niczym wysokogórskie stawy, gdy roześmiał się serdecznie, odchylając do tyłu głowę.

– Ależ pani! Przez myśl mi nie przeszło, że może cię zaniepokoić gadanina Istot. Przecież to szaleńcy!

– Szaleńcy czasem mają rację.

Gabriel pochylił się ku niej.

– Czy z tego powodu należy z lękiem wsłuchiwać się w ich słowa?

– Dziękuję ci, panie – syknęła. – Bardzo mnie uspokoiłeś. Teraz wierzę, że twoja żandarmeria poradzi sobie nawet z końcem czasów.

– W każdym razie z pewnością z zamieszkami, jakie mogą mu towarzyszyć. Są bardzo dobrzy w tłumieniu zamieszek.

Rysy Sophii stężały.

– Możesz nam wierzyć, pani, gdy nadejdą dni gniewu, wszystko zostanie przeprowadzone tak perfekcyjnie, jak to tylko możliwe – odezwał się Daimon, w którego głosie brzmiała ironia.

Sophia zwróciła ku niemu piękną twarz.

– A ty, panie, podróżując po krańcach wszechświata i wysadzając w powietrze światy, nie natknąłeś się na nic niepokojącego?

– Wysadzanie w powietrze światów to absorbujące zajęcie – wyjaśnił uprzejmie. – Nie bardzo mam jak niepokoić się wtedy czymś innym, a potem wszystko wydaje mi się miłe niczym miejski skwerek. Zastanawiałem się nad tym i sądzę, że to specyfika zawodu.

– Zmniejszona wrażliwość?

Uśmiechnął się.

– Raczej brak skłonności do histerii.

– I upodobanie do rozlewu krwi?

Wielkie czarne źrenice odrobinę się zwęziły.

– Nie zauważyłem go u siebie, zwłaszcza że krew często jest moja.

W tym momencie za plecami siedzących rozległ się stukot czegoś twardego spadającego na marmurowe płyty stanowiące obramowanie fontanny. Dźwięk był tak niespodziewany, że wszyscy drgnęli. Sophia obróciła się gwałtownie.

– Moja droga! – zawołała. – Zapomniałam o tobie! Dlaczego nie wyszłaś do nas wcześniej?

Smagła czarnowłosa anielica zmieszana tak, że drżały jej ręce, a ciemne rumieńce zapłonęły na policzkach, próbowała pozbierać upuszczony pulpit do pisania i rozsypane papiery. Nic z tego nie wychodziło, bo kartki wypadały z zesztywniałych ze zdenerwowania palców.

– To Zoe – wyjaśniła Sophia. – Słynna poetka. Zupełnie zapomniałam, że ten ogródek przylega do jej komnat. Biedactwo, pisała tu ukryta między liśćmi, a potem nie ośmieliła się nam przerwać. Głuptasku, dlaczego się nie pokazałaś?

Nieszczęsna Zoe nie była w stanie odpowiedzieć. Rozpaczliwie zgarniała swoje papiery. Daimon, który siedział najbliżej, wstał, zebrał kartki i wraz z pulpitem podał wystraszonej poetce. Spojrzał w jej ciemne oczy, podobne do dwóch przerażonych zwierzątek, szukające schronienia za długimi rzęsami, zauważył łagodny owal twarzy i pobladłe usta o ślicznym wykroju. Dawno nie spotkał tak ładnej anielicy. Uśmiechnął się do niej, ale spuściła powieki. Nawet nie wymamrotała podziękowania.

– Ach, więc to jest autorka „Opowieści Zasłyszanych" – powiedział Razjel. – Zrobiły na mnie wielkie wrażenie. Sądziłem jednak, że napisał je ktoś starszy. Są bardzo dojrzałe.

– Zoe ma wielki talent. – Sophia skinęła głową. – Szkoda, że jest taka nieśmiała. Usiądź przy nas, dziecko. Tam, koło Daimona Freya. To najdłuższa ławka.

Zoe przysiadła na samym skraju jak kos na żerdzi. Daimona bawiło jej zażenowanie, instynktownie poczuł do niej sympatię. Była śliczna, a poza tym naprawdę dobrze pisała, choć w dość klasycznym, staroświeckim stylu. Dobrze znał jej utwory, Uważał nawet, że zasługują na miejsce w historii literatury Królestwa.

– Naprawdę doskonałe teksty – powiedział Gabriel z uznaniem. – Czasem przypominają mniej monumentalne utwory samego Wretila, choć są łagodniejsze i bardziej pogodne.

– „Tam nie ma nikogo, tylko oko tygrysa, czujne, drapieżne, obojętne jak niebo" – zacytował Daimon. – Czy to na pewno takie pogodne?

Zoe drgnęła, wbijając uporczywie wzrok w marmur pod stopami, a Sophia spojrzała na niego ze zdziwieniem. Daimon pozwolił sobie na lekki uśmieszek.

– Jestem wyrafinowany, jak na destruktora.

– Również podczas pełnienia misji?

– Wtedy zajmuję się tym, co mi polecono.

– Jak kat?

Popatrzył jej twardo w oczy.

– Nie, jak Anioł Zagłady. Co chcesz osiągnąć, pani? Zmusić, żebym przyznał, że w ciągu sekund zabijam tysiące, że po moim przejściu nie pozostają nawet zgliszcza? To prawda. Ale tylko wówczas, gdy z rozkazu Pańskiego budzi się we mnie moc. W każdej innej chwili jestem zwykłym zabijaką szukającym zaczepki, krwawym gnojkiem, którego lepiej wysłać za granice Wszechświata, żeby widokiem parszywej gęby nie raził dostojników Królestwa. Nie odwracaj głowy, śliczna panienko, nadziejo współczesnej poezji! Świat jest bardziej skomplikowany niż labirynt komnat w tym pałacu. Czy nie tak, Dawczyni Wiedzy i Talentu?

Wyraz twarzy Sophii nie zmienił się, ale gdzieś głęboko za maską nieskazitelnych rysów Daimon dostrzegł rodzący się triumf. Sprowokowała go i w jakimkolwiek zrobiła to celu, osiągnęła sukces. Nabrał głęboko powietrza, rozluźnił bezwiednie zaciśnięte pięści. Przegrał. Brązowe oczy drapieżcy dawały mu to odczuć, syte triumfu.

Gabriel, zmieszany, zastanawiał się, jak zręcznie zmienić temat, pożegnać się i wyjść. Zdziwił go wybuch Freya, nie przypuszczał, że Anioł Zagłady tak łatwo podda się Pistis. Razjel spuścił głowę i oglądał własne palce. Martwił się o przyjaciela, którego nerwy wyraźnie były w strzępach. Nic dobrego nas nie czeka, pomyślał ze smutkiem.

– Wybacz, panie, że nie oświecę cię w sprawie złożoności i celowości świata – powiedziała Sophia, obserwując Daimona spod półprzymkniętych powiek – ale sama niewiele wiem na ten temat.

Skinął głową.

– Wierzę, pani. Wcielona Mądrość to za mało, żeby go zrozumieć.

Razjel się uśmiechnął. *Touchè*, szepnął do siebie.

– Pani, z żalem opuszczamy twoje gościnne progi, ale nie wolno nam dłużej zabierać twego cennego czasu. Obowiązki władczyni żeńskich chórów nie pozwalają ci przecież marnować go na błahostki. Uspokój, proszę, podopieczne, że ze strony Bestii niczego nie muszą się obawiać. Kto wie, może wcale nie przybędą do Królestwa? W końcu są niepoczytalne – odezwał się Gabriel z przesadną uprzejmością. Chciał jak najszybciej zakończyć niemiłe spotkanie, głęboko przekonany, że od tej chwili mogą tylko tracić punkty w rozgrywce. Z drugiej strony dręczyło go przykre przeczucie, że tracili je przez cały czas. Aniołowie wstali, Pistis także, na ławce pozostała tylko Zoe.

– Szkoda, że ważne sprawy wzywają was tak wcześnie. – Dłoń Sophii musnęła rubinowy naszyjnik. – To było urocze popołudnie.

– Z pewnością – rzekł Gabriel z przekąsem. – Żegnaj, pani. Jesteśmy wdzięczni za poczęstunek i za twoje niezastąpione towarzystwo.

– To ja dziękuję, uspokoiliście moje serce, panowie.

Posłała im uśmiech, słodki i zimny jak puchar lodów.

– Mój wezyr was odprowadzi.

– Jakże to uprzejme – mruknął Razjel.

– Oby was Jasność strzegła, panowie aniołowie – odrzekła.

– Ciebie zaś w szczególności – odezwał się ochrypły, bezdźwięczny głos Daimona.

Ukłonili się sztywno, Sophia skinęła im głową. Przybyły w tej chwili wezyr, cały w ukłonach, otworzył drzwi. Poszli za nim.

– Co z tobą, Daimonie? – szepnął Razjel. – Haniebnie się podłożyłeś.

Frey przesunął dłonią po twarzy.

– Nie wiem. Nerwy mi wysiadły. Przestałem nad sobą panować.

– Nie przejmuj się – mruknął Gabriel. – Z Pistis niemal nie sposób wygrać. Ona jest pozbawiona uczuć. Został jej tylko rozum.

– I to w nadmiarze. Manipulowała nami, jak chciała – zgodził się Razjel.

– Muszę stąd wyjść – powiedział Daimon. – Mam wrażenie, że zamknięto nas w ogromnej wykładanej mozaikami trumnie.

Wezyr otworzył przed nimi kolejne złote drzwi.

Fontanna szemrała cicho, kwiaty jak zawsze pochylały blade zatroskane kielichy nad jej głową, ale Zoe utraciła spokój. Nawet księgi nie dawały wytchnienia. Nieoczekiwanie zdały się jej mdłe, bez znaczenia. Suchy szelest papieru tylko drażnił. Zoe nie potrafiła już znajdować w nich odpowiedzi na wszystkie troski. Nie rozumiała, co się z nią stało. Czuła dziwną tęsknotę za czymś nieokreślonym, gnębiły ją nagłe lęki albo ataki irytacji. Nie mogła pisać. Zresztą, nie chciała. Czy warto marnować życie na tworzenie banalnych historyjek? Dziwiła się, jak kiedyś mogła odczuwać satysfakcję na myśl o swojej pracy. I co to za praca! Rymy, bazgroły. Pragnęła dokonać czegoś prawdziwego, czegoś potężnego. Wciąż powracały do niej nieznane dotąd wizje krwawych walk na miecze i eksplodujących planet. I twarz. Szczupła, o ostrym profilu, zaciśniętych ustach i oczach jak bezdenne studnie, z cieniutką zieloną otoczką źrenic. Nie mogła zapomnieć wykonanego prostymi kreskami rysunku salamandry na lewym policzku, czarnych gęstych włosów odrzuconych niedbale na plecy, dłoni z misternymi tatuażami na grzbietach i blizną w kształcie półksiężyca przecinającą wnętrze prawej. Abaddon, Tańczący na Zgliszczach. Czy to nie o nim mówiła Pani, czy nie jego miała na myśli, bolejąc nad rozlewem krwi w Królestwie?

Zoe pojęła swoje zadanie, choć napełniało ją zarówno niezrozumiałym podnieceniem, jak i lękiem.

Czyżby to pycha pozwalała jej snuć marzenia o ukazaniu właściwej drogi komuś takiemu jak Burzyciel Światów? Czy może starannie dobrane zioła, którymi Pistis karmiła swoją nadworną poetkę? Tak czy inaczej, spokój opuścił Zoe, a jego miejsce zajęły dziwne rojenia i tęsknota, która z każdym dniem rosła tak, że ściany pałacu nie były w stanie jej pomieścić.

Gabinet Archanioła Objawień urządzony był surowo, lecz z wdziękiem. Ciemne drewno mebli harmonizowało z oliwkowymi zieleniami obić i dywanu. Wnętrze rozjaśniały starannie dobrane bibeloty i kilka pięknych akwarel pędzla Labadiela. W rogu stała onyksowa figura przedstawiająca jednorożca, bo Gabriel lubił jednorożce.

Regent Królestwa odwrócił się od okna otwartego na ogród i spojrzał w głąb pokoju. Na blacie orzechowego biurka siedział Michael.

– Czy wywiad wojskowy znalazł cokolwiek na temat Księgi?

Michał potrząsnął głową.

– Na razie nic. Mają kilka poszlak i pracują nad tym.

– Jakich poszlak, Misiu?

Archanioł Zastępów skrzywił się jakby przełykał coś kwaśnego. Nie bardzo chciał się przyznać, że właściwie nie wie nic konkretnego.

– Ogólnych.

– Aha – mruknął Gabriel. – A co wiadomo o Bestiach?

– Nie ma ich. Pistis blefowała. Nawet Jagnię zniknęło.

Pan Objawień westchnął, zsunął z palca pierścień i nałożył z powrotem.

– Po co miałaby to robić? Nie rozumiem, co chce osiągnąć. Dużo bym dał, żeby wiedzieć, o co jej chodzi.

Michał wzruszył ramionami.

– Intryguje. W końcu jej kombinacje wyjdą na jaw.

– Wtedy może okazać się za późno – powiedział ponuro Gabriel.

– Poradzimy sobie.

– Wiem – burknął Archanioł Objawień kwaśno. – Zawsze zostają Zastępy.

Michał spojrzał na niego z wyrzutem.

– Przepraszam, Misiu. Martwię się. Mam wrażenie, że ziemia płonie nam pod stopami.

– Problemy są poważne, ale to jeszcze nie powód... – zaczął Michał, lecz przerwało mu natarczywe pukanie do drzwi.

Zaniepokojony Gabriel drgnął. Nikt bez powodu nie ośmieliłby się dobijać do jego gabinetu.

– Wejść! – zawołał.

Do środka wpadł zdyszany Uzjel.

– Gabrielu! – krzyknął. – W Czwartym Niebie zamieszki! Na Placu Błękitnym pojawiły się Bestie!

– Szlag! – wrzasnął Gabriel. – Suka wiedziała! Michał, idziemy!

Całe Czwarte Niebo wrzało. Bestie dobrze wiedziały, gdzie się objawić, przemknęło Gabrielowi przez myśl. Wybrały najwyższy dostępny każdemu skrzydlatemu krąg, siedzibę wszystkich ważnych urzędów i gmachów państwowych. W centrum Czwartego Nieba zawsze kłębił się tłum. Teraz ulice były zapchane bezładnie przelewającą się ciżbą, bo część aniołów, uległszy panice, starała się jak najszybciej opuścić obszar kręgu, a część, wiedziona ciekawością, próbowała dotrzeć do centrum wydarzeń. Gabriel i Michał z trudem przebili się przez Bramę Piasku, bezlitośnie taranując tłum szerokimi piersiami wierzchowców. Bali się użyć mocy i przenieść bezpośrednio, bo w mieście panował zbyt wielki ścisk i chaos. Na samym Błękitnym Placu zamieszanie sięgnęło szczytu. Żandarmeria okładała zgromadzonych skrzydlatych nahajkami i drzewcami toporków, próbując zmusić ich do rozejścia się, a oficerowie, bliscy paniki, zdzierali gardła, wywrzaskując bezsensowne, sprzeczne rozkazy. Ponad rozhisteryzowaną pstrą ciżbą górowały łby porykujących Bestii.

– Cholera, jak się przebijemy? – krzyknął Michał, z trudem utrzymujący się na grzbiecie Klingi, pod którego kopyta runęło kilku aniołów.

– Siłą – zdecydował Gabriel, wyszarpując nogę z uścisku uwieszonego u strzemienia niemłodego już skrzydlatego. – Naprzód, Obłok!

Siwy koń chrapnął i jak klin wbił się w tłum. Ryży Klinga ruszył w jego ślady. Masa skłębionych ciał rozstępowała się przed nimi wśród przekleństw i jęków. Wreszcie zziajany, spocony Gabriel, rozdając na wszystkie strony kopniaki i ciosy płazem miecza, wydostał się na środek placu, gdzie królowały Bestie.

Przybyły dwie.

Większa miała siedem głów o szerokich, jakby lwich paszczach. Cztery łby były zwieńczone pojedynczymi rogami, pozostałe zdobiło skręcone poroże podobne do baraniego. Na głowach tkwiły krzywo nasadzone diademy. Jeden z podwójnie rogatych łbów miał oderwaną szczękę i rozharatane podgardle, lecz chociaż rana wyglądała na śmiertelną, poruszał się i mrugał ślepiami. Cielsko Bestii porośnięte krótką, lśniącą, czarną sierścią przywodziło na myśl gibki korpus pantery, ale było dłuższe i osadzone na masywnych, zbrojnych w ogromne pazury łapach.

Mniejsze Zwierzę poruszało się na tylnych nogach, potrząsało pojedynczym łbem o skręconych baranich

rogach i chichotało głosem smoka. Jego skudlona sierść miała barwę zaśniedziałego mosiądzu.

Większa Istota natychmiast zauważyła Gabriela i obróciła ku niemu mrugający martwy łeb. Archanioł Objawień uniósł się w strzemionach.

– Natychmiast opuśćcie mury miasta, Bestie! – krzyknął.

– *Dlaczego?* – zadudnił basowo martwy łeb, chociaż głos odezwał się tylko w głowie anioła.

– Siejecie zamęt!

– *Zamęt, smród, zgliszcza* – zawyło mniejsze Zwierzę, pokracznie podskakując na łapach i obnażając zęby w upiornym uśmiechu. – *Biada, biada, smród!*

Gabriel poczuł ogarniającą go falę złości.

– Natychmiast wracajcie, gdzie wasze miejsce!

– *Dlaczego?* – Nieżywa głowa łypnęła wielkim okiem.

– Bo nakazuje wam to Regent Królestwa, bydlaki!

– *No to co?*

– *Regent! Regent! Zgliszcza, smród!* – ucieszyło się małe Zwierzę.

Gabriel się wściekł.

– Podlegacie władzy Jasności, którą teraz reprezentuję, robicie rozróbę w moim mieście, więc wynocha, zanim usunę was siłą!

– *Królestwo to także nasz dom.*

– Tak, ale gdyby Pan chciał, żebyście w nim mieszkały, zarządziłby to!

Siedem głów wielkiej Bestii zamknęło powieki.

– *Przybyliśmy ostatni raz spojrzeć na dom. Było nam to dane, a zatem możemy odejść.*

– Zaraz – syknął Gabriel. – Co to znaczy: ostatni raz?

– *Albowiem nadchodzi koooniec!* – pisnęło przejmująco małe Zwierzę.

– Ach, jasne!!! – ryknął archanioł. – Koniec nadchodzi? Co za nowina! Doskonale, Bestie. Wreszcie chwila spokoju. Miła, aksamitna nicość. Mam rację?

– *Nie wiemy* – sapnęła duża Istota. – *Nasz umysł nie sięga krańca.*

– A mój tak – jęknął Gabriel do siebie. – I wręcz go łaknie. Wyniesiecie się czy nie? – dodał głośno.

– *Odejdziemy z obrazem domu pod powiekami.*

– Niech wam pójdzie na zdrowie – mruknął archanioł, ocierając dłonią czoło.

W mgnieniu oka oba Zwierzęta rozsypały się w słup złotawego kurzu i znikły.

Pobladły Michał podjechał do Gabriela.

– Co za numer – szepnął. – Myślisz, że wiedzą, co mówią? I skąd, u diabła, Pistis zdobyła o nich informację?

Pan Objawień obrócił na niego zmęczone oczy.

– Nie pytaj, Michasiu. Poszukaj sobie lepszej rozrywki.

– Mogą przyjść inne, Dżibril. Cała cholerna reszta. Co wtedy zrobimy?

Gabriel wzruszył ramionami.

– Nie wiem. Poczęstujemy je obiadem. Ja mam dość, Michaelu. Jadę do domu. Rany, jak mnie boli głowa. Postaraj się dowiedzieć czegoś o Księdze i tak dalej. I zaraz mnie zawiadom.

Pochylił się nad końskim karkiem.

– Jedziemy do domu, Obłok.

– Trzymaj się, Dżibril – powiedział Michał z troską.

Archanioł się zaśmiał.

– Czego? Snów o końcu świata?

– Poradzimy sobie – wymamrotał Michael.

– Jak zawsze. *Adieu!*

Skierował konia ku wylotowi placu. Tłum już rzedniał. Grupki aniołów stały gdzieniegdzie, szepcząc i gestykulując. Żandarmi ucichli, ochrypli od wrzasku. Michał z niepokojem spoglądał na oddalającą się sylwetkę Gabriela. Przeczesał palcami szafranową czuprynę i poprawił się w siodle.

– Dobra, Klinga – powiedział do konia. – Jedziemy. Robota czeka.

Rozdział 3

Dym snuł się po ziemi, ciężki i cuchnący. Prawie nie było wiatru, więc gęsty opar czołgał się jak chory smok szorujący brzuchem po trawie. Płomienie niechętnie lizały ściany budynków. Krzyki niemal już ucichły, dawały się słyszeć tylko pojedyncze ochrypłe zawodzenia. Kamienny kasztelik sterczał pośród dogasających zgliszcz jakoś bezwstydnie nagi i smutny zarazem. Nie spełnił zadania, nie zdołał obronić mieszkańców przed śmiercią zadaną ostrzami mieczy i toporów. Herb, dumnie wykuty nad bramą, wyglądał teraz jak szyderczy emblemat niespełnionej świetności.

Asmodeusz ściągnął nieco ozdobne zielone wodze, zmuszając smoka do obrotu w miejscu. Płynny, elegancki ruch zwierzęcia sprawił mu przyjemność. Zgniły Chłopiec był bardzo zadowolony ze swego nowego wierzchowca. Smok miał małą szlachetną głowę, drobny kościec, wysoko osadzone skrzydła i nieskazitelną sylwetkę. Lekki, niewielki, posiadający wszelkie zalety szlachetnej krwi, niósł jak wicher, odznaczał się zwinnością, wytrzymałością i posłuszeństwem, a przy tym wszystkim był ulubionej maści Asmodeusza – zielonozłoty. Nie ogarniało go też nadmierne podniecenie, gdy poczuł zapach krwi, a to akurat było doskonałą cechą u bojowego smoka.

Asmodeusz obrzucił obojętnym wzrokiem płonący kasztel i żołnierzy w barwach Głębi zajętych, jak zwykle po skończeniu akcji, plądrowaniem i dobijaniem rannych. Obrócił głowę ku Lucyferowi siedzącemu obok w siodle ogromnego srebrzystego smoka ciężkiej jazdy. Lampka, w odróżnieniu od Asmodeusza, lubił potężne wierzchowce.

– Uważasz, że przesadziliśmy?

Lucyfer wzruszył ramionami. Czerwonawy poblask płomieni obrysowujący barczystą sylwetkę Władcy Głębi, prześlizgujący się po krótko przystrzyżonych włosach barwy piasku, przydawał Lucyferowi podobieństwa do granitowej rzeźby. Wrażenie potęgowały chłodne szare oczy.

– Nie sądzę – odpowiedział.

– Ale wciąż masz wątpliwości – zaśmiał się Asmodeusz, zwany przez licznych wrogów Zgniłym Chłopcem. Może krył się w tym określeniu cień prawdy, chociaż Głębianin, mimo swego młodzieńczego wyglądu, starannych fryzur i drogich szat, nie był zniewieściały. Cieszył się zasłużoną sławą świetnego szermierza, a w bitwie cechowała go jakaś buńczuczna, niekiedy histeryczna odwaga. Poza tym wszystkim był złośliwy, inteligentny i zepsuty do szpiku kości. Fiołkowe oczy patrzyły bystro, a umysł zdolny był zawsze zimno oceniać

sytuację i prowadzić beznamiętne kalkulacje, co pozwoliło Asmodeuszowi w krótkim czasie osiągnąć kontrolę nad wszystkimi kasynami, burdelami i całością przemysłu rozrywkowego w Głębi i Limbo.

– Luciu, tu chodzi o prestiż – dodał. – Zrozum wreszcie. Nie podobają mi się nastroje, jakie panują ostatnio w Głębi. Potrzebna nam była spektakularna manifestacja siły.

Lucyfer się skrzywił z niesmakiem.

– Ale wybiliśmy wszystkich. Cały ród do nogi.

– Wspaniale! Nikt się nie zemści. Problem z głowy.

Lampka westchnął. Asmodeusz z ubolewaniem potrząsnął głową otoczoną aureolą misternej plecionki seledynowych włosów.

– Wiem, o co chodzi, Luciu. Boisz się, co powiedzą magnaci.

Władca Głębi wydął wargi.

– Może trochę.

Zgniły Chłopiec ściągnął wodze, z lubością zmuszając smoka do kolejnego półpiruetu.

– Daj spokój! Nabzdyczą się, pogęgają i tyle. A przede wszystkim poczują strach.

– Nie wiem. W końcu załatwiliśmy kogoś z Mrocznych, jednego z nas.

– Co za podziwu godna solidarność! Myślisz, że ktoś z nich odpłaci ci podobną monetą? Biedny, naiwny romantyku! Jeśli tylko skręcisz sobie nóżkę, radośnie ugotują cię w smole. Zapomniałeś, jakiego chwalebnego czynu dokonał ten jeden z nas? Przypomnę ci. Ukradł państwowe pieniądze. Pół biedy, gdyby zrobił to po kryjomu, drżąc z lęku i próbując ukryć oszustwo. Ale on je zrabował! Napadł na transport państwowego mienia. Luciu, to przecież szczyt! Jak tak dalej pójdzie, ze szczętem stracimy autorytet.

– No, racja – mruknął Lampka. – A skarbiec świeci pustkami.

– Bo go okradają, przyjacielu. Weźże ich wreszcie za pyski. Mnie nie wypada.

– A wziąłbyś? – spytał Lucyfer.

Na dnie fiołkowych oczu Asmodeusza zapłonął lodowy ognik.

– Jeszcze jak!

Lampka potarł otwartą dłonią łęk siodła.

– Zastanowię się nad tym.

Asmodeusz uśmiechnął się, uniósł w strzemionach.

– Sierżancie! – krzyknął do najbliższego żołnierza, zajętego przetrząsaniem kieszeni jednego z dogorywających.

– Przyprowadźcie starego!

– Tak, panie!

Żołnierz porwał się na nogi i ciężkim kłusem ruszył w stronę płonącego zameczku. Lucyferowi przez myśl przebiegła niemiła wątpliwość, czy sierżant okazałby się równie gorliwy, gdyby to on wydał rozkaz. Zgniły Chłopiec cieszył się w armii wielkim poważaniem. Może zbyt wielkim.

Pojawienie się dwóch szeregowych wlokących za wykręcone ręce więźnia przerwało Lucyferowi przykre rozważania o własnej pozycji. Mroczny miał wyrazistą arystokratyczną twarz, wykrzywioną teraz grymasem nienawiści. Żołnierze rzucili go pod łapy smoków niczym worek.

– Erzazelu – powiedział Lucyfer – za czyny przeciw Głębi i zdradę obowiązków swego stanu zostajesz pozbawiony szlachectwa i majątku. Prawem Otchłani skazuję cię na śmierć.

Stary arystokrata targnął głową.

– Mój syn mnie pomści, bękarcie Królestwa! – wychrypiał.

– Nie sądzę – wtrącił przeciągle Asmodeusz, mrużąc piękne, okrutne oczy. – Bo widzisz, jego głowa nadziana na włócznię stanowi właśnie wątpliwą ozdobę drogi wiodącej do Jeziora Płomieni. Prezentuje się całkiem ciekawie w asyście łebków twoich wnuków.

Erzazel zawył. Próbował rzucić jakąś klątwę, lecz nie mógł wyartykułować ani jednego zdania. Palce, rozcapierzone niby szpony, wbiły się w ziemię.

– Tak, tak – ciągnął Zgniły Chłopiec. – I po co było wyciągać łapy po cudze pieniądze? Nie lepiej dumnie przymierać głodem albo zabrać się za uczciwe interesy? Czasy teraz sprzyjają obrotnym. Powieście tego złodzieja! – krzyknął do żołnierzy. – Ścięcie jest dla niego za dobre. Możecie mu przedtem obciąć ręce, jeśli macie ochotę.

– Tak, panie! – ryknęli jednym gardłem.

Lampka przygryzł wargę. Nie odezwał się, zanim nie zostali sami.

– Nie uważasz, że to ja powinienem wydać rozkaz?

Asmodeusz odsłonił w uśmiechu równe ostre zęby.

– Oczywiście, ale ty nie wydałbyś go w takiej formie.

Lucyfer też się uśmiechnął.

– Racja. Chyba zrobiłem się za miękki.

– Skutek pałacowego życia. Luksus cię zdemoralizował, Luciu.

– I kto to mówi! – żachnął się Pan Głębi.

Zgniły Chłopiec zachichotał.

– Ale ja jestem bezlitosny jak stal. W końcu nie musisz patrzeć na egzekucję. Racja stanu tego nie wymaga.

– Nie mam zamiaru – mruknął Lampka, zawracając smoka na drogę do miasta.

– Hej! – krzyknął Asmodeusz. – Pościgajmy się! Do Bramy Krwi, ale tylko po ziemi. Żadnego latania! Zakład o twój pierścień władzy!

Kopnął smoka piętami i wystrzelił w przód jak zielonozłota błyskawica.

– Akurat zobaczysz pierścień! – wrzasnął za nim Lampka, zacinając wierzchowca. – Dalej, Grot!

Srebrny smok zaryczał i rzucił się w pogoń za zielonym.

Żołnierze mocowali na gałęzi pętlę.

Zofiela rozpierała radość. Nie na darmo nosił imię Szpieg Boży. Wieści, jakie niósł archaniołom, były ze wszech miar pomyślne. Odnalazł Księgę. Zajęło mu to trochę czasu i wiele wysiłku, lecz opłaciło się. Wiedział z niezbitą pewnością, że zguba znajduje się w pałacu Teratela. Co więcej, widział ją tam na własne oczy. Nieraz ryzykował życiem dla dobra Królestwa, ale teraz zadanie należało do szczególnie paskudnych. Teratel, wysoki dostojnik chóru Panowań, znany był ze swoich anarchistycznych poglądów. Postulował powszechną wolność i oświatę, zamierzał znieść hierarchię niebiańską, opowiadał wszem i wobec, że wszyscy aniołowie są równi. Co gorsza, pakował do jednego wora nie tylko Świetlistych, anielską arystokrację, razem z najpodlejszymi aniołami służebnymi, ale dokładał do tego istoty naprawdę podrzędne: geniuszy, salamandry, sylfy i dżinny. W jego działaniach niewiele było logiki, za to sporo obsesji i psychozy. Jak każdy furiat był też nieprzewidywalny i niebezpieczny. Nadto cierpiał na silną manię prześladowczą, ubzdurał sobie kilka spisków na własne życie, wykrzykiwał o dotykających go szykanach i dyskryminacji, a w konsekwencji ufortyfikował sobie pałac lepiej niż skarbiec Królestwa. Teraz zaś ukradł Księgę Razjela.

Zofiel wzdrygnął się z obrzydzenia. Kiedy z trudem dowiedział się o miejscu ukrycia Księgi, pozostało mu pozyskać zaufanie zauszników, a wreszcie i samego Teratela. Płaszczył się przed nim, przytakiwał, wygłaszał obrzydliwe i bluźniercze we własnym mniemaniu poglądy. Najgorsza była jednak świadomość, że w razie najmniejszego błędu pachołkowie radykała nakarmią nim specjalnie sprowadzone z Głębi piekielne cerbery. Nocami dręczyły Zofiela koszmary, w których ginął rozszarpany przez paszcze ziejące przetrawionym mięsem. Wreszcie tak wkradł się w łaski Teratela, iż ten w swojej pysze pochwalił się przed nim ukradzioną Księgą, zapewniając, że dzięki zaklęciom zaprowadzi wreszcie porządek w Królestwie. Zofiel się uśmiechnął. Powrót prawdziwego porządku możliwy jest dzięki takim pozornie nieważnym jednostkom jak on sam. Zdawał sobie sprawę, że wielu gardzi szpiegowskim zajęciem i tymi, którzy je wykonują, ale był daleki od brania ich opinii do serca. Jego robota może i nie należała do wzniosłych, lecz wykonywał ją na chwałę Królestwa, a Królestwo miało z tego wymierny pożytek. Tak jak teraz.

Daimon stuknął o zęby paznokciem kciuka.

– Teratel – powiedział zamyślony. – Niektóre jego pomysły mają trochę sensu, ale reszta to bufonada. Dziwię się, że starczyło mu odwagi, żeby gwizdnąć Księgę. Zawsze uważałem go za pozera szukającego rozgłosu. Może ktoś nim manipulował?

– Nieważne! – Gabriel machnął ręką. Podekscytowany, szybkimi krokami przemierzał komnatę. – Dowiemy się później. Najważniejsze, że Księga się odnalazła.

– Jak na razie, starannie zamknięta w sejfie Teratela – ostudził jego zapał Razjel.

– Co z tego? Żaden problem! – Michał, siedzący na blacie stołu, zakołysał w powietrzu ciężkim butem. – Wyślę paru chłopaków i jutro przyniosę ci upragniony tomik z powrotem.

– Nie, zaraz. Nie możemy posłać przeciw niemu regularnego wojska – zaprotestował Gabriel.

– A to czemu? – parsknął Michał.

Daimon strzepnął pyłek z kołnierza.

– Bo jest wolnym obywatelem Królestwa i członkiem chóru Panowań, Misiu – powiedział.

– Akurat! Skoro ukradł Księgę, jest złodziejem i zdrajcą.

Frey uniósł brwi.

– Dobra, gdzie masz dowody?

– A Zofiel? – palnął Michał, zanim zdążył się zreflektować.

– Chcesz spalić jednego z najlepszych szpiegów? – mruknął z politowaniem Razjel.

– Cholera, zapomniałem.

– Spróbujmy go grzecznie poprosić, może odda, kiedy odwołamy się do międzyanielskiego braterstwa – zakpił Daimon.

– Prędzej odsprzeda. Tonie w długach – podchwycił Książę Magów. – Kto jest należycie obrotny, żeby spróbować negocjacji?

– Jasna cholera! – syknął Gabriel. – Nie wygłupiajcie się! On naprawdę może sprzedać tę pieprzoną Księgę w jeszcze gorsze ręce.

Michał, zasępiony, pocierał policzek.

– Odbić jej nie wolno, więc co zrobimy? Będziemy go szantażować? Natychmiast rozwrzeszczy to na całe Królestwo.

Wielkie źrenice Daimona zwęziły się nieco.

– Sekundę – zaczął, a jego schrypnięty głos zabrzmiał złowieszczo jak echo w grobowcu. – Kto powiedział, że nie mamy jej odbić? Wojska nie wolno nam użyć, pozostają jeszcze oddziały specjalne.

– Prawda! – Michał grzmotnął pięścią w stół.

Gabriel zatrzymał się w pół kroku.

– Ryzykowne. Ale kuszące. Kogo masz na myśli?

Usta Daimona wykrzywił nieładny uśmiech.

– Szeolitów.

– Komando Szeol? Nie istnieje! Zostały z niego same niedobitki.

Frey skinął głową.

– Czyli najlepsi, skoro przeżyli.

– On dobrze mówi. – Razjel wycelował w Gabriela palec. – Formalnie nie istnieją, więc nie można nam nic zarzucić. W razie wsypy będziemy zmuszeni się wyprzeć i nikt nie udowodni, że mieliśmy coś wspólnego z akcją. Oficjalne oddziały Królestwa nie wezmą w niej udziału.

– To jest jakiś pomysł – zgodził się Gabriel. – Rozważymy go. Na razie Uzjel wezwie nam Alimona.

– Chcę iść z nimi, Dżibril – powiedział Daimon.

Pan Objawień westchnął.

– Zwariowałeś, Abaddonie? Wszyscy wiemy, że mógłbyś pójść nawet w pojedynkę, ale nam zależy na anonimowości. Każdy cię rozpozna, Daimonie. Cokolwiek byś zrobił, jakkolwiek byś się przebrał, magicznie czy zwyczajnie. Rozumiesz? Michał też chętnie wziąłby w tym udział, a nawet ja i Razjel. Ale to niewykonalne.

Daimon przygryzł wargę.

– Mamy siedzieć na tyłkach i czekać, tak? Jak tchórze albo tetrycy?

– Aha. Dokładnie tak.

– Co za bagno. Nie lubię polityki, Dżibril.

– Ja też nie – mruknął Pan Objawień. – Kto wie, gdzie teraz mieszka Alimon?

Alimon, spowity w szary płaszcz, zapadnięty w objęciach skórzanej sofy, wyglądał jak wielka nastroszona sowa. Jego spokojną twarz szpeciła blizna zaczynająca się przy prawej skroni, przecinająca brew, deformująca nos i zakończona na lewym policzku trzema rozwidlonymi szramami, tak że anioł przypominał odbicie w stłuczonym lustrze.

– Jakie są szanse wskrzeszenia komanda Szeol? – zapytał Gabriel.

Dawny dowódca Szeolitów nieznacznie poprawił się na sofie.

– Mniej więcej takie jak Łazarza. Zależy, kto się za to zabierze.

Daimon pozwolił sobie na lekki uśmiech. Oczy Alimona, szare jak krążki stalowej blachy, spojrzały na niego z sympatią. Anioł Zagłady i Mistrz Ran lubili się i cenili wzajem swoje umiejętności.

– Ty. Od zaraz – powiedział Gabriel.

– Mam rozumieć, że to rozkaz?

– W całej rozciągłości. – Pan Objawień bawił się zdjętym z palca pierścieniem.

– A dowiem się, w jakim celu każecie mi wskrzeszać trupa bohatera? – Głos Mistrza Ran nie wyrażał żadnych emocji.

– Zadanie specjalne.

Alimon nieznacznie uniósł brwi.

– Taak – mruknął. – Zaskakujące. Czyżby tajne?

– Dosyć. – Gabriel skinął głową.

Daimon sięgnął do kieszeni, wyjął paczkę papierosów.

– Zapalisz? – Wyciągnął rękę do Alimona. Oczy Mistrza Ran zaświeciły.

– Prawdziwe, ziemskie – powiedział z uznaniem. Włożył jednego do ust i poklepał kieszeń płaszcza w poszukiwaniu zapalniczki. Zanim zdążył ją wydobyć, Frey spojrzał na koniec papierosa, który natychmiast się zapalił.

– Dzięki – mruknął Alimon, zaciągając się dymem. – Czy teraz mogę wyrazić ostatnie życzenie?

– Przykro mi. My je wyrazimy. – Daimon ugniatał w palcach papierosowy ustnik. – Macie odbić cenną księgę z pałacu Teratela.

Alimon lekko się skrzywił.

– Dlaczego my?

Szare oczy znów spotkały się z głęboką czernią okoloną zielonymi obwódkami.

– Bo jeśli coś pójdzie źle, Gabriel i reszta będą się musieli was wyprzeć.

Pan Objawień drgnął niemile zaskoczony. Nie podobała mu się nadmierna szczerość Daimona. O takich rzeczach się nie rozmawiało. Przecież dowódca komandosów dobrze wiedział, czym ryzykuje.

Alimon westchnął.

– Aha. Dobrze wiedzieć, na czym stoję.

– Kiedy możesz zacząć formować grupę? – spytał Gabriel.

Mistrz Ran wzruszył ramionami.

– Natychmiast. Ale to zajmie trochę czasu. Większość dawnego oddziału zginęła, część pozostałych to kaleki.

– Sądzisz, że dadzą radę?

Alimon zawiesił na nim ciężki wzrok.

– Rozmawiamy o komandzie Szeol, regencie.

– Kogo postawisz na czele grupy? – zainteresował się Daimon.

– Taftiego. Reiwtip miałby z tym poważne kłopoty, bo stracił obie nogi.

Frey spuścił oczy.

– Cholera, tak mi przykro. Nie wiedziałem.

– Ano, takie życie. – Mistrz Ran wstał, przeciągnął się, aż zatrzeszczały kości. – Mogę już iść?

– Tak – pozwolił Gabriel. – Później zgłosisz się po szczegóły.

– Niech wam gwiazdy sprzyjają, regencie. Do zobaczenia, Daimonie.

– Samych celnych strzałów, Synu Gehenny – zawołał za nim Frey.

Gabriel, zamyślony, bawił się pierścieniem.

– Myślisz, że nie rozsypią się po drodze?

Daimon wsunął papieros w kącik ust.

– Nawet jeśli zginą wszyscy, trup ostatniego doczołga się pod twoje buty z Księgą w zębach. Ręczę, regencie.

Pan Objawień nie odpowiedział.

Tawerna „Pod Gorejącym Krzakiem” nie cieszyła się dobrą sławą nawet w Limbo. Położona nad brzegiem Zatoki Rahaba, pierwotnie była knajpą marynarzy, ale z czasem stała się ulubionym lokalem przemytników i weteranów przeróżnych bitew. Wnętrze obszerne, lecz ciemne i niskie, wiecznie zasnuwał dym wojskowych skrętów z mirry i kadzidła, zmieszany ze smrodem ryb. Wśród licznych rozwieszonych bezładnie elementów dekoracyjnych wyróżniał się wypchany łeb hydry, mocno już nadjedzony przez mole, przybity krzywo nad barem obok osmalonej gałęzi, jakoby autentycznej, której tawerna zawdzięczała nazwę.

„Pod Gorejącym Krzakiem" zbierało się towarzystwo rządzące się swoistymi, lecz surowymi zasadami. Panowało tu coś w rodzaju demokracji, bo w pysk można było dostać za niewłaściwe zachowanie, a nie przynależność do Królestwa czy Głębi. Wśród stałych bywalców wytworzyła się rodzinna atmosfera, a w trosce o wystrój wnętrza i dobro lokalu wszystkie nieporozumienia załatwiano na zewnątrz.

Tawerna ożywała wieczorami, więc wczesnym popołudniem, kiedy promienie słońca nieśmiało próbowały spenetrować wnętrze, ślizgając się na poczerniałych deskach ścian, w środku królowała leniwa senność.

Wysoka demonica za kontuarem bezmyślnie przecierała szklanki, a barman, zaszyty przy stole w kącie, grał w karty na drobne moniaki z bezzębnym przemytnikiem z Głębi. Gwałtownie otwarte drzwi skrzypnęły w zawiasach. Demonica obojętnie zwróciła ku nim głowę. W progu na tle jasnego prostokąta zarysowała się niewysoka sylwetka.

– Kolejka dla wszystkich! – krzyknął przybysz radośnie.

– Hej, Drago – mruknęła kelnerka, mrużąc oczy. – Tanio ci to wyjdzie, bo nikogo jeszcze nie ma.

– Co tam! – Anioł machnął ręką. – Wy się ze mną napijecie!

– „Krew Smoka", jak zwykle? – zagadnął barman.

Szare jak krzemień oczy przybysza zalśniły.

– Nie tym razem, bracie! „Złota Hydra"!

Barman gwizdnął przez zęby, wstał, wlazł za kontuar i ostrożnie ściągnął z najwyższej półki omszałą butlę.

– Powycieraj no porządnie te szklanki, mała – mruknął. – Szykuje się niezła okazja, skoro rozlewam najlepszy trunek.

Głębianin przy stole w kącie zakaszlał znacząco.

– Nalej i jemu, przyjacielu. – Drago wyszczerzył w uśmiechu duże mocne zęby. – Ja stawiam.

Demonica podała przemytnikowi szklankę, a ten uniósł ją w górę.

– Niech ci gwiazdy sprzyjają, żołnierzu.

– Już to robią. – Drago odgarnął z czoła szopę gęstych włosów w kolorze miodu. Miał dwa sztywne palce u prawej doni. Twarz o wysokich kościach policzkowych, wąskim nosie i dużych ustach, kończyła się podbródkiem przeciętym blizną.

– Nie usiądziesz przy mnie, żołnierzu? – zagadnął Głębianin.

Drago skinął głową i podszedł do stolika. Utykał mocno na lewą nogę. Brakowało mu też lewego skrzydła.

Nieźle musiał oberwać, pomyślał przemytnik. Anioł usiadł. Pęk magicznych wisiorków, które nosił na szyi, zabrzęczał. Cholera, to komandos, skonstatował Głębianin.

– Co jest, Drago? – zagruchała słodko kelnerka. – Nie zdradzisz, co to za okazja?

Anioł puścił do niej oko.

– Ściśle tajne, ślicznotko. Nie mogę.

– Wypijmy – mruknął barman.

– Za komando Szeol! – zawołał Drago.

Kelnerka, barman i przemytnik spojrzeli po sobie zdziwieni.

– Hej, a kto tu wspomina trupy? – krzyknął od drzwi wesoły głos. – Święto zmarłych czy jak?

Do tawerny wkroczył rosły, smagły Głębianin. Mahoniowe włosy nosił zaplecione w ogromną ilość warkoczyków, na końcach których dyndały misterne czaszeczki z kości. Na piersi miał medalion z emblematem prywatnej firmy ochroniarskiej Raguela.

Raguel swego czasu miał pecha przyłożyć rękę do wydalenia Gabriela z Królestwa. Ten zaś, wróciwszy na stanowisko odpłacił mu pięknym za nadobne – skazał na banicję, i oficjalnie potępił jako demona. Rozgoryczony Raguel twierdził, że tylko wykonywał obowiązki, egzekwując wyrok niezawisłego sądu, i nadal pozostaje lojalnym poddanym Jasności. W wyniku tego został źle przyjęty w Głębi, więc przeniósł się do Limbo, gdzie założył agencję ochroniarską dla potępionych, konkurencyjną wobec aniołów stróżów. Znalazło w niej zatrudnienie wielu wyrzutków i dezerterów z Otchłani.

– Hazar! – zawołał komandos na widok przybysza.

– Drago Gamerin! – rozpromienił się tamten, przyskoczył do anioła, wywlókł zza stołu i uściskał. – Niech ci się przyjrzę.

Potrząsnął nim za ramiona i obrócił, jakby miał zamiar ocenić, czy przyjaciel jest dobrze ubrany. Gamerin miał na sobie podkoszulek khaki z bojowym napisem Chajot! Chajot!, wojskowe spodnie i znoszone pustynne buty.

– Barman, dawaj no tę flaszkę! – krzyknął.

– Co jest, stary? – uśmiechnął się Hazar. – Wyglądasz, jakby ci sama Jasność pogratulowała.

Komandos klepnął go w ramię.

– Wracam do służby, stary. Dostałem powołanie. Koniec z zastępowaniem po godzinach aniołów stróżów, koniec z emeryturą dla kalek. Wracam do oddziału!

– Nie gadaj. – Czarne oczy Hazara rozszerzyły się ze zdumienia.

Głos Drago zadrżał ze wzruszenia.

– Hazar, bracie, Alimon wskrzesza Szeolitów!

Hazarowi opadła szczęka, przemytnik zakrztusił się trunkiem, a demonica wypuściła z rąk szklankę.

– To na szczęście! – zaśmiał się Drago, słysząc dźwięk tłuczonego szkła. Cała knajpa wirowała mu przed oczami. Chociaż nie wypił wiele, czuł się potężnie urżnięty. To ze szczęścia, pomyślał. Ze szczęścia.

– Co to jest?! – ryknął Gabriel. – Co to, do kurwy nędzy, jest?!

– Pozew – powiedział sucho Razjel.

– No widzę! – zawył archanioł, miętosząc w rękach urzędowe pismo. – Ale jakim, cholera, prawem?

– Prawem kaduka. – Pan Tajemnic przesunął dłonią po twarzy. – Gabrysiu, boję się, że coś na ciebie mają. Inaczej nie ośmieliliby się wystąpić do sądu. Kto to podpisał?

– Azbuga.

– No, tak. Stary sklerotyk i konserwa – burknął Michał. Źle wyglądał; oczy miał przekrwione i podpuchnięte, bo na skutek stresu znowu zaczął cierpieć na bezsenność. – W dodatku upierdliwy jak sen o siedmiu krowach.

– Ale niezawisły sędzia. – Razjel z trzaskiem wyłamał palce. – Ma opinię nieprzekupnego służbisty. Słuszną, z tego co wiem.

Gabriel upuścił papier na podłogę.

– Nie, panowie – powiedział zdławionym głosem. – Drugi raz nie dam sobie tego zrobić.

Archaniołowie spuścili głowy. Pamiętali, jakie upokorzenie musiał kiedyś przeżyć Pan Objawień, gdy na skutek spisku został wygnany z Królestwa za „niezbyt dokładne wykonanie Pańskiego rozkazu". Oczywiście oskarżenie było fałszywe, a Gabriel, powróciwszy triumfalnie po dwudziestu jeden dniach, rozprawił się z oszczercami, lecz okres banicji przeżył bardzo ciężko.

– Nie denerwuj się, Dżibril – zaczął łagodnie Michael. – Wszystko się wyjaśni, a jeżeli nie, spierzemy dupę każdemu, kto ośmieli się podskoczyć.

Twarz Gabriela była biała jak płótno. Zielone oczy lśniły upiornie. Milczał.

– Co zamierzasz zrobić? – spytał ostrożnie Razjel.

– Nic. – Zaciśnięte usta prawie się nie poruszyły.

– Gabrysiu, uważam, że trzeba powiadomić Mrocznych. Sprawy zaczynają wymykać się spod kontroli. Nie wiemy, co się u nich dzieje. Może ten kij ma dwa końce, a spisek jest podwójny. Musimy im zaufać. W końcu wiąże nas wspólny interes. Istnieje szansa, że będziemy w stanie pomóc sobie nawzajem.

– Razjel chyba mówi rozsądnie – mruknął Michał. – Trzeba się zobaczyć z Lampką.

Gabriel obrócił się sztywno, wciąż blady jak trup.

– Dobra – rzekł wolno. – Sytuacja dojrzała. Wciągamy w to Lampkę.

Księżycowy krajobraz zasnuwała lekka mgła. Łagodne perłowe światło kładło się na kępach traw, srebrzyło strzępiaste sosny. Na horyzoncie widniały grzbiety gór rozmyte we mgle niczym na akwareli. Szare wzburzone fale *Mare Imbrium* tłukły o brzeg, Morze Deszczów demonstrowało swój wieczny gniew. Wściekłe bałwany unosiły pieniste karki, gotowe w każdej chwili pochłonąć krążące wrzaskliwymi stadami harpie. Wiatr gonił po niebie poszarpane chmury. Mroczny widok miał w sobie dziwne dzikie piękno, które zachwycało Daimona zawsze, ilekroć bawił na Księżycu. Tłumiąc westchnienie, niechętnie odwrócił się od wysokiego okna. Przy stole, gdzie siedzieli pozostali aniołowie, panowała niemiła cisza.

– Świetnie to wygląda, panowie skrzydlaci – wycedził w końcu Lampka. – Dlaczego nie zawiadomiliście nas wcześniej?

– Nie sądziliśmy, że zajdzie potrzeba – powiedział Gabriel twardo.

Spotkali się na Księżycu, bo Pan Objawień był jego formalnym władcą i miał tu rozległe dominia.

– Wpadliście w niezłe gówno, przyjaciele – zaśmiał się Asmodeusz. – Nie bardzo sobie radzicie, gdy brakuje Szefa, co? Kradną wam przedmiot o strategicznym znaczeniu, a wy potraficie tylko popłakiwać i smarkać w rękaw.

Daimon posłał mu nieładny uśmiech.

– I tak nie mamy szans dorównać Głębi. U nas nikt notorycznie nie okrada państwowych transportów. Powiesiliście Erzazela, wyrąbaliście jego rodzinę, ale zdaje się, że nie dalej jak wczoraj znów was obrobili aż miło. Bardzo to smutne, Luciu, ale chyba niedługo będziesz musiał zaciągnąć dług hipoteczny pod zastaw Pałacu Pięści.

– Co on tu właściwie robi? – warknął Lucyfer, wskazując Daimona głową. – Przecież żaden z niego archanioł. Czemu się wtrąca?

– Uczestniczy w naradzie – burknął Gabriel.

– Więc wie?

Frey wyszczerzył zęby.

– Ano, wie.

– No, pięknie! Niedługo roztrąbisz zniknięcie Jasności na całe Królestwo!

– Sariel zginął, wzięliśmy Freya na jego miejsce. Zresztą, sam się domyślił. Na litość Pańską, Lampka, on jest Aniołem Zagłady! Kto inny ma wiedzieć?

– Nie mów do mnie Lampka!

– A jak mam mówić?! Jaśnie Oświecony Nosicielu Światła?

– Na szczebelki drabiny Jakubowej! Nie przyszliśmy się tu wykłócać, panowie! – wrzasnął milczący dotąd Razjel. Lucyfer i Gabriel umilkli, patrząc na siebie spode łbów.

– Zawsze tu tak nerwowo? – mruknął Daimon, sięgając po szklankę z winem.

– To atmosfera wzajemnego zaufania – rzekł Pan Tajemnic cierpko.

– Jak w rodzinie. – Zgniły Chłopiec wykonał szyderczy ukłon.

– Skąd wiecie o Erzazelu? – burknął Lampka.

– Wywiad doniósł – wyjaśnił uprzejmie Razjel. – Sądząc z tego, że wydajecie się zaskoczeni naszą sytuacją, wasz przeżywa chyba zapaść.

Gabriel przejechał dłonią po czole.

– I kto tu prowokuje kłótnie?

– Wybaczcie, to była niewinna uwaga.

– Dobrze, że się ta pieprzona Księga znalazła. Nam też jakoś nie odpowiada wizja Wszechświata rozwalonego na kawałki przez szaleńca, który dorwał się do magicznego zeszytu. – Lampka westchnął.

– Zaklęcia z Księgi dają takie możliwości? – zagadnął Daimon.

Razjel potarł policzek.

– Teoretycznie, chociaż do zaklęć tej rangi trzeba dużej wiedzy i umiejętności.

– A Teratel nią nie dysponuje?

– Z tego co wiem, nie.

– No, dobra. To zwiększa nasze szanse.

– Chcecie wysłać komando Szeol? – Asmodeusz zmrużył fiołkowe oczy.

– Tak – potwierdził Gabriel. – Są najlepsi.

– Wobec tego mamy warunek. Wyślemy z nimi Harab Serapel.

Archaniołowie spojrzeli po sobie. Daimon z trzaskiem odstawił szklankę.

– Idiotyczny pomysł. Oni się nienawidzą. Walczą ze sobą od wieków.

– Są żołnierzami – powiedział Lucyfer. – Dostosują się do rozkazów.

– Sensownych rozkazów.

– Dlaczego upieracie się ich wysłać? – Gabriel nerwowo bawił się pierścieniem.

Lampka wzruszył ramionami.

– Chcemy mieć pewność, że nic nie zostanie spieprzone.

Ochrypły głos Freya zabrzmiał grobowo:

– Lampka, zastanów się. To nie ma prawa się udać. Wysyłasz na jedną akcję dwa oddziały komandosów, które od momentu powstania świata zabijają się na wszelkie możliwe sposoby. Zabawa skończy się rzeźnią.

– Kruki pójdą – warknął twardo Lucyfer. – Nie zamierzam zmieniać zdania. Albo przystajecie na warunki, albo koniec współpracy.

Gabriel nabrał głęboko powietrza.

– Dobrze. Zgadzam się na Kruki.

Daimon przymknął powieki. Na Jasność, co za farsa, pomyślał.

– W porządku. Za trzy dni spotykamy się na ziemiach Głębi, żeby ustalić warunki. – Pan Otchłani wstał.

Kiedy Mroczni wyszli, w komnacie zapanowała ponura cisza. Gabriel, zmieszany ciężkim spojrzeniem Anioła Zagłady, bezradnie rozłożył ręce.

– Musiałem się zgodzić. Potrzebujemy ich.

Frey skinął głową.

– Przecież rozumiem. Chcesz, żebym został?

– Nie musisz.

Daimon przeciągnął się, aż zatrzeszczały stawy.

– Będę w domu. Co z tamtą szczeliną, pamiętasz?
– Zamyka się.
– To dobrze.
– Daimonie?
Tańczący na Zgliszczach spojrzał pytająco.
– Odpocznij trochę. Kiepsko wyglądasz.
– Ty nie lepiej.
Gabriel się uśmiechnął.
– Co robić? Polityka.

Jednak Daimon, mimo zmęczenia, nie był w stanie zasnąć, ani robić cokolwiek innego. Odkąd wrócił do Królestwa, męczący niepokój, który odczuwał w Sferach Poza Czasem, jeszcze się nasilił. Anioł Zagłady obijał się po własnym pałacu, błądząc jak ćma po pokojach. Lampka zwariował, myślał ponuro.

Harab Serapel, Kruki Śmierci, stanowili doborowy oddział zabójców z Głębi. Uważali się za wybrańców Mroku, okrucieństwem i pogardą śmierci wzbudzając niechęć nawet wśród wojsk Otchłani. Wewnątrz formacji stosowali ścisły podział na kasty oraz, jak twierdziły plotki, krwawe rytuały inicjacyjne. Dowódcą Harab Serapel był Baal Chanan, ponury, milczący wojownik zwany Jednookim Krukiem, od czasu gdy w bitwie stracił prawe oko. Nie był to zresztą jedyny uszczerbek, jakiego doznał w walce – na skutek odniesionych ran utracił władzę w lewym ramieniu, a z jednego skrzydła pozostał mu tylko kikut.

Dawno temu, Daimon, gdy należał jeszcze do Rycerzy Miecza, spotkał się kilka razy w walce z Krukami i wiedział, że są piekielnie trudnymi przeciwnikami. Świetnie wyszkoleni, fanatyczni i dumni, woleli śmierć niż odwrót czy niewolę, więc niejednokrotnie miecze najlepszych rycerzy Jasności i synów Mroku piły wzajem krew swoich panów. Idąc z duchem czasu, Kruki z formacji rycerskiej przekształcili się w oddział specjalny i zaczęli używać magicznej broni palnej, zachowując jednak dawne tradycje. W Królestwie odpowiednikiem Harab Serapel było komando Szeol, elitarna jednostka w szeregach Zastępów. Nienawiść panująca między Szeolitami i Krukami stała się wręcz przysłowiowa. Posiadacz emblematu lub co gorsza tatuażu Kruków – czarnego ptaka siedzącego na trupiej czaszce – nie mógł liczyć na litość Szeolitów zwanych też Synami Gehenny. Z drugiej strony Baal Chanan wyznaczył specjalną nagrodę za dziesięć plakietek z odznaką komanda Szeol – uskrzydlonym mieczem wbitym między litery SG. Jeszcze lepiej płacił za dziesięć płatów skóry z tatuażem, bo wszyscy Szeolici nosili swój emblemat wykłuty na prawej łopatce.

Daimon westchnął. Krwawo wypadnie ta współpraca, pomyślał. Wystarczy, że ktoś rzuci jedną iskrę, a wybuchnie pożar. Żeby odpędzić złe przeczucia, poszedł do biblioteki, wybrał książkę i próbował czytać, ale litery rozmazywały się w nieczytelne zygzaki. Objął rękami głowę, odchylił się na oparcie fotela, przymknął oczy.

– Plesitea! – krzyknął na służącą. – Przynieś mi mocnego wina albo coś podobnego do picia!

W głębi domu usłyszał prędkie kroki.

– Tak, panie!

Nie jestem w stanie spać, mogę się przynajmniej zalać, pomyślał gorzko. Z pomocą Jasności chociaż się ogłuszę.

Ram Izad podniósł wzrok w górę na kryte trzciną belki dachowe obszernej wiaty. Siedział na ławie w jednej z tych tanich jadłodajni na wolnym powietrzu, których było pełno w Limbo. Gdy dowiedział się, w jakim miejscu ma sfinalizować interes, był odrobinę zdziwiony. Przywykł umawiać się z klientami w uczęszczanych punktach, ale w jadłodajni obok targu warzywnego? Zażywne mieszkanki Limbo macające brukiew i rzepę. Stosy cebuli i zielone wąsy porów. Kramarze zachwalający towar albo zawzięcie targujący się o grosze. Ze swego miejsca mógł widzieć ustawiony pośrodku pomieszczenia piec i palenisko. Kucharze zagniatali ciasto na podpłomyki, patroszyli ryby lub mieszali parujące w żeliwnych kociołkach potrawy z mięsa i warzyw. Chociaż gotowano tu nieźle, Ram Izad nie zamówił nic prócz dzbanka korzennego limbańskiego piwa.

– To zaliczka – usłyszał głos klienta. – Niewielka, żeby nie opłaciło ci się z nią uciec. Resztę otrzymasz po wykonaniu zadania.

Usłyszał miły brzęk monet, poczuł w dłoni chłodne, ciężkie krążki. Były złote, misternie zdobione, bardzo stare i cenne. Ram Izad wolno podniósł oczy. Nie znał klienta, lecz zgodnie z rozsądkiem i etyką zawodu wolał, żeby tak było. Młodzieniec wydawał mu się nieco zniewieściały. Miał piękną, jakby przyprószoną złotem twarz z wysokimi kośćmi policzkowymi i nieskazitelnymi ustami, ale w jego brązowych tęczówkach mieszkało takie zimno, że najemnik poczuł ciarki na plecach.

– Wszystko zrozumiałeś?

– Tak, panie.

– Tu są buteleczki. Masz.

Klient sięgnął do rozcięcia modnej kosztownej szaty.

– Jedną, najwyżej dwie krople dla każdego, pamiętasz?

– Tak, panie. – Anioł skinął głową.

– Nie zawiedziesz?

– Nie, panie.

Za nic nie chciałby dostrzec cienia zawodu w tych bursztynowych ślepiach drapieżcy.

– Dobrze. Zawiadomię cię, kiedy przyjść po zapłatę.

– Dziękuję, panie.

Młodzieniec wstał ruchem pełnym wdzięku, a następnie, nie odwracając głowy, przepłynął przez knajpę niby żaglowiec floty Królestwa przez mętną wodę handlowego portu.

Ram Izad, westchnąwszy, pociągnął długi łyk piwa. Jeśli przed spotkaniem zastanawiał się nad zjedzeniem czegoś, to teraz ze szczętem stracił apetyt.

Las był gęsty. Wysokie drzewa oplątane lianami stukały koronami w sufit nieba. Pośród gałęzi buszowały ptaki, czasem przemknęło jakieś zwierzątko. Pachniało wilgotną ziemią i świeżym roślinnym sokiem. Nisko między pniami leżał wieczny cień, bo promienie słońca gubiły się wśród potężnych konarów.

Drago z lubością wdychał zapach lasu. Cudownie było znowu czuć ciężar i metaliczny chłód broni, widzieć przed sobą plecy ostrożnie stąpającego towarzysza. Przeszli kilkanaście kolejnych metrów, gdy drogę oddziału przeciął wypływający spomiędzy kamieni strumień. Na znak Taftiego zatrzymali się.

– Tu zaczyna się dominium Teratela – mruknął dowódca. – Od tej chwili jesteście w akcji, chłopcy. Musicie mieć oczy dookoła dupy, pilnować swojej roboty, osłaniać kumpli i żadnych bohaterskich wyczynów, jasne? Współpracujemy z sukinsynami, nie rozwalamy im łbów. Pokażcie, na co stać żołnierza Królestwa, co to znaczy honor Szeolity. Żadnych pyskówek, zaczepek, bójek. Następnym razem upuścimy skurwielom krwi. Nie teraz. To rozkaz. Dotarło?

W milczeniu skinęli głowami.

– Gamerin, Mirael, na szpicę! Przekraczamy strumień.

Wleźli w wodę. Sięgała do kostek i była piekielnie zimna. Drago ściągnął z szyi duży medalion, uniósł go przed siebie w wyciągniętej dłoni. Mirael zrobił to samo. Wyszli na brzeg, posuwali się wolno, krok za krokiem. Reszta oddziału podążała za nimi.

– Czysto – rzucił półgębkiem Mirael.

– Czysto – potwierdził Drago.

Czuł znajomy dreszcz emocji, mięśnie gotowe zareagować natychmiast, wzrok wyczulony na najmniejszy ruch. Serce biło mocno, radośnie. Akcja, znów w akcji!

Szli ostrożnie, z medalionami na wyciągnięcie ramienia. Mirael przestąpił zwalony pień.

– Czysto – syknął.

– Czekaj! – Drago ostrzegawczo uniósł rękę. – Tu coś jest.

Wolniutko zrobił pół niepewnego kroku. W tym momencie ze środka medalionu wytrysnął snop błękitnego światła.

– Szlag! – gwizdnął ktoś przez zęby za plecami Gamerina.

– Blokada! Ależ, cholera, zakamuflowana.

– Dobra robota, Drago – powiedział Tafti. – Remuel, zajmij się tym!

Niski, skośnooki anioł o niebieskich włosach obyczajem Głębian związanych na karku w węzeł wysunął się do przodu. Wyciągnął z przepastnej kieszeni pęk niewielkich plakietek pokrytych misternymi maleńkimi znaczkami. Długo wybierał, aż wreszcie odczepił sześć, po kolei ujmując je w palce, ostrożnie wodził nimi w powietrzu.

– Niestandardowa blokada magiczna, cholera by ją trzasła – zasępił się. – Robiona na zamówienie. W dodatku kurewsko dobra. Spróbujemy kombinacji.

Wziął w palce kilka płytek równocześnie, jeździł nimi w górę i w dół, mamrocząc niezrozumiałe wyrazy. W pewnej chwili plakietki strzeliły fioletowymi iskrami, a Remuel, sycząc, upuścił je na ziemię.

– Gówno – mruknął. – Postaram się sam wykreślić klucz.

Usiadł między zielonymi pędami jeżyn i znów wypatroszył kieszenie. Znalazł rysik o zaostrzonym lśniącym czerwonawo końcu oraz kilka tabliczek z miękkiego metalu.

Zmrużył wąskie oczy i zaczął pisać.

– Jak ci idzie? – spytał Mirael, kiedy Remuel wyrzucił piątą tabliczkę.

– Zamknij się! – warknął anioł. – Usiłuję się skupić.

Nerwowo ogryzał koniec rysika. Nagle szybkimi ruchami wykreślił skomplikowany wzór. Uniósł tabliczkę w górę. Wydobyła się z niej smużka błękitnawego dymu, a potem plakietka zalśniła słabo.

– Działaj, sukinsynu! – warknął przez zaciśnięte zęby Remuel.

Linie wzoru zrobiły się na moment niebieskie, lecz zaraz zgasły. Remuel zaklął.

– Jak to wygląda? – pochylił się nad nim Tafti.

– Kiepsko. Klucz jest dobry, ale blokada za silna. Nie chce puścić.

– A wyżej?

Komandos podniósł głowę.

– Może da radę. Spróbuję.

Podskoczył, zamachał skrzydłami i wzbił się pionowo w powietrze. Po chwili był już tak wysoko, iż stał się maleńkim punkcikiem na niebie, prawie niewidocznym, tym bardziej że korony drzew zasłaniały widok. Kiedy po długim czasie wylądował, zziajany i spływający potem, Tafti spojrzał na niego pytająco.

– Jest przejście – wydyszał anioł. – Bardzo trudne, bardzo wysoko, ale jest.

Zmarszczona twarz dowódcy wygładziła się.

– Świetnie, Remuel! Narysuj klucze dla reszty chłopaków.

Drago uniósł wzrok ku niebu, przygryzając wargę. Nie dam rady, pomyślał. Za jasną cholerę nie dam!

Tafti podszedł do niego, położył rękę na ramieniu.

– Zostaniesz tutaj, Gamerin.

Anioł z trudem przełknął ślinę, patrzył na ziemię między czubkami butów.

– Masz tylko jedno skrzydło. Nie polecisz, stary. Zrozum.

Drago nie potrafił podnieść głowy i spojrzeć na dowódcę. Nie chciał też widzieć zafrasowanych, współczujących min przyjaciół. Cała radość wyparowała jak woda z kałuży, pozostawiając osad dławiącej goryczy. Jestem kaleką, wrakiem na złom, pomyślał. Czego się, u diabła, spodziewałem?

– Ciężko mi podjąć taką decyzję, ale co mam zrobić? – Tafti zniżył głos. – Zaszyj się w krzakach, nie daj się złapać i czekaj. Wrócimy po ciebie. Słyszysz?

– Tak jest – wykrztusił Drago. Czuł się tak stary i niepotrzebny jak nigdy w życiu.

– Remuel, rozdałeś klucze?

– Aha. To znaczy, tak jest.

– Daj jeden Gamerinowi.

Remuel, unikając wzroku przyjaciela, wcisnął tabliczkę między sztywne, niechętne palce.

– Zatrzymaj to, Drago. Może zdołamy rozmiękczyć barierę od wewnątrz. Wtedy dołączysz.

Gamerin obojętnie wsunął przedmiot do kieszeni. Nie zdobył się nawet na to, żeby skinąć głową.

– Sprawdźcie, co z łącznością – rozkazał Tafti.

Komandosi sięgnęli po małe kryształy z wizerunkami smoczego oka w środku. Ślepia drgnęły, zakręciły się niemrawo i zamarły.

– Dupa – mruknął Remuel. – Zakłócenia ochronne.

– Nie ruszą?

Anioł wzruszył ramionami.

– Za cholerę. Mogę je uczynnić na siłę, ale wtedy natychmiast nas namierzą.

– Trudno. Obejdziemy się bez łączności – zadecydował Tafti. – Przygotować się do forsowania bariery.

Komandosi ścisnęli klucze w rękach, ustawili się w tyralierę.

– Trzymaj się, bracie – rzucił Gamerinowi Mirael.

Drago nie odpowiedział. Wzrok miał wbity w poszycie pod stopami, żeby nie widzieć przyjaciół ruszających na akcję.

Łopot anielskich skrzydeł ucichł już dawno, las szumiał spokojnie, zajęty własnymi sprawami. Ptaki wciąż buszowały w koronach drzew, a małe zwierzątka cicho przemykały pomiędzy korzeniami. Drago leżał ukryty w krzakach. Zobojętniał na wszystko, ale zmysły, wyuczone, mechanicznie reagowały na najdrobniejsze bodźce. Rejestrował owady lądujące na liściach jeżyn, słyszał szelest ocierających się o siebie źdźbeł trawy. Usłyszał też trzask gałązek łamanych podeszwami znacznie wcześniej, niż zauważył ruch pośród zarośli. Odruchowo wyciągnął z kabury długi, płaski pistolet, grawerowany w ochronne zaklęcia i symbole. Bezszelestnie sprawdził, czy magazynek jest pełen. W metalowych trzewiach broni spokojnie spało dziewięć nabojów odlanych z legendarnego srebra alchemików, każdy opatrzony magicznym znakiem zwanym „życzeniem śmierci". Drago zamarł bez ruchu. Tuż obok niego przechodziła grupa aniołów. Wiedział, że to skrzydlaci, a nie Głębianie, bo jego słuch łowił charakterystyczny dźwięk zawadzających o gałązki lotek. Zbliżali się ostrożnie, wyraźnie próbując zachować ciszę. Byli za dobrzy na amatorów i za słabi na komandosów. Najemnicy Teratela? – zapytał sam siebie. Wstrzymał oddech, ponieważ właśnie go mijali. Z miejsca, gdzie leżał, mógł widzieć ich buty. W większości znoszone i różne, zauważył. To z pewnością nie była straż Teratela, bowiem tę dostojnik już dawno ujednolicił, nakazując najemnikom przywdziać specjalnie zaprojektowane mundury. Grupa przeszła dalej. Naliczył dwadzieścia trzy osoby. Mieli broń. Drago poczuł, jak ogarnia go potężna fala niepokoju. Ścisnął mocno kolbę. Skrzydlaci zniknęli między drzewami, ale po chwili odgłos ich kroków umilkł. Zatrzymali się. Słuch Gamerina wyłowił spośród szumu liści szmer ich głosów. Komandos zaczął się czołgać. Ostre kolce i gałązki drapały mu twarz, mięśnie zaczęły drgać z wysiłku, lecz najmniejszy odgłos nie towarzyszył jego wędrówce. Wreszcie dotarł tak blisko, że mógł widzieć i słyszeć tamtych. Opadł na ziemię i przyczajony słuchał. Wysoki, smagły anioł z blizną na skroni wydawał rozkazy.

– Podzielić się na grupy.

Rozsunęli się posłusznie, formując drużyny po jedenastu.

Dowodzący trzymał w rękach dwie buteleczki: czarną i zieloną.

– Tylko dwie krople, pamiętajcie.

Podał fiolki najbliżej stojącym skrzydlatym. Wyciągnęli korki, wylali odrobinę płynu na dłonie i przetarli czoła. Drago niemal zachłysnął się oddechem. Aniołowie w mgnieniu oka przeistoczyli się, jeden w Syna Gehenny, drugi w Kruka Śmierci. Oddali buteleczki następnym, którzy kolejno zmieniali postać.

Lodowaty pot spłynął po karku i plecach Gamerina. Nie miał szans, nawet z zaskoczenia, zabić dwudziestu trzech zbrojnych. Gdyby zaczął teraz strzelać, popełniłby samobójstwo, a to w żaden sposób nie pomogłoby Szeolitom. Ostrzegawczy brzęczyk w głowie Drago wył wniebogłosy, a komandos mógł tylko bezsilnie zaciskać pięści. Wreszcie buteleczki powróciły do rąk smagłego szefa, który przeistoczył się w rosłego oficera Kruków.

Muszę znaleźć jakiś sposób, żeby zawiadomić oddział, myślał gorączkowo Drago.

Dowódca przemienionych najemników taksował wzrokiem swoich nowych podwładnych.

– Przysuńcie się bliżej – nakazał.

Posłusznie zbili się w ciasną grupę.

– Moc! – zawołał, unosząc w górę mały bury przedmiot, którego Drago nie był w stanie rozpoznać. W tym momencie wszyscy znikli.

– Szlag! – jęknął Gamerin. Z rozpaczą grzmotnął pięścią w poszycie. Przenieśli się za pomocą skrawka latającego dywanu, cennego magicznego przedmiotu, dostępnego wyłącznie dla najwyższej klasy magów. Mogą się teraz znaleźć wszędzie, gdzie zechcą.

Porwał się na nogi. Schwycił kryształ z okiem smoka i spróbował go uruchomić. Urządzenie, drgnąwszy słabo, natychmiast zamarło. Gamerina ogarnęła rozpacz. Namacał w kieszeni klucz Remuela i pędem pognał w stronę bariery. Uderzył w nią całym ciężarem z takim efektem, jakby grzmotnął w kamienną ścianę. Spróbował jeszcze raz. Potem kolejny. I następny. Oszalały z wściekłości i rozpaczy tłukł zapamiętale o magiczny mur. Bez najmniejszych skutków. W końcu osunął się zlany potem, nie mogąc złapać tchu. Poobijane ręce powoli zaczynały puchnąć. Zadarł głowę, zmierzył nienawistnym spojrzeniem błękitną kopułę nad sobą. Wstał, nabrał głęboko powietrza i spróbował wzbić się w górę. Wykonał jakiś dziwaczny podskok, lądując ciężko na kolanach. Pozbierał się, wyciągnął dłonie i począł wodzić nimi po niewidzialnej powierzchni bariery. Uginała się leciutko, pozwalając zagłębić w sobie palec na niecały centymetr. Potem stawała się twarda jak stal. Drago westchnął. Machając rozpaczliwie jednym skrzydłem, podjął wspinaczkę po gładkiej magicznej ścianie. Było jeszcze trudniej, niż się obawiał. Już po paru metrach poczuł rwący ból w dłoniach, serce waliło mu jak szalone, pot zalewał oczy. W pewnej chwili nie znalazł oparcia dla nóg, palce też zaczęły się ślizgać i Gamerin runął w dół. Trzasnął o ziemię z taką siłą, aż zadzwoniło mu w uszach. Przez chwilę siedział oszołomiony, wreszcie wstał, zacisnął zęby i ponownie zaczął się wspinać. Las szumiał, zajęty swoimi sprawami, nie zwracając uwagi na drobną, szczupłą postać, niezmordowanie pokonującą niewidzialną ścianę.

– Ssss – szepnął Tafti.

Zamarli.

– Jak tam z przodu?

– Czysto.

– Słyszeliście coś?

Przecząco potrząsnęli głowami.

– Idziemy – rozkazał Tafti.

Dręczył go niejasny niepokój, jakieś przeczucie katastrofy, którego nie umiał zwalczyć. Wszystko przebiegało zgodnie z planem, lecz wciąż miał wrażenie, że coś przeoczył. Za stary jestem na akcje, czy co? – zastanawiał się. Rzucił jeszcze jedno posępne spojrzenie w głąb lasu i ruszył. Erel zbliżył się do niego.

– Gdzie mamy spotkać sukinsynów Kruków?

– Gdzieś tutaj.

– Nie widać ich. Może stchórzyli?

– Tym lepiej – mruknął Tafti. – A ty zamknij dziób. Mówiłem, nie robić zbędnego hałasu.

Drago, półprzytomny ze zmęczenia, opadł ciężko po drugiej stronie bariery. Bolał go każdy najdrobniejszy mięsień. Spod paskudnie połamanych paznokci sączyła się krew. Komandos dźwignął się na czworakach, potrząsnął głową, żeby rozproszyć tańczące czerwone plamy. Wstał z trudem, popatrzył z nienawiścią na las i kulejąc, powlókł się szukać śladów oddziału.

Mirael oberwał pierwszy, bo szedł na szpicy. Zdążył usłyszeć wizg pocisku i zapadł w ciemność, zwaliwszy się pod nogi kolegów.

– Co to, kurwa, jest?! – wrzasnął Erel, a jego okrzyk przeszedł w jęk, gdy kula rozdarła mu udo.

– Na ziemię! Kryć się! – krzyknął Tafti. Między pniami drzew mignął czarny mundur.

– To Kruki! – ryknął ktoś głosem wibrującym furią.

– Pieprzeni zdrajcy!

– Zabić skurwieli! – podniósł się wrzask.

– Strzelać! – rozkazał Tafti, ale broń Szeolitów plunęła ogniem, jeszcze zanim zdążył wydać komendę.

Kule śmigały, drąc liście, huk zagłuszał rozpaczliwy świergot przerażonych ptaków, które zerwały się do lotu, podobne do garści rozsypanych po niebie okruchów. Strzelanina ucichła, gdy komandosi zorientowali się, że nikt nie odpowiada na ich ogień.

– Uciekają! – wrzasnął triumfalnie Remuel.

– Za nimi, chłopcy! – Taftiego ogarnęło niebywałe podniecenie. Przestał myśleć. Chciał walczyć. Chciał krwi znienawidzonych Harab Serapel i znów, po latach, mógł jej upuścić. – Dorwać drani!

Komandosi biegli przez las.

Wysoki, szpetny Kruk zatrzymał się. Jego przenikliwe spojrzenie badało zielony gąszcz zarośli.

– Nikogo nie ma – mruknął.

Oficer Harab, wielki Głębianin z kwadratową szczęką, wzruszył ramionami.

– Nie będziemy czekać. Naprzód.

– Tak, panie.

Milczący oddział poruszał się równo jak za pociągnięciem drutu. Ubrani na czarno żołnierze przypominali kolumnę maszerujących mrówek.

Odzyskamy tę ich cudowną księgę, a potem ciśniemy ją Baalowi pod nogi, pomyślał oficer z pogardą. A przy okazji splądrujemy posiadłość tej pierzastej glisty. I może nawet kilka sąsiednich.

Szpetny zwiadowca uniósł głowę.

– Słyszę... – zaczął, ale nie skończył, bo upadł na suche liście poszycia z twarzą rozharataną pociskiem. W tej samej chwili dwaj żołnierze uklękli na ścieżce. Jeden z rękami przyciśniętymi do brzucha przewrócił się na bok. Materiał munduru momentalnie nasiąkł świeżą krwią, czerwone krople kapały na ścieżkę.

– Szeolici! – wycharczał oficer na widok migających wśród liści sylwetek wrogów.

– Śmierć Synom Gehenny! – ryknęli Harab Serapel, a ich krzyk utonął w gwizdach pocisków.

– Uciekają, banda tchórzy! Za nimi! Zaniesiemy Balowi łby martwych Szeolitów!

– Szeol trupy! – zawyły Kruki.

* * *

Komandosi Królestwa dobiegli do niewielkiej polany. Zdążyli tylko zwolnić przed wypadnięciem na otwartą przestrzeń, gdy po drugiej stronie pojawiły się sylwetki Harab Serapel. Nie kilka, tak jak przedtem. Całe mnóstwo.

Strzelanina wybuchła w tej samej chwili. Kryjący się za pniami drzew, w gorączkowo wyszukiwanych wykrotach i jamach Głębianie i skrzydlaci nie dbali już, czy przeżyją. Pragnęli tylko zabrać ze sobą w ciemność jak najwięcej wrogów. To nie była bitwa, lecz bezładna kotłowanina. Pociski wyły, ale ranni i umierający padali na ziemię bez jęku. Ci, którzy zachowali resztki sił i świadomości, strzelali, aż ogarnął ich mrok. Żywi, którym zabrakło amunicji, roztrzaskiwali wrogom czaszki, używając broni jak maczug, rzucali się na siebie z nożami albo, ogarnięci szaleństwem, z gołymi rękami.

Tafti zamachnął się i krótkim karabinkiem grzmotnął w twarz krępego Kruka. Usłyszał trzask miażdżonych kości, a ciało wroga przeleciało w powietrzu, łamiąc dwa cienkie drzewka. Spróbował załadować nowy magazynek, lecz nie zdążył. Kolejny wyrosły jak spod ziemi Kruk dźgnął go w brzuch bagnetem. Tafti ryknął i z całej siły wbił lufę karabinu Głębianinowi w bok, nisko, pod żebra. Siła ciosu wcisnęła tępy przedmiot głęboko w ciało. Harab zawył, osunął się na kolana. Tafti przez chwilę widział jego odsłonięte w grymasie cierpienia krótkie kły i oczy w kolorze wiosennego nieba. Potem wszystko zaczęła przesłaniać czerwona mgła, a ziemia nagle przekręciła się o dziewięćdziesiąt stopni i uderzyła dowódcę Synów Gehenny w twarz.

Remuel wyszarpnął nóż z trzewi Głębianina. Drugi rzucił się na niego, zanim anioł zdążył się obrócić. Remuel wywinął się błyskawicznie, bagnet Kruka dźgnął tylko mundur pod pachą komandosa i ledwo zadrasnął skórę. Szeolita chwycił uzbrojoną rękę wroga i szarpnął potężnie do tyłu, wyrywając mu ramię ze stawu. Głębianin wydał z siebie coś w rodzaju stłumionego kaszlnięcia, twardo próbując podciąć aniołowi nogi. Remuel uskoczył, z zamachu wyprowadził kopnięcie. Harab, ciśnięty jak piłka, nabił się plecami na świeżo rozdarty pniak. Charknął krótko i znieruchomiał.

Oficer Kruków uderzył o siebie głowami dwóch Szeolitów. Obaj byli ranni. Jeden miał strzaskaną nogę i okrwawione skrzydło, drugi właściwie dogorywał, postrzelony w pierś. Kruk cisnął ich obu na ziemię. Nawet się nie skrzywił, kiedy ten ze zranioną nogą wbił mu bagnet głęboko w łydkę i zawisł na nim. Głębianin kopnął anioła w podbródek, z zadowoleniem przyjmując chrobot pękającego karku. Wizg skrzydeł był ostatnią rzeczą, którą usłyszał. Erel spadł mu na plecy i jeszcze zanim Kruk zdążył upaść, sprawnym ruchem poderżnął mu gardło. Obaj runęli na ziemię. Anioł podniósł się, krzywiąc, bo trup, padając, przygniótł mu rozdarte pociskiem udo. Rana, pomimo prowizorycznego opatrunku uciskowego, krwawiła potężnie, więc Erel, pewny, że to jego ostatnia bitwa, poderwał się w górę, żeby dopaść jeszcze kilku wrogów, zanim straci siły. W powietrzu kotłowali się, walcząc zażarcie, ci, którzy nie mogli chodzić z powodu ran, lecz wciąż mieli dość zaciekłości i energii, żeby zabijać. Co chwila ktoś spadał z furkotem połamanych lotek lub trzepotem poszarpanych skórzastych skrzydeł. Wczepieni w siebie przeciwnicy tworzyli dziwaczne kłęby ciał, piór i porwanych strzępów mundurów, najeżone metalem, broczące deszczem krwawych kropel jak szalone chmury gradowe. Ich cienie przesuwały się po ziemi, zaglądając w obojętne, szkliste oczy trupów. Niedobitki Szeolitów i Synów Mroku zaciekle zadawały sobie śmierć. Bitwa trwała. Woda, płynąca korytem pobliskiego strumienia, niosła czerwone smugi krwi.

Drago wiedział już, że nie zdąży. W lesie panowała cisza, jakaś głucha i wibrująca. Komandos słyszał ptaki, szelest liści, czuł podmuchy wiatru, lecz przez to wszystko

przebijała martwota, która przyprawiała go o dreszcz lęku. Powoli, z początku ledwo wyczuwalnie, z zapachem ziemi i butwiejących liści zaczęła się mieszać inna woń. Drago dobrze ją znał. Zapach krwi. Wtedy zrozumiał, że jest za późno. Zwolnił kroku. Nie łudził się już, mimo to szedł dalej. Zauważył pierwsze ślady starcia, połamane gałązki, pnie pokaleczone kulami, poszycie zryte podeszwami butów. I krew. Czerwone, krzepnące plamy na liściach, mchu, źdźbłach trawy. Gamerin zadrżał. Chłód wkradał się wolno do jego serca. Rdzawych plam było coraz więcej. Deptał po nich. Wsiąkały w ziemię, tworząc różowawe kałuże niemile chlupoczące przy każdym kroku. Zmieniały podmokły brzeg strumyka w krwawe bagno.

Wyszedł na niewielką polankę. Zamarł przy granicy ostatnich drzew, a potem krok za krokiem zaczął ją okrążać. Twarz miał ściągniętą, lecz spokojną, szarą jak płótno. Całą przesiekę zaściełały trupy. Skrzydlaci i Głębianie, odziani w czarne i oliwkowe mundury, teraz zbrązowiałe od skrzepłej krwi, leżeli zgodnie obok siebie, często czule objęci, szczerząc do siebie zęby w upiornych śmiertelnych grymasach. Martwe źrenice wpatrywały się w przestrzeń jakby z wyczekiwaniem. Kilku – ponabijanych na ułamane pnie drzewek – zesztywniało w osobliwych pozach, niczym aktorzy jakiegoś koszmarnego spektaklu. Jeden martwy Kruk klęczał z czołem opartym o omszały głaz, zgięty w parodii modlitewnego pokłonu, sinymi ustami dotykając kamienia, jak gdyby szeptał skargi czy sekrety. Drago trącił go butem. Trup wolno przewrócił się na bok. Zamiast twarzy miał maskę z zakrzepłej krwi i błota. Obok pnia dorodnego grabu leżał Tafti oplątany własnymi wnętrznościami. Wyglądał groteskowo, jakby przysnął podczas wykonywania egzotycznego tańca z wężami. Drago podszedł do niego, przewrócił na wznak i delikatnie zamknął mu powieki. Nieopodal leżał Remuel. Gamerin zdołał go poznać po niebieskich włosach zlepionych w jeden kłąb z liśćmi, igliwiem i zakrzepłą krwią, bo twarz przyjaciela zmieniła się w miazgę mięsa i kości. Erel spoczywał tam, gdzie runął, pośrodku polany, na stercie ciał Kruków, dziwnie patetyczny po śmierci, z rozpostartymi skrzydłami i rozrzuconymi włosami, które podczas bitwy wysunęły się z węzła.

Drago przesunął ręką po twarzy, jakby to mogło zatrzeć obraz pobojowiska. Wiatr szeleścił liśćmi, strumyk szemrał cicho. Nagle komandos drgnął, bo jego uszy zarejestrowały szmer, który nie należał do odgłosów lasu. Dochodził zza kępy zarośli porastających skraj niskiej skarpy. Drago wstał, ostrożnie zbliżył się do krzaków. W dole, w płytkim parowie, leżał Głębianin w mundurze Kruków. Żył. Na widok skrzydlatego obnażył krótkie ostre kły, wydając niski warkot. Klatkę piersiową przygniatał mu ogromny konar, odłamany od pobliskiego dębu, a z lewego uda, tuż nad kolanem, sterczał wbity na sztorc bagnet. Drago sprawnie zsunął się do parowu. Żółte oczy patrzyły na Syna Gehenny z nienawiścią. Gamerin zauważył, że kurtka munduru Kruka jest rozdarta i odsłania pokaźną ranę na prawym boku. Pochylił się nad nim.

– Możesz mówić? – spytał.

Ranny zmierzył komandosa wzrokiem pełnym pogardy i spróbował plunąć mu w twarz, ale tylko opluł sobie brodę. Szarpnął się, bezskutecznie, bo był całkowicie unieruchomiony konarem.

– Taak – mruknął Drago, pocierając podbródek. – Rozmowny to ty nie jesteś.

Przyklęknął przy nogach Głębianina, rozchylił rozdartą nogawkę. Po twarzy tamtego przebiegł krótki skurcz. Bagnet wszedł głęboko i prawdopodobnie mocno uszkodził kolano. Nie przeciął jednak tętnicy, bo inaczej Kruk już by nie żył. Materiał spodni był lepki od krwi. Drago chwycił za rękojeść noża, szarpnął silnie. Harab Serapel zacisnął z całej mocy zęby, nie pozwalając sobie na jęk, chociaż dużo go to kosztowało. Na czoło wystąpiły mu grube krople potu, skóra poszarzała. Z rany popłynęła krew. Drago odrzucił bagnet, wyjął z kieszeni pakiet opatrunkowy, rozerwał go zębami.

– Lepiej mnie dobij! – wychrypiał Kruk. Żółte oczy wciąż płonęły nienawiścią. – Ja bym cię dobił.

– Nie wątpię – burknął Drago, zaciskając opaskę na kolanie rannego.

– Dlaczego to robisz?

– Przyjmij, że wypełniam rozkaz. Mieliśmy współpracować.

Kruk zadygotał.

– Napadliście na nas, pieprzeni zdrajcy! – wrzasnął wściekle.

– Gówno prawda – syknął Drago. – Wrobili nas wszystkich. Dwie grupy najemników, przebranych magicznie, sprowokowały starcie.

– Kłamiesz – powiedział niepewnie Kruk.

– Widziałem ich na własne oczy! Jak myślisz, po co cię opatruję? Żebyś powiedział prawdę swoim zasranym przełożonym.

Źrenice Głębianina zwęziły się.

– Gadasz, że ich widziałeś – podchwycił zaczepnie. – Czemu nie byłeś z oddziałem? Czemu nie zawiadomiłeś swoich?

Usta Drago drgnęły.

– Nie zdążyłem. Brakuje mi skrzydła, więc zostawili mnie za barierą, bo nie mogłem przefrunąć górą.

– To jakim cudem tu jesteś? – syknął ranny.

– Wlazłem po niej! – wrzasnął zirytowany Gamerin. – Powiedziałem ci prawdę, zrobisz z tym, co zechcesz.

Głębianin przymknął powieki. Starał się nie okazywać, że cierpi, ale na jego twarzy malował się grymas bólu.

– Wierzę ci – szepnął.

– Dawaj, odwalimy tę gałąź – powiedział Drago. – Dasz radę mi pomóc?

Kruk z trudem skinął głową. Gamerin podciągnął konar w górę. Był ciężki jak kamienna belka. Szarpnął z całych sił w bok i gałąź upadła na ziemię.

– Jesteś przytomny? – spytał.

Posiniałe wargi ledwo się poruszyły.

– Tak.

– Pewnie masz połamane kości.

– Nie wiem. Pewnie tak.

– Dałbym ci środki przeciwbólowe, ale są poświęcone. Tylko by ci zaszkodziły. Będziesz musiał wytrzymać bez nich.

Głębianin skrzywił się z pogardą.

– Nie martw się – szepnął.

– Ani mi to w głowie.

Drago podciągnął kurtkę czarnego munduru, żeby odsłonić ranę na boku Kruka, ale ten nagle dźwignął się na łokciach.

– Sam to zrobię! – warknął.

Anioł wzruszył ramionami. Twarz Głębianina poszarzała, ściągając się w upiorną maskę, kiedy niezdarnie przycisnął opatrunek do boku. Gamerin obawiał się, że Kruk zemdleje.

– I sam się zabandażujesz? – spytał drwiąco.

Ranny przymknął powieki.

– Chyba nie – wymamrotał.

– Też tak myślę – mruknął Drago, odwijając bandaż.

Żółte oczy Kruka pociemniały z bólu.

– Jak się nazywasz? – zapytał anioł.

– Litiel.

– Marnie z tobą, ale wyjdziesz z tego.

Głębianin zdobył się na grymas udający uśmiech.

– Tyle to sam wiem.

– No, to cholernie cwany jesteś, Kruku.

– Dlaczego to zrobili, jak ci tam... Synu Gehenny?

– Nazywam się Gamerin. Drago Gamerin. A czemu ktoś zapragnął, żebyśmy się wyrżnęli? – Wzruszył ramionami. – Bo ja wiem? Żeby nie dopuścić do wykonania zadania, żeby znów poróżnić Królestwo i Otchłań. Sam powinieneś wiedzieć, skoro jesteś taki cwany, Kruku.

Litiel oblizał suche wargi.

– Wiem jedno. Trzeba stąd spieprzać, zanim dorwą nas psy tego Teratela. Pewnie już ruszyli.

– Racja – zgodził się Drago. – Dasz radę iść?

– Jasne – syknął ranny.

Komandos Królestwa spojrzał na niego z powątpiewaniem. Kruk zacisnął zęby i zaczął wstawać. Lewą ręką uchwycił się pnia, podciągnął w górę. Prawy bark, który przygniotła gałąź, wyraźnie był uszkodzony, bo ramię zwisało bezwładnie. Litiel dźwignął się na nogi. Zranione kolano ugięło się pod nim, więc zawisł, uczepiony pnia. Skóra Głębianina nabrała odcienia popiołu, po skroniach płynęły strużki potu. Zagryzł wargę. Niedowierzanie w oczach Drago zmieniło się w podziw.

– Oprzyj się na mnie – powiedział.

– Nie trzeba – wychrypiał Głębianin, ale gdy spróbował zrobić krok, kolano całkowicie odmówiło posłuszeństwa.

Upadłby, gdyby anioł go nie podtrzymał. Wsparł się na nim ciężko, dysząc z wysiłku. Ważył tyle, co wór ołowiu.

– Chodźmy, skrzydlaty – wymamrotał.

Powlekli się w stronę bariery, szerokim łukiem omijając polanę zasłaną trupami przyjaciół. Szli z trudem, ale sprawniej, niż Drago przypuszczał. Kruk okazał się twardy jak stal, chociaż coraz mocniej opierał się na ramieniu anioła, a oddech zmienił mu się w wysilone rzężenie.

Przynajmniej kulejemy na tę samą nogę, ironicznie skonstatował komandos.

Wreszcie dotarli do niewidzialnej ściany.

– Dobra – powiedział Drago. – Spróbuj przefrunąć, a ja przelezę. Żegnaj, Litiel. Opowiedz w Głębi, jak było naprawdę.

– Masz swój klucz, Synu Gehenny? – spytał Kruk.

Drago kiwnął głową.

– To go wyjmij.

Zanim zdążył zrozumieć, o co chodzi, oderwał się od ziemi w żelaznym uchwycie palców Litiela.

– Hej! – wrzasnął Gamerin. – Co ty wyrabiasz?!

– Trzymaj się mnie, cholerny skrzydlaty! – wychrypiał Głębianin. Jego wielkie, czarne skrzydła z trudem biły powietrze. Znaleźli się już tak wysoko, że anioł, chcąc nie chcąc, musiał z całej siły uczepić się Kruka, gdyż upadek oznaczał śmierć. Pęd powietrza gwizdał w uszach, wokół rozlewał się blady błękit, a korony drzew, widziane z góry, wyglądały jak falujący zielony dywan. Jednak w blokadę wbili się za nisko, bo Litiel w gwałtownym tempie tracił siły. Ostatnim wysiłkiem walnął w ścianę. Ustąpiła niechętnie, rażąc ich boleśnie zygzakami błękitnych wyładowań.

Właściwie spadli, a nie wylądowali, waląc się na mokrą ściółkę po drugiej stronie bariery.

– Odbiło ci? – wydyszał Drago. Ręce mu zdrętwiały od kurczowego zaciskania palców. Litiel nie był w stanie się odezwać. Leżał na wznak, z trudem łapiąc oddech. Drago usiadł, krzyżując nogi. Wyciągnął z kieszeni tytoń i bibułki, zaczął robić skręta.

– Szlag by cię trafił, Głębianinie – mruknął z podziwem. – Zapalisz? Z mirry i kadzidła.

– Aha – szepnął z wysiłkiem Litiel.

Gamerin wetknął skręta między pobladłe wargi.

– Zostaw mnie – wychrypiał Kruk. – Zaraz tu będą...

– Jasne, straszliwi najemnicy Teratela. Mam ich w dupie, bracie. Podoba mi się tu siedzieć i palić, więc siedzę. Zabronisz mi?

Harab Serapel nie odpowiedział. Zamknął powieki i zaciągnął się dymem. Zakaszlał, co wyraźnie sprawiło mu dotkliwy ból, bo znieruchomiał z papierosem w zębach, pozwalając mu dopalić się do końca.

Drago słuchał lasu. Wiatr szumiał przyjemnie między gałęziami drzew. Anioł zrobił kolejnego skręta, wypalił go oparty wygodnie plecami o pień. Czekał. Wreszcie Kruk doszedł do siebie. Podniósł się na łokciach, potem ukląkł z lewą nogą dziwacznie wyprostowaną.

Spróbował się dźwignąć. Stanął z wysiłkiem, ale w miarę pewnie.

Drago przyglądał mu się, mrużąc oczy.

– Dasz radę iść?

Litiel skinął głową.

– Masz. – Gamerin podał mu gruby kij elegancko oczyszczony z gałązek.

– Dzięki – mruknął Głębianin. – Żegnaj, Synu Gehenny.

Zawahał się i dodał:

– Drago Gamerinie.

– Żegnaj, Litielu, wrogu Królestwa – odpowiedział Drago, ale uśmiechnął się.

Na dnie żółtych ślepiów coś dziwnie zalśniło, lecz Kruk już się nie odezwał. Znikł między liśćmi, ciężko wsparty na kiju, powłócząc ranną nogą.

Drago wracał do Królestwa spiesznie, ale ostrożnie. Był przygnębiony. Pamięć wciąż podsuwała mu obraz martwych twarzy przyjaciół, a jakiś paskudny głos wewnątrz oskarżał, że nie znalazł sposobu, żeby ich ocalić. Las rzedniał i komandos spodziewał się niedługo znaleźć na trakcie publicznym.

Chciał jak najprędzej zawiadomić Alimona o zdradzie i klęsce misji. Mało czego pragnął bardziej, niż dostać w swoje ręce dowódcę najemników razem z tym, kto go wynajął. Alimon ich odnajdzie, pomyślał. Ma wpływy. W tej samej chwili zrobił kolejny krok i wpadł w bezdenną otchłań czerni.

Ocknął się z potwornym bólem głowy. W ustach czuł obrzydliwy posmak. Czarna magia, zrozumiał. Leżał na leśnej ściółce, twarzą do ziemi. W polu widzenia miał kilka par nóg obutych w ciężkie znoszone trepy. Są twoi najemnicy, powiedział sobie gorzko. Ktoś szturchnął go czubkiem buta w bok.

– Obudził się.

Parę kopniaków zmusiło go do przewrócenia się na plecy. Zobaczył pochylającego się nad sobą smagłego anioła z blizną na skroni.

– Ilu z was przeżyło, skrzydlaty?

Drago wykrzywił usta.

– Gówno cię to obchodzi, skrzydlaty.

Smagły kopnął go w żebra.

– Zła odpowiedź, żołnierzu. Spróbujmy jeszcze raz. Dużo was zostało?

– Wystarczy, żeby wypruć ci flaki i porozwieszać na okolicznych choinkach.

– On wie. Widziałeś go w kuli, kiedy gadał z tym Krukiem – wyrwał się nerwowo krótko ostrzyżony blondyn.

– Zamknij się – warknął smagły. – Dużo z was wie?

Drago przełknął ślinę.

– Sprawdź sobie w kuli, zdrajco.

But najemnika trzasnął go w podbródek. Komandos poczuł w ustach krew. Wypluł ją razem z kawałkiem ułamanego zęba. W głowie mu szumiało, bo cios był silny, a skutki czarnej magii jeszcze nie minęły.

– Będziesz gadał?

– Będę – powiedział wolno. W oczach smagłego anioła błysnęło niedowierzanie. – Ale na pewno nie z tobą, zdrajco.

Posypały się na niego kopniaki mocne i celne. Zwinął się z bólu, bezskutecznie próbując osłaniać głowę i podbrzusze. Magiczne sidła osłabiły go tak, że nie mógł marzyć o obronie. W ustach miał pełno krwi, każdy kolejny cios odzywał się potężnym wstrząsem w obolałym ciele. Drago słyszał w uszach jednostajny szum, przed oczami fruwały strzępy cienia. Powoli tracił kontakt z rzeczywistością. Czuł tylko tępe uderzenia butów. Trafiały celnie tam, gdzie mogły zadać poważne obrażenia. Strzępy ciemności pod powiekami Gamerina krążyły na kształt przerażonego stada wron. Doskonale zdawał sobie sprawę, że napastnicy nie mają zamiaru po prostu porachować mu kości. Jeśli to dłużej potrwa, zabiją mnie, pomyślał. Gdyby mógł wybierać, wolałby umrzeć inaczej, niż zostać skopanym na śmierć pośród gnijących liści.

– Zostaw go, Ram. Nic ci nie powie. Szeolici to twardziele – usłyszał jak przez warstwę waty.

– Ocipiałeś, Tarael? – ryknął smagły, zaprzestając morderczych kopniaków. – Zwracasz się do mnie po imieniu?

Tarael wzruszył ramionami.

– I tak go zabijemy. Co z tego, że wie, jak się nazywasz. Lepiej nie zostawiać śladów. Zabierzmy go z powrotem na polanę i zastrzelmy.

– A jeśli psy Teratela już tam są?

– Sprawdź w kuli. Za pomocą dywanu przeniesiemy się i wrócimy w okamgnieniu.

– Więc dlaczego nie załatwić go tutaj i nie przerzucić na polanę?

Tarael westchnął.

– Bo dywan nie przenosi trupów, Ram. Przedmioty tak, martwych nie.

– A to, kurwa, czemu?

– A bo ja wiem?! Nie jestem magiem. Tak się dzieje i już.

– Za bardzo się mądrzysz, Tarael. – Smagły obrzucił podwładnego ponurym spojrzeniem, ale wyciągnął zza pazuchy kryształową kulę.

– Czysto – burknął. – Pójdziecie ty i Sarel.

Krótko ostrzyżony anioł drgnął.

– Dlaczego ja?

– Bo masz pecha, Sarel. Zabierajcie go.

– Wstawaj – warknął Tarael do Drago.

Gamerin nawet nie drgnął. Najemnik przyklęknął, dźgnął go lufą karabinu.

– Jeśli natychmiast nie pozbierasz dupy i nie wstaniesz, zastrzelę cię na miejscu. Dotarło?

Komandos słyszał już ostrzeżenia wypowiadane podobnym tonem, więc zrozumiał, że jeśli chce żyć, musi się podporządkować. A chciał. Odepchnął się rękami od ziemi, próbując dźwignąć się na czworakach. Łokcie ugięły się niespodziewanie w połowie manewru, pod czaszką zawyła czerwona syrena, a Drago ciężko runął na bok. Oddychał z trudem. Jednak nie mógł dać sobie czasu na odpoczynek. Gmerając się w błocie jak rozdeptany robak, zdołał w końcu uklęknąć. Ugiął kolano, wsparł na nim dłonie i ponownie spróbował wstać. Podniósł się z wysiłkiem. Czuł się strasznie słaby, targały nim mdłości, a w głowie ktoś mu chyba otworzył warsztat stolarski. Nikłym pocieszeniem było, że w razie czego będzie musiał się zmierzyć tylko z dwoma przeciwnikami. Świat wirował mu przed oczami, więc nie zauważył, kiedy Tarael podniósł w górę skrawek dywanu.

– Moc! – zawołał.

Podeszwy Drago zapadły się w krwawym błocie. Trupy bez emocji przyjęły pojawienie się trójki skrzydlatych zajęte wyczekiwaniem na spotkanie z absolutem. Na gałce otwartego oka jednego z Kruków przysiadła spora ważka, co nie zmieniło pełnego stoicyzmu wyrazu w zgasłym już spojrzeniu. Gamerin poczuł dreszcz przebiegający po krzyżu. Już w chwili lądowania powinien rzucić się na wrogów, ale nie był w stanie. Myśli plątały się, w ramiona i nogi wstąpił nieznośny ciężar, mięśnie reagowały z opóźnieniem. Zabiją mnie, uświadomił sobie, lecz nawet to przekonanie nie potrafiło zmobilizować go do reakcji.

– Idź przed siebie, skrzydlaty – usłyszał. – Tylko wolno.

Drago wzdrygnął się. Oberwę kulę w plecy, pomyślał. Tarael szturchnął go lufą „Cheruba". Pewnie zabrał go któremuś trupowi, pomyślał Gamerin. Błąd. Powinni go zastrzelić z broni Harab Serapel. Zresztą, czy ktoś to zauważy pośród tej rzezi?

– Przebieraj kulasami, żołnierzu!

Drago ruszył. Zrobił drugi, potem trzeci krok, czując napinające się mięśnie pleców i karku. Usłyszał świst. Cichy. Krótki. Nóż. Czekał na uderzenie, ból, który nie nastąpił. Zamiast tego do jego uszu dobiegł dźwięk padających ciał, przedśmiertne charknięcie. Odwrócił się. Tarael i Sarel leżeli na ziemi, palce pierwszego anioła jeszcze lekko drgały. Nad nimi stał Litiel.

– Zdążyłem – powiedział, szczerząc zęby w uśmiechu. – Zwracam dług. Ciążył mi. Teraz jesteśmy kwita.

– Dzięki – wymamrotał słabo Drago. – Skąd wiedziałeś?

Głębianin podrapał się zdrową ręką w policzek.

– Mamy kule. Właściwie to tajne, nie powinienem ci mówić, ale dupa z tym, skrzydlaty. To słabe kule, da się je zorientować tylko na ostatnią osobę, z którą się rozmawiało, więc są raczej bezużyteczne. Chciałem wiedzieć, jak ci poszło.

– I chwała ci za to – westchnął komandos.

– Zobaczyłem, jak wpadłeś w sidła. Wokół kręciły się te sukinsyny. Domyśliłem się, że zabiorą cię na polanę i przyleciałem. Trochę ryzykowałem, skrzydlaty. – W uśmiechu błysnęły krótkie kły. Litiel, opierając się na kiju, mocno kulejąc podszedł do zabitych.

– Mieli dywan – zdziwił się.

– I od cholery magicznych zabawek. Ten, kto ich wynajął, musi być wysokiej klasy magiem. Weź dywan, Litiel. Tobie się bardziej przyda. Ja sobie poradzę. Walnęli mnie czarną magią, ale już mi przechodzi.

Głębianin zawahał się. Z pewnością bardzo źle się czuł, bo w końcu kiwnął głową.

– Dobra, ale podrzucę cię najbliżej, jak dam radę.

– Wyrzuć mnie na trakcie do Królestwa. Jakimś mało uczęszczanym.

– Moc! – powiedział Litiel.

Znaleźli się na spokojnej drodze pośród pól. Po obu stronach szumiały łany zboża. Spomiędzy kłosów wyglądały wesołe niebieskie mordki chabrów.

– Trafisz stąd? – spytał Kruk.

– Jasne. Dziękuję, Litiel. I nie zrozum mnie źle, ale mam nadzieję, że nigdy więcej cię nie spotkam.

– Tak – powiedział Głębianin. – Ja też mam tę nadzieję. Żegnaj, żołnierzu.

– Żegnaj, Kruku.

– Moc – rzekł Harab i rozpłynął się w powietrzu.

Drago nabrał głęboko oddechu. Głowa wciąż go bolała, ale skutki zatrucia czarną magią mijały z wolna. Zastanowił się, czy byłby w stanie zabić Litiela, gdyby przyszło im jutro zmierzyć się w bitwie, i doszedł do wniosku, że tak. W końcu jest komandosem Królestwa.

Teraz pozostawało mu tylko jak najprędzej odnaleźć Alimona.

Rozdział 4

To jest Hija – usłyszał Daimon, zajrzawszy w głąb złocistych oczu. Niezwykłe tęczówki, przywodzące na myśl płytki złota zatopione w płynnym topazie, w oprawie bardzo ciemnych długich rzęs, natychmiast hipnotycznie ściągały uwagę. Świeciły jak dwie bliźniacze lampy pośród błękitu kobaltowych loków. Cała twarz też była niezwykła.

Piękna, pomyślał Daimon, chociaż nie spokojną, klasyczną urodą wysoko urodzonych anielic. Cienki nos, usta raczej wąskie, z leciutko krzywym, ironicznym, lecz pogodnym uśmiechem. A figura! Na Głębię, ależ ona ma figurę! Głęboki dekolt prostej błękitnej sukni częściowo odsłaniał nienaganne piersi, za pełne i za kształtne na anielicę. Wąską talię podkreślał krój stroju, na który nie pozwoliłaby sobie skromna mieszkanka Królestwa. Dziewczyna nie miała jednak szerokich bioder i ud demonicy, ani wyzywających manier, właściwych nawet szlachetnie urodzonym Głębiankom. Zachowywała się naturalnie i swobodnie, emanując jakąś niesamowitą witalnością i urokiem, którego źródła Daimon nie potrafł się domyślić.

– Witaj, pani – powiedział. Na dźwięk jego głosu źrenice Hiji rozszerzyły się nieco. Uśmiechnęła się.

– Witaj, panie. Jestem zachwycona, że zechciałeś przyjąć zaproszenie Gabriela i przybyć wraz z nim na moją wyspę.

– Ja też – odrzekł Daimon szczerze.

Kiedy Gabriel zaproponował, żeby odwiedzili wspólnie jeden z jego zamków na Księżycu, gdzie rezyduje zaufany przyjaciel i można spokojnie porozmawiać, Anioł Zagłady nie przypuszczał, że ten przyjaciel okaże się anielicą. W dodatku tak niezwykłą i urodziwą, jak Hija. Mieszkanka zamku wywarła na nim piorunujące wrażenie. Miał ochotę spędzić w gościnie u Gabriela bardzo długie wakacje. Teraz do jego serca wkradło się dziwnie paskudne i przykre podejrzenie, że może Hija jest kimś więcej niż tylko przyjaciółką Gabriela. Natychmiast odrzucił tę myśl, bo bardzo mu się nie podobała, bynajmniej nie z powodów moralnych.

Niemiłe wrażenie spotęgowało się jeszcze, gdy Hija spytała z troską o zdrowie Pana Tajemnic.

Razjela też zna, pomyślał z niechęcią. Ciekawe, jak dobrze?

Pan Objawień uspokoił przyjaciółkę, że wszystko już w porządku. Anielica dodała, że rozmawiała ostatnio przez zwierciadło z Księciem Magów, który wyglądał lepiej, lecz wydawał się bardzo przygnębiony. Gabriel, westchnąwszy, w krótkich słowach zaczął streszczać klęskę wyprawy komanda Szeol. Słuchała uważnie, wtrącając rzeczowe pytania. Szli szeroką aleją przez las czy raczej park otaczający zamek Hiji.

Cała wyspa, a nawet oblewające ją morze, należały do Gabriela, który jako Pan Księżyca posiadał tam ogromne tereny. Wyspa była rozległa, w większej części porośnięta lasem pełnym starych drzew niezwykle rzadkich gatunków. Niektóre z nich kwitły. W gęstwinie otwierały się niewielkie polanki porosłe miękkim mchem i drobnymi kwiatami. Zieleń mchu przecinał strumyk, który rozlewał się w małe jeziorko o wodzie przejrzystej jak szkło. Na kamienistych brzegach siedziały nimfy, plotkując i ochlapując się wodą. Na widok przybyszów uciekały z chichotem. Kilka razy Daimonowi zdawało się, że widzi wśród zarośli czujną, dziką twarz centaura. Jeden miał chyba złote kółko w nosie. W pewnej chwili przemknęło, szeleszcząc liśćmi, jakieś duże zwierzę, promień słońca błysnął na rogu, a Anioł Zagłady gotów był przysiąc, że to jednorożec, chociaż jednorożce, płochliwe i szybkie, nie lubiły zamkniętych przestrzeni, takich jak wyspy. Duży park przylegający do zamku właściwie nadal był lasem, choć odrobinę uporządkowanym. Poobcinano suche gałęzie, usunięto wiatrołomy, wytyczono ścieżki. Teren parku ogradzał wysoki kamienny mur z bramą z litego metalu. Portal otaczały archiwolty, a odrzwia zdobił misterny ornament oplotowy, w który wkomponowano wizerunki walczących smoków. Na drzwiach wisiała kołatka w kształcie głowy wilka, co oznaczało, że posiadłość należy do maga.

Przeszli przez furtę i znaleźli się w starym sadzie. Nagle w gałęziach najbliższej jabłoni coś zaszeleściło i na ścieżkę zeskoczył wielki niebieski kot ze złotymi ślepiami. Hija schyliła się i z uśmiechem zaczęła głaskać błękitne futro zwierzaka. Rozpromieniona, wydała się Daimonowi istotą nie z tego świata. Tymczasem kocur ocierał się bezczelnie o kraniec błękitnej sukni. Na szyi nosił obróżkę z dzwoneczkiem. Spojrzał na Daimona i uśmiechnął się uprzejmie.

– Poznaj Nehemiasza, panie. – Hija skinęła dłonią.

– Witaj, Nehemiaszu.

– Miau – powiedział kot, wyginając grzbiet.

Ruszyli w stronę domu.

Zamek był nieduży, ale uroczy. Zgrabną bryłę ze spiczastym dachem, wąskimi oknami i wieżyczkami na rogach zdobiły liczne pinakle, gzymsy i rzygacze. Nad wejściem wirowała mała witrażowa rozeta, a na kalenicy i futrynach przysiadły gargulce. Przez podwójne okna w wieży widać było kręcone klatki schodowe. Portal flankowały dwa małe smoki.

– No to wiesz już mniej więcej, jak wyglądają ostatnie wieści. Pamiętasz, ostatnim razem prosiłem, żebyś zajrzała w karty. Dowiedziałaś się czegoś, kochanie? – spytał Gabriel, nakreśliwszy Hiji nieciekawą sytuację Królestwa. Na dźwięk ostatniego słowa Daimon zesztywniał mimowolnie.

Kobaltowe loki zafalowały, gdy zaprzeczyła, pokręciwszy głową.

– Skoro Razjel nie dał rady, jak ja bym potrafiła?

– Jesteś jego najlepszą uczennicą. Twierdzi, że niedługo przerośniesz mistrza.

– Mnie tego nigdy nie powiedział – roześmiała się. Jej śmiech brzmiał miło i naturalnie.

Przez chwilę Gabrielowi ogród i zamek wydały się prawdziwym azylem.

Do diabła z Królestwem, pomyślał. Jeszcze będę miał czas, żeby się martwić.

Sad wyglądał spokojnie i sielsko, słońce prześwitywało między liśćmi jabłoni, cykały świerszcze. Krajobraz przypominał piękny, starannie wyszyty gobelin.

– Przejdźmy się jeszcze trochę – zaproponował. – Wieczorem porozmawiamy o ważnych sprawach. Nie uciekną nam. Chwila odpoczynku dobrze nam zrobi. A jak się ma Hizop?

– Lepiej. Noga dobrze się goi. Musiałam jednak oddzielić go od stada, bo wciąż prowokuje bójki. Wyspa jest trochę za mała, młode ogiery, które chcą założyć własne stado, nie mają dokąd odejść.

Daimon spojrzał na nią zdumiony.

– Hija hoduje dla mnie jednorożce – wyjaśnił Gabriel.

– W samej rzeczy, jesteś niezwykła, pani – powiedział Daimon. – Wszyscy wiedzą, że jednorożców nie da się hodować.

– Proszę, mów mi po imieniu, panie. Od lat stykam się wyłącznie z przyjaciółmi, więc czuję się skrępowana ceremoniałem.

– Hija – powtórzył Daimon i sam dźwięk wypowiadanego słowa sprawił mu przyjemność.

– Zawołaj któregoś, dziewczyno – uśmiechnął się Gabriel. – Chcę mieć chociaż chwilę radości, zanim wrócę do bagna, w jakie zmieniło się ostatnio Królestwo.

– Może być Szafir? – spytała, a oczy błysnęły jej wesoło i łobuzersko.

– Jasne, jest najpiękniejszy.

Hija gwizdnęła przez zęby tak ostro, że Daimon drgnął. Nie spodziewał się, że potrafi gwizdać jak chłopak. Nie minęła chwila, gdy usłyszeli tętent. Przed gankiem zatrzymał się jednorożec. Istotnie, był piękny. Lśniąca sierść miała głęboki niebieski kolor. Nogi, ogon, grzywa i róg połyskiwały matowym złotem. Szafir podszedł do Hiji, trącił ją aksamitnym nosem. Zaczęła go głaskać. Prychnął z zachwytem, wyginając szyję. Był duży jak na jednorożca, prawie tak wysoki jak Piołun. Miał szeroką klatkę piersiową i mocne nogi nad kopytami porośnięte długą miękką sierścią.

– Czy on mówi? – spytał Daimon, wyciągając do zwierzęcia rękę. Łypnęło okrągłym ciemnym okiem, ale dało się dotknąć.

– Bardzo rzadko i niechętnie – odpowiedziała Hija.

– Mój koń nazywa się Piołun. Jest nawet rozmowny, jak na Istotę.

– Jednorożce nie są Bestiami – wyjaśniła. – Mają płochliwą i nieufną naturę, ale czasem dają się dosiadać. Ja jeżdżę na Szafirze.

Spojrzał na jej uśmiechniętą twarz, dochodząc do wniosku, że dałby się drugi raz zabić, żeby zobaczyć ją na grzbiecie tego zwierzęcia.

– Szkoda, że nie zabrałeś swego konia, panie. Moglibyśmy przejechać się po wyspie. Inne jednorożce nie nadają się, niestety, pod wierzch.

– Daimon.

Spojrzała pytająco.

– Mów do mnie po imieniu. Nawet sobie nie wyobrażasz, jak bardzo żałuję, że nie ma tu Piołuna.

Leciutko przygryzła wargę.

– Może się mylisz, Daimonie. Mam dobrą wyobraźnię. W końcu jestem wiedźmą.

– Magiem – sprostował Gabriel. – Doskonałym. Weź to pod uwagę, Abaddonie. Jeśli jej podpadniesz, gotowa zamienić cię w coś paskudnego. Żabę, na przykład.

Anielica zarumieniła się nieco.

– Nie słuchaj go, Daimonie. Nie zwykłam zamieniać rycerzy Królestwa w płazy.

Daimon uśmiechnął się szarmancko.

– Ani przez chwilę nie podejrzewałem cię o takie bezeceństwa.

Regent Królestwa zaśmiał się krótko.

– O mnóstwo rzeczy byś jej nie podejrzewał, przyjacielu. No, wejdźmy wreszcie do środka.

– Oczywiście! – zawołała Hija. – Na tym odludziu zapomniałam dobrych manier. Trzymam gości na dworze! Trzeba mnie było kopnąć w kostkę, Gabrysiu.

– Za dobrze się bawiłaś – mruknął Gabriel nieco cierpko.

Wnętrze urządzone było prosto i z wdziękiem. Na ścianach wisiały alchemiczne obrazy, kilka rozrzuconych w różnych miejscach magicznych ksiąg i przedmiotów przypominało o profesji pani domu.

Daimon zjadł doskonały obiad, a potem spędził urocze popołudnie na rozmowie z Hiją i Gabrielem. Anielica okazała się fantastycznym kompanem, opowiadała zajmująco, bawiła się wesoło, odcinała błyskotliwie, radziła inteligentnie. Była właściwie na bieżąco zorientowana w sytuacji Królestwa i Głębi, a nawet, co specjalnie Daimona nie zdziwiło, wiedziała o odejściu Pana oraz konieczności układów z Lampką.

Siedząc w fotelu przed kominkiem, z pucharem wybornego wina i widokiem na zaróżowioną od ciepła twarz Hiji, Anioł Zagłady czuł się tak szczęśliwy, jak nigdy w życiu. Zaproszenie Gabriela obejmowało nocleg w zamku, a Daimon łudził się nadzieją, że może wizyta przeciągnie się do kilku dni, choć doskonale wiedział, że ani Gabriel, ani on sam z pewnością nie mogli sobie pozwolić na dłuższe opuszczenie Królestwa.

Hija, głaszcząc śpiącego na jej kolanach Nehemiasza, patrzyła na Daimona spod lekko przymkniętych powiek, a to, co czuła, było niepokojące i przyjemne zarazem. Podświadomie oceniała go trochę jak swoje ukochane jednorożce. Podobała jej się wysoka, smukła sylwetka anioła, mocne plecy, długie nogi, grafitowo lśniące skrzydła, jak u Głębian hakiem zakończone. Miał pociągłą twarz, ostry drapieżny profil, duże usta i oczy osadzone głęboko, niesamowite przez swoje bezdenne olbrzymie źrenice z zieloną otoczką wokół. Czarne włosy nosił związane w warkocz sięgający połowy pleców, a luźne kosmyki – równo przycięte na wysokości szczęki. Lubiła słuchać jego głosu, który wcale nie był przyjemny. Frapował ją dziwny rysunek salamandry na policzku, skomplikowane tatuaże na grzbietach dłoni. Ma piękne ręce, pomyślała. Silne, z długimi palcami, owalnymi paznokciami i wyraźnie zarysowanymi kostkami. Nawet ta ogromna blizna za bardzo ich nie szpeci. I piękne nadgarstki. Mówią, że jest najlepszym szermierzem Królestwa. To prawdopodobne. Rusza się ładnie, ale twardo, jak żołnierz. Właściwie jak rycerz, to różnica. Daimon Frey, Abaddon, Tańczący na Zgliszczach. Kto by pomyślał?

Późnym wieczorem Hija wyszła do swoich komnat, zostawiając Daimona i Gabriela samych. Skulony gargulec nałożył drew do kominka i też zniknął.

– Piękna, prawda? – zagadnął Gabriel.

– Bardzo piękna – przytaknął Anioł Zagłady.

– I urocza.

– Więcej, Dżibril. Niezwykła.

Regent Królestwa ściągnął pierścień, obracał go w palcach.

– Wiesz, o czym chciałem z tobą porozmawiać?

– Prawdopodobnie nie o Hiji – mruknął Frey.

– O przepowiedni.

Daimon westchnął.

– Naprawdę myślisz, że nadchodzą dni gniewu, Dżibril? Uważasz, że Antykreator wyśle przeciw nam armię Mroku, jak zapowiadają Bestie?

– I swoją emanację, Siewcę Wiatru – mruknął Gabriel.

Frey przygryzł wargę.

– Wiem. Tylko Anioł Zagłady, Tańczący na Zgliszczach, potrafi go powstrzymać. O to ci chodzi?

– Tak. Jeśli Siewca nadejdzie, jesteś jedyną szansą Królestwa, Daimonie. Zwłaszcza gdy Pan nas opuścił.

Wielkie źrenice Anioła Zagłady zalśniły.

– Zrobię, co w mojej mocy, Dżibril. Tylko tyle mogę ci obiecać.

– Nie o tym mówię – westchnął Gabriel. – Zdaję sobie sprawę, że w razie czego będziesz walczył do upadłego. Po prostu uważaj na siebie, dobra?

Daimon uśmiechnął się gorzko.

– Żeby nikt nie rozbił mi łba, zanim Siewca przyjdzie rozwalić Królestwo, Głębię i cały Wszechświat przy okazji?

– Tak – potwierdził szczerze Pan Objawień. – Bez ciebie prawdopodobnie przepadniemy. Antykreator nie zna litości. Nic go nie powstrzyma, żeby nas zmiażdżyć...

– Wiem, Gabrysiu – rzekł Daimon wolno. – Walczyłem z Cieniem.

Tylko, że Cień się zmienił, pomyślał ponuro Pan Objawień. Wtedy, przed wiekami, gdy świat był młody, Antykreator miał o wiele mniej sił. A my znacznie więcej. Moc Pana była blisko, przenikała nas, przepełniała potęgą. A teraz my słabniemy, a Cień rośnie. Wszechświat rozwinął się od tamtych czasów, przyjacielu. Przepełnia go mnogość życia i światła, tak ogromna, że nawet aniołowie nie potrafią pojąć tego ogromu. Dlatego rzuca o wiele większy Cień. Śmierć rośnie w siłę wraz z życiem. A teraz, gdy brakuje Pana, pragnie je zdominować.

Gabriela przeszedł dreszcz. Spojrzał na przyjaciela uważnie. Może on naprawdę jest upiorem, jak twierdzą niektórzy, pomyślał. Musi taki być, bo inaczej nie miałby szans stanąć twarzą w twarz z Cieniem. Tylko Daimon potrafi go powstrzymać, bo Daimon jest w pewnym sensie martwy. Teraz już nikt żywy nie zbliży się do Siewcy.

Gabriel kolejny raz zdjął i nałożył pierścień. Westchnął.

– Widzisz, problem w tym, że nawet jeśli Siewca rzeczywiście nadchodzi, nie mam szans się przygotować. Powołam pod broń regularną armię, zmobilizuję wszystkich zdolnych do noszenia broni, ogłoszę stan wyjątkowy i co? Każę im czekać w nieskończoność? Dokąd wyślę Zastępy? Na Ziemię?

Daimon z trzaskiem wyłamał palce.

– Przeświadczenie, że Antykreator pośle swoją emanację na Ziemię, nie jest warte funta kłaków. Opiera się na garści zabobonów i niepewnych wyroczni. W praktyce może pojawić się wszędzie.

Pan Objawień przesunął ręką po twarzy.

– Komu to mówisz? Jestem bezradny. Świadomość tego mnie dobija. Mogę tylko czekać na jego ewentualny ruch.

Frey pochylił się, zniżył głos.

– Powiedz prawdę, Dżibril. Wierzysz, że zaczyna się ostatnia bitwa?

Gabriel bawił się pieczęcią.

– Nie wiem. Ale źle się dzieje. Najpierw Księga, potem Bestie i ta twoja szczelina.

Daimon uniósł brwi.

– Twierdziłeś, że się zamyka.

– Bo się zamyka, ale...

– Cholera, myślisz, że mogło z niej wyleźć coś potężnego a niewidzialnego? Coś, czego strażnicy nie wyczuli? – dokończył Frey. – To absurdalne.

– Może – przytaknął smętnie Regent Królestwa. – Ostatnio popadam w jakieś obsesje. Chyba powoli tracę zdrowy rozsądek. Nie daję rady przejmować się wszystkim. Szczerze mówiąc, nie bardzo wierzę, że szczelina ma związek z Siewcą.

– A ja tak – mruknął ponuro Daimon. – Przy okazji postaram się to sprawdzić.

– Wiesz, że dostałem pozew?

Anioł Zagłady poderwał głowę.

– Nie.

Gabriel się skrzywił.

– Za nadużycie władzy. Azbuga go podpisał.

– Jakie, do cholery, nadużycie?

– Jako Regent Królestwa nie miałem prawa skorzystać z funduszu reprezentacyjnego chóru Potęg i skierować zwiększonych patroli na podniebne szlaki poza granicami murów miejskich. W ten sposób zaprowadziłem porządek na traktach i żadne pieprzone bandy demonów nie napadają na karawany z zaopatrzeniem dla Nieba. Ale nie! Naruszyłem kompetencje, bo kasa była przeznaczona na galowe zbroje powlekane złotem.

Anioł Zagłady wzruszył ramionami. Problem wydawał się błahy, więc Frey nie potrafił zrozumieć zdenerwowania przyjaciela. Gabriel powinien opowiadać o tym z rozbawieniem, podszytym najwyżej lekką irytacją.

– Po co się przejmujesz, Dżibril? Nijak ci nie podskoczą z powodu takiej głupoty. To czyste brednie.

Twarz Gabriela pozostała poważna. Pokręcił głową.

– Nie wiesz wszystkiego. Mają mój rozkaz wycofania pieniędzy ze skarbca, a mnie brakuje dowodów na przekazanie forsy czynnym patrolom. Zrobiłem to nielegalnie, więc nie udowodnię, że do nich trafiły. Zostałem udupiony.

– Fatalnie. Teraz rozumiem, czemu chodzisz taki skwaszony. – Daimon przygryzł wargę. – To jakiś monstrualny spisek. Co na to wywiad?

Pan Objawień wzruszył ramionami.

– Nic. Szukają.

– Ktoś kręci powrozy na nasze szyje, Dżibril.

– Też tak sądzę. Na razie nie zamierzam się martwić tym pieprzonym pozwem. Mam większe problemy.

Frey pokręcił głową.

– Nie lekceważ tego, Gabrysiu. Znaleźli niezawodnego haka, skoro skierowali sprawę do sądu.

– Razjel też tak uważa. Postanowiłem, że zrobię pokazówkę, Abaddonie. Wydam oficjalną ucztę, zaproszę pół Królestwa i pokażę im, kto ma kogo w garści. Tutaj.

Daimon drgnął.

– Między innymi po to zaprosiłem cię do Hiji. Żeby poznać twoje zdanie. Z Hiją już rozmawiałem. Zgodziła się.

– Dlaczego tutaj? To nie jest najlepszy pomysł.

Gabriel zmrużył oczy.

– Uważasz, że sobie nie poradzi?

– Z pewnością okaże się lepsza od wszystkich anielic razem wziętych, ale musi być jakiś powód, dla którego trzymasz taki klejnot zamknięty w szkatułce. Wyobrażasz sobie plotki, Dżibril?

– O to mi chodzi, Daimonie! Pokażę im, gdzie mogą sobie wsadzić swoje plotki o mnie.

– I o niej – powiedział cierpko Frey.

Gabriel wydął pogardliwie wargi, nadal nie widział problemu.

– Zgodziła się.

– Ale ja się nie zgadzam.

Pan Objawień spojrzał na Daimona przeciągle.

– Wiesz, kim jest Hija?

Frey zacisnął usta i milczał.

– Córką Uzjela.

– Wiedziałem, że skądś znam te kobaltowe włosy – szepnął.

– Kiedy tuż po wygnaniu człowieka grupa wysokich rangą aniołów dopuściła się grzechu z ziemskimi kobietami, znalazł się wśród nich mój osobisty adiutant, Uzjel. Użyłem wszystkich wpływów, żeby uchronić go od kary. Udało się. Gdy Ziemianka urodziła dziecko, zabrałem je i wychowałem. Pomógł mi Razjel, który nauczył dziewczynkę magii. Hija jest dla mnie jak... – zawiesił głos, patrzył na Daimona przenikliwym wzrokiem. Anioł Zagłady stwierdził, że zasycha mu w gardle. Nic nie potrafił poradzić na to, że zaciska bezwiednie pięści, aż bieleją kostki – ...córka – dokończył wolno Gabriel.

Frey nie zdołał powstrzymać westchnienia ulgi. Złowił uważne, taksujące spojrzenie Pana Objawień i spuścił wzrok.

– Ochraniałem ją bardzo długo, lecz wbrew staraniom Razjela, Michała i moim ona się męczy, Daimonie. Ta wyspa to odludzie. Oczywiście, odwiedzamy ją, gdy tylko znajdziemy wolną sekundę, rozmawiamy przez oko, po kryjomu zabieramy ją do siebie. Ale to za mało. Hija i ja doszliśmy do wniosku, że czas z tym skończyć. Ona jest mądrą kobietą, Abaddonie. Zdaje sobie sprawę, że okrzykną ją dzieckiem grzechu, istotą upadłą, demonem. Niektórzy będą ją przyjmować, ze względu na mnie i pozostałych archaniołów, ale za plecami zrobią z niej potwora. Wyrzutek, półanioł, hańba dla Królestwa, plama na nieskazitelnej reputacji skrzydlatych. Sam rozumiesz. Nieważne, co gadają. Poznałem was, bo na tobie też nie zostawili suchej nitki. Uczyliśmy Hiję, żeby nie zwracała uwagi na obmowy i plotki, pomyślałem jednak, że ty możesz jej bardziej pomóc. Już się nauczyłeś żyć z piętnem potwora.

– Pomogę, Dżibril. W czym tylko zapragnie.

Gabriel się uśmiechnął.

– Wiem, Daimonie. To widać.

Między nagrobkami kładły się już długie fioletowe cienie wieczoru. Anielica Drop szła główną alejką z rękami w kieszeniach długiej do pół łydki tuniki aniołów stróżów. Regulaminowy strój, złożony poza tym z cienkiej bluzy z trzema paskami przy kołnierzu i na rękawach oraz płaskich wysoko sznurowanych butów, był boleśnie brzydki, lecz Drop nawet w marzeniach nie widziała siebie w innym ubraniu. Królestwo wychowywało stróżów wyjątkowo surowo i ortodoksyjnie.

Anielica zajmowała się ochroną małych dzieci aż do chwili, gdy zaczną chodzić do szkoły. Wtedy jej podopiecznych przejmowały inne anioły.

Drop lubiła dzieci i swoją pracę, lecz czasami czuła się znużona. Była bardzo sumienna, więc pozwalała sobie na odpoczynek dopiero po skończeniu obowiązków, gdy nocną zmianę brała zastępczyni imieniem Lea. W pogodne dni Drop chodziła na spacer na cmentarz. Koił ją spokój i bezruch krzyży, cicho szumiące drzewa, migotanie kaganków. Stanowiły cudowne wytchnienie od nieustannego hałasu i bieganiny. Tutaj czuła się szczęśliwa. Posłała uśmiech jakiemuś spóźnionemu psychopomposowi, który pochylał się nad pobliskim grobem. Anioł odpowiedział uśmiechem i pomachał jej ręką.

Drop skręciła w boczną alejkę. Szła wzdłuż muru zarośniętego rdestem. Tu zaczynała się stara część cmentarza. Krzywe, spękane nagrobki poszarzałe od deszczu i upływu czasu, pochylone krzyże pokryte bladozielonym nalotem mchu strzegły ostatkiem sił miejsc spoczynku ludzi, o których wszyscy dawno zapomnieli. Czasem z wyblakłej fotografii spoglądała na Drop poważna twarz zmarłego. Dzikie zioła, wplecione między długie źdźbła nigdy niekoszonej trawy, pachniały słodko, małe pajączki pracowicie rozwieszały sieci w załomach kamieni pokrytych zatartymi, nieczytelnymi napisami. Cisza zdawała się być tu głębsza, a w powietrzu wisiała błękitnawa mgiełka melancholii. Jednak anielica nie odczuwała smutku.

Na pękniętej w połowie płycie ozdobnego grobowca siedziała mała strzyga. Na widok Drop odsłoniła kły, wydając ostrzegawczy syk, ale skrzydlata zupełnie się nią nie przejęła, wiedziała, że strzygi nigdy nie atakują niesprowokowane, więc wystarczyło je po prostu ignorować.

W miejscu, gdzie mur cmentarny zakręcał, rosło rozłożyste drzewo z nisko opuszczonymi konarami, cel wędrówki Drop. Nie miała pojęcia, do jakiego gatunku należy, ale w myślach lubiła nazywać je grabem. Podeszła blisko, pogładziła pień. Rozglądając się niepewnie, czy nikt nie widzi, podkasała tunikę i szybko wdrapała się po gałęziach. Odnalazła ulubiony rozwidlony konar, gdzie można było wygodnie usiąść, opierając się plecami o pień, i opadła na niego z ulgą. Teraz, ukryta wśród listowia, przestała się bać, że zostanie zauważona. Wiedziała, oczywiście, że łażenie po drzewach nie przystoi aniołom stróżom, ale nie potrafiła odmówić sobie tej przyjemności. Tak miło siedziało się w górze, wśród zieleni, z nogami dyndającymi beztrosko. Na chwilę można było zapomnieć o poważnych obowiązkach, służbowej dyscyplinie i surowych obyczajach. Surowość, powaga i dyscyplina bardzo męczyły Drop, chociaż do głowy by jej nie przyszło, żeby się buntować. Nawet niewinne rozmyślania o niebieskich migdałach, snute na gałęzi drzewa, budziły w niej wyrzuty sumienia. Wiedziała, że przełożona, matka Sara, nie puściłaby czegoś podobnego płazem.

Westchnęła. Wiatr zaszeleścił liśćmi, musnął jej twarz ciepłymi, delikatnymi palcami, więc Drop odsunęła od siebie przykre myśli. Przymknąwszy oczy, oddała się leniwym, beztroskim marzeniom. Z błogiego zamyślenia wyrwał ją nieprzyjemny dźwięk, jakiś ostry szelest czy trzask, jakby ktoś gniótł celofan. Dochodził zza muru, od strony ślepego zaułka. Anielica wychyliła się ostrożnie. Na uliczce płonął słup srebrnego światła. W jego środku materializowała się wysoka, skrzydlata postać. Tłumiąc okrzyk przestrachu, Drop wcisnęła do ust zgięty palec i zagryzła.

Dziwne światło zgasło powoli. Srebrzysta istota odwróciła się, prostując skrzydła. Otulał ją płaszcz ozdobiony cudownymi, kunsztownymi haftami z lśniących nici, wyszywany klejnotami pierwszej wody, przejrzystymi jak kryształ. To chyba anioł, pomyślała przerażona Drop. Najwyższy dostojnik, ale jakiś straszny. Rysy przybysza, chociaż piękne i regularne, tchnęły szaleństwem i nienawiścią. Lodowe oczy, srebrzyste jak śnieg na szczytach gór, były złe, po prostu złe, bez śladu jakichkolwiek innych uczuć.

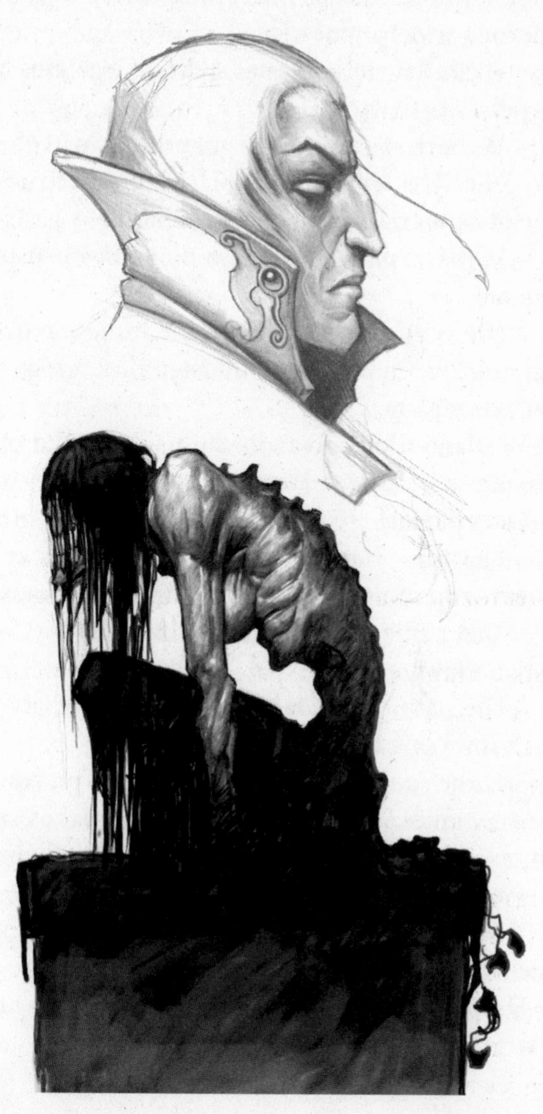

– Moc! – zawołał ktoś i w zaułku wylądował kolejny anioł. Drobny, nie pierwszej młodości, z wąską twarzą otoczoną siwiejącymi włosami.

– Spóźniłeś się! – syknął srebrny. Jego głos brzmiał jak pęknięty dzwon.

– Wybacz, panie. – Siwy pokornie schylił głowę.

– Nie zwykłem czekać. – Dłoń, biała i krucha niby bibelot z porcelany, wykonała niecierpliwy gest.

– Wybacz, panie. Nie mam nic na swoje usprawiedliwienie.

– Nie oczekuję go. Więcej, nic mnie nie obchodzi. Uczyniłeś, co nakazałem, udostępniłeś, czego zażądałem, oto zapłata.

W białej dłoni pojawiła się nagle ciężka oprawna w okutą skórę księga. Drobny anioł sięgnął po nią szybko. Oczy płonęły mu pożądaniem. Srebrzysty cofnął rękę.

– Uważaj – warknął – to cię nie zwalnia ze służby. Należysz do mnie, alchemiku. Znasz moją moc.

– Tak, panie – przytaknął żarliwie drobny. – Jestem twój, na zawsze.

– Nie wątpię. – Podał mu księgę. Skrzydlaty porwał ją jak sowa mysz.

Srebrne spojrzenie przesuwało się po przedmiotach i twarzy anioła zupełnie beznamiętnie, jakoś sztywno. On ma martwe oczy, zrozumiała Drop. To chyba upiór!

Pięknie wykrojone blade usta poruszyły się.

– Ktoś nas obserwuje. Na drzewie za murem siedzi anielica.

Drop wydała przerażony pisk. Zmartwiała na gałęzi, ze strachu niezdolna się poruszyć.

Świetlisty upiór podniósł wzrok ku drzewu. Źrenice mu płonęły.

– Panie, błagam, nie używaj mocy! To Ziemia! – jęknął pobladły alchemik, czepiając się rękawa haftowanej szaty.

W gałąź, na której siedziała Drop, uderzyła błyskawica. Konar odłamał się, ale srebrzysty, wyraźnie zdekoncentrowany, chybił, bo anielica upadła na ziemię oszołomiona, lecz nie draśnięta.

– Błagam, korzystanie z mocy na Ziemi ma fatalne skutki! Schwytam ją, panie! – W głosie szpakowatego anioła brzmiało przerażenie.

– Leć – syknął upiór. – Ale nie zawiedź, bo cię odnajdę!

Drop rzuciła się do szaleńczej ucieczki między nagrobkami.

Na Jasność, wygląda oszałamiająco, stwierdził Daimon. Hija, ubrana w ceremonialną kobaltową suknię wyszywaną w złote jednorożce, z uśmiechem witała gości. Kreacja odsłaniała dekolt i ramiona. Na szyi połyskiwał szafirowy smok gryzący własny ogon.

– Miau – powiedział Nehemiasz, ocierając się o wysokie buty Daimona. Anioł schylił się, żeby go pogłaskać.

Hija postąpiła krok do przodu, a przez bynajmniej nieprzepisowe rozcięcie sukni sięgające aż do biodra, wyłoniła się króciutka spodnia spódnica i noga, piękniejsza niż wszystkie ogrody Królestwa.

– Miau? – zdziwił się Nehemiasz, bo Daimon intensywnie gładził go pod włos.

– Wybacz, stary – mruknął. – Twoja pani jest bardzo piękna.

– Prrr – zgodził się kot, wyginając grzbiet.

– Witaj, destruktorze – zaszemrał tuż przy nim znajomy głos.

– Duma? – Frey wyprostował się. – Bez urazy, ale ciebie też zaprosił?

– A jakże! – Anioł Śmiertelnej Ciszy pokazał w uśmiechu krótkie ostre kły. – Co za imprezka, Daimonie. Jest nawet Ksopgiel. Pewnie przyjdzie się przywitać.

– Nie wierzę. Gabriel zaprosił Aniołów Szału?

– Wszystkich. Są też Aniołowie Zamętu. Bliźniacy Chema i Af, Birta – burzyciel domów, Zetar – obserwator, Harbona – poganiacz osłów i Karkas – duch kołaczący.

– No, to nieźle. Jak się bawią?

– Nie gorzej niż inni. Na razie suszą wyśmienite trunki Gabrysia. Na Głębię, Daimonie. Ten to ma gust! Najlepsze alkohole, najpiękniejsze kobiety. Widziałeś panią domu?

Frey spojrzał w brzydką, inteligentną twarz Anioła Śmiertelnej Ciszy.

– Ona nie należy do niego – powiedział, a to, co zadrgało w ochrypłym głosie, mogło przyprawić o ciarki na plecach.

Usta Dumy wykrzywił uśmieszek.

– Wybacz, destruktorze. Stosunki panujące w Królestwie są takie skomplikowane. Łatwo można się pogubić. Nie chciałem nikogo obrazić, słowo. Idę, przywitam się z Alimonem.

Klepnął Daimona w ramię i odszedł. Frey przeklął w duchu własną nadpobudliwość, ale nie potrafił zareagować inaczej.

Śliczna nimfa podsunęła mu tacę ze szklankami. Sięgnął po trunek chętnie.

Rafał czuł się okropnie. Nie umiał się zachować w towarzystwie złożonym z przerażających Aniołów Zniszczenia. Przed chwilą odbył okropną rozmowę z Ksopgielem, który, bawiąc się jego kosztem, opowiadał ze szczegółami o pacyfikacji jednej z prowincji w Sferach Poza Czasem. Biedny Archanioł Uzdrowień uciekł, nie wysłuchawszy relacji do końca. Z wysokimi urzędnikami i dostojnikami Królestwa też nie mógł znaleźć wspólnego języka. Wydawali mu się zbyt wyniośli, za butni. Zaszył się więc w kącie i z nieszczęśliwą miną spoglądał na pogrążoną w ożywionej rozmowie grupę oficjeli.

Wściekli i obrażeni, że zmuszono ich do zetknięcia się z jakąś hałastrą półdemonów, urażeni do żywego osobą gospodyni, skupili się we własnym kręgu, wymieniając pełne potępienia opinie. Kolejne kółko stworzyli wojskowi, gardząc zarówno towarzystwem cywilów, jak i destruktorów. Mideal, jeden z kapitanów armii niebiańskiej, obrócił się do Falega, Pana Wojny, głównodowodzącego piechoty Królestwa.

– Na Jasność, jakie założenia przyświecały Regentowi, gdy organizował to dziwne przyjęcie?

– Nie wiem – burknął Faleg, zwany wśród żołnierzy Stalową Pięścią. – Ale dla mnie są zupełnie niejasne.

– Zaśpiewajmy! – zawołał nagle jakiś głos w grupie destruktorów.

– Jasne! – podchwycił inny. – Harbona, zaczynaj!

Młody anioł o szalonych, wesołych oczach i czole zeszpeconym bliznami, zaintonował pięknym pełnym głosem:

– *Prochem i pyłem jesteśmy, panowie,*
Pijmy na umór, nim nas zgarnie śmierć,
Przed naszym mieczem pierzchają wrogowie,
Rozpustne dziwki gładzą naszą pierś.
– *Krew, krew, krew*
Wrogów wsiąka w ziemię,
Krew, krew, krew
Naszym przeznaczeniem! – zaryczał chór, trzaskając szklankami.

Wydatne szczęki Falega zacisnęły się, nadając jego ustom wyraz jawnej dezaprobaty.

– To skandal! – syknął Soter Asziel, Książę Prokuratorów Niebiańskich. – Ciąży na nim oficjalne oskarżenie, a on okazuje nam taki afront.

– Afront? Demonstruje władzę, ot co – warknął Haniel, wódz chóru Księstw. – Na Jasność, zaprosić tych krwawych bandytów! Widziałem nawet Freya. Panowie, to szczyt!

– To jeszcze mało – pokiwał głową Haamiasz. – Wiecie, kim jest ta anielica? Córką Uzjela!

Zebrani wciągnęli ze świstem powietrze.

– Nie wierzę! – Soter Asziel zachłysnął się z oburzenia.

– Tak, tak! Nasienie grzechu! W dodatku wiedźma. Jest jego utrzymanką, panowie. Nie ulega wątpliwości.

– Dno rozpusty! – Haniel aż zbladł. – Regent Królestwa oficjalnie prezentuje swoją utrzymankę. Co za bezczelność!

– Nie martwcie się, zapłaci za wszystko. Już niedługo – wysyczał mściwie prokurator.

– Może powinniśmy wyjść, na znak protestu? – rzucił Haamiasz.

– Cisza! Idzie tu! – syknął wódz chóru Księstw.

– Jak się bawicie, panowie? – zagadnął Gabriel.

Zielone oczy lśniły. Triumfował.

– Dziękujemy, doskonale – wykrztusił nienawistnym szeptem Soter Asziel, z miną, jakby wypluwał kość.

– Skosztujcie pasztetów. Udały się wybornie.

– Nie omieszkamy. – Haniel sztywno skłonił głowę.

I udławcie się nimi, mruknął do siebie Regent Królestwa, odchodząc.

– Jak idzie, Misiu? – zagadnął Księcia Zastępów.

Michał odwrócił się, chrzęszcząc i brzękając motocyklową kurtką.

– Manna jest fantastyczna. W życiu takiej nie próbowałem. Wszystko pod kontrolą? – zniżył głos.

– Jak najbardziej – zaśmiał się Gabriel. – Popatrz na ich miny. Żółć ich zalewa. Zaraz pękną z wściekłości.

– Ten widok to czysta rozkosz! – zachwycił się Michał z ustami pełnymi manny.

Przyszedł, pomyślała Hija. Wiedziała, że przyjdzie, ale gdzieś w duszy cały czas mieszkał lęk, że może mu nie zależy. Przyszedł i ciągle patrzy. Czemu nie podejdzie?

Jej nie wypada. Wspaniale wygląda z rozpuszczonymi włosami. Zapragnęła ich dotknąć, przesunąć między palcami chłodne grube pasma. Przymknęła powieki. O czym ja myślę, u diabła?

– Hija?

Spojrzała.

– Razjel! – zawołała ucieszona. – Jak się czujesz? Nie wyglądasz dobrze.

– Mam trochę zmartwień, córeczko. Sama wiesz. Chodź, poszukamy Gabriela. Nie stój tu sama.

Pociągnął ją za rękę.

Kobaltowe loki, pomyślał. I te niesamowite oczy pod brwiami wąskimi i ciemnymi jak kładki nad Czeluścią. Nie wolno ci. Może komuś innemu, ale nie tobie. Jesteś trupem, Niszczycielem, za tobą ciągnie się tylko pasmo zgliszczy. Jesteś jak Jonasz, skazisz wszystko, czego dotkniesz, bo takim cię uczyniono. Musisz taki być. Może ktoś inny, lepszy. Dużo lepszy. Ona zasługuje na wszystko, co najlepsze. Zacisnął zęby. Nie był w stanie znieść tej myśli. Dręczył się nią, katował, ale nie umiał się do niej przekonać. Potrafił tylko myśleć o kobaltowych włosach, w których pragnął zanurzyć palce. Pragnął tak bardzo, że każdy oddech sprawiał ból.

– Szczerze mi przykro, Alimonie – wyszeptał Duma.

Mistrz Ran podniósł głowę.

– Stało się.

– Wielu straciłeś?

– Prawie wszystkich, których posłałem.

– Naprawdę ich zdradzono?

– Tak. Kruki wyrżnęli większość z zasadzki. Ale krwawo za to zapłacili.

Duma westchnął.

– Co na to Gabriel?

Mistrz Ran wzruszył ramionami.

– Nic. Rozumiesz, polityka. Układy.

– Jasne – zaszemrał Duma. – Wypijmy za nich.

– Wypijmy – przytaknął Alimon.

Rafał siedział wciśnięty w kąt, nerwowo skubiąc mankiet. Dochodziły go strzępy żywej rozmowy.

– Co zrobił? Powywieszał wszystkich?

– Gorzej, bracie. Zamknął w chałupie i zabrał się podpalać. Wiesz, Harbona czasem ma takie odbicia.

– A, wiem. Kiedyś przeleciał się po wskazanym mieście i trzech sąsiednich, zanim go zatrzymali. Co zrobił Ksopgiel?

– Wysłał Zerucha, który strzelił Harbonę w pysk, aż ten się skrzydłami nakrył, wyciągnął wszystkich z chaty i powywieszał sukinsynów jak należało!

Rafał z jękiem opadł na sofę.

– Daimon? Coś taki ponury?

Anioł Zagłady ścisnął palcami kąciki oczu.
– Zmęczyłem się.
Czerwone ślepia Ksopgiela zmrużyły się ironicznie.
– Piciem?
Frey wyszczerzył w uśmiechu zęby.
– Przyjacielu, tym nie sposób mnie zmęczyć.
Dowódca Aniołów Szału klepnął go w plecy.
– Chodź do chłopaków. Szukali cię.
Daimon posłusznie ruszył do stołu.
– O, dupa, wspaniała! – mruknął Ksopgiel.
Na tarasie w towarzystwie Razjela i Michała stała Hija.
– Kto? – warknął Frey zanim zdążył się powstrzymać.
– Impreza – powiedział Ksopgiel z niewinną miną i drwiącym uśmiechem.
– Daimon! – ryknął Birta. – Chodź no tu, chłopie! Dajcie mu który szklankę. Kopę lat, destruktorze!
Anioł Zagłady przyjął wetknięty w rękę puchar.

– Dajesz sobie radę? – spytał Razjel, gdy zostali z Hiją sami na tarasie.
– Oczywiście. Coś robię źle?
– Skąd, wszystko doskonale. Tylko czemu jesteś taka smutna, córeczko?
– Wydaje ci się. Zmęczyłam się.
– Aha – mruknął nieprzekonany Razjel.

Nie wytrzymam dłużej, pomyślał Daimon. Muszę z nią porozmawiać. Po prostu chwilę porozmawiam. Czy z tego może wyniknąć coś złego?

Wstał od stołu.

Hija spojrzała na ogród. Powiedziała Razjelowi prawdę. Rzeczywiście czuła się zmęczona. Oparła dłonie o balustradę tarasu. Powinna sprawdzić, czy gargulce przytoczyły odpowiednio dużo beczek wina z piwnic, jak nimfy radzą sobie z usługiwaniem do stołu i czy nie trzeba donieść więcej potraw z kuchni, ale postanowiła zostawić to na później. Z przyjemnością wdychała chłodne powietrze nocy. W sadzie ułożył się do snu granatowy aksamitny mrok. Usłyszała szelest, kiedy na oświetloną przestrzeń podwórza wychynął Szafir. Uniósł łeb, węsząc. Spojrzał na nią, zatańczył w miejscu, a potem, równie niespodziewanie, jak się pojawił, znikł wśród jabłoni.

Razjel, oparty o ścianę, milczał, zajęty własnymi myślami.

– Co słychać u Uzjela, pani? – zabrzmiał tuż koło jej ucha niemiły głos.

Drgnęła. Obok stał Nisroch, Wielki Cenzor Królestwa.

– Nie wiem, panie – odrzekła, siląc się na obojętność. – Dawno go nie widziałam.

Uśmiech Nisrocha przypominał paskudny grymas.

– To źle, kiedy córka nie utrzymuje kontaktów z ojcem – wycedził. – Nawet jeśli dopuścił się on obrzydliwości i porubstwa.

Hija zbladła. Jej palce zaciśnięte na balustradzie pobielały.

Wysoka sylwetka odcisnęła się na tle jasnego wnętrza sali balowej płaską czarną plamą. Niski gardłowy głos przypominał warkot:

– Ty jesteś obrzydliwością, Nisrochu. Kalasz nie tylko ten dom, ale całe Królestwo, więc, na Jasność, wyplenię cię jak kąkol.

Czarnowłosy anioł o twarzy ściągniętej i bladej porwał Wielkiego Cenzora za gardło. Nisroch zacharczał, podniesiony jedną ręką w górę niby schwytany szczur. Trochę się rzucał, a jego nogi drgały nerwowo dobre pół metra nad posadzką tarasu.

– Na litość Pańską, Daimonie, nie zabijaj go! – jęknął Razjel.

Daimon obrócił się. Pobladły, z oczami podobnymi do dwóch Czeluści teraz naprawdę wyglądał jak upiór.

– Nie mam zamiaru – powiedział wolno. – Nie będę plugawił sobie rąk jego krwią.

Puścił cenzora, który z charkotem walczył o powietrze, i zanim tamten zdążył upaść, potężnym ciosem w szczękę wyrzucił go za balustradę. Anioł przefrunął w powietrzu, zataczając łuk, grzmotnął plecami w ziemię i znieruchomiał. W sali zapadła cisza. Goście gapili się na Daimona, ale nikt się nie odzywał.

Frey nabrał głęboko oddechu. Rozprostował kurczowo zaciśnięte pięści, stwierdzając, że drżą mu dłonie.

– Śmiertelnie mnie obraził – wyjaśnił. – Jeśli ktoś chce go pomścić, zapraszam. Zejście na dół i udzielenie mu pomocy potraktuję jako wyzwanie.

Odpowiedziała mu cisza. Po ciężkiej sekundzie w sali rozległ się stłumiony szmer głosów, stopniowo przeradzający się w gwar. Goście dyskretnie odwrócili wzrok, potoczyły się przerwane incydentem rozmowy.

Anioł Zagłady przesunął ręką po twarzy.

– Rany, Daimon – stęknął Razjel. – O mało go nie załatwiłeś. – Wychylił się, aby stwierdzić, że Nisroch zdradza słabe oznaki życia. Odetchnął z ulgą. Mięśnie zwartych szczęk Freya drgały.

Razjel objął wpół bladą jak ściana Hiję.

– Nie przejmuj się, maleńka – zaczął.

– Nic się nie stało – powiedziała zdławionym głosem, delikatnie odsuwając jego ramię. – Wszystko w porządku.

– Będę z Gabrielem. – Razjel potarł podbródek. Rzucił swojej wychowance zatroskane spojrzenie i wycofał się z tarasu.

– Nie musiałeś tego robić – szepnęła Hija.

– Ale chciałem – powiedział Daimon. – Bardzo chciałem, dziewczyno.

– Dziękuję. Nie zdążyłam się przyzwyczaić, dlatego mnie zdenerwował.

Frey pochylił się. Popatrzyła głęboko w dziwne oczy niszczyciela.

– Nie dopuszczę do tego, żebyś musiała się przyzwyczajać.

Uśmiechnęła się.

– Zrzucisz wszystkich z tarasu?

Też się uśmiechnął.

– Tak. Całe pieprzone Zastępy, jeśli zajdzie potrzeba.

– Dziękuję, że wziąłeś ten skandal na siebie.

Potrząsnął głową.

– Nie kłamałem, Hijo. Rzeczywiście śmiertelnie mnie obraził.

Spojrzała pytająco.

– Naprawdę?

Bardzo delikatnie odsunął kobaltowy lok z jej skroni.

– Dziewczyno – powiedział – wywaliłbym w powietrze cały Wszechświat za to, że ktoś krzywo na ciebie spojrzał.

Zmieszała się.

– Wróćmy do środka. Chcę się napić.

Jaskrawe światło w sali zmuszało do mrużenia oczu.

– Co ci przynieść?

Posłała mu serdeczny uśmiech.

– Wina.

– Plesitea!

Usłyszał prędki odgłos kroków, służąca stanęła w drzwiach.

– Tak, panie?

Siedział, a właściwie półleżał w fotelu, bawiąc się pustym pucharem.

– Przynieś mi... Nie, nic nie chcę. Idź sobie.

Odprawił ją niedbałym machnięciem ręki. Znikła w głębi domu.

Wstał, przeszedł się po pokoju i znów opadł na fotel. Mocno ucisnął kąciki oczu. Pochylił się w przód, opierając łokcie na kolanach. Przeczesał palcami włosy, a potem ścisnął pięściami skronie.

– Szlag – powiedział. – Kurwa. Gówno.

Zamilkł. Nie łudził się, że przekleństwa pomogą. Mógł jakoś wyładować gniew, ale nie rozpacz i rozterki. Po prostu cisza nieznośnie go dręczyła. Zacisnął zęby, zerwał się z fotela i niemal biegiem wpadł do pracowni. Wyrysował kilka znaków na podłodze, zapalił mieszankę kadzideł, rzucił garść magicznego proszku. Pośrodku kręgu z kamieni zmaterializował się fantom. Był, oczywiście, do niej podobny, ale tchnął martwotą. Brakowało mu jej naturalności, jej wyjątkowości.

Rany, czego ja chcę! Przecież to pieprzony fantom!

Przymknął zmęczone, przekrwione oczy.

– Nie mogę – powiedział do zjawy. – Zrozum. Jestem aniołem, poddanym Jasności. Ty też. Co z tego wyniknie, dziewczyno? Żebym jeszcze był normalny. Ale nie. Przecież właściwie nie żyję. Mówią o mnie trup, demon, upiór. Mają rację. Wiesz, na czym polega to, co robię? Wiesz, co by się stało, gdybym ci opowiedział prawdę? Poczułabyś wstręt. Lęk i niechęć. Jestem Aniołem Zagłady, Tańczącym na Zgliszczach. Nic tego nie zmieni. Nic, dziewczyno, choćbym miał znowu umrzeć i zostać wskrzeszonym. Zniszczę nas, bo wszystko niszczę, rozumiesz?

Nie rozumiała. Potok słów płynął, a ona za nic nie mogła zrozumieć. W końcu zamilkł. Obrócił fantom w miejscu, ale pozór życia, jaki wywołał ruch, sprawił mu dotkliwy ból. Przycisnął dłonie do swego martwego bijącego serca.

– Hija – powiedział. – Pomóż mi, Jasności.

Ale żadne ukojenie nie nadeszło.

Rozbił zjawę zaklęciem. Rozprysła się w feerię kolorowych światełek.

– Plesitea! – krzyknął.

Zdyszana, przestraszona służąca uchyliła drzwi.

– Tak, panie?

– Nic, do diabła! – wrzasnął. – Wynoś się.

Uciekła.

Ścisnął rękami skronie i zamarł w bezruchu.

– Zakochałam się, Uzjelu – powiedziała Hija.

– Wiem – szepnął. – Dlatego przyjechałem.

Drgnęła.

– Kto ci powiedział?

– Gabriel.

– Dodał, w kim?

– Tak – potwierdził z wysiłkiem.

– Nie podzielisz się ze mną swoją opinią?

– Wyklną cię. Zaszczują.

– Tak jak ciebie.

Skinął głową. Wzruszyła ramionami.

– I tak jestem wyklęta, bez względu na to, jak postępuję.

Spojrzał na nią z bólem.

– Hijo, zdajesz sobie sprawę, kim on jest?

Wyrzuciła mały kamyk za balustradę tarasu, tego samego, z którego Daimon strącił Nisrocha.

– Z wielu rzeczy zdaję sobie sprawę, Uzjelu.

– Zniszczy cię, nawet jeśli nie będzie tego chciał. Rozumiesz?

– Nie dbam o to! – rzuciła ze złością.

– Popatrz mu w oczy, tam mieszka pustka, śmierć. To żywy upiór.

Targnęła gniewnie głową.

– Upiór i wiedźma. Czyż nie dobrana para?

– Aż do takiego szaleństwa go kochasz? – spytał ze smutkiem Uzjel.

– Aż do takiego – odrzekła twardo. – Potępiasz mnie?

– Jakże mógłbym cię potępić! Ja?...

Jej twarz przybrała gorzki wyraz.

– Chciałeś powiedzieć – grzesznik?

Uzjel zamknął oczy.

– Nie byłem dobrym ojcem.

– W ogóle nim nie byłeś. Prawie cię nie znam. Nie odwiedzałeś mnie ze strachu, wstydu i wyrzutów sumienia. Wychował mnie Gabriel. I Razjel. Ufam im, są moimi przyjaciółmi. Nie wiem, kim ty jesteś, Uzjelu.

– Aniołowie nie mają rodzin.

Spojrzała na niego ostro.

– Ja nie należę do grona aniołów. Nie rozumiesz? Jestem owocem grzechu, wyrzutkiem, skazą, podobnie jak on.

– Nigdy tego nie chciałem – szepnął.

Objęła głowę rękami.

– Na Jasność, co to zmienia!

– Bardzo kochałem twoją matkę – powiedział, nie patrząc na nią.

– Żałowałeś?

– Że ją spotkałem? Nigdy. Kiedyś się z nią połączę. Pan mi obiecał. Przecież jest Miłością.

Odwróciła się do niego, zdziwiona.

– Jej dusza mieszka w gwieździe. Nie wiem, w której, ale lubię sobie wyobrażać, że w tej mrugającej zielono, w konstelacji Rydwanu. Widzisz?

Skinęła głową.

– Tęsknisz, Uzjelu?

Zagryzł wargę.

– Tak – przyznał. – Ostatnio coraz bardziej.

– Niczego ci nie mam za złe – powiedziała. – Nie chcę, żebyś tak myślał.

– Nie myślę. Uważaj na siebie, proszę.

Na końcu języka miała jakąś ciętą odpowiedź, ale jej nie użyła.

– Dobrze – westchnęła. – Postaram się.

Rozdział 5

Uciekaj, Gabrysiu – poprosił Razjel. – Nic więcej nie da się teraz zrobić. Idą po ciebie.

Twarz Gabriela wyglądała jak maska. Milczał. Książę Tajemnic miał przez chwilę ochotę przypomnieć przyjacielowi, że dużo wcześniej radził mu zająć się sprawą pozwu i zawczasu ukręcić jej łeb. Teraz zrobiło się za późno. Nie ma sensu zarzucać Gabrielowi lekkomyślności, skoro to nic nie pomoże, tylko sprawi Panu Objawień niepotrzebny ból.

– Zdobyli te pieprzone papiery. Pojęcia nie mam, jak. Dorwą cię i przerobią na karmę dla psów. Nie wybronisz się. Musisz uciekać.

– Nie tym razem – powiedział twardy, beznamiętny głos.

– Dżibril, kiedy dobiorą ci się do dupy, gotowi dogrzebać się koalicji z Lampką, a potem nieobecności Pana. Niech to wreszcie do ciebie dotrze! Rozpęta się piekło, do którego ze wszystkich sił staramy się nie dopuścić.

– Już się rozpętało.

– W porządku, więc brakuje nam jeszcze wojny domowej. A ona niechybnie wybuchnie. Zwiewaj, ukryj się na trochę, załagodzimy sprawę, wejdziemy w układy, a potem złapiemy ich za mordy. Zastępy opowiedzą się za nami, Michał ręczy głową. Ale jeśli ruszy teraz, wojna gotowa. Powoli będzie zaciskał pętlę, aż zdławi bunt. Wrócisz tak samo jak wtedy, pamiętasz?

Gabriel patrzył przez ogromne okno na Niebiański Plac. Skrzydlaci wędrowali po nim, z góry maleńcy jak owady. Gmachy publiczne Królestwa surowo przypatrywały się petentom ozdobnymi obliczami fasad. Potęga. Sprawiedliwość. Trwałość. Oto, co zdawały się mówić.

Gorycz żarła serce archanioła. Spojrzał na swoje lekko drżące ze zdenerwowania dłonie. Spokojnie ściągnął z palca pieczęć władzy i położył na blacie biurka. Tajemne znaki wyryte w szmaragdzie wyglądały jak skomplikowany ornament.

Razjel przełknął ślinę.

– Nie musisz tego robić, Gabrysiu. Przecież zawsze będziesz regentem, bez względu na okoliczności...

Urwał, bo nie potrafił znieść wzroku przyjaciela.

– Regent sprawuje władzę, podejmuje decyzje, rezyduje w Pałacu Potęgi, nie ukrywa się w norach jak szczur – powiedział bardzo spokojnie Gabriel. – Zapomniałeś, Razjelu?

– Dżibril, chwilowo to jedyne wyjście. Tak cholernie mi przykro, bracie.

Pan Objawień zagryzł wargi.

– Wiesz, co się stanie, kiedy odejdę? Natychmiast wybuchnie bunt.

– Właśnie wybuchł, Gabrielu. A wiesz, co się stanie, jeśli aresztują cię i skażą? A skażą z pewnością, bo mają dowody, z których nie wybroniłaby się sama Jasność! Bunt to małe piwo; wtedy całe Królestwo stanie w ogniu wojny domowej. Jak sądzę, Głębia też. Twój upadek poważnie zachwieje pozycją Lampki. Runie odwieczny porządek świata. Dlatego musisz się ukryć, rozumiesz? We właściwym momencie wrócisz.

– Tak, z pewnością. – Głos archanioła dźwięczał goryczą. – Oskarżenie wniósł Soter Asziel, ale dowodów dostarczyli moi wierni przyjaciele: Och, Nitael, bodaj go Czeluść pochłonęła, i Dubiel, który ośmielił się już kiedyś wyciągnąć łapę po moje stanowisko. Anioł Persji, płotka, gnida z przerostem ambicji. Trzeba było go załatwić w odpowiednim czasie.

Razjel westchnął.

– Usunąłbyś jednego, przyszedłby inny. Nie brakuje ci wrogów.

Gabriel wsparł łokcie o blat biurka, ukrył twarz w dłoniach.

– Postaram się przyczaić gdzieś na Ziemi. Tam zawsze najtrudniej kogoś znaleźć.

Razjel wyciągnął rękę, żeby dotknąć ramienia przyjaciela, ale nie ośmielił się. Nie chciał, żeby Gabriel wziął ten gest za tanią litość.

– Cały czas będziemy w kontakcie. Przygotujemy grunt, zwiedziemy ich pozorną ugodą i wpuścimy wojsko. To nie potrwa długo.

Regent Królestwa milczał.

– Lepiej nie wracaj do domu, żeby coś zabrać – powiedział cicho Razjel. – Pewnie już na ciebie czekają. Musisz uciekać natychmiast. Dostarczę ci wszystkich potrzebnych rzeczy. Aha, nie przenoś się za pomocą magii, przejdź bramami. Inaczej mogą cię wyśledzić.

Gabriel podniósł zmęczony wzrok.

– Co za upadek – szepnął.

– Nie dramatyzuj. Raczej chwilowe załamanie.

Pan Objawień skrzywił usta.

– Skąd mają te papiery? Jak je zdobyli, Razjelu?

Książę Tajemnic rozłożył bezradnie ręce.

– Nie wiem. Pewnie ktoś im dał. Ktoś potężny, kogo nie doceniliśmy w rozgrywce. I mądry, Gabrysiu. Bardzo mądry.

Gabriel podniósł głowę.

– Podejrzewasz Sophię?

– Tak.

– To prawdopodobne. – W zielonych oczach pojawił się błysk zrozumienia. – Chce przejąć władzę?

– Nie wiem. – Razjel wzruszył ramionami. – Idź już, dobrze?

Regent Królestwa wstał z westchnieniem.

Szedł spiesznie zaułkami Pierwszego Nieba. Mijał ubogie kwatery aniołów, domki zamożnych mieszkańców Limbo, którym poszczęściło się na tyle, że uzyskali prawo osiedlenia się w Królestwie, sklepiki i kramy rzemieślników. Na nierównym bruku potykały się woły pokornie wlokące obładowane wozy. Niektóre uliczki były tak wąskie, że musiał przylepiać się do ściany, żeby przepuścić kolebiący się wóz. Grupy obdartych wyrostków z Limbo przebiegały, chichocząc i wrzeszcząc, obok kramów, starając się zwinąć ze straganu brukiew albo kapustę. Ścigały ich przekleństwa przekupniów. Zmęczeni aniołowie służebni w brzydkich popielatych tunikach wędrowali do swoich ubogich izdebek. To też jest Królestwo, pomyślał. Moje Królestwo. Bruk zdawał się palić go w stopy, fasady domów wykrzywiały się szyderczo. Pochylił plecy, żeby wzrostem nie zdradzać wysokiego pochodzenia, naciągnął głębiej kaptur. Kiedy zobaczył przed sobą wieże Bramy Tysiąca Słońc, serce zabiło mu boleśnie. Za murem otaczającym ostatni krąg zaczynało się Limbo.

Wpadł w wir przechodniów tłoczących się w gardle bramy. Powoli przepychał się między nimi, a siedem kręgów Królestwa zdawało się przygniatać mu kark, zwalać na plecy. Kiedy Gabriel przekroczył zewnętrzne wrota, a podeszwy jego butów dotknęły nienależącej do nikogo ziemi Limbo, poczuł, jak zatrzaskują się za nim bramy piekła.

Daimon wszedł do zadymionej gospody przez drzwi tak niskie, że musiał się mocno schylić, aby nie zaczepić o framugę końcami skrzydeł. Już od progu powitał go gwar pijackich głosów, brzękanie szkła i ciężki zaduch. W powietrzu unosił się zapach skwaśniałego moszczu winnego i potraw przyrządzanych na starym tłuszczu. Anioł Zagłady rozejrzał się uważnie, ale nigdzie nie zauważył tego, kogo szukał. To była kolejna karczma na jego szlaku, a liczba miejsc wchodzących w grę malała z każdą następną, więc czuł się zmęczony i poirytowany. Przepchnął się do baru. Za kontuarem niemłody Głębianin przecierał brudne szklanki równie brudną szmatą. Daimon wsparł dłonie na ladzie, wychylił się głęboko.

– Szukam Kamaela – powiedział chrapliwie w samo ucho barmana, żeby przekrzyczeć wrzawę. – Wiesz, gdzie go znajdę?

– Nie, panie – wymamrotał demon.

– Widziałeś go ostatnio?

– Nie, panie.

– Ale bywa tutaj, prawda?

– Nie wiem, panie – padła niechętna odpowiedź.

Daimon powoli zaczął tracić cierpliwość.

– Znasz Kamaela, tak? – warknął. – Zastanów się dobrze, zanim odpowiesz, rozumiesz?

– Nie znam, panie. – Barman z podziwu godną starannością polerował brudną szklankę.

– Nie znasz? – syknął Frey. – Ciekawe, bo to jedna z jego pieprzonych ulubionych spelun.

Chwycił Głębianina za kark, trzasnął jego łbem o kontuar i z całej siły przygniótł.

– Nadal go nie znasz, czy mam bardziej wspomóc twoją pamięć? – syknął.

Demon wydał zduszony bulgot. Czyjaś dłoń dotknęła ramienia Freya. Obrócił się błyskawicznie, gotów uderzyć. Spojrzał w błękitne wesołe oczy.

– Puść Werga, Daimonie – powiedział Kamael. – To ja kazałem mu trzymać ozór za kłami. Spełniał tylko polecenie.

Frey rozluźnił uchwyt. Barman, sapiąc głośno i rozcierając kark, spoglądał na anioła z wyrzutem.

– Powiedziano mi, że chcesz mnie widzieć – ciągnął Kamael. – Napijesz się piwa?

– Z rozkoszą – mruknął Daimon. – Niełatwo cię znaleźć, przyjacielu.

Kamael się skrzywił.

– Zbyt wiele osób życzy sobie mnie spotkać, destruktorze. Większość w celach mniej przyjacielskich niż ty. Werg, dwa piwa.

– Tym bardziej cieszę się, że cię widzę – uśmiechnął się Frey.

– I ja się cieszę, Daimonie. – Kamael odpowiedział uśmiechem.

Barman utoczył tymczasem z beczki pienistego napoju do dwóch kufli. Jeden podsunął Kamaelowi, drugi Daimonowi, z takim wyrazem gęby, jakby miał szczerą ochotę nasypać tam trucizny, a przynajmniej napluć.

– Przysiądźmy gdzieś – zaproponował Anioł Zagłady. Wcisnęli się na ławę u szczytu długiego stołu z surowych dech, z blatem zachlapanym winem i lepkim od tłuszczu.

– Możemy tu swobodnie rozmawiać?

Kamael skinął głową.

– Z całą pewnością. Bywalcy są tak urżnięci, że nie pamiętają własnych imion.

Frey przyjrzał się przyjacielowi uważnie. Kamael się zmienił. Zmizerniał, może nieco postarzał. Szczupła, inteligentna twarz wyciągnęła się, kasztanowe włosy zmatowiały odrobinę. Nie były to poważne zmiany, ale Daimon spostrzegł je od razu i zmartwił się. Znał Kamaela od wieków. Kiedy wybuchł bunt Lucyfera, Kamael pochopnie się do niego przyłączył. Wkrótce szczerze pożałował tego kroku, bo przyszło mu słono zapłacić za błąd młodości. Został, co prawda, hrabią palatynem Głębi, ale narobił sobie mnóstwa wrogów, którzy najechali go wspólnie, wyzuli z włości i ścigali po wszystkich zakątkach Wszechświata.

– Jak tam sprawa twoich dóbr? – zagadnął Daimon, sącząc piwo.

Przyjaciel machnął ręką.

– Zapomnij. Już ich chyba nie odzyskam. I wiesz co? Wcale mi nie zależy. Głębia to parszywe miejsce.

– Wróciłbyś, co? – mruknął Frey.

Błękitne oczy Kamaela zasnuły się mgłą tęsknoty.

– Natychmiast. Marzę o tym. Ale to jedyne, co mi pozostaje – westchnął. – Odcięty łeb nie przyrasta... Cholera, przepraszam, Daimonie. Nie miałem na myśli... rozumiesz...

– Mnie nie ucięli łba – powiedział Frey. – Daj spokój, Kam. Odkąd się znamy? Czemu się wygłupiasz? Nie uraziłeś mnie. Musiałbyś się lepiej postarać.

– Sam nie wiem – wymamrotał Kamael. – Jestem teraz demonem, wiele mogło się zmienić.

Anioł Zagłady popatrzył mu uważnie w oczy.

– Nie jesteś żadnym cholernym demonem, Kam, i nic się nie zmieniło, rozumiesz?

– Ostatnio żyję w stresie. – Kamael potarł czoło. – Popadam w obsesje. Daimonie, co to za chryja w Królestwie?

Frey z westchnieniem odstawił kufel.

– Właściwie dlatego przyszedłem. Mam dwie prośby, trudną i łatwą. Zacznę od trudnej, dobra?

– Zasuwaj.

Nabrał głęboko powietrza.

– Ukryj Gabriela, Kam.

Były dowódca Aniołów Miecza gwizdnął przez zęby.

– Wiesz, o co prosisz?

Daimon zagryzł wargę.

– Wiem, stary. Ale ty znasz Ziemię jak swoje skrzydła, upchaj go, chociaż na trochę.

– Zobaczę, co się da zrobić – mruknął Kamael. – Właściwie moja sytuacja jest tak zła, że nie sposób jej pogorszyć. Co mam jeszcze zrobić? Porwać Pana?

– Chcę się zobaczyć z Samaelem. Może znalazł jakieś informacje, których nam brakuje.

Kamael się skrzywił.

– A masz za co je kupić? Samael nic nie daje za darmo.

Anioł Zagłady skinął głową.

– Spokojnie. Sprzedam mu rewelacje, o jakich dawno nie śnił.

– Kiedy chcesz się z nim zobaczyć?

– Zaraz.

– Dobra. – Kamael wstał i naciągnął na głowę zmiętoszoną bejsbolową czapeczkę. – Idziemy.

Na zewnątrz panowało niemiłe zimno, wiatr miótł kroplami rzadkiej mżawki, wciskał się w szczeliny ubrań. Daimon zadrżał i otulił się szczelnie płaszczem.

– Przejdziemy przez pentagram – tłumaczył przyjacielowi Kamael. – To bezpieczny sposób, nie do wykrycia i zapewnia materializację. Same plusy. Trzeba tylko znaleźć jakiegoś inwokatora w czasie przywołania. Czekaj, niech sprawdzę.

Wyciągnął z wewnętrznej kieszeni małe lusterko.

– Ten nie, ten też, ten recytuje z błędami, więc przejście byłoby nieprzyjemne. O, jest jeden dobry. Materializujemy się, zanim skończy, Daimonie. Gotowy?

Frey przytaknął.

– Skok! – zakomenderował Kamael.

Anioł Zagłady poczuł szum powietrza i chłód. Bruk miękko zapadł mu się pod stopami. Przez chwilę migały blade gwiazdy, potem przykryła je mgła. Wylądował bez wstrząsu na podłodze pośrodku wyrysowanej kredą pięcioramiennej gwiazdy.

– O duchu potężny, mocą świętych imion zaklinam cię, przybądź natychmiast w miłej dla oka postaci i uczyń, co nakazuję... glaa, uch...

Ostatnie dźwięki nie należały do formuły przywołania. Wydobyły się z rozdziawionych ust inwokatora spontanicznie i raczej samoistnie.

– Mylisz się. Nie uczynię – powiedział Daimon z paskudnym uśmiechem. Wycelował palec w osłupiałego maga.

– Więcej, przyjacielu. To ty zrobisz wszystko, czego ja zażądam. Wyrażam się jasno?

Rozległ się brzęk, gdy wypuszczony ze zmartwiałej dłoni upadł na podłogę rytualny sztylet. Frey wystąpił z pentagramu, żeby go podnieść. Inwokator zasłonił ramionami głowę, z niegodnym męskiego gardła skomleniem.

– Tandetny – mruknął Daimon, oceniając nóż. – Znaki źle wycięte, widzisz? Ta nóżka w dół, a ogonek

powinien być zakręcony. Tamten bohomaz to co ma niby być? Pentakiel? Beznadziejny.

W tym momencie wylądował Kamael.

– Człowieku – jęknął na widok inwokatora. – Zdejmij z siebie ten idiotyczny szlafrok w gwiazdki! Wyglądasz jak palant. Na ulicę też byś tak wyszedł? Dno, Abaddonie. Z roku na rok stają się coraz gorsi.

Na dźwięk tytułu Freya nieszczęsny mag się rozpłakał. Łzy strachu płynęły po policzkach, rozmazując demoniczny makijaż.

– Żałosne – powiedział Kamael, rozglądając się po pokoju pełnym szklanych kul, czaszek, suszonych żab i tandetnych plakatów okultystycznych. – Skąd im przychodzi do głowy, że szanujący się demon będzie tolerował podobny chłam? Czy ja wyglądam na handlarza starzyzną?

Z obrzydzeniem w dwóch palcach podniósł zmumifikowaną rękę.

– Niby wisielca, tak? Wyrzuć to, facet. Jeszcze rozniesiesz jakąś zarazę. I przemaluj ściany. Czarne wnętrza są przytłaczające.

O nogi Daimona otarła się czarna kotka.

– Kicia – ucieszył się anioł, przytulając zwierzątko. Oczy mu zalśniły. Kotka przymrużyła ślepia, mrucząc intensywnie. Frey gniewnie zacisnął usta. Odwrócił się z kotem w ramionach, wbił czarne źrenice w twarz chlipiącego maga.

– Mówi, że ją ukradłeś. Nie chcę wiedzieć, co miałeś zrobić z tym zwierzątkiem, skurwysynu, bo wyrwałbym ci z dupy nogi i wepchnął obie do gardła. Lubię koty, rozumiesz? Oddasz ją właścicielom, do których tęskni, a jeśli nie, wykopię cię choćby z grobu i zrobię z twoich flaków ozdobną girlandę. Dotarło?

Okultysta runął na kolana.

– Błagam, błagam, potężny, cudowny, uroczy...

– Uroczy? – prychnął Kamael. – Zwariował ze strachu, Daimonie.

– Błagam, o wspaniały...

– Zamknij się – warknął Frey.

– Lepiej go posłuchaj. – Rozbawiony Kamael pokazał w uśmiechu garnitur zębów. – To Anioł Zagłady, Abaddon. Nie ręczę za niego, kiedy się wkurzy.

Mag opluł się, wygłaszając jakieś nieartykułowane peany. Kamael podszedł bliżej. Okultysta skulił się z jękiem.

– Posłuchaj, facet. Zdejmij ten szlafrok, tak jak prosiłem, idź do sklepu i kup ciemne okulary. Bardzo ciemne. Aha, przynieś mi shake'a. Truskawkowego. Daimon, chcesz coś ziemskiego ze sklepu?

– Fajki – rzucił Tańczący na Zgliszczach, głaszcząc uszczęśliwionego kota. – Masz whisky? – zwrócił się do inwokatora.

Mag przypominał zaszczute zwierzę. Rozbiegane spojrzenie przenosił z twarzy jednego anioła na drugiego. Nagle zajęczał, poderwał dłonie do ust.

– Bez histerii, chłopie – skarcił go Kamael. – Nie masz, to kupisz. No już, ruszaj.

Okultysta rzucił się do drzwi, wypadł na zewnątrz.

– Nie wróci – stwierdził Daimon.

Kamael opadł wygodnie na sofę przykrytą narzutą w kościotrupy.

– Ależ wróci, zobaczysz – uspokoił przyjaciela. – Mam praktykę w tych sprawach. Załatwiłem ci okulary, bo twoje oczy nie wyglądają odpowiednio po ziemsku. Poczekamy tu do zmierzchu. Samaela najłatwiej zdybać nocą w jakimś klubie. Wieczorem wyślę któregoś z moich dżinnów, żeby go zlokalizował.

Frey rozsiadł się w fotelu obitym czarnym aksamitem. Na kolana natychmiast wskoczyła mu kotka.

– Po co ci shake? – spytał.

Były dowódca Rycerzy Miecza wyszczerzył w uśmiechu zęby.

– Bo lubię – powiedział. – A truskawkowe najbardziej.

Stroboskopowe światła odrealniały sylwetki tańczących, zmieniały parkiet w arenę jakiejś dziwacznej orgii, której uczestnicy zdawali się zbiorowo cierpieć na chorobę świętego Wita. Wokół rury wiła się naga panienka z obojętną miną zawodowca. Muzyka ograniczona do samego rytmu ślizgała się po ścianach, odbijała od podłogi i odległego sufitu wielkiej hali, wprawiała w drżenie chromowane stoliki oraz przepony gości.

– Musi tu gdzieś być! – wrzasnął Kamael.

Daimon uważnie lustrował salę.

– I jest – powiedział, pochyliwszy się do ucha przyjaciela.

Pośrodku parkietu w najgęstszym tłumie szalał Samael. Barczysta sylwetka byłego archanioła górowała nad tłumem, ryża czupryna płonęła niczym pochodnia. Daimon ruszył, z łatwością rozgarniając tańczących. Protestowali słabo, lecz na widok ubranego na czarno długowłosego faceta o dziwnej drapieżnej twarzy, jakoś odechciewało się konfrontacji nawet klubowym twardzielom. Za Freyem podążał Kamael. Wielki rudy demon o wyglądzie przystojnego playboya dostrzegł ich, zanim dotarli na środek sali. Przestał tańczyć, szepnął coś do ucha krótko ostrzyżonej nastolatce i ruszył w kierunku aniołów. Partnerka, uczepiona jego paska od spodni, dawała się pokornie holować. Dziewczyna była ubrana tak skąpo, że można by przypuszczać, iż nieliczne części garderoby, jakie w ogóle miała na sobie, pożyczyła od małego braciszka.

– Proszę, proszę – powiedział Samael. – Odwiedzili mnie przyjaciele z innego świata. Czy mam się ucieszyć?

– Spróbuj, Sam. Nie zaszkodzi – mruknął Daimon. – Nie sądzę, żebyś od tego umarł.

Oczy Samaela, zielone, nakrapiane złotymi plamkami, zmrużyły się nieco.

– Przejdź do konkretów, Daimon. Jak widzisz, mój czas jest cenny.

Pogładził po biodrze małolatę. Zachichotała.

– Dowiedz się, czy ktoś w Królestwie lub Głębi nie zrobił czegoś nietypowego. W grę wchodzi wszystko. Spotkania towarzyskie i oficjalne, układy, wymiany, transakcje. Może ktoś próbuje kupić coś trefnego albo, przeciwnie, coś sprzedać. Cokolwiek, co odbiega od normy, Sam.

Samael się roześmiał.

– Zwariowałeś? Czemu miałbym to robić, a tym bardziej udostępniać ci zdobyte z trudem informacje? Wyglądam na altruistę?

Daimon sięgnął po papierosa, zapalił.

– Powiedz mi, Sam, jesteś przywiązany do trybu życia, jaki prowadzisz?

– Odpowiada mi pod wieloma względami – uśmiechnął się były archanioł.

Frey zaciągnął się dymem.

– Mówi ci coś termin „dni gniewu"?

Kamael drgnął nerwowo. Zielone oczy Samaela zabłysły podejrzliwie.

– Wpuszczasz mnie w kanał, Frey.

– Tak się składa, że nie, przyjacielu. A uwierz mi, chciałbym. Bo niedługo może się okazać, że nie będzie barów, w których lubisz się upijać, burdeli, gdzie zwykłeś kupować dziwki, ani kasyn, w których kantujesz. Prawdopodobnie zabraknie i ciebie, a Ziemia zniesie tę niepowetowaną stratę z łatwością, głównie dlatego, że również przestanie istnieć.

– Kurwa – powiedział Samael. – Boję się, że zaczynam ci wierzyć. Muszę się napić. Idę po lufę. Zaraz wrócę.

– Przynieś dwie – zawołał za nim Kamael. – Informacja ma urok nowości i dla mnie.

Ostrzyżona smarkula, pozbawiona nagle filaru w postaci potężnego ramienia Samaela, popatrywała na obu aniołów niepewnie. Z ostrym makijażem, kolczykiem w nosie i butach przypominających dyby wyglądała jakoś smutno.

Kamaelowi zrobiło się jej żal.

– Spadaj stąd, mała – powiedział. – Idź do domu i przez dobrych parę lat nie odwiedzaj miejsc bardziej rozrywkowych niż cukiernia. Twój przyjaciel to demon. Naprawdę nazywa się Samael. Rozpętał wojnę w Niebie, trafił do piekła, ale wyrzucili go stamtąd za okrucieństwa i parszywy charakter. On jest zły, mała. To psychol. Wylali go nawet z piekła, rozumiesz? Zabije cię, a przedtem zrobi z tobą mnóstwo nieprzyjemnych rzeczy.

Dziewczyna rozdziawiła usta.

– Odbiło ci, facet, czy co?

Kamael westchnął.

– Nie, mała. Mam z natury miękkie serce. Nie lubię perwersyjnych morderstw na tle seksualnym.

– Jesteście gliny czy zboki? – Cofnęła się o krok.

– Skąd, zwierzaczku. Anioły.

Parsknęła śmiechem.

– A, znaczy świry!

– Pewnie trochę tak. Jak się żyje dobrych kilka tysięcy lat... Daimon, zdejmij okulary.

Frey spełnił prośbę przyjaciela.

– To jest Abaddon – ciągnął Kamael. – Anioł Zagłady, jeśli nie zrozumiałaś. Dotarło teraz, mała?

Dziewczyna zakryła usta rękami, wydając zduszony pisk. Jej oczy zrobiły się okrągłe jak guziki. Nagle poderwała się, rzuciła w kierunku wyjścia. Monstrualne podeszwy waliły o parkiet.

– Chyba dotarło – skonstatował Kamael.

Za chwilę przecisnął się ku nim Samael ze szklankami w dłoniach.

– Przemyślałem sprawę – powiedział. – Wchodzę. Nie dopuszczę do upadku jaskiń hazardu i rozpusty. Honor mi nie pozwoli. Zrobię, co w mojej mocy. Hej – rozejrzał się – zepsuliście mi zabawkę?

Kamael wzruszył ramionami.

– Chciała zdążyć na dobranockę.

Samael pokazał w uśmiechu równe, mocne zęby, bielsze niż śnieg.

– Znajdę lepszą, chłopaki. Wypijmy za niebyt.

– Za niebyt – powtórzył Daimon, podnosząc szklankę.

– Jezdniiii! – zawołał ktoś przeciągle głosem pełnym lęku.

Kołodziej Sapo rzucił narzędzia.

– Luka! – krzyknął do żony. – Zabieraj dzieci i chowaj się! Prędko!

Przerażona kołodziejowa połapała usmarkane, brudne dzieciaki. Jej usta wykrzywiły się jak do płaczu.

– Sapo, co znowu? – jęknęła.

– Nie chlipaj, babo – sarknął. – Pod podłogę, ale już!

Sam pozostał na środku podwórza, niepewny, co robić. Gnać do lasu krowę? Chować zapasy? Rozglądać się za jakąś bronią? Stawić opór zbrojnym jeźdźcom to pewna śmierć, lecz zdesperowany kołodziej postanowił nie dać wziąć siebie i rodziny żywcem. Mocno ścisnął rękojeść toporka, ale drewno ślizgało się w mokrych od potu dłoniach. Jezdni wpadli do wioski. Galopowali główną drogą, w tumanach kurzu podobni do zjaw ze starych wierzeń. Wielkie bojowe rumaki z bukranionami na łbach wyglądały jak smoki. Dosiadający ich aniołowie zakuci w srebrzyste pancerze powiewali czarnymi płaszczami niby dodatkowymi skrzydłami. To skrzydlaci, stwierdził kołodziej. Z Królestwa. Ale co to, na Otchłań, za różnica? Z Królestwa czy z Głębi, tacy sami bandyci. Milczące, okute żelazem zjawy przemknęły przez wioskę, znikając w chmurze pyłu. O ich przejeździe świadczyły tylko połamane płoty, zniszczone przydomowe poletka warzyw i droga zryta kopytami niczym pługiem. Sapo obtarł rękawem spocone czoło. Tym razem się udało, Jasność uchroniła. Ale jak będzie następnym? Kołodziej splunął, smarknął w palce. Straszne czasy przyszły dla mieszkańców Limbo.

– Zbrodzienie! Zbrodzienie walą! – zawył przerażony głos. – Uciekajcieee!

Spokojna osada, szykująca się do snu przedwieczorną porą, zawrzała. Mieszkańcy w panice chwytali dobytek, zaganiali wystraszone zwierzęta, zwoływali dzieci. Część, dźwigając toboły, ciężkim truchtem biegła do lasu. Nie zdążyli. Wyjąca banda konnych wsiadła im na karki, siekła bezbronnych mieczami, toporami, drewnianymi pałkami jak bydło na ubój. Padali między płaty słoniny, rozsypaną kaszę i gomółki sera, które wyleciały z rozdartych zawiniątek. Krew plamiła koszule, źdźbła trawy, wsiąkała w ziemię. Rozbójnicy wpadli do wioski, podpalili strzechy. Ogień strzelił w górę, wesoły na tle ciemniejącego nieba. Napastnicy upojeni wrzaskiem, krwią i płomieniem zadawali śmierć dla samej rozkoszy zabijania. Czuli się jak mroczni bogowie władni dla kaprysu zabierać życie. Ściągali tańczące, podniecone zapachem krwi i widokiem ognia wierzchowe, zeskakiwali gwałcić baby, dobijać rannych, mordować, zarzynać zwierzęta. Nie dbali o łup. Bo co można znaleźć w ubogiej wiosce?

Pszenicę? Smalec? Chcieli zabawy i urządzili zabawę. Jakaś demonica, zawodząc, rzuciła się na ziemię obok drgającego trupka dziecka. Wielki Głębianin zdzielił ją przez łeb toporem. Nie obejrzawszy się, pobiegł dalej. Ogień strzelał jasno, wesoło. Straszne czasy nadeszły dla mieszkańców Przedpiekla, pierwszego kręgu Otchłani.

Ucieczka Gabriela wstrząsnęła posadami Królestwa. Nikt nie spodziewał się, do jakiego stopnia archanioł jest klamrą spinającą ład i porządek. Oficjalnie postawiono go w stan oskarżenia, odsuwając od władzy. Próbowano także zmusić do ustąpienia pozostałych archaniołów, lecz ich pozycja była zbyt silna. Zawiązywały się jakieś Tymczasowe Komitety, jakieś na pół legalne koterie. Do władzy aspirowali przywódcy spisku: Dubiel, Nitael i, jak się okazało, trzeci wspólnik, alchemik Och. Popierało ich środowisko wysokich urzędników, prawników i sędziów, z Soter Aszielem i Azbugą na czele. Z kolei podniosła głowy stara przedwieczna arystokracja, powołując się na swoje dawne prawa. Dyskusje przemieniały się we wrzaski i wzajemne obrzucanie inwektywami, spory zaczęto rozwiązywać siłą. Arystokraci wystawili poczty prywatnych żołnierzy i najemników niczym bogaci Głębianie, urzędnicy odpowiedzieli uzbrojonymi bojówkami. Nad wszystkimi wisiała groźba w postaci wkroczenia Zastępów, regularnej armii Królestwa, wciąż wiernej Michałowi, a co za tym idzie, stronnictwu archaniołów. Na domiar złego Teratel ogłosił powszechną równość, zapraszając do swych włości wszystkich chętnych z Limbo i Sfer Poza Czasem, co zaowocowało napływem wszelkiego rodzaju ciemnych typów, dezerterów z armii, poszukiwaczy przygód, zbuntowanych aniołów uciekających przed wyrokiem sądu, naciągaczy i zwykłych bandytów. Tłumy żołdaków, najemników i niebieskich ptaków z trudem utrzymywane w ryzach na terenie samego Królestwa, hulały jak chciały po Limbo, pustosząc i grabiąc. Powoli wymykały się też spod kontroli za bramami miasta, wywołując liczne incydenty, zwłaszcza w niższych kręgach.

Zamieszanie w Królestwie odbiło się podobnym echem w Otchłani. Ostre wystąpienia możnych Głębian przerodziły się z czasem w otwarty bunt, tak poważny, że stołek Lucyfera mocno się zachwiał. Uzbrojone bandy mieniące się partyzantami, obrońcami wolności lub dobroczyńcami ludu napadały na miasta i osady Przedpiekla, popisując się bezprzykładnym okrucieństwem. Niechętni sobie magnaci wzięli się za łby, wybuchło kilka regularnych wojen domowych. Lampka tłumił jak mógł całe zamieszanie, ale ster powoli wyślizgiwał mu się z rąk.

– Co ja mam zrobić, Asmodeuszu? Co robić, do kurwy nędzy?! – Lucyfer nerwowo krążył po komnacie. – Grupa jakichś brudnych bandziorów rozbiła mi trzy oddziały piechoty. Wojsko nie daje rady stłumić buntu.

– Bo jest za słabe, źle opłacane i kiepsko uzbrojone – powiedział Zgniły Chłopiec ze spokojem.

Lampka zwrócił na niego spojrzenie szarych oczu.

– To co nam pozostaje?

Asmodeusz sięgnął do miseczki stojącej na stole i schrupał orzeszek.

– Wszystko zaczęło się od nieszczęsnego pozwu przeciw Gabrielowi. On trzymał wodze żelazną pięścią. Kiedy go zabrakło, wszystko się sypie.

– Mam go wepchać z powrotem na tron regenta? – zakpił Pan Otchłani.

Zgniły Chłopiec przytaknął ze śmiertelną powagą.

– Dokładnie tak, Luciu. A w każdym razie pomóc mu to osiągnąć. Z całym szacunkiem, ale on potrafi to, czego ty nie umiesz. Przywrócić porządek.

Lucyfer obrócił się, zaskoczony. W zmrużonych fiołkowych oczach przyjaciela nie zobaczył ani śladu drwiny.

Rozdział 6

Tawerna „Pod Gorejącym Krzakiem” w porze wczesnego wieczoru zaczęła zapełniać się gośćmi. Alimon siedział plecami do ściany w ten sposób, żeby widzieć jak największą część sali i swobodnie obserwować wchodzących. Z natury podchodził do świata nieufnie, a wiadomość, którą otrzymał, wywołałaby podejrzliwość u kogoś o wiele bardziej łatwowiernego. Zwłaszcza że pochodziła od nieboszczyka. Rankiem tego samego dnia odezwało się prywatne oko Alimona, ukazując oblicze Drago Gamerina. Komandos, który według wszelkich wskazań powinien zginąć w lesie Teratela, nalegał na spotkanie. Umówili się pod „Krzakiem”.

Alimon dyskretnie dotknął ukrytej pod płaszczem broni. Muśnięcie gładkiej kolby doskonale pasującej do dłoni uspokajało. Używał pistoletu typu Babilon robionego na specjalne zamówienie, opatrzonego formułami piętnastu błogosławieństw, specjalnie hartowanego wodą z Jeziora Płomieni. Pasowały do niego wielkokalibrowe pociski „pomsta 0,5" zdolne przebić pancerz smoka. Niektórzy uważali tę broń za zbyt ciężką i mało wyrafinowaną, ale Alimon posługiwał się nią od lat, wcale nie narzekając na jej nieporęczność. Skrzypnęły drzwi. Do tawerny wszedł Drago. Źrenice Mistrza Ran zwęziły się czujnie, zacisnął szczęki. Gamerin zbliżył się do stołu. Ręce Alimona skrywał z pozoru niedbale zarzucony na ramiona płaszcz.

– Wiem, co myślisz, ale to ja, Alimonie. Przeżyłem – powiedział Drago.

– Radosna wieść – wycedził anioł przez zęby.

Drago trzymał dłonie tak, aby Alimon cały czas je widział.

– Mogę usiąść?

– Dobra.

Gamerin opadł na ławę. Wyglądał źle. Na twarzy miał sińce i ślady skaleczeń. Spojrzał uważnie w oczy dowódcy.

– Szukają mnie. Musiałem zaryzykować, żeby się z tobą spotkać. Masakra w lesie Teratela została sprowokowana. Tafti zostawił mnie na zewnątrz, bo nie mogłem przefrunąć przez barierę. Widziałem bandę najemników przebierających się magicznie za Kruki i za nas. Mieli pełno najnowszego czarodziejskiego sprzętu najwyższej klasy. Ktoś musiał im to dać. Do szefa zwracali się Ram. Nie zdążyłem ostrzec oddziału. – Na twarzy Gamerina pojawił się wyraz bólu.

Alimon pobladł.

– Jesteś pewien tego, co mówisz?

– Jak własnego życia – potwierdził komandos poważnie.

Mistrz Ran przeciągnął dłonią po czole.

– Ram? Pewnie Ram Izad. Sukinsyn wynajmuje się za forsę do plugawej roboty. Skrzydlaty, szlag by go trzepnął! Słuchaj, Drago...

Nie dokończył. Komandos w tej sekundzie poderwał głowę, sięgnął po broń. Wolno. Zbyt wolno. Otulony peleryną marynarz, kiwający się dotąd sennie nad kuflem piwa przy sąsiednim stole, odrzucił okrycie, ukazując czarne oko głębiańskiego karabinka adramelech. Śmierć zacisnęła zimną, kościstą łapę na sercu Drago. Już nie żyję, pomyślał. Huk wystrzału ogłuszył go. Oszołomiony, zastanawiał się, jak to możliwe, że nic nie czuje i czemu wciąż jest na nogach. Marynarz w pelerynie wykonał nieprawdopodobne salto i upadł daleko między stoły. Tam, gdzie powinna znajdować się jego pierś, ziała krwawa dziura. Alimon strzelił po raz drugi do zrywającego się z miejsca krępego Głębianina z pistoletem w ręce, a Gamerin zmuszony był docenić wartość babilona, bo „pomsta" dosłownie urwała demonowi nogę. Drago, który ujrzał kątem oka poruszenie w kacie sali, odwrócił się w samą porę, żeby zastrzelić skrzydlatego celującego do Alimona.

– Spieprzaj Drago, osłaniam cię! – ryknął dowódca, wystrzeliwując z paszczy babilona kolejny pocisk. Chybił. „Pomsta" ugodziła w wypchany łeb hydry nad barem. Rozpadł się w chmurę pyłu i trocin. Goście tawerny, wrzeszcząc ze strachu, czołgali się między nogami mebli. Drago zobaczył jeszcze dwóch napastników;

trzeci, uzbrojony w adramelecha, blokował drzwi. Komandos rzucił się pod stół, ostrzeliwując się gęsto. Pociski przeciwników gwizdały mu koło uszu, jeden drasnął rękę. Drago trafił w czoło Głębianina przy wejściu. Ten upadł na wznak, lecz za nim pojawiło się dwóch innych. Okna także były obstawione. Gamerin przeturlał się po podłodze, ukrył za przewróconym stołem. Zza takiej samej osłony niezmordowanie strzelał Alimon. Widocznie zdołał dosięgnąć upuszczonego karabinu marynarza, bo pruł krótkimi, celnymi seriami z adramelecha. Sytuacja Gamerina nie wyglądała dobrze. Za plecami miał ścianę, drzwi i okna obstawiali uzbrojeni najemnicy. Pospiesznie zmienił magazynek. Amunicji też nie zostało za dużo.

– Drago! – usłyszał wrzask Alimona. – Osłoń głowę i nie wychylaj się!

Potężna seria pocisków trafiła w ścianę obok kryjówki Drago. Deski zajęczały, sypiąc w krąg odłamkami drzazg, aż zmuszone przegrać, puściły z trzaskiem, otwierając na ulicę poszarpaną dziurę. Drago skoczył ku niej natychmiast, gdy tylko ogień ucichł. Skulony wypadł na dwór, osłaniając ramionami głowę. Rzucił się w najbliższy zaułek, puścił pędem przed siebie, chcąc zyskać jak najwięcej przewagi. Nie zdążył się nawet zastanowić, w jaki sposób Alimon ukrył w połach płaszcza mały, lecz morderczy, ściśle zakazany przez Konwencję Praw Skrzydlatych, czarnomagiczny karabin NEX AP 666 magnum, którym rozwalił ścianę. Mistrz Ran należał po prostu do aniołów przezornych.

Napastnicy ruszyli w pogoń. Drago słyszał ich, klucząc wśród wąskich uliczek. W pośpiechu roztrącał nie-

licznych przechodniów, za rogiem zderzył się ze zdradziecko rozwieszonym praniem. Lepkie szmaty czepiały się rąk, krępowały ruchy, kleiły do twarzy. Gamerin, klnąc, zdzierał z siebie płótna i sznurki. Jego uszu dochodził wściekły jazgot nadbiegającej praczki, zmieniony we wrzask przestrachu, kiedy gwizdnęły pierwsze pociski. Zdyszany, uwolnił się wreszcie, ciskając zmięte pranie na ziemię. Stracił sporo czasu, szamocząc się z mokrymi prześcieradłami. Omal nie dosięgła go kula z pistoletu, odłupując odprysk ceglanego muru. Nie miał czasu zastanowić się nad rozsądnym kierunkiem ucieczki. Zaułek zaprowadził go wprost na handlową ulicę. Biegł przed siebie krętymi pasażami, przewracając stragany sprzedawców warzyw, depcząc bezlitośnie wielkie rzodkwie, szpinak i rzepę. Ścigały go złorzeczenia. Miał nadzieję, że zgubił prześladowców, bo strzały ucichły. Nie zwolnił jednak kroku. Skręcił w kolejny zaułek i zderzył się z czymś z impetem.

– Jak łazisz, bydlaku! – ryknął domokrążny sprzedawca talizmanów, gdy Drago wbił się między niego a tłustą klientkę, wybierającą niezawodny amulet przeciw oszustom i naciągaczom. – Uszkodziłeś delikatne, magiczne przedmioty! Dawaj forsę za straty!

Zastąpił Gamerinowi drogę. Z drugiej strony blokowało go cielsko zażywnej limbianki, która na wszelki wypadek uznała, że dobrze będzie zacząć krzyczeć. Wielka, rozdziawiona gęba sprzedawcy pojawiła się na wysokości oczu Drago. Komandos strzelił z całej siły w pomstującą mordę, a domokrążca dosłownie wzleciał w powietrze, ciężko waląc plecami o ścianę. Padł na bruk bez ruchu, otoczony swymi talizmanami niby promieniami magicznej aury. Drago przeskoczył przez niego, nie zważając na rozpaczliwe ryki limbianki, i skręcił w pierwszą uliczkę. Prowadziła do portu rybackiego. Zatoka Rahaba słynęła z niezłych łowisk. Przy nabrzeżu kołysało się kilka dużych łodzi, w nozdrza uderzał zapach ryb. Rybacy nie powrócili jeszcze z połowu, więc port był prawie pusty.

Drago rozejrzał się czujnie w poszukiwaniu kryjówki. Czuł się zmęczony, niesprawna noga utrudniała ucieczkę. W pewnej chwili jego wzrok padł na starą łódź wyciągniętą na brzeg prawdopodobnie do naprawy. Przykrywała ją plandeka. Gamerin skoczył ku niej, podniósł płótno, wśliznął się do środka. Jeszcze zanim wylądował na dnie, zesztywniał, zderzywszy się z czymś miękkim. Coś wydało z siebie stłumiony pisk, potwierdzając obawę komandosa, że jest żywe. Mięśnie Drago napięły się, serce uderzyło mocniej. W dłoni pojawił się nóż. Naparł na istotę, przygniótł kolanami. Broniła się słabo. W kompletnej ciemności anioł nie był w stanie dojrzeć przeciwnika. Wydawał mu się mały i dziwnie niemrawy. Właściwie nie walczył, dyszał płytko, wydając cichutkie pojękiwania. Gamerin zamarł z nożem w dłoni, gotów w każdej chwili dźgnąć niespodziewanego lokatora łodzi. Ochłonął nieco, przekonany, że to raczej ukrywający się przed karą zbiegły anioł służebny lub złodziejaszek z targu, a nie najemnik dybiący na jego życie.

– Coś ty za jeden? – szepnął złowrogo.

– Nie zabijaj! – odpowiedział mu łamiący się ze strachu głos o zdecydowanie żeńskim brzmieniu.

Zaskoczony anioł poluzował uścisk.

– Jesteś anielicą? – spytał.

– Aha – pisnęła.

– To siedź cicho, jeśli ci życie miłe – syknął.

Zamarli obok siebie na dnie łodzi. Mijały minuty, a prześladowcy nie nadchodzili. Wreszcie Drago uznał, że zgubił ich ostatecznie. Na wszelki wypadek odczekał jeszcze chwilę i odsunął odrobinę plandekę. Do wnętrza wpadło nieco światła. W nikłym blasku komandos zobaczył skuloną na wilgotnych deskach anielicę w stroju stróżów. Mrużyła oczy przed słońcem. Widocznie spędziła pod plandeką wiele godzin. Miała miłą okrągłą buzię okoloną krótką ciemną czupryną. Jej brązowe oczy, kiedy już przyzwyczaiły się do słabego blasku światła z zewnątrz, też okazały się okrągłe. Nie była specjalnie ładna, ale jej wygląd wzbudzał sympatię. Sylwetkę miała proporcjonalną, miłą dla oka, choć zdradzającą pewną tendencję do zaokrągleń.

– Jak ci na imię? – spytał Gamelin.

– Drop – odpowiedziała.

– Dlaczego się tu chowasz?

Milcząc, popatrywała na niego niepewnie.

– Krzyknęłaś, żebym cię nie zabijał. Czemu, mała? Przecież nic równie poważnego nie grozi za ucieczkę ze służby.

Urażona, wydęła wargi.

– Wcale nie uciekłam. To nieprawda!

Drago pochylił się ku niej.

– Więc po co się chowasz? – Przyjrzał się nieładnej tunice. – Mało kto dybie na opiekunki młodszych dzieci.

Obciągnęła burą kieckę, teraz trochę brudną, uznając, że za bardzo odsłania nogi.

Mała ma wcale zgrabne łydki, zauważył Drago.

– Nie mogę ci powiedzieć – mruknęła.

Prawdę rzekłszy, z trudem walczyła z pokusą podzielenia się tajemnicą, która od początku ją przerastała, ale trochę bała się zaufać dziwacznemu żołnierzowi, który spadł jej dosłownie na głowę. Wydarzenia ostatniego dnia do tego stopnia poprzewracały ułożony świat Drop, iż miała ciągle wrażenie, że śni. Nie mogła szukać pomocy u przełożonej, matki Sary, ani żadnej z koleżanek. Naraziłaby je tylko na niebezpieczeństwo, a i tak by nie zrozumiały, czego się boi. Nie była na tyle głupia, żeby wrócić do swojej kwatery albo spokojnie podjąć pracę. Straszny srebrzysty anioł widział ją, więc z pewnością domyślił się, że należy do stróżów. Drop z wielkim trudem wywinęła się tropiącemu ją siwemu skrzydlatemu, przyczaiwszy się w przedszkolnym ogródku. Wlazła do wnętrza pomalowanej w jaskrawe kolory rakiety i długo siedziała tam skulona, drżąca, oczekując, że w każdej chwili może wystrzelić w Kosmos, trafiona zaklęciem unicestwiającym. Dopiero kiedy zapadł wieczór, ośmieliła się opuścić kryjówkę. Rzadko zdarzało jej się zostawać na Ziemi po zmroku, więc wystraszona pojawieniem się licznych Głębian, bezpańskich dżinnów, strzyg i pośledniejszych demonów, uciekła pierwszą bramą, która okazała się prowadzić do Limbo. Ze strachem stwierdziła, że nocą nie jest tu lepiej, a wręcz gorzej niż na Ziemi. Z szynków dochodzą pijackie śpiewy i wrzaski, po ulicach włóczą się podejrzane bandy. Przezornie wolała nie pokazywać się w Królestwie, przekonana, że tam najprędzej będą jej szukać, choć bardzo pragnęła znaleźć się choćby w Pierwszym Niebie. Z sercem tłukącym jak kastaniety przy najlżejszym szeleście, zabrnęła wreszcie do portu, gdzie zziębnięta i wycieńczona schowała się w łodzi. Z początku chciała odpocząć tylko przez chwilę, ale szybko dotarło do niej, że właściwie nie ma dokąd iść. Bała się wyjść z ukrycia, gdzie czuła się bezpieczniej niż na ulicy, nawet jeśli było to złudne wrażenie. Czuwała do świtu, potem zapadała w nerwowe drzemki, znużona ciągłym nasłuchiwaniem, lecz późnym popołudniem zasnęła ze zmęczenia, nie bacząc na niebezpieczeństwo. Wtedy wpadł na nią Drago.

Mimo że znajomość nie zaczęła się fortunnie, Drop instynktownie poczuła do niego sympatię. Rozpaczliwie potrzebowała pomocy, była przerażona i bezradna, a wewnętrzny głos odpowiadał, żeby zaufać tym szarym przyjaznym oczom, bo nie mogą być zdolne do podłości.

– Nie bój się, mała – powiedział. – Jestem żołnierzem Królestwa. Nie zrobię ci krzywdy. Widzisz, z racji munduru muszę się znajdować po właściwej stronie. – Mrugnął i uśmiechnął się.

– To czemu chowasz się w łodzi? – burknęła, prawie rozbrojona.

– Bo zobaczyłem coś, czego nie powinienem był widzieć.

– Ja też – szepnęła.

Spoważniał, przyjrzał się jej uważnie.

– Co takiego, dziewczyno?

– Najpierw ty powiedz.

Chwycił ją za ręce.

– Nie kryguj się, mała. To może być bardzo ważne.

W jego głosie usłyszała napięcie. Zawahała się, ale tylko przez moment.

– Dobrze – westchnęła i zaczęła opowiadać. Twarz słuchającego komandosa ściągała się z każdym zdaniem.

– Na Jasność, to musi być prawdziwa Księga. Wszyscy zginęli na próżno – szepnął z goryczą, gdy Drop umilkła.

– Teraz ty – zażądała, więc streścił krótko dzieje nieudanej wyprawy przeciw Teratelowi. Oczy anielicy robiły się coraz bardziej okrągłe.

– Ojej! Widziałam coś o wielkim znaczeniu dla Królestwa, tak? – spytała z mieszaniną przestrachu i podniecenia.

Drago poważnie skinął głową.

– Więc będą mnie ścigać? Jak zbiegłą duszę?

– Aha. Muszę cię gdzieś schować, ale bladego pojęcia nie mam, gdzie. – W zamyśleniu pocierał bliznę na brodzie. – Poznałabyś któregoś z tych skrzydlatych?

– No pewnie. Obydwu – przytaknęła skwapliwie.

– Z jednej strony to dobrze, z drugiej gorzej – myślał na głos. – Nie dadzą ci spokoju. Dokąd ja cię zabiorę?

Nagle doznał olśnienia.

– Do Saturnina! No jasne!

– A kto to jest? – spytała zaniepokojona.

Zwrócił ku niej rozjaśnioną twarz.

– Mój przyjaciel, anioł stróż. Pracowałem kiedyś jako jego zmiennik.

Anielica zachłysnęła się oddechem, spłoniła.

– Nie mogę! – wyjąkała, przejęta grozą. – Nie wolno mi przebywać pod jednym dachem sam na sam z aniołem płci męskiej!

Nie umiał powstrzymać uśmiechu.

– A teraz co niby robisz?

Zmieszała się tylko na moment.

– Teraz... jestem w łodzi, czyli na dworze. Zasady nie obowiązują.

Drago położył jej ręce na ramionach.

– Maleńka, inaczej zrobią z ciebie siekankę. Saturnin to porządny chłop. Taki sam służbista jak ty. Dogadacie się, zobaczysz. Zresztą, kto mówi, że zostaniesz z nim sama? Ja też tam będę.

Drop jęknęła. W życiu nie przypuszczała, że przyjdzie jej przeżywać tak nieregulaminowe przygody. Drago odchylił plandekę, pociągnął ją za rękę.

– Chodź, jest ciemno, mniejsza szansa, że ktoś nas rozpozna. Przynajmniej Saturnin będzie o tej porze u siebie. Gdyby się działo coś podejrzanego, obejmij mnie i zataczaj się lekko, dobra?

– O rany! – wyszeptała wstrząśnięta. – Tak nie wypada, co sobie pomyślą...

– Właśnie o to chodzi – przerwał. – Żeby pomyśleli. No, ruszamy, mała.

Przemykali się ciemnymi, pustymi uliczkami. Dzielnica targowa była o tej porze wyludniona. Tawerny i karczmy mieściły się dalej na północ, wzdłuż przeciwległego krańca zatoki Rahaba. W drodze do najbliższej bramy nie napotkali więc nikogo oprócz zagubionego pijaka, który usnął w podcieniu jednej z kamienic, widocznie znużony zbyt daleką trasą do domu. Po śmietnikach buszowały małe na wpół zdziczałe chimery. Ich ślepia lśniły w mroku. Wychudzone gnomy zbierały pod straganami zgniłe warzywa, biły się zażarcie o wyrzucone liście kapusty i nać marchewki. Wykrzywiały do przechodzących złe trójkątne twarzyczki.

Drop czuła się nieswojo. Mimo skrupułów moralnych ośmieliła się ująć komandosa za rękę.

– Już niedaleko – mruknął uspokajająco. – Nie bój się, wszystko pod kontrolą.

Odpowiedziała blado na jego uśmiech.

Wreszcie przekroczyli bramę i znaleźli się w Pierwszym Niebie. Nie różniło się znacząco od Limbo, ale Drop odetchnęła z ulgą. Ulice wydawały się wymarłe. Nikły odblask światła dawał się zauważyć tylko w nielicznych oknach. Strudzeni aniołowie służebni udali się dawno na spoczynek, aby zerwać się przed świtem i zdążyć skrupulatnie wypełnić obowiązki trwające do zmierzchu. W zaułkach dźwięczały tylko kroki Drago i Drop.

Dotarli do Bramy Świerszczy i przedostali się do Drugiego Nieba, siedziby czterech męskich i dwóch żeńskich chórów stróżów. Chociaż nigdy nie była w tej części miasta, Drop natychmiast poczuła się jak w domu. Schludne, skromne pawilony, kwadratowe wieże, szerokie i płaskie bryły poszczególnych Domów w dzielnicy anielic wyglądały identycznie.

Saturnin należał do Domu Trzeciego przy Drugim Kręgu. Drago bez trudu odnalazł Zieloną Wieżę, gdzie mieściła się kwatera przyjaciela. W końcu przez rok pracował jako jego zmiennik przy dość trudnym kliencie. Aniołowie stróżowie otrzymywali przydziałowego klienta, którego ochraniali przez całe ziemskie życie, dbając o jego bezpieczeństwo, wzbudzając szlachetne pobudki i poruszając sumienie. Zajmowali się nim niemal dwadzieścia cztery godziny na dobę, poświęcając całkowicie swą prywatność. Jednak nawet oni nie byli w stanie nieustannie czuwać, więc na wypadek choroby, losowego wydarzenia lub krótkiego odpoczynku otrzymywali stałego zmiennika. Najczęściej rekrutowano ich z szeregów emerytowanych urzędników, lecz czasem zdarzał się wycofany ze służby żołnierz, tak jak w przypadku Drago.

Zielona Wieża była kamiennym budynkiem na planie kwadratu, wbrew nazwie niewysokim i przysadzistym. O tej porze w oknach nie paliło się światło, a wewnątrz panowała cisza. Drago ruszył wzdłuż muru, prowadząc za rękę Drop. Zatrzymał się przed ścianą z oknami, zadarł głowę. Saturnin mieszkał na pierwszym piętrze. W pokoju nie paliło się światło. Gamerin zagwizdał cicho, naśladując głos rajskiego ptaka. Odpowiedziała mu cisza. Gwizdnął głośniej. Nikt się nie odezwał. Zafrasowany, podrapał się w głowę. Spojrzał w ciemne okno i wydał z siebie gwizd, od którego powinny powypadać szyby. Nie było odzewu. Drago zaklął cicho. Drop w milczeniu obserwowała jego wysiłki.

– Może byś podleciała do okna i zastukała? – zasugerował.

Obruszyła się.

– No, co ty! Stukać nocą do obcych aniołów? Mowy nie ma!

Westchnąwszy, schylił się po kamyk. Cisnął w ciemny otwór. Cichy chrobot i to wszystko.

– Na Jasność, śpi jak kłoda – mruknął rozzłoszczony. Cisnął następny kamień, tym razem wielkości małego jaja. Usłyszeli stuknięcie, a potem trudne do zidentyfikowania odgłosy. Gamerin znów zadarł głowę.

– Saturnin! – syknął.

Odgłosy się nasiliły.

– Saturnin! – krzyknął Drago całkiem głośno.

W pokoju zajaśniało nikłe światło, w oknie pojawiła się twarz anioła.

– Drago? – zapytał z niedowierzaniem zaspany głos.

– Nie, Belzebub ze swoją świtą – burknął komandos. – Wpuść mnie, musimy pogadać.

– Ciszej – stęknął Saturnin. – Pobudzisz wszystkich. Już schodzę. Idź do tylnego wejścia.

Podeszli do niedużych drewnianych drzwi. Po chwili skrzypnęły zasuwy i w otworze pojawił się Saturnin z małą lampką w ręce. Chybotliwy płomyk oświetlał zaniepokojoną twarz anioła. Na widok Drop nie był w stanie ukryć zdumienia.

– Co ona tu robi? – wyjąkał z dość głupią miną.

– Pomieszka u ciebie trochę – oznajmił bezceremonialnie Drago, wpychając przyjaciela w głąb korytarza. – Posuń się, nie będziemy całą noc sterczeć na dworze.

Stróż protestował słabo i bezradnie. Gamerin wciągnął Drop do środka i zatrzasnął drzwi.

– Wiesz, na co mnie narażasz?! – jęknął Saturnin.

– Wcale nie chciałam tu przychodzić – burknęła nadąsana anielica. – Sama sobie poradzę, nie potrzebuję pomocy od żadnego...

– Cicho bądź! – huknął Drago. – Saturnin, nie stercz tak. Blokujesz schody.

Drop próbowała uwolnić rękę z uścisku komandosa.

– Nie mam zamiaru tu zostawać! Pójdę do przełożonej, opowiem, co widziałam. Puszczaj!

Gamerin popatrzył na nią z niedowierzaniem.

– Dziewczyno, zwariowałaś?! Zabiją cię, zanim zdążysz wyjść na ulicę.

– Daj jej lepiej spokój – wtrącił Saturnin, przerażony, że odgłosy kłótni obudzą mieszkańców wieży. – Chce iść, niech idzie. Wie, co robi, lepiej niż ty. Stróże płci żeńskiej i męskiej pod żadnym pozorem nie mogą przebywać sam na sam w jednym pomieszczeniu, ani bez zezwolenia wchodzić na teren poszczególnych Domów.

Drago chwycił go za ramiona.

– Słuchaj – powiedział. – Tu chodzi o sprawę mającą kluczowe znaczenie dla Królestwa. Przykro mi, ale mam w dupie twoje ewentualne problemy. Dowiesz się, co jest grane, i sam zrozumiesz.

Saturnin przełknął ślinę, skinął głową. Determinacja, jaką słyszał w głosie przyjaciela, sprawiła, że odsunął się od schodów.

– Dobra – powiedział. – Wierzę ci. Idziemy na górę.

Drago przepuścił Drop, która pokornie pokonywała stopnie, zdawszy sobie sprawę, jak głupie były jej dąsy. Bez pomocy Gamerina czekał ją los gorszy od śmierci. Zadrżała na wspomnienie lodowych oczu srebrzystego upiora.

Nie mogła się specjalnie rozejrzeć po kwaterze Saturnina, bo stróż nie zapalił górnego światła, pozostawiając tylko lampkę, którą oświetlał im drogę na górę. W jej słabym blasku stwierdziła, że pokoik jest ciasny, a łóżko, na którym przysiadła, twarde.

Drago bez specjalnych wstępów rozpoczął opowieść o Księdze, lesie Teratela i przygodach Drop. Niemal od pierwszego zdania na twarzy słuchającego Saturnina pojawił się wyraz zmartwienia, pogłębiający się z każdą chwilą.

– Wybacz, stary – wymamrotał, gdy Drago skończył. – Zachowałem się jak samolubny cham i głupek. Mogłem się domyślić, że dla kaprysu nie narażałbyś mnie na przykrości.

– Zapomnij – mruknął komandos. – Też mogłem wpaść na lepszy pomysł, zamiast wciągać ciebie w to gówno. Teraz grozi ci niebezpieczeństwo takie samo jak nam.

– Dość tego krygowania! – Saturnin się uśmiechnął. – Napijecie się czegoś ciepłego? Pewnie jesteście zmarznięci.

Skinęli głowami. Stróż sięgnął po czajnik.

– Może być herbata z mięty?

– Pewnie – ucieszyła się Drop, ale Drago wykrzywił usta.

– O piwo nie mam co pytać, prawda? – mruknął.

Saturnin pokazał w uśmiechu zęby.

– On się nigdy nie zmieni. Co z niego za anioł, na Jasność. Rozgość się, proszę... Aaa, nawet nie spytałem, jak masz na imię. Wybacz, zachowałem się paskudnie. Chyba wyszedłem na strasznego dupka.

– Och, nie – zaprotestowała szczerze anielica. Saturnin zrobił na niej wrażenie bardzo sympatycznego. Pomyślała, że z łatwością mogłaby go polubić. – Nazywam się Drop.

– Saturnin. – Wyciągnął rękę. Uścisnęła ją.

Odstawił czajnik, przysiadł obok na łóżku.

– Przykro mi, że potraktowałem cię niegrzecznie. To przez zasady, rozumiesz sama. Włosy mi stanęły dęba, kiedy pomyślałem, że postępuję niezgodnie z przepisami. – Spojrzał z uśmiechem na komandosa. – Odzwyczaiłem się od łamania przepisów, odkąd Drago przestał być moim zmiennikiem. Widzisz, jesteśmy starymi przyjaciółmi. Kiedyś uratował mi życie.

– Gadanie! – żachnął się Gamerin. – Mitologizujesz, stary. Sam sobie poradziłeś.

Okrągłe oczy Drop popatrzyły na żołnierza z podziwem. Podobało się jej, że zachowuje się nie tylko odważnie, ale i skromnie. Może ma swoisty stosunek do regulaminu, przyszło jej do głowy, ale Jasność musiała nad nią czuwać, kiedy postawiła go na jej drodze.

– Wcale nie – ciągnął Saturnin. – W dodatku nauczył mnie więcej o prawdzie i przyzwoitości niż wszystkie podręczniki ze szkoły stróżów. To porządny facet, Drop, nie zrażaj się pozorami.

– Skończ te pienia, bo będę musiał dać ci w pysk i wszystkie twoje teorie wezmą w łeb – zirytował się Drago.

– Cicho siedź! – skarcił go stróż. – Zabawiam gościa rozmową.

– Lepiej daj już tej parszywej mięty. Zimno tu.

– Bo żyjemy skromnie i pracowicie, jak aniołom przystało – wyjaśnił uprzejmie. – Prawda, Drop? Nie tak jak inni, którzy tylko siedzieliby w knajpach, ciągnęli piwo i zaglądali demonicom pod spódnicę.

Mrugnął do Drop. Anielica zachichotała.

Po raz pierwszy od spotkania z upiornym aniołem poczuła się bezpieczna, a przy tym chyba po raz pierwszy w życiu zrozumiała, co to znaczy znaleźć przyjaciół. Przymknęła oczy, ogrzewając się tą świadomością lepiej niż ciepłym kominkiem, którego brakowało w izbie Saturnina.

Łagodne kołysanie lektyki i czerwonawe stłumione światło przenikające przez zaciągnięte kotary sprawiało, że podróż przestawała wydawać się realna. Zoe ogarniało wrażenie, jakby znalazła się we wnętrzu muszli swobodnie dryfującej po oceanie purpury, szkarłatu i złota. Śniła na jawie. Długowłose panny wodne przemykały obok, dzięki powiewnym trenom sukien podobne egzotycznym rybom. Widziała ich poruszające się cienie. W aksamitnym szkarłacie baraszkowały trytony. Starała się zapamiętać wesołe melodie wygrywane na rogach, szmer głosów szepczących w niezrozumiałym języku, brzmiących niczym podskoki srebrnej kulki. Ocean był ciepły, a Zoe bardzo pragnęła zapaść się w otchłań na zawsze, ukołysać do snu na dnie wyścielonym miękkim piaskiem. Mogłaby leniwie słuchać śpiewu panien, pozwalać, aby delikatnie splatały jej włosy, kołysać się na falach wzbudzonych rybimi ogonami trytonów, śnić, śnić, śnić. Wiedziała jednak, że słodkie marzenie nie ma szans się ziścić. Podróż skończy się, dżinn w barwach Sophii odgarnie zasłony i poinformuje ją ze sztuczną czołobitnością o przybyciu na miejsce.

Rzeczywistość przerażała poetkę, która jednak miała nadzieję, że nie daje po sobie poznać strachu. Nie potrafiła zrozumieć, czemu pani Sophia akurat ją wysłała ze swego pałacu na dwór matki Rachel, przełożonej obu chórów anielic stróżów. Dwór mieścił się w Czwartym Niebie, tam, gdzie wszystkie państwowe budowle Królestwa. Stał na skrzyżowaniu ruchliwych ulic, a przez komnaty i sale nieustannie przewijało się mnóstwo skrzydlatych. Zoe czuła się oszołomiona. Starała się wypełniać polecenia Pistis, zachowywać zgodnie z etykietą, radzić sobie w świecie, który był jej zupełnie obcy. Jednak polubić go nie potrafiła. Ze wstydem musiała przyznać, że nie podobają się jej wysokie, surowe wnętrza, matka Rachel wydaje się oschła i zwyczajnie niesympatyczna, zaś ciągły przepływ tłumu męczył. Ganiła się za takie myśli, przypominając sobie na każdym kroku, że Sophia nakazała wyjazd z troski o nią, przekonana, iż poetka będzie w Czwartym Niebie bezpieczniejsza niż w oddalonym dominium Pistis. Rozruchy w Królestwie napawały Zoe śmiertelnym lękiem. Drżała, ilekroć zobaczyła na ulicy grupę uzbrojonych, najczęściej pijanych żołdaków, wrzeszczących, demolujących co popadnie i zaczepiających przechodniów. Kilka dni wcześniej przeżyła chwilę grozy, gdy podobna banda zatrzymała jej lektykę. Roześmiana, ziejaca piwem gęba wsunęła się przez rozcięcie zasłony, sypiąc niewybrednymi propozycjami i chamskimi żartami. Łypał dumnie na pozostałych, którzy rechotali, zataczając się z nadmiaru wesołości i alkoholu. Na szczęście skończyło się na przestrachu, lecz Zoe mało nie zemdlała, kiedy zrozumiała, do czego mogło dojść. Roztrzęsiona wróciła do pałacu, gdzie usłyszała od matki Rachel, że powinna nauczyć się panować nad nerwami i nie reagować na zaczepki, podobnie jak jej podwładne.

Łagodne kołysanie ustało. Anielica przymknęła powieki, westchnęła. Koniec snu.

– Przybyliśmy na miejsce, pani – powiedział dżinn, odsunąwszy kotarę. Zoe wysiadła. Tragarze zgięli się przed nią w ukłonie. Serce poetki tłukło nierówno, zaschło jej w ustach, gardło nagle się ścisnęło. Wstępowała na szerokie marmurowe schody, ze wszystkich sił błagając Jasność, żeby się nie potknąć. Czekała ją ciężka próba, na myśl o której dygotała od chwili opuszczenia dominiów Sophii. Gdy usłyszała, że ma zanieść posłanie do Daimona Freya, Tańczącego na Zgliszczach, posadzka zakołysała się jej pod stopami. Misja napełniała ją nieprzytomnym lękiem, mimo iż na dnie duszy czuła niezrozumiałą radość, dziwne podekscytowanie. Znowu zobaczy szczupłą twarz, czarne oczy, duże usta, które w gniewie potrafią zacisnąć się w prostą kreskę. Teraz, kiedy miała ujrzeć go z bliska, a nawet rozmawiać z nim, miłe podniecenie znikło. Zalała ją fala zwykłego strachu. Blada, z niezdrowymi rumieńcami na policzkach szła po schodach z takim wyrazem twarzy, jakby wiodły na szafot.

Daimon w zamyśleniu potarł policzek. Zaskoczyło go posłanie od Sophii. Zaniepokoiło właściwie. Zgodził się przyjąć posłańca w jednej z niższych komnat gmachu dowództwa sił powietrznych Zastępów, bo armia i jej siedziby pozostawały całkowicie pod władzą Michała. Daimon nie był dobrze widziany w Królestwie po upadku

Gabriela. Jawnie trzymał ze stronnictwem archaniołów, więc nowi regenci patrzyli na niego krzywo. Co więcej, jako Anioł Zagłady mógł okazać się niebezpieczny. W każdej chwili oczekiwał aresztowania pod byle pretekstem. Czasami, gdy wściekłość wrzała w nim jak lawa, oczekiwał z pewnym utęsknieniem. Nie zamierzał dać się poprowadzić jak baran na rzeź. Samozwańczy regenci i pachołkowie, których przyślą, będą mieli okazję przekonać się, dlaczego nosi tytuł Tańczącego na Zgliszczach. Wysunął z pochwy miecz, delikatnie przesunął palcami po klindze. Broń prezentowała się pięknie. Surowa, bez zbędnych ozdób, nosiła dumną nazwę Gwiazdy Zagłady. Na ostrzu lśniły wygrawerowane „słowa gniewu", „krzyk potępienia" i „lament skruchy", potężne zaklęcia, nadające mieczowi moc czynienia zniszczenia. Grzbiety obu dłoni Daimona zdobiły tatuaże złożone z kombinacji magicznych znaków, dzięki którym mógł bezpiecznie dotykać Gwiazdy. Miecz miał prawo spoczywać tylko w rękach Abaddona. Wykonał w powietrzu kilka ćwiczebnych figur, żeby poczuć, jak świetnie broń jest wyważona. Perfekcyjny sprzęt zawsze napawał go radością. Drzwi uchyliły się, Daimon uniósł głowę.

– Poseł od Dawczyni Wiedzy i Talentu, Abaddonie – powiedział żołnierz.

– Niech wejdzie – rzucił Frey, chowając miecz do pochwy. Nie miał na to ochoty, ale przyjmowanie gościa z bronią w ręku uznał za niepotrzebny nietakt. Do komnaty wsunęła się drobna ciemnowłosa anielica.

– Zoe! – zawołał Daimon, mile zaskoczony.

Nie spodziewał się ujrzeć poetki. Anielica dygnęła głęboko.

– Witaj, panie – powiedziała.

Uśmiechnął się, lecz odpowiedział konwencjonalnym ukłonem.

– To zaszczyt widzieć cię tutaj, pani – zaczął. – Ale również prawdziwa przyjemność.

Wypieki na policzkach Zoe pociemniały.

– Wdzięczna jestem za tę uprzejmość, choć niczym na nią nie zasłużyłam. Wypełniam tylko polecenia pani mojej, Pistis Sophii, Dawczyni...

Daimon potrząsnął głową.

– Dziewczyno – przerwał serdecznie – czy naprawdę musimy rozmawiać ze sobą w tak ceremonialny sposób? Nie jesteśmy na oficjalnej audiencji.

Zoe spojrzała na niego z przerażeniem.

– Twoja niepomierna łaskawość zbija mnie z tropu, panie – wyszeptała. Drżała, a jej smagła twarz zrobiła się szara jak płótno.

Daimon westchnął.

– Postąpię zgodnie z twoim życzeniem, pani. Wybacz, nie miałem zamiaru zakłócić spokoju twej duszy.

– Ależ, panie – jęknęła – nie uczyniłeś niczego, za co ośmieliłabym się ciebie ganić. Wybacz prostej anielicy, jeśli ci uchybiła.

Odgarnął włosy z czoła.

– W żadnym wypadku, pani, nie czuję się urażony. I proszę, nie przepraszaj mnie, bo sam zaczynam czuć się zbity z tropu. Może usiądziesz?

Ciemne oczy znów spojrzały na niego ze zdumieniem i obawą. Daimon jęknął w duchu.

– Ach tak, oczywiście, pani. Ja usiądę pierwszy lub siądziemy równocześnie, ewentualnie oboje będziemy stać, jeśli ci na tym zależy. Zrozum, zapomniałem większości etykiety, a już z całą pewnością nie potrafię demonstrować wyższości nad piękną, młodą, utalentowaną anielicą tylko dlatego, że moja funkcja, teoretycznie, stawia mnie wysoko w hierarchii. Czasem wolałbym, aby mi bez przerwy nie przypominano, jak wyjątkową pozycję zajmuję w Królestwie.

Urwał, widząc, że oczy Zoe szklą się od łez.

– Na litość Pańską, dziewczyno, nie płacz! Nie chciałem okazać się grubiański. Jeżeli cię skrzywdziłem, to bez intencji. Cholernie mi przykro. Jeśli przez większość życia niszczę światy i zabijam tysiące istnień, musi się to odcisnąć na moim stosunku do etykiety dworskiej.

– Racz wybaczyć, panie – wyszlochała Zoe. – Moje zachowanie jest haniebne. Nie potrafię należycie się znaleźć w obecności anioła krwi, Rycerza Miecza, dostojnika Królestwa, pełniącego misję z ramienia Jasności. Zirytowałam cię, panie. Co ze mnie za mediator.

Daimon opuścił ręce. Z całą pewnością, gdyby rozmawiał z kimś innym, byłby już wkurzony, nie tylko zirytowany, ale Zoe zrobiło mu się po prostu żal. Biedna dziewczyna, pomyślał. Suka Pistis wychowała ją na jakiegoś błazna z zamierzchłych epok. Szkoda urody i szkoda talentu, bo przecież nie jest głupia. Nie miał pojęcia, co zrobić. Chętnie pocieszyłby ją jakimś serdecznym gestem, ale w ten sposób jedynie pogorszyłby sytuację.

– Zacznijmy od początku, dobrze? Uznajmy, dla wygody, że jest już po powitaniach – zaproponował łagodnie. – Uwaga, jedziemy! Z jakim posłannictwem przybywasz, pani, od jaśniejącej mądrością Pistis, Dawczyni Wiedzy i Talentu?

Zoe złapała oddech.

– Pani moja, szlachetna Pistis – wyjąkała – wyraża ubolewanie i skruchę za niewłaściwe przyjęcie, jakie spotkało cię na jej dworze. Prosi, abyś raczył wybaczyć jej zbyt dociekliwe i nietaktowne pytania...

Daimon uniósł brwi. Absurdalne posłanie Sophii natychmiast wzbudziło w nim podejrzenia.

– ...którymi nękała cię, panie – ciągnęła Zoe. – Na znak przyjaźni racz przyjąć ten oto prezent.

Z fałd sukni wyjęła niewielkie puzderko. Źrenice Daimona rozszerzyły się momentalnie.

– Nie otwieraj! – krzyknął.

Dłoń anielicy drgnęła, wieczko pudełka odskoczyło. Wewnątrz na szkarłatnym aksamicie leżała piękna klamra w kształcie jednorożca walczącego ze smokiem. Stara, misterna robota jeszcze z czasów przed Stworzeniem.

Frey wyciągnął przed siebie rękę, zaczął wyrzucać potok prędkich niezrozumiałych słów. Upokorzona Zoe przenosiła wzrok z jego twarzy na nieszczęsną klamrę. Bardzo pragnęła zemdleć, zapaść się pod ziemię, ale nie potrafiła. Stała tylko bezradnie jak uosobienie żałości. Blizna na wyciągniętej dłoni Anioła Zagłady śmiała się z niej szyderczo.

Pisnęła bezwiednie, gdy z klamry zaczęły się nagle wydobywać blade zimne płomyki. Miały kolor piasku i malachitu. Szkatułka stała się w jednej chwili lodowata. Zoe z trudem udawało się ją utrzymać. Wbiła w Daimona wystraszone nierozumiejące oczy.

– Połóż ostrożnie pudełko na podłodze – powiedział wolno. – Nie rzucaj! Powolutku. Doskonale, właśnie w ten sposób. Teraz stań za moimi plecami, ale poruszaj się wolno. Bez gwałtownych ruchów, Zoe. O, tak. Bardzo dobrze.

Anielica, drżąc, wykonała polecenia. Płomienie liżące klamrę zaczęły wyciągać się w górę jak tańczące węże, splatać ze sobą w zawieszony mniej więcej na wysokość stopy nad pudełkiem nieokreślony kształt. Płomień krzepł z wolna, tworząc postać pokracznego owada czy spotworniałego embriona.

– Kurwa – szepnął Daimon z niedowierzaniem. – Pożeracz.

Stwór nabierał formy. Miał trzy pary nóg uczepione obwisłego odwłoka pokrytego drobną łuską. W powietrzu utrzymywały go cztery błoniaste skrzydła wydające podczas ruchu suchy szelest. Obła ślepa głowa obracająca się na cienkiej szyi kończyła się okrągłym otworem wypełnionym trzema rzędami przypominających igły zębów. Potwór nie przekraczał rozmiarami sporego gołębia. Był obrzydliwy. Wpatrzonej w niego hipnotycznym wzrokiem anielicy zrobiło się mdło ze wstrętu.

– Nie ruszaj się, Zoe – syknął Daimon.

Bardzo powoli sięgnął do pochwy po miecz. Obracający się łeb pożeracza natychmiast skierował się w jego stronę. Stwór wyczuł ruch. Frey zamarł. Słyszał uderzenia własnego serca i płytki oddech anielicy za plecami. Po chwili dłuższej niż wieczność głowa potwora znów zakołysała się czujnie. Po skroni anioła spłynęła strużka potu. Błyskawicznym ruchem złapał rękojeść miecza, szarpnął. Pożeracz ruszył z wizgiem. Poruszał się szybko jak piorun kulisty. Gwiazda Zagłady śmignęła w powietrzu, chybiła. Stwór wykonał niebywały zwrot, przemknął pod ramieniem anioła, zaatakował. Daimon

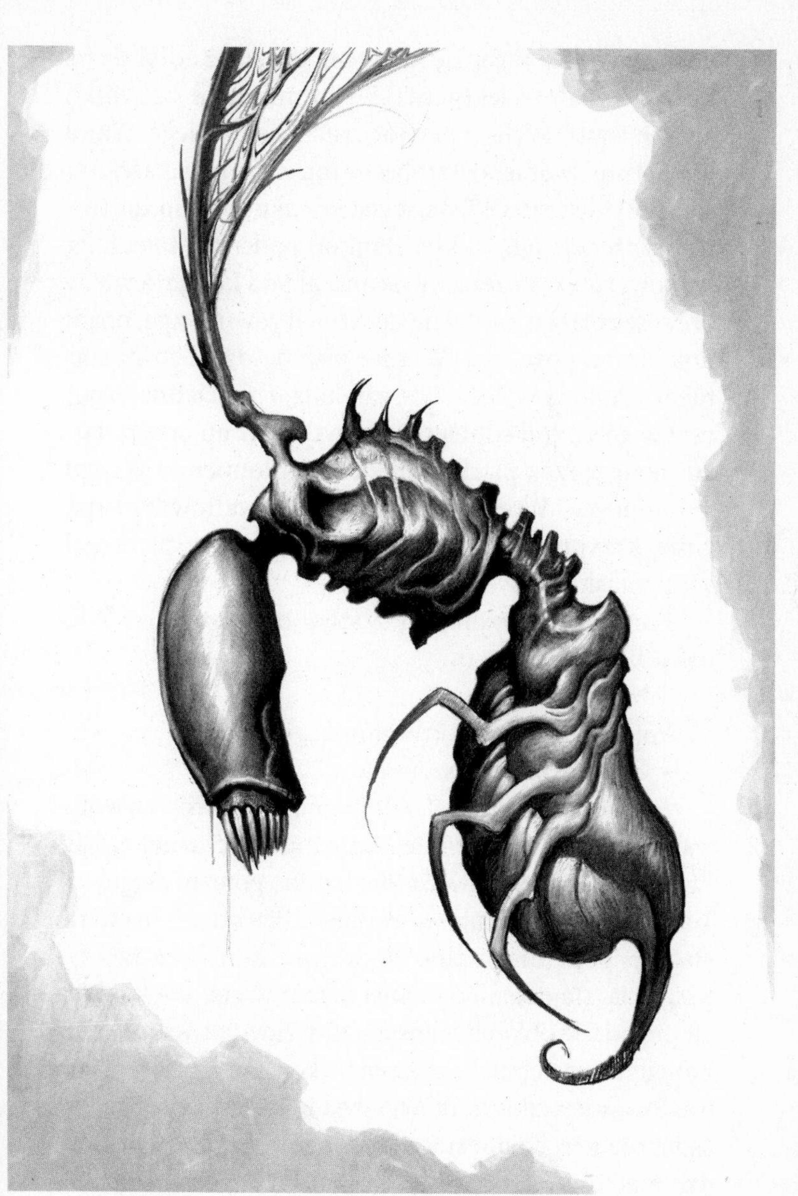

odskoczył, osłaniając się mieczem. Pożeracz odbił się od klingi, wydał wściekły pisk. Frey zamachnął się krótko, ale nie trafił. Wyjący potwór rzucił się na niego. Anioł w ostatnim momencie zrobił zwrot. Żeby nie upaść, musiał przyklęknąć. Wizgający stwór skoczył mu do twarzy, szczerząc iglaste kły. Daimon poderwał miecz, zablokował atak. Pożeracz przemknął pod klingą, a wtedy Frey trzasnął go z całej mocy. Stracił równowagę, upadł bokiem na posadzkę. Wysoki pisk ogłuszył go na moment. Skulona w kącie Zoe zatykała uszy. Daimon spojrzał w górę. Pod sufitem stwór wił się w upiornym tańcu lizany przez piaskowe i zielone płomienie. Wizgał przejmująco. Wreszcie skręcił się w gwałtownym spazmie, krzyknął niemal ludzkim głosem i eksplodował snopem iskier.

Frey wstał z podłogi. Podszedł do dygoczącej Zoe, ukląkł.

– Nic ci nie jest?

Potrząsnęła głową. Wargi miała sine.

– Co to było? – wyszeptała.

– Pożeracz – powiedział Daimon. – Stwór wywoływany za pomocą najpodlejszej odmiany czarnej magii. Potrafią go wygenerować tylko bardzo potężni magowie. To rodzaj larwy żerującej na duszy. Powoduje, że ofiara słabnie, popełnia fatalne błędy, traci kontakt z rzeczywistością, staje się podatna na manipulacje, a w konkluzji popada w obłęd lub zostaje umysłowym warzywem. Zarażenie następuje w momencie kontaktu z czynną larwą. Stwór jest ukierunkowany na konkretną osobę. Nosiciel nie wie, że pożeracz go zaatakował. Czasem, bardzo rzadko, zdarza się ktoś posiadający specjalne moce ochronne, które pozwalają wyczuć niektóre formy ataku czarnomagicznego, na przykład aktywnego pożeracza. Nie są w powszechnym użyciu, bo metody ich uzyskania należą do szczególnie nieprzyjemnych. Jako Anioł Zagłady musiałem je sobie zafundować, choć twoja pani nie mogła przypuszczać, że zdecydowałem się na ochronę aż tak wysokiego stopnia. To była naprawdę wyśmienicie wykonana larwa. Mało brakowało, a w ogóle bym jej nie poczuł. Przy okazji przekaż Sophii gratulacje. Nie spodziewałem się, że tak dobrze posługuje się magią. Wiem, że cię wykorzystała. Ale nie naraziła cię na niebezpieczeństwo, Zoe. Pożeracz aktywuje się dopiero w obecności ofiary. Atakuje innych, jeśli poczuje ofiarę i szykuje się w nią wniknąć, ale z jakichś przyczyn nie może spełnić zadania. Zaklęcia ochraniające są zbyt mocne, albo dana osoba właśnie traci życie. Wtedy agresja stwora obraca się ku każdej innej dostępnej istocie.

– To niemożliwe – jęknęła Zoe. – Moja pani jest dobra. Pożeracza musiał wysłać ktoś inny. Nie wierzę, żeby pani Sophia... Chyba nie myślisz, że to ona? Nie jest zdolna do podłości, żadnej! Ona...

Poetce zabrakło tchu. Wyglądała jak ktoś, kto stracił nagle grunt pod nogami i zapada się w bezdenne, cuchnące błoto. W oczach Daimona pojawiło się współczucie.

– Przykro mi, że nieba Królestwa zwaliły ci się na głowę, Zoe. Ale to nie ja je strąciłem.

Twarz anielicy wykrzywił grymas cierpienia.

– Proszę, wyjdź. Muszę zostać sama – szepnęła.

Daimon chciał coś powiedzieć, ale powstrzymał go wyraz oczu Zoe. Wyszedł, pozostawiając poetkę skuloną na posadzce. W szrankach szkarłatnego aksamitu smok nadal toczył zażarty bój z jednorożcem.

Szeroką, ruchliwą ulicą mknęły samochody. Na chodniku kłębił się tłum ludzi, niektórzy w pośpiechu roztrącali pozostałych przechodniów, inni leniwie przyglądali się wystawom.

Kamael stał przed wejściem do hotelu, paląc papierosa. Daimon rozpoznał go po nieodłącznej bejsbolówce. Kamael pomachał mu ręką i zdusił peta w donicy z palmą.

– Witaj, Kam – powiedział Frey, podszedłszy. – Zaprowadzisz mnie do Gabriela? Muszę mu opowiedzieć o czymś ważnym.

Kamael zaśmiał się. Oczy mu lśniły.

– Nie będziemy musieli daleko chodzić, stary.

Daimon uśmiechnął się, lecz zmierzył przyjaciela podejrzliwym spojrzeniem. Kamael, co poznać można było po jego minie, wykombinował jakiś niezły numer. Frey miał nadzieję, że nie kosztem nieszczęsnego Gabrysia. Archanioł bardzo źle znosił przymusowe wygnanie i zamartwiał się sytuacją w Królestwie.

– Nie trzymasz go chyba w jakiejś szopie albo piwnicy? – zagadnął. – Biedak ma dość, Kam. Należy mu się trochę względów.

– Co jest? – burknął były dowódca Aniołów Miecza z miną urażonej niewinności. – Hotel ci się nie podoba? Spójrz tylko, więcej gwiazdek niż w całej cholernej Drodze Mlecznej.

Kąciki ust Daimona zadrgały w rozbawieniu, ale z oczu nie zniknął wyraz podejrzliwości. Zmierzył wzrokiem imponującą fasadę, palmy flankujące wejście, portierów z galonami złotymi jak łańcuchy na choinkę, czerwony dywan falujący po marmurowych stopniach schodów i boyów w czapkach tak idiotycznego fasonu, że konieczność ich noszenia mogły rekompensować tylko astronomiczne napiwki.

– Gabriel ukrywa się w tym hotelu?

Kamael skinął głową.

– Aha – oznajmił lakonicznie.

– Gdzie go wpakowałeś? Do magazynu bielizny?

– Skąd! – oburzył się hrabia palatyn Głębi. – Archanioła, który trząsł całym Królestwem? Nie upadłem na głowę. Przecież on wróci i ładnie mnie wtedy urządzi. Zajmuje się zemstą, jeśli nie pamiętasz. Chodź, pokażę ci, jak mieszka Regent na wygnaniu.

Ruszyli do wejścia. Czerwony dywan uginał się pod stopami niczym leśny mech. Fotokomórka bezszelestnie rozsunęła przed nimi szklane drzwi, a chrzęszczący galonami portierzy gięli się w ukłonach niżej od dżinnów Sophii. Wnętrze było tak niklowane, chromowane i kryształowo lśniące, jak tylko można sobie życzyć. Za kontuarem ozdobionym wykonanym złotą antykwą napisem „Recepcja" tkwiła panienka z uszminkowanym uśmiechem trwale przymocowanym do dolnej partii twarzy.

– Całkiem jak u Sophii – mruknął Frey. – Za chwilę wyjdzie wezyr i wymieni wszystkie nasze tytuły.

– Dają fantastyczne śniadania – powiedział Kamael. – Szwedzki bufet jest niemal niebiański.

Daimon spojrzał na niego zdziwiony. Ubawiony Kamal pokazywał zęby do ostatnich ósemek.

– Ja też tu mieszkam. Obsługa niezła, warunki niczego. Standard niezmiennie wysoki, od końca dziewiętnastego wieku. Wspominałem, że zatrzymałem się tu jakieś sto z hakiem lat temu? Miłe miejsce, pełne tradycji, a ja czasami cenię konserwatyzm, zwłaszcza gdy jest dla mnie wygodny. W dodatku nie muszę płacić rachunków.

Windziarz otworzył przed nimi drzwi windy błyszczącej niczym pudełko na prezent. Sunęła z powolnym dostojeństwem. W lustrze Daimon ujrzał własną twarz w ciemnych okularach dokładnie maskujących oczy. Przez moment walczył z pokusą zdjęcia ich na chwilę i spojrzenia wprost na znudzonego windziarza, który z zawodowo uprzejmą miną, wbity w wygalonowany mundur, przypominał wielką marionetkę. Na każdym epolecie mógłby urządzić stolik do kawy, pomyślał Frey.

– W jaki sposób Gabriel się zmaterializował? – zagadnął Kamaela. – Przeszedł przez pentagram?

Palatyn Głębi skinął głową.

– To najrozsądniejszy sposób. Nie wykryją go łatwo. Tylko wyznawca będzie musiał zrobić remont. Solidny. Gabrysiowi nie dopisywał wtedy humor.

Winda zatrzymała się. Wyszli na elegancki korytarz. Czerwony dywan ciął posadzkę jak pręga na grzbiecie smoka. Patrząc na marmury i stiuki pokrywające ściany, Daimon odnosił wrażenie, że znalazł się we wnętrzu wyjątkowo schludnego grobowca. Mijali rzędy białych, ozdobionych złotem drzwi. Dopiero gdy ujrzał numer trzynaście, elegancko wypisany na lakierowanym drewnie, Anioł Zagłady zrozumiał, jakim sprytem popisał się Kamael. Palatyn Głębi wyjął z kieszeni klucz.

– Apartament trzynaście – powiedział nie bez dumy. – Oczywiście nie istnieje, bo go nie zbudowano. Ludzie mają skłonność do głupich przesądów. Jako mieszkaniec Głębi nie powinienem uważać tej liczby za pechową, racja? Zresztą mnie przynosi szczęście i kasę w kieszeni. Bo jak niby mam płacić za pokój, który nie istnieje?

Daimon gwizdnął z podziwem.

– Wygenerowałeś go magicznie?

– Oczywiście. Mam sześć pokoi, łazienkę wielką jak basen, na posiłki schodzę do restauracji i żyję sobie spokojnie od setki lat. Kto mnie tu znajdzie? Bezpieczniej niż w Raju. Fajnie, co?

– Super – przytaknął Daimon. – Powinienem się wcześniej domyślić. Robiłem podobnie, mieszkając na Ziemi. Znajdujesz sobie pustostan albo wolne poddasze, otwierasz w środku astrala i wymyślasz wnętrze jakie chcesz.

– Też nieźle – zgodził się Kamael. – Ale ja wolę, kiedy mi sprzątają, piorą i w ogóle. Jestem leniwy.

– Gabryś mieszka u ciebie?

– Nie – skrzywił się demon. – Po co się tłoczyć. Poza tym Gabryś bywa apodyktyczny. Spójrz na drzwi naprzeciwko. Apartament trzynaście A, przeczytał Daimon. Klepnął Kamaela w plecy.

– Ty masz łeb, Kam.

Hrabia palatyn Otchłani uśmiechał się z zadowoleniem.

– Będę u siebie. Wpadnij, kiedy wyjdziesz od Gabriela.

Daimon skinął głową i zapukał do drzwi z numerem trzynaście A.

– Wejść – usłyszał oschły głos Regenta Królestwa.

Nacisnął klamkę. Znalazł się w eleganckim holu. Drzwi do salonu, sypialni i gabinetu pozostawiono otwarte. Przestronne, jasne wnętrza, urządzone z gustem, sprawiały pogodne wrażenie. Kontrastowały boleśnie z ponurym wyrazem twarzy właściciela.

– Daimon? – zdziwił się Anioł Objawień. – Nie spodziewałem się ciebie. Wejdź. Usiądźmy w salonie. Tam będzie najwygodniej.

Przepuścił go do środka. Frey rozejrzał się po pokoju. Eleganckie meble, stonowane dodatki, za szkłem barek z pokaźną kolekcją flaszek. Nieźle. Minął niski stolik, zajął miejsce na szerokiej sofie, założył nogę na nogę i sięgnął po papierosa. Regent Królestwa przysiadł na brzegu fotela, ale zaraz zerwał się, zaczął nerwowo krążyć po pokoju. Wyraźnie był wściekły, zgnębiony i sfrustrowany. Wyłamywał palce, z trudem zachowując spokój.

– Co w Królestwie? – pytanie zabrzmiało niczym trzaśnięcie bicza.

Daimon zdjął okulary, wsunął do kieszeni.

– Wszędzie wrze. Zbrojne bandy pustoszą Limbo. W niskich kręgach co chwila wybuchają zamieszki. Arystokraci żrą się z urzędnikami, Teratel ogłosił powrót do wieku niewinności i nasprowadzał zakazanych mord z całego Wszechświata. Swoją drogą, żałosna postać. Nowi regenci: Och, Dubiel i Nitael, tracą popularność jak dziurawa dętka powietrze. Lada chwila wylecą. Jednym słowem – burdel. Razjel radzi sobie lepiej, niż mogłeś przypuszczać, ale i jemu cugle wysuwają się z rąk.

Walczy jak lew o utrzymanie porządku. Michała trzeba było niemal ogłuszyć, żeby nie zerwał się z Zastępami przywracać ci tron. Mielibyśmy wtedy wojnę domową nie do opanowania. Jeszcze trochę, ale już niedługo, Gabrysiu. Prości aniołowie widzą w tobie odnowiciela Królestwa, gwaranta spokoju i prawa. Niedługo wrócisz, Dżibril, ale nie spodoba ci się to, co zastaniesz.

Gabriel przesunął ręką po twarzy.

– Spodziewam się – mruknął.

Daimon odłożył papierosa do popielniczki, musnął palcami policzek z wizerunkiem salamandry.

– Sophia nasłała na mnie pożeracza – odezwał się cicho.

Gabriel drgnął.

– Co?!

Frey westchnął.

– Pożeracza. Taką magiczną larwę...

– Na Głębię, wiem, co to jest! – syknął archanioł. – Oszalała czy jak? Jesteś pewien? Wiesz, o czym mówisz?

Anioł Zagłady przymknął powieki. Poczuł, jak ogarnia go zmęczenie i odrobina irytacji.

– Rany, Dżibril, jestem poczytalny.

Zielone oczy archanioła w zmizerowanej bladej twarzy lśniły gorączkowo.

– Nie do wiary, nie do wiary – mamrotał, biegając po dywanie. – Jak do tego doszło?

– Wysłała mi prezent, jakoby z przeprosinami za scenę w pałacu. Klamrę ze smokiem i jednorożcem. Piękna, stara robota. Zatrzymałem na pamiątkę, w ramach przestrogi. Może kiedyś będę miał okazję rzucić ją Sophii w pysk. Zamknęła pożeracza w puzderku. Przynajmniej wiem, dlaczego mnie sprowokowała. Posłanie przyniosła ta mała poetka, Zoe.

– Sprytne – wyszeptał Gabriel. – Przyjąłbyś ją, żeby nie sprawić jej przykrości, nawet gdybyś miał szczerą chęć posłać w diabły poselstwo od Sophii. Tylko dlaczego zależy jej na twojej śmierci?

– Pomyśl – powiedział Daimon głucho.

Źrenice archanioła rozszerzyły się.

– Cholera – jęknął. – Teraz naprawdę nie wierzę.

– Widzisz jakiś inny powód?

Archanioł z trzaskiem wyłamał palce.

– To szaleństwo – oświadczył stanowczo. – Nie podjęłaby takiego ryzyka. Nasyłać na ciebie czarnomagiczną istotę? Jest za mądra.

Daimon podparł pięścią brodę, uniósł wzrok. Cienkie zielone tęczówki fosforyzowały jak u kota.

– To był naprawdę perfekcyjnie wykonany pożeracz. Mało brakowało, a by mnie dostał. Pamiętasz, przed czym ostrzegałeś mnie u Hiji? Rozumiesz, po co Pistis to zrobiła?

Wargi Gabriela ledwie się poruszyły.

– Tak. Przepowiednia.

Daimon nabrał głęboko oddechu.

– Musiała zaryzykować. Widocznie wie, że Siewca niebawem nadejdzie. Walczy z czasem. Chciała mnie zabić albo zmienić w bezwolną kukłę, żebym nie potrafił go powstrzymać.

Anioł Objawień potrząsnął głową.

– Na Jasność, czemu, Daimon?

Frey objął rękami głowę. Wszystko zaczynało go przerastać, przytłaczać. Byłem zwykłym żołnierzem, pomyślał gorzko. Dlaczego teraz mam odgrywać rolę jedynej nadziei Królestwa? Spróbował ogarnąć umysłem ogrom zamieszkujących świat istot. Miliardy istnień na Ziemi, w Królestwie, Głębi, Limbo, Sferach Poza Czasem... Siewca zabierze ich wszystkich. Jest o wiele większym szakalem niż ja. Zabijałem tysiące, a teraz mam ratować miliony, stwierdził nie bez ironii. Jakie to niekonsekwentne.

Brzydki grymas wykrzywił mu usta.

– Dżibril, Sophia reprezentuje wcieloną mądrość. Nie zna litości, skrupułów, nie wybacza. U zarania dziejów Pan przepowiedział koniec świata, który powołał do życia. Pistis tylko stara się pomóc w realizacji tego planu.

Gabriel przestał miotać się po pokoju. Ciężko opadł na fotel.

– Wspaniałe wieści przynosisz, Abaddonie – mruknął. – Krucze, cholera. Sępie.

Daimon wzruszył ramionami.

– Ty jesteś od dobrych nowin, Gabrysiu.

Regent Królestwa nie zdobył się na uśmiech.

– Myślisz, że Pan naprawdę zgładzi to, co kocha? – spytał.

Dłoń Freya uniosła się mimowolnie, żeby dotknąć długiej blizny na piersi, którędy wszedł miecz anielskiego egzekutora Raguela i przebił serce.

– Nie wiem – powiedział cicho. – On jest taki nieprzewidywalny.

Głębiańskie niebo pokryło się strzępami szkarłatu i fioletu niby aplikacjami na bojowym sztandarze. Ciepłe, złotawe światło kładło się na koronach drzew, dodając barwy ciemnej zieleni. Znad Jeziora Płomieni porwało się stado małych harpii, zatoczyło krąg nad taflą. Ochrypłe krzyki dźwięczały niewyobrażalną tęsknotą.

Asmodeusz odłożył pędzle, wytarł ręce w nasączoną terpentyną szmatę.

– Czemu milczysz, Razjelu? – spytał.

Archanioł zmrużył oczy.

– Podziwiam ogrom dzieła Pańskiego – odpowiedział. – Nawet Głębię stworzył perfekcyjnie.

Asmodeusz uniósł brwi.

– A ja w swojej próżności miałem nadzieję, że pochwalisz raczej moje dzieło.

Razjel spojrzał na obraz. Istotnie, musiał przyznać, że jest piękny. Asmodeusz nie malował z natury. Płótno pokrywały wizerunki tańczących smoków splatających się w fantastyczną kompozycję pełną potężnej ekspresji i głębokiego erotyzmu. Obraz emanował tęsknotą, silniejszą niż klangor harpii, tęsknotą za jakimś niedościgłym, utraconym pięknem i dobrem. Razjel nigdy by nie podejrzewał, że Zgniły Chłopiec potrafi zdobyć się na taką głębię uczuć. Patrzył na płótno poruszony, czując w gardle dziwny ucisk. Asmodeusz, właściciel sieci kasyn i burdeli, przyglądał mu się, mrużąc fiołkowe oczy.

– Jesteś wielkim artystą, Asmodeuszu – powiedział szczerze mag. – Marnujesz talent. Powinieneś poważnie zająć się malarstwem.

– Poważnie zajmuję się stręczycielstwem – uprzejmie przypomniał demon.

Wąskie usta Razjela wykrzywił uśmiech.

– Po namyśle przyznaję, że to lepiej do ciebie pasuje. Dlaczego mnie wezwałeś? Przydałby ci się raczej koneser sztuki.

– Nie jesteś nim, Książę Tajemnic? – Brwi Asmodeusza znów się podniosły.

– Wolę literaturę.

Zgniły Chłopiec odwrócił głowę, w zamyśleniu spoglądał na Jezioro Płomieni mieniące się w blasku niskiego głębiańskiego słońca.

– Ogromnie ryzykujesz, pojawiając się w Otchłani – powiedział.

Razjel wzruszył ramionami.

– Odrobina niebezpieczeństwa bywa opłacalna.

Na wargach Asmodeusza zadrgał uśmiech.

– Czego się spodziewasz po tym spotkaniu?

– Nie wiem – odrzekł Pan Tajemnic. – Nie sądzę jednak, żebyś zaprosił mnie na rozmowę o sztuce.

Głębianin skinął głową, jakby Razjel udzielił właściwej odpowiedzi na teście, ale milczał.

– Masz ochotę na owoce albo coś do picia? – zagadnął po chwili, wskazując stojący w cieniu stół zastawiony zimnym mięsiwem, trunkami i egzotycznymi owocami. Wokół przysiadły gotowe do posług dżinnije o ciemnych twarzach i smukłych sylwetkach. Razjel nigdy nie widział tak pięknych dżinnów. Wprost zachwycały urodą.

– Ładne, prawda? – rzucił zdawkowo Asmodeusz. – Starannie wyselekcjonowane. Wszyscy wiedzą, że lubię otaczać się pięknymi przedmiotami. Nie przejmuj się. Nie zdradzą nikomu, o czym rozmawiamy. Są głuche i nieme. Nauczyłem je reagować na gesty.

Razjela przeszedł dreszcz. Młodzieńcza twarz Głębianina nie wyrażała żadnych uczuć. Przez chwilę archanioł miał wrażenie, że patrzy na perfekcyjnie wykonaną maskę, ale wcale nie pragnął ujrzeć, co się pod nią kryje.

– Sytuacja w Otchłani wygląda bardzo kiepsko, prawda? – spytał wprost.

Asmodeusz podniósł do oczu wypielęgnowaną dłoń, zmierzył obojętnym wzrokiem umazane farbą pierścienie. Ściągnął je z palców i rzucił niedbale w stronę stołu. Zakotłowało się. Piękne służące, wydając nieartykułowane gardłowe wrzaski, rzuciły się do boju o klejnoty.

– Tak – przyznał otwarcie. – Lampka rychło może stracić grunt pod nogami. Zdajesz sobie sprawę z konsekwencji?

Razjel uśmiechnął się gorzko.

– No cóż, ani Głębia, ani Królestwo nie odniosą z tego powodu korzyści.

Asmodeusz odwrócił się, żeby spojrzeć na Jezioro Płomieni.

– Kiedy nasza koalicja upadnie, kiedy wyjdzie na jaw, że Pan nas opuścił, zawali się wszystko i bez przepowiedni o Siewcy.

– Jak rozumiem, masz coś do zaproponowania? – zagadnął ostrożnie archanioł, usilnie starając się odgadnąć, jakie motywy kierują demonem.

Fiołkowe tęczówki Asmodeusza spotkały się z chłodnym błękitem oczu Razjela.

– Jest tylko jedna osoba władna przywrócić porządek – powiedział wolno Głębianin.

Pan Tajemnic, który za nic nie chciał popełnić błędu, ograniczył się do pytającego uniesienia brwi.

– Obaj wiemy, kto. – Usta Asmodeusza drgnęły. Razjel zamarł w napięciu. – Gabriel.

Pan Tajemnic pozwolił sobie na głębszy oddech.

– To prawda – przytaknął.

– Jesteście w stanie osadzić go z powrotem na tronie regenta? – W głosie Asmodeusza próżno było doszukiwać się emocji.

Razjel westchnął.

– Sądzę, że tak. Ale nie bez udziału armii.

– Szybko?

Pan Tajemnic zwilżył językiem usta.

– Nie wiem – odpowiedział szczerze. – Prawdopodobnie nie.

Asmodeusz musnął palcami rozpoczęte płótno.

– Proponuję współpracę. Absolutnie prywatnie. Pewna liczba moich oddziałów, przypuśćmy, że znacząca liczba, wejdzie w otwarty konflikt z wojskami nowych regentów.

Razjel drgnął.

– Proponujesz zdradę, nie współpracę.

– Żołnierze wystąpią w barwach różnych niebiańskich ugrupowań – ciągnął Zgniły Chłopiec, niezrażony. – Wprowadzą trochę zamieszania, może sprowokują większe potyczki. W najlepszym wypadku skłócą waszych wrogów, w najgorszym zaabsorbują na jakiś czas ich siły. Spustoszą osady w Limbo i Przedpieklu, narobią bałaganu w niskich kręgach Królestwa. To ostatecznie odbierze regentom przychylność szeregowych skrzydlatych, w porównaniu ze złotymi czasami rządów Gabriela.

– Czekaj – przerwał Razjel. – Nie myślisz chyba, że zgodzę się na rozlew krwi cywilów. Twoja propozycja wydaje się kusząca, ale nie tykaj zwykłych mieszkańców. Będziemy wdzięczni, jeśli zaatakujesz zbrojne oddziały dowolnych arystokratów i urzędników, lecz z dala od Królestwa.

Asmodeusz wydął wargi.

– Mówiłem również o Przedpieklu i Limbo.

Razjel przełknął ślinę.

– Przykro mi, wszelkie gwałty na cywilach nie wchodzą w grę – rzucił twardo. Poczuł, że się poci. Z politycznego punktu widzenia pomysł demona był ryzykowny, ale godny rozważenia. Przyniósłby archaniołom wymierne korzyści, niewykluczone, że nieocenionej wagi. Jednak nie za taką cenę. Podjęcie decyzji przyszło mu z większym trudem, niż przypuszczał, lecz był jej pewien. Nie za tę cenę. – Nie, Asmodeuszu – powiedział.

Demon z ubolewaniem potrząsnął głową. W fiołkowych tęczówkach błysnęło rozbawienie.

– Nieskalani rycerze Królestwa. Jak zwykle. Naprawdę trudno was skusić. Wybacz, ale musiałem spróbować. W grę wchodziła kwestia honoru Głębianina. W porządku, nie tkną cywilów. Co ty na to?

Pan Tajemnic splótł ręce, żeby Zgniły Chłopiec nie dostrzegł, że trochę drżą.

– Podpuszczałeś mnie?

Demon leciutko uniósł brwi.

– Skądże. Zacząłem negocjacje z najwyższej pozycji. Teraz schodzę szczebel niżej. Zgadzasz się?

– Przysięgniesz, że nie pozwolisz na rozlew niewinnej krwi?

W seledynowych włosach Asmodeusza zalśniły drogie kamienie liźnięte promieniem czerwonawego głębiańskiego słońca, gdy demon wolno skinął głową.

– Na moje imię i honor.

Razjel odetchnął. To była najpotężniejsza przysięga, której nie złamał nikt od zarania dziejów. Zgniły Chłopiec dał mu ostateczną rękojmię. Pozostawało tylko zastanowić się, dlaczego w ogóle wysunął swoją propozycję.

Razjel jeszcze raz spojrzał na obraz. Potem podniósł wzrok na twarz demona.

– Masz moją zgodę – rzekł. – W imieniu prawowitego Regenta.

Twarz Asmodeusza nie drgnęła. Uprzejmym gestem wskazał stół z jadłem.

– Na pewno nic nie zjesz? – zagadnął.

– Nie, dzięki – mruknął archanioł. – Czy mogę ci zadać osobiste pytanie?

Demon nie zmieszał się, choć wyglądał na lekko zaskoczonego.

– Dobrze, chociaż nie ręczę, że odpowiem.

Razjel spojrzał mu w oczy.

– Dlaczego do tej pory nie odsunąłeś Lucyfera od władzy? Bez ciebie zginąłby w tydzień.

Asmodeusz uśmiechnął się lekko.

– W trzy dni – powiedział.

Archanioł nie zrozumiał. Popatrzył na demona pytająco.

– Ja bym mu dał trzy dni – wyjaśnił Zgniły Chłopiec. – Potem poleciałby na pysk. Jest romantykiem, porywczym nadwrażliwcem i niezłym żołnierzem, ale masz rację, polityk z niego żaden. A ty, czemu służysz interesom Gabriela?

Razjel potarł palcem podbródek.

– Służę interesom Królestwa. Jestem lojalny wobec Gabriela, bo darzę go szacunkiem, przyjaźnią i pewnym podziwem. Uznaję jego wyższość, Asmodeuszu. Nie ma nikogo, kto lepiej podołałby obowiązkom regenta. Sam to przyznałeś.

– Wciąż przyznaję. A gdyby stracił umiejętności, gdyby zaczął popełniać fatalne błędy i działać na szkodę Królestwa? Co wtedy? Starałbyś się go usunąć?

Pan Tajemnic, głęboko zamyślony, wpatrywał się w płótno Asmodeusza.

– Nie wiem – rzekł wreszcie. – Zadajesz ciężkie pytania. Prawdopodobnie tak, choć mam nadzieję, że nigdy nie dojdzie do takiej sytuacji.

– Nawet gdybyś musiał go zabić?

Razjel potrząsnął głową.

– Nie odpowiem ci. Nie mam pojęcia, jak bym postąpił, Asmodeuszu.

Demon zmrużył oczy.

– Honor – powiedział. – Lojalność. Obowiązek. Wy, skrzydlaci, lubujecie się w dylematach moralnych, ale nie wiecie, jak się posługiwać prostymi terminami. Widzisz, Lampka jest moim przyjacielem. Jedynym. Nie dbam, czy mi wierzysz, czy nie, bo prawda i tak pozostaje prawdą. Nie obchodzi mnie Głębia. Obchodzą mnie jednostki, a Lampka jest jednostką, na której mi zależy. Zrozumiałeś?

– Tak – powiedział Razjel. – Twoja filozofia upraszcza życie.

Asmodeusz wzruszył ramionami.

– Sprawdza się.

– Z punktu widzenia demona, z pewnością.

Asmodeusz przypatrywał się krążącym harpiom.

– Jutro wyślę oddziały. Wykorzystajcie to.

– Nie omieszkamy – mruknął archanioł, narzucając na głowę kaptur płaszcza. Wyciągnął z kieszeni maleńki latający dywan, który rzucony na ziemię natychmiast zaczął rosnąć. Prawdziwe dywany, wykonywane przez anioła Cafniela, kosztowały fortunę, dlatego często cięto je na skrawki. Jednak dopiero w całości ujawniały pełnię magicznej mocy, pozwalając właścicielowi przenosić się z miejsca na miejsce właściwie bez ryzyka wykrycia. Cafniel traktował sztukę wykonywania latających tkanin z wielką powagą, więc rozcinanie swoich dzieł na kawałki traktował jako objaw barbarzyństwa i osobistą obrazę. Zgniły Chłopiec przyglądał się dywanowi Razjela z uznaniem. Był doskonałego gatunku i musiał kosztować fortunę.

Archanioł usiadł na dywanie.

– Asmodeuszu?

– Tak?

– Dzięki.

Demon potrząsnął głową.

– Nie robię tego z sympatii do was.

– Wiem. Ale i tak dzięki – mruknął Razjel i wypowiedział zaklęcie. Dywan znikł.

Asmodeusz sięgnął po pędzle.

Zapach jabłek, słodki, lecz jednocześnie cierpki, przesycał powietrze na kształt osnowy w delikatnej tkaninie. Złote palce słońca znaczyły liście i murawę lśniącymi plamami. Pokręcone pnie starych jabłoni pochylały się ciekawie. Ciężkie od jabłek gałęzie przypominały ręce, wyciągnięte, aby głaskać kobaltowe loki, jasną, aksamitną skórę, tak jak on teraz. Daimon odwrócił się na plecy, spojrzał w niebo rozpięte wysoko niczym błękitny namiot. Nigdy w życiu nie był tak szczęśliwy. Nawet jeśli gryzłby go jakiś głęboki lęk, że przyjdzie mu za to zapłacić, nie potrafiłby znaleźć w sobie choć jednej przyczyny, dla której miałby wyrzec się Hiji. Unikał podobnych rozważań, bo nie miały sensu. Nie umiałby tego zrobić. Wiedział jedno. Nie odszedłby, nawet gdyby sama Jasność zstąpiła i wydała taki rozkaz.

Hija wyciągnęła rękę, ostrożnie przesunęła palcami po bliźnie na jego piersi.

– Jaka ona dziwna – szepnęła.

Daimon zerwał długie źdźbło trawy, włożył między zęby. Smakowało słodko i gorzkawo zarazem.

– Dlaczego?

Podparła się łokciem.

– Wciąż emanuje mocą.

– Złą?

Odgarnęła włosy z twarzy.

– Nie, tego nie powiedziałam. Niezwykłą. To jak ślad ogromnej potęgi, która żeby zadziałać, musi na trwale odcisnąć się na wszystkim, czego dotknęła. Pan cię wskrzesił, Daimonie. Skierował wtedy na ciebie swoją skoncentrowaną uwagę, swoją sprawczą siłę. Zmienił cię. Jakie to uczucie?

– Okropne – mruknął Anioł Zagłady.

– Wybacz, że chciałam wiedzieć. Magia jest cząstką mocy Pana. On dokonuje najwspanialszych cudów. Nigdy nie zetknęłam się z kimś, kto bezpośrednio doświadczył Jego interwencji. Nie lubisz o tym mówić?

– Nie. Zdaję sobie wtedy sprawę, kim zostałem.

Przekręciła się na brzuch, zaczęła skubać wąsate kłoski trawy.

– Nie sądzę, żebyś stał się kimś naprawdę innym.

Położył rękę na piersi.

– Cały czas odnoszę takie samo wrażenie. Nic nie czuję.

Hija patrzyła na niego z uśmiechem.

– Pewnie, że nie. Nie masz wiele wspólnego z magią, a ja jestem wiedźmą. Zapomniałeś?

Widział nad sobą nakrapiane złotem roześmiane oczy.

– Skąd – powiedział. – Przecież rzuciłaś na mnie urok.

Zaśmiała się, odrzuciła w tył włosy o barwie kobaltu.

– Dobry?

– Doskonały. Najlepszy.

Wyciągnął ramiona, objął ją.

– Daimonie – szepnęła. – Dlaczego tak długo walczyłeś?

Jego dłonie delikatnie przesuwały się po skórze cudownej jak kolejne nieba Królestwa.

– Łamiemy wszystkie normy, maleńka. Nie wolno nam być razem. Jesteśmy przecież aniołami.

Palce Hiji wsunęły się w ciemne włosy Daimona.

– Nie do końca. Zastanów się. Wiedźma i upiór. Zostaliśmy potępieni już z góry. Nie wiesz, co myślą o nas w Królestwie?

Drgnął, przytulił ją mocniej.

– Ktoś cię zranił, maleńka? Ktoś powiedział coś, co cię zabolało? – W głosie Anioła Zagłady dał się słyszeć niepokój.

– Och, nie! Nie! – Potrząsnęła głową. – I tak nie dbam o to. Chodzi o ciebie.

Zdziwiony, uniósł brwi.

Hija przysunęła się bliżej, ujęła jego twarz w dłonie.

– Naprawdę myślisz, że robimy coś złego? Spójrz na mnie. Czy w oczach Jasności to, co się dzieje między nami, może być złe?

Daimon przymknął powieki, czując, jak ogarnia go fala głębokiej radości.

– Nie – powiedział cicho. – Nigdy. A nawet jeśli, to, cholera, co komu po takiej Jasności?

Ręce Hiji nurkowały w jego włosach, kiedy łagodnie próbowała rozczesać palcami czarne kosmyki.

– Masz pełno źdźbeł i suchych patyczków – powiedziała. – Uczeszę cię, dobrze? Chciałam to zrobić, odkąd cię zobaczyłam, wiesz? Niezbyt przyzwoita myśl jak na anielicę. To przez ziemską krew. Skażone drzewo wyda skażone owoce. Więc po co się opierać przeznaczeniu? Zaraz, gdzieś tu rzuciłam grzebień. Usiądź.

Uklękła za nim, zaczęła delikatnie rozplatać gęste czarne pasma, a Daimon z każdą chwilą nabierał pewności, że nie dba, co ma na ich temat do powiedzenia Pan lub jakakolwiek inna istota we Wszechświecie. Jabłka pachniały przejmująco, las za starym murem ogrodu wydawał się wyznaczać koniec świata, o który warto dbać, a cała wyspa dryfowała po nieskończonej tafli błękitu. Cokolwiek znajdowało się poza jej obrębem, traciło realność do tego stopnia, że Daimon zapytał:

– Jesteś w stanie wywróżyć nadejście Siewcy?

Hija zagryzła wargi.

– Nie – szepnęła. – Moja moc tak daleko nie sięga. Ale proszę, nie mówmy o tym. Siewca budzi we mnie przerażenie. Nie przypominaj mi, że być może będziesz zmuszony stanąć naprzeciw niego. Siewca to nicość.

Uśmiechnął się.

– Nie bój się, maleńka. Tam, gdzie jesteśmy my, nie będzie żadnej nicości.

Twarz Hiji pozostała poważna.

– Nic nie mów – poprosiła, kładąc mu palec na ustach.

– Dobrze – przytaknął i wkrótce okazało się, że naprawdę niewiele już trzeba mówić.

Rozdział 7

Drop rozglądała się po skromnej kwaterze Saturnina. Bielone ściany, wąskie łóżko, prosty stolik, dwa krzesła, szafka. Na cały dobytek składały się tuniki na zmianę, bielizna, zapasowa kula ze szkła do śledzenia klienta, której używało się, gdy anioł nie mógł być przy swym podopiecznym osobiście. Zupełnie jak u nas, pomyślała. Czy wszyscy stróże są tacy sami? Ziewnęła. Nie była przyzwyczajona do bezczynności. Nudziła się. Gamerin wyszedł i obiecał, że zaraz wróci. Czas dłużył się niemiłosiernie. Wzięła ze stolika kulę, wywołała obraz. Saturnin i jego klient sterczeli w korku na zatłoczonej ulicy. Nic się nie działo. Odłożyła kulę. Wstała, podwinęła tunikę i zaczęła skakać po pokoju według nieistniejących klas, które wyobraziła sobie na podłodze.

– *Ene due rabe,*
Zjadł Głębianin żabę.
Żaba w brzuchu skacze,

A Głębianin płacze.

Deski pod jej stopami zadudniły, więc przestała, bo bała się, że ktoś zwabiony hałasem przyjdzie zobaczyć, co się dzieje. W Zielonej Wieży panowała głucha cisza. O tej porze wszyscy stróże byli na służbie, ale na pewno jakiś stróż pilnował kwatery.

Chciałabym, żeby Drago już wrócił, pomyślała tęsknie.

Westchnąwszy, opadła na łóżko. Na Jasność, co za nuda. Brakowało jej gwaru dziecinnych głosów, śmiechu, zabawy i bieganiny. Drop zatęskniła za powrotem do pracy. Zastanowiła się przez moment, jak wytłumaczy kilkudniową nieobecność matce Sarze, ale szybko odpędziła tę myśl. Tym martwić się będzie później.

Usiadła na łóżku, bo w korytarzu rozległ się odgłos kroków. To pewnie Drago, ucieszyła się.

W tej samej chwili ktoś zapukał.

– Drago? – spytała zdziwiona. Komandos obiecał stukać w umówiony sposób, a to pukanie było inne. Poza tym Gamerin miał klucz.

– Otwórz, Drop – powiedział głos zza drzwi. – Jestem przyjacielem Saturnina.

Akurat, pomyślała anielica. Ze strachu spociły się jej ręce. Podbiegła do okna. Wąskie. Rozpaczliwie wąskie. Właściwie pionowa strzelnica, przez którą z trudem można przecisnąć rękę, ale nic więcej. Nie da rady uciec. Gdzie się schować? W szafie? Pod łóżkiem? W łazience?

– Drop, Saturnin mnie przysłał. Otwórz!

Głos za drzwiami stał się natarczywy.

– Zaraz, ubieram się – odkrzyknęła Drop, przystawiając krzesło do szafy.

– Diabli z tobą, suko! – warknął ktoś na korytarzu. – Moc!

Na środku pokoju pojawił się niespodziewanie obcy skrzydlaty. W jednej ręce ściskał kawałek szmatki, a w drugiej pistolet. Nie miała czasu zastanowić się, jak to zrobił. Skoczyła mu z szafy na plecy. Upadli. Skrzydlaty, klnąc, próbował strząsnąć z siebie Drop. Anielica z całej siły trzasnęła go szklaną kulą. Wrzasnął, wypuścił szmatkę, ale nie pistolet. Uderzył ją, lecz go nie puściła, nadal wisząc mu u szyi jak kamień młyński. Szamotali się. Oderwał ją w końcu od siebie, ale anielica ani myślała zaprzestać walki. Rzuciła się na napastnika, dotkliwie kopiąc go po nogach i okładając jak popadnie szklaną kulą. Chciał walnąć ją pistoletem, ale się wywinęła i z całej mocy ugryzła go w palec. Wrzasnął ponownie, wypuszczając broń. Ale błyskawicznie odwinął się, uderzył anielicę w głowę tak potężnie, że aż pociemniało jej w oczach. Osłabła, przestała go okładać. Z paskudnym uśmiechem zamierzył się do kolejnego ciosu, ale niespodziewanie poleciał bezwładnie przez pokój, waląc potylicą w łóżko. Nie zdążył się otrząsnąć, gdy wpadł na niego Drago. Komandos chwycił go za ramiona, trzasnął bykiem. Skrzydlaty ryknął krótko, porwał się do walki. Uderzył Gamerina w brodę, ale Drago szarpnął się w porę, więc cios tylko ześliznął się po szczęce. Walczyli wściekle, sapiąc z wysiłku, lecz w milczeniu. Obcy był silny, pięściami posługiwał się sprawnie. Trochę zbyt sprawnie, jak na gust Gamerina. Tarzali się po pokoju, wpadali na meble, okładając się zapamiętale. Drago miał szczerze dość tej zabawy. Postanowił zmusić przeciwnika, żeby się odsłonił. Zamarkował cios, skrzydlaty spróbował go odbić, a wtedy komandos trzasnął go kantem dłoni w bok szyi. Napastnik powinien zwiędnąć w jednej chwili, lecz zacharczał tylko, szarpnąwszy głowę w tył. Musi mieć jakąś osłonę magiczną, pomyślał Drago. Błyskawicznie grzmotnął skrzydlatego w podbródek, zanim ten zdążył dojść do siebie. Przeciwnik odpowiedział ciosem w skroń, który omal nie ogłuszył komandosa. Drago poleciał w bok, podparł się ręką. Wyczuł pod palcami chłód metalu.

– Masz! – usłyszał syknięcie Drop.

Skrzydlaty rzucił się na niego, ale Drago już trzymał w dłoni pistolet. Poderwał go, strzelając prosto między oczy napastnika. Tamten runął do tyłu przy akompaniamencie cichego kaszlnięcia. Pistolet był głębiański, ale rewelacyjny tłumik – pomysłu Egzaela, jednego z najlepszych konstruktorów sprzętu wojennego i broni palnej, jakiego wydało Królestwo. Głowa skrzydlatego pękła jak bańka.

Drop wydała stłumiony jęk. Kapa na łóżku i ściana poweselały od czerwonych bryzgów, jakby nagle zakwitły tam maki. Na podłodze wokół trupa rozlewała się krwawa plama.

Drago przyjrzał się pobojowisku.

– Rany – stęknął zafrasowany.

Drop odczołgała się w kąt i zwymiotowała pod szafę. Gamerin przyklęknął przy niej, delikatnie dotknął ramienia.

– Hej, dziewczynko. Wszystko w porządku?

Szybkim ruchem zarzuciła mu ręce na szyję, przytuliła się.

– Och, Drago. Jak dobrze, że wróciłeś!

Objął ją.

– Już w porządku, malutka. Już dobrze.

Drżała.

– Poradzimy sobie ze wszystkim, nie bój się – powiedział uspokajająco. – Zaraz sprowadzę przyjaciela, pomoże nam.

Przycisnęła się do niego kurczowo.

– Nie! Nie zostawiaj mnie z tym... trupem – wykrztusiła przez łzy.

Zaczął ją kołysać.

– Na sekundę, maleńka. Nie zauważysz nawet. Jak on się tu dostał?

– Nie wiem. Stukał, a potem znalazł się nagle w pokoju. Skoczyłam na niego z szafyyy... – Rozpłakała się na dobre.

– Dzielna dziewczynka. Mądra. Miał coś w rękach?

– Nie pamiętam.

– Spróbuj.

– Pistolet i kawałek szmatyyy...

– Dywan – mruknął Dago. – Fajnie, bardzo ułatwi sprawę.

Usmarkana, zapłakana Drop podniosła na niego oczy pełne grozy.

– Drago! Saturnin! On mówił, że przysyła go Saturnin. Może coś mu zrobił?

Komandos drgnął, ale odezwał się uspokajająco:

– Na pewno nic mu nie jest. Zaraz sprawdzimy w kuli.

Spojrzał w szkło z nadzieją, że Drop nie zauważy jego drżących palców. Saturnin z klientem jechali samochodem po zatłoczonej ulicy. Odetchnął z ulgą.

– Widziałaś? W porządku. Nie ma się o co martwić. Lepiej pomóż mi poszukać tego kawałka szmatki. To skrawek latającego dywanu. Będzie nam potrzebny.

Leżał przy nodze krzesła. Znalazła go Drop, która zaglądała we wszystkie kąty obok drzwi, żeby nie musieć patrzeć na trupa.

Drago wyciągnął z kieszeni oko.

– Hazar? – zawołał.

W tej chwili zobaczył w krysztale oliwkową twarz przyjaciela.

– Możesz mi pomóc, stary? Potrzebuję cię.

– *Jasne. Gdzie jesteś?*

– W Królestwie. Drugie Niebo.

Czaszeczki na końcach warkoczyków zaklekotały.

– *Jaja sobie stroisz, bracie? Jak niby mam się dostać do Królestwa?*

– Dywanem. Podrzucę cię.

Hazar podrapał się w brodę.

– *No, dobra. Ze względu na starą przyjaźń, żołnierzu. Wiesz, co mi zrobią, jeśli mnie zdybią w Królestwie.*

Drago prychnął.

– Nie zdybią. Z dywanem żaden ryzyk.

Głębianin uśmiechnął się.

– *Niech będzie. Zjawiaj się „Pod Tysiącem Słońc".*

Gamerin ścisnął szmatkę.

– Moc! – zawołał i zniknął.

Zaskoczona Drop nie zdążyła zamknąć otwartych ze zdumienia ust, gdy wylądował z powrotem na środku pokoju w towarzystwie rosłego Głębianina.

Przybysz gwizdnął przez zęby.

– Niezła jatka, Drago. Co mam dla ciebie zrobić?

– Muszę się pozbyć ciała – mruknął komandos ponuro.

Hazar podrapał się za uchem.

– W porządku, to jest wykonalne. Ale najpierw przedstaw mnie damie. Zapominasz o dobrym wychowaniu, stary.

– To Drop, moja przyjaciółka, anielica stróż małych dzieci.

Głębianin wyszczerzył w uśmiechu bardzo ostre równe zęby.

– Hazar – przedstawił się. – Z Otchłani. Kumpel Drago. Bardzo mi miło.

– Mnie też – wyjąkała.

Podał jej mocną ciemną dłoń. Drop była lekko skonfundowana. Przez lata uczono ją, że Głębianie to potwory, a do tego odruchowo poczuła sympatię. Zachowywał się miło i miał ciepłe, wesołe oczy. Rozglądał się ciekawie po kwaterze Saturnina.

– A, więc tak jest w Królestwie. Nigdy tu nie byłem, siłą rzeczy. Ładnie, ale skromniutko.

– Stróże nie mają prawa do wygód – powiedziała Drop. – Wysocy aniołowie żyją inaczej.

– No, myślę – zaśmiał się Hazar. – Dobra, do roboty, dzieci. Drago, pomóż mi go ułożyć.

Głębianin i komandos chwycili ciało, przeciągnęli na środek pokoju. Na ten widok anielica skrzywiła się mimowolnie, spuściła wzrok. Hazar pochylił się, wyjętą z kieszeni czerwoną kredą obrysował trupa. Mamrotał przy tym dziwne wyrazy w języku niezrozumiałym dla Drop. Maścią z małego słoiczka wymalował na piersi skrzydlatego dwa proste znaki. Mazidło miało nieprzyjemny zapach siarki. Głębianin stanął u nóg trupa, podniósł ręce w górę i zaśpiewał coś donośnym głosem. Potem sięgnął po skórzany woreczek, obsypał szczodrze nieboszczyka niebieskim proszkiem przypominającym rozkruszony lazuryt.

– Odejdź teraz i obyś nie wracał. Twoją drogą płomień! – zawołał.

Natychmiast cały wyznaczony kredą krąg zajął się ogniem. Dym osmalił sufit, języki strzelały na wysokość szafy.

– Cholera! – wrzasnął Drago. Chwycił narzutę z łóżka, przydusił nią płomienie. W miejscu, gdzie leżał zabity, pojawiła się nieregularna plama spalenizny. Sączył się z niej śmierdzący dym.

– W każdym razie ciało znikło – powiedział Hazar.

Drago stał z przypaloną kapą w rękach.

– Dzięki, bracie – odezwał się cokolwiek kąśliwie. – Nie został po nim nawet ślad.

Głębianin klepnął go w plecy.

– Drobiazg, stary. Zawsze do usług. A teraz podrzuć mnie z powrotem „Pod Tysiąc Słońc". Zostawiłem niedopite piwo.

– Masz nadzieję jeszcze je zastać? – spytał Gamerin z uśmiechem.

– Mało: nadzieję – rozpromienił się Hazar. – Niezbitą pewność. Kto by się ośmielił ruszyć moje piwo?

– Samobójca – skwitował Drago.

– Trzymaj się, Drop. Samych grzecznych dzieci i trochę mniej trupów na przyszłość!

– Dziękuję. Postaram się o tym pamiętać. – Anielica zdobyła się na prawdziwy uśmiech.

Gamerin otoczył Hazara ramieniem.

– Moc!

Wylądowali przed samymi drzwiami knajpy.

– Zabierz tę małą i zwiewaj stamtąd. Źle mi to wygląda, Drago – poradził poważnie Głębianin.

– W porządku. Mamy trochę czasu, zanim się zorientują. Muszę ostrzec przyjaciela, żeby się liczył z ponowną wizytą. Nauczę go, co ma mówić, a nikomu nie stanie się krzywda. Możesz jeszcze coś dla mnie zrobić?

Wyraz smagłej twarzy Głębianina nie zmienił się.

– Wal. Spróbuję.

– Chcę, żebyś mnie z kimś umówił – zaczął Drago.

Hazar słuchał uważnie, a w miarę jak Gamerin mówił, rozpromieniał się wyraźnie.

– Nie ma sprawy. Ale pod warunkiem, że mnie zabierzesz, jasne?

– Dobra, jeśli chcesz – zgodził się komandos. – Spadam, bo wolę nie zostawiać Drop samej.

– Jasne. Powodzenia, żołnierzu.

– Powodzenia, Głębianinie. Moc!

Wylądował na plamie spalenizny. Pokój Saturnina wyglądał jak samo dno Gehenny. Osmalona podłoga, na ścianach rozbryźnięta krew, przypalona narzuta, połamane łóżko. Drop siedziała na środku, bez powodzenia usiłując wetknąć na powrót odłamaną od krzesła nogę. Minę miała bardzo niepewną. Drago rozejrzał się, westchnął.

– Poszukaj lepiej jakichś ścierek, mała – powiedział ponuro.

Gabriel poczuł to przez skórę. Coś jakby cierpnięcie karku, drętwienie koniuszków palców. Strach? Raczej świadomość niebezpieczeństwa. Kiedy seria z NEX-a 666 rozwaliła drzwi apartamentu 13A, Gabriel trzymał już w dłoni skrawek dywanu. Kątem oka zobaczył morderców. Dżinny, zdążył się zdziwić. Lufy plunęły ogniem.

– Moc! – krzyknął, zdając sobie sprawę, że jest za późno. Podłoga otworzyła się pod nim, ale nie wiedział, czy to działanie magii, czy kul zamachowców. Zanim poleciał w dół, zobaczył sylwetkę Uzjela. Adiutant, który przyniósł mu wieści i kilka potrzebnych drobiazgów od Razjela, rzucił się zasłonić Regenta. Siła uderzenia podcięła mu nogi, kule udekorowały pierś wielkimi czerwonymi orderami. Seria z NEX-a obróciła Uzjela płynnie niby tancerza z baletu wykonującego szczególnie skomplikowaną figurę. Kobaltowe loki otaczały głowę anioła na kształt błękitnej aureoli. Bryzgi krwi na skrzydłach przypominały nieregularne maźnięcia farbą. Czerwona dziura pośrodku korpusu wyglądała na element ekstrawaganckiego kostiumu. Poderwany w górę, Uzjel płynął w powietrzu piękniejszy od sylfa, aż wreszcie runął na dywan.

Żegnaj, pomyślał Gabriel ze smutkiem, znikając w szczelinie otwartej przez moc.

Uzjel nie poczuł uderzenia towarzyszącego upadkowi. Przez czarną otchłań kosmosu szybował ku zielono mrugającej gwieździe w konstelacji Rydwanu.

– Niewiele mam, Daimonie – powiedział Samael. – Nikt nie sprzedaje ani nie kupuje trefnych towarów.

W Królestwie i Głębi burdel nie do pojęcia, ale rynek prosperuje kiepsko. Myślę, że wszyscy się boją.

Siedzieli w ziemskim barze nad szklankami whisky. Daimon zapalił papierosa. Jak większość wysokich rangą aniołów odwiedzających Ziemię doceniał uroki miejscowych używek, które niosły przyjemność, a nie były w stanie zaszkodzić organizmom skrzydlatych, w przeciwieństwie do specyfików i trunków Królestwa czy Głębi. Wypuścił kłąb dymu i spojrzał uważnie w zielonozłote oczy Samaela.

– Geniusz Sislau oferuje, jak zwykle, trucizny, Hatifas handluje klejnotami, wszystko normalka. Aha, może cię zainteresuje, że Och, ten sam, który wysadził z siodła Gabrysia, wynajął kilka miesięcy wcześniej trzy z dwudziestu ośmiu prowincji lennych Królestwa, którymi zawiaduje.

Źrenice Freya zwęziły się.

– Ten alchemik, co trzyma z Dubielem i Nitaelem?

– Ten sam – przytaknął Ryży Hultaj.

Daimon w zamyśleniu postukał paznokciem kciuka o zęby.

– Wiadomo, komu wynajął, Sam?

Demon wzruszył ramionami.

– Nie. Informator jest niepewny, może powtarza ploty. Twierdził, że Och oddał prowincje wielkiemu białemu aniołowi z twarzą sztywną jak u trupa, w zamian za źródło wielkiej mocy, kamień filozoficzny czy coś takiego. Ale to bzdura, Daimon. Każdy podrzędny mag w Głębi zaczyna ćwiczenia od wygenerowania kamienia. Nawet ja bym potrafił, gdybym się postarał... Co jest, Daimon?

Frey kasłał, zakrztusiwszy się dymem.

– Szlag! – syknął – Mówisz wielki biały anioł? Za źródło magicznej mocy?

Samael uspokajającym gestem rozłożył ręce.

– Hej, nie denerwuj się. Nie ręczę za te informacje.

– To niemożliwe. – Daimon nerwowo potarł policzek. – Nie wierzę, kurwa, za nic.

Jednym łykiem opróżnił szklankę, wstał. Ręce mu drżały.

– Dzięki, Sam. Muszę coś sprawdzić.

– O co chodzi? – spytał osłupiały Samael. – Wyglądasz, jakbyś zobaczył upiora.

– Bo zobaczyłem – warknął Anioł Zagłady. Jego rysy stężały – Cholernego, krwawego upiora z przeszłości.

Klepnął Samaela w ramię.

– Trzymaj się. Może właśnie uratowałeś swoje ulubione burdele i knajpy, Sam.

– Czekaj! – krzyknął były archanioł. – Jesteś mi winien wyjaśnienia, draniu!

Za Daimonem zatrzasnęły się drzwi.

Wielka sala Pałacu Potęgi przytłaczała Ocha. Po raz kolejny przyszło mu do głowy, że być może popełnił błąd, sięgając po władzę. Właściwie to wcale jej nie pragnął. Chciał tylko uwolnić Królestwo od tyranii Gabriela. Dodatkową pokusę stanowiła Księga. Jaki alchemik potrafiłby się jej oprzeć? Ale Księga też okazała się po części rozczarowaniem. Och nie umiał złamać szyfrów chroniących zaklęcia, i nawet najprostsze zawarte w niej ćwiczenia okazywały się dla niego za trudne. Ze smutkiem musiał przyznać w duchu, że jest za słabym magiem, żeby odnieść pożytek z Księgi. Nie tylko nie wiedział, jak się nią posługiwać, ale nie rozumiał większości zagadnień.

Sytuacja, którą rozpętał osobiście nieszczęsnym pozwem przeciw Gabrielowi, przytłaczała go jeszcze bardziej niż złocony sufit komnaty regenta. Och westchnął. Ani on, ani Dubiel czy Nitael nie potrafili poradzić sobie z uzyskaną potęgą. Urzędnicy Królestwa ogłosili ich współregentami, namiestnikami Pańskimi i Wielkimi Eonami, lecz wcale nie zamierzali się z nimi liczyć. Spiskowcy nieraz odczuli okazywane im lekceważenie, które rosło proporcjonalnie do spadku ich znaczenia. W Królestwie hulały oddziały najemników i pospolitych złoczyńców, Limbo płonęło łuną pożarów, w skarbcu kończyły się fundusze, a zbrojne bandy oraz żołdacy, najęci przez arystokratów, żądali okupu za pozostawienie w spokoju najwyższych kręgów niebiańskich. Pan nie dawał żadnych wskazówek, milcząc uparcie z wyżyn Tronu, a prości skrzydlaci wyczekiwali powrotu Gabriela niby zbawienia. Na domiar złego Teratel utracił całkowicie kontrolę nad fanatycznymi grupami radykalnych anarchistów, którzy niszczyli gmachy użyteczności publicznej, postulując powrót do rajskiej niewinności, pozbawionej wszelkiej hierarchii. Nie dalej jak rano wytłukli szyby w wirydarzu pałacu i zanieczyścili baseny, tak że wyzdychały wszystkie hydry.

– Trzeba było postarać się lepiej! – warknął smagły, ciemnowłosy Anioł Persji, Dubiel. – Suczy syn uciekł! Ciekawe, czy spodoba nam się jego zemsta.

Potężny Nitael przegarnął jasne włosy.

– Nie histeryzuj, Dubielu. Mówisz, jakbyś spodziewał się, że wróci.

Anioł Persji odwrócił się błyskawicznie, niby podcięty batem. Dawno temu, przez trzy tygodnie zastępował Gabriela, a po powrocie archanioła gorzko żałował, że w ogóle przyszedł na świat.

– Oczywiście, że się spodziewam! Horyzont ciemnieje, a wy zachowujecie się jak ślepi, panowie. Wiecie, co piszą na murach? „Gabriel zbawca", „Gabriel jedynym prawowitym regentem", „Wróć, nadziejo Królestwa"!

Nitael wzruszył ramionami.

– Boisz się napisów na murach? Nie ugryzą cię.

– Ale Gabriel, na którego zrobiliśmy nieudany zamach, łatwo może odgryźć nam głowy – syknął wściekle Dubiel. – W jaki sposób się wywinął?

– Osłonił go Uzjel, jego adiutant. Zginął zamiast Gabriela – wyjaśnił ponuro Nitael.

– Jasne – powiedział Dubiel z goryczą. – Widzicie, jak go kochają? A pokażcie mi jednego skrzydlatego, który nadstawi dupy dla nas. Wszyscy trzej sprzedalibyśmy się nawzajem za miskę zgniłej manny.

Zgromadzeni milczeli.

– Wyśledziliśmy go raz, możemy i drugi – burknął Nitael. – Następnym razem go załatwimy.

– Przestań pieprzyć – żachnął się Anioł Persji. – To żałosne, że w ogóle musimy się do tego posuwać. A miało być tak pięknie. Szlachetni mężowie uwalniają Królestwo od tyrana.

Splunął. Jego ostre spojrzenie padło na skulonego w kącie alchemika.

– Nie będę przypominał, kto nas do tego namawiał. Czemu milczysz, Och? Otwórz gębę, powiedz coś wzniosłego. A właściwie czemu nie użyjesz tej swojej fantastycznej Księgi? Tyle o niej gadałeś, aż chciało się rzygać. Uczyń cud, wielki czarnoksiężniku. Wyprostuj sytuację.

– Pracuję nad tym – burknął Och.

– Nie czepiaj się. Znalazł kryjówkę Gabriela – odezwał się Nitael.

Dubiel wykrzywił twarz.

– Cudownie! Co za wyczyn! Podobno za pomocą tej Księgi można uzyskać moc niemal równą Jasności. No, dalej, Och, zrób coś niebywałego!

– Jest zaszyfrowana! – wrzasnął alchemik.

– Ach tak? – Oczy Dubiela zrobiły się wąskie jak szparki. – Zaszyfrowana?

– Daj mu spokój! – warknął Nitael. – Brakuje tylko, żebyśmy się wzięli za łby.

Anioł Persji ujął się pod boki.

– Gdzie ona jest, Och? Żaden z nas nigdy jej nie widział. Czy ty ją w ogóle masz?

– Ukryłem ją na Ziemi – syknął Och. – Tu nie jest bezpieczna.

– Nie jest? – zadrwił Dubiel. – A co gorszego może ją spotkać niż przebywanie w łapach kiepskiego alchemika, który nawet nie potrafi jej otworzyć? Prawda, Och? Strony najważniejszych fragmentów jakoś nie chcą się rozkładać, co, Och?

– Zamknij się, Dubiel! – wrzasnął zirytowany Nitael. – Zastanówmy się, co robić!

Anioł Persji nie słuchał.

Ostatnie promienie słońca wpadały przez kryształowe okna do Pałacu Potęgi. Rozchlapywały czerwień wieczoru na stylowych meblach i starannie dobranych obrazach Gabriela. Trzej regenci Królestwa kłócili się zapamiętale, jacyś tacy skarlali, nędzni w milczących murach najważniejszego gmachu państwowego Nieba.

Ram Izad przyglądał się klientowi z zadowoleniem. Dorzeczny, zna się na sprzęcie, orientuje w cenach. W dodatku Głębianin. Z nimi zawsze mniej kłopotu niż ze skrzydlatymi. Szkoda, że ten zamawia tylko kilka sztuk broni zamiast całej zbrojnej akcji. Ale dobre i to. Ostatnio Ram odnosił wrażenie, że opuszcza go szczęście. Niby nic złego się nie stało, a przecież czuł się nieswojo. W głębi duszy żałował, że dał się wmanewrować w sprawę Szeolitów, a potem wynająć do osobistej ochrony jednego z nowych regentów, alchemika Ocha. Co prawda zarobił więcej niż w ciągu kilku ostatnich lat, lecz dręczył go nieustanny niepokój. Najemnik nie lubił mieszać się do akcji o wydźwięku politycznym, bo z doświadczenia wiedział, że często źle się kończą dla takich jak on. A teraz, proszę! Siedzi po uszy w aferze dotyczącej najwyższych szczebli władzy. Najgorsze, że właściwie nie miał pojęcia, w jaki sposób się w nią zaplątał. Zaklął bezgłośnie. Jeżeli nie lubił czegoś bardziej niż polityki, to spraw, nad którymi tracił kontrolę. Przydałaby mu się teraz miła, prosta akcja. Chociaż i ta dostawa broni pozwalała na chwilę oderwać myśli od trosk.

Klient Głębianin odrzucił w tył długie zaplecione w warkoczyki włosy. Zaklekotały kościane czaszeczki, dyndające na końcu każdego z nich. Spytał o coś, czego zamyślony Ram nie usłyszał, a teraz wyraźnie czekał na odpowiedź.

– Możesz powtórzyć? – Najemnik sięgnął po kufel z piwem. – Te ptaki cholernie wrzeszczą.

Istotnie, nad Zatoką Rahaba unosiły się, krzycząc, stada mew. Chude lamie o wiecznie głodnych oczach tarmosiły się z nimi, próbując wydrzeć z ptasich szponów upolowane ryby.

Siedzieli w jednej z odkrytych nadbrzeżnych tawern, zadaszonych jedynie rozciągniętym na żerdziach płótnem. Piwo podawali tu dość cienkie, ale Ram Izad, mając za plecami wodę, a przed sobą widok na wszystkie stoliki, czuł się stosunkowo bezpieczny. Oliwkowa twarz klienta wyrażała absolutną cierpliwość.

– Pytałem, jak wiele czasu zajmie ci realizacja zamówienia – rzekł spokojnie.

Izad machnął ręką.

– Kilka dni.

– Cztery?

– Powiedzmy: sześć.

Głębianin w zamyśleniu potarł podbródek.

– W porządku, może być.

Najemnik odetchnął.

– Skontaktuję się z tobą pojutrze, żeby podać szczegóły co do odbioru... – zaczął, gdy nagle wyrósł za nim jakiś cień i coś zimnego, paskudnie przypominającego lufę pistoletu, dźgnęło go między żebra. Ram zdążył zobaczyć, jak klient uśmiecha się od ucha do ucha, a nieznajomy głos wypowiada słowo „Moc!". Potem tawerna znikła.

Drago z lubością popatrywał na więźnia. Ram Izad, związany jak baleron, zwisał głową w dół z zegarowej wieży. Koniec liny okręcony był dokoła groźnie wzniesionej ręki ogromnego kamiennego anioła z marsem na czole.

– Dobra – burknął komandos. – Jestem uprzejmy, zapytam jeszcze raz. Kto cię nasłał na Szeolitów?

Zawinięty w liny tłumok podrygiwał rozpaczliwie.

– Nie wiem! Mówiłem, że nie wiem!

Hazar obrócił w dłoni nóż, żeby promień słońca liznął ostrze.

– To już słyszeliśmy – stwierdził pogodnie. – Coś nowego, Ram, albo poszybujesz przez przestworza szybciej niż kiedykolwiek w życiu.

Najemnik spojrzał na bruk kolebiący się daleko w dole. Nie miał wątpliwości, że spotkanie z kamieniami będzie bardzo twarde i bolesne.

– Wynajął nas jakiś cholerny dobrze urodzony młodzieniec – stęknął. – Wyniosła mina, wysokie kości policzkowe, bursztynowe oczy lodowate jak u żmii, złocista skóra... Nie znam go!

Drago pokiwał głową.

– Młodzieniec – powtórzył. – Taa, to też już słyszeliśmy, Ram. Jak mamy owocnie współpracować, jeśli chęci leżą tylko po naszej stronie?

– Nigdy nie pytam o imiona klientów! – wrzasnął Izad.

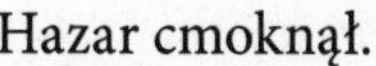

Hazar cmoknął.

– Co za nieuprzejmość.

Choć z pozoru obaj prześladowcy zdawali się dobrze bawić, najemnik nie miał wątpliwości, że są dalecy od żartów. Jeśli nie sprzeda im żadnej informacji, w każdej chwili może polecieć łbem w dół na bruk. Oblał się zimnym potem. Łypnął na Drago stojącego na zewnętrznej galerii wieży, mniej więcej na wysokości jego oczu, po raz setny gorzko żałując, że osobiście sukinsyna nie zastrzelił. Miał rację pieprzony Tarael, zaraza na jego duszę. Szeolici to twardziele. I świry. Na wojnie jak na wojnie. Podstępy są na porządku dziennym. Czego się czepia? Mściciel się znalazł! Ram zatrząsł się z bezsilnej złości, aż zaskrzypiała rozkołysana lina. Na ten dźwięk znów oblał go lodowaty strach.

– Wkurzasz mnie – warknął Drago. – Lepiej, żeby to do ciebie dotarło. Jeszcze jedno pytanko albo lekcja latania ze związanymi skrzydłami.

Smagła twarz najemnika zrobiła się purpurowa, wytrzeszczył oczy. Cholerny komandos mówił serio.

– Masz coś wspólnego z napadem na anielicę Drop, opiekunkę dzieci, i z tajemniczą magiczną Księgą?

– Tak! – wrzasnął natychmiast Izad, a w jego głosie brzmiała tak ogromna ulga, że Gamerin uwierzył bez zastrzeżeń. – Księgę zabrał alchemik Och, nowy Regent Królestwa, który kazał też załatwić tę małą, bo za dużo wie!

Drago palnął się dłonią w czoło.

– Jasne! Alchemik Och podpierniczył Księgę! Powinienem się wcześniej domyślić! Tylko dlaczego jej nie używa? W Królestwie burdel że hej, a trony regentów trzęsą się jak demon na widok monstrancji.

Hazar wzruszył ramionami.

– Pewnie jest zaszyfrowana. Tak się zabezpiecza potężne magiczne przedmioty.

Ram nerwowo podskoczył na linie.

– Słuchajcie! – wychrypiał. – Puśćcie mnie, a powiem wam coś cholernie ważnego!

Źrenice Drago zwęziły się.

– Puścić cię? Proszę bardzo – syknął, przykładając ostrze noża do liny.

– Kurwa, czekaj! – zapiał najemnik łamiącym się z przerażenia głosem. – Wiem, gdzie jest ta pieprzona Księga! Mówię prawdę! Och wynajął mnie jako osobistego ochroniarza! Byłem z nim, kiedy ją chował!

– Zaraz – mruknął Hazar. – To brzmi obiecująco.

– Przysięgnijcie, że mnie wypuścicie. – Więzień popatrywał na Drago przekrwionymi oczami.

Komandos podrapał się w policzek.

– Dobra – warknął. – Gadaj. Ale jeśli nas oszukasz, znajdę cię i wypcham ci dziurę w dupie kartkami z całej cholernej biblioteki, razem z okładkami.

Ram zaczął wyrzucać z siebie słowa z prędkością karabinu maszynowego, a obaj przyjaciele słuchali w skupieniu. Kiedy skończył, Drago spytał z powątpiewaniem:

– Myślisz, że to się trzyma kupy?

Hazar wolno skinął głową.

– Chyba tak. Warto spróbować.

– Może i racja – mruknął Gamerin.

– Hej! – Ram szamotał się w pętach jak ryba w sieci. – Uwolnijcie mnie, cholera! Przecież powiedziałem wszystko!

– Dobra, niech ci będzie – zgodził się Drago, przyciągając linę. – Pomóż mi, Hazar.

Razem z Głębianinem wciągnęli najemnika na galerię i niezbyt delikatnie cisnęli na podłogę.

Komandos wyjął z kieszeni nóż, który zabrał przedtem Ramowi, położył go mniej więcej trzy kroki od związanego więźnia. Najemnik wytrzeszczył oczy.

– Zabieramy się stąd – rzucił Gamerin do Hazara.

– Skurwysynu! – zawył Izad. – Przysiągłeś mnie uwolnić!

Drago z pogardą splunął pod nogi.

– Spełniam, co obiecałem, dupku, chociaż za to, co zrobiłeś w lesie Teratela, powinienem rozwalić ci łeb. Postąpiłbym tak z rozkoszą, ale w odróżnieniu od niektórych nie jestem zdrajcą. Doczołgasz się do noża, rozetniesz więzy i spokojnie pójdziesz do domu. Co to dla ciebie, brałeś udział w tysiącu niebezpieczniejszych akcji, co, Ram?

Najemnik wydał z siebie nieartykułowany wściekły bulgot. Hazar ściągnął usta.

– Na twoim miejscu zachowałbym ostrożność – poradził. – Widzisz, to wieża zegarowa ratusza w Drugim Niebie. Jeśli zaczniesz hałasować, ściągniesz uwagę żandarmów, którzy, owszem, pomogą ci się stąd wydostać, ale raczej nie pozwolą ci odejść zbyt daleko. Czy mi się zdaje, czy szukają cię w Królestwie, Ram? Widziałem jakieś listy gończe w Limbo.

– Skurwysyny – jęknął Izad. – Wszawe skurwysyny.

– Rozchmurz się – wtrącił Drago. – Nie każdy jest tak poszukiwany jak ty. Powitają cię z otwartymi ramionami.

W oczach najemnika błysnęła wściekłość.

– Dorwę cię – wychrypiał. – Dorwę i...

– Trochę grzeczniej – warknął komandos. – Chamstwa nie lubię. Do tego stopnia, że zaraz zejdę na dół zagadnąć pierwszego spotkanego żandarma. Jak myślisz, ucieszy się, Ram?

Izad zawył.

– Nie zrobisz tego! A przysięga?

Gamerin odwrócił się tyłem.

– Idziemy, Hazar. Zmęczył mnie ten dupek.

Stanęli blisko siebie, Drago ścisnął w dłoni kawałek dywanu.

– Moc!

I znikli.

Daimon wylądował bez wstrząsu. Starannie zwinął pożyczony od Razjela dywan, który natychmiast skurczył się do rozmiarów chusteczki do nosa. Nie przyjechał na

Piołunie, bo chciał znaleźć się na miejscu możliwie szybko i bez śladów.

Okolica niezmiennie wyglądała ponuro, chociaż dławiący opar zelżał. Wciąż jednak nie dało się dostrzec znaków obecności żadnej żywej istoty. Płaski step porosły zrudziałą trawą zdawał się dyszeć z trudem, drgać jak zapadłe boki zdychającego zwierzęcia. Suchymi źdźbłami co jakiś czas wstrząsał dygot, chociaż powietrze stało. Było duszno. Na czole, karku i plecach Daimona zaczął perlić się pot. Anioł Zagłady przyklęknął, położył ręce na ziemi. Potężne wibracje destruktywnej energii wciąż płynęły, lecz osłabły znacznie w stosunku do tego, na co się natknął, przybywszy tu pierwszy raz w towarzystwie Jagnięcia. Szczelina rzeczywiście zarastała. Daimon wstał, otrzepał dłonie. Zmierzył pustkowie uważnym spojrzeniem. Wcale nie czuł się spokojniejszy. Przeciwnie, żarł go irracjonalny niepokój. Rozprostował palce, które zacisnęły się ponownie bez udziału woli. Mrużąc oczy, popatrzył w ołowiane płaskie niebo, blaszane niczym wnętrze brytfanny. Nie wiedział, czego właściwie szuka. Jeśli nawet coś przeszło tędy z krainy mroku, nie zostawiło po sobie śladów. Teraz królowała tu martwota. Zacisnął wargi. Przyjechał, żeby się rozejrzeć, więc zrobi to. Ruszył przed siebie, depcząc kępy skarlałych ostów. Co pewien czas przyklękał, kładł ręce na ziemi. Poziom wibracji pozostawał niezmienny. Duchota i upał dokuczały coraz bardziej. Wszędzie wdzierał się kurz. Daimon miał go pełno w ustach, w oczach, za paznokciami. Oblepiał spoconą skórę ohydną rozmazaną warstwą. Zrezygnowany stanął. Obrzucił step kolejnym niechętnym spojrzeniem. Nic tu nie zdziałam, pomyślał. Sięgnął do kieszeni po dywan, rozłożył go na ziemi. Nachylił się, gotowy odlecieć, gdy nagle kątem oka dostrzegł błysk. Odwrócił głowę. Daleko na horyzoncie coś lśniło srebrzystym blaskiem. Mięśnie Daimona zareagowały automatycznie. Wyszarpnął z pochwy miecz. Serce uderzyło szybszym rytmem, oddech przyspieszył. Frey, mrużąc oczy przed ostrym, choć przymglonym słońcem wpatrywał się w migoczący srebrny punkt. Przybliżał się, nabierając kształtów skrzydlatej sylwetki. Daimona przeszedł dreszcz. Mocno ścisnął rękojeść miecza, bo przez pustkowie płynął...

– Jaldabaot! – wyszeptał z niedowierzaniem.

Były demiurg jak upiorny żywy posąg unosił się ponad stepem, nie poruszając skrzydłami. Przez chwilę Frey sądził, że ma do czynienia z fantomem, lecz postać rzucała cień. Daimona zalała fala wspomnień. Z trudem zdał sobie sprawę, że dygocze. W pamięci migały obrazy walki z Cieniem, ciężki smród dymu z pola bitwy, wilgotne ściany lochu, do którego wtrącił go Jaldabaot, szafot sterczący jak wyspa pośrodku Niebiańskiego Placu, i pchnięcie katowskiego miecza anielskiego egzekutora Raguela. Wróg jak wielki, srebrny nietoperz wisiał w powietrzu, a kalejdoskop z koszmarami nie chciał się zatrzymać.

Demiurg przybliżył się na tyle, że Anioł Zagłady mógł widzieć jego twarz. Rysy Jaldabaota nie uległy zmianie, ale zasnuł je cień wściekłości i szaleństwa. Mimo to wciąż wyglądał jak cudowna marmurowa rzeźba. Białe włosy, wysoko upięte, odsłaniały proporcjonalne, owalne oblicze z prostym nosem i nieprawdopodobnymi, srebrnymi oczami. Tylko że w tych oczach nie było życia. Zamieniły się w lśniące bryłki lodu. Usta demiurga wykrzywiły się w uśmiechu. Trwał bez ruchu z założonymi rękami. Nagle z szerokiego rękawa wydobył rzeźbioną pałkę czy buławę, kierując jej koniec w Daimona. Frey zacisnął szczęki w oczekiwaniu magicznego ataku, lecz nic się nie stało. Biały anioł nadal unosił się w powietrzu. Panowała cisza, tylko szaty kunsztownie wyszywane srebrem wydały przy poruszeniu cichy szelest kosztownej tkaniny.

Frey stał z mieczem w dłoni, a po skroniach płynęły mu strumyczki potu. W sercu czuł zimny ucisk, oddychał płytko. Jaldabaot uniósł zdobną w pierścienie rękę, bladą jak grobowa lilia, a Daimon poczuł uderzenie mocy. Potężna siła zgięła go wpół, pozbawiła tchu, zmusiła do przyklęknięcia. Eksplozja mrocznej energii zdawała się rozsadzać czaszkę, z łatwością rozdzierać klatkę piersiową, niby kucharz pancerzyk krewetki. Anioł Zagłady zacisnął zęby, targnął głową, próbując przełamać zaklęcie obezwładniające. Niemal nic nie widział. Przed oczami zatańczyły mu czarne i czerwone plamy. Szarpał się, a każdy ruch przypominał rozrywanie niewiarygodnie mocnych powrozów. Moc demiurga dławiła go, podobna do lepkiej mazi zalewającej gardło. Nie umiał się jej pozbyć, nie umiał oprzeć się uczuciu strachu i bezradności. Jaldabaot łamał go jak wiązkę suchych szczap. Daimon, skulony, obejmując rękami głowę, dygotał w pyle. Cały świat skurczył się do rozmiarów czarnego nasienia, które przemożna siła starała się wepchnąć mu pod serce. Było przeraźliwie zimne i emanowało obcą moc, rozlewając martwotę i odrętwienie. Nie myślał, bo w mózgu eksplodowała czerwień przy akompaniamencie wysokiego gwizdu zagłuszającego niemalże wszystko. Tylko gdzieś na granicy świadomości słyszał uporczywy głos, powtarzający jedno słowo. Jedno proste słowo. Daimon. Daimon. Daimon. Kołatało tak nieprzerwanie, że pozwolił mu dotrzeć do umysłu. Ktoś wołał jego imię. Powoli, z trudem uświadamiał sobie, kto. On sam. „Ocknij się, Daimon!!!" – wrzeszczał na siebie ostatkiem sił. Cień próbuje cię opętać. Już prawie tobą zawładnął. Dalej, destruktorze, wstawaj! Pokaż wszarzom, krwawym gnojkom, co to znaczy Abaddon!

Spróbował opanować drgawki, dźwignąć się na nogi. Czerwone eksplozje pod czaszką niosły ból, który niemal rozdarł go na strzępy. Zacisnął szczęki, spomiędzy zębów oddech wydobywał się ze świstem przypominającym jęk. Ruchy miał sztywne niby popsuty golem. Nie wiedział, kiedy uniósł się na czworakach. Nie zauważył wśród huczącego bólu i wyładowań szkarłatu. Potrząsał głową, starając się zetrzeć krwawe plamy z wewnętrznej strony powiek. Własne ręce wsparte o piasek wydawały mu się obce i bardzo odległe. Mimo to odepchnął się od ziemi. Z wysiłku omal nie zemdlał, lecz powoli zaczął się podnosić. Namacał coś twardego o wydłużonym kształcie. Było chłodne. Rękojeść Gwiazdy Zagłady. Uchwycił ją, zacisnął palce. Przez dłoń, wzdłuż ramienia popłynęło mrowienie i fala ożywczej mocy. Znów trzyma w rękach broń Tańczącego na Zgliszczach. Znów żyje. Szarpnął się z całej siły, jakby zdzierał z siebie lepką sieć. Moc Jaldabaota nie zelżała, ale serce Daimona tłukło z determinacją i wściekłością w mroczny czar niby kafar rozbijający kamień. W końcu zamrożone czarne ziarno pękło, a Anioł Zagłady, choć poczuł się tak, jakby właśnie umierał, nabrał głęboko oddechu. Przesycone kurzem powietrze zdawało się buchać z rozgrzanego pieca, lecz przynosiło ulgę.

Wróciłem znad krawędzi, pomyślał Daimon. Przez chwilę zbierał siły, potem spróbował unieść się na kolana. Podnosił się wsparty na mieczu, dysząc przy każdym poruszeniu. Wreszcie stanął na nogach, zlany potem i drżący. Dłonie, którymi ściskał rękojeść Gwiazdy Zagłady, dygotały. W głowie słyszał szum i czuł nieznośny ucisk. Osłabł tak, że gdyby Jaldabaot chciał, w każdej chwili mógłby go zabić. Jednak rysy demiurga pozostały bez wyrazu. Serce Daimona zabiło mocniej, kiedy zrozumiał, że wróg po prostu się nim bawi. Lęk przesunął mu wzdłuż kręgosłupa lodowy palec. Za czasów swej świetności Jaldabaot, jako Eon Eonów, Budowniczy Światów i Regent Kosmosu, dysponował ogromną mocą, lecz nigdy tak potężną, żeby bez trudu złamać siłę Abaddona, księcia destruktorów. Bezdenne źrenice Freya spotkały się na moment z drobinami czerni zatopionymi w srebrnym lodzie. Anioła Zagłady przeszedł dreszcz, bo pojął nagle, co stało się z Jaldabaotem. Był opętany przez Cień! Srebrny upiór lekko skinął głową, jakby odczytał i potwierdzał myśli Freya. Po utracie władzy i wygnaniu z Królestwa słuch po nim zaginął. Powszechnie utrzymywało się przeświadczenie, że ukrywa się gdzieś w głębi Sfer Poza Czasem, podczas gdy były demiurg, wiedziony żądzą zemsty i poczuciem krzywdy, oddał się we władanie Antykreatora. Teraz Cień manifestował przez niego swoją potęgę. Daimon drgnął, bo niespodziewanie wargi Jaldabaota poruszyły się. Wrażenie było takie, jakby przemówił marmur.

– Frey – powiedział. – Jesteś prochem na wietrze.

Błyskawicznie rozpostarł skrzydła i rzucił się na Daimona. Haftowane białe szaty powiewały za nim podobne do skrzydeł szarańczy. Ich suchy szelest także brzmiał jakoś owadzio. Anioł odskoczył, wykonując perfekcyjne cięcie mieczem. Lecz Jaldabaota tam nie było. Gwiazda Zagłady z furkotem przecięła powietrze, a impet ciosu omal nie wytrącił Daimonowi broni z ręki. Zrobił natychmiastowy półobrót, wyprowadził szybkie pchnięcie. Trafiło w pustkę. Srebrny anioł z rzeźbionym berłem w palcach przypatrywał się jego wysiłkom obojętnie. Daimon poczuł w piersi zimne dźgnięcie strachu. Walka z Jaldabaotem przypominała pojedynek z duchem. Cięcia i sztychy były dokładne, celne i mordercze. Wiedział o tym. Nie popełniał najmniejszych błędów, nie tracił równowagi, nie trwonił sił. Jednak żadne pchnięcie nie dosięgło wroga. Rozpaczliwie próbował wyprowadzić cios, który przebiłby upiora lub chociaż go drasnął, lecz wciąż widział przed sobą obojętną twarz okoloną białymi włosami. Nie był w stanie powiedzieć, ile czasu minęło. Miał wrażenie, że wieki. Oddychał ciężko, w gardle zasychało, kurz wdzierał się do płuc. Zmęczył się. Gwiazda Zagłady zaczęła mu ciążyć, mięśnie drżeć z wysiłku. Daimon powoli oswajał się z faktem, że pod postacią posągowego oblicza demiurga patrzy mu w oczy śmierć.

Nie dostaniesz mnie darmo, skurwysynu! – warknął w myślach. Skupił na wrogu całą swoją nienawiść, całą wściekłość. To ta blada gęba jest odpowiedzialna za zło, którego doświadczył, za życie w charakterze ożywionego trupa, za piętno morderczego upiora. Zacisnął zęby, z furią natarł na srebrnego nietoperza. Miecz furkotał w powietrzu, klinga fruwała błyskawicznie, rozmazana w jeden połyskujący metalicznie wachlarz. Frey twardo postępował do przodu, po raz pierwszy od rozpoczęcia starcia zmuszając wroga do cofnięcia się. Rysy Jaldabaota stężały, wykrzywione gniewem. Rzucił krótkie słowo, którego Daimon nie zrozumiał. I wtedy ziemia pod nogami Anioła Zagłady zaczęła się chwiać. Spojrzał w dół. Między stopami ujrzał ciemny zygzak. Rozrastał się błyskawicznie w ogromną pajęczynę głębokich rys. W jednej chwili pokrył ziemię siecią spękań. Były demiurg wystrzelił w niebo, natychmiast zmieniając się w srebrną plamę na szarym tle. Frey zamarł z mieczem w dłoni, rozpaczliwie próbując zrozumieć, co się dzieje. Step popękał, między kępami ostów otworzyły się długie szczeliny. Poszerzały się z każdą sekundą. W pewnym momencie grunt usunął się Daimonowi spod nóg. Zamachał skrzydłami, ale nie uniosły go, jakby powietrze nagle stało się zbyt rzadkie. Skoczył w kępę suchych traw obok, lecz i tam nie znalazł pewnego oparcia. Każdy fragment stepu osuwał się pod nim. Daimon odskakiwał na ocalałe fragmenty gruntu, jakby tańczył na łamiących się krach. Z trudem łapiąc równowagę, balansował na krawędziach nowo powstających rozpadlin. Z ich wnętrza bił chłód i dziwne mdłe światło. Co chwila kolejne bryły ziemi waliły się w pustkę. Krajobraz pękał, jakby był namalowany na szkle, w które ktoś cisnął kamieniem. W dole ziała upiorna czerwona nicość. Szybko wciągała resztki poszarpanego stepu i kawałki rozbitego nieba. Witaj, niebycie, pomyślał z rozpaczą. Zrozumiał, że Jaldabaot użył tego samego podstępu co niegdyś on, walcząc z zastępami Antykreatora. Otworzył wymiary.

Przez powstałą dziurę czeluść wsysała rzeczywistość. Lecz Daimon miał wtedy specjalny Klucz, wykradziony z pałacu Jasności. Jak, do kurwy nędzy, Jaldabaot to zrobił? Czyżby Antykreator naprawdę dysponował potęgą równą Pańskiej? Wtedy będzie nie do pokonania. Wszystko stracone. Ogarnęła go gorycz i bezsilna wściekłość. Przegrał. Właściwie już nie żyje. Żegnaj, Frey, destruktorze. Krwawy nietoperz po raz drugi cię zabił. A gdzie jest Jasność, żeby cię wskrzesić? Trzymając miecz oburącz za klingę, wykonywał szalony taniec.

W powietrzu wirował wszechobecny kurz. Oczy Daimona zalewał pot, stopyześlizgiwały się z rozsypujących się brył. Odbił się od grudy ziemi, która zmieniała się właśnie w suchy pył, wylądował na kolejnej, lecz stracił równowagę. Przez chwilę, rozpaczliwie machając skrzydłami, starał się ją odzyskać, ale nie zdołał. Bryła pękła na dwoje, a Daimon runął w pustkę. Skrzydła nie były w stanie go utrzymać, przemożna, ssąca siła natychmiast je wywichnęła. Powietrze gwizdało wokół niego, pęd wypychał powietrze z płuc. Ogłuchł od wycia wiatru. Wściekłe, migające światła zmuszały do zaciśnięcia powiek. Z pewnością krzyczał, lecz wśród świstu wichury nie potrafi ł usłyszeć własnego głosu. Witaj, niebycie, jeszcze raz przemknęło mu przez myśl, gdy potworny wstrząs przebiegł przez jego ciało, jakby z czeluści uniósł się gigantyczny młot, który go zmiażdżył. Daimon stracił przytomność.

Ocknął się przepełniony dziwaczną niemocą. Wydawało mu się, że ciało ma odlane z niewiarygodnie ciężkiego metalu. Nie był w stanie wykonać żadnego ruchu. W ustach czuł smak krwi. Spróbował podnieść powieki, lecz odniósł wrażenie, że siłuje się z olbrzymią płytą ołowiu. Zgrzytała. Głowę miał pełną potłuczonego szkła, które przesypywało się w wyjątkowo przykry sposób. Obrzydliwe uczucie. Monotonny szum w uszach przywodził na myśl morze. Z pewnością leży na plaży, bo na wargach czuje smak soli. Nie, to pot i krew. Szum w uszach narastał, nabierał gniewnych tonów. Sztorm idzie, pomyślał Daimon. Chciał wstać, ale zamiast tego zaczął się powoli zapadać w piasek. Coś nagląco, dręcząco kazało mu wyrwać się z odrętwienia, lecz nie dbał o to. Piasek zamknął się nad nim. Obudził go ból. Tępy i uporczywy. Miał wrażenie, że rozsypał się na drobne kawałki, które ktoś niedbale posklejał. Spróbował otworzyć oczy. Przez półprzymknięte powieki wdarło się czerwonawe światło. Po szkarłatnym niebie w zawrotnym tempie płynęły chmury. Zamknął oczy, bo na ten widok z miejsca poczuł mdłości. Wewnątrz czaszki potrzaskane szkło zamieniło się w brzęczące czynele.

– Frey – powiedział wyraźnie marmurowy głos obok niego.

Daimon drgnął, zmusił się do rozchylenia powiek. Jaldabaot stał pięć kroków dalej. Za jego plecami majaczyły ostre krawędzie ceglastych skał. Na niebie brakowało słońca. Czerwona poświata sączyła się znikąd.

– Prochu na wietrze – biała głowa skłoniła się lekko – chcę ci coś powiedzieć. Zmieniłem się, osiągnąłem szczyt. Dojrzałem. Pan, któremu służę, napełnił mnie mocą. Teraz jestem potęgą. Zjednoczony z nim, prawdziwym Panem. Moje serce przepełnia radość. Moje nowe imię brzmi Mastema. Przeciwnik. Bo jestem przeciwnikiem tych, którzy mnie zdradzili.

Daimon oblizał spękane wargi. Srebrny nietoperz zaczął rozmazywać się w jego oczach, odpływać.

– Frey! Ocknij się! Siewca przybywa. Nadchodzi, czuję go. Jest blisko! Musisz mnie dobrze zrozumieć, Frey. Nie zabiję cię, bo to, czy żyjesz, nie ma znaczenia. I tak go nie powstrzymasz. Siewca narodził się z Cienia. To dziecko Antykreatora. Jakże mógłbyś równać się z taką potęgą? Dlatego cię nie zabiję. Chociaż, dla mojej osobistej satysfakcji, chcę, żebyś zdechł na tym pustkowiu, Aniele Zagłady.

Daimon z trudem przełknął ślinę. Dręczyło go pragnienie. Irytujący głos Mastemy brzmiał coraz ciszej. Frey zamknął oczy. Kiedy je znowu otworzył, na tle czerwonych skał nie ujrzał już sylwetki byłego demiurga.

– Nie – wyszeptała Hija. Drżącymi rękami ponownie rozłożyła karty. Wystarczyło jedno spojrzenie, żeby zbladła jak płótno. Usta posiniały, bo odpłynęła z nich krew. Ale w złotych oczach zapalił się twardy błysk. Nozdrza rozdymały się w rytm prędkiego oddechu.

– Nie! – krzyknęła ostro, uderzając pięścią w stół. Karty rozsypały się, część spadła na podłogę.

Hija wstała, niemal biegiem ruszyła w stronę pracowni. Przerażony Nehemiasz z miauknięciem prysnął pod szafę. Anielica z trzaskiem otworzyła drzwi. Nie potrzebowała wertować ksiąg ani przypominać sobie czarodziejskich gestów. To, co musiała zrobić, przekraczało potęgę magii. Takich zaklęć nie było w księgach. Płynęły z wnętrza. Gdy nadchodził właściwy moment, słowa same rodziły się na ustach maga.

Przywołała służbę. Przerażone gargulce, fauny i nimfy tuliły się do siebie, onieśmielone w surowych ścianach pracowni. Pani prędkimi krokami okrążała laboratoryjne stoły. W stanie takiego wzburzenia nie widziały jej nigdy.

– Przynieście czarne pochodnie – rzuciła sucho gargulcom.– Trzynaście.

Zadrżały, lecz pioruny w złotych oczach skłoniły je do natychmiastowego spełnienia polecenia.

– Zasłońcie wszystkie okna, posypcie włosy popiołem, twarze pomażcie sadzą – zwróciła się do faunów i nimf. – Dom nawiedziła żałoba.

Pokojówki zapiszczały, jedna zaczęła szlochać. Hija roztrąciła je, wypadła na korytarz. Kobaltowa suknia powiewała za nią niby pędzona wiatrem chmura. Omal nie wpadła na gargulce taszczące pochodnie.

– Ustawcie z nich okrąg w pracowni! – zawołała, nie zwalniając kroku. Jak burza pędziła do sypialni. – Lament! – krzyknęła z furią, odwracając się do biegnącej za nią służby. – Płaczcie, bo już niedługo zagości u nas kostucha!

Pojedyncze chlipania zamieniły się w ogólny szloch. Fauny wykrzywiały twarzyczki w wyrazie niemego strachu, szarpały się za kudłate czupryny. Przerażone nimfy łypały na panią okrągłymi ze zdumienia oczami, pewne, że nagle oszalała. Takie też sprawiała wrażenie, blada, z zaciśniętymi ustami i włosami w nieładzie. Pędziła korytarzem, podobna do głodnej lamii, rozwścieczona i zrozpaczona. Wpadła do sypialni, zatrzasnęła drzwi.

Dygotała. Musiała oprzeć się o ścianę, bo kolana nagle się pod nią ugięły.

– Uspokój się – syknęła do siebie ostro. Wiedziała, że teraz potrzebny jej spokój i determinacja. Mało było magów, którzy od czasów Stworzenia ważyli się na taki krok, lecz Hija nie widziała innego wyjścia. Ukryła twarz w dłoniach, rozmasowała skronie. Ze strachu drżały jej ręce. Serce tłukło się jak wróbel o szybę szklarni, jednak ani przez chwilę się nie zawahała. Podjęła decyzję, jedyną jaką mogła. Nie pozwoli Daimonowi umrzeć. Za żadną cenę. Kiedy to sobie uświadomiła, poczuła, jak ogarnia ją spokój. Zrobiła głęboki wdech, usiadła przed toaletką. Zaczesała włosy do tyłu, ściągnęła je gładko. Własna twarz w lustrze wyglądała obco i surowo. Sięgnęła do szuflady, wyjęła małe puzderko. Umoczyła pędzelek w czerni głębokiej niemal jak źrenice Anioła Zagłady. Gęsta kropla skapnęła na blat niby mroczna łza, kiedy zaczęła malować na twarzy skomplikowane znaki. Po chwili ze zwierciadła patrzyła na nią misternie zdobiona maska.

Wstała, zgarnęła fałdy sukni i ściągnęła ją przez głowę. Z dębowego kufra wyjęła długą czarną szatę haftowaną w czerwone symbole magiczne. Ubrała się w nią, czując przypływ mocy. Znaki udzielały jej swojej ochrony. Narzuciła kaptur. Otworzyła drzwi, obrzucając pokój ostatnim spojrzeniem. Nie, niczego nie zapomniała. Nabrała głęboko oddechu, przekręciła w zamku klucz. O wiele spokojniej ruszyła z powrotem do pracowni. Na podłodze płonęły ustawione w krąg pochodnie. Usiadła wewnątrz, palcami zaczęła wykonywać taki ruch, jakby posypywała posadzkę piaskiem. Po chwili magiczny proszek zmaterializował się, wypełnił krąg ceglastym nalotem. Hija zamknęła oczy, skupiła wszystkie swoje umiejętności w jeden strumień pragnień. Z wolna zaczęła przed sobą widzieć spiralę światła. Wirowała coraz szybciej, pochłaniając ogromną ilość energii. Anielica poczuła, że słabnie. Czoło zrosił jej pot, przez twarz przebiegały mimowolne skurcze. Moc narastała. Pojawiło się mrowienie w końcach palców, wrażenie szybkiej utraty masy ciała.

– Przybywaj! – zawołała ochryple. – Wzywam cię!

Przeszedł ją gwałtowny dreszcz, odrzuciła do tyłu głowę i nagle z jej ust zaczęły płynąć słowa w języku, który rozumieją tylko umarli.

Nad wyspą zerwał się wiatr. Chłód przenikał do serc wszystkich żywych istot. Źrenice rozszerzał strach. Ptaki ucichły, małe zwierzątka drżały ukryte w swych jamkach. Nimfy przytulone do siebie bały się nawet chlipnąć. Gargulce skamieniały na kalenicy dachu. Kilka starych na wpół spróchniałych drzew obaliło się z trzaskiem. Jednorożce z paniką w onyksowych oczach rozpierzchły się bezładnie, galopując po całej w poszukiwaniu kryjówki. Szafir tłukł w ziemię kopytem, targał piękną smukłą głową. Jego róg wyglądał jak sztylet.

Hija sztywno siedziała w kręgu, intonując śpiewną inwokację. Magiczny proszek zapłonął, jarząc się fosforycznym blaskiem. Pochodnie drgały z sykiem. Płomienie przygasały i wystrzelały snopami iskier, ochlapując wnętrze kręgu rozchwianymi cieniami. Niebo przybrało barwę granitu, obłoki uciekały ku horyzontowi niczym szczury z tonącego okrętu, nimfy z krzykiem padły na twarze, zwierzęta ogarnęła panika. Niewidzialna, odwieczna, ponad zamkiem przelatywała śmierć, przybywając pertraktować z wiedźmą, która ją wezwała.

Daimon rozkleił powieki. Czerwone chmury wciąż gnały nad zygzakami ceglastych gór. Coś jednak rzucało cień padający mu na twarz. Wytężył wzrok. Tuż obok siebie ujrzał parę wysoko sznurowanych sandałów. Mrużąc oczy, z trudem zdołał spojrzeć wyżej. Nad nim, z łukiem w miedzianej dłoni, stał Salamandra, nominalny poddany Królestwa.

Kamael, zasępiony, rozgarnął ręką włosy. Zerknął w kąt pomieszczenia. Na prowizorycznym barłogu dygotał pod stertą koców nieprzytomny Daimon. Nie było trzeba wytrawnego lekarza, żeby stwierdzić, że jego stan jest kiepski.

Zaraza na tę ruderę Samaela, pomyślał hrabia palatyn Głębi. Chociaż dobrze, że w ogóle gdzieś nas ukrył. Sytuacja wyglądała fatalnie. Po nieudanym zamachu na Gabriela regenci zrobili czystkę w Królestwie. Aresztowali wielu sprzymierzeńców archaniołów, ogłosili stan wyjątkowy, zamknęli Rafała w areszcie domowym, tylko samego Razjela nie ośmielili się tknąć. Jako tako kontrolowali siedem Niebios, lecz poza murami panował totalny chaos. W odpowiedzi na to Michał zdecydował się wkroczyć z Zastępami. Wkrótce dołączył do niego ocalały z zamachu Gabriel. Skrzydlaci witali powrót regenta

jak zbawienie. Michał twardą ręką trzymał żołnierzy, nie pozwalając na najmniejsze wykroczenia przeciw ludności cywilnej, nawet w obrębie Limbo czy Sfer Poza Czasem. Tym, którzy stracili dach nad głową, Dżibril kazał rozdawać żywność i namioty z zapasów armii. Jednak chociaż Królestwo ogarnęła radość, Zastępy zmuszone były wziąć udział w kilkunastu krwawych potyczkach, a główne siły buntowników wciąż pozostawały przed nimi. Kamael miał nadzieję, że nie dojdzie do oblężenia Królestwa. Samozwańczy regenci wciąż dysponowali znaczącą siłą.

Westchnął, podparł brodę pięścią. Zamieszki w Niebie i Głębi nie stanowiły wcale najpoważniejszego problemu. Wszystko wskazywało na to, że dożył właśnie Dni Gniewu. Wieści, które zdołał mu przekazać Daimon, nie wyglądały na majaczenie ciężko rannego. Dla totalnej wojny końca świata, rozpętanej przez Antykreatora, moment nigdy nie był odpowiedni, ale trudno sobie wyobrazić gorszy niż rewolucja w Królestwie. Zwłaszcza że jedyny wskazany przez przepowiednię anioł zdolny zatrzymać Siewcę, właśnie walczy o życie i wiele wskazuje na to, że może przegrać.

Kamael znów zerknął na posłanie chorego. Potarł kąciki zmęczonych oczu. Nie jestem stworzony do politycznych rozgrywek, pomyślał. W gruncie rzeczy on też nie. Obaj powinniśmy pozostać Rycerzami Miecza. Honor, krew, adrenalina i trochę niezłej zabawy. Ale przepadło, jasna dupa, bezpowrotnie przepadło. Westchnął ponownie, potarł kciukiem policzek. Trudno mu było uwierzyć, że pod kupą brudnych koców dogorywa Abaddon, dumny, drapieżny, nieugięty Anioł Miecza, jego przyjaciel

Daimon Frey. Kamael nie przypuszczał, że może dojść do czegoś podobnego. Martwił się raczej o Gabriela i pozostałych archaniołów. Usiłował dowiedzieć się czegoś o Razjelu, gdy znalazł go posłaniec od Ignisa Inflexibilisa, wodza Salamander, z wiadomością o odnalezieniu ciężko rannego Daimona na dalekich pustkowiach Sfer Poza Czasem. Kamael zareagował natychmiast. Dzięki pomocy Samaela i poddanych Ignisa zdołał przetransportować przyjaciela do bezpiecznej kryjówki na Ziemi. W Królestwie bowiem wydano na niego wyrok i rozesłano listy gończe za „udział w spisku zdrajcy Gabriela". Nie musiał, na szczęście, obawiać się o lojalność Salamander.

Ignis od początku jednoznacznie opowiadał się po stronie archaniołów. Salamandry, duchy ognia, podobnie jak pozostałe duchy żywiołów, choć w hierarchii podrzędne w stosunku do skrzydlatych, cieszyły się pewną autonomią. Zamieszkiwały wulkaniczne lub pustynne rejony Sfer, wystawiały własną armię, podległą Królestwu i miały własnych przywódców. Gabriel po dojściu do władzy położył kres całkowitej zależności, a raczej osobliwemu rodzajowi niewolnictwa, obowiązującemu wobec duchów żywiołów, dżinnów i geniuszy. Wyzwolił ich, nadając im status poddanych Jasności. W ten sposób zdobył całkowite oddanie nowych obywateli, jako że był jedynym gwarantem przestrzegania ustanowionych przez siebie praw. W Królestwie, zwłaszcza wśród starszych wysokich rangą aniołów przyzwyczajonych do całkowitej władzy nad niższymi bytami, odezwały się ostre głosy protestu, ale Dżibril nic sobie z tego nie robił. W Salamandrach zyskał doskonałych łuczników i lekkozbrojną piechotę, w sylfach, duchach powietrza, zwiadowców i łączników, w gnomach, podległych żywiołowi ziemi, pracowników do robót górniczych, metalurgów i płatnerzy, zaś dzięki trytonom miał jaką taką kontrolę i pojęcie w sprawach pod powierzchnią Praoceanu. Geniusze, jako że zazwyczaj posiadały podstawy wykształcenia, a przynajmniej umiały czytać i pisać, podnosiły ogólny poziom cywilizacji w dość zacofanym Limbo, gdzie osiedliła się największa ich grupa. Wielu z nich trudniło się medycyną, prostymi poradami prawnymi lub podstawowym szkolnictwem, z czym na prowincji zawsze był problem. Najbliżej swej dawnej pozycji pozostały dżinny, które służyły w wielu bogatych domach lub wchodziły w skład prywatnych oddziałów zbrojnych magnatów. Najwięcej na usługach Głębian, w Królestwie zaś najliczniejszą ich rzeszą władała Sophia. Salamandry rzadko zaciągały się w szeregi najemnych wojsk, a jeszcze trudniej było zobaczyć ognistego ducha zatrudnionego w charakterze sługi. Uchodziły za istoty niezależne, dumne, przywiązane do tradycji i dbające o honor. Dlatego też za podarowaną wolność żywili do Gabriela nieustającą wdzięczność, największą chyba ze wszystkich wyzwolonych nieskrzydlatych.

Kamael znał Ignisa jeszcze z czasów, gdy przewodził Rycerzom Miecza. Pamiętał go jako lojalnego poddanego Królestwa i dzielnego żołnierza, obdarzonego wielkim szacunkiem podwładnych. Było za co podwójnie dziękować Jasności. Nie dość, że Daimon przeżył, to w dodatku znalazł się w troskliwych rękach Salamander. Chociaż nie wiadomo, czy długo pociągnie bez fachowej pomocy. Z niepokojem zerknął na barłóg w rogu. Anioł Zagłady miał włosy pozlepiane potem, skórę bladą jak całun trupa i sine podkowy pod oczami. Oddychał płytko. Fatalnie, że nie odzyskuje przytomności, pomyślał palatyn Głębi.

Od ponad doby, od momentu sprowadzenia Daimona na Ziemię, starał się bezskutecznie skontaktować z Razjelem. Wszystkie sposoby zawiodły. Zwykła anielska czy głębiańska medycyna nie była w stanie pomóc Freyowi, który pozostawał właściwie półmartwy. Mógł tu coś zdziałać tylko mag klasy Razjela. Nawet Rafał, Archanioł Uzdrowień, miał, według Kamaela, marne szanse, choć i tak nie dałoby się go sprowadzić, gdyż tkwił w areszcie domowym.

Razjel. Jak dorwać Razjela, skoro każdy jego krok jest strzeżony, a on sam w każdej chwili może zostać internowany? Ani Kamael, ani Samael nie znali magii na tyle skutecznej, żeby bez obawy podsłuchu skorzystać z oka dnia albo zwierciadła kontaktowego. Były Anioł Miecza westchnął ciężko. Czuł się bezradny. Tu chodziło o jeszcze więcej niż o życie przyjaciela. Wypchnął kilka zaufanych Salamander z alarmującymi wieściami dla Gabriela, ale on, choć dowie się o Siewcy, nie pomoże Daimonowi.

Jak dopaść Razjela?

Zgnębiony i przybity postanowił wyjść na chwilę na dwór odetchnąć świeżym powietrzem. Może rozjaśni mu w głowie. Niedbale cisnął na stół błyskotkę, którą bezwiednie obracał w palcach. Była to jedna z niewielu rzeczy znalezionych przy Daimonie, misterna klamra z jednorożcem i smokiem. Potoczyła się po blacie z cichym brzękiem. Kamael spojrzał na nią, jakby zobaczył ją pierwszy raz, chwycił, podniósł do oczu. W jednej chwili zrozumiał, że nie potrzebuje już powietrza, żeby rozjaśniło mu się w głowie. Wybiegł na zewnątrz poszukać odpowiedniego posłańca.

W odkrytej lektyce Zoe czuła się bardzo nieswojo. Jednak ostre przepisy stanu wyjątkowego zakazywały wszystkiego, co mogłoby stać się zarzewiem spisku, nawet zaciągania kotar podczas podróży. Na ulicach Królestwa wcale się nie polepszyło. Przeciwnie, panowała atmosfera nerwowości i zagrożenia. Aniołowie chyłkiem prześlizgiwali się pod murami. Zbrojne bandy wcale nie zniknęły, a nawet nabrały jeszcze większej buty. Bezczelnie zaczepiały i ograbiały obywateli w wysokich Niebach, demolowały ogrody, okupowały prywatne domy, żądając jadła i trunków. Zoe wolała nie myśleć, co się dzieje w niskich kręgach. Regularna żandarmeria siedziała zamknięta w koszarach, bo przed przewrotem podlegała bezpośrednio Gabrielowi, więc regenci bali się o jej lojalność. Miasto patrolowali najemnicy lub bandy prywatnych bojówek gotowe w zależności od nastroju przymykać oko na wszystko w zamian za sute łapówki lub prowokować zwyczajne burdy.

Lektyka skręciła w ulicę Słońca. Za rogiem trzech skrzydlatych w nieznanych poetce uniformach szarpało i biło kogoś po twarzy. Zoe odwróciła głowę. Po drugiej stronie na murze krwawą czerwienią krzyczał napis: „Zabić zdrajców! Gabriel zbawca!”. Przycisnęła rękę do piersi. Jeszcze tylko kilka przecznic, uspokajała się. Może, z pomocą Jasności, nikt mnie nie zaczepi. Tragarze skręcili w Aleję Srebrnych Wrót. U jej wylotu zalśniła blado brama Pałacu Zwierzchności, której ulica zawdzięczała nazwę. Chodniki były puste. Zoe już miała odetchnąć z ulgą, gdy nagle z bramy wyskoczył nieskrzydlaty. Wyglądał dziwnie. Nosił na sobie krótki kaftan, obcisłe spodnie i wysoko sznurowane sandały, wszystko w barwie czerwieni i pomarańczu. Bez wysiłku lekkimi susami dogonił lektykę i zaczął biec równolegle z nią. Anielicę ogarnął strach.

– Szybciej! – jęknęła do tragarzy.

Lecz chociaż nie szczędzili wysiłków, intruz mknął obok bez śladu zmęczenia.

– Pani! – zawołał. – Wysłuchaj mnie! Przynoszę posłanie.

Zoe spojrzała z bliska w jarzące się jak płomień złociste oczy. Nieskrzydlaty miał skórę połyskującą niby jasna miedź i płomienne rudoczerwonozłote włosy zaczesane w wysoki sterczący grzebień. To Salamandra, uzmysłowiła sobie poetka, lecz jej lęk nie zmniejszył się.

– Odejdź! – krzyknęła.

Miedzianoskóry zbliżył się do lektyki, prawie ocierał się bokiem o burtę. Wsunął do wnętrza zaciśniętą dłoń. Zoe wydała słaby okrzyk. Salamandra otworzył pięść.

– Spójrz, pani! Proszę!

Na wyciągniętej ręce leżała pięknie rzeźbiona klamra.

Anielica zamarła.

– Wysłuchaj mnie! – powtórzył salamandra.

– Stójcie! – zawołała do tragarzy, nie mogąc oderwać wzroku od lśniącego klejnotu.

* * *

Półmrok, jaki panował w pomieszczeniu, mniej męczył oczy niż dzienne światło. Przez zabite deskami brudne szyby przeciskały się promienie słońca, cienkie niby palce głodujących dzieci. Daimon leżał bez ruchu. Nauczył się unikać wszelkich zbędnych poruszeń, bo wywoływały czerwone fajerwerki bólu pod czaszką. Trwał, obserwując drobiny kurzu tańczące w słupach światła. Przypominały maleńkie elfy, zbyt głupie, żeby zająć się czymś pożytecznym. Przymknął powieki, ponieważ ogarnęła go przemożna chęć osunięcia się w czarny piach, który otaczał go nieustannie od momentu ostatniego spotkania z Jaldabaotem. Inni nie mogli dostrzec ciężkich, lepkich zwałów zalegających pokój, lecz Daimon doskonale zdawał sobie sprawę z ich istnienia. Właśnie teraz piach zaczął zasypywać mu twarz, wciągać ręce i nogi w złożoną z drobin kwarcu otchłań. Ocknij się! – wrzasnął na siebie w myślach, przerażony, że znów wpadnie w piaszczystą przepaść, gdzie nie ma świadomości ani woli. Spadając, bezwiednie oparł się na łokciach, bo pod plecami czuł tylko osuwający się piasek, i natychmiast ognista błyskawica wystartowała z okolic prawego przedramienia, żeby rozsypać się w głowie tysiącami szkarłatnych iskier. Daimon zadygotał, ale przynajmniej przestał się zapadać.

Usłyszał skrzypnięcie drzwi. Przez chwilę zamajaczył w nich wysoki czub Salamandry, potem przesłonił go jakiś cień. Do pokoju wszedł Razjel. Wystarczyło jedno spojrzenie na łóżko, żeby zamarł, wstrząśnięty.

– O rany, Daimon – powiedział cicho. – Słyszysz mnie? Poznajesz w ogóle?

– Cześć, Razjel – wyszeptał Anioł Zagłady, zdziwiony brzmieniem własnego głosu, który przypominał warczenie chorej chimery. Miał tylko nadzieję, że Razjel je zrozumie.

Archanioł przejechał ręką po twarzy.

– O rany – powtórzył. – Niech to szlag. Ty chyba nie masz jednej całej kości. Nie próbuj nic mówić! Pozakładam ci jakieś zaklęcia uśmierzające. Mam nadzieję, że zadziałają.

Daimon otworzył usta, żeby odpowiedzieć, ale Razjel wściekle zamachał rękami.

– Cicho! – fuknął. – Ani słowa!

Odchylił głowę do tyłu, zaczął mamrotać prędkie, niezrozumiałe słowa, wyciągnąwszy dłonie w kierunku przyjaciela. Bardzo powoli Daimon zaczął odczuwać ulgę. Zmniejszył się nieznośny ucisk w klatce piersiowej, szum w uszach i wściekłe łupanie w głowie. Ból uciszył się na tyle, że pozwalał myśleć.

Razjel otarł czoło.

– To wszystko, co mogę zrobić – mruknął. – Dobrze, że w ogóle zareagowałeś. Teraz cię zekranuję, zobaczę, co ci zepsuli w środku. Podejrzewam, że dużo. Na litość Pańską, nie odzywaj się!

Daimon oblizał spierzchnięte wargi. Książę Magów w skupieniu przesuwał nad nim ręce. Po chwili opuścił je z westchnieniem.

– Źle, ale nie tak fatalnie, jak się obawiałem. Masz mnóstwo złamań i pęknięć kości w obrębie żeber i obręczy barkowej, zwłaszcza obojczyków, zwichnięte skrzydła, prawy staw ramieniowy i lewe kolano. Magia powoli sobie z tym poradzi. Obrażenia wewnętrznych narządów nie są bardzo poważne. Na szczęście. Najgorzej wygląda prawe przedramię. Jest po prostu strzaskane. No, nic. Spróbuję coś poradzić. Zobaczę, dobrze?

Ostrożnie uniósł róg koca. Daimon zacisnął szczęki, po twarzy przebiegł mu skurcz bólu. Razjel wciągnął powietrze przez zęby. Z zaognionej głębokiej rany wystawał kawałek ułamanej kości. Archanioł popatrzył na przyjaciela ze smutkiem.

– Nie mam cię co oszukiwać, Daimonie. Sam wiesz. To masakra. Gdybyś był zwykłym aniołem, musiałbym amputować ci rękę. Nie jesteś, twoje szczęście. Wyciągnę cię z tego i znów będziesz władał ramieniem. Ale na to potrzeba czasu. Źle się goisz, stary, źle reagujesz na zaklęcia uzdrawiające. Chyba nie muszę ci przypominać. Trudno. Damy sobie radę. I tak nie najgorzej się wywinąłeś. Poleżysz, pozrastasz się, a potem będziesz jak nowy.

Daimon spróbował unieść się na posłaniu, ale natychmiast tego pożałował.

– Nie mam szansy się zrastać – wychrypiał. – Siewca...

– Pieprzyć Siewcę! – przerwał gwałtownie Razjel. – Teraz o nim nie myśl! W ogóle nie myśl. Zabraniam ci jako lekarz.

– Słuchaj, Och wynajął prowincję Jaldabaotowi, to znaczy Mastemie, jak się skurwysyn każe nazywać... Siewca nie pojawi się na Ziemi ani w pieprzonych Sferach, ale na rdzennych terenach Królestwa... Włamuje się na terytorium lenne, do cholernej prowincji...

– Wiem. Do trzech, nie jednej. Och wydzierżawił Mastemie trzy spośród dwudziestu ośmiu prowincji, którymi zawiaduje, w zamian za ukradzioną mi Księgę. Salamandry sprawdziły. Kamael twierdzi, że można im ufać.

Daimona ogarnęła obezwładniająca fala osłabienia.

– No, tak – szepnął. – Samael też mówił o trzech. Zapomniałem.

Twarz pochylającego się nad nim Razjela rozmywała się jak obraz widziany przez wodę.

– Przestań się szarpać, Daimonie. Teraz musisz odpoczywać. Zrozum, jest już za późno. Stało się. Możemy tylko czekać na początek wojny. On nadchodzi, a my będziemy się bić, najlepiej jak potrafimy. To wszystko. Reszta zależy od woli Jasności.

Ponura logika słów przyjaciela dotarła do świadomości Daimona, budząc poczucie rezygnacji. Przymknął powieki.

– Jak Kamael cię zawiadomił? – spytał. – Przecież psy Nitaela pilnują każdego twojego kroku.

Na wąskich wargach Razjela pojawił się nikły uśmieszek.

– Przez tę anieliczkę Zoe, poetkę. Sprytna mała. Salamandra pokazał jej klamrę Sophii i wyjaśnił, co się stało, a ona poprosiła mnie jako speca od literatury o konsultacje w sprawie dzieła prozą o wojnie z Mrocznymi, które rzekomo ma zacząć pisać. Cwane, prawda? Nie podejrzewałem jej o coś takiego.

Kurz tańczył w słupach światła, a pod plecami Anioła Zagłady znów zaczął osypywać się piasek.

– Razjel? – szepnął z wysiłkiem. – A Hija?

– W porządku – powiedział gdzieś z oddali głos przyjaciela. – Dawno u niej nie byłem, ale wiem, że wszystko w porządku. A teraz zamknij się łaskawie, spróbuję nastawić ci ramię.

Daimon starał się skupić wzrok na suficie, który zaczął szybko odjeżdżać w górę, tak że po chwili stare zacieki przemieniły się w uciekające galaktyki. Zamknął oczy, bo widok nie należał do przyjemnych.

Rozdział 8

Gabriel nie potrafił stłumić radości. Powinien być przygnębiony, a nawet przerażony, ale przepełniało go uczucie triumfu. Jechał przez kraj na czele Zastępów, tuż obok Michała. Za nimi postępowała regularna armia Królestwa, tysiące tysięcy wiernych żołnierzy. Gdzie tylko przybyli, prości skrzydlaci wybiegali na drogi z kwiatami, darami i łzami szczęścia. Witali armię Michała jak oswobodzicieli i zbawców, a samego Gabriela jako męża opatrznościowego i namiestnika Jasności. Jeśli miał kiedykolwiek wątpliwości co do swojej polityki wobec mieszkańców Królestwa, to teraz wszystkie rozwiewały się jak dym. Już niedługo zobaczy pierścień białych murów miasta, ale tym razem przekroczy je jako zwycięzca, nie jako zbieg. Alarmujące wieści o Siewcy nie były w stanie osłabić euforii prawowitego regenta. Patrzył na rozległe pola, na szumiące lasy, na miasta i osady Królestwa, przypominał sobie cudowną architekturę siedmiu kręgów Nieba, mosty, pałace i ogrody, wydawało mu się, że ogarnia nieskończoną liczbę skrzydlatych trudzących się dla chwały Pańskiej, i nie wierzył, że Jasność pragnie zniszczyć to, co jest Jej dziełem. To tak, jakby Pan zapragnął zabić część siebie.

Siewca, pomyślał. Cóż, przecież to tylko cień potęgi Pańskiej. Czyż Jasność nie rozprasza cieni? Wiedział, że czeka go walka, że musi najpierw zwyciężyć buntowników, a potem zniszczyć potęgę, jakiej nawet nie jest w stanie objąć rozumem, ale, na Głębię i wszystkie otchłanie, zmiażdży ją w imię Światła! Nie umiał przewidzieć, w jaki sposób objawi się moc Siewcy, jak wygląda jego armia i czy w ogóle wystąpi przeciw nim z armią, lecz patrząc na cudowną zieleń świeżo wschodzących zbóż na polach Królestwa nie wątpił, że zwyciężą. Już za chwilę, za parę dni zasiądzie znów w gabinecie regenta i wsunie na palec pierścień władzy, którego nie zdejmował od detronizacji Jaldabaota. Ale przedtem przypomni kilku wszawym gnojkom, że nosi też miano Anioła Zemsty.

Hija poderwała głowę znad książki, gdy przeszyło ją nagłe dźgnięcie niepokoju. Odczuła to tak, jakby w pokoju rozdzwoniły się nagle alarmowe brzęczyki. Coś się stało, coś złego zagrażało wyspie. Odłożyła książkę, podeszła do wiszącego na ścianie zwierciadła. Niecierpliwie stuknęła w taflę palcami.

– Przeczesuj! – rozkazała.

Odbicie w lustrze zafalowało, z głębi tafli wypłynęła głęboka czerń, która momentalnie zmieniła się w obraz widzianego z góry wybrzeża. Fale kładły się na piasku z cichym westchnieniem ulgi, wokół panował spokój.

– Przeczesuj – powtórzyła Hija.

Obraz w lustrze posłusznie zaczął się przesuwać. Oczy anielicy śledziły go uważnie. Woda, piasek, las... szlag! Po niebie zjeżdżali ku wyspie żołnierze. Mrowie. I nie była to regularna armia Królestwa. Nie mieli jednolitych mundurów, większość wyglądała na najemników. Pierwszy wylądował na brzegu wielki jasnowłosy anioł z bezczelną gębą aroganta. Hija poznała go natychmiast. To był Miteasz, członek chóru Cnót, wysoki rangą skrzydlaty, który przyłączył się do buntu przeciw Gabrielowi, znany pyszałek i awanturnik.

Siedlisko wszelkich cnót, niech go diabli, pomyślała z wściekłością. Czego sukinsyn szuka na mojej wyspie?

Żołnierze sprawnie lądowali na brzegu. Po chwili do Miteasza dołączył skrzydlaty wyglądający na drugiego dowódcę. Tego Hija nie znała. Miał kwadratową ponurą twarz i krótkie włosy w kolorze błota. Nosił niechlujne ubranie, ale na wszystkich grubych paluchach tkwiły kosztowne pierścienie.

Anielica skrzywiła się, wyobraziwszy sobie, jak cuchnie potem i brudem. Oprócz wściekłości poczuła teraz ukłucie lęku, bo skrzydlaty wyglądał jak pospolity bandzior, a żołnierzy wciąż przybywało. Do dwóch aniołów podjechał trzeci. Był odwrócony tyłem, więc Hija nie mogła go rozpoznać. Z wysiłku zagryzła wargę. Z jakiejś przyczyny stwierdzenie, kim jest trzeci rozmówca, wydało jej się szalenie ważne. Zna przecież te długie fioletowe włosy. Odwróć się wreszcie, warknęła bezgłośnie. Koń skrzydlatego zatańczył nerwowo, targnął łbem. Jeździec ściągnął wodze, poruszył się w siodle, na chwilę odwracając twarz. Po plecach Hiji przebiegł zimny dreszcz, dłonie spotniały. To Atanael, prawa ręka i przyjaciel Nisrocha, Wielkiego Cenzora, którego Daimon wyrzucił z balkonu.

Z całej siły starała się zachowywać dzielnie, lecz niewątpliwie ogarniało ją uczucie bliskie paniki. Żołnierze z całą pewnością nie przyjechali tu na grzyby, ale obecność Atanaela zwiastuje, że nie ma też mowy o pomyłce czy prostym rabunku. Przybyli po zemstę. Co robić, na Jasność, co robić? Gorączkowe myśli przebiegały przez głowę anielicy niby stado spłoszonych antylop. Żadne negocjacje nie mają sensu, skonstatowała. Trzeba ich zaatakować. Natychmiast, zanim wszyscy zdążą wylądować.

– Przynieśli ci podarunek od kostuchy, Hijo – szepnęła do siebie bezgłośnie. – Szkoda, że tak prędko.

Jej usta wykrzywił gorzki uśmiech. Traktaty magiczne słusznie ostrzegają, że pakty ze śmiercią nigdy nie odbywają się na uczciwych zasadach. Wobec tego anielica także nie zamierza przestrzegać ich do końca. Nie podda się bez walki.

Spojrzała w lustro. Większość żołnierzy znalazła się już na plaży, ale spora część jeszcze galopowała w powietrzu, nisko nad powierzchnią wody. Anielica zmrużyła oczy i zaczęła przemawiać do morza cichym śpiewnym głosem. Łagodne nucenie przechodziło szybko w ostre, kategoryczne nakazy, aż doszło do poziomu natarczywego krzyku.

Fale, niby obudzone ze snu poirytowane zwierzęta, powstały z rykiem. Uniosły grzywiaste łby, potrząsając warkoczami piany. W mgnieniu oka morze ogarnął szał.

Grupa lądujących żołnierzy zmusiła swoje rumaki do przyspieszenia biegu, lecz dudnienie kopyt nikło w narastającym ryku wody. Aniołowie na plaży zwrócili w stronę morza pobladłe twarze, patrzyli w bezruchu, mimo wściekłych okrzyków dowódców próbujących zmusić ich do cofnięcia się w las. Konie uciekinierów charczały z wysiłku, niektóre potykały się, trąciwszy kopytami spienione grzbiety bałwanów. Nagle od strony otwartego morza zaczął wyrastać jednolity szary wał. Powstawał niby wodny golem z szeroko rozwartymi ramionami i kudłatym łbem pian. Jeden z jeźdźców odwrócił się, wydając rozpaczliwy wrzask. Fala wyglądała teraz jak potężna skalna ściana. Żołnierze na brzegu rozpierzchli się w chaotycznej ucieczce pomiędzy drzewa.

Hija odrzuciła głowę w tył, wydała wysoki przeciągły krzyk i masa rozwścieczonej wody zwaliła się na plażę, zagarniając pod siebie nieszczęsnych jeźdźców, wynosząc ich wysoko w górę i niczym worki połamanych kości rzucając w pozostałych na brzegu towarzyszy. Pod naporem żywiołu zachwiało się kilka nadbrzeżnych drzew, jedno pękło z trzaskiem. Morze wdzierało się głęboko w las, zabierając z sobą wszystko, co nie trzymało się ziemi potężnymi korzeniami. W końcu szary olbrzym cofnął mocarną rękę, chociaż powoli i niechętnie. Skraj lasu i plażę zawalały połamane gałęzie, wyrwane krzaki, trupy najemników w niedobranych mundurach, nieduże głazy, śmiecie. Hija uważnie śledziła w lustrze rozmiar pogromu.

– Przeczesuj – syknęła.

Obraz drgnął, zaczął się przesuwać. Wiele drzew w lesie zostało podmytych. Fala obnażyła splątane sterczące korzenie, podobne do ramion gorączkowo szukających osłony dla nagości. Między pochylonymi, wykrzywionymi pniami oczy anielicy dostrzegły coś, co wywołało niepokój. Bladą plamę mgły, lśniącą perłową poświatą.

– Przybliż! – rozkazała zwierciadłu.

Wewnątrz tafli pojawił się kłąb rzednącej mgły. Poprzez białe pasma wyraźnie widoczny był duży oddział ocalałych najemników. Za nim stał następny. A potem kolejne.

To Atanael, zrozumiała. Należy do chóru Księstw, jest więc bardzo potężny. Po prostu nakrył znaczną część swojego wojska zaklęciem ochronnym. Zagryzła wargę.

Tymczasem Atanael wrzeszczał do żołnierzy, machając rękami i wskazując wnętrze wyspy. Jego twarz wykrzywiała wściekłość. W oczach nielicznych skrzydlatych dał się zauważyć strach, lecz u większości zastępował go gniew. Oddziały ruszyły.

Z pewnością wciąż trzyma nad nimi ochronne zaklęcie, tylko słabsze, pomyślała Hija. Liczyła na to, że morze zabierze znacznie więcej przeciwników. Przeliczyła się. Atanael okazał się silniejszy, niż przypuszczała. Na Głębię, ileż w tym sukinsynu siły! Nie miała pojęcia, iż anioł zna się na magii, a w każdym razie na magii przekraczającej zwykłe wojskowe sztuczki, lecz widocznie Nisroch przysłał go na wyspę nie tylko dlatego, że mu ufał. Wybrał niezłego maga, musiała przyznać. To nic, wciąż jest szansa, że go pokona. Skupiła w sobie moc, poczuła, jak przepływa kręgami światła, które ją otaczają.

– Uciekaj, Szafir! – zawołała w myślach do ulubionego jednorożca, w nadziei, że ją usłyszy. – Uciekaj razem ze stadem na przeciwny koniec wyspy!

Patrząc w zwierciadło, skrzyżowała ręce, a następnie uniosła je wysoko nad głowę, wydawszy przenikliwy gwizd. Między koronami starych olbrzymów zaszumiało, w jednej chwili zerwał się wiatr. Nie minęły sekundy i zmienił się w huragan. Z wyciem zanurkował w gąszcz zieleni, przydusił do ziemi gałęzie, odzierając je z liści i targając pokryte korą grzbiety, jakby próbował zerwać z nich wszelkie okrycie. Hija zagwizdała ponownie. Wicher odpowiedział upiornym chichotem. Nabrał oddechu, od którego popękały konary starych dębów, a potem zawirował, zgarniając poły niewidzialnego płaszcza. Zaplątane w nie drzewa zajęczały i runęły, wyszarpnięte z korzeniami. Huragan kręcił piruety w rytm muzyki wystukiwanej przez pękające, walące się pnie, zanosząc się chichotem szaleńca. Ale to nie szaleństwo kierowało pogromem. Olbrzymie tramy padały tam, gdzie Hija spodziewała się żołnierzy Atanaela. Gwizdnęła znów, a wiatr, choć to wydawało się nieprawdopodobne, wzmógł się jeszcze. Huk padających drzew i wycie wichury przeszły w jednostajny ryk. Anielica zmrużyła oczy i kilkakrotnie strzeliła palcami. Znad morza, niczym stado dziwacznych kruków zwabionych zapachem padliny, ze wszystkich stron zaczęły ściągać chmury. Huragan chwytał je w ramiona, rzucał sobie nad głowę, zbijał w wielką czarną kulę. Po chwili spadła ulewa. Bezlitośnie siekła ziemię, pnie zwalonych drzew i wszystko, czego zdołała dosięgnąć. Wiatr zachowywał się jak szaleniec, a deszcz wyładowywał swą nieprzytomną wściekłość. Hija, blada jak płótno, wpatrywała się w lustro. Za mało, myślała. Jeszcze za mało. Rozrzuciła szeroko ręce i krzyknęła. Deszcz zmienił się w grad. Ogromne lodowe pociski bombardowały pozostałości tego, co jeszcze niedawno było baśniowo pięknym lasem. Anielica zamknęła oczy. Nie chciała patrzeć. Zagryzła wargę i stała z rozkrzyżowanymi ramionami. Grad nie ustawał. Na czole Hiji pojawiły się kropelki potu. Wiedziała, że długo nie utrzyma nawałnicy. Była bardzo zmęczona. Jeszcze trochę, tylko trochę, przekonywała samą siebie. Musi wytłuc możliwie dużo tych sukinsynów, inaczej nie da rady ich zatrzymać.

Straciła zbyt wiele sił. Nie potrafiła sprawić, żeby po prostu zniknęli. Oczywiście, znała znacznie potężniejsze zaklęcia niż huragan i burza, ale nie miała pewności, czy użyte na tak niewielkim terenie nie zniszczyłyby całej wyspy. Tutaj margines bezpieczeństwa między celem a magiem właściwie nie istniał. Wreszcie, gdy minęła wieczność, a potem kolejna i jeszcze kolejna, Hija powoli opuściła ramiona. Zaczęła przemawiać do burzy cicho, uspokajająco, a deszcz usłuchał jej, ustawał. Kruki chmur z wolna odfruwały znad wyspy, wiatr, zawstydzony swoim gniewem, ukrył się gdzieś między drzewami w ocalałej części lasu.

Anielica uważnie wpatrywała się w taflę zwierciadła.

– Szukaj! – rozkazała. Obraz przesuwał się, ukazując szczątki drzew, dosłownie zmiecionych z powierzchni ziemi. Krajobraz wydawał się martwy, lecz Hija wiedziała, że za wcześnie na to, żeby odetchnąć z ulgą. Nagle jej źrenice rozszerzyły się ze zdumienia. Zacisnęła pięści i zaklęła. Między połamanymi pniami brnęli żołnierze. Byli przemoczeni, zmordowani, niektórzy poranieni, ale nie wyglądali na skłonnych do kapitulacji niedobitków. Prowadził ich Atanael. Z włosami w mokrych strąkach oblepiających wykrzywioną wściekłością twarz, wyglądał jak żądna zemsty gorgona. Miteasz też przeżył. Ponaglał swój oddział okrzykami i gwałtownym wymachiwaniem rąk. Obok, niby satelicki księżyc, pojawiła się czerwona z wysiłku zacięta gęba żołdaka z pierścieniami na palcach. Hija z pozornym spokojem liczyła żołnierzy, choć już na pierwszy rzut oka zorientowała się, że przeżyła przynajmniej połowa, jeśli nie więcej. Dużo. Znacznie za dużo. Zagryzła wargę. Odległość, jaka dzieliła oddziały Atanaela od bramy parku, zmniejszyła się znacznie. Jak, na Głębię, zdołali poruszać się w trakcie nawałnicy, którą rozpętała? Nie umiała znaleźć odpowiedzi. Widocznie pomógł im talent Atanaela. Przesunęła dłońmi po twarzy, rozmasowała skronie. Zerknęła w zwierciadło. Lada chwila żołnierze dotrą do muru otaczającego sady i ogrody zamku. Tam nie czeka ich nic groźniejszego niż kilka prostych sztuczek przeciw włamywaczom. Niewiele więcej magicznych pułapek chroniło wnętrze budynku. Wyspa nigdy nie miała pełnić roli twierdzy, Gabriel nie spodziewał się żadnych zbrojnych napadów w sercu swoich dominiów na Księżycu, a pewność taka wydawała się zupełnie uzasadniona. Aż do dzisiaj.

Najemnicy dotarli tymczasem do furty w murze. Przez chwilę panowało lekkie zamieszanie, gdy dwóch śmiałków stanęło w płomieniach, dotknąwszy klamki, lecz Atanael, kwitując pogardliwym skrzywieniem ust prymitywne zabezpieczenie, przełamał blokady jednym czarodziejskim słowem. Teraz droga była właściwie otwarta. Hija nie mogła pozwolić sobie na żadne potężne zaklęcie mogące zagrozić takiej liczbie żołnierzy chronionych przez maga klasy Atanaela, bez realnej groźby zniszczenia zamku wraz z jego mieszkańcami. Pozostawała jej tylko ucieczka. Lecz na to też nie była przygotowana. Nie potrafiła skorzystać z mocy i przenieść się w dowolny kraniec Wszechświata, gdyż tą umiejętnością dysponowali tylko najwyżsi Świetliści, archaniołowie Tronu. Większość życia spędzała na wyspie, podróżowała niewiele, więc nigdy nie zatroszczyła się o latający dywan lub chociaż jego skrawek. Nie potrzebowała go. Gdy pragnęła odwiedzić Gabriela, Razjela czy Michała, przybywali po nią osobiście albo wysyłali zaufanego posłańca. Teraz brak magicznej szmatki mógł kosztować ją życie.

W tafli zwierciadła spostrzegła, że oddziały wmaszerowały już do sadu. Bardzo blada, obróciła się w stronę otwartych drzwi pracowni. Starała się zachowywać zimną krew, lecz przychodziło jej to z trudem. Nigdy jeszcze nie stanęła w obliczu realnego niebezpieczeństwa. Myśl! – nakazała sobie stanowczo, w końcu jesteś potężną wiedźmą. Czego mogłaby w tej chwili użyć? Szybkim krokiem przespacerowała się wzdłuż stołu, stwierdziła, że nerwowo wyłamuje palce. W żadnym wypadku nie może pozwolić sobie na panikę. Ani kapitulację. Zamknęła oczy i na moment zobaczyła pod powiekami suchą twarz okoloną czarnymi włosami, bezdenne źrenice z fosforyzującymi zielonymi otoczkami podobnymi do pierścieni z nefrytu. Ogarnęła ją fala ogromnego żalu, ale i determinacji. Uderzyła pięścią prawej ręki w otwartą dłoń. Nie wolno jej umrzeć! Rozwiązanie pojawiło się samo, jakby wyczytała je w oczach Daimona. Było cholernie ryzykowne, niemal samobójcze, lecz co miała do stracenia? Skoro nie może opuścić wyspy, zniknie. Przeniesie się w inny wymiar, obszar między światami, pustkowie, gdzie nie istnieje czas ani życie. Wielcy magowie udawali się tam, żeby medytować, odpoczywać od świata lub chronić się przed niebezpieczeństwami. To będzie prawdziwe zniknięcie, nie prymitywny czar niewidzialności. Gdyby użyła tak banalnej sztuczki, Atanael natychmiast by ją odnalazł. Zginęłaby upokorzona.

Zacisnęła usta, zebrała fałdy sukni, pewnym krokiem ruszyła do pracowni. Zaklęcie niebytu należało do szczególnie trudnych i ryzykownych. Potrzebowała absolutnej koncentracji i czasu, a obu tych czynników rozpaczliwie brakowało. Wzięła kilka głębokich wdechów, starając się działać możliwie spokojnie. Ręka, sięgająca po niezbędne akcesoria, drżała bardzo nieznacznie. Hija zapaliła świece, czarną i czerwoną kredą poczęła wyrysowywać na posadzce skomplikowane wzory. Drgnęła, gdy z dziedzińca dobiegł ją hałas otwieranych wrót, przerażone głosy służby, tupot nóg i przeciągły krzyk jakiejś nimfy. Kreda trzymana w dłoni ześliznęła się, misterny znak przecięła gruba linia. W tej chwili przed oczami anielicy pojawił się obraz wściekłych, wrzeszczących żołdaków demolujących jej dom. Rozbite meble, wytłuczone szyby, ciała faunów z potrzaskanymi czaszkami, gwałcone nimfy, gargulce z brzuchami rozprutymi mieczem, miotające się w kłębach własnych wnętrzności. I Szafir. Piękny Szafir z dziko wyszczerzonymi zębami, błękitną sierścią zlaną krwią, jakby na boki i grzbiet ktoś narzucił mu czerwoną derkę, z onyksowymi oczami pełnymi żalu i nienawiści. Na Jasność, pomyślała. Nie wolno mi ich zostawić. To moi poddani, moja służba. Ufają mi, a ja nie mam prawa ich porzucić. Musi zrobić coś, czego nikt przedtem nie ośmielił się uczynić. Przerzucić w niebyt i sprowadzić z powrotem całą wyspę. Kiedy podjęła postanowienie, odczuła dziwny, chłodny spokój. Dłonie pewnie, choć jakby bezwiednie, kreśliły znaki, umysł bez wysiłku uzyskiwał kolejne stopnie koncentracji. Rzeczywistość skurczyła się, zogniskowała wyłącznie na zaklęciu. Hija popadła w rodzaj transu, bardzo trudnego do osiągnięcia, lecz niezbędnego przy tak silnych czarach. Czuła skupianie się mocy. Energia przepełniała ją, rozlewała się wokoło, podobna do niepowstrzymanej fali, którą przywołała z morza, ale potężniejszej, po wielekroć potężniejszej. Jasno i wyraźnie dostrzegała ścieżkę światła podobną do lśniącej wstęgi, której początek niknął gdzieś wśród poznaczonej zimnymi odblaskami gwiazd czerni, w jaką zmienił się sufit pracowni. Hija dygotała. Jej palce zaciskały się spazmatycznie, wargi drgnęły lekko, ukazując zaciśnięte zęby. Zapomniała o wyspie, napadzie, o własnym istnieniu. Liczyła się tylko moc.

– Dziwka! – usłyszała wrzask nad samym uchem. Głos był przepojony nienawiścią i triumfem. Tuż przed sobą ujrzała spoconą twarz Atanaela, usta wykrzywione grymasem wściekłości. Fioletowe włosy wyglądały jak sznurki. Ścieżka światła rozmazała się na moment, przygasła, ale nie znikła. Hija rozpaczliwie starała się nie stracić jej z oczu.

– Dziwka Gabriela! – wycharczał Atanael. – Nędzna szmata. Gdzie jest teraz twój kochaś, twój dzielny archanioł, uzurpator i tyran? Nie pomoże ci, dziwko. Dosięgnie cię ręka sprawiedliwości, ladacznico!

Chuda twarz dostojnika chóru Księstw przypominała maskę szaleńca. Gdy krzyczał, na ustach pękały mu bąbelki śliny. O niczym nie wiedzą, pomyślała Hija ze zdziwieniem. Przyszli, żeby mnie zabić, a nic nie wiedzą. Przez otwarte drzwi wpadł Miteasz, za nim dowódca najemników. Jasnowłosy anioł ściskał w ręce miecz. Zatrzymał się tuż przed granicą kręgu. Wargi wykrzywił mu paskudny, lubieżny uśmiech.

– Ładna jesteś, wiedźmo. Zabawimy się trochę, zanim wypruję ci flaki. Dawałaś Gabrysiowi i temu trupowi z upiorną gębą, dowiesz się teraz, co to znaczy prawdziwy, porządny anioł. Co ty na to, wiedźmo?

Wyciągnął ku niej łapę w skórzanej rękawicy, chcąc zagarnąć palcami garść kobaltowych loków. Hija targnęła głową. Choć migotliwie i niewyraźnie, wciąż widziała ścieżkę. Wibrowała nieprawdopodobną energią, ale jej blask pociemniał. Ręka oficera chóru Cnót odrobinę minęła włosy anielicy.

– Bękart! – zasyczał. – Szmata! Chodź do mnie!

Hija gwizdnęła krótko przez zęby. Miteasz zawył, poderwał ręce do twarzy, upuszczając miecz. Broń z brzękiem uderzyła o posadzkę. Spomiędzy palców anioła wystrzeliły snopy iskier. Atanael zaklął, przyskoczył z dłońmi splecionymi w odpowiedni znak gasić towarzysza. W tym samym momencie grubas z pierścieniami rzucił się z mieczem w stronę Hiji. Spróbowała odskoczyć, lecz nogi zmieniły się chyba w granit. Patrzyła na zbliżające się niezwykle wolno ostrze, jakby jej zmysły pracowały szybciej niż czas. Nagle w powietrzu pojawił się jakiś niewielki, błękitny kształt. Wylądował na karku najemnika, orząc go pazurami. Żołnierz zachwiał się, sięgnął do szyi, która zdążyła już poczerwienieć od krwi, i zdarł z niej walczący wściekle kłąb niebieskiego futra. Z furią cisnął kotem o ścianę. Błękitny pocisk uderzył w nią, osunął się na podłogę i znieruchomiał.

– Nehemiasz! – krzyknęła Hija z rozpaczą i wściekłością.

I właśnie wtedy poczuła tąpnięcie. Świat rozsypał się na kawałki, zawalił w mgnieniu oka, a Hija zdała sobie sprawę, że nie wszystko poszło tak, jak się spodziewała. Mignęły jej zdumione gęby prześladowców, więc przelotnie zastanowiła się, czy potoną w morzu, gdy wyspa zniknie, ale daleka była od współczucia. Potem wszystko spowiła szara mgła, a anielica chyba straciła przytomność.

Mała jaszczurka o łuskach metalicznie złotej barwy, z pręgą na bokach maźniętą błękitem, śmignęła między kamienie. Upał położył ciężką dłoń na ruinach domów, bram i świątyń. Połamane kolumny sterczały wśród gruzów niby niedbale powtykane przez olbrzyma ołówki. Słońce wykrawało ostre cienie, podobne do kawałków ciemnego sukna. Świerszcze cykały zawzięcie, poza tym panowała cisza. Obok zwalonej bramy triumfalnej rosły drzewa oliwne, których węźlaste, skręcone pnie i zakurzone liście wydawały się wykute z kamienia, jakby w mieście nie miało prawa przetrwać nic, co nie było marmurem lub piaskowcem.

Drago zatrzymał się, potarł spocony kark. Spojrzał w dół na czubki swoich butów. Głębokie koleiny wyżłobione przez koła wozów przecinały bruk antycznej ulicy. Teraz podróżowały nimi tylko metaliczne jaszczurki.

– Rany, co za miejsce – stęknął Hazar. – Łazimy tu już chyba ze trzy godziny, a końca nie widać. – Z dezaprobatą potrząsnął głową, aż czaszeczki na końcach warkoczyków zaklekotały sucho. – Jeśli ten sukinsyn Ram Izad nas wystawił, wyrwę mu skrzydła i umieszczę w brzuchu zamiast flaków. Przez dupę!

Drago westchnął, rozmazując na spoconym czole smugi wszechobecnego czerwonawego pyłu. Hazar plasnął otwartą dłonią w najbliższy kamień.

– Kupa gruzów. Czy tak wygląda miejsce, gdzie ukryłbyś potężną magiczną Księgę?

– Jasne, że nie – mruknął komandos. – I o to chodzi.

– Wierzysz mu?

Drago wzruszył ramionami.

– Jego głos brzmiał wcale przekonująco.

Hazar splunął na bruk, bezskutecznie starając się pozbyć trzeszczących w zębach drobin piasku.

– Przygnębia mnie to morze ruin.

Istotnie, zwalone kolumny, bramy, pozostałości ogromnych budowli i szczątki mieszkalnych willi ciągnęły się aż po horyzont. Torsy ocalałych posągów wyglądały jak widma snujące się wśród kamieni w poszukiwaniu utraconych głów.

– Mnie się nawet podoba. – Drop wyciągnęła szyję zza ramienia Drago. – Tu jest trochę dziko i dziwnie.

– Będzie jeszcze dziwniej, jak zapadnie zmrok – burknął Głębianin. – Wtedy bez trudu znajdziemy marmurowego delfina i mozaikę z winogronami.

– Z winoroślą – poprawiła Drop.

Hazar machnął ręką.

– Co za różnica!

Drago pogrzebał w kieszeni, wyciągnął zmięty kawałek dywanu.

– Masz – powiedział do przyjaciela. – Zabieraj Drop i wracaj. Poszukam Księgi sam.

– O nie, ja zostaję! – pisnęła anielica.

Drago się skrzywił. Zabrał dziewczynę tylko dlatego, że nie miał jej z kim zostawić. Saturnin nie wchodził w grę, a Hazar uparł się pójść z nim. Na razie nie przeszkadzała, ale komandos wolałby nie myśleć o jej bezpieczeństwie w trakcie ewentualnego starcia.

Na widok dywanu Głębianin się zmieszał.

– No, co ty, stary – wymamrotał. – Gadam tak, bo nie lubię upału.

Drago obrzucił go przeciągłym spojrzeniem. Odwrócił się i, milcząc, ruszył przed siebie. Za nim podreptała Drop. Hazar pogrzebał w kieszeni, wyciągnął skręta z mirry, przypalił i szybko dogonił anielicę.

Bruk parzył przez podeszwy butów, od kamiennych ścian bił żar. Maszkarony wykrzywiały pyski, wodorosty i kolorowe ryby na mozaikach pokrywających dna basenów i wodotrysków, zamiast w wodzie pływały w rozedrganych słupach powietrza. Słońce tkwiące nieruchomo pośrodku nieba pochyliło się niespodziewanie nad horyzontem, cienie kolumn wydłużyły się.

Pot perlił się na karku Drago, ale komandos od pewnego czasu nie czuł upału, tylko nieprzyjemny chłód wzdłuż kręgosłupa. Towarzyszyło mu jeszcze bardziej nieprzyjemne wrażenie, że są obserwowani. Czyjeś czujne, wrogie ślepia wpatrywały się w plecy anioła, jakby chciały przestrzelić je na wylot. Drago przełknął ślinę. Uważnie obserwował ruiny, ale nawet kątem oka nie rejestrował najmniejszego ruchu. Spróbował odetchnąć głębiej, lecz napięcie nie mijało. Wizja czerwonych plam wykwitających nagle na plecach Hazara lub Drop nie chciała zniknąć. Głębianin też spochmurniał, jakby i on czuł na sobie wzrok niewidzialnych ślepi. Drago zatrzymał się znowu, rozejrzał bezradnie po okolicy.

– No, pomyślcie – stęknął. – Gdzie można schować książkę? Może tam, gdzie nikt nie będzie szukał. W jakimś oczywistym miejscu.

– W bibliotece – powiedziała Drop.

Hazar rzucił jej spojrzenie pełne podziwu.

– Hej, to jest myśl! Dzielna mała. Pytanie, czy tu jest taka, a jeśli nawet, to jak ją znajdziemy?

– Musi stać gdzieś przy rynku – mruknął Drago. – Na frontonie powinny być jakieś postaci z rysikami, zwoje albo coś w tym rodzaju.

– Jasne! – przytaknął Hazar. – Chodźcie, szkoda czasu. Niedługo zrobi się ciemno.

Zawrócili. Minęli kilka przecznic i szybko znaleźli się na podłużnym obszernym rynku głównym. Jednak żaden z budynków nie przypominał biblioteki. Po obu dłuższych bokach placu ciągnęły się pozostałości kolumnowych portyków, krótsze zajmowały ruiny świątyni i potężnej budowli o wyraźnie municypalnym charakterze. Drago popatrywał na tę ostatnią z powątpiewaniem.

– Za duża na bibliotekę – powiedział. – To pewnie jakiś urząd.

– Zaczekajcie, a tamto? – Drop wskazała palcem boczny zaułek odchodzący z prawej strony domniemanego urzędu. U wylotu uliczki majaczył niewielki biały budynek.

– Sprawdźmy, co nam szkodzi. – Hazar wzruszył ramionami.

– Rany, to chyba to! – zawołał po chwili, gdy stanęli przed kwadratową budowlą usadowioną na płaskim podeście z kilkoma stopniami. Cały fronton i szczytową ścianę pokrywały płaskorzeźby przedstawiające marsowe niewiasty spowite w szaty wyglądające, zdaniem Drago, jak prześcieradła oraz brodaczy ze zwojami w dłoniach. Ponad nimi unosiły się girlandy kamiennego wawrzynu.

– Wchodzimy – zadecydował.

– Zobaczcie! – pisnęła Drop. – Tam, w górze, o! Winorośle i delfiny! Widzicie?

Zadarli głowy. Anielica miała rację. Nad wejściem ciągnął się cienki fryz z ornamentem w kształcie nieokreślonych roślin i ryb, które przy odrobinie dobrej woli można było wziąć za winorośla i delfiny. Prędko wbiegli po schodach. Wnętrze było zupełnie puste. W ścianach wykuto ciągnące się rzędami nisze przeznaczone do układania zwojów. W większych wykuszach stały niegdyś posągi, po których pozostały tylko pokruszone bazy. Na posadzce leżała nienaruszona warstwa grubego kurzu.

– Nie wydaje mi się, żeby ktoś tu ostatnio wchodził – mruknął Hazar.

– Ochowi chodziło właśnie o stworzenie takiego pozoru – powiedział Drago, chociaż na widok pustego wnętrza wydłużyła mu się mina.

Zbliżył się do ściany i zaczął ją metodycznie opukiwać. Skrobał paznokciem pozostałości tynku, chuchał między szczeliny kamieni, poszukując śladu magicznych maskowań. Hazar ćmił papierosa z mirry z wyrazem rezygnacji na twarzy. Drop usiadła na posadzce, rozsznurowała but, ściągnęła z ulgą i zaczęła wytrząsać piasek. Drago przerwał na chwilę mozolne oględziny, sięgnął pod bluzę i wyciągnął wiszący na szyi łańcuszek zakończony dużym medalionem, dotąd ukrytym pod ubraniem. Ściskając talizman w garści, znów zbliżył się do ściany. W milczeniu zaczął wodzić nim w górę i w dół, tuż przy samym murze. Zbadał tak całą frontową ścianę do wysokości, do jakiej był w stanie dosięgnąć wyciągniętą dłonią. Talizman nawet nie drgnął. Nie błysnęła w nim najmniejsza błękitna iskierka świadcząca o działaniu czynnej magii. Usta Drago zacisnęły się w determinacji. Przyklęknął i zabrał się za badanie progu. Drop ziewnęła. Na pokrytej pyłem podłodze narysowała palcem kaczuszkę. Potem kwiatek i krówkę. Przyjrzała się krytycznie swojemu dziełu i dorysowała staw z pluskającymi rybkami. Głębianin wyjął z kieszeni składany nóż. Wydłubał końcem ostrza brud spod paznokcia kciuka. Zamknął nóż i znów otworzył go z trzaskiem. Drago czołgał się wzdłuż bocznej ściany, wodząc medalionem przy samej posadzce. Hazar otworzył i zatrzasnął nóż. Anioł uniósł głowę, obrzucając przyjaciela przeciągłym spojrzeniem.

– Zamiast się obijać, poszukałbyś czegoś, na co mógłbym wleźć, żeby sprawdzić sufit – warknął. – Nie podsadzisz mnie odpowiednio wysoko.

Głębianin nie wytrzymał.

– Daj sobie spokój, stary – wypalił. – Wiesz, że tu nic nie ma. Żaden mag nawet nie splunął na tę podłogę od setek lat. Gdyby ukryto tu coś promieniującego o połowę mniejszą mocą niż Księga Razjela, twój medalion wyłby i świecił jak pieprzona syrena przeciwmgielna. Izad nas wystawił. Siedzi teraz w jakiejś knajpie, rechocze i upija się za zdrowie naszej głupoty!

Drago poderwał się na kolana.

– Jasne! – wrzasnął. – Spierdalajmy do domu, bo szanownemu panu znudziły się zabytki, a i nogi rozbolały od zwiedzania! Co ty myślisz, że to jest zasrana wycieczka? Chcesz teraz drinka z małą parasoleczką, a w tle szum oceanu? Przypominam, że wcale cię, kurwa, nie zapraszałem. Sam ze mną polazłeś.

– Rany, Drago! Przymknij się, chłopie. Rozumiem, że chcesz się zemścić za las Teratela, ale chyba ci łeb przepaliło od upału. Nie pozwolę, żeby ktoś się na mnie wydzierał. Nawet ty. Dotarło?

– Natychmiast przestańcie wrzeszczeć! – krzyknęła Drop, uderzywszy pięścią w posadzkę, aż poderwał się tuman kurzu. – Nic innego nie umiecie, tylko drzeć się i kląć? Może źle zrozumieliście. Może to nie jest właściwe miejsce. Co dokładnie powiedział Ram Izad? Przypomnijcie sobie.

– Och zaprowadził go do ruin – burknął nachmurzony Drago. – Krążyli ulicami. Potem ukryli księgę w małym budynku z winoroślą i delfinami wyrzeźbionymi na frontonie. To tyle.

– Jeśli obaj ukryli, to czemu Izad nie powiedział wam, jak kryjówka jest zamaskowana? – spytała rzeczowo anielica.

Anioł i Głębianin spojrzeli po sobie.

– Nie wiedział – mruknął komandos. – Nie wszedł do środka. Och go nie wpuścił. Został przed budynkiem.

– I nic nie zobaczył przez otwór wejściowy? – prychnęła z powątpiewaniem Drop. – Przecież tu nigdzie nie ma drzwi.

– Tam były. Pomógł Ochowi odsunąć płytę.

Anielica spojrzała na niego jak na coś, co kot wygrzebał ze śmietnika.

– Widzisz tu gdzieś tę płytę, Drago? Schowała się za załomem muru? – zakpiła. – Matko, co z ciebie za komandos!

Drago oblał się rumieńcem.

– Nie czepiaj się! Szukałem właśnie zamaskowanego wejścia.

– Czekajcie. – Hazar podniósł palec, wycelował w Drop. – Przed chwilą robiłaś drakę, że kłócimy się, zamiast myśleć, ale sama go prowokujesz. A my dalej nie wiemy, czemu Izad nie widział, co robi Och.

Komandos palnął się otwartą dłonią w czoło.

– Wiemy. A ja jestem idiotą. Prawdziwym wrakiem na złom. Nie widział, bo w środku było za mało miejsca. Plecy Ocha zasłoniły wejście. Co Ram powiedział? Pamiętasz, Hazar? Mały, biały budynek z winoroślą i delfinami. Był przerażony, powtarzał to bez przerwy. Ale raz nazwał go cholerną ogrodową altanką. Pieprzona ogrodowa altanka. A my nie zwróciliśmy na to uwagi. Rozejrzyjcie się, czy to przypomina altankę? – Zatoczył ręką szeroki gest, wskazując ściany z niszami. – Wniosek nasuwa się sam. Jestem pieprzonym kretynem z amnezją. Dobra, teraz się zastanówcie. Widział ktoś cokolwiek, co przypomina altankę, budkę z hamburgerami, szalet albo karmnik dla ptaków?

– Ja widziałam – pisnęła Drop – zanim weszliśmy na teren miasta. Przy takiej szerokiej, brukowanej drodze, gdzie rosły wielkie kaktusy. Stoi tam mnóstwo kamiennych domków, malutkich. Razem wyglądają jak plac zabaw. Pomyślałam, że dzieciaki miałyby gdzie się bawić w chowanego. Byłyby zachwycone.

– Ja też jestem zachwycony – powiedział Drago. – Zasuwajmy do tych budek. Może się nam poszczęści.

Słońce opadło już prawie na sam horyzont, rozlało na murach i brukach plamy złota. Upał wcale nie zelżał, a świerszcze nadal cykały zapamiętale.

– Zapowiada się nieźle – skwitował Hazar, gdy zobaczyli przed sobą dolinkę zabudowaną niewielkimi konstrukcjami przypominającymi prostopadłościenne, niskie wieże. Zdobiły je trójkątne dachy, wymyślne attyki i gzymsy. Żadna nie miała okien, a otwory drzwiowe były zamurowane lub zamknięte kamiennymi płytami. Płaskie pilastry i półkolumny oplatały girlandy wyrzeźbionych roślin. Po fryzach galopowały konie, przechadzały się zamyślone muzy i skrzydlaci geniusze. Niektóre symbole wyglądały jak butle z dużym korkiem lub ozdobne klamry.

– To cmentarz – powiedział Drago.

Hazar skinął głową.

– Dobre miejsce, żeby coś ukryć. Umarli z reguły umieją dochować tajemnicy.

– Rozdzielmy się. Ja zabiorę dziewczynę i pójdę pierwszą ścieżką, ty idź równoległą.

– Dobra – zgodził się Głębianin.

Drago wziął Drop za rękę i wkroczył między grobowce. Wymyślne frontony ozdabiały różne motywy, ale nic nie przypominało delfinów ani winorośli. Alejka była wąska. W załomach murów, nisko przy progach, we wnękach drzwiowych rodził się mrok. Rude plamy słonecznego światła rozmazane na gzymsach i tympanonach wyglądały jak zakrzepła krew pochowanych tu nieboszczyków. Co gorsza, powróciło dręczące przeczucie, że są obserwowani. Drago czuł nieprzyjazne, gniewne spojrzenia niczym muśnięcia zimnego palca na karku. Mimowolnie zniżył głos.

– Rozglądaj się, malutka. Zaraz znajdziemy właściwy grób.

Drop, która kurczowo ściskała rękę komandosa, zadrżała wyraźnie na dźwięk słowa „grób".

– Tu jest okropnie – wyszeptała. – Ciarki mnie przechodzą.

– Nic się nie bój. Za chwilę znajdziemy Księgę i odlatujemy. – Poklepał się po kieszeni. – Mamy dywan. Łebek do góry, kicia. Już niedługo.

– Drago! – usłyszeli nagle wołanie Hazara. – Chyba jest!

– Widzisz, mówiłem. – Gamerin wyszczerzył zęby do Drop, bezceremonialnie złapał anielicę wpół i zmusił do biegu między grobami, nawołując Głębianina. Po chwili stanęli obok Hazara przed fasadą białego grobowca. Rzeźba na tympanonie nad wejściem przedstawiała dwa splecione delfiny. Wokół trzonów dwóch półkolumn wiły się pędy marmurowych winogron. Już gdy dobiegał do budynku, Drago poczuł znajome mrowienie skóry stykającej się z medalionem. Wyciągnął talizman spod bluzy. Błękitne iskry przebiegały po całej jego powierzchni.

– Mamy ją – powiedział Drago z triumfem w głosie. – Księga jest tu. Dalej, Hazar. Spychamy płytę.

Szarpnęli równo i odsłonili wejście. Wnętrze było ciemne, pachniało zastałym powietrzem. Talizman Drago sypnął deszczem iskier.

– Jak to możliwe, że to cholerne urządzenie daje wskazania? – zdziwił się Hazar. – Och pewnie użył całej swojej mocy, żeby ukryć nie tylko samą Księgę, ale też ślady magicznych działań.

Komandos się uśmiechnął.

– Najnowsza technika. Tylko dla jednostek specjalnych. Wchodzę. Ty zostań, pilnuj Drop i uważaj, czy wszystko w porządku.

Niemal całą ciasną kryptę wypełniał marmurowy sarkofag pokryty skomplikowanym ornamentem roślinnym. Skrzynię zakrywała płyta zapisana inskrypcjami w języku nieznanym Drago. Spróbował ją zepchnąć. Drgnęła, wydając paskudny zgrzyt. W tym momencie mdłe światło padające od wejścia przesłonił cień. Drago poderwał głowę.

– Hazar, miałeś pilnować ulicy.

Czaszeczki we włosach Głębianina zaklekotały.

– Daj spokój. Wszędzie czysto. Nikogo nie ma. To cholerne wymarłe miasto. Ruiny. Ja też chcę zobaczyć Księgę.

– Jasne – zgodził się Drago. – Masz pełne prawo. Pomóż mi ściągnąć płytę.

Schwycili za przeciwległe krańce, pociągnęli. Kamień z głuchym łoskotem osunął się na posadzkę.

– Jest, cholerna – wyszeptał Głębianin stłumionym głosem.

We wnętrzu sarkofagu leżało kilka zbrązowiałych ze starości kości owiniętych w kłąb zbutwiałych gałganów. Na samym środku, między półksiężycami żeber, spoczywał duży pakunek spowity w biały jedwab. Medalion Drago trzaskał iskrami we wszystkie strony.

– Ja też chcę zobaczyć – pisnęła Drop, wpychając się między Hazara a framugę wejścia. – Wpuśćcie mnie! To ja wam powiedziałam o Księdze, widziałam Ocha i tego białego anioła, i w ogóle!

Głębianin spróbował wcisnąć się do wnętrza grobowca, między ścianę i sarkofag, żeby zrobić trochę miejsca dla napierającej na niego Drop, ale stopa obsunęła mu się na krawędzi zdjętej ze skrzyni nagrobnej płyty. Stracił równowagę i gwałtownie poleciał do przodu, więc żeby zamortyzować upadek wyciągnął przed siebie ręce. Prawa trafiła w próżnię, lecz lewa oparła się o kości na dnie sarkofagu.

– Auuu! – jęknął, prostując się błyskawicznie i potrząsając dłonią, po której palcach spływało kilka kropel krwi.

– Co jest?! – krzyknął zaniepokojony Drago. – Zraniłeś się?

– Użarła mnie, zaraza – stęknął Hazar z odcieniem niedowierzania w głosie.

– Kto?! – spytał skonsternowany Drago, który ze swego miejsca nie mógł dostrzec nic poza kłębem szmat, kośćmi i zawiniątkiem z księgą.

– To! – powiedziała Drop, wskazując palcem wnętrze sarkofagu.

Drago wychylił się. Między łachmanami coś się poruszyło. Komandos ostrożnie dźgnął kłąb szmat końcem noża. Spomiędzy szmat wystrzeliła błyskawicznie mała twarzyczka z wyszczerzonymi kłami, kłapnęła w powietrzu szczękami i wycofała się w gałgany. Drago zdążył zauważyć, że była pokryta brązową, pomarszczoną skórą. Stworzenie ukryte wśród strzępów tkaniny łypało na niego zaczepnie małymi czarnymi jak paciorki ślepkami. W słabym tle nie dostrzegł go od razu, bo barwą i strukturą skóry samo przypominało łachman. Teraz rozpoznał je bez trudu.

– To dusza – powiedział, odetchnąwszy z ulgą.

– Co ona tu robi? – zdziwiła się Drop, która wyciągała ciekawie szyję ponad ramieniem Hazara. – Powinna dawno zostać zabrana w zaświaty. Zapomnieli o niej, czy co? Czemu jest taka malutka?

– Bo to tylko dusza motoryczna – wyjaśnił Drago. – Właściwa dawno jest po drugiej stronie. Widocznie pochowani tu ludzie wierzyli w istnienie kilku dusz, duchowej, która przenosi się w zaświaty, fizycznej, która krąży rozpuszczona we krwi i znika w momencie śmierci, oraz motorycznej, która pobudza ciało do ruchu, a żyje tak długo, dopóki zostanie zachowane. Ponieważ każdy dostaje to, w co wierzy, mamy ją teraz tutaj. Z tego ciała niewiele już zostało, dlatego dusza jest taka mała i zasuszona. Pilnuje sarkofagu, więc zachowuje się agresywnie.

– Dzięki za wykład – parsknął Hazar, który dotąd w milczeniu ssał skaleczony palec. – Powiedz mi jeszcze, że jest jadowita.

– No – mruknął Drago. – Pewnie trochę. Nie może być groźna, bo zrobiła się już bardzo mała, ale pewnie spuchnie ci palec albo cała dłoń. Dusze motoryczne odpowiadają za klątwy grobowe.

– No, świetnie!

– Nie przejmuj się, stary. Pewnie dostaniesz Purpurową Lilię za zasługi wobec Królestwa. Pośmiertnie.

Hazar potrząsnął głową.

– Wolę zostać cichym bohaterem. Inaczej w Głębi dostanę czapę za konszachty z wrogiem.

Uśmiechnął się.

– Dobra – powiedział Drago, podwijając rękawy. – Odwróć uwagę duszyczki, a ja biorę Księgę. Gotów?

– Jasne.

Głębianin otworzył nóż i szybko dźgnął nim w stertę szmat. Błyskawicznie cofnął rękę, gdy wychynął spośród nich łebek z kłapiącą szczęką. W tym samym momencie Drago szybkim ruchem porwał książkę. Przez jedwab, którym była owinięta, poczuł pod palcami grubą tłoczoną oprawę. Ogarnęło go niespodziewane wzruszenie. Odzyskał groźny, potężny przedmiot poszukiwany przez całe Królestwo, rzecz, dla której umierali jego przyjaciele.

– Dobrze poszło – powiedział Hazar. – Pokaż ją, Drago.

Głos Głębianina przywołał go do rzeczywistości. Komandos ostrożnie rozwinął zawiniątko. Księga była opasła, oprawna w brązową skórę, ozdobioną prostym ornamentem. Zamiast tytułu pośrodku lśniła odciśnięta złotem osobista pieczęć Razjela. Brzegi stron także pokrywało złoto. Medalion na piersi Drago zasyczał błękitnymi iskrami, przygasł i począł się żarzyć jak szafirowy węgiel. Przez dłonie komandosa przeniknął chłód, jakby Księga powoli zamarzała, pozbawiona ochronnej szmatki. Pieczęć Razjela zdawała się pulsować. Drago uczuł zawrót głowy, złote kreski rozjechały mu się przed oczami. Zdał sobie nagle sprawę, że nawet gdyby bardzo chciał, nie byłby w stanie otworzyć Księgi. Tylko że wcale nie miał na to ochoty. Drewnianymi palcami począł niezdarnie owijać książkę w jedwab. Dopiero gdy materiał zasłonił pieczęć, pozwolił sobie głębiej odetchnąć i oderwać wzrok od okładki. Uniósł głowę. Hazar wyglądał jak ktoś wytrącony z transu. Mrugał szybko powiekami. Drop z wyraźnym trudem przełknęła ślinę.

– Piękna jest – wychrypiała. – Ale dziwna.

– Zabierajmy się stąd – powiedział Hazar. – I nie pytaj mnie, czy mam ochotę ją potrzymać. Nie mam.

– Racja – zgodził się Drago. – Wychodzimy przed budkę, używamy dywanu i spadamy.

Zastanowił się, czy Hazar, jako Głębianin, mógł jeszcze ostrzej zareagować na kontakt z Księgą, i doszedł do wniosku, że tak.

Wysunęli się z grobowca, żegnani przez warczącą i podskakującą duszę, która biła małymi piąstkami w ścianę sarkofagu. Na szczęście nie potrafiła wyskoczyć. Na zewnątrz było prawie ciemno.

Pierwszy zauważył ich Hazar. Zatrzymał się gwałtownie i syknął przez zęby. Wtedy Drago zobaczył także. Między grobowcami, na dachach, na przewróconych kolumnach siedziały skulone cienie. Spowite w czarne postrzępione szaty przypominały sępy z powodu swoich wychudłych ptasich twarzy i sterczących kościstych ramion. Łypały ciemnymi ślepiami, w których czerwonawo odbijał się blask konającego za horyzontem słońca. Dzikie pustynne demony z pewnością nie były zachwycone pojawieniem się intruzów. Było ich ponad dwadzieścia, ale o wiele więcej mogło się kryć w ruinach.

Drago nie czekał. Wyszarpnął z kieszeni kawałek dywanu, objął Drop i Hazara.

– Moc! – krzyknął.

Antyczny bruk nie zakołysał się pod stopami, a demony nie znikły. Rozwarły tylko długie zębate paszcze, a jeden wydał ochrypły skrzek.

– Co jest? – syknął Głębianin.

– Nie wiem – szepnął bezradnie Drago. – Nie zadziałał.

Dwa kolejne demony potrząsnęły głowami i zaskrzeczały w odpowiedzi pierwszemu. Anioł nie miał wątpliwości, że szykują się do ataku.

– Wyczerpał się – powiedział Hazar. – To się zdarza.

– Co? – Drago zasłonił sobą Drop, zmusił do cofnięcia z powrotem do grobowca.

– Co się dzieje? – pisnęła. – Czemu nie odlecieliśmy?

– Małe kawałki latających dywanów szybko tracą moc – wyjaśnił ponuro Hazar. – Teraz możesz najwyżej wysmarkać w niego nos.

– Teraz będziemy się bić, stary – mruknął Drago. – I to na poważnie.

Czarne kształty zsuwały się z dachów grobowców, w milczeniu formując krąg, który miał otoczyć intruzów. Posuwały się wolno, lecz zdecydowanie. Brązowe, kościste twarze przypominały ptasie czaszki obciągnięte skórą. Ręce demonów były ukryte pod fałdami szat, więc Drago nie mógł dostrzec, jaką broń dzierżą. Podejrzewał, że noże, choć musiał liczyć się też z nowoczesną bronią palną.

– Drop, wskakuj do sarkofagu – zakomenderował półgłosem. – Owiń dłonie szmatami i wyrzuć stamtąd duszę. Mam nadzieję, że cię nie pogryzie. Hazar, cofamy się do grobowca i bronimy wejścia. Bierzesz lewą stronę. Ruszamy na trzy.

– Nie, czekajcie! – syknął Głębianin. – Nie róbcie ani kroku. To są małe Galla. Rzucą się na nas natychmiast, kiedy zobaczą, że się cofamy. Zdołamy zabić wielu, ale i tak nas rozszarpią. Ofiara, która ucieka, wprawia je w amok. Musimy się bronić tutaj. I żadnych gwałtownych ruchów. Kiedy podejdą bliżej, zaatakujemy. Istnieje szansa, że się przestraszą i zwieją.

– Czasem mam wrażenie, że ktoś mnie przeklął – mruknął Drago.

– Ja mam taką pewność od lat. – W ciemności błysnęły białe zęby Hazara.

Demony okrążyły ich nierównym szykiem i znieruchomiały. Stały, kołysząc się, popychając i przestępując z nogi na nogę. Czasem któryś otwierał paszczę, demonstrując ostre kły, lecz nie atakował.

Drop kuliła się za plecami Głębianina i komandosa. Bała się, ale próbowała być dzielna.

Drago z napięciem wpatrywał się w twarze napastników, szukając sygnału do rozpoczęcia starcia, jednak ich oczy pozostawały bez wyrazu, niczym lśniące czarne szkła. Aniołowi zdawało się, że czas cieknie mu między palcami jak krew z paskudnej otwartej rany, z każdą chwilą czyniąc go słabszym. Myśli gorączkowo przebiegały mu przez głowę. Prysnąć między grobowce,

ostrzelać się i co? Uciekać na pustynię? A Drop? Wziąć ją na plecy? Walić w nich z zaskoczenia, wystrzelać, ile się da i... uciekać na pustynię? Spróbować jeszcze raz z dywanem? Cały czas miętosił go w palcach, mamrocząc „moc". Jakoś nie zamierzał zadziałać.

Przynajmniej mieli za plecami ścianę grobowca, która dawała, kiepską, bo kiepską, ale jakąś ochronę.

– Pokaż im Księgę – usłyszał schrypnięty szept Hazara. – Albo się wściekną, albo wystraszą i coś się nareszcie wydarzy.

Księgę? Może i tak. W końcu to demony.

– Dobra – szepnął.

Zaczął ostrożnie rozwijać jedwab. Nie szło łatwo, bo nie miał ochoty wypuszczać z ręki broni. Kątem oka zauważył, że dłoń Hazara zaciska się na kolbie głębiańskiego pistoletu typu Acheront. Poczciwa, wypróbowana klamka, pomyślał i poczuł się trochę raźniej.

Wśród demonów zapanowało poruszenie. Syczały groźnie, kiwając głowami na boki. Wydawały się zaniepokojone. Jeden z nich, duży, o szczególnie okazałych kłach, wysunął się o pół kroku do przodu.

– *Hallah!* – warknął gniewnie, wymachując pazurzastą łapą.

– Rozumiesz, co gada? – syknął do Hazara Drago, nieruchomiejąc z Księgą w rękach.

– Ani słowa. Ale chyba się boją. Dalej, pokazuj im książkę!

Drago postanowił zaryzykować. Nerwowe gesty dużego demona wyglądały raczej jak zachęta do ataku dla towarzyszy niż próba wypędzenia obcych. Szybkim ruchem oswobodził Księgę ze spowijającego ją jedwabiu i uniósł wysoko nad głowę, demonstrując napastnikom pieczęć Razjela na okładce. Resztki dziennego światła odbiły się od złoceń, zapłonęły, jakby pieczęć stanęła w ogniu. Zgraja demonów zawyła. Teraz już wszystkie obnażały zęby, tupały i skrzeczały gniewnie.

– *Tan hallah!* – ryknął wielki. – *Makla markut!*

– Wybacz, stary, to był głupi pomysł – zdążył szepnąć Hazar, gdy wściekła tłuszcza runęła na nich.

– Do sarkofagu, Drop! Szybko! – Ryknął Gamerin i nie czekając, zaczął strzelać. Dwa trafione demony z wyciem padły na ziemię, pod nogi atakujących. Kilku napastników potknęło się, powstało zamieszanie. Drago strzelił prosto w łeb stwora, który pojawił się przed nim nagle z długim krzywym nożem w garści. W twarz bryznęła aniołowi gęsta jak smoła ciemna posoka. Ułamki sekund i demon poderżnąłby mu gardło. Kolejny, wyrosły jak spod ziemi, oberwał w brzuch. Padł z charkotem. Gamerin wystrzelił jeszcze dwa razy, gdy stwory zaczęły się cofać, wrzeszcząc, wizgając i wykrzykując coś na wpół artykułowanego, co brzmiało jak klątwy. Na bruku pozostało kilka trupów. Ciężko ranny demon pojękiwał ochryple, wyciągał chude pazurzaste łapy w kierunku towarzyszy, lecz żaden nie zwracał na niego uwagi. Stały w kręgu, w odległości kilkunastu kroków, warcząc i dysząc. Nie wyglądało na to, żeby zamierzały odstąpić.

– W porządku, Hazar? – szepnął Drago.

– Aha – wysapał przyjaciel. – Jeden skurwysyn zadrasnął mnie nożem, ale to głupstwo. Trzymaj się, chyba zaraz znowu zaczną.

– Upuściłem Księgę.

– Spoko. Królestwo ci to wybaczy.

– Masz jeszcze pierwszy magazynek?

– Na razie tak.

Drago wywalił w tłum sześć naboi, starając się dokładnie celować. Obok Hazar strzelał także, ale anioł nie mógł policzyć, ile razy. W Królestwie wojskowa broń bywała siedmio- lub dwunastostrzałowa z uwagi na liczbę sakramentów i apostołów. Głębiańskie pistolety miewały po sześć albo trzynaście ładunków. Komandosi z Szeolu posługiwali się trzynastostrzałową bronią wzorowaną na głębiańskiej, w której infernalną liczbę pocisków równoważyło odpowiednie błogosławieństwo wygrawerowane na lufie, przypomniał sobie Drago. Sądził, że Hazar oddał podobnie rozsądną liczbę strzałów. Obaj mieli po zapasowym magazynku, ale na tym ich arsenał się kończył.

– Żyjecie? – pisnął z głębi grobowca przerażony głos Drop. – Co się dzieje?

– W porządku. Siedź cicho i nie wychylaj się.

Napastnicy wpatrywali się w dwóch skrzydlatych ciemnymi niczym szkło oczami, które nie były już bez wyrazu. Płonęła w nich nienawiść.

Duży demon, którego ramię zwisało bezwładnie wzdłuż tułowia, a bura szata poplamiona była krwią, przesadnie gestykulował zdrową ręką, wygłaszając niezrozumiały monolog do towarzyszy. Przez grupę Galla przebiegł szmer uznania. Duży zwrócił się w stronę Hazara i Drago.

– *Hallak* – powiedział z satysfakcją. – *Griha malah hallak! Mardu.*

Krąg napastników rozstąpił się, przepuszczając nowego przybysza. Był nim rosły Galla z automatem przewieszonym przez ramię. Mimo że noc zapadła już na dobre, Drago rozpoznał charakterystyczny kształt bardzo starego głębiańskiego karabinu Nex Mortus. Jednakże fakt, że broń wycofano z produkcji wiele lat temu, niczym nie poprawiał sytuacji skrzydlatych, ponieważ karabin był dla nich dokładnie tak zabójczy, jak wskazywała to jego nazwa.

– Żegnaj, piękny świecie – powiedział Hazar. – Zawsze cię lubiłem, Drago. Dobry był z ciebie kumpel.

– Nie pieprz. Odstrzelimy mu łeb, zanim zdąży dotknąć spustu.

– Jasne. I kolejnym sześciu czy ośmiu. Ale ich tu jest około czterdziestu, stary. I pewno przyjdzie więcej. Tylko dziewczyny szkoda...

– Zamknij się! – warknął Drago, którego ostatnie słowa przyjaciela zabolały jak rozpalone żelazo. – Wpakowałem was w to, więc i wyciągnę...

– *Hallak* – przerwał mu donośny głos przywódcy Galla. – *Meru hallak sima!*

Przez kordon ponurych postaci przecisnęły się jeszcze dwie. Pierwszy demon niósł automat Nex Mortus, ale drugi przeraźliwie starą, antyczną niemal dwururkę, niegdyś będącą stałym wyposażeniem aniołów z chóru Potęg pilnujących porządku na niebiańskich szlakach Królestwa. Pocisk z tej broni przebijał pancerz smoka Chaosu.

– Mają o nas kurewsko dobre mniemanie – mruknął Drago.

Czaszeczki na warkoczach Hazara zaklekotały.

– Walnie z tego raz i zamieni nas w sałatkę z dodatkiem gruzu i kamienia. Czy ja wyglądam na jakiegoś pieprzonego smoka?

Rosły Galla z dużymi kłami nadal wygłaszał przemowę, która rozkręcała się w miarę, jak upajał się własnymi słowami.

– *Hakri matu zahrak! Armi zahraka mutu! Lakra malhaii, hallak sima. Zarkha, zarkha! Murutu zahrak amtri gallu. Mutu rahtan malah zagra...*

Nie było wątpliwości, że wychwala własną wielkość i szydzi z nędznego końca, który zaraz spotka intruzów. Gamerin przełknął ślinę.

– Rozwalamy ich na trzy. Raz...

Cyngiel wydawał się Szeolicie lodowato zimny, jakby broń znajdowała się już w promieniującej chłodem strefie śmierci.

Dostaną Drop, pomyślał i serce ścisnęło mu się boleśnie. Jasności, pozwól przynajmniej ocalić Drop!

– *Hagla!* – ryknął demon triumfalnie, wskazując skrzydlatych kościstym palcem.

– Dwa – powiedział Drago, a wtedy szereg Galla podniósł opętańczy wrzask.

Nie były to jednak okrzyki radości, a raczej przerażone piski i wycie istot ogarniętych lękiem. Nieruchome dotąd powietrze poruszył gwałtowny podmuch wiatru. Porwał pył pokrywający bruk, zakręcił nim, tworząc niewielki, wirujący lej. Podobne miniaturowe trąby powietrzne tworzyły się wszędzie wokół, nawet tuż pod stopami skrzydlatych.

– *Wakiii!* – wrzasnął przywódca demonów z jawnym strachem w głosie. – *Wakii haru! Haru!*

Galla jednak nie czekały na przyzwolenie. Rozpierzchały się między ruinami jak stado przerażonych wychudłych kur na widok jastrzębia. Demon z automatem cisnął broń na ziemię i rzucił się do ucieczki. Za chwilę w ślad za nim poszedł właściciel dwururki na smoki, zostawiwszy ciężką broń na polu walki.

– O w dupę – powiedział Hazar z podziwem, wskazując palcem na niebo.

Sunął tam potężny lej wirującego w huraganie piachu. Wydawał się wisieć nienaturalnie nisko nad ruinami. Anioł i Głębianin gapili się na dziwne zjawisko, zdawszy sobie nagle sprawę, że wcale nie czują wiatru. Po kilku gwałtownych podmuchach powietrze znów stało się nieruchome, mimo iż trąba wściekle kręciła się nad miastem. Niespodziewanie zaczęła się zmniejszać i przybliżać do miejsca, gdzie stali. Była już tylko dwa razy większa niż grobowce. Drago mógłby przysiąc, że dolny, wąski kraniec leja niby spacerkiem wędruje po głównej ulicy nekropolii. Chmura pyłu zniżyła się jeszcze bardziej, opadła i rozsypała w deszcz piachu tuż przed nimi.

– O rany! – jęknęła Drop, która wylazła niezauważona z sarkofagu i stanęła obok Głębianina.

Jej zdumienie było uzasadnione, bo z obłoku piasku wyłonili się konni. Drago zamknął rozdziawione bezwiednie usta, oblizał wargi. Przybysze byli dżinnami ubranymi w jednakowe błękitne burnusy i turbany. Wielu trzymało jarzące się białym światłem magiczne pochodnie, których płomień nie gasł i nie parzył. Sądząc po jednolitym ubiorze i broni, musieli należeć do jakiejś paramilitarnej organizacji, osobistej straży przybocznej czy gwardii wysoko postawionego skrzydlatego. I to zapewne z Królestwa, nie z Otchłani. Głębianie dosiadali smoków i zwykle, ponoć na cześć Lucyfera, przyświecali sobie lampami dającymi czerwone światło.

Większość jeźdźców szybko znikła między grobowcami w pogoni za Galla, niektórzy błyskawicznie zeskoczyli z siodeł i zaczęli wspinać się na ruiny, ale spora grupa kierowała się prosto ku Drago, Drop i Hazarowi. W miarę jak się zbliżali, Gamerin spostrzegł, że jadący na czele dowódca, choć ubrany jak dżinn, z pewnością należy do poddanych Królestwa. Niewykluczone, że do samych Świetlistych, arystokracji niebiańskiej.

Anioł zatrzymał rumaka, ściągnął błękitne rękawice, wsparł ręce na łęku. Miał smagłą twarz, przenikliwe oczy, niebieskie jak czerwcowe niebo odbite w stawie, wydatny nos i wąskie usta. Policzki oraz fragment czoła widoczny spod turbanu pokrywały błękitnosine tatuaże. Emanowały od niego spokój i pewność siebie, a Drago instynktownie rozpoznawał w nim dobrego dowódcę.

– Kim jesteście, skrzydlaci? – spytał, mierząc przyjaciół uważnym spojrzeniem. – Przysiągłbym, że ty, aniele, jesteś z komanda Szeol, gdyby ono jeszcze istniało – dodał, zatrzymawszy wzrok na pęku talizmanów na szyi Drago.

– Istnieje – odrzekł Gamerin spokojnie. – A ty, panie, masz rację. Należę do niego. To anielica stróż – wskazał na Drop. – Opiekunka małych dzieci, a to... – zawahał się.

– Głębianin, bez wątpienia – dokończył przybyły, a na jego wąskich wargach pojawił się na chwilę uśmiech. – Byłbym wdzięczny, gdybyście zechcieli podać mi imiona. To pomaga w nawiązaniu znajomości.

– Drago Gamerin, Drop i Hazar.

Nie było sensu wykręcać się lub kłamać, gdy za plecami niebieskiego anioła stało dziesięciu uzbrojonych, milczących jeźdźców. Zresztą skrzydlaty zachowywał się przyjaźnie, a Drago miał przeczucie, że można mu zaufać.

– Jestem Sikiel – przedstawił się. – Anioł Sirocco. Dowodzę błękitnymi dżinnami w służbie Królestwa patrolującymi pustynię. Mieliście szczęście. Ze wszystkich mieszkających tu istot małe Galla są najbardziej niebezpieczne i zajadłe. Dobrze, że wielkie Galla nigdy nie zapuszczają się tak daleko na zachód. Dopiero mielibyśmy kłopot.

– Dziękujemy za pomoc, panie. – Drago lekko się ukłonił.

– Udzielanie pomocy to moja praca. Ziemia nigdy nie należała do bezpiecznych miejsc, a szczególnie rubieże takie jak ta. Każdy, kto tu przybywa, musi mieć ważne powody. – Wsparł się na łęku. – Nie chcę być natarczywy, ale powinienem zaznaczyć, że oprócz udzielania pomocy moja praca polega również na poznawaniu tych ważnych powodów.

Gamerin nie zmieszał się.

– Oczywiście, panie. Nasze powody są natury osobistej.

Uśmiech ponownie zagościł na wąskich wargach Świetlistego.

– Uszanuj jednak moją inteligencję, żołnierzu, i oszczędź mi stwierdzenia, że jesteście miłośnikami starożytności, którzy wybrali się na wycieczkę, aby podziwiać zabytki.

– Uszanuj też moją inteligencję, panie. Nie śmiałbym opowiadać podobnych bzdur.

Sikiel odchylił się w siodle.

– Jestem zmuszony nalegać. Czekam.

Drago wytrzymał spojrzenie krystalicznie niebieskich oczu.

– Nie mam nic więcej do powiedzenia.

– Wasza sytuacja nie przedstawia się najlepiej, żołnierzu. Weź to pod uwagę.

Drago wiedział, że Sikiel miał rację. Znajdowali się daleko od Królestwa, bezprawnie przebywając na Ziemi, w dodatku w miejscu cieszącym się złą sławą i będącym siedliskiem demonów. Drago porzucił bez zezwolenia jednostkę, a Drop pracę stróża. Żadne nie mogło utrzymywać, że wypełnia właśnie swoje obowiązki. Na domiar złego towarzyszył im Głębianin. Odmawiając wyjaśnień, pogrążali się jeszcze bardziej. Oskarżenie o zdradę było jedynym możliwym rozwinięciem sytuacji, zwłaszcza gdy w Królestwie toczyła się regularna wojna domowa. W najgorszej sytuacji znajdował się Hazar. Z pewnością zostanie wzięty za szpiega wrogiego obozu i stracony od razu, wyrokiem sądu polowego. Sikiel miał pełne prawo taki sąd zwołać. Wprawdzie zachowywał się przyjaźnie i nie zdawał się skłonny do pochopnych czynów bądź opinii, ale jeśli nic mu nie powiedzą, pewnie będzie zmuszony zmienić stanowisko. Gamerin myślał usilnie, ale żadne mądre rozwiązanie nie przychodziło mu do głowy. Zerknął na Hazara. Głębianin zachowywał całkowity spokój. Spróbował nawet lekko się uśmiechnąć. Drago zrozumiał, że w ten sposób przyjaciel zdaje się całkowicie na niego i zapewnia, że będzie milczał bez względu na to, co się stanie.

Światło pochodni było nikłe, oświetlało tylko jeźdźców i twarze przyjaciół. Księga leżała gdzieś w ciemności, u wejścia do grobowca, więc istniała nikła szansa, że Sikiel nie znajdzie jej w mroku, nawet jeśli ich aresztuje. Dzięki temu, gdyby Sikiel okazał się zdrajcą, zwolennikiem Ocha i jego bandy, Księga nie dostałaby się w niepowołane ręce. Ale nadzieja, że Świetlisty nie przeszuka grobowca i jego okolicy wydawała się bardzo słaba. Drago nabrał powietrza.

– Nie mogę udzielić żadnej konkretnej odpowiedzi, panie, zanim nie skontaktuję się z moim bezpośrednim dowódcą. Proszę, zechciej sprowadzić Alimona.

Anioł Sirocco pochylił głowę.

– Dobrze ci patrzy z oczu, żołnierzu. A ja zawsze miałem wiele szacunku dla Szeolitów. Porozmawiajmy jak skrzydlaty ze skrzydlatym.

Przerzucił nogę nad końskim grzbietem i zgrabnie zeskoczył z siodła. Zbliżył się do Gamerina, klepnął go w plecy. Wtedy Drago zauważył, że dłonie Sikiela są na dżinią modłę pomalowane od wewnętrznej strony na niebiesko. Przez ich grzbiety na wysokości kostek biegły trzy nierówne błękitne pasy.

Anioł Sirocco pokazał w uśmiechu mocne ostre zęby, a komandos nagle zdał sobie sprawę, że ma do czynienia z kimś naprawdę niebezpiecznym, kto stara się wykazać możliwie dużo dobrej woli.

– Chodźmy, żołnierzu. Nie potrzebujemy towarzystwa.

Odeszli daleko między grobowce. Drago widział światła pochodni i majaczącą plamę jasności w miejscu, gdzie zatrzymał się oddział dżinnów, lecz tam, dokąd poprowadził go Świetlisty, panowała ciemność. Księżyc wisiał na niebie cienki, podobny do ogryzionego do czysta żebra, a ogromne jasne gwiazdy dawały akurat tyle światła, żeby mógł widzieć sylwetkę rozmówcy.

– Rozumiem twoje obawy – powiedział Sikiel – ale ty musisz zrozumieć moje. Daję ci ostatnią szansę, z uwagi na przyjaźń łączącą mnie z Alimonem. Toczy się wojna, nie wolno mi przeoczyć niczego podejrzanego. W końcu wszyscy skrzydlaci są żołnierzami, a na ulicach Królestwa aniołowie noszą miecze.

Drago poczuł, jak pryska napięcie. Miał ochotę odetchnąć z ulgą, uśmiechnął się szeroko. Sikiel podał specjalne hasło Szeolitów, znane tylko najbardziej zaufanym.

– Ale tylko nieliczni umieją naprawdę dobrze fechtować – odpowiedział.

Anioł Sirocco skinął głową.

– Racja, żołnierzu. A teraz powiedz, co sprowadziło do ruin tak dziwaczną ekipę.

Drago przełknął ślinę.

– Szukaliśmy rzeczy o kluczowym znaczeniu dla Królestwa.

Sikiel gwizdnął przez zęby.

– Jesteś pewien, że nie przeceniasz jej znaczenia?

– Nie, panie.

– I znaleźliście ją, żołnierzu?

Drago zawahał się.

– Tak, panie – powiedział wreszcie.

– I cóż to jest, Szeolito?

Gamerin wziął głęboki oddech.

– Księga Razjela, którą podstępnie ukradł Och. Upuściłem ją w trakcie starcia z demonami. Musi leżeć gdzieś koło grobowca.

Sikiel milczał przez chwilę, a potem ponownie klepnął Drago w ramię.

– Wracajmy, żołnierzu. Informacja jest warta wyrwania Alimona ze snu.

Gamerina powitały zaniepokojone spojrzenia przyjaciół. Jednak zanim zdążył się odezwać, Sikiel zrobił uspokajający gest dłonią.

– Wszystko zostało wyjaśnione. Błękitni, zsiadać z koni. Hakir, podaj mi oko dnia, muszę kogoś wezwać. Makkar, przynieś dywan. Odwieziesz tego Głębianina do Limbo, w miejsce, które wskaże. Chyba lepiej, żeby Alimon go nie zobaczył – mrugnął porozumiewawczo do Drago. – Kamir, Rahu, podejdźcie tu z pochodniami. Oświetlcie okolicę grobowca.

Hazar gapił się na niego z niezbyt mądrym wyrazem twarzy. Jeden z dżinnów wydobył zza pazuchy dywan, rzucił na ziemię. Kobierzec natychmiast rozwinął się i urósł. Sikiel podniósł z ziemi Księgę, szybko owinął ją w jedwab.

– Dobra robota, Głębianinie – uścisnął dłoń Hazara. – A teraz siadaj na dywan i spadaj. Ja też cię nie widziałem.

Błękitny dżinn objął Hazara wpół i usadził na dywanie.

– Moc! – zawołał, zanim oszołomiony Głębianin zdążył się pożegnać. Sikiel już rozmawiał przez oko z Alimonem.

– Zaraz tu będą – zwrócił się do Gamerina, schowawszy oko do kieszeni. – Naprawdę dobra robota, żołnierzu. Mój szacunek do Szeolitów wzrósł o kolejne kilka punktów. Ta młoda anielica wygląda na zmęczoną.

Pewnie oboje jesteście głodni. Makkar już rozpala ognisko. Mamy suchary i mannę w puszkach. Chcecie pić?

Drop kiwnęła głową.

– Kamir, przynieś wodę i piwo! Siadajcie, zaraz was obsłużą.

Sikiel znów wydobył z kieszeni oko dnia i odszedł, rozmawiając z kimś przyciszonym głosem. Księgę ściskał pod pachą.

Makkar, który zdążył niepostrzeżenie wrócić z dywanem, podgrzewał puszki z manną. Po chwili inny niebieski dżinn przyniósł im napoje i gorący posiłek.

Drop grzebała łyżką w puszce pełnej manny.

– Jest trochę za tłusta i słona – powiedziała.

– To wojskowe racje – wyjaśnił Drago z ustami pełnymi jedzenia. Dopiero gdy stres minął, zdał sobie sprawę, jaki jest głodny. – Jadam te konserwy, odkąd pamiętam.

– To biedny jesteś. – Drop zmarszczyła nos. – Chociaż stróżów też nie karmią najlepiej. Wszystko smakuje mdło i nijako. Jak myślisz, on nas nie oszuka? – wskazała na Sikiela, wciąż pogrążonego w rozmowie. Drago potrząsnął głową.

– Nie sądzę. Według mnie jest w porządku.

Drop oblizała łyżkę i zabrała się do sucharów.

– W sumie manna nie była zła – skonstatowała. – Drago?

– Hmm?

– Co teraz z nami będzie?

– Przyjedzie Alimon i zabierze nas do Królestwa. Może nawet dadzą nam order albo pochwałę.

– Nie to miałam na myśli. Co zrobimy potem? Pożegnamy się i zapomnimy o sobie? Tak po prostu wrócimy do pracy? Tyle się zdarzyło, a ja mam znowu niańczyć dzieci? Już nie jestem taka sama jak kiedyś. Moje życie bardzo się zmieniło. Co będę robić w ciasnej kwaterze w kwadratowej wieży stróżyc? O czym mam rozmawiać z anielicami, które nigdy nie wyściubiły nosa poza Drugie Niebo, a cały ich świat ogranicza się do dziecinnego podwórka? Już tak nie potrafię, Drago.

Gamerin zamarł z łyżką w puszce.

– Nie wiem. Poproś o przeniesienie.

Drop żachnęła się.

– Dokąd? W najlepszym razie segregować papierki w jakiejś kancelarii. A ty? Co masz zamiar robić?

Wzruszył ramionami.

– Po odejściu do cywila pracowałem jako zmiennik pełnoprawnego stróża. Potem powołali mnie znów do Szeolu. Komando wciąż istnieje, a podobno szykuje się wojna. Prawdziwa wojna z Ciemnością, a nie zwykły pucz w Królestwie. Pewnie pójdę walczyć.

– Na Jasność, nie! – krzyknęła. – Zwariowałeś?! Jeszcze cię zabiją!

– Jestem żołnierzem, Drop – powiedział. – Co innego mógłbym robić?

– Ja zaś tylko anielicą stróżem małych dzieci – szepnęła, a jej oczy zaszkliły się od łez. – Obiecaj przynajmniej, że będziesz na siebie uważać, dobrze?

– Jasne – zgodził się Drago i poczuł w gardle dziwny ucisk. Ścisnął Drop za rękę. – Będzie mi cię brakować, mała.

– A mnie ciebie. Nawet nie wiesz jak. – Nie patrzyła mu w twarz, ale i tak wiedział, że płacze.

– Łebek do góry, słonko – powiedział. – To się nie może skończyć tak paskudnie. Spójrz, to chyba Alimon.

Miał rację. Na oświetlonej pochodniami przestrzeni pojawiły się trzy dywany. Ze środkowego porwał się błyskawicznie Mistrz Ran i biegł na spotkanie Sikiela. Poły płaszcza łopotały za nim niby dodatkowa para skrzydeł, a na twarzy, przypominającej odbicie w pękniętym lustrze, malowało się wielkie skupienie.

Uścisnął krótko Sikiela i natychmiast zabrał od niego Księgę. Rozmawiali ściszonymi głosami. Oddział żołnierzy przybyłych z Alimonem należał do osobistej elitarnej gwardii Gabriela.

Mistrz Ran wydał jakieś rozkazy i szybkim krokiem zbliżył się do Drago i Drop.

– Na Otchłań, Gamerin! Niebywały sukinsyn z ciebie! Ot, tak sobie wyprawiasz się po książkę, nad którą trzęsie się całe Królestwo! A za wsparcie masz anielicę od podcierania dziecięcych tyłków! Dlaczego nie pisnąłeś ani pieprzonego słówka? Nie, zamknij się! Ani słowa! Zabierajcie dupy i na dywan! Gamerin, będziesz miał do pogadania z regentem Królestwa. Spiesz się, synu. Sikiel, ty też jedziesz. Księga musi się natychmiast znaleźć w rękach Razjela. Do kogo ja mówię, dzieci? Ruszajcie się!

Złapał Drago i Drop za ramiona, zaciągnął na dywan. Sikiel już zdążył usiąść.

– Cholernie dobra robota, synu – mruknął Alimon do Drago. – Jedziemy do pałacu regenta! Moc!

Dywan zniknął natychmiast.

Rozdział 9

amael kiwał się sennie na krześle. Miał czuwać przy Daimonie, ale Daimon spał, więc chyba nic się nie stanie, jeśli i on utnie sobie drzemkę. Przeciągnął się, ziewnął i właśnie zamierzał wstać, gdy usłyszał skrzypnięcie drzwi. Do pokoju wsunął się Samael.

– Sie ma. Jak ci się podoba lokal?

Kamael wzruszył ramionami.

– Ciasno, a luksusy też nienadzwyczajne.

– Nie narzekaj! – Ryży Hultaj klepnął go w ramię. – Jest dach nad głową i jest bezpiecznie.

– Właśnie – rzucił cierpko hrabia palatyn Głębi. – Z dachu cieknie.

– Wieczny malkontent. W Królestwie ci się nie podobało, w Głębi też nie, na Ziemi źle. Wiesz, dlaczego ciągle masz pecha, Kam? Bo się czepiasz szczegółów.

– Nie drzyj tak pyska, Daimon się obudzi – burknął były dowódca Aniołów Miecza.

– A właśnie, jak on się czuje?

Kamael ponownie wzruszył ramionami.

– Kiepsko. Ale powoli z tego wychodzi. Co w Królestwie?

Samael przysunął sobie kulawe krzesło, usiadł okrakiem twarzą do poręczy.

– Same radosne wieści. Gabryś bezboleśnie powrócił na fotel regenta. Nie gap się tak. Mówię prawdę, przysięgam. Wystarczyło, że armia Michała podeszła pod mury, a oddziały buntowników rzuciły broń i płacząc, pognały całować buty prawowitemu namiestnikowi Jasności. Widok ten wyciskał łzy wzruszenia. Dżibril trochę się bzdyczył, ale zaraz złagodniał, obiecał wszystkim łaskę i głaskał po główkach. Było dużo bicia się w piersi, przyznawania do błędów, a nawet głębokich duchowych przemian. Kam, stary, atmosfera tak podniosła, że niektórzy omal nie pofrunęli do Siódmego Nieba. Z bandami pijanych najemników szybciutko rozprawiła się żandarmeria Gabrysia, która hurmem wywaliła drzwi aresztu i popędziła zapewniać o swojej lojalności. Regent, rozumiesz, był poruszony cierpieniami, jakich jego najlepsi skrzydlaci zaznali uwięzieni w koszarach, więc rozdał tyle medali, że każdy żandarm będzie teraz dzwonił jak koń w kuligu. Przydyrdał nawet Teratel, ten bojownik o wolność i piewca społecznej sprawiedliwości. Portki mu się trzęsły, aż miło było popatrzeć. Smarkał w rękaw, przysięgał, że się omylił co do Gabrysia, i przyznał, że nie ma wcale Księgi Razjela, tylko falsyfikat. Rozpuszczał takie ploty, żeby podnieść swój prestiż. Żałosny gnojek, co?

– Przymknęli Dubiela, Nitaela, Ocha i resztę bandy? – przerwał Kamael.

Samael potrząsnął głową.

– Skąd. Cwaniaki dawno zwiali z Królestwa. Jak tylko poczuli, że skrzydła im się palą. Okupują prowincję w Szóstym Niebie. Dobrze wybrali. Będzie ich trudno stamtąd wykurzyć. Są tak zdesperowani, że pewnie czekają na Siewcę. Biedni durnie. Bez względu na to, co im obiecał Mastema, Antykreator zrobi z nich sieczkę.

Kamael spojrzał uważnie w zielonozłote oczy byłego archanioła.

– Sam, czy ty przyłączysz się do walki, kiedy Siewca nadejdzie?

Samael parsknął.

– Stary, ja jestem czarną owcą, nie idiotą. Oczywiście, że tak. Antykreator nie przyniesie po prostu śmierci. Przyniesie brak życia, brak woli, brak sensu, brak jednostki. Nie umie nic stworzyć. Zrobi z tego wszechświata pomyje, gruzy i chaos. Zabraknie żywych istot, stworzeń obdarzonych rozumem i wolą. Zostaną nieudolnie wygenerowani niewolnicy Cienia. Gorzej, cienie Cienia, tożsami z nim i bezmyślni. Czy taki outsider i indywidualista jak ja mógłby się na coś podobnego zgodzić? Obrażasz mnie, Kam. Zginę z bronią w ręku, wywrzaskując w niebo wulgarne wyrazy. Nie łudzę się ani przez chwilę, że Wszechświat ocaleje. Ale przynajmniej mogę zdechnąć tak, jak żyłem – jako bydlę, skurwysyn i niepodległa dusza, buntownik Samael, nie bez powodu nazywany Ryżym Hultajem!

Źrenice byłego archanioła płonęły.

– Ja tam wolę się łudzić – westchnął Kamael. – Będę walczył po to, żebyśmy zwyciężyli.

Samael ironicznie wykrzywił usta.

– Srali muchi, będzie wiosna. Tak to jest z wami, skrzydlaci. Na nic nie umiecie spojrzeć trzeźwo. Popatrz na tego. – Ruchem głowy wskazał barłóg Daimona. – To Anioł Zagłady, Pięść Pana, Burzyciel Światów. Fajnie wygląda, co? A kto go tak załatwił? Mastema, dawny demiurg Jaldabaot, smętny wygnaniec, obecnie pachołek Antykreatora. Jak myślisz, mamy przesrane czy nie?

Kamael znów wzruszył ramionami.

– Sam, na litość, przestań krakać. Za nami stoi przecież Jasność. Nie będzie milczeć, wesprze nas.

Poirytowany Samael grzmotnął pięścią w stół, aż zabrzęczały szklanki.

– Gówno za nami stoi! Jasność w dupę nakopana! Pan ma nas gdzieś, to parszywy, zgniły staruch! Nie pozbiera się z radochy, patrząc, jak umieracie z Jego imieniem na ustach. Ale nie ja! Ja Mu wykrzyczę, co o Nim myślę, i sam będę się śmiał!

Hrabia palatyn Głębi wsparł czoło na rękach. Stanowczo nie miał ochoty wysłuchiwać poglądów Samaela na temat Jasności. Znał je aż za dobrze.

– Przestań, dobra? Na razie wrzeszczysz na mnie. Nie chcę tego słuchać.

– Spoko, wierz sobie, w co chcesz – warknął Samael, rozkładając ręce. – Ja nie myślę cię oświecać. Ale kiedyś obudzisz się z łapą w nocniku i przyznasz mi rację. Za późno, oczywiście.

– Jasne, jasne. Powiedz lepiej, co postanowił Nisroch. Podobno wypuścił własne bojówki i narozrabiał w dominiach archaniołów. To prawda?

Ryży Hultaj, jeszcze trochę nastroszony, przytaknął.

– Nieźle narozrabiał. Siedzi teraz w letnim pałacu poza Królestwem, uzbrojony po zęby, i szykuje się na oblężenie. Chyba się nie wyfika. Na łaskę Gabriela nie ma co liczyć po tym, jak jego najemnicy spustoszyli ziemie Gabrysia na Księżycu. Najgorzej dostało się wyspie, na której mieszkała ta mała czarownica, wiesz, nielegalna córka Uzjela. Stary, podobno masakra. Kamień na kamieniu nie został. Wszyscy zginęli. Dziewczyna broniła się jak lwica, do ostatniej chwili. Mówią, że wydała Atanaelowi regularną bitwę. Ale wiesz, co mogła sama zdziałać przeciw oddziałowi wyszkolonych najemników? W dodatku Atanael to sprawny dowódca i niezły mag. Wyłuskał ją jak ostrygę ze skorupy. Nie bardzo w to wierzę, ale chodzą ploty, że mała zdążyła go załatwić. Tak czy inaczej, jest martwa. Gabryś podobno tak się wściekł, że nie mógł się pozbierać. Dlatego Nisroch przepadł. Dżibril wychowywał tę czarowniczkę od małego. Szkoda dziewczyny, podobno była niezła i miała dobrze poukładane w głowie. Kojarzysz ją, prawda? Owoc nielegalnego wyskoku Uzjela z jakąś Ziemianką. Jak było tej małej? Cholera, nie mogę sobie przypomnieć...

– Hija – odezwał się za plecami Głębian głos gardłowy, chrapliwy, z pozoru bardzo spokojny. Z pozoru, bo Samael usłyszał w nim tyle szaleństwa, że ciarki przebiegły mu po karku.

Ryży Hultaj odwrócił się i zobaczył Daimona. Anioł Zagłady stał bez ruchu, a jego twarz miała kolor szarego płótna.

– Nazywała się Hija – powtórzył.

– Na Jasność! – wyszeptał Kamael, blednąc gwałtownie.

– Spokojnie, stary. – Samael wstał powoli, rozkładając ramiona, jakby chciał uspokoić spłoszonego konia. – Lepiej się połóż. Masz wysoką gorączkę i majaczysz. To wszystko nieprawda. Halucynacje, Daimon, cokolwiek teraz widzisz.

– Nie – powiedział Anioł Zagłady tym samym strasznym stłumionym głosem. – Kłamiesz.

Stał przed nimi wysoki, wychudły, ze ściągniętą twarzą upiora, ze zmierzwionymi włosami lepiącymi się do spoconych policzków i czoła. Wyglądał jak widmo dawnego potępionego boga, który, strącony do otchłani wiele wieczności temu, zapomniał już, kim był i czego pragnął. Kamael, patrząc w szalone, udręczone oczy nie rozpoznawał w nim swego przyjaciela, dumnego, drapieżnego Anioła Miecza. To nie był już Daimon Frey, lecz Abaddon Niszczyciel, Burzyciel Światów, na pół martwa istota, którą Pan powołał do niesienia posłannictwa śmierci. Teraz zdawał się promieniować ciemnością niby golem stworzony z mroku, upiór, któremu pozostały tylko nienawiść, rozpacz i tęsknota za światłem. Coś, czego Pan wyrzekł się w sobie, odrzucił jako odwrotność tworzenia. Niby Antykreator. Kamaela ogarnął lęk, bo w nagłym olśnieniu zrozumiał, czemu tylko Daimon mógł stanąć do walki przeciw Siewcy. Czymkolwiek stał się Anioł Zagłady, hrabia palatyn Głębi widział, że umiera. W rozwartych czarnych źrenicach nie odbijał się Kosmos, tylko pustka. Zielone obręcze tęczówek zmatowiały. Usta zrobiły się białe jak kreda. Na bandażach, spowijających tors, ramiona i ręce, rozkwitały i rosły ciemne plamy krwi. To koniec, pomyślał zszokowany Kamael. Nie przeżyje tego.

A Daimon istotnie umierał. Czuł to każdym nerwem, każdą cząstką ciała. Wszechświaty, jeden po drugim, waliły się na niego, roztrzaskiwały, miażdżyły, a były Anioł Miecza nie potrafił zrozumieć, czemu jeszcze nie upadł. W głowie huczały mu słowa, które usłyszał od Jagnięcia. Oto czas, gdy przyjdzie ci umierać po wielekroć, Abaddonie. Lecz zapłatą krew, łzy i zgliszcza. O tak, zapłata. Wszyscy odpowiedzą. Nie ma litości dla tego świata. Nikt nie jest bez winy. Nic nie jest czyste. Kosmos to tylko kłąb zgnilizny, dół kloaczny. Krew, łzy i zgliszcza. Jedynie one zostaną, gdy przejdzie przez świat Pięść Pana, Anioł Zagłady. Destruktor.

Przed sobą widział głupią, wystraszoną gębę Samaela, który tak się odgrażał, co też powie Jasności. Ciekawe, czemu teraz się zamknął? Żałosny robak zasługujący na rozdeptanie.

Daimon wyszczerzył zęby.

– Nie kłam – powiedział do byłego archanioła, zastygłego z rękami w uspokajającym geście. Jego głos przeszedł w niskie warczenie. – To obyczaj tchórzy. Nie, ja nie majaczę. Widzę wszystko. Wiem wszystko.

– Frey – zaczął Samael łagodnie – jesteś ciężko chory. Uspokój się i połóż, bo inaczej będę zmuszony dać ci w pysk.

Daimon uśmiechnął się ze zrozumieniem.

– Tak – powtórzył. – W pysk.

Zacisnął pięść i uderzył Samaela. Siła ciosu wyrzuciła byłego archanioła w górę. Trafił plecami w przepierzenie z desek, rozniósł je na drzazgi, przeleciał przez sąsiedni pokój, grzmotnął o ścianę i znieruchomiał pośród kawałów odłupanego tynku i cegieł.

Kamael skrzywił się na widok strzaskanej kości, której ostry biały koniec wystawał z rozdartego bandaża na prawym przedramieniu Daimona. Ciemna krew spływała po dłoni, wolno kapała z palców. Anioł Zagłady nie zwracał na nią uwagi. Obrócił się do przyjaciela. Jego oczy wyglądały jak przestrzeliny po kulach.

– Och, Kam – powiedział ochryple. – Nawet nie próbuj mnie powstrzymać. Niech ci to do łba nie przyjdzie.

Chwiał się lekko na nogach, wielki, groźny, krwawiący i szalony tak strasznie, że Kamaelowi serce ścisnęło się z żalu.

– Daimon – szepnął. – Na litość Pańską, nie rób tego, cokolwiek by to miało być. To potworne, że ona nie żyje, ale niczego nie rób.

Ona nie żyje? Przez gęstą chmurę gorączki, nienawiści i gniewu przebiło się to niepokojące zdanie. Ona nie żyje. Zobaczył przed sobą złote roześmiane oczy, kobaltowe loki podobne do spływającej na plecy kaskady czesanej palcami wiatru, zobaczył gargulce, jednorożce i suknie błękitne jak tafla jeziora.

Hija nie żyje.

Trzy proste słowa wbiły się w mózg niczym ostrze, dotknęły miejsca, które nazywało się wieczność. Nie ma jej. Nie wróci nigdy. I wtedy Kosmos znów runął na głowę Anioła Zagłady, zgniótł go, zmiażdżył i przyniósł ze sobą ciemność.

Gabriel czuł się szczęśliwy. Wiedział, że nie ma po temu wielu powodów, ale w tej chwili nie chciał myśleć o przyszłości. Cóż, dojdzie do wojny. Widać taka wola Jasności. Zrobi, co w jego mocy, żeby zwyciężyć. Przegra i nastanie koniec czasów? Cóż, widać taka wola Jasności. Najważniejsze, że przywrócił porządek. Najważniejsze, jak go witano w Królestwie. Na Otchłań, niby zbawcę! Teraz mógł odetchnąć z ulgą, bo wiedział, że dobrze spełnił obowiązek, a rzesze skrzydlatych pójdą za nim, cokolwiek zamierzy. Nawet na wojnę. Aż trudno uwierzyć, że to wszystko rozegrało się wczoraj. Pierwsza noc we własnym łóżku. Pierwszy dzień we własnym gabinecie. Na szczęście ci durnie, fałszywi regenci, nie zdążyli niczego zniszczyć. Z lubością spoglądał na bibeloty, meble, boazerię. Dobrze jest wrócić do domu. Może powinien kazać odczynić uroki i pobłogosławić pomieszczenia, żeby zniwelować szkodliwe wpływy Nitaela i całej tej bandy. Pomysł niegłupi, ale zajmie się tym później. Rozparty w wygodnym fotelu przy biurku, pozwolił sobie na coś, czego nie robił często. Położył nogi na blacie. Oczywiście, to ostentacja, ale dziś ma prawo świętować. Pogładził pierścień regenta, który znów nosił na palcu, obrócił go kilka razy.

– Dobrze znowu cię mieć, stary – szepnął czule.

Klejnot zalśnił tęczowo, a Gabriel odczytał grę świateł jako porozumiewawcze mrugnięcie.

Przywołał służącego i zażądał wina.

Zdążył upić dwa łyki, gdy odezwało się oko dnia. Archanioł odebrał, a w miarę jak słuchał, twarz mu się ściągała.

– Spokojnie, Kamaelu – powiedział wreszcie. – Tylko bez paniki. Tak, rozumiem, jak poważna jest sytuacja. Zaraz będę. Czekajcie.

Z westchnieniem schował oko. Zadowolenie, pomyślał, to ulotne odczucie. Zwłaszcza w wypadku regenta Królestwa.

– No, dobra – burknął gniewnie. – Który dureń mu powiedział?

– Ja – wychrypiał z trudem Samael.

Miał obandażowaną głowę, szczękę poskładaną magicznie, zadrutowaną specjalną siatką stanowiącą cudo głębiańskiej medycyny, i ortopedyczny kołnierz na szyi. Każdy zwykły skrzydlaty zginąłby od ciosu Daimona, ale Samael był niegdysiejszym archaniołem, potężnym demonem, w dodatku zaprawionym w licznych bijatykach. Musiał jednak sam przyznać, że szczęście mu dopisało, bo mało brakowało, żeby Frey go zabił. Był potłuczony, obolały i w kiepskim humorze. Gdyby nie czuł się tak źle, nie pozwoliłby się Gabrielowi strofować, ale teraz bardziej niż kłótni potrzebował odpoczynku w łóżku.

– Mogę wiedzieć, co ci do łba strzeliło? – zagadnął z przekąsem Pan Objawień.

– Skąd miałem wiedzieć? – Głos Samaela brzmiał jak szorowanie papierem ściernym po kamieniu.

– A ty drugi mądry – sarknął Gabriel do Kamaela. – Przecież domyślałeś się, co go łączy z Hiją?

Hrabia palatyn Głębi rozłożył bezradnie ręce.

– Myślałem, że śpi.

– No, to nie zabieraj się już więcej do myślenia. Kiepsko ci wychodzi. Co z nim? Dał się w ogóle opatrzyć?

– Dał, bo zemdlał. – Kamael podrapał się w policzek.

– A jak się ocknął, zrobił następną rozróbę – wychrypiał Ryży Hultaj. – I zamknął się w baraku.

– Długo tam siedzi?

– Pół dnia i całą noc, aż do teraz.

Gabriel z westchnieniem potarł brodę.

– Ktoś próbował z nim gadać?

– Ja – powiedział Kamael. – Wyrzucił mnie.

– Ściślej rzecz biorąc, razem z drzwiami – dodał Samael.

Gabriel rozejrzał się wkoło. Stali na małym zaśmieconym placyku między opuszczonymi magazynami. Wiatr podrzucał w powietrze stare gazety i kawałki folii. Z baraku, w którym Samael ukrył Daimona, nie dochodziły żadne odgłosy.

– No, dobra. – Pan Objawień bezwiednie bawił się pierścieniem. – Wejdę tam.

– Uważaj – ostrzegł Kamael. – On naprawdę zwariował. Ocknął się w nim Niszczyciel, ślepy i oszalały. Chciał wyjść i zniszczyć wszystko, chyba cały Kosmos, wszystkie światy, planety, wszelkie życie. Na szczęście był tak osłabiony, że stracił przytomność. Potem, kiedy się ocknął, powiedział, że nic dla niego nie znaczy Królestwo, przepowiednia i Siewca. Niech wszystko zginie. Zamknął się w baraku i od tej pory wszelki kontakt z nim się urwał. Nie mówi, nie słucha, siedzi w ciemności. Boję się, że stracił zmysły na dobre.

– To się okaże – mruknął regent Królestwa. – Byle tylko chciał mnie wysłuchać. Wchodzę.

– Ostrożnie – zachrypiał Samael.

Gabriel zbył uwagę machnięciem ręki. Powoli uchylił drzwi dyndające na jednym zawiasie. Widocznie Daimon naprawdę wykopał przez nie Kamaela. Archanioł wsunął się do środka. W pomieszczeniu panował głęboki półmrok, lecz mimo to natychmiast dawało się zauważyć, że barak wygląda, jakby przeszło przez niego tornado. Na podłodze walały się połamane skrzynie i to, co pozostało ze skromnego umeblowania. Drzwi do następnego pomieszczenia były zamknięte. Gabriel szarpnął za klamkę. Zamek zazgrzytał, ale nie ustąpił. Dżibril zastukał.

– Daimon? – zawołał. – To ja, Gabriel. Musimy pogadać.

Odpowiedziała mu cisza.

– Daimonie, posłuchaj. Ona nie umarła. Przysięgam. Samael powtarzał ploty. Hija nie umarła.

Ani szelestu.

– Nie oszukałbym cię w takiej kwestii. Ja też ją kocham. Jest dla mnie jak córka. Proszę, porozmawiajmy.

Przyłożył ucho do desek i nasłuchiwał. Za drzwiami rozległ się cichy szmer.

– Daimonie, otwórz. Powiem ci prawdę, przysięgam.

Zawiasy skrzypnęły. Pan Objawień uskoczył zręcznie, ale drzwi uchyliły się minimalnie.

– Wejdź – usłyszał chrapliwy głos.

Wsunął się do środka. We wnętrzu panowała niemal zupełna ciemność. Potknął się o szczątki desek stanowiących byłe przepierzenie.

– Daimon? – zagadnął ostrożnie, wytężając wzrok.

Niewyraźny kształt poruszył się w przeciwległym końcu pomieszczenia.

– Mów – warknął ten sam ochrypły gardłowy głos.

Gabriel go nie rozpoznawał. Wydawało mu się, że należy do mrocznego, morderczego stwora, w którego przemienił się Daimon. Istoty o wyszczerzonych kłach, przekrwionych oczach i szponach jak sztylety.

– Hija nie zginęła – zaczął. – Oddział, nasłany przez Nisrocha, rzeczywiście spustoszył wyspę. Hija broniła się dzielnie i skutecznie, miała jednak za mało sił, żeby pokonać najemników. Dostali się do pałacu. Wtedy zaryzykowała bardzo trudny potężny czar. Postanowiła wznieść się pomiędzy wymiary, do tak zwanego Międzyświecia. To jest coś w rodzaju pasa ziemi niczyjej między rzeczywistością naszą a ziemską. Dla doskonale wyćwiczonego potężnego maga stanowi świetną kryjówkę, ponieważ czas tam nie płynie, co pozwala wrócić w momencie, gdy niebezpieczeństwo minęło. Hija jest takim magiem. Mogła w miarę bezpiecznie wznieść się do Międzyświecia i przeczekać tam atak. Problem w tym, że czuła się odpowiedzialna za wyspę i wszystkich jej mieszkańców. Nie wyobrażała sobie, że mogłaby zostawić ich na śmierć. Dlatego ważyła się na coś, czego nie ośmielił się uczynić nigdy żaden czarodziej, choćby najpotężniejszy na świecie. Spróbowała przerzucić między wymiary całą wyspę. Udało się. Wyspa zniknęła, napastnicy utonęli, ale Hiji nie udało się bezpiecznie wrócić. Utknęła między światami. Żyje, ale nie w naszej rzeczywistości. W żadnej konkretnej rzeczywistości, jeśli chodzi o ścisłość. To tyle.

Gabriel westchnął i umilkł.

– Skąd wiesz to wszystko? – zapytał Daimon. Przysunął się bliżej, więc Gabriel mógł widzieć jego twarz majaczącą w półmroku. Wydawała się poszarzała i ściągnięta, lecz nie zauważył w niej rysu szaleństwa. Tylko rozpacz i rezygnację.

– Od niej – odpowiedział. – Rozmawiałem z nią. Razjel ze wszystkich sił starał się sprowadzić wyspę z powrotem i w pewnym sensie osiągnął sukces. Jednak rzeczywistość, w której tkwi Hija, wciąż nie pokrywa się z naszą. Można ją widzieć, można z nią rozmawiać, ale podobnie jak z duchem.

– Zaraz – szepnął Daimon. – Jeśli powiedziałeś prawdę, jeśli skoki między wymiary są dostępne dla sprawnego maga, czemu nikt z nich nie korzysta?

Gabriel lekko wzruszył ramionami.

– Nie twierdziłem, że wystarczy mieć wprawę w czarach. Podobne zaklęcia są bardzo trudne i niebezpieczne, jeśli mag nie dysponuje ogromnym naturalnym talentem. Wtedy wyskoczyć na chwilę do Międzyświecia nie jest łatwo. Nie orientuję się, ilu czarodziejów w Królestwie posiadło umiejętność znikania między wymiarami. Nie spowiadają mi się z rzuconych zaklęć. Magia to ścieżka samotnych, a czarownicy kochają tajemnice. Razjel pewne często korzysta z tej sztuczki. Nie miałem jednak pojęcia, że nauczył skoków Hiję. Kiedyś eksperymentował ze mną i Michałem, ale żaden z nas nie miał predyspozycji. Żeby być prawdziwym magiem, nie wystarczy wyćwiczyć zaklęcia, Daimonie. Trzeba się urodzić z darem. Tak jak Razjel. I Hija.

– Ale Razjel jej nie sprowadził.

Gabriel ośmielił się dotknąć ramienia przyjaciela.

– Nie. Ale wciąż jest szansa. Hija żyje. Razjel robi, co w jego mocy. I... – archanioł zawahał się. – Istnieje Jasność.

Daimon milczał.

– Będzie wojna. Jeśli przegramy, jeśli odstąpimy, przyjdzie nicość. Może jeżeli się nie cofniemy, okażemy lojalność, Pan znowu zwróci ku nam twarz, może naprawi to, co wykracza poza naszą moc – ciągnął Gabriel z wysiłkiem, czując się podle, jak bydlę, bo wiedział, że za wszelką cenę musi uspokoić przyjaciela, skłonić go, żeby wziął udział w bitwie. Własne słowa wydawały mu się nieszczere, obrzydliwie okrągłe, jak mowa obojętnego kaznodziei nad trumną nieznajomego człowieka. Kochał Hiję, współczuł Freyowi, ale teraz mógł myśleć tylko o przyszłości Królestwa.

– Chcesz, żebym walczył, Gabrielu – przerwał Daimon cicho. – Dobrze, będę walczył. Żywy czy martwy, z nadzieją czy bez, bez względu na to, co się stało lub stanie. Wciąż przecież jestem wiernym rycerzem Pana, prawda?

Zaśmiał się chrapliwie.

– Ale przedtem chcę ją zobaczyć.

– Dobrze.

– Natychmiast.

Gabriel pokręcił głową.

– Nie.

– Okaż choć raz zrozumienie dla czyichś uczuć, Dżibril – warknął Anioł Zagłady. – Nie obawiaj się, nie pozwolę sobie zdechnąć, zanim nie stanę twarzą w twarz z Siewcą.

– Nie chodzi o ciebie, ale o Hiję. Ona cię kocha, Daimonie. Nie pozwolę, żeby zobaczyła cię w takim stanie. Przeżyła za duży szok. Nie chcę, żeby spotkał ją kolejny. Rozumiesz?

Frey przymknął powieki.

– Przepraszam – szepnął. – Trudno mi nad sobą panować.

– Chodź – powiedział Gabriel. – Zabiorę cię do Królestwa. Razjel musi się tobą zająć.

Daimon szedł z trudem, czuł się słaby i oszołomiony. Światło dnia krzyknęło mu w twarz, chmury wykrzywiły szydercze oblicza. Nawet nie spojrzał na przyjaciół, a oni nie odezwali się słowem. Za to w pamięci Daimona znów przemówił głos Jagnięcia. Przyjdzie ci po wielekroć umierać, Abaddonie.

Omijał zwalone pnie drzew, przekraczał wykroty, nie mogąc się pozbyć wrażenia, że śni dziwaczny męczący koszmar. Las był na pozór taki sam, ale jednak zmieniony. Wielkie omszałe tramy wyglądały jak dekoracja teatralna, spoza której wyzierał czasami widoczny kątem oka straszliwie okaleczony krajobraz. Miękka trawa, mech i poszycie maskowały zrytą, wyjałowioną ziemię. Wysokie, rozłożyste drzewa w rzeczywistości wyciągały ku niebu połamane kikuty. Małe jeziorka zasłaniały pełne błota doły powstałe po wyrwanych z korzeniami tramach. Obraz gęstego, rozświetlonego słońcem lasu nakładał się na widok pobojowiska niczym parawan, bardzo realistyczny, lecz jednak lekko przezroczysty. Iluzja była materialna, grunt nie zapadał się pod nogami, drzewa stały solidne, pokryte chropowatą korą i porostami, rośliny pachniały, na liściach zbierała się rosa. A przecież na wskroś nich Daimon widział, jak bardzo wyspa została zniszczona. Hija prowadziła tu krwawą, bezpardonową bitwę, a Anioł Zagłady nie mógł stłumić żalu i poczucia winy, że nie było go wtedy przy niej. Na Jasność, nie doszłoby do tragedii. Ochroniłby ją. Nie pozwoliłby Atanaelowi postawić parszywej stopy na jej ziemi.

Gdzie byłeś, kiedy cię potrzebowała, Rycerzu Miecza, Destruktorze?

W brudnym baraku, ukryty jak szczur, wciągnięty w pułapkę, pobity i upokorzony przez Jaldabaota, wygnanego demiurga.

Kiedy on, pokonany, bezużyteczny, bredził w gorączce, Hija walczyła o życie. Jego Hija, jego dziewczynka, jego niebieskowłosa wróżka.

Poczuł obezwładniającą falę goryczy, dławiącą w gardle, ściskającą w piersi. Zabrakło cię, Daimonie. Czy wszystko zawsze musisz spieprzyć? Ciągniesz za sobą tylko zgliszcza i cierpienie.

Ścieżka wiodła pod mur z kutą furtą. Nagłe ukłucie lęku. To już? Za murem rozciągał się sad pełen starych, rosochatych jabłoni, które podawały wonne czerwone jabłka prosto w ręce. Zatrzymał się, wiedząc, że nie zdoła zrobić dalej ani kroku. Rozpacz zacisnęła pazurzastą łapę, raniła. Nie potrafi podejść bliżej, zobaczyć, jak ruiny przeświecają przez fasadę domu. Nie będzie w stanie spojrzeć w złote oczy. Co ujrzy za nimi? Oczodoły czaszki jak u widma? Przez moment ogarnęła go przemożna chęć, żeby odwrócić się i uciec. Ale natychmiast odpłynęła. Stał między strzaskanymi, magicznie wskrzeszonymi jabłoniami, czekając, aż przyjdzie miłość jego życia. Na końcu ścieżki pomiędzy pniami zamigotał błękit i złoto sukni.

Na Jasność, jakże była piękna, kiedy tak szła z rozpuszczonymi włosami. Błękitny kot Nehemiasz biegł obok, dzwoniąc dzwoneczkiem przyczepionym do obróżki. Serce Anioła Zagłady tłukło się w klatce żeber tak mocno, aż boleśnie, kiedy spod wpółprzymkniętych powiek patrzył, jak idzie ku niemu życie. Wszystko, o co warto walczyć, za co cierpieć, za co dziękować Jasności. Hija. Nie, nie zmieniła się, nie wyglądała jak upiór, nie była przezroczysta niczym duch. Głos uwiązł mu w gardle, więc tylko wyciągnął do niej ręce. Ze smutkiem potrząsnęła głową.

– Nie, proszę. Jeśli mnie przytulisz, przepłynę przez ciebie jak mgła, a tego bym nie zniosła. Och, Daimonie, najdroższy, co ci się stało? Gabriel mówił, że walczyłeś z Mastemą, ale nie spodziewałam się, że...

– Cicho, skarbie – przerwał łagodnie. – Wszystko w porządku. Czuję się dobrze, przysięgam.

Spróbował się uśmiechnąć. Zanim zobaczył się z Hiją, przeszedł przyspieszoną kurację Razjela, ubrał się starannie, związał włosy, i cholernie starał się wyglądać lepiej. Widząc przestrach w złotych oczach, podziękował w duchu Gabrielowi, że nie pozwolił mu odwiedzić Hiji, zanim nie doprowadził się do porządku.

– Nie potrafię sobie wybaczyć, że nie było mnie z tobą – powiedział. – Hijo, kochanie, jak mogłem cię zawieść?

– To nieprawda! Nie zawiodłeś mnie. Nigdy. Nie mogłeś wiedzieć, nie mogłeś nic zrobić. Nie mów tak! Ciągle żyjemy. To najważniejsze.

Wiedziała, że nigdy, w żadnym wypadku, nie może mu powiedzieć, jak pertraktowała ze Śmiercią, przeprowadzając czar zamiany. Życie Abaddona za własne. Oszukiwała, podobnie jak kostucha, dlatego teraz znalazła się między bytem i niebytem, jawą i snem. Starała się trzymać dzielnie, ale nie potrafiła. Patrząc w mizerną, ściągniętą twarz Freya, poczuła, jak niesprawiedliwie, podle ich potraktowano, zabierając siebie nawzajem. Tak się nie godzi, nie wolno. Nawet w imię wyższych celów Jasności. Blade usta zadrżały, w kącikach oczu zabłysły łzy.

– Och, Daimonie! Chciałam być zawsze przy tobie, pójść, dokąd zechcesz, zrobić, co zechcesz, a teraz co? Jestem jakimś cholernym widmem, fatamorganą, która nawet nie jest w stanie opuścić tej poharatanej magicznie skleconej wyspy!

– Hijo...

Zamachała rękami.

– Powinnam ci powiedzieć, że między nami koniec, że nie mam prawa cię zatrzymywać, ale nie mogę! Kocham cię, Daimonie. Proszę, nie odtrącaj mnie. Może jest jeszcze szansa.

Po twarzy Freya przebiegł skurcz. Miał ochotę potrząsnąć anielicą za ramiona, objąć, przytulić.

– Na litość Pańską, dziewczyno, przestań opowiadać bzdury. Zostawić cię? Jesteś wszystkim, co mam, trzymasz mnie przy życiu. Kocham cię bardziej niż potrafisz sobie wyobrazić. Zrobię wszystko, żeby ściągnąć cię z powrotem. I nie płacz już, błagam, bo mi serce pęknie.

– Postaram się – chlipnęła. – Prawie mi się udało. Wyrwałam wyspę do góry, ale potem coś się rozszczepiło. Wszystko, co nie było ożywione, nie miało świadomości i duszy, ziemia, kamienie, drzewa, runęło w dół. A ja i reszta istot żywych zostaliśmy w pustce.

– Jak tam jest? – zapytał ostrożnie Daimon.

Na wargach Hiji pojawił się nikły uśmiech.

– Kiedy byłam mała i Razjel uczył mnie skoków, uważałam, że wspaniale. Nie ma kierunków, góry ani dołu, tylko mleczna mgła. Ale gdy utknęłam tam na dobre, sama, bez kontaktu z kimkolwiek żywym, przeraziłam się. Fauny, nimfy i jednorożce, które starałam się uratować, przepadły gdzieś w pustce. Zostałam tylko ja. Tam nie płynie czas, Daimonie. Oszalałabym, zamknięta na wieczność w mlecznej mgle. Starałam się wrócić, lecz magia nie działała. Razjel mnie wyciągnął. Nie do końca, ale dobre i to. Przynajmniej mogę cię widzieć, rozmawiać z tobą. Zrekonstruował magicznie wyspę, bo to jedyne miejsce, w którym mogłam z powrotem zaistnieć. No i ściągnął mi Nehemiasza.

– Miau – powiedział kot, ocierając się o nogi pani.

– Znajdę sposób, żebyś wróciła. Przysięgam, najdroższa. Nie martw się.

– Razjel wciąż nad tym pracuje. Zrobił dla mnie tak wiele.

– Kocha cię, ale nie tak jak ja.

Gorzki grymas wykrzywił usta Hiji.

– Teraz nasze stosunki staną się całkowicie niewinne, jak przystało aniołom.

– Do czasu, skarbie – szepnął Daimon. – Wiem, że tak.

Nie dbał o nic, nie martwił się o nic, bo Hija żyła. Patrzył na nią, słyszał jej głos, który przywracał nadzieję. Straszna, bezdenna przepaść, oznaczająca wieczność bez niej, zasklepiła się bez śladu. Uśmiechnął się do nakrapianych złotem oczu.

– Chodź, usiądziemy pod drzewem.

Starał się nie pokazywać po sobie, jak bardzo bolą złamania i rany, jak rwie z trudem poskładana strzaskana ręka, mimo że został nafaszerowany uśmierzającymi środkami i blokadami Razjela. Siedząc pod jabłonią obok Hiji czuł się niemal szczęśliwy. Nie umarła. Żyje. To wystarczało, nawet jeśli nie mógł jej dotknąć.

– Będziesz mnie czasem odwiedzał? – spytała.

– Chciałbym zostać tu na zawsze.

Ale nie możesz, pomyślała. Bo idzie wojna. Odsunęła od siebie tę myśl, wyparła. Teraz pragnęła tylko cieszyć się obecnością ukochanego. Poczuła ogarniającą radość i wzruszenie, bo przecież był tu przy niej. Daimon Frey. Tańczący na Zgliszczach.

Nehemiasz, leżący w słońcu, starannie wylizywał łapkę. Jabłonie pochylały nad nimi gałęzie ciężkie od jabłek. I jeśli przymknęło się oczy, można było na chwilę uwierzyć, że wszystko wygląda jak dawniej.

Daimon siedział na ciężkim rzeźbionym krześle w sali konferencyjnej. Wizyta u Hiji podniosła go na duchu, przyniosła ulgę. Wciąż był osłabiony, ale znów czuł się sobą, Rycerzem Miecza, żołnierzem Pana.

Razjel przypatrywał mu się z lekkim niepokojem, lecz nie notował już śladów niedawnego załamania. Źrenice przenikliwych, zielonych oczu znów zrobiły się głębokie jak Kosmos. Usta wykrzywiał nieładny, drapieżny uśmieszek. Będzie się mścił, pomyślał Pan Tajemnic. I niech Jasność się zlituje nad wszystkimi, którzy tego doświadczą.

Pan Tajemnic poprawił się na krześle, podciągnął kościste kolana. Czuł się zmęczony, ale ożywiony. Za chwilę odzyska Księgę. Dotknie skórzanej oprawy, a pieczęć na okładce zapłonie pod palcami. Jeśli jest prawdziwa. Wiele na to wskazywało, więc Razjel stłumił w sobie lęk przed kolejnym rozczarowaniem. Na stole obok leżał falsyfikat sfabrykowany na rozkaz Teratela. Książę Magów spoglądał na niego, nie kryjąc obrzydzenia. Niechlujna, paskudna podróba. Na Otchłań, kogo mogła oszukać? Chyba durnia pokroju poprzedniego właściciela.

Na parapecie okna przysiadł Michael. Wciśnięty w kąt Rafał nerwowo skubał brzeg rękawa. Gabriel nie usiedział na krześle. Przemierzał szybkimi krokami komnatę, bezwiednie bawiąc się pierścieniem.

Wtem drzwi się otworzyły i służący zaanonsował Alimona. Wzrok wszystkich obecnych skierował się na wysoką postać w szarym płaszczu. Mistrz Ran dzierżył w dłoniach spory pakunek owinięty w jedwab. Razjel, wyczuwszy energię emanującą z Księgi, westchnął z ulgą. Teraz, gdy lęk go opuścił, zdał sobie sprawę, jak silny był spychany w głąb świadomości niepokój, że Alimon przyniesie kolejny falsyfikat.

Pan Tajemnic wstał, wyciągając ręce, a Alimon złożył w nie zawiniątko. Pieczęć natychmiast rozbłysła złotem tak intensywnie, że blask przeświecał przez jedwab. Razjel rozwinął materiał. Krótką chwilę wodził palcami po wytłoczonych wzorach, spojrzał na przyjaciół i uśmiechnął się.

– Nietknięta – powiedział. – Nawet nie była otwierana.

– Wspaniale! – wykrzyknął rozpromieniony Gabriel.

Rafał przesunął ręką po twarzy.

– Dzięki Jasności! – wyszeptał.

Michał zeskoczył z parapetu, podbiegł do Alimona, poklepał po plecach.

– Na ciebie zawsze można liczyć. Fantastyczna robota, Al! Fantastyczna!

Mistrz Ran skinął głową.

– Fantastyczna – przyznał. – Ale nie moja.

Gabriel obrócił się na pięcie.

– Faktycznie! – zawołał. – To także zasługa tego żołnierza. Jak on się nazywa?

– Gamerin.

– Właśnie. Wprowadźcie go!

Zaanonsowany Drago wsunął się do sali. Widok archaniołów i Abaddona onieśmielał nieco komandosa. Od razu skoczył ku niemu Michael z obowiązkowym klepaniem po plecach i falą pochwał. Zanim zdążył się spostrzec, uczuł mocny uścisk dłoni Gabriela.

– Zrobiłeś wielką rzecz dla Królestwa, Gamerin – powiedział regent. – I Królestwo nigdy ci tego nie zapomni. Zostaniesz odpowiednio nagrodzony. Zasługujesz poza tym na osobistą wdzięczność wszystkich tu zebranych, bo uratowałeś nam tyłki. Jeśli masz jakieś życzenie, wypowiedz je, a ja obiecuję, że zrobię, co w mojej mocy, żeby się spełniło.

Drago czekał na tę chwilę i obawiał się jej. Doskonale wiedział, o co chce prosić regenta Królestwa, a nawet z góry ułożył sobie, jak to ubrać w słowa. Jednak teraz głos uwiązł mu w gardle. Patrzył w zmrużone zielone oczy archanioła, na surowe twarze zebranych i milczał. Jeszcze przed chwilą, za progiem komnaty, prośba wydawała się taka prosta. Mały domek w Limbo, gdzie będzie mógł zamieszkać z Drop. Po prostu skromny domek i obietnica, że wszyscy zostawią ich w spokoju.

Zrozumiał, że tego pragnie, gdy zabrakło przy nim anielicy. Odkąd rozstał się z Drop, przytłoczyło go takie poczucie straty, że nie mógł rozumnie myśleć. Nie zaznał przedtem podobnego dozania, a teraz w przyspieszonym tempie uczył się, co to znaczy miłość i tęsknota. Nie radził sobie z nimi, bo żadna nie występowała w programie szkoleń jednostek specjalnych.

Stał właśnie przed jedyną szansą na swoje szczęście, ale słowa nie chciały wydobyć się z ust. W obszernej sali oprócz archaniołów znajdował się ktoś jeszcze. Ktoś potężny, bezwzględny i zaborczy. Wojna. Drago potrafił wyczuć silne, równe pulsowanie jej ogromnego serca, przypominające miarowy łomot tysięcy wojskowych butów. Był przecież żołnierzem.

Jak zebrani w komnacie dostojnicy Królestwa.

Jak wszyscy skrzydlaci.

– Chciałbym walczyć w czynnych jednostkach służby bojowej. Bez względu na stopień kalectwa.

Słowa toczą się z warg podobne do porcelanowych kulek.

Zielone oczy robią się wąskie.

– Wojna, która nadchodzi, będzie wymagała zaangażowania wszystkich sił Królestwa. Nikt nie zostanie pominięty, żołnierzu.

Drago przymknął powieki. No i stało się. Zaprzepaścił szansę. Ale nie umiał postąpić inaczej. Żegnaj Drop i mały domku w Limbo.

Mistrz Ran w milczeniu przeglądał sfałszowaną księgę. Rzucił ją na blat i potrząsnął głową.

– Dla czegoś takiego umierali moi najlepsi ludzie. Pięknie, co?

– Alimon, zaczekaj w sąsiednim pokoju, dobrze? – powiedział Gabriel. – Chcę z tobą pogadać. A ty, Gamerin, jesteś wolny.

Drzwi skrzypnęły, komandosi wyszli.

– Przynajmniej jeden problem z głowy – mruknął Michał.

– Razjel znowu ma swój podręcznik do hokus-pokus. Może tym razem lepiej go schowa.

– Nie ma obawy. – Pan Tajemnic uśmiechał się szeroko.

– Tym razem ukryję go tak dobrze, że sam będę miał kłopoty ze znalezieniem.

– Z relacji Gamerina i tej małej anielicy wiemy przynajmniej, że to nasz dawny znajomy szanowny demiurg Jaldabaot gwizdnął Księgę – dodał Gabriel. – Trudno się dziwić, że cię ogłuszył, Razjelu. Zrobił się taki potężny, bo korzysta z mocy Siewcy.

Spojrzał znacząco na Freya.

– Och, musi być idiotą, skoro wierzył, że zdoła posłużyć się Księgą. – Daimon pokręcił głową.

– Musi być królem idiotów, jeśli wierzył, że zdoła wysadzić z siodła nas! – Wódz Zastępów wstrząsnął buńczucznie rudą czupryną.

Rozpierała go duma, bo Księgę odnaleziono dzięki staraniom armii, a nie wywiadu czy służb wewnętrznych.

– Trochę więcej pokory, Michałku – obruszył się milczący dotąd Rafał. – Jasność sprawiła, że odzyskaliśmy zgubę, ale zła już nie da się odwrócić. Przez dwie prowincje w każdej chwili może wtargnąć do Królestwa Siewca, bo Jaldabaot otworzył mu wrota. W tej chwili moc Antykreatora jest tam tak silna, że żaden skrzydlaty nie zdoła przekroczyć granicy. Trzecią okupują buntownicy. Ja bym się tak nie cieszył.

– Phi! – parsknął Michał. – Wojna przyszła, bo takie były plany Pańskie. Zawsze o tym wiedzieliśmy. Jak się skończy, Jasność pokaże. A buntownicy to pestka. Rozwalimy ich w jeden dzień.

Gabriel przeczesał włosy.

– Nie za bardzo, Misiu. Doskonale zdajesz sobie sprawę, dlaczego. Ponosi cię fantazja, stary. Buntownicy w jednej z prowincji Szóstego Nieba stanowią poważny problem. Mastema wiedział, co wynająć. Bardzo blisko Pałacu Pańskiego, w samym sercu Królestwa, ze względu na strategiczne położenie ufortyfikowana po zęby, właściwie nie do wzięcia siłą. Musielibyśmy zaangażować znaczącą część wojsk i oblegać twierdzę przez długi czas. A tymczasem potrzebujemy każdego żołnierza. Nie możemy zignorować buntowników i zostawić za plecami wroga. Gdy staniemy do walki z Siewcą, gotowi uderzyć na nasze tyły. Sytuacja wygląda kiepsko.

Aniołowie spuścili głowy.

– Może nie aż tak kiepsko – odezwał się spokojny głos.

Gabriel ze zdziwieniem spojrzał na Daimona. Na ustach Anioła Zagłady błąkał się paskudny uśmiech.

– Masz jakiś pomysł?

Frey poprawił się na krześle.

– Zastanów się. Twierdza została pomyślana tak, by bronić dostępu do Siódmego Nieba. Fortyfikacje są zwrócone na zewnątrz, w stronę spodziewanego ataku. Druga potężna linia obrony wznosi się od strony Szóstego Nieba, na wypadek gdyby wróg zdobył Królestwo i dotarł aż tak daleko. Wtedy ma posłużyć za ostatnią barierę, broniącą ogrodów Pałacu Pańskiego. Logiczne, że z jego strony umocnień właściwie nie ma. Jeśli napastnik zdobędzie Siódme Niebo, nie ma już czego bronić. Twierdza nie powstawała na wypadek wojny domowej. Nikt z jej budowniczych nie zakładał ataku przeprowadzonego z Siódmego Nieba. Które, zaznaczam, jest w naszych rękach.

Zapadła głucha cisza. Archaniołowie gapili się na Daimona, jakby nagle wyrosła mu druga głowa. Gabriel oblizał wargi.

– Na litość Pańską, Frey! Chcesz przeprowadzić wojsko przez Siódme Niebo? Przecież to święta ziemia! Siedziba Pana! Pałac, ogrody... Oszalałeś, Daimonie?

Anioł Zagłady się skrzywił.

– Z całym szacunkiem, Gabrysiu. Pan stworzył skrzydlatych żołnierzami czy ogrodnikami?

– Ma rację – odezwał się Michał. – Uważam pomysł za doskonały. Może zapewnić zwycięstwo przy minimalnych stratach.

– W porządku, panowie. – Gabriel podniósł głos. – Głosujmy. Kto jest „za"?

Michał i Razjel w milczeniu unieśli dłonie.

– Sprzeciwiam się – powiedział twardo Rafał. – To profanacja.

– Przykro mi, Rafałku – mruknął Dżibril, podnosząc rękę. – Trzy głosy przeciw jednemu. dostajesz oddział, Daimonie.

Czarne źrenice zabłysły.

– Chcę Szarańczę. I Kamaela jako dowódcę.

Gabriel westchnął.

– Dobra. Jak za dawnych, dobrych czasów, co? I tak będziemy walczyć z Siewcą ramię w ramię z Mrocznymi. Jeden Kamael nie zaszkodzi. Co wy na to?

Razjel i Michał skinęli głowami. Rafael milczał.

– Gabrysiu – głos Daimona brzmiał jak szemranie wody w podziemnym jeziorze – jeszcze jedno. Kiedy wykończę buntowników i odstawię bandę Nitaela w twoje ręce, chcę głowy Nisrocha.

Pan Objawień zasępił się.

– Rozumiem, Daimonie. Ale on oficjalnie nie wystąpił przeciwko nam. Nie możesz najechać jego posiadłości doborowym oddziałem wojsk Królestwa.

– Wcale nie mam zamiaru, Dżibril. – Twarz Anioła Zagłady wykrzywił brzydki grymas. – Pójdę po niego sam.

– Dobrze. – Regent Królestwa, Archanioł Zemsty, skinął głową. – I pamiętaj, że wiele bym dał, żeby móc być tam razem z tobą.

Tubiel układał lilie. Podnosił białe, senne głowy, poprawiał korony płatków. Patrzył na delikatne obsypane złotym pyłkiem pręciki, jakby widział w nich personifikacje Jasności. Wdychał ciężki, słodki zapach niczym najcudowniejsze kadzidło. Muskał liście i łodygi. Ostrożnie przecierał z kurzu sztywne zielone klingi. Białe kwiaty, podobne do dziewic w nieskalanych sukniach, skłaniały mu się do rąk. Po drugiej stronie ścieżki niecierpliwie wychylały się lilie tygrysie, kapryśne, wyzywające i niewinne w swoich złocistobrunatnych kreacjach, niczym smagłe piękności, na pozór drapieżne, lecz w rzeczywistości kruche i wrażliwe.

Za liliami stały stateczne i dumne róże w przepychu szkarłatnych płatków, jak królowe, w każdej chwili gotowe przyjmować należne im hołdy. Dalej neurotyczne, blade anemony, otulone nerwowym drżeniem listków. Pogardliwe, sztywne kalie, zawsze ściśle trzymające się etykiety; wreszcie eleganckie dalie w sukniach tak sutych i barwnych, jakby nieustannie spodziewały się karnawału.

Wódz Aniołów Lata znał wszystkie ich zachcianki, wszystkie gierki i grymasy. Z czułym uśmiechem przycinał przywiędłe liście, spryskiwał płatki, rozplątywał sczepione łodyżki. Ogrody Siódmego Nieba były mu całym światem, jedynym kosmosem, który pragnął znać i kochać. Odkąd otrzymał zaszczytną funkcję naczelnego ogrodnika, krzewom, drzewom i ukochanym kwiatom poświęcał niemal każdą myśl. Jego podwładni, Aniołowie Lata, spędzali pracowicie czas na Ziemi, dbając o wszystkie kwitnące rośliny, dzikie, ogrodowe, leśne, wodne, polne, stepowe i wyrosłe w dżunglach, ale Tubiel kochał tylko lilie Siódmego Nieba. Jedynie wyselekcjonowani, najbardziej oddani aniołowie dostępowali zaszczytu pielęgnowania ogrodów w Królestwie, a skrzydlaci ogrodnicy, których wódz Aniołów Lata wybrał na strażników rabat w Siódmym Niebie, stanowili ich doborowy kwiat. Każdego Tubiel sprawdzał osobiście, raz w roku egzaminował z wiedzy o roślinach, wymagał absolutnego oddania. Długo trwało, zanim nabierał zaufania do nowego pracownika, nawet jeśli ten odznaczał się wieloletnią nienaganną służbą w niższych ogrodach Królestwa.

Tubiel uśmiechał się do lilii, mamrocząc czule i uspokajająco, gdy na skraju długiej białej szaty przysiadł ptaszek. Anioł Lata wyciągnął ku niemu dłoń. Ptaszek wskoczył na palec i zaćwierkał.

– Zgubiłeś się, malutki? – zagadnął Tubiel. – To nic. Zaraz odnajdziesz drogę do domu. Pomogę ci.

Pocałował ptaszka w łebek, zamknął w stulonych dłoniach i wyszeptał zaklęcie. Rozwarł palce, a złocista kulka pierza wystrzeliła w górę, szybko bijąc skrzydełkami. Tubiel wstał z klęczek, otrzepał kolana i z zadowoleniem odprowadzał wzrokiem ptaszka, póki żółta plamka nie roztopiła się w błękicie nieba.

Sprawianie, by zagubione ptaszki szczęśliwie wróciły do właścicieli, było prócz talentu ogrodnika jedyną umiejętnością Tubiela. Wódz Aniołów Lata podchodził do niej z dumą, gdyż niegdyś, u zarania Królestwa, otrzymał ten dar z rąk samego Pana za wyjątkowo piękne zaprojektowanie ogrodu.

Przyklęknął ponownie na ścieżce, aby sprawne dłonie znów mogły delikatnie badać i przycinać kwiaty. Był tak skupiony, że w pierwszej chwili nie zwrócił uwagi na dźwięk pospiesznego tupotu czyichś stóp. Dopiero gdy odgłos przybrał na sile Tubiel uniósł ze zdziwieniem głowę.

Kto pozwala sobie biegać w miejscu przeznaczonym do spokojnych przechadzek, pomyślał z irytacją. Gotów połamać kwiaty!

Odgłos przybliżał się i nagle zza zakrętu ścieżki wyłonił się zdyszany Gargatel. Tubiel szybko powstał z klęczek.

– Cóż ty wyrabiasz? – Spiorunował podwładnego wzrokiem. – Co mają znaczyć te galopady? Nie mam zamiaru tolerować podobnego zachowania!

– Panie! – wysapał Gargatel. – Wojsko! Wojsko u bram! Cała chmara!

Wydawał się przerażony. Rozbiegane oczy błądziły po zaroślach, jakby stamtąd miał nagle wyskoczyć uzbrojony oddział, ręce drżały.

– Jakie wojsko? Mówże do rzeczy. – Tubiel otarł dłonie fartuchem.

– Mrowie konnicy. Mnóstwo, mnóstwo żołnierzy. A jeden, taki straszny, z oczami jak sama Otchłań i twarzą niby ostrze topora. O panie, to koniec czasów! Napadły nas demony z Głębi! Wszyscy pomrzemy!

Głos ogrodnika załamał się, usta wykrzywiły płaczliwie. Tubiel stracił resztki cierpliwości. Gargatel zdecydowanie bredził.

– I czegóż niby ta armia sobie życzy? – zagadnął z przekąsem. – Będzie nas oblegać?

Gargatel zadrżał.

– Nie, panie. Chcą przejść przez ogrody.

– Co?! – ryknął Tubiel.

Schwycił podwładnego za ramiona i zaczął potrząsać.

– Jak to: przez ogrody?! Gadaj natychmiast!

Skrzydlaty się skulił.

– Tak mówią, panie. Żądają, żeby otworzyć bramę.

Tubiel nie słuchał już zawodzenia ogrodnika. Podkasawszy szatę, rzucił się biegiem ku bramie.

Dopadł wrót zdyszany, z trudem łapiąc oddech, spojrzał i nogi się pod nim ugięły. Na trakcie wiodącym do ogrodów jak okiem sięgnąć rozciągało się nieprzebrane morze konnicy. Nie byli to żandarmi Królestwa w schludnych szarych uniformach, ale budzący grozę jeźdźcy, jakich Tubiel w życiu nie widział na oczy. Zakuci w pancerze, uzbrojeni w miecze, kopie i buzdygany, stali w równych szeregach zgrupowani według kolorów zbroi. Żółtych jak siarka, czerwonych jak ogień i granatowych jak dym. Olbrzymie rumaki, których dosiadali, potrząsały łbami osłoniętymi bukranionami wyprofilowanymi na kształt lwich głów. Na czele, pod bramą, czekało kilku jeźdźców, najwyraźniej dowódców. Na smukłym koniu o złotawej sierści siedział skrzydlaty bez hełmu, z kasztanowymi włosami i pociągłą twarzą. Tuż przy przednich nogach rumaka warował wielki lampart. Drugi jeździec, który natychmiast rzucał się w oczy, miał suchą twarz o orlim profilu, czarne włosy splecione w warkocz i nie nosił zbroi, tylko krótką czarną kurtkę ze skóry. Ręce trzymał nonszalancko skrzyżowane na łęku siodła. Dosiadał ogromnego wierzchowca o sierści ciemniejszej niż noc.

Tubiel przetarł oczy, pewien, że śni dręczący koszmar. To Szarańcza, dwanaście tysięcy Aniołów Zniszczenia, a ci z przodu to oficerowie, Rycerze Miecza. Kim był czarnowłosy wojownik, wódz Aniołów Lata tylko się domyślał i wolałby, żeby te domysły okazały się błędne. Trzech ogrodników w białych szatach biegało przed frontem wojska, wymachując gorączkowo rękami i zaciekle coś tłumacząc. Wydawali się maleńcy i bezradni w obliczu zakutych w stal żołnierzy. Tubiel poczuł, jak ogarnia go gniew. Spojrzał na kutą misternie bramę ogrodów, rozpiętą niby kunsztowna pajęczyna pomiędzy dwoma białymi filarami muru, na marmurowe kratery, z których spływały kaskady czerwonych, żółtych i pomarańczowych kwiatów, na dumnie osadzony na skrzydłach wrót emblemat ze słońcem i księżycem w girlandach róż, i gniew przemienił się w zimną determinację. Nie, ci barbarzyńcy nie wstąpią do ogrodów. Bucior żołdaka nigdy nie zdepcze świętej ziemi. A kwiaty? Na litość Pańską! A lilie?

Tubiel dumnie targnął głową. Pójdzie stawić czoła najeźdźcom. Wygna to żołdactwo, przynależne raczej Głębi niż Królestwu, z uświęconej ziemi Pańskich Ogrodów. Nie dopuści do profanacji. Spokojnym krokiem podszedł do bramy, ruchem ręki uciszył przekrzykujących się podwładnych. Wyszedł na zewnątrz przez małą furtkę we wrotach.

– Jestem Tubiel, wódz Aniołów Lata – powiedział oschle. – O co chodzi?

– Nareszcie! – ucieszył się Kamael.

Był w tak doskonałym humorze, że afera z ogrodnikami nie zasępiła go ani na moment. Rozpierało go szczęście, jakiego nie zaznał od chwili wygnania z Królestwa. Na Jasność! Oto znów dowodzi Szarańczą, znów stoi na czele Rycerzy Miecza. Z radości chętnie wycałowałby zakazane pyski odzyskanych podwładnych.

Nie chciał nawet wspominać Otchłani. Wszystko, co się z nią wiązało, było przygnębiające. Z Głębi sprowadził tylko swego bojowego lamparta, wiernego towarzysza wielu bitew.

Pochylił się w siodle, witając przybywającego Tubiela szerokim, szczerym uśmiechem.

– Dobrze, że wreszcie dotarłeś. Ci biedni głupcy nie chcą otworzyć bramy. Myślą, że jesteśmy z Głębi.

– Nie rozumiem, panie – rzekł Tubiel sztywno. – Czego sobie od nas życzycie? Do tej pory żołnierze, zwłaszcza zgromadzeni tak licznie, nie zaszczycali nas wizytami.

Kamaelowi zrzedła mina. Pochylił się jeszcze niżej, żeby zajrzeć w oczy Aniołowi Lata.

– Musimy wejść na teren ogrodów – wytłumaczył spokojnie. – Od tego zależy bezpieczeństwo Królestwa. Otwórz nam bramę, Tubielu.

Ogrodnik cofnął się o krok.

– Niezmiernie się cieszę, że zechcieliście zwiedzić nasze skromne ogrody. To prawdziwy zaszczyt. Jednakże – ciągnął z fałszywym ubolewaniem – regulamin wymaga, by wpuszczać jedynie małe grupy pieszych zwiedzających. Bądźcie łaskawi zsiąść z koni i zaczekać. Pierwszą grupę mogę wpuścić natychmiast, kolejną, gdy wyjdzie poprzednia...

– Nie zrozumiałeś – przerwał Kamael. – Muszę natychmiast przeprowadzić tędy wojsko. W grę wchodzi dobro Królestwa, a to, jak wiesz, sprawa priorytetowa. Jofiel, pokaż mu rozkazy.

Dowódca Legii Dymu wyciągnął dłoń z rulonem papierów.

Tubiel przejrzał je z kamienną miną.

– Wybacz, panie – powiedział sucho. – Znam moje obowiązki, nawet jeśli Regent Królestwa oszalał i zapomniał o swoich.

– Więc odmawiasz otwarcia bramy?

Tubiel dumnie zadarł brodę.

– Z pewnością tak.

Kamael z westchnieniem przesunął ręką po twarzy.

– No to chryja – mruknął do Daimona. – Co zrobimy z tym dupkiem? Jest gotów umrzeć za swoje róże.

– Zostaw to mnie – powiedział Frey. – Myślę, że go przekonam.

Nie czuł się dobrze. Ręka znów zaczęła rwać, a w sercu płonął gniew, jasny niczym pochodnia. Jechał się mścić. Na Nitaelu, Dubielu i Ochu, na cenzorze Nisrochu, na każdym, kto przyłożył rękę do krzywdy Hiji. Jakim prawem ten nadęty, śmieszny tępiciel chwastów ośmiela się przeszkadzać, skoro największe nieszczęście, jakie go kiedykolwiek spotkało, polegało na tym, że mszyce oblazły róże?

Poprowadził Piołuna wprost na Tubiela, aż koń naparł na ogrodnika piersią. Tubiel stał, zaciskając usta, i nie myślał ustąpić ani o krok. Daimon zsunął się z siodła ostrożnie i powoli, żeby nie urazić ręki. Jednak wstrząs, jaki towarzyszył zeskokowi, przeszył ramię tysiącem rozpalonych igieł, aż Anioł Zagłady skrzywił się z bólu.

Tubiel spojrzał w ściągniętą twarz, w bezdenne źrenice, i mimowolnie się cofnął.

Daimon zbliżał się, chrzęszcząc skórzaną kurtką i pobrzękując sprzączkami. Zatrzymał się tuż przed ogrodnikiem. Pojedyncza kropla krwi wytoczyła się z rękawa, zostawiła na dłoni czerwoną smugę i upadła na piasek, który pochłonął ją chciwie, znacząc czystą białą powierzchnię ciemnym znamieniem.

– Wpuść nas – powiedział cicho Abaddon. – Otwórz bramę. Zrozum, przejdziemy bez względu na cenę.

Tubiel targnął głową.

– Nie! – warknął hardo. – Nigdy! Nigdy nie splamicie świętej ziemi śladem żołdackiej stopy...

Nie dokończył. Prawa ręka Daimona strzeliła niczym kobra i zgniotła mu gardło. Lewa równie błyskawicznie uderzyła na odlew w twarz.

– Słuchaj, kiedy mówię – syknął Anioł Zagłady. – Jeśli będziesz tu stał, zginiesz. Stratujemy cię, dotarło? Wojsko musi przejść. A ty, durny dupku, umrzesz.

Na wyciągniętej ręce uniósł Tubiela w górę i potrząsnął jak pies szczurem. Stopy Anioła Lata dyndały w powietrzu, twarz posiniała, oddech charczał.

– Myślisz, że jesteś gotowy umrzeć? Patrz mi w oczy, gdy do ciebie mówię! Pytałem, czy jesteś gotowy umrzeć za to, co kochasz i w co wierzysz. Bo my tak. I właśnie wybieramy się oddawać życie i krew za Królestwo. Za takich jak ty, Tubiel. Za twoje lilie i róże. Za twój święty spokój. Ponieważ jesteśmy dostatecznie szaleni. Zastanów się dobrze, czy ty również.

Opuścił Anioła Lata na ziemię, poluzował uścisk na gardle, ale zacisnął palce na białej szacie tuż przy szyi ogrodnika.

– Przejdziemy, Tubielu. A ty otworzysz nam bramę. Bo ja nie dopuszczę, żebyś zginął z powodu kilku złamanych kwiatów. Nauczyłem się, że życie jest cenne. Nawet twoje. Wierz mi, wiem, co mówię. Kto ma wiedzieć lepiej niż Anioł Zagłady? Sam kiedyś umarłem i to wcale nie jest miłe, naprawdę. Więc otwieraj te pieprzone wrota, a ja ci przysięgam, że przejedziemy stępa, jeden za drugim, i nie złamiemy nawet jednego kwiatka. Zgoda?

Anioł Lata płakał. Łzy toczyły się po policzkach, po nabrzmiałym czerwonym śladzie, który zostawiła dłoń Daimona. Frey spojrzał w załzawione, błękitne oczy Tubiela.

– Zgoda? Zrobisz to?

Zasmarkany, zmiętoszony Tubiel, nienawidząc siebie, nienawidząc tego mrocznego, morderczego anioła ze źrenicami jak otchłanie, wolno skinął głową.

– Dziękuję – szepnął Daimon. – Inaczej byłbym zmuszony cię zabić.

Odwrócił się ku gromadce stłoczonych, wystraszonych ogrodników.

– Widzieliście? – krzyknął ochryple. – No dalej! Otwierać bramę!

W gardle czuł dziwną suchość, w nogach ociężałość. Ogarnęła go nagła fala znużenia. Ręka, którą nadwerężył, bolała tak, że musiał mocno zaciskać zęby. Po palcach płynęły krople, padały na nieskazitelnie biały piasek, wsiąkały natychmiast, tworząc znaki w tajemnym alfabecie krwi. Podźwignął się ciężko na grzbiet Piołuna. Powinienem odpocząć, pomyślał. Wybieram się walczyć, a z trudem gramolę się na konia. Ale wtedy przed oczyma stanęła mu blada, mizerna twarz Hiji, i słabo pełgający ognik gniewu znów strzelił wysokim płomieniem.

Z prawej podsunął się ku niemu Kamael.

– Krwawisz – powiedział cicho. Oczy miał poważne i zaniepokojone.

– To nic – szepnął Daimon. – Zaraz przyschnie.

– Naprawdę przeprowadzić Szarańczę pojedynczo przez ogrody?

Frey skinął głową.

– Dobra, zobaczymy, co da się zrobić. Ustawić się w kolumny dwójkami! – krzyknął hrabia palatyn Głębi. – Rozjechać się po równoległych alejach dwójkami lub czwórkami, w zależności od szerokości ścieżki! Ruszać!

Aniołowie Lata już otworzyli skrzydła wrót. Żołnierze wjeżdżali w nie stępa, wciskali się w aleje strzemię przy strzemieniu.

Tubiel szlochał, skulony na skraju drogi. Chciał roztopić się w niebycie, zniknąć, przestać istnieć. Czuł wstręt do siebie za własne tchórzostwo. Skręcał się ze wstydu, wspominając swoją buńczuczną postawę. Moje kwiaty, myślał. Moje kwiaty! Ale nawet one straciły znaczenie.

Nic już nie było tak ważne jak przedtem. Świat legł w gruzach, a wojna wkroczyła do Ogrodów Królestwa. I wcale nie chciała przestrzegać regulaminu. Wódz Aniołów Lata leżał w pyle przy drodze w białej niegdyś szacie, teraz utytłanej i brudnej niczym szyderczy symbol jego upadku, naznaczonej niby piętnem hańby krwawymi śladami palców Daimona. Patrzył, jak równymi szeregami przejeżdżają konni, rozdzielają się sprawnie na dwójki i czwórki, znikają w alejkach.

Szmer przebiegł przez Ogrody Pańskie. Konie szły stępa, jeźdźcy stykali się strzemionami. Do wtóru śpiewały im ptaki, ciężki zapach kwiatów upajał. Kopyta miesiły żwir i biały piasek. Ukwiecone gałęzie smagały hełmy żołnierzy. Drżały białe głowy potrąconych przypadkiem lilii.

Mały zielonkawy ptaszek przysiadł na ramieniu Tubiela i zaćwierkał.

Dziewięćdziesiąta czwarta prowincja Królestwa nie zachwycała krajobrazem.

Jak okiem sięgnąć rozciągała się równina porosła ostrą krótką trawą. Pasmo nagich wzniesień, w większości niezbyt stromych pagórków, wyznaczało granicę od strony Siódmego Nieba. W okolicy nie było żadnych drzew ani zarośli mogących zasłaniać widok lub stanowić kryjówkę dla nieprzyjacielskich wojsk. Pośrodku równiny stała twierdza, podobna do olbrzymiego, skamieniałego potwora wysuwającego daleko w step macki murów i umocnień.

– Nie będzie łatwo ich stąd wyłuskać – mruknął Kamael.

– Sami wyjdą. – Głos Daimona brzmiał spokojnie Poddadzą się.

Kamael spojrzał na wilczy profil przyjaciela.

– I co zrobimy? W końcu to ekspedycja karna, nie eskorta sądowa.

Daimon odwrócił głowę. Czarne źrenice były głębokie jak Kosmos.

– Zauważymy kapitulację... – rzekł wolno – po pewnym czasie.

Dubiel nerwowo krążył wokół stołu.

– Chcesz się tu bronić? Brakuje nam żywności, amunicji, żołnierzy! To szaleństwo!

– Wiem – skwitował Nitael. Ścisnął palcami skronie.

– Więc co? Wydamy im bitwę? Przecież to Szarańcza pod dowództwem Aniołów Miecza! Lepiej chyba zwyczajnie się powiesić.

– Poddamy się – powiedział ponuro Nitael.

Dubiel drgnął.

– Jak? Wywiesimy flagę i poczekamy, aż wpadną do twierdzy, żeby nas zaszlachtować? Nitael, na litość Pańską, to Szarańcza! Złaknione krwi potwory! W dodatku jest z nimi ten Frey, upiór wcielony! Powiedz mi, jak zamierzasz poddać się Aniołowi Zagłady?

– O tym trzeba było pomyśleć, zanim zabierałeś się do robienia rewolucji – mruknął Nitael.

Dubiel parsknął.

– Jestem politykiem, nie żołnierzem! To miał być bezkrwawy przewrót na szczycie. Usunięcie i osądzenie nieuczciwych przywódców! Nie planowaliśmy żadnej wojny! Gabriel miał pójść pod sąd, a jego stronnicy zostać odsunięci od władzy! Nie pamiętasz?

Nitael westchnął.

– Pod sąd to my pójdziemy. O ile będziemy mieli szczęście.

Dubiel ciężko opadł na krzesło i ukrył twarz w dłoniach.

– No więc, co zrobimy?

– Wyprowadzimy naszych żołnierzy pod białym sztandarem i zobaczymy, co dalej.

Anioł Persji spojrzał z przerażeniem.

– Bez broni?

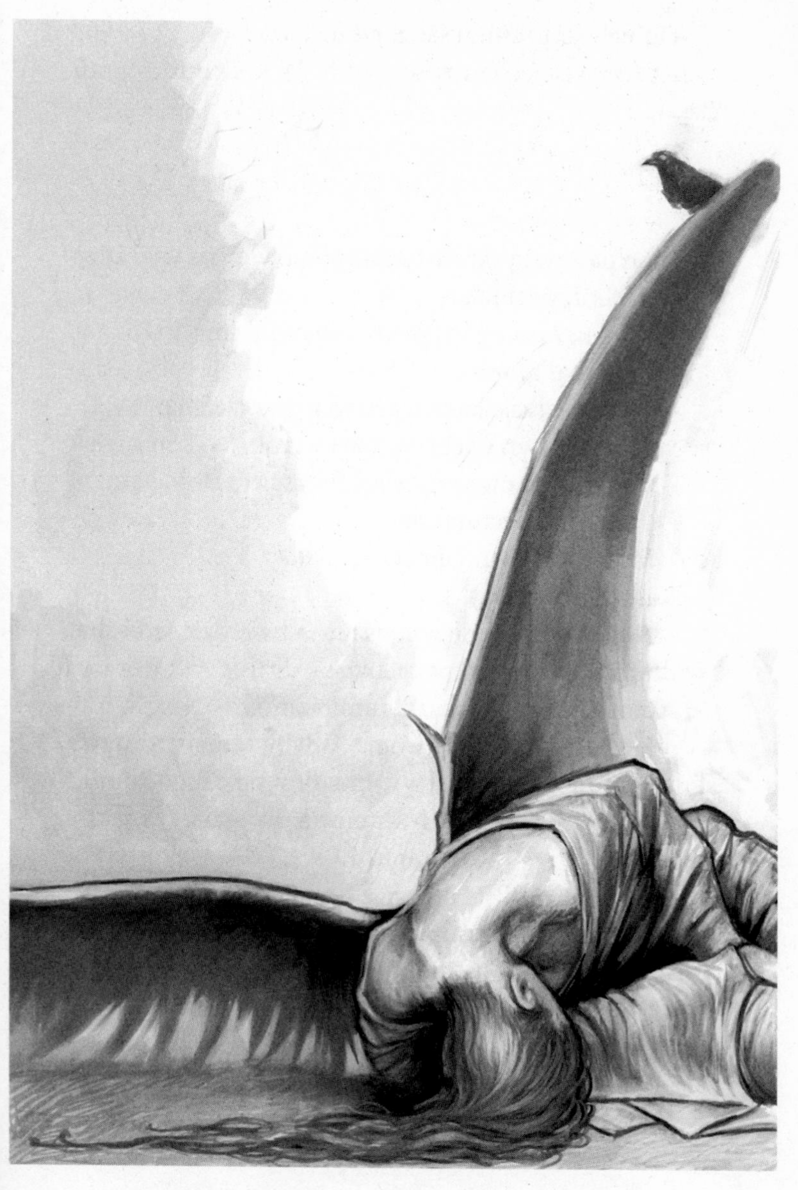

Dubiel uśmiechnął się gorzko.

– Oczywiście, że uzbrojonych. W końcu to Szarańcza.

Daimon patrzył spod zmrużonych powiek na wyjeżdżające z twierdzy oddziały.

– Powolisz im się ustawić? – spytał Kamael.

Frey skinął głową.

– To ekspedycja karna, prawda? Nie rzeźnia.

Hrabia palatyn Głębi wytężył wzrok.

– Co oni tam niosą na kiju? Prześcieradło?

Daimon uśmiechnął się.

– Moim zdaniem, obrus.

Kamael westchnął.

– No proszę! Nieźle wyposażona twierdza. Jedwabie, cienkie płótna, delikatna bielizna i obrusy.

Anioł Zagłady wzruszył ramionami.

– Jacy dowódcy, taka wojna. Gdyby zamiast zastawy stołowej mieli tu konserwy, mogliby się długo bronić.

W niebieskich oczach Kamaela błysnęło coś jakby cień litości.

– Daimon, oni się nie chcą bronić. Dobijamy pokornego psa, który ma zamiar polizać nam buty. Obawy Gabriela były bezpodstawne. Buntownicy żałują tego, co zrobili, tak bardzo, że nawet Aftemelouchos, Anioł Kaźni, by się wzruszył.

– Wiem – powiedział Frey. Wyciągnął z pochwy Gwiazdę Zagłady, uniósł wysoko nad głową. – To wyprawa karna! – krzyknął do Rycerzy Miecza. – Ranić, a nie zabijać! Słyszycie? Przekazać rozkaz żołnierzom.

Oficerowie posłusznie rozjechali się na stanowiska. Kamael uniósł się w strzemionach.

– Niech Pan błogosławi wszystkie bramy Królestwa! – zawołał.

– Niech Miecz prowadzi i zwycięża! – odpowiedzieli jednym gardłem żołnierze.

– Naprzód, Szarańczo!

Kopyta koni uderzyły w ziemię. Jeźdźcy wyciągnęli miecze. Runęli na przeciwników niczym lawina. Puczyści zamachali rozpaczliwie obrusem, ale kawaleria Królestwa nie myślała się zatrzymywać. Przerażeni żołnierze Nitaela pospiesznie podnosili broń, piechota nastawiała piki, wierzchowce jazdy stłoczone w zbyt ciasnym szyku, stawały dęba. W końcu kawaleria Nitaela ruszyła nierównym truchtem wprost na atakujących. Szarańcza galopowała zwartą ławą, i nagle tuż przed pyskami przestraszonych, ledwie spinających się do galopu koni rozdzieliła się na dwa strumienie, które błyskawicznie objechały oddziały Nitaela szerokim łukiem, aby połączyć się zgrabnie na tyłach piechoty. Jazda buntowników bezładną kupą pognała za Aniołami Zniszczenia, ale Szarańcza już zdążyła wpaść pomiędzy zdezorientowanych żołnierzy. Kawaleria Królestwa dobrze zrozumiała znaczenie ekspedycji karnej. Śmigały miecze, ale ciosy w założeniu nie miały być śmiertelne. Aniołowie wytrącali broń z rąk, obalali przeciwników na ziemię, tłukli po łbach rękojeściami i krótkimi pałkami, żeby ogłuszyć, nie zabić. Strącali z siodeł jeźdźców, przewracali ich wraz z wierzchowcami. Z pewnością niektórzy zginęli, stratowani przez kopyta lub ugodzeni zbyt celnie, wielu zostało poważnie rannych, Aniołowie Zniszczenia występowali jednak jako narzędzie kary, nie kaźni.

Daimon dopadł Nitaela, jednym ruchem wytrącił mu broń z ręki, chwycił przywódcę buntu za gardło i ściągnął z siodła. Nitael grzmotnął plecami o ziemię. Daimon już się nad nim pochylał, zdrową ręką trzasnął anioła w pysk.

Ogłuszony Nitael potrząsał głową.

– No, dalej, zabij mnie, sukinsynu – wycharczał z nienawiścią.

Twarz Daimona ściągnęła się, paskudny uśmiech odsłonił zęby.

– Kat się tym zajmie – szepnął ochryple i trzasnął Nitaela ponownie. Jasnowłosy anioł znieruchomiał.

Kamael już wycofywał Szarańczę. Z ziemi zbierali się, jęcząc i krwawiąc, żołnierze buntowników. Daimon wyprostował się, spojrzał z pogardą na nieruchome ciało skrzydlatego u swoich stóp.

– Przyjmuję twoją kapitulację, Nitaelu – powiedział cicho.

Pałac Regenta nigdy nie wydawał się Ochowi miejscem bardziej zimnym i surowym. Niewielka w sumie i pogodnie urządzona sala audiencyjna Gabriela sprawiała na alchemiku bardziej ponure wrażenie niż gołe ściany aresztu. Och nie umiał powstrzymać drżenia, wiedział, że trzęsą mu się kolana, a usta wykrzywia płaczliwy grymas, mimo iż z całej siły starał się zachowywać godnie. Jestem żałosną postacią, pomyślał z rozpaczą. Zawsze byłem. Jestem tylko starzejącym się głupcem, który całe lata żył mrzonkami o powrocie jakiegoś mitycznego wielkiego porządku. A wszystko to przez pychę i nieuzasadnioną frustrację. Zachciało mi się zostać zbawcą Królestwa, a doprowadziłem je na skraj przepaści. Wszystkie wielkie słowa, wielkie idee, dotyczące wolności, sprawiedliwości i rządów tyrańskich archaniołów, jawiły mu się teraz jako czcza fanfaronada, wizje i marzenia zwykłego głupca. Na Jasność, czemuż nie został w swojej cichej pracowni, prowadząc badania? Czemu zachciało mu się zostać największym alchemikiem Królestwa? Czemu dał się skusić Jaldabaotowi, temu srebrnemu nietoperzowi o twarzy upiora? A jadowity, wewnętrzny głosik znajdował na te pytania celną, prawidłową odpowiedź, której Och nie mógł ignorować. Z pychy i zwykłej głupoty, szanowny panie alchemiku. Tylko dlatego. Na Jasność, jakże żałosną postacią jestem, myślał Och, a straszny wstyd i rozpacz zdawały się rozsadzać mu klatkę piersiową, dławić oddech. Kto mu teraz uwierzy, jeśli powie, że nie wiedział o konszachtach Jaldabaota z Cieniem? A może raczej nie chciał wiedzieć. Wyobrażał sobie, że oto przywraca dawny porządek, pomaga odzyskać tron prawowitemu regentowi, wyzutemu przed laty z czci i stanowiska przez bandę podstępnych archaniołów. Piękna, durna bajka. Na pierwszy rzut oka było widać, że Jaldabaot zaprzedał się złu. Ale on postanowił ignorować oczywistości, bo zachciało mu się zostać zbrojnym ramieniem sprawiedliwości. Bo imponowało mu, że ktoś tak wysoko postawiony, jak były demiurg, zadaje się z nim. Bo chciałeś być kimś – podpowiedział zjadliwy głosik, a Och na to również nie znalazł żadnej odpowiedzi.

Spod spuszczonych powiek rzucał ukradkowe spojrzenia na krążącego po sali Gabriela. Dziwne, ale zielonooki archanioł z włosami barwy antracytu, przyciętymi równo na wysokości szczęki, nie budził w Ochu nienawiści ani nawet niechęci. Wszelka nienawiść wypaliła się razem z chybionymi ambicjami. Pozostała gorycz i wstyd. Gabriel nerwowo obracał na palcu pierścień regenta. Spojrzał w oczy niedbale wspartego o parapet Anioła Zagłady, rzucił spojrzenie na stojących opodal Michała i Razjela. A potem skierował wzrok prosto na alchemika. W źrenicach archanioła również nie było nienawiści, tylko żal i głęboka irytacja.

– Och, głupi sukinsynu, wiesz, komu wydzierżawiłeś ziemię? – spytał.

I wtedy stało się to, czego Och za wszelką cenę próbował uniknąć. Usłyszał swój płaczliwy głos, skamlący:

– Ja nie wiedziałem... nie wiedziałem... Chciałem dobrze!

Po chudych policzkach płynęły łzy. Wbił wzrok w podłogę, żeby nie widzieć morderczego spojrzenia stojącego obok Nitaela. Spojrzenia pełnego pogardy. Nitael głowę trzymał dumnie uniesioną, a całą swoją postawą wyrażał godność. Był gotów przyjąć pełną odpowiedzialność za własne czyny. Jak przystało prawdziwemu skrzydlatemu. Dubiela nie przyprowadzono do sali audiencyjnej, gdyż był zbyt poraniony i słaby, ale Och wiedział, że Anioł Persji zadusiłby go gołymi rękami mimo poważnego stanu zdrowia.

Gabriel zmrużył oczy.

– Dobrze, czyli wywołać wojnę domową w Królestwie i pozbawić władzy prawowitych zarządców, ustanowionych przez autorytet samej Jasności. Mylę się, Och?

Alchemik płakał.

Gabriel nerwowymi krokami przemierzał salę.

– Nie będę się na was mścił – powiedział sucho. – Chociaż mógłbym. Zostaniecie oddani pod sąd. Gwarantuję wam uczciwy proces. A teraz wynocha sprzed moich oczu. Straż! Zabrać aresztantów!

Nitael strząsnął dumnie ręce popychających go żandarmów. Szedł pewnie z kamienną twarzą i wzrokiem wbitym w przestrzeń. Za nim wlókł się szlochający, powłóczący nogami alchemik, który marzył już nie o zaszczytach i sławie, ale tylko o tym, żeby zapaść się pod ziemię, przemienić w robaka albo rozsypać w proch. Miał rację. W oczach wszystkich obecnych w komnacie był żałosną postacią.

Rozdział 10

rzemyśl to, Daimonie – powiedział Razjel. – Czar przemiany nie należy do bezpiecznych. Zwłaszcza kiedy chce się przybrać konkretną postać. Sama wyprawa też trąci szaleństwem. Nie zrozum mnie źle. Nie chcę cię od niczego odwodzić. Na twoim miejscu pewnie postąpiłbym podobnie. Chodzi mi tylko o ryzyko.

Daimon potarł brodę.

– Zdziwiłbyś się, gdybyś wiedział, ile razy to przemyślałem. Sądzę, że wybrałem właściwy sposób. W każdym razie lepszy nie przyszedł mi do głowy.

Razjel rozłożył ręce.

– Szczerze mówiąc, ja też nie wymyśliłem nic sensownego. A starałem się. Zaczniemy, dobrze? Masz wszystko, czego ci trzeba? Broń, talizmany, dywan? Wiesz, że nie możesz zabrać Gwiazdy Zagłady. Zwykły miecz nie ma takich możliwości, pamiętaj. Gotów się złamać albo wyszczerbić. Zabrałeś sztylet?

Frey się roześmiał.

– Razjel, miłosierdzia. Zachowujesz się jak gderliwa ciotka. Na litość, nie proponuj mi tylko szalika i czapki.

– Dbam o ciebie – burknął Książę Magów. – Jesteś cenny dla Królestwa. Nie chcę, żebyś się głupio podłożył.

Daimon klepnął go w ramię.

– Wiem, co robię, stary. I wiem, dlaczego. – Oczy Abaddona zwęziły się i zapłonęły jak u kota. – A tego krwawego gnojka załatwię gołymi rękami.

– I niech ci Jasność sprzyja, przyjacielu – powiedział Razjel. – Wejdź do kręgu. Zaczynamy.

Daimon wstąpił w środek namalowanego na posadzce okręgu. Znał się trochę na magii, ale misterne znaki wyrysowane błękitną i czerwoną kredą, nic mu nie mówiły. Pan Tajemnic wyciągnął ramiona, splótł palce w dziwacznym geście.

– To nie będzie przyjemne – ostrzegł. – Gotów?

Daimon skinął głową. Razjel zamknął oczy, wyszeptał kilka słów tak cicho, że Anioł Zagłady ich nie usłyszał. Potem gwałtownie rozplótł ręce, sztywno wyprostowane dłonie skierował w pierś Daimona.

– *Flamma gena traz!* – krzyknął, a spomiędzy palców trysnął snop błękitnego światła, które w jednej chwili zalało stojącego w kręgu anioła.

Daimon poczuł przejmujące zimno, dosłownie zamrażające oddech w płucach. Za nim przyszła fala podobna do podmuchu lodowatego wichru. Zgniatała kości i mięśnie jakby były z gumy. Towarzyszyło temu obrzydliwe uczucie zapadania się w sobie i rozciągania równocześnie. Wreszcie błękitne światło przygasło, a Daimon czuł tylko lekki zawrót głowy.

– Udało się – powiedział Razjel z ulgą. – Jak się czujesz?

– W porządku – zaczął, ale natychmiast umilkł, bo nie poznał własnego głosu.

Książę Magów wyszczerzył zęby w uśmiechu.

– Popatrz w lustro!

Daimon zerknął ostrożnie.

– Co za parszywa gęba – mruknął. – Szkoda, że nie mogę sam sobie napluć w gębę.

– Co za problem. – Razjel nadal suszył zęby. – Spluń w garść i rozsmaruj. Dobrze, że się udało, chociaż nie mieliśmy żadnego fantu.

Daimon spojrzał pytająco.

– Przedmiotu, który do niego należał – wyjaśnił archanioł. – Na tamtej skrzynce leżą łachy, ubierz się w nie. Są odpowiednio wyszargane.

Frey niechętnie wciągał na siebie ubrania.

– Jak wyglądam? – spytał.

– Fantastycznie. Wykapany Atanael. Tylko nie zaglądaj skurwysynowi w oczy. Źrenice wciąż masz swoje.

Na ustach Anioła Zagłady pojawił się paskudny uśmieszek.

– Tego ci nie obiecam, Razjelu. Z całą pewnością chcę patrzeć mu w oczy, kiedy będzie zdychał.

– Ale dopiero wtedy – zgodził się Pan Tajemnic.

Zaśmiali się obaj, lecz szybko spoważnieli.

– Zbieram się, przyjacielu. Powinienem niedługo wrócić – powiedział Daimon. Objął Razjela mocno i krótko uścisnął.

– Dzięki, stary. Bez ciebie nic bym nie zdziałał.

Książę Magów potrząsnął głową.

– Tylko tyle mogłem zrobić. Nawet nie wiesz, jak chciałbym pójść z tobą.

– Wiem. – Daimon przypasał miecz, zawiesił na szyi sztylet, ze stołu wziął skrawek latającego dywanu.

– Nowiutki – zapewnił Razjel. – I dodatkowo wzmocniony porządnym zaklęciem. Nie ma obawy, że się za szybko wyczerpie. Nie ląduj w obrębie pałacu. Na pewno wszędzie są blokady magiczne. Musisz usiąść przed murami i skłonić strażników, żeby cię wpuścili.

– Z takim wyglądem nie powinienem mieć kłopotów. – Daimon spojrzał na swoje ręce, które były obce i irytująco niezgrabne. – Dziwnie się czuję w tym ciele.

– To normalne. Wkrótce przywykniesz. Na szczęście nie zostaniesz w nim na zawsze. Pamiętaj, przebranie zniknie najpóźniej po dwudziestu czterech godzinach. Stopniowo. Już po jakichś dwunastu zaczniesz powoli przeistaczać się z powrotem w siebie. Z początku to będą drobne szczegóły, ale potem coraz mniej będziesz przypominał Atanaela. Masz w sumie niewiele czasu. Bierz to pod uwagę, dobra?

Frey skinął głową. Ścisnął w dłoni kawałek dywanu. Materiał był miękki w dotyku. Dywany Razjela są w najlepszym gatunku, pomyślał przelotnie.

– Do zobaczenia, stary.

Wyciągnął przed siebie rękę z dywanem, zmrużył oczy.

– Hej, Daimon! – zawołał Razjel. – Nie zapomnij zachowywać się jak dupek!

Uśmiech Księcia Magów wydawał się wymuszony, słabo maskował niepokój.

– Postaram się. – Abaddon przesunął w palcach kawałek materiału. – Moc!

Wylądował niemal natychmiast, bez wstrząsu.

Słońce krwawo zapadało za wieże pałacu. Biały budynek otaczał pierścień wysokiego muru. Do wnętrza wiodła potężna okuta brama. W jej pobliżu kręciło się kilkunastu żołnierzy w barwach Królewskiego Cenzora. W pomarańczowych kubrakach wyglądali jak bezładnie mrowiące się żuki. Któryś zauważył Daimona, wskazał go ręką i krzyknął coś do towarzyszy. Natychmiast czterech ruszyło ciężkim kłusem w jego kierunku. Po chwili wahania dołączył piąty. Są przerażeni, ocenił Daimon. Zachowują się niczym banda wystraszonych wieśniaków. Pogubili się, nie wiedzą, co robić. Widocznie brakuje im dowódcy albo to ktoś całkowicie nieudolny. Boją się ataku, wpadają w histerię na widok pojedynczego skrzydlatego. Nisroch z pewnością trzęsie portkami ze strachu. Ale mógłby się tutaj dosyć długo bronić, nawet z tak kiepską załogą. Fortyfikacje są solidne. Chyba żeby żołnierze zdradzili go i zwiali. Mało im do tego brakuje.

Tymczasem pomarańczowi zbliżali się kłusem. Schował do kieszeni skrawek dywanu i ruszył im na spotkanie.

– Stój! – usłyszał. – Nawet nie drgnij! Trzymaj ręce tak, żebyśmy je widzieli. I rzuć miecz!

Zatrzymał się, uniósł lekko ramiona.

– Kolejność ci się popieprzyła, żołnierzu – powiedział. – Pewnie ze strachu, co?

Osłupiali strażnicy zamarli w bezruchu.

– To tak witacie dowódcę, sucze syny! – huknął. – Co jest? Zobaczyliście ducha?

– Panie... To ty, panie? – wymamlał krępy żołnierz ze złamanym nosem.

– Nie! Lucyfer z dna Głębi – sarknął gniewnie. – Dalej, prowadź do pałacu!

Krępy spuścił oczy.

– Wybacz, panie. Nie wiem...

– Ale ja wiem – warknął Daimon. – Chcę się umyć, zjeść coś i pogadać z Nisrochem. Jazda, idziemy!

Żołnierze przy bramie stali zbici w ciasną gromadę.

– Czego nie otwieracie furty? – wrzasnął Frey. – Poślepliście? Wróciłem!

– Nie wolno, panie – wymamrotał wysoki, chudy żołnierz z paskudną blizną na pysku. – Rozkaz Wielkiego Cenzora.

Oczy Daimona zwęziły się.

– Nie wolno? Dowódcy? Jest tu jakiś oficer, bydlaki?

– Tak, panie. W strażnicy.

– No, to go, kurwa, zawołajcie.

Wysoki cofnął się o krok. Na twarzy miał wymalowane wahanie.

– Śpi. Nie wiem, czy wolno...

– Natychmiast! – ryknął Daimon.

– Tak, panie. Asjel, zawiadom pana Seniela – zakomenderował chudy.

Jeden z żołnierzy wyciągnął oko dnia. Rozmawiał krótko, lękliwie.

– Przyjdzie – powiedział w końcu.

Daimon czekał, oceniając fosę, bramę i podwójny pierścień murów. Niezłe, potwierdził poprzednią pobieżną ocenę. Wreszcie furta uchyliła się nieco, wypuszczając bardzo młodego skrzydlatego w randze oficera.

– Atanael! – zawołał zdumiony. – Naprawdę wróciłeś, panie!

– Oczywiście, durniu. Zaprowadź mnie do Nisrocha. Natychmiast.

Młodzieniec zmieszał się.

– Nie mogę, panie. Wielki Cenzor osobiście...

– No nie! – ryknął Daimon. – Ja chyba śnię! Zawiadomcie go chociaż!

Twarz oficera rozpromieniła się.

– Doskonały pomysł, panie. To wolno mi zrobić, zgodnie z rozkazem.

Wydobył oko dnia i zaczął streszczać sytuację. Daimon czekał z gniewnym wyrazem twarzy, ale serce biło mu mocno.

– Sekretarz poszedł go zawiadomić – oznajmił w końcu Seniel z wyraźną ulgą, że pozbywa się odpowiedzialności za niespodziewanego gościa.

Za chwilę odezwało się oko.

– To sam Wielki Cenzor, panie – powiedział oficer, podając Daimonowi kryształ. – Chce z tobą mówić.

Anioł Zagłady spojrzał w znienawidzoną twarz Nisrocha. Cenzor przypatrywał mu się podejrzliwie.

– Na Głębię! Jak udało ci się przeżyć? Wszyscy twierdzą, że zginąłeś.

– To źle twierdzą – warknął Daimon. – Ledwie uszedłem z życiem. Długo się ukrywałem. Jestem zmęczony i osłabiony. Długo będę tkwił pod bramą?

Nisroch wykrzywił usta.

– Dobra, widzę, że to ty. Ale skąd mam mieć pewność, że nie zdradziłeś? Może przysyła cię Gabriel?

Wybacz, Hijo, pomyślał Daimon. Wybacz najdroższa.

– Oszalałeś? Wiesz, jak skurwysyn kochał tę dziwkę o skażonej krwi. Jest Aniołem Zemsty. Jak myślisz, przyjmowałby mnie ciepło?

Cenzor zaśmiał się zgrzytliwie.

– Pewnie rozpalonym żelazem, którym pasy by z ciebie darł. W porządku, wejdź. Pogadamy, dlaczego spieprzyłeś sprawę. Daj mi tego tam, Seniela.

Frey oddał oko. Oficer machnął ręką i furta rozwarła się ze zgrzytem. Weszli.

Ogród i pałac urządzone były z niesłychanym przepychem. Wszystko za pieniądze z państwowej kasy, bydlaku, skurwysynu, myślał Daimon. Starał się zachowywać spokojnie, ale pochodnia gniewu znów płonęła wysokim ogniem.

Nisroch przyjął go w gabinecie. Oczywiście, nie był sam. Daimon rozpoznał Moafiela, sekretarza Wielkiego Cenzora, i Gozjusa, kanclerza. Oprócz nich w komnacie znajdowało się czterech rosłych żołnierzy.

– Jak to miło, że witasz mnie z tak liczną świtą. Naprawdę, doborowe towarzystwo.

Siedzący za biurkiem Nisroch rozłożył ręce.

– Dla ciebie wszystko. Podejdź bliżej i usiądź. Pewnie jesteś zmęczony.

Daimon ruszył ku wskazanemu krzesłu. Z trudem powstrzymał ironiczny uśmieszek, gdy zauważył, że w kunsztowną mozaikę pokrywającą podłogę sprytnie wkomponowano prostą linię z błękitnych lśniących kamieni, ciągnącą się w poprzek pokoju. Czujka przeciwmagiczna, parsknął w duchu. Prymitywna sztuczka. Bez obawy przekroczył linię. W końcu czary Razjela były naprawdę wysokiej klasy.

– W jaki sposób udało ci się uratować? – spytał Nisroch podejrzliwie.

Daimon wzruszył ramionami.

– Znam się trochę na magii. Otoczyłem się kulą powietrza, która ochraniała mnie w wodzie. Dotarłem do brzegu i ewakuowałem się za pomocą dywanu.

Nisroch zmrużył oczy.

– Zabrałeś dywan. Przezorny jesteś.

Daimon wyszczerzył zęby.

– Jak zwykle.

– A gdzie się ukrywałeś tak długo?

– W Sferach Poza Czasem. Czekałem, aż się uspokoi.

Cenzor westchnął, splótł ręce.

– W porządku. Nie będę cię dłużej męczył. Padasz z nóg. Nie miej mi za złe nadmiernej ostrożności. Rozumiesz sytuację. Naprawdę się cieszę, że cię widzę.

Ja też, pomyślał Daimon. A najbardziej będę się cieszył, kiedy wypruję ci wnętrzności, krwawy staruchu.

– Porozmawiamy jutro. Idź się położyć. Służący zaprowadzi cię do sypialni.

– Dziękuję. Tego mi właśnie potrzeba.

Nisroch zaklaskał. Przez drzwi wsunął się ubrany w pomarańczową liberię geniusz o smutnej twarzy i zalęknionych oczach. Daimon zdziwił się trochę, bo geniusze rzadko służyli jako lokaje. Widocznie dwór cenzora składał się z prawdziwych wyrzutków.

– Dobranoc – mruknął Nisroch.

Przekonamy się, dla kogo dobra, pomyślał Daimon, skinąwszy cenzorowi głową.

Służący poprowadził go przez urządzone z przepychem korytarze i komnaty. Na każdej ścianie pyszniły się cenne dzieła sztuki, oprawne w ramy wysadzane klejnotami. Bibeloty i przedmioty codziennego użytku wykonano ze szlachetnych kruszców, kryształów i najdroższej porcelany.

Meble, tkaniny obiciowe, story i dywany zdawały się wykrzykiwać każdemu przechodzącemu swoją cenę. Usta Daimona wykrzywił zły uśmieszek. Wojna to kosztowna rzecz, a te świecidełka doskonale zasilą państwową kasę, gdy ciebie zabraknie, Wielki Cenzorze Nisrochu.

Komnata, do której wprowadził go geniusz, kapała od zbytku, podobnie jak reszta pałacu, i choć nie była urządzona specjalnie gustownie, oferowała wszelkie wygody.

Frey zrzucił ubranie, wziął kąpiel w przyległej łazience, a następnie zjadł przyniesiony przez służącego posiłek. Nie obawiał się trucizny, już dawno temu zabezpieczył się przed podobnymi atakami, teraz zaś otrzymany od Pana Tajemnic amulet wzmacniał osobistą magiczną ochronę Anioła Zagłady.

Starał się zachowywać naturalnie, przekonany, że Nisroch nakazał obserwować wszystko, co robi, przez ukryte gdzieś w komnacie magiczne lustro. Pałace wyższych urzędników i innych Świetlistych, którzy obawiali się wrogów politycznych czy prywatnych, były pełne takich magicznych urządzeń. Sprytnie zamaskowane zwierciadło lub klejnot monitorowały obraz pokoju w większym lustrze w dyżurce straży. Odpowiednio umieszczony podgląd pozwalał śledzić niemal całe pomieszczenie.

Daimon wsunął się do łoża nakrytego baldachimem wielkości żagla, zgasił światło i leżał przez jakiś czas w ciemności. Strażnik powinien już nabrać przekonania, że Atanael zasnął. Anioł Zagłady ostrożnie przesunął rękę pod kołdrą, dotknął zawieszonego na szyi amuletu. Razjel nazywał go kluczem, a teraz nadszedł właściwy moment, żeby został przekręcony. Cicho, ledwie poruszając wargami, Daimon wymamrotał hasło, które Pan Tajemnic wbił mu do głowy. Jak zwykle w wypadku Razjela był to absurdalny wierszyk, bo archanioł uważał, że tradycyjne zaklęcia są zbyt łatwo dostępne dla niepowołanych.

– Ropucha w księcia, a w złoto cyna. Leć, piękny wężu! Późna godzina.

Daimon poczuł, że talizman na chwilę staje się ciepły i szybko stygnie. Uspokojony, przymknął powieki. Nie mógł tego widzieć, ale wiedział, że z kieszeni i szwów ubrania, które niedbale porzucił na krześle, sypią się na podłogę miniaturowe kuleczki. Maleńkie, podstępne magiczne granaty, zwane w środowisku magów „posłańcami złej nowiny". Z guzika odskoczyła ledwie widoczna srebrzysta tarczka, specjalny prezent dla Jego Jasności Cenzora. Wszystkie zaczarowane drobiazgi toczyły się i pełzły szczelinami i zagłębieniami w podłodze do progu i dalej, na korytarz.

Teraz Daimonowi pozostało tylko czekać. Nie zasnął, nie czuł się nawet zmęczony. Starał się oddychać spokojnie, oczy mieć przymknięte i sprawiać wrażenie pogrążonego we śnie. Nasłuchiwał odgłosów wrzawy z korytarza, ale za drzwiami panowała cisza.

Od chwili uruchomienia czaru minęły już ze dwie godziny, gdy drzwi do komnaty rozwarły się z trzaskiem. W progu zatrzymała się postać w pomarańczowej liberii. Zamiast głowy miała buzującą kulę ognia. Pod warstwą płomieni widać było nadpalone, łuszczące się fragmenty skóry odsłaniające czerwone mięso i szkliste powierzchnie kości. Oczy przypominały ugotowane jajka, a zęby, tkwiące w odsłoniętej aż po zawiasy szczęce, przywodziły na myśl groteskowy usmiech.

Daimon poderwał się na łóżku. Brawo, Razjelu, pomyślał. Robi wrażenie.

– Straż! – wrzasnął, ile sił w płucach. – Straż! Do mnie!

Stwór rzucił się na niego z nieartykułowanym bełkotem, wyciągnął ręce przypominające kłęby ognia. Daimon zwinnie przetoczył się na bok, poderwał na nogi, chwytając leżący przy łóżku sztylet. Razjel obiecywał, że broń będzie miała specjalne właściwości niwelujące działanie magicznych granatów.

Płonący lokaj zdążył już pozbierać się po nieudanym ataku. Wydawał się niezgrabny, ale w rzeczywistości był szybki. Skoczył ku Daimonowi. Frey obrócił się błyskawicznie, zadał mocny cios sztyletem. Trafił w powietrze. Na szczęście nie stracił równowagi i zdążył odskoczyć, wywijając się z rozpalonych objęć stwora. Uczuł na skórze powiew gorąca i ostry ból, gdy ogniste palce zacisnęły mu się na ramieniu. Szarpnął się, ponownie dźgnął sztyletem. Tym razem poczuł opór. Owionęła go fala smrodu, gdy otoczona płomieniami twarz znalazła się tuż przed nim. Szczęki rozwarły się, z gardła wydobył się głuchy charkot. Ciało zadrgało konwulsyjnie i padło na posadzkę. Płomienie natychmiast zgasły, pozostawiając

dym i odór palonego mięsa. Paliła się tylko pościel na łóżku, która zajęła się ogniem, gdy lokaj skoczył na Daimona.

Frey zbadał bark naznaczony palcami stwora. Oparzenie wyglądało paskudnie, ale nie było groźne. Razjel miał rację, ostrzegając, że zabicie istoty tkniętej zaklęciem złej nowiny nie należy do łatwych. Na szczęście sztylet spisał się dobrze.

Daimon zawiesił sztylet na szyi i ubierał się właśnie pospiesznie, gdy przez drzwi wpadło dwóch strażników.

– Nic ci nie jest, panie? – wysapał pierwszy.

– Czy nic?! – ryknął. – Jakiś potwór mnie napadł! Z trudem uszedłem z życiem! Na was, bydlaki, nie miałem co liczyć! Poradziłem sobie sam! Co to ma znaczyć?! Może to zamach na moją głowę?

– Ach nie, panie! – jęknął drugi strażnik, zajęty gorączkowym gaszeniem pościeli. – To klątwa jakaś! Wdarli się do pałacu! Pozabijają nas!

– Kto, do cholery?!

– Nie wiadomo! – Pierwszy w panice przewracał oczami. – Czarni magowie! Wszyscy poszaleli, są opętani! Wybuchają, płoną albo zamieniają się w węże! Nie ma bezpiecznego miejsca! Mówią – zniżył drżący głos – że to on, sam Archanioł Zemsty.

Boicie się Gabrysia, skurwysyny, pomyślał Daimon z satysfakcją. I wiecie co? Macie powody.

– Gdzie jest cenzor? – potrząsnął przerażonym żołnierzem. – Gdzie Nisroch? Żyje?

– Tak, panie. Wzywa cię pilnie...

– No, to na co czekasz?! Do niego! Prędzej!

Wypchnął strażnika z komnaty. Żołnierz ciężkim kłusem puścił się korytarzem. Na szczęście był zbyt wystraszony, żeby się zastanawiać, czemu Atanael, prawa ręka Nisrocha, nie zna drogi do jego prywatnych apartamentów.

Rozdygotany Nisroch, ubrany w kosztowną szatę wciągniętą tyłem na przód, stał boso przed swoim gabinetem. Wokół kręciło się paru żołnierzy z twarzami wykrzywionymi strachem, obok stał szczękający zębami, pobladły Moafiel, osobisty sekretarz cenzora. Śmierdziało dymem i spalenizną.

– Nareszcie! – krzyknął Nisroch na widok Daimona. – Czemu tak długo?

– Co tu się stało? – zapytał Frey, rozglądając się dokoła. – Przed chwilą napadł mnie jeden z twoich służących z łbem płonącym jak pochodnia. O mało mnie nie zabił!

Cenzor machnął ręką.

– Wiem, wiem. Mamy jakiś cholerny czarnomagiczny atak! – warknął. – Mój kanclerz, Gozjus, wdarł się do mojej sypialni i eksplodował. Tapety i obrazy diabli wzięli. Na szczęście, mnie nic się nie stało. Służący i żołnierze wybuchają albo płoną, z kątów wyskakują wielkie jadowite gady, a ty mnie pytasz, co się stało? Sam powinieneś wiedzieć! W końcu jesteś magiem! Po co cię utrzymuję? Zrób coś z tym!

Nisroch starał się trzymać twardo, ale rozbiegane oczy i czoło pokryte kroplami potu zdradzały, że jest przerażony.

– Ktoś wpuścił nam klątwę czarnomagiczną – powiedział Daimon stanowczo. – Zaraz spróbuję odkazić chociaż część pomieszczeń...

Urwał, bo Moafiel wydał wysoki zduszony pisk. Na twarzy sekretarza pojawił się wyraz panicznego lęku i zaskoczenia. Ramiona zadrgały, a ciało poczęło się nienaturalnie wyginać. Nagle skóra na policzkach i czole pękła, czaszka zaczęła się spłaszczać, oczy rozjeżdżać na boki. Moafiel wrzeszczał przejmująco i piskliwie, nie wiadomo, ze strachu czy z bólu. Spod spękanej warstwy skóry wyłaniały się lśniące łuski gada. W otwartych do krzyku ustach rosły jadowe zęby. Na ten widok dziki ryk przestrachu wydobył się z gardeł dwóch żołnierzy i strażnika, który przyprowadził Daimona. Wszyscy trzej z obłędem w oczach rzucili się do ucieczki. Nisroch stał jak przymurowany z rozdziawionymi ustami i tępym, przerażonym wzrokiem wpatrywał się w przemianę. Ostatni żołnierz, mamrocząc niezrozumiale, próbował wcisnąć się w ścianę. Daimon poczekał, aż Moafiel niemal całkowicie zamieni się w węża, wykrzyknął jakieś wymyślone zaklęcie i skoczył na gada ze sztyletem. Ciął głęboko poniżej kołyszącego się płaskiego łba. Trysnęła gęsta czarna posoka. Nieszczęsny Moafiel, którego oszalałe ze strachu oczy były dowodem, że zachował jeszcze resztki świadomości, padł w konwulsjach na podłogę. Prędko znieruchomiał.

Ostatni żołnierz osunął się po ścianie, wciąż mamrocząc do siebie. Wyglądało na to, że jest w szoku.

Daimon odwrócił się do Nisrocha. Cenzor dygotał.

– To Gabriel – wyszeptał. – Mówię ci, to on! Dopadł nas.

– Nie pleć bzdur – sarknął ostro Frey. – To prymitywne sztuczki magiczne. Dobre do zastraszania plebsu, a nie Świetlistych! Weź się w garść. Jesteśmy doskonale przygotowani na oblężenie. Nie ma się czego bać.

– To on, wiem, że to on – szeptał Nisroch. – Chodź, pokażę ci.

Zimna, lepka od potu ręka kurczowo zacisnęła się na nadgarstku Daimona. Cenzor pociągnął Anioła Zagłady za sobą. Przeszli przez gabinet zbryzgany krwią i ochłapami mięsa, jakby ktoś składał tu hekatombę z wyjątkowo opornych wołów, a następnie przez elegancki salonik dostali się do sypialni. Na ścianie naprzeciw łóżka strużkami nieustannie świeżej krwi ociekał napis, głoszący: „Nadchodzi czas pomsty, cenzorze Nisrochu, lękaj się więc, bo zbrodnia nie zostanie zapomniana!".

– Widzisz? – Nisroch drżącym palcem wskazał ścianę. – Jak to się tu znalazło? W jaki sposób? Pałac jest nieustannie strzeżony!

Bardzo prosto, pomyślał Daimon. Kolejny talizman nie zawiódł. Sam to napisałeś, głupku. We śnie. To prymitywna sztuczka. Razjel straszył w ten sposób znajomych, kiedy był początkującym magiem.

Nisroch wlepiał w niego przerażone oczy. Daimon zrobił zasępioną minę.

– Ktoś musiał tu wejść i wykonać napis osobiście. Nie ma innego sposobu. Czuję potężną siłę magiczną. Myślę, że...

Zawiesił głos.

– To Gabriel! – wychrypiał Nisroch. Dygotał z przerażenia. – Był tu! Był w mojej sypialni! Mógł mnie zamordować, kiedy leżałem bezbronny!

Daimon z powagą kiwał głową. Jeszcze chwila zabawy, pomyślał.

– Trzeba natychmiast usunąć te słowa – powiedział. – Nie wiadomo, jaką klątwę zawierają. Mogą powoli zatruwać pomieszczenie albo zaszkodzić ci w jakiś inny wymyślny sposób. Spróbuję się tym zająć.

Cenzor zachłysnął się wciąganym powietrzem. Dyszał przez półotwarte usta.

– To nie wszystko! Nie wszystko! – bełkotał. – Dopadł mnie! On mnie dopadł, wiem! Popatrz tam!

Drżący palec wskazał zacieniony kąt pokoju.

U sufitu wisiał uczepiony ohydny stwór. Przypominał groteskowego nietoperza spowitego w kokon. Ciało stwora miało siny kolor. Nieustannie przelewało się i pulsowało, jakby było ulepione ze śluzu. Coś na kształt grubych czarnych żył nabrzmiewało i zapadało się nieustannie w galaretowatej masie tworzącej postać potwora. Obła zwisająca w dół głowa kończyła się nienaturalnie olbrzymią szczęką uzbrojoną w potrójny rząd ostrych jak igły zębów. Ponad nią łypały wściekłe czerwone ślepia. Stworzenie, widząc, że jest obiektem zainteresowania, rozwarło pysk i wydało przeciągły paskudny syk zakończony czymś w rodzaju chichotu lub ataku czkawki.

Pod Nisrochem ugięły się kolana.

– Co to jest?! Co to jest?! – jęczał. – Odpowiedz! Podobno znasz się na magii!

Daimon pozwolił sobie na zimny uśmiech.

– To – powiedział spokojnie – jest prosty myślokształt. Straszak, innymi słowy. Nic ci nie zrobi.

– Jak to? – wykształusił cenzor. – Nic?

– Pęknie w pewnym momencie, uwalniając paskudny smród. To wszystko. A krwawy napis zaschnie i skruszy się.

Nisroch cofnął się odruchowo.

– Co to ma znaczyć? – warknął. – Czemu mnie straszyłeś, jeśli nie ma się czego bać?

Paskudny uśmiech Daimona pogłębił się.

– Z całą pewnością masz się czego bać, Nisrochu. Pomyliłeś tylko osoby. To nie Gabriel przyszedł mścić się na tobie.

Cenzor cały czas się cofał, aż oparł się plecami o zakrwawioną ścianę.

– Zawołam straż! – wychrypiał. – Zginiesz!

Daimon potrząsnął głową.

– Tam nikogo nie ma. Nie łudź się.

Nisroch spojrzał w głębokie, czarne jak Kosmos źrenice.

– To ty! – zaskrzeczał, a w jego głosie strach mieszał się z nienawiścią. – To niemożliwe! Jaldabaot cię zabił! Ty nie żyjesz!

– Mylisz się, Nisrochu – warknął Frey. – To ty nie żyjesz.

Lewą ręką zatkał rozwarte do wrzasku usta cenzora, a prawą wbił głęboko w osłoniętą kosztowną szatą pierś. Materiał rozdarł się z trzaskiem, a dłoń pogrążyła głęboko w ciało. Na kunsztowne hafty bluznęła struga krwi. Cenzor wierzgał konwulsyjnie, ale ręka Anioła Zagłady bez trudu miażdżyła żebra i chrząstki. W końcu dotknęła pulsującego, kurczącego się jakby z lęku serca. Nisroch zesztywniał, wytrzeszczone oczy zaszły mgłą. Daimon zacisnął pięść i szarpnął. Cenzor wydał zduszony skrzek, zadrgał, ostatni raz kopnął powietrze. Źrenice uciekły mu w głąb czaszki, matowo zalśniły wywrócone białka. Anioł Zagłady wziął głęboki oddech, opuścił ręce i zrobił krok do tyłu. Ciało Nisrocha wolno osunęło się na posadzkę. W jego piersi ziała wielka krwawa dziura. Daimon cisnął na podłogę pulsujący ochłap mięsa. Serce Wielkiego Cenzora Królestwa zdobyło się jeszcze na kilka rozpaczliwych skurczów i zamarło.

Daimon wyszedł, zatrzaskując za sobą drzwi, nie rzuciwszy ani jednego spojrzenia na trupa Nisrocha, który leżał na podłodze pod złowieszczym napisem, wciąż spływającym strugami świeżej krwi.

Na korytarzu nie było nikogo. W każdym razie nikogo żywego. Przed drzwiami gabinetu leżało ciało Moafiela przemienionego w gada. Daimon skierował się ku wyjściu z pałacu. Gdyby ktoś go zaczepił, zamierzał powiedzieć, że cenzor odpoczywa w oczyszczonych i zabezpieczonych zaklęciami prywatnych apartamentach, a on sam spieszy rozprawić się z resztą klątwy. Nic jednak nie wskazywało, żeby ktokolwiek chciał mu zadawać jakiekolwiek pytania, czy też żądać wyjaśnień. Ludzie Nisrocha byli zbyt zajęci własnymi sprawami. Kilku żołnierzy przebiegło obok Daimona z paniką w oczach. Jeden dogorywał w kącie wykwintnie urządzonego salonu obok na wpół spalonego trupa w pomarańczowej liberii. Inny mignął gdzieś w amfiladzie pokoi, sypiąc snopami iskier z płonącej głowy.

Daimon był już blisko wyjścia, gdy nagle zabiegł mu drogę nieskrzydlaty w barwach Nisrocha. Miał wykrzywioną ze strachu twarz, ale Frey rozpoznał w nim geniusza o smutnych oczach.

– Panie – wychrypiał sługa, czepiając się kurczowo rękawa anioła. – Panie! Błagam, odpowiedz, co się dzieje? Czy to koniec?

Daimon spojrzał uważnie na kulącego się z przerażenia lokaja.

– Jeśli pytasz o ten bałagan – powiedział – to tak, niedługo się skończy. Ale ty, mój drogi, będziesz musiał sobie poszukać innego pana.

Uwolnił rękaw i przez nikogo niezatrzymywany, wyszedł.

Rozświetlone słonecznymi promieniami mozaiki lśniły, jakby po ścianach spływało płynne złoto. Surowe twarze kamiennych anielic wpatrywały się, jak zwykle, w nieskończoność. W sadzawkach cicho przemykały kolorowe ryby podobne do ożywionych kwiatów. Mury trwały milczące, wyniosłe i zimne. Przepych i dostojeństwo przytłaczały, zmuszały do ściszania głosu i uginania karku. Dworzanie i służba poruszali się bez szmeru po wytyczonych ceremoniałem ścieżkach, niczym nakręcone marionetki. Nic nie było w stanie naruszyć spokoju odwiecznego Pałacu Mądrości. Jednak w duszy Pistis Sophii, władczyni czterech żeńskich chórów, spokój nie gościł. Wściekła jak ranny tygrys przemierzała komnaty, szeleszcząc kosztownymi jedwabiami sukien.

Całą nienawiść, na jaką ją było stać, skupiała na jednej istocie, jednym imieniu. Gabriel. Gabriel! Ten śmieć. Ten chłystek. Ten karierowicz. Gnida. Podła gnida. Kimże on jest? Archanioł! Samo dno hierarchii, kreatura. Ale przebiegły. Podstępny i przebiegły. Jednak wywinął się jej. Parsknęła ze złości jak kotka. Po to wywiad żmudnie, latami, starał się znaleźć dowody przeciw regentowi, po to wpychała dokumenty w ręce tego idioty, Ocha, żeby natychmiast wszystko zaprzepaścił? Na Jasność, sądziła, że znalazła sobie lepszych sprzymierzeńców. Nitael wydawał się rozsądny. Dubiel także. I co? Klęska. Oczywiście, tak to jest, kiedy zostawia się cokolwiek w rękach mężczyzn. Ona potrafiła przez wieki utrzymywać swoje anielice w całkowitym posłuchu i uległości. Jej dwór to ostatnia enklawa prawdziwego porządku. Westchnęła głęboko, przygryzła wargę. Na Otchłań, kto jeszcze pamięta przepełnione Jasnością wielkie dni u zarania czasów? Złoty wiek, gdy wszyscy skrzydlaci znali swoje miejsce i obowiązki, drżeli z lęku, kiedy przyszło im stanąć twarzą w twarz z przełożonym. Gdy panowały posłuszeństwo, pokora i porządek. Gdy rządził Jaldabaot, szepnął cichy głos w jej sercu. A ty byłaś wielkim eonem, który decydował o losach świata. Panią, królową, boginią. Przed bursztynowymi oczami Sophii pojawił się nagle obraz twarzy Jaldabaota, a w piersi zapłonęło dziwne gorąco. Eon. Demiurg. Świetlisty niby sama Jasność. Jakże był piękny, dostojny i nieugięty. Ile miał w sobie godności, ile wiary w swoje siły. A pozostali eoni, wielcy Archonci, władcy życia i śmierci niższych rangą skrzydlatych? Jao, Sabaot, Astafajos, Orajos, ona sama? Westchnęła z żalem, ale natychmiast znów ogarnął ją gniew. Piękne oczy zwęziły się, usta zacisnęły. Gabriel jest winien wszystkiemu. Podstępnie przejął władzę, zmusił Jaldabaota do ucieczki, strącił z tronu wszystkich Archontów. I wciąż jest śmiertelnie groźnym przeciwnikiem, chociaż pochodzi z nizin.

Już myślała, że go przyskrzyniła. Że tym razem rozgniecie mu łeb, tak jak należy takiej gadzinie. Ale nie. Na darmo starała się odwrócić jego uwagę od spisku, robiąc zamieszanie wokół Księgi Razjela. Na darmo sprowokowała Teratela, żeby kłamał, iż ma cenny tom u siebie. Na darmo wynajęła i przebrała magicznie najemników Ram Izada. Przeklęty Gabriel spadł na cztery łapy. Mało tego. Ubiegł jej wyborny plan i wykorzystał do własnych celów. Jak śmiał! Jak tego dokonał?! Opadła ciężko na kamienną ławkę, ścisnęła dłońmi skronie.

Był w rozgrywce jeszcze jeden czynnik. Nieprzekupny i nieprzewidywalny. Daimon Frey. Ten żywy trup, upiór. Według słów przepowiedni, która padła z ust samego Pana, jedyny pogromca Siewcy. Obserwowała go, zbierała informacje, starała się dowiedzieć o nim jak najwięcej, niczym o właściwościach trucizny, której skutki trzeba zniwelować. Z czasem poznała słabe punkty. Dumę. Porywczość. Wyniosłość. Piętno odmieńca. Niechęć lub lęk, jakie mu towarzyszyły, jakie go otaczały. I samotność.

A ponieważ przeprowadziła staranną, cierpliwą wiwisekcję, wiedziała, że w ten właśnie punkt trzeba uderzyć. Wybrała najłagodniejszą, najbardziej niewinną, najinteligentniejszą dziewczynę, jaką miała. I widziała w oczach Abaddona, że wybrała dobrze. Zoe jest piękna, utalentowana, czysta, robi wrażenie. Pistis spodziewała się więc sukcesu. Ale zamiast oczekiwanego zwycięstwa doznała porażki. Zgrzytnęła ze złości zębami. Nasz cwany archanioł, proszę bardzo, wyprzedził Sophię na finiszu. Podłożył Freyowi własny towar, tę małą czorcicę, wiedźmę o niebieskich włosach, dziwkę, bękarta! Błyskotliwa, tajemnicza, niebanalnie piękna wychowanka, naznaczona tym samym piętnem samotności co destruktor, tak samo wyklęta w oczach skrzydlatych. Jak to miało nie zadziałać? Natychmiast owinęła sobie Freya wokół palca. Przeklęty na wieki Gabriel musiał przejrzeć podstęp z Zoe. I to w czasie krótkiej wizyty w pałacu Sophii. Bystry jest, suczy pomiot, trzeba mu przyznać. Zauważył, jak Daimon patrzył na poetkę, więc natychmiast wpadł na pomysł, jak zlikwidować niebezpieczeństwo i wykorzystać cudzy plan do własnych celów. A mogło być tak dobrze. Zoe bezgranicznie ufała swojej ukochanej pani. Zwierzałaby się ze wszystkiego, słuchałaby rad, a pewnie także zastosowała kilka drobnych zaklęć i specyfików otrzymanych od pani ze szczerego serca, żeby pomóc Freyowi wyzbyć się pociągu do przemocy i zrozumieć swoje występne życie. Byłaby szpiegiem doskonałym, pomocnikiem, który pozwoliłby otumanić Abaddona, pozbawić woli i odwagi, podporządkować, a wreszcie wyborną, bo nieświadomą, trucicielką. Nie wyczułby trucizny podawanej w maleńkich dawkach rękami ukochanej anielicy. Taka szansa stracona! Teraz na wszystko już za późno. Zwłaszcza kiedy tamta magiczna dziwka utknęła między wymiarami. Frey jej nie opuści. Jest lojalny aż do wymiotu.

Zaryzykowała prostą sztuczkę z pożeraczem, bo nie miała już nic do stracenia. Serce i zaufanie Zoe były dla Sophii bez wartości. Nie udało się, ale mogło. Trudno. Nie poczytywała sobie za błąd, że odkryła karty przed Daimonem. Niech wie przynajmniej, że się go nie boi.

Zresztą nie ma żadnych dowodów, że zorganizowała zamach. Nie ona jedna chciałaby zgładzić Freya. A oficjalnie nie ma najmniejszego motywu. Zawsze może się wyprzeć w żywe oczy. Pożeracz czyhał w przesyłce od niej? Na Jasność! Każdy miał możliwość ukryć tam larwę. Choćby za pośrednictwem Zoe. W razie czego wrobi poetkę, przynajmniej do czegoś się przyda.

Sophia potarła zmęczone oczy. Dość spekulacji. Przegrała potyczkę, ale teraz wszystko w rękach Pana. Siewca jest już w granicach Królestwa, musi dojść do konfrontacji, musi dojść do bitwy, a wtedy zobaczymy. Może porażka zmieni się w zwycięstwo.

Ziewnęła. Pójdę się położyć, pomyślała, już nie gniewna, uspokojona. Przecież wciąż istnieje szansa na wygraną. Szeleszcząc sutą spódnicą, udała się w stronę sypialni.

Dziedziniec pałacu Pandemonium, głównej siedziby władców Głębi, cuchnął. Krew, która wsiąkła między kostki bruku, zmieniła się w lepką rozkładającą się breję. W zagłębieniach murów kunsztownie rzeźbionych na kształt płomieni gnieździły się wrzeszczące ochryple ścierwojady. W powietrzu unosiły się roje much. Lucyfer ponuro wpatrywał się w okno, bębniąc palcami o parapet. Na dziedzińcu, niczym piekielne drzewa, rzędami rosły pale. Niektóre zwieńczone kapitelami odciętych głów. Większość ozdobiona napuchłymi, powykręcanymi ciałami skazanych. Połamane ramiona i skrzydła zwisały niczym dziwaczne konary.

– Nie podoba ci się widok, prawda? – zagadnął Asmodeusz rozparty w wygodnym fotelu z kielichem wina w dłoni.

Lucyfer odwrócił się od okna.

– Nie – powiedział twardo.

Fiołkowe oczy Asmodeusza zwęziły się.

– Lampka, jeszcze nie zrozumiałeś, gdzie jesteś? To Głębia. Sprawy załatwia się tutaj po głębiańsku. Albo wcale.

Lucyfer się żachnął.

– Och, jasne! Kazałeś stracić setkę buntowników, ale nikogo specjalnie znaczącego. Same płotki. Nasi prawdziwi wrogowie siedzą bezpiecznie na starych stołkach. Bardzo po głębiańsku, przyznaję.

Asmodeusz spojrzał z politowaniem.

– Czy znasz lepszy sposób unieszkodliwienia głowy niż zduszenie szyi? Bunt został opanowany, nikt ważny na tym nie ucierpiał, niektórzy się przestraszyli, inni dali sobie spokój, żaden poważny przeciwnik nie ma powodów, żeby się mścić. A ty udowodniłeś, że nie jesteś starym smokiem z przysłowia, który dużo ryczy, ale kły ma spróchniałe. Czego chciałeś? Wojny domowej? Zapewniam, niedługo będziemy mieli okazję powojować.

Lucyfer się skrzywił.

– Daruj sobie sarkazm, co? Zdaję sobie sprawę z powagi sytuacji.

– Więc dlaczego masz do mnie pretensje, że postąpiłem radykalnie? Skrupuły kiedyś cię zgubią, Luciu. Musieliśmy pokazać pazury, zrozum. Naprawdę myślisz, że ta gnijąca jatka sprawia mi przyjemność? Widzisz we mnie ponurego sadystę, rozkoszującego się zadawaniem śmierci? Spójrz na ten kieliszek. To kryształ, nie wydrążona czaszka. A czerwony płyn w środku to wino, nie krew. Nie cenię sobie makabry, przyjacielu. Co się z tobą dzieje? Zachowujesz się, jakbyś mnie nie znał.

Lampka zacisnął usta.

– Może i nie znam – warknął. – W końcu płynie w tobie krew Samaela.

Asmodeusz pobladł. Odstawił kielich na stolik, wyprostował się w fotelu, splótł palce wypielęgnowanych dłoni.

– Mogę udawać, że nie usłyszałem – powiedział wolno. – Mogę zachować to głęboko w sercu i pielęgnować jak nasienie zemsty. Mogę zostać twoim śmiertelnym wrogiem. Mogę wreszcie wstać i strzelić cię w pysk. Ale nie zrobię żadnej z tych rzeczy. Nie dlatego, żebym się bał lub bardziej sobie cenił stanowisko i wpływy, ale dlatego, że nie chcę. Wiem, kim są moi rodzice. Nie trzeba mi o tym przypominać. Mam za ojca zbrodniarza, psychopatę i oszusta, a na dźwięk imienia Lilith, mojej matki, zdrajczyni i królowej kurewstwa, demony z wyciem pierzchają do kryjówek. A teraz powiedz, kiedy zawiodłem cię, oszukałem lub ukrzywdziłem, Lucyferze?

Lampka blady jak płótno nerwowo pocierał podbródek.

– Wybacz, nie wiem, co mnie opętało. Jesteś jedyną istotą, na której mogę polegać. I przyjacielem. A więcej takich nie mam. Obraziłem cię, żeby nie przyznać się do klęski. Staram się zrzucić na ciebie własne poczucie winy. Asmodeuszu, jestem zawiedziony i rozgoryczony. Nie tak to miało wyglądać, nie tak się skończyć! Głębia miała stać się krainą wolności i sprawiedliwości. Miejscem, gdzie każda istota jest równa wobec prawa, wobec innych, wobec powinności i przywilejów. Bez hierarchii, bez wszechwładzy urzędników, wysoko urodzonych i bogaczy. I, na litość, bez upokarzającego systemu kast! Ścisły podział na chóry! Na Otchłań, jakże go nienawidziliśmy, Azazel, Belial, Mefistofeles, ja, wszyscy sprzymierzeni aniołowie. Lepsi i gorsi skrzydlaci pod sztandarem tej samej Jasności! Zakazane strefy, do których zwykli poddani Królestwa nie mają wstępu. Wiesz, jak to wygląda? Żaden skrzydlaty poniżej chóru Potęg nie może wejść wyżej niż do Czwartego Nieba, bo tam mieszczą się wszystkie potrzebne urzędy! Urzędy, rozumiesz?! Pieprzony aparat ucisku! A ci nadęci biurokraci, chamscy, wrzeszczący, wymachujący milionami glejtów nakazujących natychmiast zejść im z drogi! Istna zaraza. Kto ich zwolnił z podstawowych zasad uprzejmości, na Jasność? Następna kolekcja świstków z pieczęciami? Chcieliśmy stworzyć lepszy świat, krainę prawości i sprawiedliwości, a zbudowaliśmy...

– Piekło – podsumował Asmodeusz.

Lucyfer umilkł zmieszany. Spojrzał w zmrużone oczy przyjaciela.

– No tak – przyznał. – Na to wyszło.

W głębokiej, fiołkowej toni zabłysnął nikły ognik i szybko zgasł.

– Blefowaliście, prawda? Nie przypuszczaliście, że Pan was wyrzuci?

Blady uśmiech pojawił się na ustach Lampki.

– Pewnie, że nie. Chcieliśmy zwrócić Jego uwagę, zaprotestować, wymusić jakąś reakcję. Nie spodziewaliśmy się, że spuści nas na zbity pysk. Poszła za nami trzecia część Zastępów. Wiesz, jaki to był dla nas szok? Garstka szczeniaków, która nagle ma dowodzić potężnym buntem. Skroili nam dupę, aż miło. No i zostałem z bandą wyrzutków, świrów, zbiegłych zbrodniarzy, zwykłych bandytów, starą arystokracją głębiańską i hordami dzikich demonów. Cudny fundament nowego świata.

– A podpuścił cię mój słodki ojczulek, rudowłosy hultaj, szanowny Samael, czyż nie?

– Tak. Ustawił nas w sytuacji, z której nie mogliśmy się wycofać. Potem pojechało samo. Zagrał na naszej lojalności i poczuciu honoru.

– Na twojej, Luciu – sprostował Zgniły Chłopiec. – Prawda?

Lampka westchnął.

– W sumie tak.

Asmodeusz wzruszył ramionami.

– Więc co ty właściwie masz sobie do zarzucenia?

Przystojna twarz Lucyfera była napięta i poważna.

– Że czasem cholernie mi żal – powiedział.

W pałacu Matki Rachel wciąż gwizdały przeciągi, było pusto i zimno. Gdzieś w głębi budynku trzasnęły pchnięte wiatrem drzwi. Zoe nawet nie uniosła głowy, tak przywykła do podobnych dźwięków. Starannie wkłuwała igłę ciągnącą za sobą złotą nić niczym ogon komety. Jedwab rozciągnięty na tamborku był purpurowy jak niebo o zmierzchu. Spokojna, surowa twarz anielicy spoglądającej na Zoe z haftu miała oczy pełne mądrości i powagi. Kunsztowna fryzura i ciężka szata przydawały jej majestatu. Poetka wychowała się pod spojrzeniami takich ciemnych wszechwiedzących oczu patrzących ze ścian, obrazów i tkanin, ale dziś stały się dla niej obce, pozbawione wyrazu. Nie przypominały o domu, bo Zoe utraciła go bezpowrotnie. Pałac Sophii stał się ogromną, wykładaną złotem szkatułą, która była pusta. Nie wypełniały jej wspomnienia, nie pozostały tęsknoty. Zoe równie dobrze mogła mieszkać tam, jak w pałacu Matki Rachel. Wielkookie, zamyślone anielice haftowała tylko dlatego, że nie znała innych wzorów.

A haftowała, ponieważ nie mogła pisać. Słowa zrobiły się jałowe, brzmiały niczym puste dźwięki. Nie potrafiła spleść ich w zdania, ułożyć spójnej historii, wiersza pełnego emocji. Popadła w odrętwienie i obojętność, zdolna tylko do mechanicznych czynności. Dużo wyszywała, kopiowała wzory dla innych anielic, czasem pomagała w lazarecie dla aniołów służebnych. Śpiewała w chórze, trochę grała na harfie, ale rzadko, bo większość podwładnych Matki Rachel była od niej zdolniejsza. Przestała czytać.

Nie nawiązała żadnych przyjaźni ani nawet przelotnych znajomości. Pozostała wierna książkom, chociaż zasnuwały się kurzem na półkach sypialni. Niemniej Zoe wiedziała, że kiedyś do nich powróci. Znów zacznie pisać, znów wróci do świata, którego nigdy nie powinna była opuszczać. Krainy atramentu i starych foliałów; dwóch komnat w pałacu Sophii, złoconych niby ściany puzderka na stalówki. Pewnego dnia Pistis przypomni sobie o niej, a ponieważ Zoe nie stanowi dla Dawczyni Wiedzy i Talentu żadnego zagrożenia, powoła ją z powrotem, stęskniwszy się za dobrą poezją i interesującymi opowieściami. A Zoe powróci, żeby nigdy więcej nie opuścić swego gabinetu. Tylko takie życie jest dla niej, do takiego ją stworzono. Skonstatowała tę prawdę bez goryczy i bez tęsknoty.

Siedząc w wielkiej zimnej komnacie o nagich bielonych ścianach i kamiennej posadzce, ze strachu przed przeciągami otulona grubym szalem, Zoe wyszywała. Bez żalu, precyzyjnie, obojętnie. Nie drgnęła nawet, gdy służąca uchyliła drzwi.

– Pani, gość do ciebie.

– Nikogo nie oczekuję – rzekła, nie unosząc głowy znad tamborka. – Odpraw go.

– Nie mogę. To ktoś bardzo znaczący.

Zoe nie mogła sobie przypomnieć nikogo, znaczącego lub nie, z kim pragnęłaby się widzieć. Westchnęła z rezygnacją.

– W takim razie niech wejdzie.

Służąca wycofała się do korytarza. Po chwili drzwi zaskrzypiały ponownie. Poetka w skupieniu przewlekała nić.

– Witaj, Zoe – usłyszała gardłowy ochrypły głos. – Przyszedłem ci podziękować.

Zerwała się z miejsca, upuszczając robótkę, zgięła w głębokim dygu.

– Witaj, panie. To dla mnie wielki zaszczyt. Nie spodziewałam się, wybacz.

Destruktor zbliżył się do niej, smukły, wysoki, ubrany na czarno, z włosami splecionymi w warkocz. Dokładnie taki, jakim zobaczyła go pierwszy raz. Tylko że teraz miał bladą twarz i sińce pod oczami. Zmizerniał, ale Zoe wydawał się tak samo piękny jak zawsze. I niedosiężny niczym konstelacja na nocnym niebie. Jak kiedykolwiek mogłam przypuszczać, że zwróci na mnie uwagę, zapytała sama siebie nie bez zdumienia. Należeli do dwóch rzeczywistości, które prawie się ze sobą nie stykały. Widziała to teraz tak wyraźnie, że niedawne marzenia i plany wydawały się należeć do kogoś innego, nie do niej. Zoe wiedziała o Hiji i o nieszczęściu Daimona. Nie żywiła jednak nawet cienia zazdrości. Czy można złościć się na księżyc, że pasuje do słońca? Tych dwoje Jasność stworzyła dla siebie, a ją dla ksiąg i poezji. Okazała się pyszna i głupia, gdy sądziła inaczej. Z całego serca współczuła Aniołowi Zagłady i postanowiła modlić się o powrót Hiji.

Spojrzała w głębokie źrenice okolone obręczami zieleni.

Daimon wyciągnął ręce.

– Uratowałaś mi życie. Dużo ryzykowałaś. Dziękuję. Trudno znaleźć słowa, którymi mógłbym wyrazić coś podobnego. W każdym razie zawsze możesz liczyć na moją wdzięczność i przyjaźń. – Uśmiechnął się lekko.

Zoe ponownie się skłoniła.

– Jesteś zbyt łaskawy, panie. Nie uczyniłam niczego szczególnego. Wypełniłam swój obowiązek.

Uśmiech na ustach Daimona zamarł.

– Na Jasność, dziewczyno! Porzuć choć na chwilę ten ton. Proszę. Przyszedłem podziękować i porozmawiać, nie bawić się w konwenanse. Zoe, posłuchaj. Sophia postąpiła z tobą podle. Wykorzystała cię. Nie jesteś jej niczego winna. Szczególnie lojalności.

Zrobił krok do przodu, potem jeszcze jeden i kolejny, zmuszając poetkę do cofania się.

– Nie musisz tu pozostawać. Możesz odejść. Pomożemy ci. Razjel, Gabriel, ja. Nie bój się. Na naszą przyjaźń możesz liczyć. Jesteśmy inni niż Sophia. Nieważne, jakie nosimy stopnie, jakie piastujemy godności, ani gdzie się urodziliśmy. Świat Sophii jest stary, skostniały, oszukańczy i pełen niesprawiedliwości. Ale, na szczęście, nie jedyny. Są inne wartości, zobaczysz. Zoe, nie daj się tu pogrzebać żywcem! Wysłuchaj mnie!

Napierał na anielicę, umiejętnie blokując jej drogę, aż zapędził ją do kąta. Serce poetki waliło, usta rozchyliły się w płytkim oddechu. Myśli, dziwne i śmiałe, kłębiły się w głowie, a kolana zmiękły jakby miała zemdleć. Perspektywy otwierały się, coraz szersze, coraz bardziej odważne, aż poczuła zupełny zamęt. A Daimon nie przestawał mówić:

– Nadal będziesz mogła pisać. Jeśli zechcesz, poświęcisz się tylko temu. Dostaniesz cichą rezydencję w jakiejś spokojnej okolicy. Na Księżycu, w którejś prowincji albo w samym Królestwie. Jeśli nie masz ochoty, znajdzie się dla ciebie miejsce na dworze Gabriela. Wybieraj, Zoe. Śmiało, dziewczyno! Zastanów się dobrze i wybierz. Życie, a nie powolne zapadanie w nicość wśród starych, pokrytych wiekuistym kurzem papierów. Masz prawdziwy talent, wiele do powiedzenia, do przekazania innym. Nie zamykaj się w trumnie pełnej jałowych ceremoniałów, oszustw i zakłamania. Nie wracaj do pałacu Sophii. Nie musisz, rozumiesz mnie?

Zoe zamknęła oczy. Opierała się o ścianę, jakby chciała wtopić się w mur. Nie wracać do Sophii? Odejść? Czuła zawrót głowy. Na Jasność, co ona by robiła na dworze Gabriela?

Głos Daimona brzmiał zdecydowanie, stanowczo, przekonująco.

– Porzuć to ponure gmaszysko, po którym hula wicher i jędzowata Matka Rachel. Nic cię tu nie trzyma, Zoe. Przekonaj się, że Królestwo, za jakie warto żyć, modlić się i umierać, to miejsce, gdzie panuje uczciwość, prawość i wolność. Tak jak pragnie Jasność.

Anielica drgnęła, jakby ocknęła się ze snu. Jasność pragnie tego dla ciebie, Daimonie, pomyślała. Świat, który chcesz przede mną otworzyć, jest przeznaczony dla ciebie, nie dla mnie. Nie należę do niego. Czułabym się tam zagubiona i nieszczęśliwa. I mnie porywają twoje ideały, ale wolę o nich pisać, niż je realizować. Pisać w zaciszu złotego pałacu, który znam od dziecka. To jest moje przeznaczenie. Rozchyliła powieki, podniosła wzrok. Napotkała czarne niczym Kosmos oczy Anioła Zagłady, które patrzyły na nią z niepokojem.

– Nic ci nie jest, Zoe? Dobrze się czujesz?

Skinęła głową.

– Nie będę cię dłużej męczył. Zaskoczyłem cię, a może nawet przestraszyłem. Wybacz. Po prostu nie chciałem, żebyś myślała, że nie masz wyboru. Że znów trafisz w łapy tej suki, Sophii. Wrócę za kilka dni, kiedy już ochłoniesz, spakujesz się i wybierzesz, gdzie chcesz zamieszkać. Dobrze?

Uśmiechnął się. Zoe wydawał się taki piękny i taki daleki.

– Nie – szepnęła.

Daimon zamarł.

– Nie? Dlaczego?

Głos anielicy rwał się.

– Ja... nie mogę. Nie chcę. Wrócę do pałacu Sophii. Nie poważam jej. Nie służę. Jest zła. Zaślepiona żądzą władzy. Zakłamana. Teraz to widzę, ale... chcę wrócić. Do komnat, gdzie się wychowałam. Do książek. Do mozaik i gobelinów. Nie do Sophii. Straciła moją lojalność, straciła uczucie. Ale tam jest moje miejsce. Tylko tam.

Anioł Zagłady posmutniał. W dziwnych, bezdennych oczach pojawiło się niedowierzanie.

– Jesteś pewna? Przemyślałaś to?

Z wysiłkiem skinęła głową.

– Sophia może chcieć się mścić. Może cię skrzywdzić.

– Nie. Nic dla niej nie znaczę. Zemsta ma sens względem kogoś, kogo się przynajmniej zauważa. Dla Sophii jestem tylko głosem opowiadającym ciekawe historyjki. Przywoła mnie, kiedy znów zapragnie rozrywki.

– Nie mów o sobie tak lekceważąco. To nieprawda.

Uśmiechnęła się blado.

– Ależ prawda. A ja pragnę, żeby tak zostało.

Daimon przymknął powieki.

– Nie rozumiem cię – powiedział ze znużeniem w głosie.

Uśmiech Zoe nie zniknął.

– Właśnie. Nie rozumiemy się, bo należymy do innych światów. To wszystko.

Uważnie wpatrzył się w spokojną smagłą twarz anielicy.

– Zawsze tak myślałaś?

Zarumieniła się, spuściła oczy.

– Nie. Ale wtedy się myliłam.

– Więc i teraz możesz nie mieć racji.

Potrząsnęła głową.

– Nie sądzę.

Daimon cofnął się o krok.

– Gdybyś zmieniła zdanie, wystarczy, że się odezwiesz. Propozycja jest nadal aktualna.

– Dziękuję. Czy możesz już odejść? Muszę zostać sama.

Podszedł do drzwi, nacisnął klamkę.

– Pamiętaj, że zawsze masz we mnie przyjaciela. Niech Jasność nad tobą czuwa, Zoe.

– I nad tobą, panie – wyszeptała.

Drzwi zamknęły się z trzaskiem, a poetka pozostała sama w komnacie, która nagle zrobiła się pusta i zimna jak cela.

Na korytarzu szyderczo gwizdał wiatr.

Rozdział II

abriel starał się ustać na nogach mimo zawrotu głowy i mdłości. Stojący obok Michał robił wszystko, żeby trzymać się dzielnie, ale po skroniach płynęły mu strużki potu, a szczęki miał mocno zaciśnięte. Tylko Daimon nie zdradzał swoim zachowaniem, ze cokolwiek czuje.

– Możesz podejść bliżej? – wychrypiał z wysiłkiem Archanioł Objawień.

Frey skinął głową.

– Tak, ale niczego jeszcze nie widać.

– Co myślisz? – spytał przez zaciśnięte zęby Michael.

– Koncentracja mocy jest ogromna. Wszyscy ją czujemy. Już niedługo Siewca otworzy przejście. Czas na powszechną mobilizację, panowie.

Gabriel potoczył wzrokiem po okolicy. Słynne z urody lasy osiemnastej prowincji Piątego Nieba wydawały się ulepione z popiołu. Wszystkie drzewa obumarły; stały w całunach zszarzałych, kruchych jak spalony papier liści. Tylko na sosnach i świerkach trzymało się jeszcze martwe, spopielałe igliwie na kształt upiornych woalek. Szare źdźbła trawy rozsypywały się pod butami w proch. Niebo nabrało paskudnej sinej barwy, a promienie słońca przebijające się przez opar rzadkiej mgły dawały nienaturalne, brudne światło.

– Jak wygląda teren bliżej wyłomu? – zapytał Gabriel.

Daimon potrząsnął głową.

– Szczera pustynia. Wszystko, co żyło, obumarło. Zostało ogromne puste pole, pokryte popiołem. – Uśmiechnął się niewesoło. – Doskonałe tło do ostatniej bitwy.

Gabriel uciskał palcami skronie.

– Czy szczelina już jest?

Anioł Zagłady zastanowił się.

– Nie mogę podejść tak blisko, żeby sprawdzić, ale nie sądzę. Kiedy Siewca otworzy szczelinę, poczujemy znaczne osłabienie jego mocy. To na razie nie nastąpiło. Potem zacznie budować bramę, co zabierze mu jeszcze więcej sił. Wtedy musimy zebrać i ustawić żołnierzy. Kiedy Cień zacznie przechodzić, nie da rady utrzymywać bariery. To najlepszy moment, żeby rozpocząć bitwę. Wcześniej mało który skrzydlaty da radę wytrzymać tu chociaż chwilę, nie wspominając o walce.

– Musimy natychmiast spotkać się z Mrocznymi – powiedział Michał. – I rozesłać wici po całym Królestwie. Wojna się rozpoczęła, panowie.

Gabriel skinął głową.

– Powszechna mobilizacja. Zaraz skontaktuję się z Lampką. A teraz spadajmy stąd. To nie jest zdrowe miejsce.

– Zostaw nieustannie czuwających zwiadowców, którzy będą się zmieniać co krótki czas – przypomniał Michaelowi Daimon. – Ostrzegą nas, gdy Siewca zacznie się włamywać.

Książę Zastępów spojrzał na Abaddona nieprzytomnie.

– Tak, jasne – mruknął, potrząsając rudą czupryną jak zmoknięty pies. – Zapomniałem. Zaraz wydam rozkazy. Na Głębię, ależ daje!

– Wali potężnie – zgodził się Daimon, który też już zaczął odczuwać gwizd w uszach i lekkie mdłości. – Nie mamy tu nic więcej do roboty. Zabierajmy się. Gabrysiu?

Regent Królestwa ściskał palcami kąciki oczu.

– Z rozkoszą – powiedział. – Moc!

Lekko i bez problemów wylądowali w salonie prywatnego pałacu Gabriela na Księżycu. Z fotela przy kominku zerwał się zaniepokojony Razjel, Rafael zatrzymał się w pół kroku nerwowej przechadzki wokół dywanu i przestał na chwilę skubać rękaw szaty.

– Wszystko w porządku? – zapytał niezbyt mądrze Książę Tajemnic.

Gabriel lekko się skrzywił, a Daimon zdobył na cierpki uśmiech.

– Jasne. Siewca miewa się kwitnąco. Po prostu doskonale. Przygotowania do wizyty przebiegają bez komplikacji – parsknął Razjel.

– Miałem was na myśli, parszywy cyniku.

– Wiem, wiem – mruknął Daimon pojednawczo. – Po prostu nie spodziewałem się, że Cień uderzy z taką mocą. Osiemnasta prowincja wygląda jak dno popielnika.

– Ktoś zawiadomił Lampkę? – zapytał Gabriel.

– Ja – powiedział Razjel. – Za chwilę tu będą.

– Mam nadzieję, że przyślą coś lepszego niż sama zaciężna armia Głębi – parsknął Michał. – Takiej garstki nawet nie zauważymy.

– Zauważymy każdą pomoc – powiedział Gabriel ze znużeniem. – Jak wielkie siły będziesz w stanie ściągnąć?

Michael wzruszył ramionami.

– Co mogłem, już zebrałem. Przeważająca część Zastępów obozuje już w pobliżu Królestwa lub maszeruje w jego stronę. Niebawem powinni dotrzeć. Przerzucanie ich drogą magiczną nie miałoby sensu. Za dużo zmarnowanej energii i środków, zbyt nikłe efekty. Pytałem Razjela.

Pan Tajemnic przytaknął skinieniem głowy.

– Zostawiłeś kogoś do ochrony granic Kosmosu? – zapytał Daimon. – Wiesz, jak tam wygląda. Pogranicze jest zawsze gorące. Zwłaszcza kiedy Królestwo musi się zająć własnymi problemami. Bandy wyrzutków i zwykłych zbójów skorzystają z okazji.

– Oczywiście, że zostawiłem! – Pan Zastępów poczuł się urażony. – Nie jestem takim debilem, za jakiego się mnie powszechnie uważa.

– Uspokój się, Michasiu – wtrącił Gabriel. – Daimon spędza pół życia na pograniczu. Wie, co mówi. Ja też głęboko się zastanawiam, ilu mogę odwołać skrzydlatych odpowiedzialnych za stabilne funkcjonowanie galaktyk, trajektorie komet, planet, gwiazdy, te wszystkie nowe, karły, olbrzymy i Jasność sama wie co. Jeśli zabiorę za dużo pracowników, z miejsca zrobi się...

– ...burdel – dosadnie skwitował Michael. – A i tak nie zastąpią wyćwiczonych żołnierzy.

– Część muszę przesunąć – upierał się Pan Objawień. – I tak są karniejsi i lepiej obeznani z niebezpieczeństwem niż inni.

– Żeby tylko nie przepuścili jakiejś asteroidy czy podobnej cholery, która grzmotnie w Ziemię, kiedy my będziemy się bili – burknął Michał. – I co wtedy, panowie? Zostaniemy ze skrzydłami w nocniku.

– O to bym się nie bał. – Razjel znów usadowił się na fotelu. – Jak na razie poodpychali wszystko co niebezpieczne odpowiednio daleko. Zdołają wrócić na stanowiska, zanim katastrofa zdąży się wydarzyć. A z drobnymi odłamkami ludzie dadzą sobie radę.

– Po prostu nie lubię niepotrzebnych strat – westchnął Książę Zastępów. – Wszyscy wiemy, co się wiąże z powoływaniem cywilów pod broń.

– Wiemy też, że regularna armia nie wystarczy – uciął Gabriel.

– Wycofasz również pracowników obsługujących zjawiska atmosferyczne na Ziemi? – zainteresował się Daimon.

Regent Królestwa obracał na palcu pierścień.

– Niestety, tak. Ilu się da z każdej z bram Czterech Wiatrów, znaczną część odpowiadających za pływy oceaniczne, klimat, ruchy tektoniczne, opady, słowem, kogo się da. Nawet anioły służebne.

– Zastanów się, czy to konieczne – wtrącił cicho Rafał, który przysiadł na brzegu drugiego fotela. – Spowodujesz na Ziemi powodzie, huragany i wszystkie możliwe anomalie klimatyczne. A naszym zadaniem jest przecież chronić ludzi, Gabrysiu.

– Pewnie Siewca będzie dla nich milutki, kiedy już nas załatwi – zadrwił Michał.

Rafał spojrzał na niego z wyrzutem.

– Ja też chcę uniknąć niepotrzebnych strat – powiedział.

– Ludzie sobie poradzą – rzucił pojednawczo Razjel. – Są nieźle zaawansowani technicznie.

– Już widzę te wszystkie przepowiednie o końcu świata. – Uśmiech Daimona przypominał sztylet. – Wrzeszczące nagłówki w gazetach, wieszczenie katastrof, histeria ekologów. I nawet nie będą wiedzieli, jak blisko prawdy się znajdą.

Gabriel podszedł do Freya i lekko klepnął go po ramieniu. W oczach miał jednak niepokój.

– Daimonie – zaczął – jesteśmy w gronie samych przyjaciół, więc spytam teraz. Czy masz jakąś kontrolę nad przemianą, która w tobie zachodzi, kiedy stajesz się Burzycielem Światów?

Anioł Zagłady przez chwilę milczał.

– Chodzi ci o to, czy mogę wejść w ten stan sam z siebie, bez pomocy Pana?

Gabriel przytaknął.

– Nie – powiedział Daimon.

Nikt się nie odezwał. Abaddon potoczył wzrokiem po zebranych.

– Obawiacie się, że Pan mi nie pomoże, ponieważ nas opuścił?

– W samej rzeczy – mruknął Razjel. – To nam trochę spędza sen z powiek.

– Co się stanie z tobą, jeśli podejmiesz pojedynek z Siewcą bez przemiany? – zapytał Rafał, wbiwszy wzrok we własne wyłamywane ze zdenerwowania palce. Michał, Gabriel i Razjel starali się nie patrzeć Daimonowi w twarz. Frey uśmiechnął się, ale tym razem uśmiech wcale nie był drapieżny.

– Żołnierze Cienia mnie zaszlachtują, a wy będziecie musieli radzić sobie sami.

– No, to na tyle – sarknął Razjel. – Kogo chcesz jeszcze zwerbować, Dżibril?

– Gnomy, Sylfy, Salamandry, wszystkich nieskrzydlatych, podległych Królestwu, i urzędników niższych szczebli – oznajmił Gabriel sucho.

– Co? – nie wytrzymał Michał. – Po co ci urzędnicy, do cholery?! Będą przybijać pieczątki na polu walki?

– Na mięso armatnie – warknął Gabriel.

Michałowi opadła szczęka.

– Aaa – powiedział. – No, tak. Może i racja.

Rafał nerwowo poruszył się w fotelu.

– Gabriel, tak nie wolno! Nie możesz! To...

– Wszyscy poddani Królestwa są żołnierzami! – huknął Regent. Zielone oczy płonęły wściekle. – Wszyscy, powiadam! Dość już tego! Przez wieki wysługiwaliśmy się tylko regularną armią i rzeszą aniołów służebnych. Tylko oni oddawali życie za Królestwo! A gdzie sprawiedliwość? Szykuje się pieprzony Armagedon! I wszyscy będą walczyć! Każdy skrzydlaty! Nawet urzędnicy! Koniec wszechwładzy dworaków i biurokratów! Za długo im pobłażaliśmy. Jeśli uda nam się przeżyć i uratować Królestwo, wezmę to towarzystwo za mordy i pokażę im należne miejsce.

– Ja się pod tym podpisuję. – Michał rozłożył ręce. – I wiecie co? Z przyjemnością.

– Warto by wcielić ten zbożny zamiar w życie – powiedział cierpko Daimon, wyjmując z kieszeni papierosa. Był to całkiem ziemski philip morris, zapalił go z zadowoleniem. – Nawet jeśli już ochłoniesz ze złości i zaczniesz znowu kalkulować na zimno polityczne konsekwencje.

Gabriel się roześmiał. Szczerze. Zielone oczy przestały ciskać błyskawice, a atmosfera z miejsca przestała być ciężka.

– Widzisz we mnie tylko wyrachowanego sukinsyna? – spytał.

Daimon pokazał w uśmiechu zęby.

– Podziwiam twój talent – powiedział.

Ktoś zapukał do drzwi. Na ostry rozkaz Gabriela do salonu wsunął się służący z informacją, że przybyli oczekiwani goście.

– Wprowadź – nakazał Archanioł Objawień.

Na spotkanie przybyli Lampka, Asmodeusz oraz Belial, mocny, zwalisty Mroczny o twarzy niczym granitowa rzeźba i włosach koloru wiśni związanych na karku w węzeł, jak możnym z Głębi nakazywał dawny zwyczaj. Belial był od dawna wprowadzony w spisek. Archaniołowie zazwyczaj go lubili, gdyż wydawał się rozsądny i wyważony w sądach, lecz nie ufali mu w tym stopniu co Lucyferowi, bo miewał ataki szału poprzedzane długotrwałymi okresami depresji.

– Siadajcie, panowie. – Gabriel ruchem ręki wskazał wolne krzesła i fotele. – Miło was widzieć.

Fiołkowe oczy Asmodeusza z uwagą przesunęły się po twarzach skrzydlatych.

– Z tego ciepłego powitania wnoszę, że wojna się rozpoczęła.

– Gratuluję bystrości – mruknął Razjel.

Asmodeusz uśmiechnął się olśniewająco.

– To zaledwie niewielki odsetek moich zadziwiających umiejętności.

– Dżibril, w jakim stadium jest sprawa? – zapytał rzeczowo Lampka, przerywając zwykłą litanię złośliwości, prawionych sobie przez Mrocznych i Świetlistych przy każdym spotkaniu. – Mamy jeszcze trochę czasu?

– Niewiele. W każdej chwili spodziewamy się ataku.

– Co możecie nam zaoferować? – Michał pochylił się do przodu, splótł ręce.

– To, co i wy nam. – Asmodeusz nie przestał się słodko uśmiechać. – Pomoc w gardłowej sprawie.

Archanioł parsknął ze złości. Lampka pojednawczo uniósł dłonie w górę.

– Zaciężną armię Głębi, moje prywatne kontyngenty, oddziały Asmodeusza, Beliala i Azazela. Najemników Mefistofelesa. Harap Serapel. Oraz demony Goecji.

Daimon gwizdnął przez zęby.

– Demony Goecji? Nieźle.

– Podziękujcie Belialowi. To plon jego akcji werbunkowej.

Demon o włosach barwy wiśni tylko lekko skinął głową.

– Panowie – powiedział Gabriel – wiele spraw wymaga szczegółowego omówienia. Zapraszam do gabinetu. Tam znajdziemy mapy i plany. I wygodne krzesła. Nie sądzę, żeby ktoś z nas zaznał wiele snu nadchodzącej nocy.

Nie mylił się. Światło w gabinecie płonęło aż do świtu.

Gdy uczestnicy zebrania, pożegnawszy się, opuszczali pokoje Pana Zastępów, w progu zatrzymał się Rafał. Gabriel podniósł na niego zmęczone oczy. Twarz Archanioła Uzdrowień wydawała się zafrasowana i mizerna.

– Gabrysiu, czy my dobrze robimy? – spytał.

Gabriel uśmiechnął się blado.

– Przynajmniej usilnie się staramy.

Rafael potrząsnął głową.

– Chodzi mi o Głębian. Nie wiem, czy Pan pochwala, że z nimi współpracujemy.

Regent Królestwa westchnął.

– Rafałku, od wieków Pan nie daje nam wskazówek co do rzeczy, które pochwala lub nie. Ja po prostu próbuję obronić to, co stworzył. Jeśli zażyczy sobie obrócić własne dzieło w proch, zapewniam cię, nic nie będzie w stanie Mu przeszkodzić. Spójrz na to inaczej. Może to szansa dla Głębian. Na zrozumienie, na wybaczenie, na pojednanie. W końcu wszyscy jesteśmy Jego aniołami.

– A ty doskonałym dyplomatą, Dżibril – skwitował Rafał. W zatroskanych piwnych oczach błysnął jednak cień uśmiechu. – Prawie mnie przekonałeś.

– To świetnie – mruknął Gabriel, lekko wypychając przyjaciela za drzwi gabinetu. – Ale teraz już idź, dobra? Padam z nóg. Muszę się choć chwilę przespać.

Zdziwieni mieszkańcy niskich niebios Królestwa, Limbo i bliskich Sfer Poza Czasem, obserwowali z niepokojem skrzydlatych jeźdźców z pochodniami pędzących szlakami i bezdrożami. Gdzie się pojawili, którędy przebiegli, zostawiali za sobą strach, łzy i grozę. Miarowy tętent kopyt wybijał jeden rytm: Wojna! Wojna! Wojna! Serca aniołów, demonów, Głębian, geniuszy, dżinnów, sylfów i Salamander podchwytywały ten rytm, biły szybko i trwożnie. Wojna! Wojna! Wojna!

Na Ziemi zdziwieni ludzie wpatrywali się w nocne niebo. Dawno nie widzieli tylu spadających gwiazd. „Prędko! – wołali. – Powiedz życzenie, zanim zdąży zgasnąć!"

Skrzydlaci jeźdźcy z pochodniami w dłoniach niezmordowanie przemierzali Kosmos.

Traktami i szlakami Wszechświata maszerowała armia. Niezliczone rzesze pieszych i konnych rozpędzały i spychały z drogi wozy wieśniaków na równi z taborami bogatych kupców, ciągnących do Królestwa. Pod sztandarami w barwach łez, krwi, popiołu czy mroku szły z najdalszych zakątków Kosmosu Zastępy Pańskie, równo, legia za legią. I choć usta żołnierzy śpiewały buńczuczne, straceńcze lub sprośne pieśni, odgłos ich kroków wybijał ten sam nieubłagany rytm co kopyta wierzchowców, które niosły na grzbiecie skrzydlatych posłańców z pochodniami: wojna.

– Imponujące! – powiedział Asmodeusz z podziwem. – Jestem pod wrażeniem. Jak ich pozyskałeś?

Azazel, szef głębiańskiego wywiadu i najlepszy skrytobójca, jakiego wydała Otchłań, w uśmiechu wyszczerzył zęby.

– Tajemnica zawodowa. Muszę przyznać, że naprawdę jestem z nich dumny.

– Masz powody – przyznał Zgniły Chłopiec. – Zaczynam być zazdrosny. Chlubiłem się moimi dżinnami, a ty ucierasz mi nosa. Na niedoszłą ofiarę Abrahama, przecież to wielkie Galla! Ich się nie da oswoić!

– Cierpliwością i pracą... – mruknął Azazel.

– Chyba kańczugiem i żelazem.

– Też – przyznał szef wywiadu.

Stali przed frontem oddziału złożonego z ogromnych złowrogich demonów uchodzących za całkowicie nieokiełznanych, wielkich Galla.

Przekrwione białka oczu błyskały wściekle. W źrenicach płonęło czyste szaleństwo, niepowstrzymana żądza mordu. Porastające łby gęste kudły były posplatane w dziwaczne fryzury, pełne brzydkich, kiepsko wykonanych ozdób z ułomków kości i pazurów. Twarze, ani ludzkie, ani zwierzęce, szpeciły liczne blizny, teraz częściowo zakryte niechlujnie wymalowanymi prostymi znakami i symbolami. Wymalowanymi świeżą krwią.

– Czym walczą? – spytał Zgniły Chłopiec. – Pokazujesz mi ich nieuzbrojonych.

– Tradycyjnie. Sierpami i specjalnymi hakami. Nożami bojowymi i krótkimi włóczniami. Czasem też nowoczesną bronią. Są bardzo silne. W walce wpadają w szał bojowy. Nie sposób ich zatrzymać.

– Malownicze – powiedział Asmodeusz. – Ale czy będzie z nich jakiś pożytek na wojnie? To dzikie bestie. Wpadną w furię i rzucą się na siebie wzajem. Wybacz, ale twój sukces wydaje mi się raczej treserskiej niż bojowej natury.

Azazel potrząsnął głową.

– Galla, mój drogi, nie potrzebują jedzenia ani wody, nie są podatne na żądze cielesne...

– To wspaniale – mruknął pod nosem Zgniły Chłopiec. – Nie chciałbym gościć żadnego z nich nawet w najpodlejszym z moich burdeli.

Niezrażony Azazel ciągnął:

– Są niebywale odporne na ból i trudy, gardzą słabością, życiem i śmiercią, nie ma w nich ani krzty dobroci, litości czy wyższych uczuć. Nie rozróżniają dobra i zła. Są samą nienawiścią i agresją. Ale jedno potrafią. Służyć fanatycznie, aż po grób, temu, kogo uznają za pana. No i są inteligentne, wbrew pozorom.

– Doprawdy? – uprzejmie zainteresował się Asmodeusz.

– A kogo niby uznają za pana i w jaki sposób?

Azazel wzruszył ramionami.

– Wskaż któregoś.

Zgniły Chłopiec przeszedł kilka kroków wzdłuż szeregu i machnął ręką w kierunku szczególnie rosłego Galla.

– Niech będzie ten.

– Przedstaw się – rozkazał Azazel.

– Dugur – rzekł demon głębokim warkotliwym głosem, który zdawał się wydobywać nie z gardła, lecz gdzieś z głębi trzewi. – Wielki Galla z klanu Harah, rodu Sagma, z ojca Szagara.

– Powiedz mi, Dugur, czemu mi służysz?

Coś jakby cień gorzkiego uśmiechu pojawiło się na twarzy demona.

– Gdyż okazałeś się większym okrutnikiem, bardziej bezwzględnym i pozbawionym skrupułów ode mnie.

Odwieczne prawo nakazuje więc pochylić przed tobą głowę i wylać krew na ofiarne kamienie. Kto wzbudzi grozę w sercach Galla, zostaje ich panem. Nienawidzę cię, lecz zdechnę za ciebie lub na twój rozkaz, bowiem jestem taki, jakim mnie stworzono.

– Mogłeś go tego nauczyć jak papugę – burknął Asmodeusz. – Mogłeś nauczyć każdego.

– Dugur, wiesz z kim teraz rozmawiam?

Galla skinął głową.

– To pan Asmodeusz – rzekł beznamiętnie. – Właściciel największej sieci kasyn i burdeli w Limbo i Otchłani, zwany Zgniłym Chłopcem, bo w wódce, cynizmie i luksusie próbuje utopić samotność i brak sensu życia. Za to gardzimy tobą, lecz pochylamy głowy przed twoją odwagą, brutalnością i pogardą śmierci, Asmodeuszu.

– Mam nadzieję, że tego go nie nauczyłeś, Azazelu – sarknął z przekąsem Asmodeusz.

Szef wywiadu Głębi klepnął go w plecy.

– Chodź, napijemy się wina, żeby utopić samotność i brak sensu życia.

Faleg, Pan Wojny, siedział w swoim namiocie pogrążony w zadumie. Głęboka bruzda przecinała czoło, tworząc równoległą linię do krótko przystrzyżonych stalowoszarych włosów. Dowódca piechoty Królestwa nie czuł euforii wojennej. Niegdyś, kiedy był młody, tak. W sercu miał wówczas dumę, siłę i żądzę walki, na ustach wzniosłe, twarde słowa, w głowie pełno marzeń o sławie, triumfach i szlachetnych zmaganiach. Z biegiem lat władza stała się brzemieniem trudnym do zniesienia. Z żądzy walki pozostała powinność obrony Królestwa, ze sławy – odpowiedzialność za idących do boju żołnierzy, z wzniosłych myśli próba ocalenia honoru i godności. W snach Faleg, Pan Wojny, widział teraz nie triumfalne powroty w chwale zwycięzcy, lecz trupy i krew. O wiele za dużo trupów i krwi.

Na zewnątrz trzy świeżo przybyłe legie oczekiwały, że do nich przemówi. A Faleg, zamiast o zaszczycie uczestniczenia w bitwie, o której szeptano z podnieceniem, że będzie tą zapowiadaną, ostateczną, Armagedonem, myślał o setkach, tysiącach i setkach tysięcy młodych skrzydlatych leżących w błocie, twarzami ku ziemi, z wyprutymi wnętrznościami, wypalonymi oczami i potrzaskanymi kośćmi. Ale tak trzeba, jeśli to będzie cena za uratowanie Królestwa. Za uratowanie wszystkiego, w co Faleg wierzył i czemu poświęcił życie. Dowódca piechoty z westchnieniem podniósł się z zydla. Ledwie wyszedł przed namiot, powitał go chóralny ryk radości. Faleg uciszył żołnierzy gestem ręki.

– Skrzydlaci! – zawołał gromko. – Czy jesteście gotowi umrzeć za Królestwo?!

Kolejny, jeszcze głośniejszy wybuch entuzjazmu.

Wszyscy byli gotowi umierać za Królestwo.

Jednooki Kruk, Baal Chanan, dowódca Harab Serapel, przejeżdżał tam i z powrotem przed frontem swoich oddziałów. Czarny bojowy smok, którego dosiadał, charczał, pluł ogniem i wywracał ślepiami, próbując wyrwać się spod kontroli, lecz żelazna ręka jeźdźca twardo dzierżyła wodze. Lewe sparaliżowane ramię przytrzymywał temblak z płótna. Nad prawym barkiem niczym osobliwy sztandar górowało jedyne skórzaste skrzydło zakończone ostrymi hakami. Błysk w ocalałej źrenicy, która lustrowała rzędy odzianych na czarno żołnierzy, był zimny i pozbawiony uczucia, niczym tafla lustra.

Kruki dosiadali smoków, a uzbrojenie mieli tradycyjne, gdyż nowoczesna broń palna słabo sprawdzała się w dużej otwartej bitwie, ponieważ w konfrontacji z mocami i umiejętnościami bojowymi większości skrzydlatych okazywała się nieskuteczna. Harab Serapel nosili więc miecze, zabójcze płomienne lance i długie sztylety. Stali milczący, z nieruchomymi twarzami, niewzruszeni niczym skalna ściana.

– Żywi i martwi... na pastwę Kruków! – wykrzyknął ochryple Baal.

Na prastare, bojowe zawołanie odpowiedzieli jednym gardłem:

– Niech się nasycą!

– Krew i pożoga na chwałę Kruków!

– Niech się upoją!

– Popiół i śmierć!

– Popiół i śmierć! – ryknęli równo.

Zimne ślepie Baal Chanana beznamiętnie prześlizgiwało się po twarzach żołnierzy.

Azariusz, dekurion w Legii Cierni, ćwiczył nowo zwerbowanych rekrutów, a obawa o losy Królestwa żarła mu serce jak rdza żelazo. Na Głębię, co za straszliwe niebezpieczeństwo musi wisieć nad państwem Siedmiu Niebios, skoro powołuje się pod broń podobne mięso armatnie. Banda dzieciaków i trzęsących się ze strachu pisarczyków. Niektórzy z nich nie mają nawet tyle siły, żeby podnieść miecz, a co dopiero się nim zamachnąć. Podczas ćwiczeń kaleczą się nawzajem albo przewracają. Niech Jasność ma w opiece taką armię. Chyba nie ma sensu dawać im broni do rąk. Pierwszy oddział wroga po prostu ich rozdepcze. Przesunął ręką po twarzy.

– Stać! Dosyć! – wrzasnął. – Źle! Fatalnie, do cholery! Co to ma być?! W ten sposób poucinacie sobie ręce albo skrzydła! Dobra, pokazuję jeszcze raz. Ale patrzeć, co robię, skrzydlaci! Nie gapić się po krzakach!

Podszedł do chuderlawego blondynka, który trzymał miecz, jakby to była żmija gotowa zaraz go ugryźć.

– Co ja mówiłem? – warknął srogo. – Jak masz trzymać rękojeść, co?

Błękitne załzawione oczy popatrywały na niego z przerażeniem.

– Synu, to jest miecz ognisty. Podstawowa broń Zastępów. Chwyć go o tak, widzisz? A teraz zrób proste cięcie.

Miecz w sprawnych rękach dekuriona gwizdnął w powietrzu. Ostrze natychmiast zaczęło się żarzyć, a przy kolejnym cięciu zimne, niebieskie płomyki liznęły klingę. Azariusz opuścił broń.

– Miecz powinien zapłonąć najpóźniej po drugim cięciu, rozumiecie? W boju nie będzie czasu na błędy. No, dalej, synu. Powtórz.

Blondynek niezdarnie ujął rękojeść. Usta mu drżały, jakby zaraz miał się rozpłakać. Jasne loczki oklapły smętnie, a kilka pukli nosiło wyraźne ślady przypalenia. Azariusz zacisnął szczęki, bardziej z bezradności niż złości.

– Nie – powiedział, siląc się na spokój. – Źle. Popatrz.

Przesunął kurczowo zaciśnięte dłonie rekruta, starając się ułożyć je w prawidłowy chwyt. Blade słabe palce z łatwością poddawały się woli twardych dłoni dekuriona. Wokół paznokci Azariusz zauważył głęboko wżarte granatowe obwódki. Skórę znaczyły sinawe plamy. Atrament.

Razjel uważnie przyglądał się twarzom zgromadzonych w pracowni magów. Było ich około czterdziestu, samych wypróbowanych przyjaciół, uczniów, współpracowników. Łączyło ich jedno. Stanowili elitę magów Królestwa. Stali poważni, skupieni, wsłuchując się w słowa Księcia Tajemnic.

– Panowie – mówił Razjel. – Zdajecie sobie doskonale sprawę, jak odpowiedzialne zadanie spoczywa na naszych barkach. Musimy przeciwstawić się destrukcyjnej magii Cienia. Wszyscy wiemy, że Cień jest odwróceniem Światłości, a jego potęga niemal dorównuje potędze Pana. Zadanie, które stoi przed nami, wydaje się więc przerastać nasze siły. Być może tak jest w istocie. Ale niech nikt nie waży się upadać na duchu. Jeśli Jasność zechce, abyśmy polegli, polegniemy, do ostatniej chwili broniąc Królestwa. Broniąc tak, jak potrafimy – magią. Wybaczcie, że mówię te słowa. Nie padają one po to, żeby was obrazić. Nie wątpię w waszą lojalność, siłę i uczciwość. Królestwo nie ma lepszych i lojalniejszych od was. Jednak na polu walki Siewca będzie się starał ze wszystkich sił osłabić naszą wolę, niezłomność i siłę. Podsunie nam ponure obrazy klęski, zatruje naszą psychikę lękiem, poczuciem beznadziejności i daremności wszelkiego oporu. Będzie chciał nas złamać, a my staniemy do walki bez jakiejkolwiek ochrony oprócz siły woli i umiejętności. Nie wolno nam nosić ochronnych talizmanów ani obłożyć się zaklęciami, gdyż tym razem musimy przyjąć na siebie całą moc Cienia, żeby ochraniać i odciążać innych. My, magowie, zostaniemy ich tarczą. I, pojmijcie to dobrze, panowie, jedyną tarczą, jaka będzie chronić żołnierzy przed destrukcyjnym, mrocznym tchnieniem Siewcy. Ani na chwilę nie wolno nam osłabnąć, ani przez chwilę odpocząć. Musimy bez przerwy neutralizować lub przynajmniej odpychać energię zła. To nasze główne, podstawowe zadanie. Ale nie jedyne. Nie możemy stracić kontroli nad przebiegiem bitwy. Będziemy obserwować sytuację w zwierciadłach i w miarę potrzeb wspomagać zagrożone odcinki. Oprócz tego zwracajcie baczną uwagę na ewentualne pułapki magiczne rozmieszczone na polu walki lub iluzje maskujące. Niczego nie bagatelizujcie. Nadmiar ostrożności nie zaszkodzi. Pytania?

– Jedno – odezwał się Kabsziel, były uczeń Razjela. – Czy w skład zespołu wejdą Głębianie i magowie niezależni?

Książę Tajemnic skinął głową.

– Oczywiście. Wszyscy najlepsi. Algivius, Harut, Marut, Pajmon i wielu innych. W ten sposób wypłynęła kolejna ważna sprawa. Współpraca. Wiem, że magia jest ścieżką samotnych, ale teraz koniecznie musimy połączyć siły, aby stać się na czas walki jednym organizmem, reagującym na rozkazy szybko i karnie. Będę zmuszony ustanowić hierarchię podwładnych i przełożonych. Nie oznacza to w żadnym wypadku, że rozróżniam w waszym gronie lepszych i gorszych. Po prostu spróbuję wykorzystać maksymalnie talenty, które macie. To, co powiedziałem, nie oznacza, że zabraknie miejsca na indywidualność. Wprost przeciwnie. Bez kreatywności, inteligencji i samodzielnych decyzji każdego członka ekipy niechybnie przegramy. Pamiętajcie, o jaką stawkę toczy się gra. Powodzenia, panowie. Niebawem otrzymacie niezbędne wskazówki. Sami wiecie, że wspólne ćwiczenia są zbędne. Nie jesteśmy żołnierzami, a działania Siewcy będą nieprzewidywalne. Spotkamy się przed bitwą, żeby obejrzeć i sprawdzić teren. To wszystko.

– Razjelu, czy jesteś pewien, że koledzy z Głębi zechcą się podporządkować twojej hierarchii? – zapytał Saraniel, specjalista od iluzji i zasłon magicznych.

– Z pewnością – przytaknął archanioł. – Rozumieją powagę sytuacji.

– Zatem do zobaczenia na polu bitwy. – Saraniel uśmiechnął się smutno.

– Do zobaczenia – powtórzył Razjel.

Magowie rozeszli się w milczeniu.

Szynk „Pod Miską Soczewicy" trząsł się w posadach. Stali bywalcy od trzech dni omijali go łukiem, a mieszkańcy pobliskich ulic w tej dzielnicy Limbo siedzieli w domach za zaryglowanymi drzwiami i zatrzaśniętymi okiennicami, błagając Światłość, żeby koszmar wreszcie się skończył. Szynk „Pod Miską Soczewicy" odwiedzili bowiem Aniołowie Zamętu. Trzecią noc pili na umór, szaleli, wszczynali niekończące się bijatyki, gwałcili jak popadło: dziewki służebne, szynkarki, zwykłe mieszczki; demolowali karczmę. Przybyłą na pomoc żandarmerię rozgromili w przeciągu minuty. Mimo nalegań mieszkańców następny oddział się nie pojawił. W okolicy chodziły słuchy, że żandarmów wstrzymał sam Gabriel. Aniołowie Zamętu walili kuflami w ocalałe stoły i śpiewali sprośne pieśni.

– Hulajcie, Dzieci Chaosu! – ryczał pijany Ksopgiel. Czerwone ślepia lśniły jak u demona. – Pijcie! Kto ma umrzeć, niech zdycha! Kto ma chlać, niech się urzyna! Kto ma rżnąć, niech rżnie! Pijcie, mówię, suczy pomiocie! Zabawa jest!

– Chlać! – wrzeszczał Birta. – Wina!

– Gorzały! – Af porwał się na nogi, walił pięścią w kędzierzawy łeb zupełnie zamroczonego Chemy.

– Krwi! – zawył Harbona, tocząc wkoło nieprzytomnym, oszalałym wzrokiem. – Krwi!

Porwał kufel i z całej siły grzmotnął nim Kolazontę w czoło. Naczynie rozprysło się, na podłogę chlusnęła struga piwa i szkarłatu. Po twarzy zaatakowanego anioła płynęły czerwone strużki. Kolazonta z rykiem wywrócił stół i rzucił się na Harbonę.

– Krew! – charczał.

Zetar rechotał tak, że musiał ocierać płynące po policzkach łzy. Karkas rżał jak koń, klepiąc się po kolanach.

– Panowie, zaśpiewajmy! – wydarł się nagle Ezrael. – Złota gałąź, na gałęzi siedem trupów wisi rzędem...

Af płakał, tuląc do piersi głowę Chemy.

– Kocham cię, bracie. Jesteśmy jednej krwi, jednego serca. Zdechnę za ciebie. Życie za ciebie oddam. Ty wiesz, co to jest brat? Brat to jest wszystko!

Chema zwymiotował. Harbonie udało się wybić Kolazoncie ząb.

Nad szynkiem niczym drapieżny ptak krążył nieustanny krzyk Ksopgiela:

– Hulajcie, Dzieci Chaosu! Bawić się, dalej! Hulajcie!

Gabriel patrzył w złote, iskrzące się oczy Ignisa. Miedziana twarz wodza Salamander wyrażała spokój i powagę.

– Ignisie – powiedział Gabriel – wezwałem cię, bo chciałbym ci podziękować.

Inflexibilis drgnął nieznacznie, w złotych oczach mignął cień zdziwienia.

– Wydaje ci się, że nie zrobiłeś niczego niezwykłego – ciągnął Regent Królestwa – ale dla mnie to wyjątkowo istotne. Dostarczyłeś Królestwu trzy razy więcej wojska, niż byłeś zobowiązany. Dowiedziałem się, że przyprowadziłeś z sobą każdego zdolnego do walki Salamandrę. Absolutnie każdego – powtórzył z naciskiem. – Pozostali tylko starcy, kaleki i małe dzieci. Czy to prawda?

– Tak, panie – rzekł Ignis. – Wszyscy dobrowolnie przybyli na wezwanie Królestwa.

Gabriel w zamyśleniu bawił się pierścieniem.

– Tak po prostu, sami za tobą poszli? – spytał z niedowierzaniem.

Leciutki uśmiech pojawił się na wargach wodza Salamander.

– Spełnili tylko obowiązek wobec tego, który obdarzył ich wolnością.

Gabriel pochylił się lekko.

– Poprowadziłeś na wojnę cały swój lud. Nie boisz się, że wszyscy wyginą?

– Wtedy pozostanie po nas dobre wrażenie – powiedział Ignis. – Nikt nie zarzuci Salamandrom, że nie wiedzą, co to lojalność.

– Racja – westchnął archanioł. – Mogę ci przyrzec, że zrobię wszystko, żeby ją należycie docenić.

– Dziękuję, panie. – Inflexibilis pochylił głowę.

– Niezwykła z ciebie istota, Ignisie.

Uśmiech Salamandry pogłębił się.

– Z ciebie także, panie – powiedział.

Daimon leżał w wannie. Przez na wpół przymknięte oczy docierało do niego łagodne, ciepłe, złote światło, które przemieniło łazienkę we wnętrze choinkowej bombki. W Królestwie nigdy nie pada śnieg, pomyślał. Ale na Ziemi tak. Jaka tam może być pora roku? Pewnie zima. Kiedy ukrywał się w baraku Samaela, październikowy wiatr zrywał z drzew liście. W Królestwie czas płynie inaczej. Pewnie ludzie szykują się na Boże Narodzenie. Choinka, stół, prezenty. To banalne, ale takie ładne. Nagle zapragnął siedzieć tak z Hiją. Przy świątecznej kolacji, przy zwykłym śniadaniu, w pubie przy piwie, na pikniku w lesie. Po raz pierwszy w życiu Daimon Frey, Anioł Zagłady, chciał być człowiekiem. Żadnych obowiązków wobec Królestwa, żadnej odpowiedzialności za losy Wszechświata, żadnej mocy, magii, Burzyciela Światów, Tańczącego na Zgliszczach, po prostu on i Hija. Dwie istoty, dwoje ludzi. Bardzo tęsknił do Hiji, ale teraz, w przededniu bitwy, nie potrafił zdobyć się na to, żeby odwiedzić wyspę. Co mógłby powiedzieć swojej widmowej miłości? Nie, teraz nie jest w stanie jej odwiedzić.

Ciepła woda w wannie zachowywała się przyjaźnie i uprzejmie, kołysała anioła w ramionach, usypiała, szemrała coś w kojącym niezrozumiałym języku przypominającym mowę morskich fal, ale łagodniejszą i oswojoną.

Powoli zasypiał.

– Witaj, destruktorze – zaszemrał tuż przy uchu anioła ledwie słyszalny szept.

Daimon natychmiast otworzył oczy.

– Duma? Jak tu wlazłeś?

Paskudną fizjonomię Anioła Śmiertelnej Ciszy wykrzywił uśmiech.

– Aaa, ma się różne sposoby.

– Do diabła, to moja prywatna łazienka! Nie zamawiałem towarzystwa, w każdym razie nikogo twojego pokroju.

Duma potarł płaski nos.

– Nie odpowiadają ci moje wdzięki? – zarechotał.

Daimon uniósł się na łokciach i usiadł.

– Anielice – powiedział powoli. – Rozumiesz? Lubię anielice. Którego słowa nie zrozumiałeś?

– Ja też – wyznał Duma. – Chociaż chyba wolę demonice. Są gorętsze. I łatwiejsze, co tu kryć.

Frey się roześmiał.

– W sumie racja – przyznał. – Przyszedłeś pogadać o panienkach?

– Przyszedłem z wizytą – zaszemrał szept. – Porozmawiać. O wojnie, na przykład.

Daimon zesztywniał.

– O tym akurat najmniej chce mi się rozmawiać – mruknął.

Duma zmrużył oczy.

– Nie bój się, nie będę cię pytał, czy dasz sobie radę, ani opowiadał, jaki ciąży na tobie obowiązek. Kto tam wie, jak to naprawdę jest z tą przepowiednią. Trudno uwierzyć, żeby jeden anioł decydował o losach Wszechświata, nie?

– Chętnie bym nie wierzył, Duma.

Anioł Śmiertelnej Ciszy pochylił się nad wanną.

– No, a gdyby przypadkiem przepowiednia mówiła prawdę, to masz chyba jeszcze Klucz do Czeluści, co?

Daimon wzruszył ramionami.

– I co mam z nim niby zrobić? Zawiesić sobie na szyi? Polać trochę wosku przez ucho?

Duma podrapał się po brodzie.

– Nie mógłbyś powtórzyć tamtego numeru ze spychaniem w Chaos?

Frey spojrzał z politowaniem w brzydką twarz Dumy.

– Stary, nie udawaj kretyna, dobrze? To już nie ten Chaos i nie ten Cień. Wszystko ewoluuje. Świat. My. Nawet Pan. A wraz z Nim Jego przeciwieństwo. Nie ma już

Czeluści. Antykreator objął ją w posiadanie i wypełnił sobą. Gdzie mam go zepchnąć? W niego samego?

Duma znów potarł nos.

– Zasmuciłeś mnie – powiedział. – Takiemu jak ja smutno w świecie, gdzie nie ma Czeluści. Anioł Śmiertelnej Ciszy, wieczny wyrzutek. Przeszkadza tam, gdzie wszystko tak ładnie uporządkowane. Aniołek to śliczny facecik w nocnej koszuli i utrefionych lokach. Koniecznie złotych. A ja? Z taką gębą i kwalifikacjami? Nie śmiej się! Ciebie to też dotyczy. – Wycelował w Daimona palcem.

– Zamknij się, wieczny frustracie. – Frey zbył go machnięciem ręki. – Nie wierzę w ani jeden z twoich dylematów.

– Jestem na skraju depresji – zaszemrał Duma, ale oczy mu się śmiały. – Poważnie. Potrzebuję wina i rozmowy. A może nawet gorzały i rozmowy. Masz coś w domu?

Frey sięgnął po ręcznik.

– Poczekaj, tylko wyjdę z wanny.

Gabrielowi zdawało się, że cały świat zamarł w oczekiwaniu. I być może było tak w istocie. W każdym razie, gdy odezwało się oko dnia, Gabriel wiedział. Spokojnie wysłuchał raportu, ale twarz miał białą jak płótno.

– Zaczęło się – powiedział do Michała i Razjela. – Siewca się włamuje. Mamy wojnę.

Rozdział 12

Nie ogarniał tego. Czuł przerażającą pewność, że wszystko wymyka mu się z rąk. Przede wszystkim nie ogarniał wzrokiem pola bitwy. Na Jasność, wiedział ilu aniołów liczą Zastępy, ale nigdy nie oglądał ich zgromadzonych razem.

Sztab mieścił się na specjalnie usypanym wzgórzu; Gabriel gapił się w zwierciadła, ale dostrzegał tylko niezliczoną liczbę stojących w pyle żołnierzy. Nie rozróżniał formacji i oddziałów. Luster też było za dużo. Widoczny w nich obraz nie układał się w spójną całość. Stuknął palcem w taflę najbliższego.

– Szukaj Michała – rozkazał.

Obraz rozmazał się gwałtownie i równie prędko skupił na postaci wodza Zastępów. Michał z oddziałami konnicy stał w pobliżu największej z trzech bram, wiodących z prowincji bezpośrednio do Szóstego Nieba. Zdjął hełm, a jego szafranowa czupryna przypominała wielki nagietek. Rozmawiał ze swoim rudym rumakiem, Klingą.

Bramy stanowiły newralgiczne punkty obrony. Zostały możliwie silnie ufortyfikowane, broniły ich najsilniejsze oddziały, a konnica Michała i piechota Falega miały zepchnąć na bok siły Siewcy tak, żeby nie dosięgły żadnej z nich.

Na papierze wszystko wygląda tak prosto, pomyślał z rozpaczą Gabriel. A przecież nie wiemy nawet, jak wygląda armia Cienia. Jeśli Siewca sforsuje choć jedną bramę, dostanie się do Królestwa. Archaniołowi na samą myśl zrobiło się zimno.

– Rozszerz – powiedział do lustra. Zobaczył rzeszę poruszających się punktów, rozmazującą się w jedno falujące jezioro, a potem morze istnień. Gabriel nie był w stanie rozróżnić poszczególnych postaci. Nic, tylko morze metalicznego koloru lśniące barwami tęczy jak rozlany olej. Oto aniołowie Pańscy, pomyślał z goryczą. Bezkształtna masa idąca na rzeź. A może Jasność tak nas postrzega?

Spojrzał na niebo. Głęboką, paskudną szarość przecinały smugi czerwonych i fioletowych świateł podobnych do gigantycznych reflektorów szperaczy. Widomy znak, że Siewca otwiera przejście. Połowa niebieskiej czaszy miała nienaturalny brudnorudy kolor. Stamtąd przyjdzie śmierć, przemknęło przez myśl Panu Objawień. Już od kilku dni aniołowie mogli znów swobodnie oddychać, bo znacznie spadł poziom mocy Cienia. Kolejny znak, że Siewca przybywa z wizytą. Musiał włożyć wszystkie siły w budowanie przejścia, więc odpuścił sobie trującą blokadę.

Gabriel z niepokojem patrzył w niebo, szukając pierwszych symptomów włamania, ale i tak najpierw poczuli je magowie. Eratel nagle pobladł, osunął się na kolana. Miraniasz uchwycił się ramy zwierciadła. Sztab magów znajdował się na przeciwległym wzgórzu co kwatera Gabriela. Razjel uważał ten pomysł za nie najlepszy. Wolałby znaleźć się bliżej przyjaciela i centrum dowodzenia, ale Michał upierał się, że to najbezpieczniejsze miejsce, a bez magicznej osłony wszyscy aniołowie natychmiast się poduszą.

Razjel obrócił się błyskawicznie, spojrzał na Eratela.

– Stawiać blokadę! – krzyknął. – Natychmiast! Równo!

Magowie zaparli się stopami w ziemię, stojąc pośrodku wyrysowanych zawczasu kręgów, wyciągnęli ramiona, różdżki lub rytualne noże i rozpoczęli inwokacje. Zdążyli w ostatnim momencie. Uderzyła w nich fala tak potężna, że omal nie zwaliła wszystkich z nóg.

– Wstawaj Eratelu! Wstawaj! – ryknął między jedną a kolejną formułą Razjel, który wyczuwał znaczne osłabienie blokady w miejscu, gdzie brakowało anioła. Oszołomiony Eratel podniósł się i zaczął wykrzykiwać zaklęcia. Razjel trząsł się z zimna, a coś, co przecież nie było wichurą, szarpało jego warkoczem.

Najpierw niebo pękło. Jedna połowa opadła w dół, jak rozbite szkło. Głębokie tąpnięcie wstrząsnęło ziemią, wielu w pierwszych szeregach Zastępów zachwiało się i upadło. Nie podnieśli się już nigdy. Zdawało się, że zabiła ich nie tyle eksplozja, co sam huk. Fala dźwięku, przypominającego wrzask istoty większej niż Kosmos, zmiażdżyła czaszki i piersi żołnierzy stojących najbliżej wyrwy, wielu leżało na ziemi, krwawiąc z uszu i nosa.

Wyrwa poszerzała się szybko. Tam, gdzie powinien znajdować się horyzont, otwarła się otchłań. Niektórzy postrzegali ją jako czerń, dla innych miała szary lub brudnoczerwony kolor. Ale oczom wszystkich obrońców jawiła się jako prawdziwa odwrotność wszechrzeczy, jako wcielone zło, zło ponadczasowe, bezsensowne, agresywne. Zmuszeni byli odwracać oczy, nie mogąc spoglądać w Cień, tak jak nie mogli spoglądać w oblicze Światłości. Szczególnie źle znosili pierwszy kontakt z Mrokiem Głębianie. Ci, którzy przeciwstawili się Jasności, w ułamku sekundy pojmowali, że na zawsze pozostaną Jej częścią, a Cień przeraża ich i napełnia obrzydzeniem tak samo jak poddanych Królestwa.

Wyrwa wyglądała niczym wielka rana na niebie. Odcinały ją równe granice, śliskie, lśniące głęboką purpurą. Otwarta wewnątrz przestrzeń zdawała się nie mieć końca. W głębi pulsowały Cienie i nieokreślone kształty. Powoli zaczęły pełznąć ku osiemnastej prowincji.

Żołnierze Światłości z napięciem wpatrywali się w płynący na nich dym nie dym, kłęby przelewającej się, bezkształtnej substancji. Żadnej armii nie było widać. Tylko masę pulsującej ciemności.

Razjel opuścił różdżkę, skupił wzrok na tafli zwierciadła. Teraz, gdy stanęła bariera, mógł sobie pozwolić na chwilowe rozproszenie uwagi. Trzydziestu magów wystarczyło, by utrzymać zaklęcia. Pozostali mieli zmieniać zmęczonych, a na razie śledzić sytuację na polu bitwy. Błękitne jak akwamaryn oczy Razjela zwęziły się. Płynący z rozpadliny dym nie podobał mu się. Bardzo. Kiedy wreszcie zrozumiał, było za późno.

– Algivius, Zazel! Zamroźcie to!

Obaj magowie też dostrzegli niebezpieczeństwo, mocnymi głosami wypowiadali zaklęcia, ale z rozpadliny runął już wodospad gęstego krwawego śluzu. Lał się z góry niczym upiorny deszcz na szeregi IV i VII Legii Tronu, stojące tuż przed krawędzią wyrwy. Lepka ciecz zalała natychmiast cztery centurie. W mgnieniu oka rozpuściła zbroje, wżarła się w ciała. Skrzydlaci porażeni fontanną kwasu zginęli na miejscu przemienieni w krwawą syczącą breję. Powstałe błoto wrzało, z pękających pęcherzy wydobywał się fetor zgnilizny. Mniej szczęścia miały pozostałe formacje czwartej i siódmej Legii Tronu. Aniołowie, których śluz tylko obryzgał, wili się w konwulsjach, próbując zetrzeć gęstą ciecz z ciał. Zrywali pancerze z płatami skóry, hełmy z przylepionymi w środku kłębami włosów. Wydrapywali oczy w rozpaczliwej próbie usunięcia z nich kleistej mazi. Gnili żywcem. Skóra łuszczyła się, odpadała płatami, odsłaniając mięśnie, które natychmiast dotykał proces rozkładu. Świeciły nagie czaszki, wyłaziły kości, żółtawe, kruche niczym kreda, a żołnierze Legii Tronu wciąż nie mogli umrzeć. Nad polem bitwy podniósł się śmiertelny krzyk.

Aniołowie, na których spadły tylko pojedyncze krople, z przerażeniem patrzyli na rozrastające się od razu gnijące rany. Śmierdziało trupem.

– Idzie druga fala! – krzyknął Razjel z rozpaczą. – Zamrażać!

Algivius, Zazel, Mitiasz i Pajmon równym głosem wykrzyknęli formułę. Dłonie Razjela migały w powietrzu, wykonując serię błyskawicznych gestów.

– Nie rozpraszać się! – warknął archanioł do pozostałych magów. – Trzymać barierę!

W rozwartej szczelinie kłębił się niby-dym. Powstał wysoko, wypiętrzył się, by spaść na kolejne rzesze skrzydlatych, gdy pięć błękitnych smug światła wystrzeliło ze wzgórza magów. Były blade, ledwie widoczne na tle szarego nieba, i mało który obrońca zdążył je zauważyć. Gdy uderzyły w masę śluzu, zadrgało powietrze. Rozległ się trzask przypominający pękanie kry i krwawa ciecz zamarzła. Na jej chropawej, nierównej tafli światło załamywało się tęczowo.

U stóp zamarzniętego wodospadu, niby pod jakimś dziwacznym ofiarnym obeliskiem, konali skrzydlaci z Legii Tronu.

Zazel dotknął ramienia Razjela. Pan Tajemnic spojrzał w bladą jak papier twarz.

– Czy można im pomóc? – wyszeptał wstrząśnięty anioł. – Czy możesz im jakoś pomóc?

Oczy Razjela były błękitne jak lód na górskim jeziorze. Skinął głową i wypowiedział życzenie śmierci. Żołnierze Legii Tronu znieruchomieli.

Skrzydlaci z Legii Pyłu, Legii Piasku i Legii Płomienia, stojący w drugim szeregu za Legią Tronu, nie cofnęli się ani o krok. Twarze mieli poszarzałe i ściągnięte, w oczach napięcie. Nie drgnęli też Głębianie z regularnej zaciężnej armii Lucyfera. Cztery kontyngenty ciężkozbrojnej, doskonale wyszkolonej piechoty. Nie było ich wielu, ale budzili podziw karnością i umiejętnościami. Stali teraz ramię w ramię z aniołami. Czekali.

Zamarł Gabriel wpatrzony w zwierciadła.

Rumaki parasim i smoki bojowe Głębian przestępowały z nogi na nogę. Fantazyjne bukraniony nadawały im wygląd stworzeń z odległych Sfer Poza Czasem.

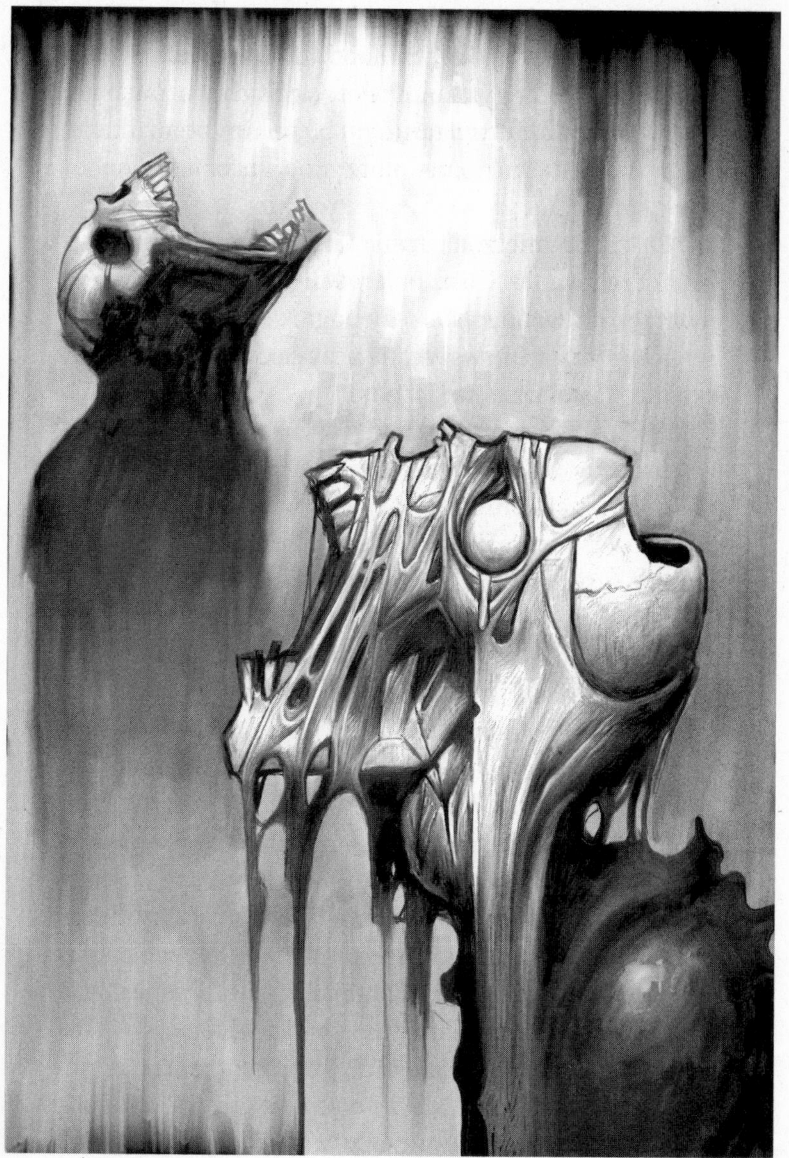

Obracając się w miejscu w nieustannym wirowaniu, czekały merkawot, rydwany, podobne do ujarzmionych błyskawic. Powietrze wokół chajot, ciężkich wozów bojowych, wibrowało nieustannym, głębokim pomrukiem. Trony stały nieruchome, olbrzymie i groźne. Płonęły z sykiem.

Cała sprzymierzona armia Głębi i Królestwa zamarła w oczekiwaniu. Ciszę przerywał tylko wysoki śpiewny brzęk rydwanów i basowy pogłos chajot. Wszystkie serca biły na alarm, wszystkie oczy śledziły ogromną na pół nieba zamarzniętą kurtynę.

Pękła z trzaskiem, rozsypując wokoło odłamki lodowych rubinów. Zdawało się, że w tym samym momencie cisza przemieniła się w zgiełk, wrzask i szczęk broni. Dwie armie starły się ze sobą. Przez dziurę w niebie wylewała się masa zakutych w lśniącą czerń żołnierzy. Ich zbroje były łuskowate, błyszczące oleiście, gładkie jak skóra gada. W oczach skrzydlatych wyglądały dziwacznie i groźnie. Hełmy żołnierzy Mroku przywodziły na myśl głowy owadów, odbierały napastnikom wszelkie indywidualne cechy. W brzydkich, dziwnie rozmieszczonych szczelinach błyskały czasami ślepia – żółte, czerwone, zielone lub czarne, ale i one wydawały się aniołom obce, bezduszne, owadzie.

Ogniste miecze, sypiąc iskrami, starły się z krótkimi matowymi ostrzami żołnierzy Cienia i wkrótce okazało się, że mrówcze wojsko Siewcy jest jednak śmiertelne. Wielu padło pod ciosami płomiennych kling, łuskowate pancerze były twarde, ale możliwe do rozprucia. Aniołowie walczyli zaciekle, lecz i oni ponosili straty. Popiół wzbity w górę stopami walczących unosił się chmurą nad polem bitwy, przesłaniał widok, wdzierał się do oczu i gardeł. Z rany na niebie nieustannie sączył się ciężki czarny dym, który zasnuł połowę prowincji niemal całkowitą ciemnością.

– Cholera! – wrzasnął Gabriel, grzmotnąwszy pięścią w ramę zwierciadła. – Nic nie widać!

Bitwa zamieniła się w szereg obrazów, epizodów wyłaniających się z pyłu i dymu, niczym odbicia w pękniętym lustrze. Ze szczeliny wysypywała się teraz kawaleria Cienia, jeźdźcy odziani w łuskowate pancerze, dosiadający wierzchowców podobnych do smoków czy pokracznych morskich koników. Wąskie łby rumaków o ogromnych wodnistych oczach pokrywały niezliczone rogowe wypustki, szyje i tułowie osłaniały wielkie tarczowate łuski, zachodzące na siebie niczym segmenty. Długi ogon kończył się kostną naroślą przypominającą młot. Łapy były pazurzaste jak u ptaków.

Jeźdźcy dzierżyli miecze i krótkie lance. Wpadli między piechotę Królestwa, cięli i rąbali niczym drwale karczujący las, bo opancerzone brzuchy i nogi rumaków okazały się odporne na miecze i włócznie obrońców. Aniołowie i Głębianie ginęli szlachtowani i tratowani.

– Parasim! – wyrwał się z tysięcy gardeł bojowy okrzyk jazdy Królestwa i kawaleria pod wodzą Michała runęła na rycerzy Cienia. Lance plunęły płomieniem, ogniste miecze zaśpiewały w powietrzu. Zwarli się. Jazda Siewcy tylko przez chwilę dawała odpór wściekłej szarży parasim. Aniołowie wpadli w nią niczym lawina. Ogniste miecze rozrąbywały łuskowe pancerze, lance spopielały jeźdźców. Bojowe rumaki Królestwa z kwikiem rzucały się na bezrozumne, niewyćwiczone wierzchowce

Siewcy, które, szalone ze strachu, wierzgały i ponosiły w panice. Szczęki koni z trzaskiem druzgotały pyski i nozdrza, kopyta celowały w brzuchy, łamały nogi. Starcie zamieniło się w rzeź.

– Parasim!!! – wyli upojeni zwycięstwem aniołowie, dobijając resztki jazdy Mroku.

– Parasim! – krzyczał Michael, a płomienny miecz tańczący w jego dłoni lśnił czerwono jak rozwiane włosy archanioła.

Z mroku i dymu wyłonił się niespodziewanie kolejny oddział kawalerii Cienia, uderzając na parasim z flanki.

– Luciferos!!! – ryknęła kawaleria Lampki. Bojowe smoki ruszyły do walki. Wierzchowce Siewcy próbowały ciosów opancerzonymi ogonami, ale pazury smoków bez trudu zdzierały płyty ich bojowych pancerzy. Oszalałe z bólu, krwawiące ciemną posoką zwierzęta, waliły się pod nogi własnych pobratymców, potęgując chaos. Jeźdźcy więcej wysiłku musieli wkładać w opanowanie spłoszonych wierzchowców niż w samą walkę. Kawaleria Lucyfera bezlitośnie wykorzystywała przewagę. Z krzykiem: „Wolność i siła!" Głębianie wyrzynali rycerzy Mroku, dobijali rannych, tratowali.

Piechota Królestwa z wyciem radości rzuciła się do boju. W nagłym przypływie sił zepchnęła oddziały wroga do tyłu. Jazda Lucyfera i Michała uderzyła na piechurów z flanki, zmusiła do dalszego cofania. Nagle, na rozkaz Falega, aniołowie rozpoczęli odwrót. Parasim wykonali elegancki zwrot, smoki Lampki wzbiły się w powietrze.

– Teraz! – krzyknął Razjel. Algivius i Pajmon spletli palce. Ziemia pod stopami oddziałów Mroku zapadła się. Żołnierze wpadli w głęboką rozpadlinę pełną wrzącej magmy. Umierali natychmiast, setkami, nie zdążywszy nawet pojąć, co się wydarzyło. Sprzymierzona armia Królestwa i Głębi wydała radosny wrzask. Magiczna pułapka zadziałała.

– Parasim! – ryczał Michał, potrząsając lancą.

– Wolność i siła! – krzyczał Lucyfer z grzbietu smoka.

– Zamykać! – nakazał Razjel. Rozpadlina zawarła się z łoskotem, grzebiąc we wnętrzu trupy nieprzyjaciół. Pan Tajemnic otarł spocone czoło. Nie uśmiechnął się. Błękitne oczy z napięciem śledziły tafle zwierciadeł.

– Trzymać barierę! Równo! – krzyknął. Magowie bezgłośnie poruszali ustami w ciągłej litanii zaklęć.

Daimon jechał na Piołunie środkiem kręgu utworzonego z Rycerzy Miecza, wewnątrz większego klina, stworzonego z prącej do przodu Szarańczy. Czuł się źle, strzeżony niczym cenna paczka, ale rozumiał, że to konieczne. Będzie miał jeszcze okazję walczyć, kiedy wkroczy do czeluści, gdzie kryje się Siewca. Tam nie podejdzie żaden inny anioł. Wiedział, że musi się oszczędzać i dotrzeć pod eskortą najdalej jak zdoła, co nie znaczy, że się nie złościł. Obok walczyli jego przyjaciele, towarzysze i podwładni, a on podróżował niczym urzędas w lektyce, zamiast stanąć z nimi w jednym szeregu jak żołnierz Jasności i Rycerz Miecza.

– *Kto cierpliwie czeka, zbiera owoce* – usłyszał w głowie głos konia. – *Jeszcze zdążymy spłynąć krwią.*

– Mądrzysz się, Piołun – parsknął.

– *Widać mam warunki* – odpowiedział koń. – *Nie pozwól emocjom myśleć za ciebie.*

– Przestań!

– *Rozsądny ustępuje, gdy głupiec tryka łbem w mur* – oznajmił Piołun i umilkł.

Daimon zacisnął usta. Denerwował się, a nawet lękał pojedynku z Siewcą; wolałby zająć się walką, zamiast jechać jak baran na rzeź, międląc w głowie wszystkie warianty. Oczywiście, musi zachować spokój, ale koń nie powinien przypominać o tym tak pryncypialnie.

Znalazł się mędrzec tego świata, pomyślał z irytacją, lecz zaraz przypomniał sobie, że to Piołun wniesie go w czeluść i podejdzie tak daleko, jak tylko zdoła, chyba że obaj zginą wcześniej. Poczuł wdzięczność dla przyjaciela i ulgę, że jednak nie będzie sam.

Pochylił się nad grzywą, poklepał szyję wierzchowca.

– Wybacz, stary – szepnął – masz rację. Powinienem częściej cię słuchać.

– *Emocje!* – parsknął z dezaprobatą koń. – *Ale rozumiem.*

Kamael walczył na czele Szarańczy. Znów jako Rycerz Miecza, dowódca. Rozpierało go szczęście. Chciał krzyczeć z radości. Gdyby miał teraz zginąć, odszedłby bez żalu. Wiedział, że powinien być przy Daimonie, podtrzymywać przyjaciela na duchu, osłaniać go w razie niebezpieczeństwa, ale nie mógł. Upajał się walką, bliskością towarzyszy, radością, że stoi po stronie dobrej sprawy, po stronie Jasności.

– Niech Miecz prowadzi i zwycięża! – krzyczał, wyprowadzając celne, precyzyjne ciosy.

Kawaleria Mroku okazała się więcej niż kiepska, ale z piechotą rzecz się miała inaczej. Włócznie godziły w brzuchy wierzchowców, miecze kaleczyły nogi.

Głębiański lampart bojowy, który towarzyszył Kamaelowi w bitwie, budził podziw perfekcyjnym wyćwiczeniem. Osłaniał brzuch wierzchowca przed ciosami, prześlizgując się między nogami pędzącego konia z niewiarygodną precyzją. Potężne kły rozszarpywały napastników, pazury orały łuskowe pancerze. Koń Kamaela, płowy, złotooki Płomień, był jednym z niewielu wierzchowców, które zdecydowały się przyłączyć do buntu Lucyfera. Kamael nigdy nie pytał, ale podejrzewał, że Płomień postąpił tak z poczucia lojalności względem niego.

Legia Siarki, Legia Dymu i Legia Ognia parły powoli naprzód, a Rycerz Miecza, Kamael, czuł, że jego życie nie zostało do końca zmarnowane.

– Co to jest?! – krzyknął Nuriel, dźgając palcem w zwierciadło.

Załzawione, opuchnięte od dymu oczy Gabriela spojrzały nieprzytomnie.

– Wyłazi ze szczeliny! Patrz!

Gabriel przypadł do lustra.

– Posłać wozy bojowe chajot!

Z czeluści wypełzały ogromne opancerzone stwory przypominające owady połączone z maszyną. Zdawały się pokraczne. Niezgrabne segmentowe nogi przesuwały się z chrzęstem, zaczepiały o siebie. Wyglądały jak kikuty nierównej długości, obcięte w pośpiechu. Stwory zataczały się, ale twardo pełzły do przodu. Pośrodku korpusów chwiały się cienkie, również segmentowe szyje, zakończone bezokimi paszczami. Niektóre potwory miały całe pęki takich szyj, inne tylko jedną lub dwie. U części pokracznych „chrząszczy", jak ochrzcił je na własny użytek Gabriel, w ogóle nie było segmentowych macek, tylko coś w rodzaju gigantycznych szczęk. Wszystkie zaś porastało mnóstwo gruzłowatych wyrostków, wypustek i guzów.

Regent Królestwa patrzył bezradnie, jak ku stworzeniom przyskakują oddziały skrzydlatych i cofają się, ponosząc dotkliwe straty. Mackowate szyje raziły aniołów trującym, smrodliwym dymem i fioletowymi płomieniami, spopielającymi obrońców na pył. Zapalające pociski, podobne do małych komet, wybuchały na i pod pancerzami, nie czyniąc szkody atakującym. Krzyk triumfu, gdy jeden z granatów urwał członowatą nogę potwora, przerodził się w jęk zawodu, bo gruba, gruzłowata narośl na pancerzu natychmiast poczęła pęcznieć, przemieniając się w nowe odnóże.

Naprzeciw potworom Mroku już toczyły się chajot, wibrując niskim pomrukiem. Woźnice cisnęli „naczynia gniewu", płaskie, obłe pociski burzące. Pomknęły ze świstem, a ich lśniące czerwone ślepia wypatrywały słabych punktów celu. Uderzyły. Pierwszy rozprysnął się na pancerzu stwora, urwał pęk macek, nie czyniąc więcej szkody. Natychmiast zaczęły odrastać. Drugi odbił się od gruzłowatej powierzchni, wybuchł w powietrzu, raniąc wielu obrońców. Pozostałe także okazały się nieskuteczne. Chajot zaniechały sypania pocisków, z brzękiem opuściły poczwórne skrzydła, otwarły cztery dysze, przesłonięte maskami o kształcie lwich i byczych pysków, powoli szykując się do natarcia.

Machiny Chaosu zatrzymały się, rozwarły podobne do owadzich szczęk klapy z przodu i zamarły w bezruchu. Chajot ruszyły. Spod kół podniosły się chmury popiołu. Zazębiające się i rozplatające podczas biegu tarcze wydawały charakterystyczny wysoki świst. Trzydzieści sześć wozów bojowych poruszało się równo niczym ostrze gigantycznej kosy.

Owadzie machiny z chrzęstem osiadły na brzuchach, z odgłosem przypominającym westchnienie wciągnęły odnóża. Spomiędzy rozwartych szczęk wydobył się snop oślepiającego fioletowego światła. Fala uderzeniowa towarzysząca eksplozji rozdarła trzy wozy bojowe na strzępy. Zdarła pokrywy pancerza, odarła woźniców ze skóry i mięśni, pozostawiając płonące poszarpane szkielety skrzydlatych i ich machin. Cztery chajot zataczały się niczym pijane, na połamanych kołach, z opalonymi, powyginanymi pancerzami. Jeden wpadł w grupę własnych żołnierzy i eksplodował. Pozostałe wozy parły do przodu. Wypluły z hukiem chichoczące ogniste kule, które zalały machiny Siewcy jedną ławą płomieni.

– Chaszmal! – ryczał do oka dnia Gabriel. – Chaszmal! Natychmiast się wycofuj! To nie czas na brawurę!

Wódz chóru Chajot nie słyszał lub nie chciał słyszeć. Tylko jedna machina Siewcy uległa uszkodzeniu. Dymiła spod brzucha, ale segmentowe macki wciąż raziły przyskakujących żołnierzy Królestwa. Ginęli spopieleni fioletowymi wystrzałami. Pozostałe monstra szykowały się do kolejnej salwy. Rozbłysło upiorne fiołkowe światło. Fragmenty dwóch rozerwanych chajot śmignęły w powietrzu. Trzeci toczył się jeszcze jakiś czas wiedziony dłońmi martwych, na wpół spalonych woźniców. Ocalałe wozy zrobiły zwrot, przegrupowały się. Chaszmal uciekał. Machiny Cienia uniosły się z jękliwym zgrzytem, kikutowate łapy wolno przepychały ogromne cielska tak, by obróciły pyski w stronę umykających. Na szczęście były powolne.

– Dawać chalkedry! – rozkazał Gabriel.

Przypadł do niego Zagzagel, książę Sarim, anioł gorejącego krzewu, Pan Mądrości, bardzo wysoki rangą, wpływowy Świetlisty, obecnie oficer sztabu.

– Za wcześnie! – krzyknął. – Chalkedry mogą się okazać później naszą jedyną nadzieją.

– Nie będzie dla nas nadziei, jeśli ich teraz nie użyję! – ryknął zirytowany archanioł.

– Ale... – zaczął Zagzagel, lecz resztę zagłuszył potężny huk.

Machiny wystrzeliły ponownie i choć na szczęście nie dosięgły wycofujących się chajot, poraziły oddziały Królestwa i część formacji Azazela. Legia Rózeg i ponad połowa Legii Mrowia przestały istnieć. Eksplozja obróciła w popiół większość skrzydlatych, z reszty zdarła żywe tkanki, pozostawiając dogasające szkielety. Aniołowie w sztabie z przerażeniem i niedowierzaniem wpatrywali się w oddział wielkich Galla, a właściwie niedobitków, które z niego pozostały. Straszliwie poparzone, zmasakrowane demony rzuciły się do walki. Te, którym żar wypalił oczy, płacząc krwawymi łzami podążały za bojowym rykiem towarzyszy. Niektóre pełzły. Większość kulała. Macki machin raziły ich fioletowymi błyskami, lecz Galla podążali naprzód. Wkrótce byli już zbyt rozproszeni i za blisko, żeby dosięgnął ich płomień z rozwartych szczęk potworów.

Demony dopadły machin, w szale darły sierpami pancerze, rozchylały łuski i wpychały pod nie „naczynia gniewu". Ginęły samobójczo, rozszarpane eksplozją, a ich poświęcenie, które z początku wydawało się zupełnie bezowocne, zaczęło z wolna przynosić rezultaty. Kilka segmentowych płyt pancerza pękło, odsłaniając białe, miękkie ciało. Stwory z rykiem próbowały się obracać, strząsać napastników wspinających się za pomocą haków po gruzłowatych bokach. Macki chłostały wokół, rażąc płomieniami na oślep. Jeden ogromny Galla dotarł na grzbiet stwora, odrzynał sierpem blade szyje niczym upiorne kłosy. Czerwone mięso przeświecało pod płatami zdartej, nadpalonej skóry na jego twarzy, jedyne ocalałe oko błyskało szaleństwem. Drugie wypłynęło. Pęd powietrza poruszonego wściekłym tańcem macek szarpał skudlonymi częściowo zwęglonymi włosami demona.

Nikt, nawet same Galla, nie miał wątpliwości, że idą po śmierć, a szaleńczy atak skazany jest na niepowodzenie. Jednak odwaga demonów porwała do walki Zastępy.

– Chwała Królestwu! – ryczeli aniołowie, pędząc wprost w paszcze potworów chaosu.

– Azazel! – podniósł się wrzask w oddziałach Głębian, którzy atakowali ramię w ramię ze skrzydlatymi.

– Wycofać się! – krzyczał do oka dnia ochrypły z wysiłku Gabriel. – Chalkedry zaraz wylądują! Zrobić miejsce!

Ogłuchli od własnego ryku i huków eksplozji, atakujący nie usłyszeli nadlatujących aż do ostatniej chwili. Gdy dotarł do nich wreszcie charakterystyczny suchy szelest i wysoki wizg lądujących olbrzymów, unosili w górę głowy i zamierali z mieczami w dłoniach.

Niektórzy klękali. Niewielu skrzydlatych miało okazję kiedykolwiek oglądać zapierającą dech w piersiach potęgę archaniołów lotnych substancji Słońca. Dwanaście par wydłużonych sztywnych jak u ważki skrzydeł utrzymywało każdego giganta w powietrzu. Ciała pokryte błękitną gładką skórą mieniły się barwami tęczy. Chalkedry opadły pomiędzy walczących, a ziemia pod ich stopami zadrżała. Zdawało się, że gdy stoją, ich obłe, pokryte złotymi łuskami głowy dotykają nieba. Wąskie pozbawione białek oczy, granatowe niczym horyzont nocą, omiatały pole walki, zatrzymywały wzrok na machinach Chaosu, które w porównaniu z ogromem aniołów już nie wydawały się takie wielkie. Chalkedry rozłożyły ramiona, splotły złote pokryte łuską dłonie o paznokciach podobnych do szponów. Zaintonowały pieśń bez słów, niskie, głębokie dźwięki, wprawiające powietrze w drżenie. Smoki Siewcy obróciły się na kikutach łap, plunęły fioletem. Skrzydlaci, którzy nie zdążyli wycofać się na bezpieczną odległość, spłonęli, ale tylko jeden z siedmiu archaniołów Słońca zachwiał się, przyklęknął na jedno kolano i runął z hukiem na ziemię. Pozostali wciąż trzymali się za ręce. Na obliczach o szerokich czołach i płaskich lwich nosach nie pojawił się nawet cień emocji, jakby chalkedry nie zauważyły straty towarzysza. Przerwały śpiew.

Wąskie usta rozwarły się szeroko i aniołowie tchnęli. Wicher, który się zerwał, podniósł w górę tuman popiołu. Z ust gigantów popłynął strumień złocistego pyłu. Natychmiast zasypał machiny Siewcy strumieniami złotych drobin. Pył lepił się do skóry i włosów aniołów i Głębian, nie czyniąc im szkody. Przeciwnie, obrońcy Królestwa poczuli się naraz silniejsi, opadało zmęczenie, ustawał ból. Natomiast stwory Cienia miotały się rozpaczliwie pod zwałami złocistego kurzu, członowate łapy darły ziemię w agonii. Smoki zdychały. Pękały gruzłowate pancerze, więdły pęki wici, zabójcze szczęki otwierały się i zwierały jakby w bolesnym konaniu. Machiny Siewcy powoli rozsypywały się w proch.

Skrzydlaci krzyczeli z radości, tańczyli, potrząsali mieczami.

– Mamy ich! – wychrypiał z triumfem Gabriel.

– Chwała Królestwu!

Ja bym się nie cieszył, pomyślał ponuro Razjel. Siewca przyśle następne. Na tym polega jego potęga. Jako cień Pana może tworzyć nowe formacje, póki nie wypalą się gwiazdy. Jedyna nadzieja w Daimonie. Blada, ściągnięta z wysiłku twarz Pana Tajemnic spływała potem.

– Nie rozpraszać się! – syknął. – Równo trzymać blokadę! Jefefiasz! Stój pośrodku kręgu! Równo, mówię!

Słońce, zakurzona biaława kula przeświecająca przez szarość zasnutego pyłem i popiołem nieba, zapadło za horyzont, a potem wychynęło znów mozolnie wspinając się ku zenitowi, a bitwa trwała nadal. Płomień występował przeciw płomieniowi, a miecz tańczył z mieczem. Zastępy Pańskie i demony z Głębi walczyły w jednym szeregu, zupełnie jak w czasach przed Stworzeniem. Żaden z nich nie myślał teraz o waśniach i latach wzajemnej niechęci. W pamięci mieli raczej dawno zapomniane chwile, gdy wspólnie budowali wielkie dzieło Pańskie, Ziemię i Wszechświat.

W dole, o wymiar niżej, błękitna planeta spokojnie obracała się wśród kosmicznej pustki, pod czujnym okiem aniołów z chóru Potęg. Życie toczyło się własnym torem, a ludzie, zajęci swoimi sprawami, nie podejrzewali nawet, że w osiemnastej prowincji Szóstego Nieba rozstrzygają się losy świata.

A rozstrzygały się powoli, lecz nieubłaganie na korzyść Ciemności. Obrońcy walczyli zaciekle, ale ich siły topniały, podczas gdy z gardzieli czeluści wciąż wysypywały się nowe oddziały Siewcy.

Michael wpadł w szał bojowy. Poczuł nagły przypływ sił i tę cudowną ostrość widzenia, umiejętność oceny sytuacji. Stał się, zgodnie z imieniem, niemal jak Pan. Potężny, chłodny, perfekcyjny. Michael, Wódz Zastępów. Jednym ciosem mógłby teraz zabić dziesiątki, może setki szeregowych skrzydlatych. Pod nim tańczył Klinga, robił uniki, zwroty, piruety, lecz Michał tego nie czuł. Zdawało mu się, że trwa nieruchomo nad polem bitwy. Zdawało mu się, że stał się wielkim, żywym posągiem, którego myśli są szybsze niż czas. Wypełniał misję, czynił to, do czego powołał go Pan. Uczucie bliskie euforii. Dziwacznej, mistycznej ekstazy. Ale wiedział, że to tylko złudzenie. W istocie, zabijał. Poruszał się z prędkością błyskawicy, niosąc śmierć. Potrafiłby jednym ciosem rozciąć Słońce, zmiażdżyć Ziemię. Gdyby przyszło mu potykać się z szeregowymi żołnierzami Cienia, wygrałby bitwę w ciągu sekund. Lecz walczył z jednym tylko rycerzem. Ogromnym, raz czarnym, raz czerwonym, który był jak Cień. Niemal jak Cień. W jego twarzy Michał rozpoznawał własną. Odżegnywał się od niego, wyrzucał z siebie, rozpoznając zło. Ciosami świetlistego miecza odcinał siebie samego od zła, które nosił w sobie. Nienawidził czarnego jeźdźca, bo był jego przeciwnością. Wszystkim, co odkrywał w sobie z lękiem, czego nienawidził. Zabijał go, lecz rycerz wciąż na nowo powstawał z prochu. Pan Zastępów ścierał się z przeciwnikiem, siła ciosów, które wymieniali, wprawiała ziemię w drżenie. Archanioł ciął i ciął nieustannie, rozrąbywał mrocznego rycerza na dzwona, ale tamten natychmiast powstawał z martwych. Michał wiedział, że walka będzie trwała przez wieczność, ale nie lękał się. Walczył z własnym cieniem i zwyciężał. Zabijał go i zabijał, wciąż na nowo.

– Michał!!!

Krzyk wibrował mu w uszach, ale nie dochodził do świadomości.

– Michael!!! Michael!!! Michaaał!!!

Ocknął się i natychmiast wpadł w sam środek bitwy. Zgiełk panujący wokół ogłuszył go. Czarny rycerz zniknął, ale rytm ciosów Michała nie załamał się ani na moment. Ciął jakiegoś jeźdźca, który zwalił się z rumaka w błoto i chaos pod końskimi nogami, zwarł się z następnym.

– Michał!!! – To krzyczał Lucyfer.

Przebijali się ku sobie z trudem, ale równo, jakby obaj wyrąbywali ścieżkę w puszczy.

– Gdzie są dżinny Sophii?! – wołał ponad głowami walczących Lampka.

Bojowy smok Lucyfera i Klinga zetknęły się bokami. Były i obecny dowódca Zastępów walczyli ramię w ramię.

– Nie ma ich z tobą?!

– Nie! Bez nich nie zepchnę Siewcy dostatecznie daleko od bramy.

Michałem zatrzęsła złość.

– Suka! – wysyczał. – Dziwka, kurwa, suka! Zdradziła nas!

– Daj mi jakieś wsparcie!

– Nie mam.

Lucyfer nie odpowiedział. Zacisnął usta. Bojowy smok, boleśnie ugodzony w łapę, wydał przeciągły wizg, zatańczył.

– Zaraz! – krzyknął Michał. – A gdzie Samael? Gdzie jest ten ryży skurwysyn?!

– Tam! – Lampka ruchem głowy wskazał w górę.

Na wskroś przez niebo pędził dziki, szalony orszak. Na przedzie, na rumaku czerwonym jak krew, gnał Samael. Był bez hełmu, a włosy powiewały za nim niczym płomień. Wiódł ze sobą dziwaczną zbieraninę. Demony na smokach, aniołów, którym nikt przy zdrowych zmysłach nie pozwoliłby przekroczyć bram Królestwa, dosiadających koni lub bestii, dżinny na gryfach, istoty ze Sfer Poza Czasem i, na litość Pańską, zwykłe upiory, kilka strzyg, a nawet jednego wilkołaka.

Bestie Cienia, mniejsze od smoków, raczej gadzie niż owadokształtne, dostrzegły Samaela w tym samym momencie co Lampka i Michał. Natychmiast podniosły w górę segmentowe szyje i plunęły jadem. Strugi zielonej trucizny bluznęły w powietrze. Wydawało się, że oddział byłego archanioła jest zgubiony. Jednak banda Samaela wykonała serię perfekcyjnych zwrotów i uników, zawróciła niemal w miejscu i niczym jastrząb opadła piechotę Siewcy. Cięli i rozpruwali włóczniami w locie, bardzo ryzykownie, ale skutecznie.

– Niech żyje anarchia! – krzyczał Samael, a kopyta czerwonego rumaka tłukły w hełmy żołnierzy Cienia.

Wyjąca, szalona banda zabijaków dopadała przeciwnika i natychmiast uciekała w powietrze, lawirując między strugami zielonego jadu. Ryży Hultaj śmiał się. Rude włosy powiewały za nim niczym pochodnia, dziwny szeroki miecz spływał posoką. Czarne oddziały załamały szyki, rozbiły się na mniejsze grupy, wpadały na siebie wzajem. W powstałym chaosie formacja Samaela siała śmierć i strach.

Piechota Królestwa zwarła się z żołnierzami Siewcy, gniotła ich, oskrzydlała, zmuszała do cofania, a wkrótce rozbijała ostatnie punkty oporu.

Lampka natarł na konnicę wroga i powoli spychał na tyły jej własnych oddziałów. Wkrótce czarne wierzchowce tratowały odzianych w łuskowe zbroje piechurów.

Michałowi jednak daleko było do radości. Zwycięstwo zdawało się pozorne. Bestie Cienia skupiły się wokół siebie, zwarły, nie pozwalając skrzydlatym podejść. Strzykając wokół jadem, za zieloną trującą kurtyną rozpoczęły podział. Podniosły ruchome płyty na bokach pancerzy i wypuściły młode, które natychmiast zaczęły pęcznieć, aby w ciągu sekund uzyskać wielkość i moc dorosłych.

– Załatw bestie! – darł się w oko dnia Michael. – Niech ktoś uderzy w bestie! Mnożą się! Dżinny Sophii nie przybyły. Potrzebuję posiłków!

– Nie mam! – zachrzęścił klejnot głosem Gabriela.

– Puść trony!

– Utknęły.

– Chalkedry?

– Walczą ze smokami!

– Kurwa!

– Kurew też nie mam! – wrzasnął wściekle Gabriel, a oko zachrzęściło i zamarło.

– Fajnie – mruknął Pan Zastępów.

Bestie zakończyły podział, rozwinęły się w tyralierę i ruszyły. Po czarnej, gładkiej skórze ślizgały się zielonkawe błyski.

Faleg już przegrupował piechotę, na czoło wysunęli się procarze. Pętle zawirowały w powietrzu, gwizdnęły ciśnięte pociski. Długie, obłe wrzeciona srebrzystej barwy, zwane „kandelabrami", bo rozpryskiwały się jak wieloramienne fajerwerki, uderzyły w pyski bestii. Salwa wstrząsnęła ziemią. W kłębach dymu i pyłu żołnierze Królestwa ujrzeli machiny Siewcy niezmordowanie pełznące naprzód. Udało się uszkodzić tylko jedną, która wlokła się za pozostałymi z przetrąconą szyją.

– „Naczynia gniewu"! – zakomenderował Faleg, ale procarze nie zdążyli posłać pocisków. Bestie Mroku plunęły w nich jadem. Strugi gęstej zielonej cieczy zalały aniołów. Trucizna działała natychmiast. Skrzydlaci padali w konwulsjach na ziemię, tarzali się w błocie z wytrzeszczonymi nabiegłymi krwią oczami i ustami rozwartymi w niemym krzyku. Dusili się. Nabrzmiałe żyły na szyjach i twarzach pękały, nogi kopały w agonii, skrzydła biły ziemię, rozchlapywały błoto.

Samael próbował zaatakować machiny z powietrza, ale miecze i włócznie nawet nie drasnęły pancerzy. Kilka dżinnów i jeden upiór, porażeni jadem, zwalili się pod nogi bestii, konali w drgawkach. Były archanioł dał rozkaz do odwrotu. Bestie wydały ostry gwizd, w którym wyraźnie dźwięczał triumf. Niektóre uniosły w górę paszcze, strzykały zieloną cieczą. Oddział wycofywał się, lawirując z trudem między tryskającymi fontannami trucizny.

Do stworów przypadły już oddziały Lucyfera. Z równego czworoboku piechoty wysunęli się miotacze. Z rąk żołnierzy w błyskawicznym tempie sypały się maleńkie czerwone pociski, zwane „ślepiami diabła". Chmara kulek przypominających drobiny żaru ugodziła bestie. Pociski nie uderzały na oślep. Wyszukiwały szczeliny w pancerzach przeciwnika, wdzierały się do oczu i pysków machin. Stwory zawyły. Dwa miotały się rozpaczliwie, próbując strząsnąć „ślepia diabła" z łbów, nie dopuścić do oczu. Wężowate szyje tłukły o boki, wysokie wieloczłonowe łapy miesiły błoto, ogony zakończone rogową naroślą biły w ziemię.

Miotacze ponowili atak, lecz tym razem bestie nie dały się zaskoczyć. Struga jadu chlusnęła na piechotę Głębi, zalała nadlatujące pociski, powaliła żołnierzy Lampki na ziemię. Konali, dusząc się i wymiotując. Palce umierających darły błoto, kurczowo wczepiały się w nogi ocalałych towarzyszy.

Bestie, sycząc, posuwały się naprzód obrzucane złocistymi kometami aniołów i „ślepiami diabła" czerwonymi jak żar. Zaatakowali jeźdźcy parasim i musieli uciekać, ponosząc ogromne straty. Szlak ich odwrotu znaczyły ciała koni i skrzydlatych splecione w agonalnej męce.

Machiny Siewcy przystąpiły do ataku na bramę.

– Musisz się utrzymać! – chrobotał z oka rozpaczliwy głos Gabriela.

Michał rzucił kawalerię do kolejnej rozpaczliwej szarży.

Lance aniołów wybuchły światłem.

Bestie nieubłaganie pełzły do bramy.

Uczyń coś, Jasności, uczyń, błagam, bezgłośnie powtarzał Michael, niesiony przez Klingę w środek dymu, chaosu i śmierci.

I wtedy, jakby w odpowiedzi, w tumanie zasłaniającym niebo coś zamigotało bielą i fioletem. Z szumem skrzydeł przed barykadą broniącą bramy wylądowało pięciu aniołów.

– Izrafel! – wychrypiał Michał.

– Izrafel! – wykrzyknął Gabriel z niedowierzaniem, bezwiednie pocierając taflę lustra, jakby chciał zetrzeć z niej dym.

Istotnie, był to szalony Archanioł Muzyki. Prawdę powiedziawszy Gabriel o nim zapomniał. Izrafel praktycznie nie bywał w Królestwie, nie utrzymywał kontaktów z żadnymi Świetlistymi, nie poddawał się niczyjej władzy. Podobno widywano go czasem na Ziemi lub w głębokich Sferach Poza Czasem, lecz czym się Izrafel zajmował i gdzie mieszkał, nie wiedział nikt. Nikt też nie miał wątpliwości, że Anioł Muzyki jest kompletnie szalony. Mówiono, że on i jego trębacze ogłoszą koniec czasów. Gabriel zbywał machnięciem ręki podobne gadanie, lecz teraz gorąco modlił się, żeby ten moment właśnie nie nadszedł.

Archanioł Muzyki nie nosił zbroi, tylko ulubiony płaszcz fiołkowej barwy. Włosy miał, jak Daimon i Razjel, splecione w warkocz. Czterej towarzysze skrzydlatego, również ubrani w fiolety, trzymali przy ustach długie trombity, pogięte i niemiłosiernie poobijane. Spod zdartej warstwy pozłoty przebijał szary metal. Izrafel trzymał klarnet.

– Forte! – zawołał.

Trębacze wydęli policzki, a cztery trombity przemówiły. Dźwięk był nieprawdopodobnie niski, głęboki, wibrujący. Narastał, przeradzając się w huk. Zerwał się wicher wywołany pędem wydmuchiwanego powietrza, zatykał oddech, zwalał z nóg, obalał na ziemię. Aniołowie klękali, skuleni zatykali dłońmi uszy. Dźwięk trąb potężniał. Żołnierzami Cienia wstrząsnęło drżenie. Rzucali broń, dygoczącymi rękami starali się zerwać hełmy. Próbowali krzyczeć. Czarne łuskowate zbroje pękały, darły się jak papier. Skóra bestii Mroku także zaczynała się rozrywać. Fala dźwięku zdzierała płyty pancerzy, a potem żywe tkanki nacierających. Zdmuchiwała mięśnie, odsłaniając kości. Rozszarpywała żywcem machiny Cienia i nieszczęsną piechotę Siewcy. Popiół pił chciwie bryzgającą we wszystkie strony posokę.

Trębacze dęli zawzięcie, nie nabierając tchu. Izrafel wygrywał na klarnecie mistrzowską jazzową wariację. Płynęły nowoorleańskie standardy, „Black and blue", „Aunt Hagar's Blues", „Tiger Rag".

Izrafel zakończył szaloną solówkę, zamachał rękami.

– Starczy! – zawołał, gdy wszystkie bestie padły. – *Finito!*

Czterej aniołowie odjęli trąby od ust. Powietrze wciąż jeszcze drgało, a wiatr szarpał czarny warkocz archanioła.

Skrzydlaci i Głębianie podnosili się z trudem. Huk wciąż szumiał im w głowach, otumaniał. Zataczali się, niektórzy wymiotowali, ale żadnemu nie stała się krzywda. Kwartet Izrafela poraził tylko armię Cienia.

Michał gramolił się z błota. Fala dźwięku zmiotła go z siodła. Archanioł w fioletach wyszczerzył do niego zęby. Michał przyjął podaną dłoń, podźwignął się.

– Podobał się koncert? – spytał Izrafel. Turkusowe oczy lśniły najczystszym szaleństwem.

– Powalający – mruknął Michał.

– Żeby potem nikt nie gadał, że zabrakło naszej kapeli – powiedział Izrafel i klepnął Pana Zastępów w plecy. Obrócił się do swoich trębaczy.

– Skarby moje! Dzieci talentu! – wrzasnął. – Spadamy! Po honorarium zgłosimy się później.

Zatrzepotały skrzydła i trębacze zniknęli w dymie. Michał pospiesznie zbierał i przegrupowywał oddziały. Z cienia wyłaniał się już nowy zwarty czworobok piechurów Siewcy.

Brudne, rozmazane słońce po raz drugi zapadło za horyzont. Pole bitwy spowijały ciemności rozświetlane błyskami nieustannych eksplozji. Ze szczeliny w niebie wylewał się potok żołnierzy Cienia. Zdawał się nie mieć końca. Skrzydlaci z wolna zdawali sobie sprawę, że nadchodzi era panowania Wielkiego Mroku. Walka trwała. Wrzask, huk i zgiełk bitewny były tak głośne, że docierały aż do sztabu, uniemożliwiając porozumiewanie się.

Gabriel zauważył Nuriela, swego fioletowowłosego adiutanta, dopiero gdy tamten zaczął szarpać go za rękaw.

– Gabrielu, rzuć rydwany! – głos adiutanta ochrypł od krzyku.

Archanioł zwrócił ku niemu szalone, załzawione od kurzu oczy.

– Nie! – ryknął i natychmiast przestał go widzieć.

Huk jakiejś pobliskiej eksplozji wstrząsnął powietrzem. Jedno z mniejszych luster pękło, odłamek skaleczył Gabriela w policzek. Nie zwrócił na to uwagi. Nuriel uczepił się rękawa dowódcy.

– Teraz! – krzyczał. – Rzuć rydwany!

– Nie! Za wcześnie! – Archanioł wyszarpnął ramię z uścisku.

Twarz Nuriela wykrzywiał bolesny grymas.

– Brama! – krzyczał. – Zagrożona! Patrz!

Dźgnął palcem w mikroskopijny punkt na zbiorczym zwierciadle. Gabriel wlepił tam spojrzenie załzawionych, opuchniętych oczu.

– Zbliż – rozkazał. – Na Jasność! – jęknął w chwili, gdy obraz nabrał ostrości. – Masz rację! Rydwany pod drugą bramę! Natychmiast! Chorągiew Nekiasza, Zegiela i Sentela też! Wiem, że są związani walką, ale mają się przebić! Brama zagrożona!

Ziemia przy drugiej bramie nie przypominała już dna popielnika. Zmieniła się w krwawe błoto. Żołnierze umierali, depcząc po trupach towarzyszy. Dekurion Azariusz, który przejął dowodzenie na tym odcinku, jako najstarszy stopniem z tych, co ocaleli, porzucił po wielu wysiłkach martwe oko dnia. Łączność nie działała. Amunicja była na ukończeniu, a wróg nieustannie zasypywał barykadę gradem pocisków. Wyglądały niepozornie. Jak czarne szklane śliwki, lecz w momencie trafienia w cel rozpryskiwały się na mnóstwo drobnych odłamków. Każdy z nich, jeśli tylko zagłębił się w ciało obrońcy, natychmiast zaczynał wżerać się coraz bardziej, koziołkując bądź wirując, aż docierał do serca czy innego ważnego organu i rozrywał go. Aniołowie umierali w męczarniach. Jedyną szansą było natychmiastowe rozoranie skóry i mięśni, żeby wydłubać pocisk. Ciśnięty na ziemię spalał się z sykiem. Niektórym się udawało, innym nie. Azariusz miał już cztery rany od własnego noża.

Żołnierze Cienia kryli się w mroku i nieustannych kłębach dymu. Dekurion zastanawiał się, czy w ogóle istnieją. Może to sama ciemność ciska w nich zatrutymi owocami ze szkła? Wielkie, samonaprowadzające pociski, podobne do małych komet, które śmigały z chichotem w powietrzu, żeby zalać wrogów wodospadem ognia, trzymały jeszcze przeciwnika na dystans, ale ich zapas się kończył. Niemal bezszelestnie w okopie wylądowała kolejna śliwka. Tym razem nie rozprysła się na barykadzie, wpadła dokładnie pomiędzy obrońców. Tańczyła po ziemi, wirując. Azariusz gapił się na pocisk jak sparaliżowany. Zabije nas wszystkich, jeśli tu wybuchnie, pomyślał. I kto wtedy przejmie dowodzenie nad pozostałymi? Czas się zatrzymał, ułamki sekund przemieniły w wieczność. Ośmiu żołnierzy w okopie patrzyło na taniec bezmózgiego szklanego boga, który miał zdecydować o ich losie. Naprawdę nikt nie zauważył, kiedy Rekiel pochwycił pocisk. Chciał go odrzucić, ale widocznie w ostatniej chwili zrozumiał, że nie zdąży. Może poczuł w dłoni wibrację rodzącej się eksplozji, może pojął, że czas się skończył? Ręka anioła nie wzniosła się do zamachu. Przytulił obłą, czarną śmierć do siebie i upadł na ziemię.

Nie usłyszeli odgłosu wybuchu, tylko krzyk Rekiela.

Żył, na litość Pańską, wciąż żył i wił się w konwulsjach, od środka rozdzierany na strzępy. Straszne oczy, które zdawały się stare jak świat, na sekundę spoczęły na twarzy Azariusza. Usta umierającego krzyczały nieustannie, ale dekurion słyszał tylko to, co mówiły oczy. Ognisty miecz świsnął w powietrzu. Rekiel znieruchomiał. Azariusz opuścił broń. Widział, był pewien, że widział, ruch warg martwego żołnierza, z których odczytał przesłanie: „Niech cię Jasność błogosławi, synu".

Skrzydlaci z chorągwi Zegiela i Nekiasza czynili to, co im rozkazano. Próbowali się przebić. Ale zamiast posuwać się naprzód, ginęli. Czarna ława piechurów Cienia napierała ze wszystkich stron. Wydawało się, że w miejsce jednego zabitego wroga natychmiast wyrastają dwaj nowi. Jak kły smoka ze smoczej ziemi. Płomienne miecze rozgrzane do białości, topiły pancerze, rozcinały przeciwników niemal na pół już przy pierwszym ciosie, ale matowe dziwne miecze żołnierzy Mroku zadawały aniołom równie dotkliwe straty. Rana zadana mieczem Ciemności czerniała natychmiast, a poważnie cięty skrzydlaty jakby zapadał się w sobie, wysychał, martwiał. Krew nie krzepła, nawet draśnięcie mogło oznaczać śmierć.

Chorągiew Zegiela topniała coraz szybciej. Czarni, ponurzy piechurzy zgniatali ją jak pustą puszkę. Skrzydlaci z chorągwi Nekiasza twardo nie pozwalali rozerwać swoich szyków, odpierali ataki zbici w jeden blok, lecz aniołowie Zegiela zbyt rozciągnięci, za mało liczni, pozwolili żołnierzom Siewcy rozerwać linię. Bronili się teraz w małych grupach, już bez nadziei, że przebiją się gdziekolwiek indziej niż w zaświaty. Okrwawieni, poranieni, czarni od błota i skrzepłej posoki, pragnęli tylko jednego. Odchodząc w nicość, zabrać z sobą chociaż kilku jeszcze żołnierzy Siewcy. Złote sypiące iskrami ostrza śpiewały w powietrzu. Gdy spotykały szare matowe klingi przeciwnika, odzywał się głęboki dźwięk, jakby głos dzwonu. Szczęk mieczy ogłuszał, brzmiał niczym oszalała toccata.

Podzwonne dla chorągwi Zegiela, pomyślał Astaniasz, skrzydlaty z oddziału Nekiasza. I dla nas, zapewne. Chorągiew Nekiasza także nie utrzymała szyku. Rozpadła się na dwie wciąż zajadle walczące grupy. W powietrzu unosił się swąd przypalonego mięsa i słodki zapach krwi. Astaniasz zamachnął się mieczem trzymanym w lewej dłoni, bo w prawej stracił władzę z powodu głębokiej rany w barku. Mignęła mu twarz ciętego przeciwnika. Ślepia czerwone jak węgle, ostre zęby wyszczerzone w grymasie podobnym do karykatury uśmiechu. Astaniasz zamachnął się znowu. Nie miał czasu zdać sobie sprawy, że wygląda jak lustrzane odbicie zabitego żołnierza Cienia. Usta rozciągał mu taki sam upiorny uśmiech kostuchy. Walczył.

To on usłyszał pierwszy. Wśród wrzasków, szczęku broni, wybuchów, doszedł go daleki odgłos jakby furkotania, jakby dziecięcego śmiechu. Nie uwierzył z początku. Bał się. To tylko omamy, myślał. Złudna nadzieja. Ale nie. Dźwięk przybliżał się, potężniał. Z piersi Astaniasza wydarł się krzyk ochrypły niczym krakanie kruka:

– Merkawa!

Już słyszał, już był pewny. Szaleńcza nadzieja w tym krzyku.

– Merkawa! Merkawa!

I inni usłyszeli. Nad placem boju podniósł się jeden głos:

– Rydwany! Rydwany! Merkawa!

Pędziły z dźwiękiem brzmiącym jak chichot szczęśliwego dziecka. Złote i czerwone, lśniące, rozmigotane. Były samym ruchem, błyskawicą, tysiącem kół obracających się w kołach, obręczy zazębiających o obręcze, ostrzy zadających śmierć. Wydawały się kłębem noży rzuconych na wiatr, w chwili gdy Jasność ogarnął gniew. I były gniewem, i śmiercią, której nie sposób zatrzymać, i wybawieniem. W kłębowisku obręczy, niby ogromnych koron, zakładanych i zdzieranych w jednej chwili, siedzieli woźnice, po dwóch w każdym rydwanie. Ich szalone twarze smagał pęd, rozwiewał włosy. Otwarte usta krzyczały także:

– Merkawa! Merkawa! Merkawa!

Rydwany toczyły się z wdziękiem, rozgarniały piechotę wroga, miażdżyły, tratowały jakby mimochodem. Za sobą pozostawiały szlak usypany z pogiętych kawałków blach, strzępów mięsa i ciemnej śliskiej krwi. Po raz pierwszy obrońcy Królestwa usłyszeli okrzyki trwogi z ust milczących dotąd przeciwników. Po raz pierwszy ślepia pod osłonami hełmów zdradzały jakieś uczucie. Strach.

Szyki Siewcy załamały się, żołnierze ustępowali, cofali się, wpadali na własne tyły, szukając dróg ucieczki. Nie znaleźli. Rydwany manewrowały błyskawicznie, dzięki konstrukcji kół mogły zawracać w miejscu, nie tracąc pędu. Sypiąc złotymi iskrami wykonywały perfekcyjne figury niepojętego baletu, gdzie z pozoru chaotyczne zwroty kończyły się zamknięciem w pułapkę i wytraceniem kolejnego oddziału czarnej piechoty. Śmigały ostrza, obręcze, złoto, purpura i szalone twarze woźniców. Śmiali się, a rydwany chichotały także, niby dzieci w trakcie zabawy. Nie były maszynami. Żyły, połączone dziwaczną symbiozą ze skrzydlatymi przewodnikami. Tylko oni potrafi li pokierować kulami wirującej, zmiennokształtnej śmierci, skierować instynkt zabijania na wrogów, zamiast własnych żołnierzy. Narzędzia gniewu Pańskiego. Ślepe, roześmiane, oszalałe.

Merkawa! Merkawa! Merkawa!!!

Wkrótce skrzydlaci z chorągwi Nekiasza i Zegiela stali po kostki w posoce. Ani jeden żołnierz Cienia nie pozostał żywy. Co do tego nie było wątpliwości, bo żadne ciało nie zachowało się w jednym kawałku. Merkawot pozamieniali je w krwawe strzępy, rozwłóczone po pobojowisku. Niektóre krążyły teraz wokół ocalałych podwładnych Zegiela i Nekiasza, którzy zbierali rannych i wlekli się w stronę barykady przy drugiej bramie. Tam reszta rydwanów kończyła zadanie, oczyszczając teren z niedobitków Cienia.

Z okopów chwiejnie wynurzali się skrzydlaci z Legii Cierni. Zataczali się jak pijani, twarze mieli obojętne, nieruchome. Natychmiast przypadali do nich przybyli za rydwanami sanitariusze Rafaela. Opatrywali rany, w niechętne, zaciśnięte usta wlewali eliksiry. Żołnierze Legii Cierni nie rozumieli tych wysiłków. Pogodzili się przecież ze śmiercią, umarli już właściwie, a teraz znów przyszło im żyć. Nieruchome, rozszerzone oczy patrzyły na błękitne łany, na wieczność. Ocalało ich około czterdziestu z legii liczącej siedem setek.

Azariusz obojętnie spoglądał na przybycie spóźnionej chorągwi Seniela, na skrzydlatych Legii Arki i Legii Błyskawic, którzy sprawnie zajmowali ich poprzednie miejsca. Gdy śliczna sanitariuszka delikatnie ujęła go za rękę, dał się poprowadzić bez oporu. Oczy dekuriona widziały tylko skręcające się w konwulsjach ciało Rekiela i bezgłośnie poruszające się wargi. Niech cię Jasność błogosławi, synu.

Rydwany zawróciły w miejscu, śmignęły w ciemność i dym. Wysoki, wibrujący dźwięk przez chwilę pozostał w powietrzu.

Ignis Inflexibilis dał znak ręką. Cięciwy jęknęły. Zapalające strzały pomknęły przez ciemność niczym garść rzuconych karneoli. Małe, płaskie machiny Siewcy, podobne do krabów na pałąkowatych nogach, zajęły się płomieniem. Kilka wybuchło, obsypując obrońców Królestwa odłamkami czarnych skorup, większość dymiła, kręcąc się bezradnie w kółko. Gdyby większe chciały tak łatwo płonąć, pomyślał tęsknie Ignis. Błyskawicznie przemieszczające się Salamandry, zaopatrzone w łuki i zbrojne we władzę nad żywiołem ognia, okazały się najskuteczniejsze w walce z mniejszymi stworami Ciemności. Notowali większą liczbę trafień i zadawali przeciwnikowi dotkliwsze straty niż procarze posługujący się małokalibrowymi pociskami zapalającymi. Jednak w skali bitwy salamander było niewielu, mimo iż Ignis przywiódł z sobą wszystkich zdolnych do walki.

Pomarańczowe czuby duchów ognia jarzyły się w ciemności jak małe pochodnie. Strzały bzyknęły jeszcze dwukrotnie, a skorupy kolejnych krabów strzeliły płomieniami. Pozostałe zbiły się w gromadę, szykując się do natarcia. Najwyższy czas na odwrót, pomyślał Ignis. Siłą Salamander była ich szybkość. Przyskoczyć, rozproszyć się, wypuścić strzały i zmykać. W bezpośrednim starciu nie miałyby szans. Ignis uniósł rękę, aby dać sygnał odwrotu i zamarł. To, co ujrzał, zdawało się koszmarnym snem.

– Niemożliwe – wyszeptał wstrząśnięty.

Jednak nie ulegał omamom. Widok nie znikał. Złote oczy wodza Salamander rozszerzyły się z przerażenia.

– Źle pod trzecią bramą – wyszeptał złamanym z wysiłku głosem Nuriel. – Potrzebują posiłków.

Gabriel nerwowym ruchem przesuwał dłonią po twarzy, jakby chciał zmazać obraz nadchodzącej klęski.

– Dać im Legię Pióra – rozkazał ochryple.

Ituriel, książę Sarim, szarpnął go za rękaw.

– Nie możesz! – podniósł głos, żeby przekrzyczeć nieustanne wybuchy. – To cywile! Urzędnicy! Poślesz ich na śmierć!

Gabriel odwrócił się. Zielone oczy płonęły gorączką, szarą niczym płótno twarz wykrzywiał grymas.

– Każdy skrzydlaty jest żołnierzem – warknął. – Pójdą na śmierć, jeśli im pisana.

– To zbrodnia! – krzyknął rozpaczliwie Ituriel. – Odpowiesz za to przed Panem!

Rysy Gabriela ściągnęły się, mięśnie szczęk drżały. Wyglądał jak upiór.

– Przed Panem i tylko przed Nim! – powiedział niskim, zduszonym głosem. – Precz z drogi, bo zabiję!

Ituriel odsunął się bez słowa.

Legia Pióra stała po kostki w krwawym błocie. Niewprawne ręce kurczowo ściskały broń.

– Atakować! – krzyczał strasznym głosem centurion. – Do kurwy nędzy! Chcecie dać się rozdeptać jak pluskwy?!

Nie atakowali. Nie potrafili. Nogi wrosły im w błoto, martwo patrzyli na zbliżającą się równą ścianę piechoty wroga, tak jak patrzyliby na schodzącą lawinę. Owadzie hełmy połyskiwały złowrogo. Któryś skrzydlaty padł na kolana, płakał. Drugi osunął się obok niego, zasłonił rękami twarz.

– Podnieść miecze! – ryczał centurion. – Podnieść i bronić się, ścierwa!

Gdyby nawet cała legia zdezerterowała, sam pójdzie do ataku i odda życie, jak przystało na żołnierza Zastępów.

Skrzydlatym z Legii Pióra drżały brody, usta krzywiły się w płaczliwym grymasie. Jeszcze jeden anioł padł na kolana, potem na twarz, w błoto.

– Panie, ratuj! Ratuj! – zawodził, nie wiadomo do kogo kierując błagania, Jasności czy centuriona.

Kilku kolejnych padło na kolana, dołączyło do jękliwego chóru zawodzenia. Dowódca milczał. Tylko splunął z pogardą na ziemię, poprawiając w dłoni rękojeść miecza. Lecz w miarę jak czarna lawina przybliżała się, coraz więcej żołnierzy z Legii Pióra zaciskało zęby, mocniej ujmowało broń w ręce. Wzrok twardniał, rysy zaostrzały się w determinacji.

– Chwała Królestwu! – zawołał nagle rosły skrzydlaty z włosami jak len i lekką nadwagą. Głos mu się załamał, ale okrzyk podchwycili inni:

– Chwała Królestwu!!!

– Chwała! Tak jest! – ryknął dowódca. – Dalej, pokazać im, co to znaczy anioł!

Legia Pióra ruszyła ciężko, rozchlapując błoto. Wpadła na ścianę czarnych żołnierzy, odbiła się, zwarła. Złote miecze strzeliły iskrami. Urzędnicy Królestwa walczyli i umierali z dłońmi poplamionymi atramentem i zamierającym szeptem: „Chwała..." na ustach.

Wicher hulał nad wzgórzem magów, szarpał szaty skrzydlatych, wciskał oddech z powrotem do płuc. Razjel krwawił z nosa, z wysiłku słaniał się na nogach. Sześciu czarodziejów, czterech skrzydlatych i dwóch Głębian leżało bez przytomności na ziemi. Jeden z magów niezależnych prawdopodobnie nie żył, jeden z aniołów konał, ale Razjel nie miał czasu ani siły, żeby go ratować. Resztkami mocy czarodzieje utrzymywali barierę i odpierali coraz potężniejsze ataki Siewcy. Niedługo nas pokona, pomyślał z rozpaczą Razjel. Ramiona mu mdlały, palce opuchnięte i zesztywniałe odmawiały splatania się w znaki.

Zatrzeszczało oko. W tafli Razjel ujrzał płonące źrenice Gabriela.

– Ratuj trony – wycharczał klejnot. – Na litość Pańską, Razjelu, ratuj trony!

Pan Tajemnic rzucił się do zwierciadeł, spojrzał i zamarł ze zgrozy. Dziewięć potężnych tronów szarpało się pośród morza czarnych żołnierzy. Ogromne świetliste kule, osaczone ze wszystkich stron, z rykiem rzucały się do przodu, rozszarpywały na strzępy atakujące szeregi i znów grzęzły. Śmigały obręcze pokryte niezliczonymi dyszami o kształcie oczu, buchał żar, strzelały płomienie, ale trony nie były w stanie się przebić. Obsypywane nieustannym gradem pocisków, walczyły o każdą piędź ziemi i przegrywały.

Czarne matowe wrzeciona, wysypywane spod uniesionych pokryw gadokształtnych machin, wbijały się między wirujące osie wielookich, eksplodowały. Trony obracały się z rykiem, strząsając z siebie pociski, pozornie nieczyniące szkody, lecz każdy atak osłabiał ich moc. Pociski tłukły wielookich jak grad. Trony migały obręczami, toczyły w miejscu kołami, sypały iskry. Nagle jeden z nich zatrząsł się, wypuścił smugę czarnego dymu, a potem wybuchł. Złote blachy wystrzeliły w powietrze, płomienie uderzyły w samo niebo. Za chwilę rozsypał się kolejny. Ledwie strzępy tronu opadły na ziemię, dwie następne eksplozje wstrząsnęły powietrzem.

Razjel splatał już palce, inwokował zaklęcia. Z wysiłku świat kołysał mu się pod stopami, w oczach pociemniało. Na tłuszczę oblegającą trony sypnął się grad srebrzystych pocisków zmieszanych z gęstą, wrzącą cieczą o barwie krwi. Czarni żołnierze z wrzaskiem płonęli, rozpływali się żywcem, oblepieni trującą mazią, umierali.

Trony, na które nie padła nawet kropla, rzuciły się w przód, do ucieczki. Ale szyki Siewcy zwarły się znowu, nowi żołnierze deptali już trupy towarzyszy. Machiny plunęły ogniem i pociskami. Grad bił coraz rzadziej, Razjel niemal tracił przytomność, z nosa lała mu się krew. Przyskoczył Algivius.

– Lód – wychrypiał z wysiłkiem. – Zamrażajmy!

Archanioł z trudem skinął głową. Obaj magowie spękanymi, wyschłymi ustami mamrotali zaklęcia. Machiny Siewcy pokryły się szronem, zgrzytały, zamierały powoli. Segmentowe szyje pękały przy próbie ruchu. Wojsko w mgnieniu oka zamieniło się w lodowe bryły, które kruszyły się z trzaskiem. Pękały pancerze, opadały zmrożone łuski. Trony rzuciły się do boju z wizgiem śmigających obręczy. Żołnierze i machiny Siewcy rozpryskiwali się niczym tłuczone szkło. Płomienne kule wyrwały się z pułapki, rozpędziły i pognały przed siebie, siejąc spustoszenie w szeregach wroga. Ale zostało ich tylko pięć, reszta padła w walce.

Razjel osunął się na kolana, próbował strząsnąć sprzed oczu fruwające czarne plamy. Czuł, że zaraz zemdleje. Algivius oddychał ciężko, wsparty dłońmi o ziemię. Twarz miał bladą jak papier, umazaną płynącą z nosa krwią.

Pan Tajemnic dygotał. Wydawało mu się, że przy najmniejszym ruchu głowa rozleci mu się na kawałki. Nie pozwolił sobie jednak na chwilę odpoczynku, zaczął ciężko dźwigać się na nogi. Był pewien, że przypłaci to życiem, ale zmusił palce do ułożenia się w znak, ochryple intonował zaklęcia. Trzeba podtrzymać barierę, myślał desperacko. Po chwili dojrzał kątem oka, że do chóru magów dołączył Algivius.

Nadzieja umierała w sercu Anioła Zagłady. Nigdy się nie przebiję, pomyślał z rozpaczą. Dym i eksplozje ognia oślepiały. Nie był nawet pewien, czy zbliżył się choć trochę do Siewcy. Walczył w niemal zupełnej ciemności. Kurz wzbity z ziemi, gęsty opar dymu i wyziewy machin Chaosu przesłoniły niebo. Daimon torował sobie drogę szerokimi cięciami, parł do przodu szlachtując żołnierzy Cienia niczym bydło rzeźne, ale wciąż pozostawał tylko najlepszym z Rycerzy Miecza. Moc destruktora, Burzyciela Światów, nie ocknęła się w jego duszy. Gwiazda Zagłady milczała, jakby była zwykłym orężem. Nie obudziła jej ściekająca po ostrzu krew, mogła to uczynić jedynie dłoń Pana.

Daimon słabł. Ze złamanej ręki promieniował potworny ból, tak że musiał przerzucić miecz do drugiej. Krew zalewała mu oczy, płynęła z głębokich ran w boku, klatce piersiowej i udzie. Anioł Zagłady przeistoczył się w anioła krwi. Jeźdźcy Szarańczy walczyli gdzieś w tym chaosie, ale dawno nie utrzymywali klina. Miał ich pewnie gdzieś za plecami i po bokach. Czasami mignął mu wśród dymu czerwony bądź żółty pancerz.

Walczył jak szaleniec. Jednym ciosem miecza przerąbywał jeźdźca, wbijając ostrze głęboko w grzbiet wierzchowca. Piołun szalał. Miażdżył zębami twarze przeciwników, ciosami kopyt rozłupywał hełmy. Jeździec i koń, schlapani posoką, siejący śmierć, wyglądali jakby wynurzyli się z głębin piekła. Ale krawędź szczeliny pozostawała bardzo daleko.

Szarańcza miała próbować się przebić ze skrajnie prawego skrzydła armii Królestwa jak najbliżej otworu w niebie, żeby umożliwić Daimonowi przedostanie się w głąb czeluści tuż przy granicy wyrwy. Niestety, została zepchnięta w bok. Anioł Zagłady walczył teraz samotnie.

Pot zalewał mu oczy, ręce mdlały, ogłuchł od nieustannego huku, z coraz większym trudem utrzymywał się na siodle.

– Witaj, niebycie – szepnął do siebie, gdy potężny cios mrocznego jeźdźca omal nie odrąbał mu ramienia. W ostatniej chwili sparował uderzenie, Gwiazda Zagłady brzęknęła jękliwie.

– *Patrz!* – usłyszał w głowie okrzyk konia. Głos Piołuna łamał się z wysiłku.

Daimon spojrzał. Z lewej parli ku niemu Aniołowie Zamętu. Ksopgiel, z wyszczerzonymi zębami i ślepiami czerwonymi jak krew, podobny do samego diabła, wrzeszczał coś, co ginęło w ogólnym zgiełku. Najbliżej Freya znajdował się olbrzymi, potwornie silny Zeruch, który młócił wkoło bojowym toporem. Brzydką płaską gębę anioła wykrzywiał grymas wściekłości. W oczach płonęło szaleństwo. Zaraz za nim rąbali ogarnięci bojowym szałem bliźniacy Af i Chema. Kolazonta ryczał upojony krwią, walką i śmiercią. Gdzieś między czarnymi hełmami mignęła przypominająca pysk pantery nieładna twarz Dumy. Ksopgiel parł ku Daimonowi.

– Za mną, dzieci Chaosu! – wył nieprzytomnym, zgrzytliwym głosem. – Krwi! Za mało krwi!

Wszyscy Aniołowie Zamętu i wierzchowce, których dosiadali, dosłownie ociekali posoką. Przedzierali się w stronę Daimona niezmordowanie, bardzo powoli, lecz równo. Zdawało się, że ostrza Mroku nie są w stanie ich razić. Ale to było pozorne wrażenie. Na ziemię, pod końskie kopyta, spadł Harbona, Hasmed obalił się wraz z rumakiem, Zetar padł z rozłupaną czaszką, miecz Cienia rozorał pierś Karkasa.

W Daimona wstąpiły nowe siły. Gwiazda Zagłady świstała w powietrzu, udowadniając, że zasługuje na swoje imię. Granica szczeliny w niebie przybliżała się z wolna. Aniołowie parli do przodu, ale armia Siewcy zalewała ich niczym struga smoły, zatrzymywała, spychała w tył.

– Naprzód, dzieci Chaosu! – krzyczał Ksopgiel, ale mimo wysiłków skrzydlaci nie byli w stanie wykonać rozkazu. Padł Mehuman, w siodle chwiał się półprzytomny Chema. Daimon z trudem utrzymywał broń w ręce; z upływu krwi, zmęczenia i bólu przed oczami widział czerwonawą mgłę. Wydawało mu się, że robi się coraz ciemniej, a w uszach słyszał gwizd i suchy irytujący szelest. Gwiazda Zagłady milczała.

Zginę, pomyślał z rozpaczą, nawet nie dotarłszy do granicy czeluści. Niech cholera weźmie całą tę przepowiednię! Umrę w przekonaniu, że Królestwo przepadnie przeze mnie.

Irytujący dźwięk narastał, stał się hukiem nie do wytrzymania.

Zerwał się wiatr. Otępiały ze zmęczenia Daimon nie zwracał na to uwagi. Skądś sączyło się żółtawe światło, niczym blask płonącego w oddali ogniska.

– Serafiel! – krzyknął nagle któryś anioł, chyba Birta. – Serafiel!

Sześć ogromnych, cienkich jak pergamin skrzydeł biło powietrze z hukiem i świstem. Serafiel płynął z rozłożonymi ramionami, żarząc się i lśniąc. Płomienne ciało olbrzyma wyłaniało się z kłębów dymu, wielkie, pozbawione białek oczy śledziły pole bitwy. Z rozpadliny w niebie wypadały srebrno i błękitnawo migoczące kształty, podobne do duchów błyskawic, pędziły ugodzić anioła, ale jedyny pozostały w Królestwie serafin chwytał je po prostu w dłonie, zgniatał i odrzucał. Błyszczące ślepia odnalazły wreszcie Daimona. Anioł Zagłady usłyszał przenikliwy, świszczący szept, brzmiący niczym trzask głowni w palenisku:

– Burzycielu Światów, idź!

Serafiel rozwarł szeroko usta i dmuchnął. Fala płomienia zalała armię Siewcy, wypaliła w szeregach wroga wąski trakt o kształcie ognistego rowu. Krawędzie czarnej, spopielałej ścieżki wyznaczały ściany z płomienia, strzelające wysoko w górę, nie do przebycia dla żołnierzy Cienia.

– Galopem, Piołun! – krzyknął Daimon, choć koń już pędził ognistym traktem. Płomienie syczały wściekle, bił od nich żar zapierający oddech w piersiach. Kopyta Piołuna tłukły wypaloną ziemię.

– Szybciej – charczał Daimon, pewny, że korytarz w każdej chwili może się zamknąć. Koń nie odpowiadał. Cwałem wpadł w czeluść, która otwarła się przed nimi.

Wokół panowała ciemność przesycona mroczną energią Siewcy. Nie było śladu armii, oczekujących żołnierzy, gotowych do boju machin. Tylko gęstwa przelewających się cieni. Daimon spostrzegł ze zdumieniem, jak z kłębów tej bezładnej ciemności kształtują się żołnierze i wylewają na zewnątrz. Formowali się z wolna, pokraczni, skręceni, podobni raczej do pospiesznego szkicu niż gotowego tworu. Byli przejrzyści, wiotcy, niczym smugi mgły, bezcielesne upiory wojowników. Czuł, jak przepływają przez niego, jak powiew powietrza z głębi lochów, jak cienka pajęczyna.

Wzdrygnął się z obrzydzenia.

Kształtowali się w pełni dopiero po wyjściu na zewnątrz, w świat opromieniany obecnością Jasności. W nagłym olśnieniu Daimon pojął, że każdy żołnierz Siewcy jest odwrotnością kreacji powołanej przez Pana, jej cieniem. Antykreator nie potrafi naprawdę tworzyć, korzysta tylko z cienia rzucanego przez Jasność.

W momencie, gdy zrozumiał, poczuł, jak przez miecz przebiega drżenie. Uniósł Gwiazdę Zagłady wysoko nad głowę, a broń rozbłysła oślepiającym blaskiem, jaśniejszym niż eksplozja tysiąca słońc. Daimon poczuł znajomy przypływ mocy, tak jakby potężna ręka zmiażdżyła go i odbudowała na nowo. Już nie był Daimonem Freyem, Aniołem Miecza. Przemienił się w Burzyciela Światów.

Oślepiająco białe światło zalało na chwilę pole bitwy. Po niebie przetoczył się huk.

– Co to? – wyszeptał przestraszony Nuriel.

Zielone oczy Gabriela pociemniały ze zmęczenia.

– Daimon się przeistoczył – powiedział tylko.

Nuriel splótł dłonie.

– Chwała Panu, chwała Panu! – szeptał. – Może jest jeszcze nadzieja!

– Może – rzekł Regent Królestwa bez przekonania.

Daimon podążał przed siebie. W czeluści nie było nic, tylko ciemność. W tej ciemności szeptały głosy, odzywały się głuche zawodzenia, płacz. Oddychał płytko, czuł serce walące w piersi niczym gong. Mrok stawiał opór, dygotał od potężnej, czarnej obecności Siewcy. Było w nim zwątpienie i smutek nie do pojęcia, i strach głęboki jak noc, i cierpienie, przerażające cierpienie, przed którym nie ma ucieczki, nie ma zmiłowania. Po twarzy anioła spływały łzy. Nie umiał ich zatrzymać. Nie próbował nawet. Piołun brnął przez ciemność, a każdy krok zdawał się wysiłkiem, który kosztuje życie. Anioł Zagłady jechał przez czeluść pełną niewyobrażalnego zła.

Stracił poczucie czasu. Tu zaczynała się wieczność. Rozumiał już, czemu został wybrany do walki z Siewcą. Kroczył dziedziną umarłych, królestwem śmierci. Nikt żywy nie mógłby tu wstąpić. Tylko Abaddon, wskrzeszeniec, w połowie anioł, w połowie trup. Gwiazda Zagłady jarzyła się słabym blaskiem i to było jedyne światło. Kroki Piołuna stawały się coraz krótsze, koń potykał się bez przerwy, charczał z wysiłku. Wtem stęknął, upadł na kolana, omal nie zrzuciwszy jeźdźca z siodła.

– *Nie mogę... dalej...* – Daimon usłyszał w głowie złamany, pełen rezygnacji szept konia. – *Wybacz...*

Frey zsunął się z grzbietu przyjaciela. Wierzchowiec z jękiem przetoczył się na bok.

– Zawracaj, Piołun. Zrobiłeś wszystko, co mogłeś. Teraz wracaj. – Własny głos brzmiał dla anioła obco.

Koń nie drgnął. Daimon pochylił się nad łbem rumaka.

– Musisz iść, Piołun. Nie ruszę się stąd, zanim nie odejdziesz. Nie pozwolę ci tu zginąć, rozumiesz?

Determinacja w głosie anioła sprawiła, że koń podniósł się chwiejnie na nogi. W oczach miał smutek i ból. Nie powiedział ani słowa, odwrócił się i powlókł w mrok. Ciemność pochłonęła go natychmiast.

Daimon ściskał w dłoniach rękojeść miecza. Nigdy nie czuł się tak straszliwie samotny. Ruszył przed siebie, na spotkanie z przeznaczeniem.

Gabriel gapił się bezmyślnie w zwierciadła. Dostrzegał tylko kłęby dymu i serię bezładnych starć. Trony, sypiąc iskrami i płonąc, ścierały się ze smokami Siewcy. Cztery ocalałe chalkedry walczyły w powietrzu z podobnymi do srebrnych błyskawic zmiennokształtami z czeluści. Rydwany wpadły na grupę owadzich machin, co chwila któryś ginął w fontannie ognia. Gdzieś w powstałym chaosie walczył Michał, gdzieś była piechota Lampki, gdzieś dogorywali Harap Serapel, gdzieś bronił się Faleg. Zielone oczy archanioła prześlizgiwały się po taflach luster obojętnie. Regent Królestwa zdążył już pogodzić się z klęską. W lewym dolnym rogu małego zwierciadła zauważył dziwną żarzącą się plamę. Stuknął palcem w ramę.

– Przybliż.

Obraz powiększył się. Źrenice Gabriela rozszerzyły się ze zdumienia.

– Ignis oszalał – szepnął do siebie.

Atakowana przez piechotę i płaskie czarne kraby barykada, wzniesiona naprędce przez Salamandry, płonęła. Płonęła, bo w większości była zbudowana z ciał poległych obrońców. Maleńkie postaci Salamander, widoczne w zwierciadle, uwijały się, biegały na pozór bezładnie i padały, niczym potępieńcy w ogniu piekielnego pieca.

– Oszalał – powtórzył Gabriel. – Dlaczego nie ucieka?

I wtedy zobaczył, a serce załomotało mu gwałtownie. Barykada broniła dostępu do tajnej zamaskowanej furty. Oprócz trzech bram wiodących do Szóstego Nieba była też magicznie ukryta furta, prowadząca, niech się Jasność zlituje, wprost do Nieba Siódmego. To jej zaciekle broniły oddziały Ignisa. Widocznie zaklęcia maskujące opadły na skutek ogromnego nagromadzenia magicznej mocy towarzyszącego walce z Siewcą. Teraz wróg jest o krok od wtargnięcia do najświętszych miejsc Królestwa. Siły Siewcy w Siódmym Niebie! Gabriela natychmiast opuściła apatia. Nigdy! Do tego nie dopuści nigdy! Co za fatalny, straszny błąd, że nie zauważyli furty wcześniej! Powinna stać się najmocniejszym punktem obrony!

– Nuriel! – krzyknął archanioł. – Natychmiast poślij posiłki Salamandrom!

Przerażony adiutant i pozostali oficerowie sztabu zauważyli już, co się dzieje.

– Nikt się tam nie zdoła przebić! – jęknął Nuriel z rozpaczą. – To za daleko od wszystkich trzech bram! Nie zdążą, zanim barykada nie padnie!

Gabriel potoczył nieprzytomnym wzrokiem po twarzach zgromadzonych.

– My zdążymy – powiedział.

– My? – stęknął Ituriel. – Jesteśmy dowództwem! Nie możemy opuścić sztabu!

– Jesteśmy żołnierzami Pana! – krzyknął Regent. – Czym tu będziesz dowodził? Nie mamy już żadnych rezerw, nie jesteśmy w stanie przegrupować żadnego oddziału! To klęska! Nie widzisz? Przynajmniej umrzemy w boju, jak aniołowie Jasności! Dosiadać koni! Podnieść sztandar!

Skrzydlaci pobledli, zaszemrali. „Chwała Królestwa", ogromny sztandar w barwie słońca i łez, stanowił największą świętość, najpotężniejszy symbol Jasności. Były na nim zapisane tajemne imiona Pana, wokół olbrzymiego, otoczonego płomieniami oka. Mówiono, że haftowała go sama Królowa, zanim jeszcze zstąpiła na Ziemię. Był przedwieczny. Niósł w sobie cząstkę potęgi Pana. „Chwała Królestwa", opatrzność, porządek rzeczy, potęga samej Jasności, miała być teraz poprowadzona w bój, aby ratować umierające salamandry.

* * *

Ignis Inflexibilis konał na dnie prowizorycznie wygrzebanego okopu. Był to raczej płytki, niechlujny rów, gdzie odwlekano rannych, żeby po nich nie deptać. Powietrze i ziemia drżały do nieustannych eksplozji. Czerwone czuby Salamander kojarzyły się teraz Ignisowi z nagrobnymi kagankami. Barykada płonęła jak jeden wielki stos całopalny, na którym miał odejść w zaświaty lud niepokornych duchów ognia.

Ignis nie czuł rozpaczy ani żalu. Wiedział, że każdy z jego poddanych przekroczy granicę śmierci z podniesionym czołem. Wolny. Niezależny. Zwycięski. Wódz Salamander zamknął oczy. Siły opuszczały go równie prędko jak krew sącząca się z ran. Cieszył się, że nie doczeka końca bitwy, zwycięstwa Mroku. Zmysły już go przecież opuszczają. Wśród gwizdu pocisków, huku wystrzałów i krzyku konających słyszy strzępy pieśni, świętego hymnu Królestwa. Słowa przypływały, coraz wyraźniejsze, śpiewane głębokimi, podniosłymi głosami podążających w bój skrzydlatych:

„Chwała Królestwa, której Wieczność strzeże!

Myśmy Jej sługi, myśmy Jej żołnierze!

Garścią popiołu życie nasze spłonie..."

– W Chwale Królestwa, przed Tym, co na tronie... – poruszyły się spękane wargi Ignisa.

Rozchylił powieki, bo zdawało mu się, że widzi na barykadzie blask, oślepiającą biel i złoto, słońce i łzy. Wielkie wzruszenie ogarnęło wodza Salamander. Usta poruszyły się w gorącym podziękowaniu, że Jasność pozwoliła mu konać w tak pięknych majaczeniach.

Daimon brnął przez mrok. Czuł się dziwnie pusty i lekki. Opuścił go lęk, opuścił gniew, odeszły wszelkie uczucia. Wpatrywał się w nikły blask miecza i podążał przed siebie. Ciemność krzyczała. Szedł przez morze bólu i ostatecznej rozpaczy. Serce pękało w piersi anioła tysiące razy, każdy krok przynosił śmierć. Umierał w każdej sekundzie na nowo. Brnął przez mrok. Wiedział, że znajduje się bardzo blisko Siewcy. Wyczuwał jego obecność, tak jak każdy skrzydlaty wyczuwa obecność Jasności. Ale tym razem zagłębiał się w całkowitą odwrotność Pana, we wszystko, co spodobało Mu się odrzucić. Zrozumiał, że Siewca jest istotą kaleką, że stąd bierze się jego wszechogarniająca nienawiść. Być może nie chciał niszczyć, być może pragnął tylko ponownego połączenia. Znów stać się całością. Doznać uzdrowienia. Pochłaniał wszystko, co stworzyła Jasność, aby znów się z Nią złączyć.

Głęboko poza światem, w pustce czeluści Daimon pojął, że przyjdzie mu zabić boga. To nic, że Siewca jest nieśmiertelny. On, Daimon Frey, niegdyś Anioł Miecza, będzie musiał zabrać przedwiecznej istocie ostatnią ocalałą cząstkę Pana, nadzieję. Nie umiał już nawet poczuć przerażenia.

Szedł.

Spojrzał na Gwiazdę Zagłady. Miecz żarzył się złowrogo. Nie będzie połączenia, Siewco. Oto narzędzie gniewu, które dokona ostatecznego podziału.

W ciemności brzmiał nieustanny krzyk. Cień mroczył umysł Daimona. Podsuwał mu obrazy, które zabijały. Z pustki, chwiejnym krokiem ślepca, wynurza się martwy Razjel, z krwawymi jamami zamiast oczu. Bełkocze, wyciągając ręce. Ratuj! Ratuj! Wlecze za sobą warkocze wyprutych wnętrzności. Śmierdzi trupem. Daimon zaciska zęby, mocno ujmuje rękojeść Gwiazdy. Dłonie Razjela, dłonie upiora, już niemal dotykają twarzy anioła, wykrzywione jak szpony. Ratuj! To tylko halucynacje, mówi twardy, ostry głos w głowie. Gwiazda Zagłady zatacza łuk, uderza. Upiór znika z wrzaskiem.

Teraz pojawia się Gabriel. Skrzydła tłuką się rozpaczliwie, z ust archanioła wydobywa się skrzekliwy jęk. Nadziany na pal Gabriel miota się niczym przerażająca pacynka. Na wargach krwawa piana, w oczach męka i dziki lęk. Daimon czuje mdłości podchodzące do gardła, tnie mieczem. Halucynacje! Tylko halucynacje! Gabriel rozpływa się w ciemności, ale jego jęki słychać jeszcze długo.

Anioł Zagłady nie zwalnia kroku, choć wie już, kogo ujrzy za chwilę. Przez pustkę idzie ku niemu Hija. Kobaltowe loki zlepione krwią. Podarta suknia odsłania piersi, odsłania uda. Hija uśmiecha się, a pod linią podbródka, na szyi, uśmiechają się szeroko drugie usta, poszarpane, szkarłatne, jakoś obrzydliwie lubieżne.

– Tak było naprawdę – szepcze upiór. – Tak wygląda prawda, Daimonie.

Gwiazda Zagłady drży w rękach anioła. Podwójne usta Hiji rozciąga uśmiech. Złote oczy płoną jak ślepia kota. Ale nie ma w nich blasku, nie ma światła, jakie Daimon zna i pamięta. To upiór, krzyczy twardy głos. Frey unosi miecz, tnie. Hija znika z chichotem podobnym do płaczu. Ciemność zdaje się świecić. Emituje czarne, głębokie światło, jakiego nie zna świat stworzony ręką Jasności. Źródłem blasku jest ogromna postać. Jej potęga powala anioła, zmusza do upadku na twarz. Nie może patrzeć w oczy, w oblicze...

Czołga się w pyle. Jest niczym, prochem, robakiem. Płacze.

– Synu – przemawia głos boga – Synu! Pójdź do mnie! Stańmy się jednością!

Przemożna siła porywa anioła na nogi, pcha do przodu. Bóg rozwiera ramiona.

– Synu!

Po twarzy Daimona płyną łzy, potężna postać rozmazuje się, niknie. Anioł Zagłady chwieje się, kroki są takie niepewne. Pod stopami jarzy się miecz. Dygocząca dłoń dotyka rękojeści. W sercu anioła podnosi się szloch i lament. Zdrajca! Zdrajca! Och, zdrajca! Ale ręka nie wypuszcza broni. Bóg czeka z rozwartymi ramionami.

– Pójdź, synu.

Daimon dygocze. Szloch rozdziera mu pierś. Porywa się do biegu, żeby wpaść w otwarte ramiona.

Miecz wznosi się do ciosu.

Zdrajca!

Opada.

Wielki krzyk wstrząsa ciemnością. Świat pęka na kawałki, wali się, znika.

Daimon stał pośród szarej mgły. Opary przelewały się niczym płynny dym, gęste i ciemne. Anioł Zagłady dostrzegał w mroku ledwo majaczące kształty. Niewielkie poruszające się cienie, strzępy mgły. Nigdzie ani śladu Siewcy.

Zabiłem go, zastanawiał się oszołomiony. Pokonałem tak po prostu? Zaraz, a gdzie jest miecz? Podniósł ku twarzy puste ręce. Gwiazda Zagłady zniknęła. Daimon oddychał płytko i szybko, ale wydawało mu się, że płuca wcale nie pracują. Nie czuł bólu, nie był ranny ani nawet zmęczony. Szare cienie przesuwały się i drgały. Chciałbym wiedzieć, co to za miejsce, pomyślał i w tym samym momencie mgła się rozproszyła, jak podarty na strzępy całun.

Cienie uleciały w górę niczym stado spłoszonych wróbli.

Daimon zamarł, zdumiony. Stał w ogrodzie, spopielałym i bezbarwnym, jakby przysypanym warstwą kurzu. A przecież nie martwym. Wszystkie drzewa i rośliny, wysokie, fantazyjne kwiaty, rozpięte wśród konarów bluszcze, kaskady pnączy, a nawet trawa pod stopami, wiły się w spazmach nieustannej, rozpaczliwej transformacji. Więdły, zapadały się w sobie, wytryskiwały pękami nowych liści już od początku skażonych chorobą, bladych i poskręcanych. Kielichy kwiatów otwierały się niczym wrzody przeżarte trądem, sącząc gęstą, cuchnącą ciecz, umierały i natychmiast ożywały w kolejnych mutacjach. Drzewa kłoniły się ku ziemi, z pękających wzdłuż pni wystrzeliwały pokryte śluzem wici nowych gałęzi, obrastały parchami pąków. Źdźbła trawy skręcały się zetlałe, kłębiące się niczym dżdżownice. Wszędzie unosił się ciężki smród rozkładu. W powietrzu trzepotały gnijące za życia, nieśmiertelne motyle, szarpane spazmami nieustannych przemian, podobne do strzępów zepsutego mięsa. Wyżej, pod szarym niebem, w szalonym kręgu fruwały ptaki, wciąż nabrzmiewające i zapadające się stwory o niezliczonej ilości rozwartych dziobów, wytrzeszczonych ślepi i sypiącej się chmary pierza. Przez upiorną łąkę, na której stał Daimon, przebiegła w dziwacznych, spazmatycznych podskokach pięcionoga sarna, okryta liszajem setek ślepych, zasłoniętych bielmem oczu, a Anioł Zagłady pojął wreszcie, gdzie się znajduje.

– Na Jasność – wyszeptał. – To Eden Siewcy.

Niebo odpowiedziało mu głosem jak wicher:

– DZIEŁO STWORZENIA! DZIEŁO STWORZENIA, PROCHU! ŚMIECIU, KTÓRY PODNIOSŁEŚ RĘKĘ NA MOC!

Wicher szarpnął kalekimi drzewami, zdmuchnął tumany pyłu. Schwytał w objęcia kalekie ptaki, cisnął o ziemię. Potężniał. Wyrywał garście zakażonych pędów bluszczu, łamał poskręcane gałęzie, wył, w strasznym niszczycielskim szale unicestwiając swój karykaturalny Eden. Wzbijał tumany kurzu, oślepiał Daimona, zbijał z nóg. Anioł Zagłady krztusił się pyłem, przewracał i wstawał, boleśnie obijał się o pnie, walcząc o każdy oddech.

Całe niebo zwinęło się nagle, zmieniło w szary płaszcz okrywający gigantyczną sylwetkę bez twarzy. Nie było już ogrodu, mgły ani ciemności, tylko płomienie, czerwone i czarne, tańczące w szalonym wirze, w otchłani nieskończonej wieczności. Żar w jednej chwili przepalił Daimona na wylot, wyżarł mu oczy, zwęglił wnętrzności, skruszył kikuty spopielałych członków. Wiatr ognia miotał płonącym Aniołem Zagłady jak iskrą.

– POWSTRZYMAJ MNIE TERAZ, POWSTRZYMAJ, ODPRYSKU JASNOŚCI, SKORO CIĘ ZABIŁEM! – ryczał triumfalnie płomień.

W morzu bólu i ognia Daimon go usłyszał.

– Nie możesz tego zrobić – wyszeptały z wysiłkiem zwęglone wargi. – Bo Pan już mnie zabił, wieki temu. Przybyłem do ciebie martwy.

– JA JESTEM TWOIM PANEM! – zawył wiatr, a w jego głosie pojawiła się nuta niepokoju.

Frey przypomniał sobie przepowiednię i słowa Jagnięcia. „Umrzesz po wielekroć, Abaddonie".

I martwy, płonący anioł poczuł przypływ nadziei.

– Nie przepuszczę cię – powiedział. – Jestem twoją zamkniętą bramą. Twoją klęską.

– Przeklęty – zatrzęsła się wieczność. – Nikt nie pokona Boga!

– Jasność pokona wszystko – wyszeptał Frey.

– Zdrajco! – zawył olbrzym z płomieni i ciemności. – Pochłonę cię!

– Światło rozprasza cienie – wymamrotał ostatnim wysiłkiem Niszczyciel, rycerz Pańskiego Gniewu, a gigantyczna jak galaktyka pięść rozwarła się, by go zmiażdżyć.

Witaj, niebycie, pomyślał po raz ostatni Daimon, czując, jak ciemność ogarnia go, wlewa się w duszę, gasi bezlitośnie świadomość, rozszarpuje na strzępy niczym drapieżca ofiarę. Mrok eksplodował bólem, a Anioł Zagłady, zamiast pogrążyć się w śmierci, zadrżał czując potężne uderzenie mocy. Płynęła z niego i przez niego, ogromna, niepowstrzymana, oślepiająca jak sama Jasność. Porwała Daimona, szarpnęła nim, uniosła w górę. Rozpięty w środku słupa światła anioł przeżywał niekończącą się agonię, rozdarty Jasnością, pulsujący jak serce. I stał się sercem, źródłem życia ogromnej jak Kosmos istoty, zbudowanej z oślepiającego blasku.

I widział, jak Ciemność zadrżała, skuliła się w mroku, próbując otulić się nim jak peleryną. A gigant światłości, którym Anioł Zagłady był i nie był równocześnie, szedł zagarniając w siebie czerń, która zaczynała lśnić niczym gwiazdy. Szedł ku swemu mrocznemu bratu, ku kalekiemu bliźniakowi, którego pokochał tak bardzo, że wreszcie mógł go zabić.

Olbrzym ze światła rozłożył ramiona, jakby chciał objąć giganta z płomieni i mroku, i wyrzekł cicho jedno słowo.

– *Meth.*

Niebem, ziemią, światłem i ciemnością wstrząsnął krzyk. Jasność zderzyła się z Mrokiem i eksplodowała. Oślepiający, biały i błękitny błysk rozprysnął się jak fajerwerk, jedyny, prawdziwy, zwycięski. A pulsujący strzęp, który niegdyś był Aniołem Miecza, zapadł w niebyt, czując, że tym razem śmierć, która otwarła się przed nim, jest prawdziwa.

Obłok, koń Gabriela, wyglądał jak krwawy rumak z apokalipsy. Regent Królestwa walczył ostatkami sił. Krwawił z trzech głębokich ran, mgła zasnuwała wzrok. Obok wciąż jeszcze bronił się Nuriel. Ponad czarną lawiną wojsk Siewcy powiewał biały i złoty sztandar. Wyhaftowane pośrodku oko patrzyło na regenta surowo.

Wybacz, myśli Gabriel. Nie zwyciężyłem. Zawiodłem.

Zdaje mu się, że wszystko wokoło zwalnia. Ruchy stają się powolne, bitewna wrzawa cichnie, zamiera. Pozostaje tylko dźwięcząca cisza. Gabriel chwieje się w siodle, ciosy miecza słabną. Wszystko zasnuwa dym. Jak przez mgłę archanioł widzi, że koń pod Lebesem, Wielkim Chorążym Królestwa, pada z przetrąconym karkiem. Anioł wali się na ziemię, wypuszcza z rąk drzewce. „Chwała Królestwa" płynie majestatycznie w powietrzu, rozsiewając blask. Za chwilę sztandar runie w błoto i posokę. Ułamki sekund są jak wieczność.

– Aszmodaiiiii! – rozlega się wysoki, wibrujący krzyk.

Smagła ręka o złotych paznokciach chwyta drzewce, podrywa w górę. Wielka chorągiew Nieba furkocze na wietrze, uniesiona ręką dżinna w zielonozłotych barwach Asmodeusza. Teraz już zewsząd słychać wibrujący wrzask:

– Aszmodaiiii!!! Aszmodaiiii!!!

Małe bojowe smoki, zielone i złote, atakują z powietrza. Migają krzywe szable dżinnów. Asmodeusz naciera na jeźdźców atakujących Gabriela, rozcina hełmy, strąca z siodeł. Fiołkowe oczy się śmieją.

– Aszmodaiii! – wyją dżinny.

– Chwała Królestwu! – krzyczy garstka ocalałych aniołów, krzyczą Salamandry broniące furty.

Odsiecz nie uratuje obrońców, nie przesądzi o losach bitwy, ale napełnia serca nadzieją, ramionom dodaje siły.

– Aszmodaiiii!

Nikt nie spodziewa się fali oślepiającego błękitu, która nagle zalewa całe pole bitwy. Atakujący i obrońcy, Głębianie, skrzydlaci, żołnierze Siewcy porzucają broń, leżą w błocie i krwi, twarzami ku ziemi, nie myśląc, nie rozumiejąc, nie mogąc drgnąć.

Światło jest krzykiem.

Ze szczeliny w niebie płyną zmiennokształtne, przejrzyste kłęby błękitnej materii. Migają wykrzywione cierpieniem twarze, zmieniające się w upiorne maski kościotrupów, rozwarte w agonalnym krzyku usta, przemienione w najeżone kłami pyski demonów. Gdzieś rozpadają się galaktyki, eksplodują słońca, umierają gwiazdy. Nieskończone dusze byłego boga wylewają się z pustki, giną w świecie porządku ustalonego przez Jasność.

Błysk zdaje się trwać dłużej niż Kosmos, ale w rzeczywistości jest tylko mgnieniem. Gaśnie.

Aniołowie z trudem gramolą się z ziemi, oszołomieni i słabi, przecierają oślepione wybuchem oczy. Patrzą zdumieni na czarnych owadzich żołnierzy, którzy rzucają się na własne miecze, zrywają hełmy, żeby rozdzierać sobie twarze, wydrapywać oczy, wbijają w oczodoły ostrza noży, wpychają do ust garście małych pocisków. Machiny pożerają same siebie, z zaciekłością szarpią płyty pancerzy, wgryzają się w żywe mięso. Jeźdźcy szlachtują wierzchowce, przebijają się mieczami, tarzają się w kałużach trującego jadu. W jednym szalonym akcie niszczycielskiej samozagłady armia Antykreatora przestaje istnieć.

Dym nad pobojowiskiem rozprasza się z wolna, niebo traci burą barwę, niespiesznie pokrywa się bladym błękitem. Nieśmiałe słoneczne promienie ślizgają się po pobojowisku, lśnią w kałużach krwi. Niebo staje się wysokie i czyste. Nikt ze skrzydlatych nie zauważył, kiedy zamknęła się szczelina. W bladym błękicie nie został po niej żaden ślad.

– Kerubim? – Dżinn w barwach złota i zieleni ostrożnie, z szacunkiem, pomagał Gabrielowi wstać.

Jaki ze mnie cherubin, pomyślał Regent Królestwa. Zwykły archanioł. Rwały go rany, krwawił, a głowa pękała mu z bólu. Dawno tak mocno nie odczuwał własnej słabości.

– Hej, Dżibril! Żyjesz? – Asmodeusz szedł ku niemu, kulejąc, ale na ustach miał uśmiech. Lewe ramię demona zwisało bezwładnie, strzaskane. Po ręce lała się krew.

– Dziękuję – wymamrotał Gabriel. – Uratowałeś nas.

Fiołkowe oczy Zgniłego Chłopca pociemniały.

– Drobiazg – powiedział. – Czego się nie robi dla przyjaciół. Ale pozwól, że teraz pójdę w ustronne miejsce i zemdleję.

– Muszę się z kimś zobaczyć – wyszeptał Gabriel – zanim odejdzie.

– Jasne – zgodził się Asmodeusz. – To się nazywa szok, wiesz? Pewnie uderzyłeś się w głowę.

Archanioł nie słuchał. Chwiejnym krokiem ruszył w stronę barykady.

Ignis jeszcze żył, lecz chyba tylko siłą woli. Złote oczy były szkliste, ale zdawały się przytomne. Dostrzegł pochylającego się nad nim Gabriela, powieki zadrgały mu lekko.

– Czy... ktoś ocalał...? – szepnął głosem cichszym niż tchnienie.

– Tak – powiedział Gabriel. – Niektórzy z twego ludu przeżyli, Ignisie.

Chciał mowić o męstwie i honorze, ale w gardle czuł dziwny ucisk. Konający przymknął oczy. Na bezkrwistych, bladych jak płótno wargach zadrgał cień uśmiechu.

– Jest... piękny... – wyszeptało tchnienie.

Gabriel w pierwszej chwili nie zrozumiał, lecz nim zapytał, pojął, że Ignis mówi o sztandarze. Zapiekły go oczy, ściśnięta krtań nie pozwoliła wyrzec słowa.

– Nigdy... nie widziałem... – zaszemrał Salamandra.

– Piękny...

Nikt nie zasłużył bardziej niż ty, żeby umierać w jego imieniu, pomyślał archanioł, ale nie był w stanie powiedzieć tego głośno. Pokiwał tylko głową.

– Tak, piękny – wychrypiał łamiącym się głosem.

Złote oczy Ignisa patrzyły już na nieskończoność.

Gabriel, opatrzony naprędce przez sanitariuszy Rafała, wbrew protestom samego Archanioła Uzdrowień nie pozwolił sobie na odpoczynek. Na grzbiecie Obłoka, który na szczęście nie doznał poważnych obrażeń, objeżdżał pobojowisko. Tysiące tysięcy poległych skrzydlatych, królestwo śmierci, wiktoria kostuchy. Trupów było pewnie dwa razy tyle co żywych.

Rafael i jego medycy miotali się wśród rannych i konających, próbując zatrzymać w ciałach wszystkie dusze, ale wiele wyślizgiwało im się z rąk.

Gabriel w duchu dziękował Panu za ocalenie przyjaciół.

Michał, choć ciężko poraniony, przeżył i wszystko wskazywało na to, że wyzdrowieje. Razjel wciąż był nieprzytomny po ostatecznej eksplozji mocy Siewcy, ale jego życiu też nie groziło niebezpieczeństwo. Archanioł Objawień po cichu wznosił również dzięki do Jasności, że zechciała zachować Lucyfera i Asmodeusza. Czuł dla Głębian dziwną nić sympatii.

Skrzywił się, gdy zobaczył nadjeżdżającego Ituriela.

Zdecydowanie nie życzył sobie teraz rozmawiać z księciem Sarim.

– Zwycięstwo! – krzyknął Ituriel z dumą, jakby osobiście rozgromił armię Ciemności. Gabriel nabrał ochoty, żeby strzelić go w głupią, zadowoloną gębę, i być może zrobiłby to, gdyby nie był taki zmęczony.

– Zwycięstwo? – syknął wściekle. – To nazywasz zwycięstwem?

Zatoczył ręką krąg obejmujący gigantyczne pobojowisko. Ituriel zamilkł z rozdziawionymi ustami. Gabriel go zignorował.

– Obłok – powiedział. – Chcę obejrzeć kraniec, gdzie ziała wyrwa. Dasz radę mnie zanieść?

– *Wedle życzenia* – odrzekł koń.

Poderwał się w górę i pogalopował ponad polem bitwy. Gabriel odwrócił wzrok. Z lotu ptaka widok był jeszcze bardziej przygnębiający. Jestem odpowiedzialny za każdego skrzydlatego, który tu poległ, pomyślał z goryczą. Ich krew na zawsze splami moje ręce. Ale, na Jasność, czy było inne wyjście?

Obłok wylądował. Gabriel zsunął się z wierzchowca.

Minął Afa rozpaczającego nad ciałem martwego Chemy, szedł między trupami Aniołów Zamętu. Oprócz Afa, opłakującego brata, był tu jedynym żywym. Widocznie sanitariusze Rafała ewakuowali stąd wszystkich rannych za pomocą latających dywanów, ale nie poradzili sobie z oszalałym z rozpaczy bliźniakiem i postanowili go zostawić. Nie mogli tracić czasu. Inni ranni czekali na pomoc.

Gabriel wstąpił na spopielałą ścieżkę, która urywała się gwałtownie. Za nią rozciągał się pusty pokryty popiołem step. Na ziemi ani w niebie nie pozostał nawet ślad po szczelinie. Archanioł westchnął. Nadal miał szaleńczą, bezpodstawną nadzieję, że odnajdzie Daimona. Chociaż ciało, pomyślał. Nie chciał wierzyć, że, odchodząc, Siewca pociągnął Anioła Zagłady za sobą.

Obłok, który postępował tuż za aniołem, poderwał nagle głowę, stanął jak wryty. Wzrok wbił w pustą przestrzeń stepu.

– *Bracie!* – krzyknął wielkim głosem – *Bracie!*

Gabriel zmrużył oczy. Coś majaczyło pośród popiołów. Ze spuszczonym łbem, utykając, wlokła się chabeta. Upiór konia o zmierzwionej sierści, żółtych wyszczerzonych zębach, dygoczących nogach.

– Piołun! – zawołał Gabriel.

Wskoczył na grzbiet Obłoka, pędzili. Istotnie, to był Piołun. Koń dyszał ciężko, boki unosiły się w wysilonym oddechu. Stał na rozkraczonych nogach, nie miał siły unieść głowy.

– *Zostawiłem go...* – wychrypiał. – *Zostawiłem... szukajcie...*

Archanioł wyciągnął oko dnia.

– Zaraz sprowadzę pomoc. Trzymaj się, Piołun. Sanitariusze już lecą.

Dostrzegł kątem oka lądujący dywan.

– *Szukajcie...* – wyszeptał koń i zwalił się ciężko na bok.

Medycy Rafała biegli z flakonami eliksirów. Gabriel podciągnął się na siodło.

– Ruszaj, Obłok. Może znajdziemy chociaż ciało.

Rumak posłusznie puścił się w galop. Serce Gabriela tłukło się nerwowo. Piołun przeżył, a przecież był wewnątrz, myślał gorączkowo. Więc może i Daimon? Może Daimon?

Obłok pierwszy zauważył rozciągniętą na ziemi postać. Zatoczył szeroki łuk, wpadł w cwał, wyhamował tuż przy leżącym. Gabriel zeskoczył z konia, przypadł do Daimona. W oczach szkliły mu się łzy. Dotknął zmasakrowanego, okrwawionego ciała przyjaciela. Było zimne. Archanioł pochylił głowę, zacisnął powieki. Łzy paliły mu policzki. Bezwiednie zacisnął pięści. W garście nabrał pełno popiołu.

– *Gabrielu* – usłyszał w umyśle głos wierzchowca – *on wciąż jest z nami. Wyczuwam go.*

Epilog

Wysokie, przejrzyste niebo Królestwa granatowiało. Zbliżał się wieczór. Pałace i ogrody stroiły się jak zwykle w jasne klejnoty lampionów. Tu nikt nie obchodził żałoby. Płacz i rozpacz pozostawiono mieszkańcom niskich Niebios. W końcu to spośród nich pochodziło najwięcej ofiar. Ubogie domostwa z pierwszego kręgu, wąskie kamienice Drugiego Nieba, kwadratowe bloki koszar w Trzecim, Czwartym i Piątym rozbrzmiewały dźwiękami pożegnalnych pieśni, szmerem modlitw odmawianych za poległych, westchnieniami, wspomnieniami, chrapliwym oddechem rannych, ale żaden z tych odgłosów nie dotarł pod srebrne i złote kopuły Hajot Hakados, nie zakłócił spokoju nocy.

W saloniku Archanioła Objawień paliło się łagodne, boczne światło, wydobywające z półmroku sylwetki czterech skrzydlatych.

Gabriel westchnął, odwrócił się od okna.

– Panowie – zaczął. – Wiem, że jesteście chorzy i ranni, jednak musiałem was wezwać. Wybaczcie. Niebezpieczeństwo zostało zażegnane, wygraliśmy walkę choć gorzkie jest nasze zwycięstwo. Antykreator cofnął się w niebyt. Jego emanacja, Siewca, została zniszczona. Przez jakiś czas nie powinniśmy się spodziewać nowych ataków. Królestwo, cały Wszechświat, więcej, całe dzieło Stworzenia zostało uratowane. To zdecydowanie powód do radości. Spełniliśmy obowiązek, obroniliśmy się przed Cieniem, wypełniliśmy wolę Pana. Pozostaje pytanie, co dalej? Michał, jak wyglądają straty Zastępów?

Michael, cały w bandażach, siedział sztywno, starając się jak najmniej poruszać spowitą w opatrunki głową.

– Duże – powiedział. – Mniej więcej połowa. Straciliśmy większość tronów, wiele chajot, sporo rydwanów. Za wcześnie jeszcze na dokładne szacunki.

– Jaka jest szansa na uzupełnienia?

Michał niebacznie wzruszył ramionami i skrzywił się z bólu.

– Jeszcze nie wiem. Może nie będzie tragicznie. Wciąż mamy sporą grupę młodych skrzydlatych, których moglibyśmy wcielić. To jeszcze dzieciaki, ale jeśli zaczną szkolenie teraz, za kilka lat będziemy mieli z nich pożytek. Spróbuj wycofać ilu się da spośród służebnych i aniołów pracujących przy obsłudze Kosmosu. Dla nich to będzie szansa na awans w hierarchii.

Gabriel zasępiony pocierał brodę.

– Wycofałem kogo mogłem podczas mobilizacji.

– Pospiesznie i w panice – wtrącił blady jak widmo Razjel, który był nadal tak osłabiony, że musiał uczestniczyć w naradzie, leżąc na kanapie w rogu salonu. – Nie zdołałeś sprowadzić wielu skrzydlatych z najdalszych regionów Wszechświata. Są jeszcze wyżsi i niżsi urzędnicy i dostojnicy dworscy. Z pewnością wielu zechce zamienić jałową egzystencję kancelisty na służbę w Zastępach, zwłaszcza teraz, na fali ogólnego patriotyzmu po wygranej wojnie. A reorganizacja przyda się tak w armii, jak i w urzędach, jak powiedziałby nasz drogi cynik, Samael, gdyby tu był.

Rafał rzucił Księciu Magów pełne wyrzutu spojrzenie.

– Nie drwij – powiedział. – Tyle wokół śmierci, rozpaczy, to nie pora na kpiny. Każde życie jest bezcenne. Odkąd Jasność zabrała z Królestwa Metatrona, nie urodził się żaden nowy anioł. Słowa jego pieśni nie powołują do istnienia nawet najpodlejszych skrzydlatych.

– Ani moja magia, ani twoje zabiegi medyczne nie wskrzeszą poległych, tak samo jak nie dokona tego powtarzanie oczywistości – burknął Razjel. Czuł się fatalnie, więc nawet się nie starał cierpliwie wysłuchiwać namaszczonych uwag Rafała. – Zrobiliśmy co w naszej mocy, żeby uratować każdego rannego żołnierza. Ale nie mieliśmy mocy sprawiania cudów. Teraz trzeba się zastanowić, jak załatać powstałą dziurę.

Rafał skrzywił się na dźwięk ostatniego słowa, lecz się nie odezwał.

– Razjel ma rację – mruknął Michał. – Królestwo liczy nieskończone rzesze skrzydlatych. Sami nie wiemy ilu. Trzeba będzie zrobić przesunięcia i ogłosić nowy zaciąg. Dobra, Gabrysiu?

Regent skinął głową.

– Ogłoszę amnestię – powiedział. – Wszyscy aniołowie ukrywający się w Sferach Poza Czasem z powodu dezercji lub przewinień niemających charakteru politycznego będą mogli wstąpić do armii. Poradzisz sobie z taką bandą łajdaków, Michasiu?

Wódz Zastępów uśmiechnął się pierwszy raz tego wieczoru.

– Jasne! – przytaknął.

– No dobra, teraz kwestie polityczne. – Gabriel przesunął ręką po twarzy. – Wszyscy się zgadzamy, że ostatnią rzeczą, jakiej nam potrzeba, jest zamieszanie. Wobec tego proponuję, żeby nie łączyć publicznie spisku Ocha z Sophią, Jaldabaotem, a już w żadnym razie z Cieniem. Miał miejsce zwykły pucz, paru skrzydlatych chciało się po prostu dorwać do władzy.

– Ach, rozumiem! – W błękitnych oczach Razjela zalśnił prawdziwy podziw. – Gabrysiu, cóż za wyborny sukinsyn z ciebie! Oczywiście, spiskowcom udało się chwilowo odsunąć nas od władzy, więc Antykreator natychmiast wyczuł osłabienie w Królestwie i dlatego zaatakował. A my powróciliśmy w ostatniej chwili, żeby bohatersko ocalić świat. Więc kto, panowie, jest prawdziwym gwarantem bezpieczeństwa Królestwa? Kim są prawowici zarządcy wszystkich skrzydlatych, wyznaczeni i pobłogosławieni przez Jasność? Jak myślicie?

– No nie! To obrzydliwe – jęknął Rafael.

– Ale bardzo skuteczne – dodał Gabriel. – Ugruntowuje naszą władzę i utwierdza w przekonaniu, że jest ona zatwierdzona przez Jasność.

– Sprytne, cholera – zgodził się Michał. – Masz łeb, Gabrysiu. Im mniej wątpliwości na temat Pana, tym lepiej. Ale nie możemy przecież dopuścić, żeby Ochowi i tej suce Pistis wszystko uszło na sucho.

– Ocha i pozostałych osądzi niezawisły sąd anielski – powiedział Gabriel poważnie. – Jeśli nie postawimy im zarzutów o zdradę na rzecz Cienia, sprawa nie będzie na tyle poważna, żeby odwoływać się bezpośrednio do woli Pana. Pogadam z Nitaelem i Dubielem. Są wystarczająco rozsądni, by nie upierać się przy upublicznieniu swoich kontaktów z Mrokiem. Zresztą, nie jestem do końca pewien czy wiedzieli o konszachtach Ocha i Jaldabaota. W zamian za trzymanie mordy w kubeł, zaproponuję im nadzwyczajne złagodzenie kary z okazji wielkiego zwycięstwa nad Cieniem. Nie będą dla nas groźni. Dostali niezłą nauczkę. Spróbuję porozmawiać i z Ochem. Nawet jeśli nie zgodzi się milczeć, bez trudu udowodnimy, że zwariował. Ale zgodzi się. Poczucie winy doprowadziło go do załamania nerwowego. Biedny dureń. I tak jest skończony. Powiedz, Razjelu, warto dopuszczać się takich szaleństw, żeby zdobyć tę cholerną książkę?

Książę Magów uśmiechnął się.

– Tylko jeśli jest się alchemikiem, Gabrysiu.

– Zaraz! – wtrącił Michael. – Nie odpowiedziałeś, co z Sophią? Chcesz suce odpuścić?

– Muszę – stwierdził sucho Gabriel. – Pistis jest ostatnim potężnym eonem u władzy. Nie możemy teraz rozpętać afery i żądać śledztwa w jej sprawie, bo natychmiast wyjdzie na jaw, że w Królestwie nie ma już Pana. Ukaranie lub chociaż odwołanie ze stanowiska tak potężnego anioła wymaga osobistego werdyktu Jasności. Wybacz Michasiu, ale przebranie cię i usadzenie na Białym Tronie nie wchodzi w grę. Poza tym, nie mamy żadnych konkretnych dowodów jej zdrady. Jeśli zaczniemy w tym grzebać, umoczymy własne tyłki. Pistis ma wielką władzę, jest przebiegła i przenikliwa, jeszcze zacznie coś podejrzewać w sprawie Pana. I tak od dawna się boję, że domyśla się prawdy.

– Nie sądzę. – Razjel pokręcił głową. – Raczej myśli, że straciliśmy łaskę. Ale jeśli jej podskoczymy, nie odpuści. Zacznie likwidować świadków i usilnie szukać broni przeciwko nam. I znajdzie, obawiam się.

– W dupę, o tym nie pomyślałem – stęknął dowódca Zastępów. – No to Pani Cholerna Mądrość dalej będzie bruździć z wysokości swego złotego tronu.

– Będzie – zgodził się Razjel. – Ale teraz dobrze wiemy, co z niej za ziółko.

– I co to nam daje? – burknął Michał.

Razjel uśmiechnął się krzywo.

– Przewagę, Misiu.

– Mnie martwi raczej Jaldabaot – westchnął Gabriel. – Fatalnie, że straciliśmy go z oczu.

Uśmieszek na twarzy Razjela zrobił się naprawdę paskudny.

– Kto stracił, ten stracił – rzucił enigmatycznie.

Regent Królestwa drgnął.

– Jak to? Wiesz coś o Mastemie?

– A kto ma wiedzieć, jak nie szef wywiadu. Kiepsko bym się spisał, gdybym naprawdę stracił go z oczu.

– Gadaj składnie! – zirytował się Gabriel. – Gdzie on jest?

– W domu starców – powiedział Razjel z satysfakcją. – Luksusowym, kapiącym od złota i doskonale odpowiadającym stanowi jego umysłu. Mastema oszalał, Gabrielu. Stał się mamlącym pod nosem, wyjącym po nocach starcem. Nikogo nie poznaje. Bredzi od rzeczy.

I nie ma takiej siły, która mogłaby go uzdrowić. Upadek Siewcy zniszczył mu umysł. Wypalił do zera. Dlatego nie żałuję, że moi agenci się spóźnili i z tej przyczyny nie zdążyłem przejąć tej pustej skorupy o srebrzystych skrzydłach, która niegdyś przedstawiała się jako Mastema. Nie starałem się zbyt gorliwie, muszę przyznać. Pan Wielki Władca Świata doskonale pasuje do miejsca, w którym się znalazł. Towarzystwo ma, trzeba przyznać, przednie. Właściwe, godne jego klasy i urodzenia. Stanowią naprawdę dobraną parę.

Archanioł Objawień uśmiechnął się chłodno.

– No tak – mruknął. – Oczywiście. Powinienem się tego spodziewać. Dobrze więc, niech tak będzie.

– A z Sophią sam porozmawiam, jeśli pozwolisz – powiedział Razjel. – Postraszę ją i zirytuję tylko tyle, ile naprawdę trzeba. W porządku?

Gabriel skinął głową.

Pałac Sophii tonął w ciszy. Dworzanie i służba przemieszczali się bezszelestnie. Razjel przestępował wciąż nowe komnaty wykładane złotem, zdobione kunsztownymi mozaikami. Ogrody na ścianach łączyły się z ogrodami wśród ścian, gdzie blade, egzotyczne kwiaty wygrzewały kielichy w sztucznym świetle lampionów.

Stopy Razjela grzęzły w coraz kosztowniejszych dywanach. Tym razem obeszło się jednak bez nieustannych anonsów i gnących się w ukłonach służących. Dawczyni Wiedzy i Talentu, eon chórów żeńskich, pani Pistis Sophia, oby światło Jej Mądrości opromieniało wiecznie sługi swoje, przyjmie archanioła Razjela, Księcia Magów, Pana Tajemnic w prywatnych apartamentach.

Ależ zaszczyt, pomyślał Razjel cierpko. Dżinn w barwach Sophii otworzył przed nim kolejne drzwi.

– Pani oczekuje – powiedział krótko.

Pistis siedziała w fotelu przypominającym tron. W komnacie nie było innych mebli, więc archanioł zmuszony był stać.

– Witaj, pani.

Zwróciła ku niemu ciemne migdałowe oczy. Chętnie ujrzałby w nich niepokój, ale dostrzegał tylko twardy błysk.

– Witaj, archaniele – zagruchała słodko. – Cóż cię sprowadza w moje progi?

– Pani – rozpoczął, skłaniając lekko głowę – nazywają mnie Księciem Tajemnic, więc łatwo się domyślić, że sekrety to moja pasja. Mam nadzieję rozwiązać tu nurtujący mnie problem.

Brwi Sophii uniosły się wysoko.

– Zatem przybyłeś po radę? To mi pochlebia.

Zimny uśmieszek pojawił się na ustach Razjela.

– Wybacz, pani, muszę wyprowadzić cię z błędu. Przyszedłem raczej udzielić rady.

Słodki głos anielicy ochłódł.

– Doprawdy?

– Pytanie będzie proste i podobnej odpowiedzi oczekuję. Czemu nie przybyły twoje oddziały, Dawczyni Talentu?

Sophia poruszyła się na tronie. Suchy szelest kosztownych jedwabi owinął ją niczym woal.

– Myślałam, że wszystko wyjaśnił list do Gabriela. Niestety, na skutek błędu dowódca oddziałów otrzymał niewłaściwe informacje. Pomylił numer prowincji i Niebo. Zanim zdążył przybyć na miejsce, bitwa się zakończyła. Na szczęście, dzięki Jasności, pomyślnie. Tak więc nieobecność moich żołnierzy nie przesądziła o wyniku. Przyznaję, to przykry wypadek, ale sprawca niedopatrzenia został surowo ukarany. Wyciągnięto odpowiednie konsekwencje.

– Pytanie, czy wyciągnięto również inne konsekwencje – rzucił gładko Razjel.

Ponownie brwi Sophii uniosły się w zdziwieniu.

– Obawiam się, że nie rozumiem.

Archanioł potrząsnął głową.

– Pani, jesteś naczyniem mądrości. Trudno mi uwierzyć, że cała zawartość gdzieś się wylała.

Anielica pobladła.

– Razjelu, mam nadzieję, że to jednak nie impertynencja?

Lodowe błękitne oczy anioła bez trudu wytrzymały spojrzenie Sophii. Władczyni anielic odwróciła wzrok.

– To część rady, Sophio. Abyś znów zaczęła myśleć. Popełnianie szaleństw, kierowanych pychą i iluzorycznymi sentymentami, to nie to samo, co dopuszczenie się zdrady.

Smagła cera Sophii nabrała odcienia szarości. Na wysokich kościach policzkowych wykwitły dwie szkarłatne plamy.

– Twój świat jest stary, skostniały i zimny – ciągnął twardo Razjel. – Nie chciałaś zmieniać się wraz z nami, z ludźmi, z Ziemią, z Kosmosem. Nie chciałaś podążać za głosem Jasności. Rozpamiętujesz nieustannie czasy przed Stworzeniem, czasy, gdy byłaś eonem eonów, jedną z grona kosmokratorów. Kiedy dzierżyłaś władzę, a miliony drżały na dźwięk twego imienia. A Jaldabaot... Nie próbuj mi przerywać! Jaldabaot uznał Królestwo za swoją własność i przez pychę i tyrańskie zapędy stracił łaskę Pana. Wiecznie powtarzasz, że kultywujesz dawne wartości. Że ocaliłaś cząstkę złotego wieku. Tu, w tym pałacu podobnym do skrzyni na klejnoty, kapiącym od przepychu i zimnym niczym kostnica. Uważaj, żeby skarb nie zamienił się w zatrzaśniętą szkatułę pełną śmiecia i szmat. Bo czegoś mu brakuje, moja mądrości. Serca.

Oczy archanioła lśniły. Sophia siedziała blada, nieruchoma, w haftowanych jedwabiach podobna do pięknej lalki. Milczała.

– Myśl znowu, Sophio – powiedział Razjel, a w jego głosie dźwięczał lód. – Bo ja nie zamierzam przestać szukać. Pamiętaj, kocham tajemnice. A jeszcze bardziej rozwiązania tajemnic. Wiem, że dostarczyłaś Ochowi dowodów przeciw Gabrielowi. Twój wywiad zbierał je latami. Ale i mojemu trudno coś zarzucić, więc dowiedziałem się. Więcej, wiem także, że stoisz za masakrą w lesie Teratela. W męskim przebraniu, nieudolnym magicznie, bo nie udało ci się zmienić rysów twarzy, wynajęłaś zwykłego bandytę, Ram Izada, żeby dokonał prowokacji. Dostarczyłaś mu eliksirów przemieniających, nieco lepszego gatunku niż twoje przebranie, przyznaję. Dlaczego się nie odzywasz, piękna Sophio? Może to i lepiej, że nic nie mówisz. Milcz więc dalej i słuchaj, bo nie skończyłem. Wszystkiego tego dokonałaś, żeby poprzeć Jaldabaota, wroga Królestwa, banitę, zdrajcę, obecnie zwanego Mastemą, Przeciwnikiem. Czyim przeciwnikiem, przyjaciółko? Czyż nie Jasności? Czyż nie Pana? Czy to jeszcze zdrada, czy już upadek, władczyni chórów żeńskich?

Razjel zaciskał dłonie w pięści, ale głos miał nadal zimny i spokojny.

– W imię czego, Sophio? Pustej próżności, czczej żądzy władzy. Jak ty, zwana naczyniem mądrości, mogłaś okazać taką głupotę? Na co liczyłaś? Że Siewca usadzi z powrotem Jaldabaota na tronie, a ciebie po jego prawicy? Że powrócą złote czasy waszych tyrańskich, okrutnych, podłych rządów? Liczyłaś na Siewcę, cień Pana, nosiciela śmierci i chaosu? Rozumiem, Jaldabaot. On jest od dawna obłąkany, ale ty? Tego nie sposób nazywać głupotą, słodka pani. To starcze rozmiękczenie mózgu!

Usta Sophii zadrgały, oczy zwęziły się wściekle. Wbiła palce w oparcia fotela, ale nie odezwała się. Razjel wycelował w nią palec.

– Tak, Sophio. Jesteś stara. W tym pięknym ciele mieszka dusza staruchy żądnej władzy, wściekłej, że została zepchnięta na margines, pełnej nienawiści do wszystkiego co żywe, młode, nowe! Sama zatrzasnęłaś się w trumnie ze złota. Twoja sprawa! Ale kiedy wyciągasz macki, żeby niszczyć Królestwo, nie dziw się, że znajdzie się ktoś, kto ci je utrąci. I jeszcze jedna kwestia, która czyni z naszej małej wojny moją osobistą sprawę. Nie zwykłem przechodzić do porządku dziennego nad krzywdami wyrządzonymi przyjaciołom, a ty próbowałaś zamordować Daimona. Podstępnie, głupio i podle, tylko po to, żeby nie dopuścić do spełnienia przepowiedni. Żeby nie znalazł się nikt zdolny walczyć z Siewcą. Żeby ta krwawa glista, Jaldabaot, powrócił. Jak myślisz, wystarczy faktów, aby strącić z szyi twoją śliczną, pustą główkę?

– Nie masz dowodów! – syknęła wściekle.

Niełądny uśmiech wykrzywił usta archanioła.

– Nie mam, ale znajdę. Pamiętaj, jestem cierpliwy i skrupulatny. I dołożę wszelkich starań, obiecuję. Przyjdzie czas, gdy będę miał cię w garści, słodka przyjaciółko. Wiedz też, że w razie czego nie zawaham się tej garści zacisnąć.

Sophia odprężyła się natychmiast. Rozluźniły się palce zaciśnięte na oparciach, jedwab sukien zaszeleścił śpiewnie.

– Zatem powodzenia, mój słodki przyjacielu – zagruchała kpiąco. – Miłych poszukiwań.

Lodowy błękit oczu Razjela zmierzył się z bursztynowym spojrzeniem anielicy.

– Babranie się w kloace rzadko bywa przyjemne. Choć czasami konieczne. Żegnaj, Sophio. Usłyszałaś już moją radę. Postąpisz, jak zechcesz.

Odwrócił się, żeby wyjść. W progu zatrzymał go głos Sophii.

– Razjelu, rozumiem, że od dziś mam w tobie wroga?

Uśmiech na twarzy archanioła był ostry jak sztylet.

– Nie, pani – powiedział. – Tylko bacznego obserwatora.

Dawczyni Wiedzy i Talentu, czysta Mądrość, były eon eonów, niegdysiejsza gwiazda wśród kosmokratorów jeszcze długo po wyjściu Razjela nieporuszona, zadumana siedziała na tronie, podobna z pozoru do pięknej rzeźby. Ale w jej duszy płonęła wściekłość. Chłystek. Ośmielił się grozić. Jeszcze zobaczymy, kto wygra. Po czyjej stronie opowie się Światłość. Archaniołowie. Prostacy, nędznicy, plebs. Nie im się równać z wielkimi tego świata. Chłystki. Bezczelne chłystki! Chcą się z nią mierzyć? Może i przegrała małą batalię. Ale nie skapituluje. Przeczeka, uśpi ich czujność i uderzy znowu. Odzyska tron, władzę, wpływy. Przywróci wreszcie porządek. Na Jasność, tak!

Wściekłość szalała w piersi opiętej ceremonialną złotą suknią. Bursztynowe oczy ciskały gromy. Pistis blada, szalona ze złości, wbijała długie palce w oparcia fotela. Podniosła się wreszcie i ruszyła przez komnaty pałacu z szelestem kosztownych sukien. Dworzanie ustępowali jej z drogi, dżinny służebne kuliły się po kątach. Pani była nie w humorze, a to zawsze mogło się źle skończyć. Sophia zbiegła schodami na dół, niemal biegiem minęła wejście do swej prywatnej pracowni, skręciła w wąski korytarz. Dwa czuwające w nim dżinny natychmiast zgięły się w ukłonie. Pistis ruchem ręki nakazała otworzyć ciężkie masywne drzwi. Weszła do obszernej sali pozbawionej okien. Światło zapewniały unoszące się u sufitu kule ciepłego blasku. Podłogę i ściany komnaty pokrywały grube kosztowne kobierce. Prawie nie było sprzętów. Łoże zastępowało płaskie podwyższenie zarzucone stertą miękkich kołder i kunsztownie wyszywanych poduszek. Podobne poduszki porozrzucane niedbale po podłodze, służyły do siedzenia. W rogu stał maleńki niski stolik pokryty barwną emalią.

Ogromny srebrzysty anioł siedział nieruchomo na podłodze pośrodku pokoju. Miał pustą twarz pozbawioną wszelkiego wyrazu.

Sophia zbliżyła się.

– To ja – szepnęła. – Powiedz, że mnie poznajesz.

Spojrzenie srebrnych niczym rtęć oczu skrzyżowało się ze wzrokiem Pistis.

– Na kolana! – zaskrzeczał nagle anioł ochrypłym głosem. – Wyznaj przewiny! Chwała! Chwała! Wznosi się Prawica Pana! Nadchodzi eon eonów, Wielki Archont, Pan Siedmiu Wysokości! Śpiewajmy! Chwała!

Sophia cofnęła się. Na pięknej twarzy o wystających kościach policzkowych pojawił się wyraz niesmaku i zażenowania. Co za upadek, pomyślała. Na Jasność, dobrze, że sam nie jest w stanie tego zobaczyć.

Srebrny anioł zachichotał idiotycznie, zakołysał głową. Z kącika bladych ust spłynęła strużka śliny.

– Chwała! – zachrypiał i na czworakach zaczął kręcić się w kółko po dywanie.

Pistis przymknęła powieki. Niedawna wściekłość wyparowała w okamgnieniu. Władczyni żeńskich chórów poczuła się nagle słaba i zmęczona. I stara. Jakby naprawdę należała do zamierzchłej epoki. Opuściła ją żądza zemsty, siły do walki. O co mam zabiegać, pomyślała z goryczą. Upływu czasu nie da się odwrócić. Większość z dawnych eonów, władców i mocarzy nie żyje lub oczekuje kresu żywota w swoich cichych, wiejskich posiadłościach. Ich już nie obchodzi władza, nie pociąga polityka. A Jaldabaot? Mój piękny, dumny, srebrzysty książę? Co z niego zostało?

Stała bezradna, zrezygnowana, naprzeciw zdziecinniałego szaleńca. Jestem sama w tej komnacie, pomyślała ze smutkiem. Jego już tu nie ma. W piersi gniótł nieznośny ciężar, w gardle dusił dziwny uścisk, ale Sophia nie potrafiła zapłakać. Nigdy nie czuła się tak samotna, tak zdruzgotana, lecz nawet teraz łzy nie chciały popłynąć. Może Razjel miał rację, przeszło jej przez myśl. Może jesteśmy tylko oszalałymi starcami, których oślepiła miłość do czasów minionych tysiące lat temu. Czyżbym stała się reliktem przeszłości, mamutem zakonserwowanym w lodowatej atmosferze złotego pałacu? Wypielęgnowaną wąską dłonią dotknęła policzka. Wydawał się chłodny jak marmur.

Były Wielki Archont Królestwa klapnął niezgrabnie na podłogę.

Po marmurowym policzku Sophii nie płynęła nawet jedna łza.

Władczyni Wiedzy i Talentu odwróciła się i wyszła z komnaty, nie spojrzawszy za siebie ani razu. Po schodach wspinała się ciężko, powoli.

Słodki zapach kwiatów odurzał. Nie było nic wokół, tylko łąka pełna jaskrów ciągnąca się po horyzont i czyste, niebieskie oko nieba ponad nią. Istota, która niegdyś żyła, umierała i była wskrzeszana po wielekroć, trwała w ciszy łąki, bez pragnień, bez marzeń, obojętna. Nie pamiętała swego imienia. Nie pamiętała też imion żadnych rzeczy. Gdyby znała uczucia, kochałaby bezruch. Nie kochała jednak niczego. Trwała, nie zdając sobie sprawy z upływu czasu. Dla niej nie istniał. Była tylko łąka, a wszelkie wspomnienia utonęły bezpowrotnie w głębokim błękicie nieba.

Istota nie postrzegała ruchu, nie zarejestrowała lśniącego białego punktu na horyzoncie. Nawet gdyby go zobaczyła, nie potrafiłaby sobie przypomnieć, nie umiałaby nazwać drugiego stworzenia. Słodkiego wełnistego baranka wielkości sporego domu, który pasł się beztrosko na łące. Czas nie miał znaczenia dla tych stworzeń, więc żadne nie potrafiłoby powiedzieć, czy długo trwało, zanim baranek zbliżył się do byłego anioła.

– Witaj, destruktorze – powiedziało Jagnię.

W czarnych bezdennych oczach coś zatrzepotało i zgasło.

– Witaj, Abaddonie, Tańczący na Zgliszczach – powtórzyło Jagnię. – Witaj, Daimonie Freyu, Aniele Zagłady.

Leżący drgnął.

– Czemu – wyszeptał z trudem – budzisz mnie, przypominasz?

– Albowiem przynoszę ci słowo.

– Słowo? – poruszyły się pobladłe wargi.

Jagnię przekrzywiło głowę.

– Wskrzeszenie, destruktorze.

– Nie – powiedział Daimon. – Nie chcę.

– Nie jesteś tu, aby stanowić, Niszczycielu. – Głos Jagnięcia stwardniał. – Przyniosłom posłanie od Tego, Który Jaśnieje. Słowo życia.

– Nie – szepnął Anioł Zagłady. – Pozwólcie mi odejść. We mnie nie ma życia.

– Kim jesteś, aby stanowić! – krzyknęło Jagnię wielkim głosem. – Wola skrzydlatych jest jak pył na wietrze. Przynoszę słowo Potęgi. Nie wykonałeś jeszcze zadania.

Daimon przymknął powieki.

– Pana nie ma w Królestwie. Nie możesz przynosić Jego słów.

Jagnię zaśmiało się chrapliwie.

– Zaprawdę, bezrozumny jesteś, skrzydlaty. Śmiesz stanowić o dziedzinach i sprawach Pańskich? Zgaszę jednak twe niemądre wątpliwości. Tym razem umarłeś naprawdę. Znajdujesz się w zaświatach, destruktorze. A ja przyniosłom ci prawdziwe wskrzeszenie.

– Na Jasność – powiedział cicho Daimon – to niesprawiedliwe.

– Sprawiedliwość jest jako trzcina w dłoniach Wiecznego. Gnie ją jak chce i splata zgodnie z wolą. Zaprawdę, Pan twój mówi do ciebie: wstań! Dobro i zło, moc i siła są podległe woli Wiecznego. Sprzeciwisz się jej, skrzydlaty?

– Chcę odejść. Pozwólcie mi odejść.

Jagnię zaśmiało się ostro, zgrzytliwie.

– Niosę ci słowo Pana, destruktorze. Milcz i słuchaj.

Bestia pochyliła nisko łeb i tchnęła, a tchnienie to było lodowate i gorące zarazem.

– *Emeth*.

Gorąco i ból uderzyły w anioła, przepłynęły przez niego, pękły i zalały mocą. W jednej chwili ocknęły się wszystkie wspomnienia, wszystkie uczucia i pragnienia. Anioł Zagłady przestał być bezimienną istotą, obudziło się w nim życie i pragnienie życia. I wielki lęk o Hiję, o przyjaciół, o Królestwo. I wspomnienie walki. Śmierć tysięcy zastępów i Siewca, i Jaldabaot, buntownicy, zdrajcy i bohaterowie. Kobaltowe loki i oczy jak płynny bursztyn, słodkie, ciężkie jabłka, jednorożce przemykające w ciemnym lesie, smak wina, złoty, jedwabny spokój wieczorów z Hiją. Twarze Razjela, Gabriela, Kamaela, ciepło ognia w kominku, dom, w którym mieszkał, dotknięcie szorstkiej, gęstej grzywy Piołuna. Życie.

Daimon zacisnął powieki. Zapragnął wracać. Jasność jedna wiedziała, jak bardzo zapragnął wracać. Ale nie umiał znaleźć w sobie siły. Czuł się pusty i wypalony. Przestać istnieć, zapomnieć. To było takie łatwe. I takie kuszące. W ciemności bezkresnych źrenic zrodziła się łza, która spłynęła po policzku anioła.

Jagnię skinęło głową.

– Oto się dokonało – powiedziało. – Żegnaj, Abaddonie. Odchodząc, powiem ci to, com zrozumiało przez wieki istnienia na granicy światła i mroku. Zaprawdę, nie obawiaj się losu swego, gdyż jest on jak talar nieustannie obracany w dłoniach Wiecznego. Dobra i zła, słodka i smutna strona wirują, splecione w jedność. Bądź pozdrowiony, Burzycielu Światów, albowiem na zgliszczach najpiękniejszy wyrasta owoc.

Jagnię odwróciło się i zaczęło oddalać.

– Zaczekaj! – Daimon spróbował zawołać, ale głos załamał mu się z wysiłku. – Kto wygrał wojnę? Co z Królestwem?

Jagnię nawet na niego nie spojrzało. Błękitne niebo wisiało w górze jasne, kojące. Żółte kwiaty pachniały słodko, wieczność trwała, a Daimon po chwili wcale nie był pewien, czy przybycie Jagnięcia nie okazało się zwykłą halucynacją.

Przez wysokie zakratowane okno wpadały do celi słoneczne promienie. Wydobywały z ciemności nocy schludne pobielone ściany, prostą pryczę nakrytą szorstkim kocem, stół, krzesło, lampę osłoniętą solidnym kloszem z metalowej siatki. Och siedział w kącie na podłodze, nieruchomy. Obejmował ramionami podkurczone kolana. Na początku żałował, że nie wtrącono go do lochu wilgotnego, wstrętnego, pełnego robactwa i pogrążonego w ciemności, gdzie mógłby lepiej pokutować za swój straszny czyn, ale z czasem zrozumiał, jak dobrze jest widzieć blady prostokąt nieba w oknie. Dzięki temu wiedział, że Mrok jeszcze nie zwyciężył, że Ciemność nie zapanowała na dobre. Nocą nie spał, wpatrzony w jasne punkciki gwiazd. We dnie patrzył w błękit.

Czas wyznaczały regularnie przynoszone skromne posiłki, ale Och nie dotykał jedzenia. Czuwał ze wzrokiem wbitym w okno. Mijały noce, płynęły dni, granat w zakratowanym prostokącie przemieniał się regularnie w błękit, aż w sercu anioła zaczęła kiełkować i rozwijać się nadzieja. Z początku tłamsił ją, próbował zdusić, ale z biegiem czasu pozwolił jej rozrastać się i z wolna przemieniać w pewność.

Nie czuł głodu, pragnienia, potrzeby snu. Skulony w kącie patrzył na powtarzający się cud wieczorów i poranków. Spływające po policzkach łzy wyżłobiły sobie bruzdy na kształt żlebów w górskim zboczu. Spierzchnięte usta poruszały się jednostajnie, monotonnie. Gdyby ktoś zbliżył się na tyle, żeby rozróżnić wypowiadane niemal bezgłośnym szeptem słowa, usłyszałby powtarzane w kółko zdanie:

– Dzięki Ci, Jasności, dzięki wielki, dobry Panie, dzięki, że uratowałeś Królestwo.

– Panie! Prędko! Prędko! Proszę przyjść!

Razjel, zdziwiony, odstawił retortę pełną zielonej cieczy. Do pracowni wpadł bez pukania zdyszany Kalkin, najbardziej zaufany z geniuszy Pana Tajemnic.

– Co się dzieje? – spytał Razjel.

Kalkin z trudem łapał oddech.

– Ocknął się, panie. Proszę szybko iść! Nie jest dobrze!

Razjel bez słowa wybiegł z komnaty.

Już na korytarzu usłyszał krzyk. Nie jęki czy nieartykułowane okrzyki bólu, ale gniewne, ostre, twarde słowa, układające się w niezrozumiały, lecz z pewnością spójny monolog. Razjel pędził w górę po schodach, z każdym stopniem bardziej przerażony. Głos z pewnością należał do Daimona, ale te słowa! Złe, zimne, pełne goryczy. Włosy zjeżyły się na głowie Pana Tajemnic. Na Jasność, jeśli Daimon jest opętany przez Siewcę... Nie chciał nawet przez sekundę dopuszczać takiej myśli. Ale ona natrętnie powracała. Zwłaszcza, że słyszał już wyraźnie.

– Wskrzesiciel się znalazł! – krzyczał Frey. – Dziękuję za cudowne ocalenie! Wspaniale! A pytałeś mnie o zdanie, Stwórco? Nie, ty nikogo nie pytasz o zdanie! Służ i zdychaj! Zdychaj, służąc! I okazuj wdzięczność! Jaki jeszcze dla mnie szykujesz prezent, o Panie? Jakim wspaniałym darem mnie uraczysz? Nie mam nic do gadania, co? Gorzej niż zwierzę, jak rzecz. Jeszcze mnie nie zużyłeś do końca. Nie wypełniłem zadania! Na Jasność, nie wypełniłem zadania! Więc kto je, do diabła, wypełnił, o Wielki?

Razjel odepchnął sprzed drzwi komnaty przerażonych służących, wszedł do środka. Daimon, który leżał na łóżku blady jak widmo, umilkł. Na twarzy miał brzydki, szyderczy grymas.

– O, Razjel – warknął. – Witaj. Masz jakąś tajemnicę do sprzedania?

Jeden rzut oka wystarczył Księciu Magów, żeby ocenić sytuację. Poczuł tak ogromną ulgę, aż ugięły się pod nim kolana. Musiał się wesprzeć o ścianę. Nie jest opętany, ocenił. Po prostu zwariował.

Daimon patrzył twardo, na pozór świadomie, ale głęboko w czarnych oczach krył się obłęd.

– Ja mam tajemnicę dla ciebie, bracie – syknął. – O tak, prawdziwą rewelację. Pan istnieje i doskonale się miewa. Kwitnąco, powiedziałbym. Jest w pełni formy. Tak, tak. Nie kręć z niedowierzaniem głową. Ale wiesz co? Królestwo naprawdę nic Go nie obchodzi. Obchodzę Go ja! Daimon Frey, Anioł Zagłady! Wtrąca się tylko w moje sprawy! Wskrzesił mnie! Kazał mi zabić swoje drugie ja, swego szalonego antysyna, a potem mnie wskrzesił! Czy to nie zabawne? Nie pozwolił mi umrzeć. O nie! To byłby koniec gry. A tak, fik-mik i znowu żyjesz! Witaj w domu, Daimon! Cudownie! Ciekawe, ile razy jeszcze, co Razjel? Może masz to zapisane w tej swojej durnej książce? Czego się nie śmiejesz? W życiu nie spotkało mnie nic zabawniejszego!

Zakrył twarz dłońmi i wybuchnął ochrypłym histerycznym śmiechem. Tarzał się po łóżku wstrząsany szlochem i spazmami obłąkańczego chichotu.

Osłupiały Razjel z trudem otrząsnął się z szoku. Wyciągnął rękę w kierunku chorego, splótł palce. Nie chciał tego robić, ale nie miał wyjścia.

– *Coma* – powiedział twardo.

Daimon natychmiast znieruchomiał pogrążony w śpiączce.

Razjel wyciągnął oko dnia.

– Gabrielu – powiedział do klejnotu drewnianym głosem. – Mamy poważny problem.

Daleko poza Wszechświatem, daleko poza dziedzinami, które kiedykolwiek tknęła ręka Jasności, okaleczony, okrutny, prastary bóg obchodził żałobę po stracie swego syna. Nie potrafił myśleć, ale myśli nie były mu potrzebne. Czuł. Nie znał żalu, ale odczuwał stratę. Odebrano mu coś. Część jego własnego jestestwa. Odepchnięto go znów. Tak jak kiedyś. Tak jak zawsze. Płonął i krzyczał z nienawiści, bo sam był tylko nienawiścią. Wył w ciemności przepojony żądzą zemsty, gdyż składał się z samej zemsty. Szalał, pragnąc dokonywać zbrodni, ponieważ rozumiał tylko zbrodnię. Snuł podstępne mroczne plany, bo zbudowany został z mroku. Bluźnił, jako że znał wyłącznie bluźnierstwa. Dyszał, pragnąc niszczyć wszystko co napotka, ponieważ umiał tylko tyle. Unicestwiał nieustannie samego siebie, lecz nie doznawał uszczerbku, bo był nieśmiertelny. Kłębił się w Mroku i Chaosie i sam się przyzywał ich imionami. Powrócił tam, gdzie zepchnęło go Światło. Straszny, szalony, odtrącony przez Jasność, lecz nie pokonany. Nieśmiertelny. Aktywny, nie bierny. Potężny i niebezpieczny. Jak zawsze, od milionów wieków.

Razjel ponuro gapił się w ścianę. Mijały tygodnie, a stan Daimona nie poprawiał się. Z pozoru mogło się wydawać, że jest lepiej, bo chory miewał okresy względnej poczytalności, ale wtedy pogrążał się w zupełnej apatii. Często krzyczał i majaczył.

Razjel wyczerpał już środki, którymi mógł wpływać na poprawę zdrowia przyjaciela. W ostatecznej rozpaczy próbował mówić do niego, przekonywać. Równie dobrze mógłby starać się rozmawiać z drewnianą rzeźbą. Daimon nie przyjmował niczego.

Książę Magów podparł pięściami skronie. Przypomniał sobie rozmowę, a właściwie monolog, który wygłosił tego ranka.

Daimon półleżał na łóżku, wzrok miał utkwiony w przestrzeń. Razjel wsunął się cicho do komnaty.

– Posłuchaj – powiedział. – Nie możesz negować tego, co się stało. Żyjesz, pogódź się wreszcie z faktami.

Frey milczał. Pan Tajemnic przysiadł na skraju łóżka.

– Wiem co myślisz. Zdziwisz się, ale pewnie nawet wiem co czujesz. Do pewnego stopnia, rzecz jasna. Uważasz, że zabiłeś Pana. Że Antykreator nadal pozostaje Jego częścią. Mylisz się, Daimonie. Straszliwie się mylisz i to jest przyczyna twego nieszczęścia. – Razjel westchnął. – Zdecydowałem, że powinienem powiedzieć ci prawdę. O Panu i Antykreatorze. Wszyscy w Królestwie postrzegamy Cień jako zamierzchłą istotę wyrzuconą gdzieś poza granice Wszechświata. Zagrożenie spoza układu. To kłamstwo. Mrok jest czystym złem. Potężną, niszczącą, podstępną siłą, która wpływa na losy świata. Tylko Pan potrafił naprawdę ją odrzucić. Bo Pan wybrał Dobro i stał się Dobrem. Lecz nikt z nas tego nie umie. Jesteśmy dziećmi Jasności, ale pada na nas cień, który rzuca Ciemność. Pociąga nas, niszczy, kusi, fascynuje, bo niegdyś była częścią Pana. Daimonie, nie chodzi o to, żeby odrzucić zło, tak jak uczynił to Pan. Raz na zawsze dać sobie z nim radę, powiedzieć: od dziś wybieram tylko dobro i załatwić sprawę. Wiem, że mnie teraz nie zrozumiesz, ale przemyśl moje słowa. Cień jest w każdym z nas. I wszędzie, na każdym kroku, zawsze gdy stajemy przed jakimś wyborem, musimy go zabić. Posłuchaj uważnie. Zabić, Daimon. Pozbawić życia. Ja wcale nie mam na myśli przenośni. Za każdym razem, gdy chcemy opowiedzieć się po stronie Jasności, musimy na nowo zabić Siewcę. Słowa Siewcy, ścieżki Siewcy, motywacje Siewcy. Zabić, a nie odrzucić, bo nie mamy takiej mocy, żeby definitywnie odciąć się od zła. Jeśli tego nie zrobimy, Mrok zatriumfuje. I nie będzie potrzebował kolejnego Armagedonu. I to jest cały sekret.

Daimon, milcząc, wpatrywał się w nicość. Razjel westchnął.

– Nie opowiedziałem ci bzdur, nie chciałem wcisnąć żadnych komunałów. Zdradziłem ci jedną z tajemnic, których przysiągłem strzec. Nie odrzucaj jej tylko dlatego, że brzmi prosto. Nie da się nic poradzić, naprawdę. Pójdę już, bo wiem, że się do mnie nie odezwiesz. Trudno. Po prostu spróbuj chwilę pomyśleć. Nie żądam więcej.

Pan Tajemnic wstał i cicho zamknął za sobą drzwi. Anioł Zagłady nawet się nie poruszył.

Gabriel wsunął się do komnaty. Razjel uniósł głowę znad ksiąg.

– Co z nim? – zapytał z niepokojem Regent Królestwa, który w błękicie oczu przyjaciela dostrzegł smutek, zmęczenie i bezradność.

Razjel przesunął ręką po twarzy.

– Nie wiem – szepnął ze znużeniem. – Milczy, nieruchomy jak kłoda albo krzyczy i majaczy. Woła ją, wiesz? To nie do zniesienia.

Uderzył pięścią w stos otwartych tomów.

– Nic tu nie ma! Jałowe dywagacje! Nie umiem mu pomóc. Zrobiłem, co mogłem, ale to za mało. Moja magia jest za słaba.

Ścisnął rękami skronie.

– Może źle postąpiliśmy, Gabrysiu? Może trzeba było pozwolić obojgu umrzeć?

Gabriel zagryzł wargę.

– Wiesz, że nie – powiedział łagodnie. – Wiesz, że...

Urwał, bo zabrakło mu słów.

– Wybacz, bredzę – wymamrotał Książę Tajemnic. – Daimon przeżył coś, czego nawet nie potrafimy sobie wyobrazić. Zwyciężył, ale jednocześnie przegrał. On nie walczy, Dżibril. Poddał się. Dusi się w poczuciu winy i krzywdy jednocześnie. Wierzę, że gdyby chciał wrócić, wyciągnąłbym go. Ale nie chce. Ma pretensje do Pana, że przywrócił go do życia. Wolałby umrzeć, przestać pamiętać. Nie wiem, co robić. Obawiam się, że Cień odcisnął na nim piętno na zawsze, Gabrysiu. Zabrał go nam. Skaził sobą.

– Nie mów tak – szepnął Gabriel. – Daimon nie dałby się opętać złu.

Razjel potrząsnął głową.

– Nie rozumiesz. On uważa, że zabił jakąś część Pana. Ma się za mordercę swego boga.

– Dlaczego, na Jasność? – w głosie Regenta Królestwa brzmiało autentyczne zdumienie.

– Bo w pewnym sensie tak jest – powiedział ze znużeniem Archanioł Tajemnic. – Wybacz, ale nie mam siły tego tłumaczyć.

Gabriel milczał przez chwilę, wyraźnie wstrząśnięty.

– Uważasz, że stracimy Daimona? – spytał cicho. – Że on także zmieni się bezpowrotnie w żałosnego szaleńca, któremu Siewca wypalił umysł, podobnie jak Jaldabaotowi?

Razjel westchnął ciężko.

– Nie wiem. Wierzę, że mógłby wrócić, gdyby otrząsnął się z mrocznych wpływów Siewcy. Jest nimi omotany niczym siecią. Starałem się wyprowadzić go za pomocą magii, potem próbowałem rozmów i perswazji, wszystko na nic. Teraz zdaje się być gorzej niż przedtem. Nie mam pojęcia, co mogłoby mu pomóc. Czasem myślę, że przydałby się porządny wstrząs. Jakiś szok, który wyrwałby go z kręgu obsesyjnych myśli o samym sobie.

Pan Objawień obrócił na palcu pierścień.

– Posłuchaj – zaczął wolno – mam pewien pomysł. Ryzykowny, ale może się udać.

Razjel spojrzał pytająco.

– Muszę porozmawiać z Hiją – powiedział Gabriel.

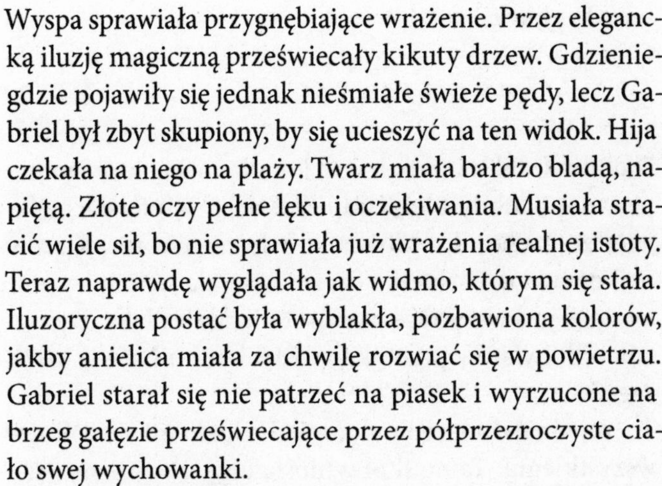

Wyspa sprawiała przygnębiające wrażenie. Przez elegancką iluzję magiczną przeświecały kikuty drzew. Gdzieniegdzie pojawiły się jednak nieśmiałe świeże pędy, lecz Gabriel był zbyt skupiony, by się ucieszyć na ten widok. Hija czekała na niego na plaży. Twarz miała bardzo bladą, napiętą. Złote oczy pełne lęku i oczekiwania. Musiała stracić wiele sił, bo nie sprawiała już wrażenia realnej istoty. Teraz naprawdę wyglądała jak widmo, którym się stała. Iluzoryczna postać była wyblakła, pozbawiona kolorów, jakby anielica miała za chwilę rozwiać się w powietrzu. Gabriel starał się nie patrzeć na piasek i wyrzucone na brzeg gałęzie przeświecające przez półprzezroczyste ciało swej wychowanki.

– Witaj, kochanie – powiedział. – Przyszedłem porozmawiać o Daimonie.

Rysy Hiji skurczyły się gwałtownie, na dnie źrenic obudziła się rozpacz. Anielica zachwiała się.

– Czy on...? – wyszeptała. – Czy...

– Nie! Skarbie, nic się nie stało! – krzyknął Gabriel przerażony, że Hija zemdleje. – Daimon żyje! Po prostu pomyślałem, że mogłabyś mu pomóc.

Hija nerwowo potarła policzki.

– Przeraziłeś mnie – powiedziała słabo. Spróbowała zmusić usta do uśmiechu. – Nie powtarzaj tego więcej, jeśli nie wiesz, jak przywrócić do przytomności anielicę mieszanej krwi. Mów. Zrobię wszystko, co tylko potrafię, żeby go ratować.

– Hijo, pamiętasz, że jestem Panem Snów? – spytał.

Skinęła głową.

– Chodź, przejdziemy się. Opowiem ci, co mi przyszło do głowy.

Daimon leżał na wznak pod kopułą nieba, którego nieprawdopodobny błękit zapierał dech w piersiach. Powietrze pachniało. Można je było niemal pić, klarowne i ożywcze. Niebieska czasza opierała się o horyzont, a poniżej na wszystkie strony otwierała się łąka. Dywan żółtych kwiatów przetykany źdźbłami o barwie szmaragdów.

A jednak umarłem, pomyślał. Udało mi się. Wbrew wszystkiemu. Ta myśl przyniosła ulgę. Nic już nie trzeba robić. Można pogrążyć się w bezruchu i zapomnieniu. Nie czuł bólu, smutku ani zmęczenia. Po prostu leżał. Był bardzo słaby. Miałby poważne kłopoty ze zmuszeniem ciała do ruchu i zapewne nie dałby rady wstać, gdyby spróbował. Nie próbował. Pragnął tylko leżeć w słońcu. Czas przestał płynąć, a chwila, która trwała, miała na imię wieczność. Zamknął oczy. Otworzył je, gdy poczuł na twarzy muśnięcie cienia.

– Daimon? – wyszeptał niepewny głos.

– Hija? – spytał słabo.

Stała nad nim, a słońce zapalało promienne aureole wokół kobaltowych loków.

– Przecież umarłem – wyszeptał zdziwiony. – To wszystko nie może być prawdziwe.

Przyklękła obok, ostrożnie przeczesała palcami czarne kosmyki. Błękitne loki łaskotały skórę. Wcale nie widmowe. Prawdziwe.

Chciał nadal leżeć pogrążony w bezruchu, czuć ciepło słonecznych promieni i nieistnieć tak dalece, jak było to możliwe, ale gdzieś głęboko w sercu ocknął się dziwny niepokój. Jeśli Hija tu jest, to prawdopodobnie również nie żyje. Nie spodobała mu się ta myśl. Kojąca, napawająca spokojem obojętność, w której dryfował przed chwilą, niczym w nieskończonym oceanie, nagle gdzieś znikła. Zdecydowanie nie chciał, żeby Hija umarła. Co prawda postrzegał śmierć jako jedyne wyjście, pozbawiającą wszelkich uczuć chłodną wybawicielkę, ale na Jasność, miał tylko siebie na myśli. Jedynie jemu należał się niebyt, ale przecież nie Hiji! Nie jego Hiji! Ona musi żyć! Spróbował zdobyć się na wysiłek i unieść na łokciach. Nie zdołał. Niepokój wgryzał się coraz głębiej w serce, zajmował umysł.

– Hija – wyszeptał z wysiłkiem – Co tu robisz? Nie wolno ci... Wracaj.

W milczeniu pokręciła głową.

Co wyrabia ta szalona dziewczyna, pomyślał z irytacją i lękiem. Nawet nie zauważył, kiedy minęła mu ochota na roztopienie się w niebycie. Nie można spokojnie przestać istnieć, gdy ktoś bliski jest o krok od popełnienia wielkiego głupstwa.

Zebrał wszystkie siły i ponownie spróbował się unieść.

– Nie możesz... – wychrypiał. – Idź z powrotem.

– Nie – powiedziała Hija, a Daimon opadł bezwładnie na trawę. Czuł się bezsilny i wściekły. Przed oczami zatańczyły mu czerwone plamy, niby liście zerwane przez jesienny wiatr. Poczuł, że zapada się głęboko, między żółte, słodko pachnące kwiaty i ostre klingi traw. Niebo przemieniło się w ogromną studnię, pełną oszałamiającego błękitu. A może to po prostu oczy i włosy Hiji?

Mam halucynacje, pomyślał i to go nieco uspokoiło. Przymknął powieki.

– Poprzednim razem było inaczej – wymamrotał. – Nieprzyjemnie. Tak wolę...

– Daimon, musisz mnie wysłuchać – Hija mówiła łagodnie, lecz stanowczo. – Nie mdlej, zostań ze mną. Posłuchaj, nie umarłeś. To sen.

– Wiedziałem... – Wargi anioła ledwo się poruszały. – Słodki sen... Zapomnienie na wieki.

Nie odemknął powiek. Bała się nim potrząsnąć, ujęła tylko twarz Daimona w dłonie, podtrzymała głowę.

– Otwórz oczy i słuchaj! Dobrze, tak lepiej. Daimonie, mówię do ciebie, skup się, posłuchaj. Gabriel wysłał mnie do twojego snu. To jedyna szansa, żeby do ciebie dotrzeć.

Anioł Zagłady zamrugał. Spojrzenie czarnych źrenic straciło nieprzytomny wyraz, Daimon z całych sił starał się otrzeźwieć. Oblizał spierzchnięte usta.

– Gabriel?

– Tak, Dżibril, Archanioł Objawień, twój przyjaciel. Jest Panem Snów. Skorzystał z mocy.

Cień uśmiechu pojawił się na wargach anioła.

– Sen. Czy nie mógłby trwać bez końca? Czy nie możemy tu zostać? Tylko ty i ja?

Potrząsnęła głową. Na długich rzęsach szkliły się łzy.

– Skarbie, skończ z tymi niedorzecznościami. Pozwól mi mówić, mamy mało czasu, w każdej chwili kontakt może się urwać. Proszę, nie pogrążaj się w absurdalnej apatii. To nic nie da. Pan cię wskrzesił, żyjesz, nie zmienisz nijak jego woli. Nie dasz rady umrzeć na znak protestu. Walcz. Wróć do mnie, wróć do rzeczywistości. Błagam, nie poddawaj się. Razjel mówi, że wszystko zależy od ciebie. A ty się poddałeś. Błagam, wróć. Do cholery, inaczej przez wieczność będziesz tylko bezrozumnym szaleńcem! Jasność uznała, że masz siłę, żeby żyć, żeby się podźwignąć. Nie walcz z tym. Pomyśl o innych. Pomyśl o mnie. Tkwię zawieszona w nicości między światami. Ni to duch, ni to gadająca chmura. Ale nie straciłam nadziei. Nie zostawiaj mnie! Może mamy jeszcze szansę. Może wrócę i ja. Daimonie, nie potrafię żyć bez ciebie. Nie zniosę tej strasznej, widmowej egzystencji bez twoich oczu, słów, twojej obecności. Pozwól sobie żyć. Chciej tego! Wróć, Daimonie! Do diabła, obiecałeś! Obiecałeś, że mnie nie opuścisz! Potrzebuję cię, a ty potrzebujesz życia. No dalej, Rycerzu Miecza. Pokaż, na co cię stać. Przecież nie pozwolisz się pokonać jakiemuś parszywemu, dawno odrzuconemu strzępowi, który nawet nie jest kawałkiem Jasności...

Rozpłakała się. Dopiero teraz zauważył cienie pod złotymi oczami, mizerne blade policzki, usta, które drżały i poczuł, jak ogarnia go wielki smutek. W nagłym przebłysku pojął, że decyzja nie należy do niego. Nie miał prawa ani możliwości odmówić. Na tym właśnie polega wskrzeszenie. Oto został powołany i dopełniło się, jak powiedziało Jagnię.

Hija kurczowo ściskała go za ręce.

– To nie jest takie proste – wyszeptał.

– Nie powiedziałam... że jest... proste – łykała łzy. – Ale spróbuj.

Mam cierń w sercu, Hijo, pomyślał. I nie wiem, jak miałbym z nim żyć. Jestem bardzo stary i bardzo smutny, bo padł na mnie Cień samego Światła. Nikt z was tego nie zrozumie. Dopiero teraz stałem się prawdziwym Destruktorem. I być może dlatego Pan wciąż mnie potrzebuje.

– Hija? – powiedział z wysiłkiem. – Ja wrócę. Nie z wyboru, bo nie dano mi wyboru. Wrócę, żeby znów służyć Panu.

Głos Daimona rwał się, przepełniony goryczą, lecz anielica nie chciała tego słyszeć. Szlochała mu w ramionach na nieskończonej łące pełnej kwiatów, a niebo w górze krzyczało błękitem.

Drop siedziała na brzegu piaskownicy. Zanurzała dłoń w piachu i pozwalała, żeby drobiny przesypywały się między palcami. Mała dziewczynka w czerwonym berecie mozolnie gramoliła się na szczyt huśtawki. Rączki dziecka znajdowały się niebezpiecznie blisko zawiasów, nogi ześlizgiwały z okrągłych poziomych belek. Dziewuszka zrobiła kolejny krok, bucik obsunął się, zawisł w powietrzu. Niewiele brakowało, a mała by spadła.

Drop patrzyła na jej wysiłki obojętnie. Zagarnęła następną garść piachu.

Z przeciwnej strony podwórka już biegła Mija. Wyciągnęła ręce do dziecka, delikatnie pomogła zejść na dół. Z uśmiechem postawiła dziewczynkę na ziemi. Pompon na czerwonym berecie podskakiwał, gdy mała biegła do grupki dzieci odbijających piłkę. Nic nie wskazywało na to, żeby zauważyła obecność anioła. Mija podążyła za nią, wciąż uśmiechnięta.

Usta Drop zaciskały się w równą kreskę. Miała dość pracy, dość przyjaciółek, dość nieustannych dziecięcych wrzasków. Irytowały ją. Obowiązki stróża nie dawały żadnej satysfakcji. Już nie myślała, że spełnia specjalną misję, odwracając zło i nieszczęścia od niewinnych duszyczek. Brała nadliczbowe dyżury nie z gorliwości, ale po to, żeby nie siedzieć w świetlicy w towarzystwie rozchichotanych, plotkujących koleżanek. Dusiła się tam. Właściwie dusiła się wszędzie. Chodziła wściekła, nachmurzona i choć nie chciała się przyznać nawet przed sobą, tęskniła.

Ze złością cisnęła garść piasku z powrotem do piaskownicy.

Tak, do licha! Tęskniła nieznośnie.

Łzy napłynęły jej do oczu. Głupi Drago. Głupi, paskudny żołdak. Nieokrzesany, brutalny... Dlaczego się nie odzywa? Może go zabili na tej durnej wojnie, a ona nic nie wie. Nawet mu do głowy nie przyjdzie, że się martwi!

Idiota. Pociągnęła nosem. Obojętnym wzrokiem obrzuciła podwórko.

Na skraju, między drzewami, stał jakiś skrzydlaty. Drop gwałtownie wciągnęła oddech, zerwała się z miejsca, biegła. Drago otworzył ramiona, w które wpadła z impetem.

– Drago, jak mogłeś? Czemu się nie odzywałeś?! Tak się martwiłam. Podłe bydlę, żeby ani słowa... Nic ci nie jest? Na pewno nic ci się nie stało? Nareszcie, Drago! Czekałam! Jak mnie znalazłeś? Próbowałam do ciebie pisać, ale listy wracały. Och, nareszcie, Drago! Jesteś cały i zdrowy? Na pewno? A Hazar? Chodź, usiądź. To znaczy... sama nie wiem! Nie mogę cię przyjąć na kwaterze, bo tam obowiązuje zakaz wstępu dla męskich aniołów, ale możemy się przejść. Chyba że jesteś zmęczony? Jesteś?

– Hazar żyje – powiedział Drago, gdy wreszcie udało mu się przerwać potok wymowy Drop. – Oberwał trochę, ale się wyliże. Mała, słuchaj, mam ci coś bardzo ważnego do powiedzenia.

Patrzył tak poważnie, że zamknęła usta w pół słowa. Chciała się odsunąć, ale nie wypuszczał jej z ramion.

– Drop, no... ja to zrobiłem. – Głos mu się trochę łamał.

Patrzyła w oczy komandosa, czujna i przestraszona. Widział, że nic nie rozumie.

– Gabriel pozwolił mi wybierać, ale wtedy nie potrafiłem, nie umiałem powiedzieć – ciągnął z trudem. – Widzisz, ja... wiedziałem od początku, tylko nie umiałem się przełamać. Ale po bitwie, wtedy, kiedy tylu umierało... no, nieważne. W każdym razie wtedy zrozumiałem. Poprosiłem go, Drop. Zgodził się. Zrozumiał wszystko. Wiem, że zrozumiał. Widziałem po jego twarzy. To nie żadna dezercja, to nie może być złe. Ja... poprosiłem o dom. Mały domek w spokojnej dzielnicy Limbo, gdzie nikt nie będzie nam przeszkadzał, nikt nas nie znajdzie. Gabriel obiecał. Drop?

– Drago? – wyszeptała. – To znaczy, że... mamy dom?

Szybko skinął głową.

– Jeśli zechcesz.

– Czy chcę?! – krzyknęła. – Na litość Pańską, nawet nie śmiałam o tym marzyć!

Wysunęła się z objęć anioła, zrobiła dziwny taneczny piruet, śmiała się, płakała, wycierała oczy.

– Dzięki Ci, Jasności! Dzięki! Mamy dom! Zostawią nas w spokoju! Drago!

Twarz Gamerina promieniała radością.

– Zamieszkasz ze mną? Naprawdę?

– Och tak! Już zaraz! Na zawsze! Chcę go zobaczyć! Natychmiast!

Drago objął Drop wpół, przycisnął mocno.

– Chodź – szepnął czule. – Obejrzymy nasz dom.

Odchodząc, nie rzuciła nawet jednego spojrzenia na podwórze i bawiące się dzieci.

Światło latarń odbite w asfalcie nadawało ulicy wygląd złotej, leniwie płynącej rzeki. Neony warczały na siebie agresywnymi barwami, manekiny z wyniosłymi minami prężyły plastikowe ciała pod kreacjami, na które mało kto mógłby sobie pozwolić. Po jezdni, jak barki flisaków, ciągnęły samochody. Mimo mżawki na chodnikach kłębił się tłum.

Daimon podniósł kołnierz płaszcza, zapalił wyciągniętego z kieszeni papierosa. Patrzył. Ostatnio wiele spacerował po Ziemi. Nie szukał niczego konkretnego. Przyglądał się. Wszystko wydawało mu się dziwnie płaskie, jakby wycięte z papieru. Gdyby wyciągnął palec i szturchnął fasadę dowolnego domu, upadłaby jak kartonowa dekoracja. Ostry, zimny jak lód cierń w jego piersi poruszył się. Piękny niby sztylet z obsydianu. Daimon zacisnął szczęki. Poczuł jak ogarnia go chłodna, niemal bezduszna euforia. Poczucie mocy. Och, na Jasność, gdyby wyciągnął choć jeden palec! Wokół zostałyby tylko zgliszcza.

Dym krążący nad gruzami jak stado kruków. Ogień i pustka.

– Daimon? – usłyszał za plecami znajomy głos. – Co tu robisz?

Frey odwrócił się i spojrzał w niebieskie, trochę zaniepokojone oczy Kamaela.

– Nic specjalnego – wzruszył ramionami. – Obserwuję przejawy życia.

Hrabia palatyn Głębi rozjaśnił się.

– No tak. Nie ma jak na Ziemi – powiedział, poprawiając daszek bejsbolówki. – Spójrz tylko na te ulice. W porównaniu z Głębią istny raj!

Daimon się uśmiechnął.

– Wciąż mieszkasz w apartamencie 13? – spytał, wydmuchując dym nosem.

– Jasne. Zmieniłem tylko hotel.

– Obsługa się popsuła?

Kamael błysnął zębami.

– Coś w tym rodzaju. Goście twierdzili, że na piętrze dzieją się dziwne rzeczy, a wśród pracowników szerzyła się plotka, że hotel jest nawiedzony.

Daimon wzruszył ramionami.

– Tutaj to nic dziwnego. Nabije im klientelę.

– Powinni mi dać rabat w knajpie – westchnął Kamael. – Była lepsza niż ta nowa.

Anioł Zagłady spojrzał na przyjaciela z mieszaniną politowania i niedowierzania.

– Kam, na litość Pańską! Jadasz w hotelowych knajpach? To gorsze niż upadek.

Kamael serdecznie klepnął go w plecy.

– Ech, Daimon. Dobrze cię widzieć wśród żywych!

Frey uniósł palec w górę.

– Prawie żywych, Kam.

Były Anioł Miecza machnął ręką.

– Nieważne. Co u Hiji?

Daimon potrząsnął głową.

– Nic. Tkwi między światami. To raczej niełatwe.

Kamael chrząknął, zmieszany.

– No tak – mruknął. – Niedługo ją wyciągniecie. Razjel sobie poradzi, zobaczysz.

Bezdenne, czarne jak Kosmos oczy destruktora spoglądały jakoś tak dziwnie, że hrabia palatyn Głębi poczuł się nieswojo.

– Kam, to nie jest dobry temat. Naprawdę.

– Wybacz, nie będę do tego wracał. Czasem zachowuję się jak dureń. Na szczęście tylko czasem. Chodź, postawię ci piwo. Idziesz?

– Jasne – powiedział Daimon bez uśmiechu.

Gabriel stał na balkonie, wpatrzony w gwiazdy.

– Kiedyś – szepnął – wszystko było takie proste.

Razjel uśmiechnął się lekko.

– Ale już nie jest, co?

Zielone oczy Gabriela zalśniły. Archanioł Objawień westchnął.

– Razjelu, nie wiem, czy postępuję słusznie. Nie mam pojęcia, czy spełniam wolę Pana, czy może się jej przeciwstawiam. Staram się postępować w sposób korzystny dla dobra Królestwa, ale skąd mam wiedzieć, czy podejmuję właściwe decyzje? Tylu skrzydlatych posłałem na śmierć. A może życzeniem Pana rzeczywiście było zniszczenie świata? Może Sophia i Jaldabaot mieli rację? A jeśli Daimon wcale się nie przeistoczył, za sprawą osobistej ingerencji Pana? Jeżeli po prostu uczynniła się moc, zawarta przed wiekami w wypowiedzianym przez Niego słowie? Przepowiednia Stwórcy musi się sprawdzić, prawda? Czy mamy jakąkolwiek pewność, że Jasność naprawdę przemówiła do Anioła Zagłady?

Razjel uniósł brwi.

– Gabrielu, naprawdę sądzisz, że potrafiłbyś powstrzymać koniec świata, gdyby Jasność rzeczywiście go zarządziła?

Regent Królestwa zaśmiał się cicho.

– Celny strzał. Prosto w moją próżność.

Razjel zacisnął palce na balustradzie balkonu.

– Rozważ to wszystko z innej strony. Może był w tym ukryty cel. Może wyszliśmy zwycięsko z wielkiej próby. Nie załamaliśmy się, walczyliśmy, jak za dawnych lat stanęliśmy ramię w ramię z Głębianami, wszyscy zjednoczeni przeciw prawdziwemu złu.

Gabriel uważnie spojrzał w twarz przyjaciela.

– Ty wcale nie kpisz – powiedział zdziwiony.

Razjel rozłożył ręce.

– Nie, Gabrysiu. Myślę, że Pan w ten sposób zaznaczył, że wcale nie odtrącił Głębian. Jedynym, którego naprawdę odrzucił, jest Antykreator. Wszyscy należymy do dzieci Jasności. Ziemianie, Głębianie, skrzydlaci. Pomyśl, jakie to budujące.

– Ale Pan odszedł od nas. Porzucił Królestwo. To trochę mniej napawa optymizmem, prawda?

Książę Magów milczał przez chwilę.

– Zastanawiałeś się kiedyś, Gabrielu, dlaczego tak postąpił?

Archanioł Objawień wzruszył ramionami.

– Setki razy.

– I do jakich wniosków doszedłeś? – zapytał Razjel. Twarz miał bardzo poważną.

– Zawiedliśmy Go – powiedział Gabriel ze smutkiem. – Oddaliliśmy się od Niego. Zajęliśmy się własnymi sprawami. Może nie kochaliśmy Go wystarczająco.

– A jeśli – zaczął powoli Pan Tajemnic – to On postanowił udowodnić, że nas kocha?

Gabriel spojrzał ze zdziwieniem.

– Nie rozumiem – wyszeptał, odruchowo zniżając głos. Serce zabiło mu mocno, jakby przeczuwał, że usłyszy coś niezwykle ważnego.

– Może Pan ofiarował nam dar – powiedział cicho Razjel. – Bardzo cenny, podobny do tego, jaki otrzymali Ziemianie.

– Dar? – powtórzył Regent.

Błękitne oczy Razjela płonęły jak zimne gwiazdy. Tak samo nieprzeniknione i tak samo odległe.

– Wolną wolę, Gabrielu.

Archanioł Objawień drgnął.

– Naprawdę tak myślisz?

Razjel uśmiechnął się blado.

– Nie wiem. Zastanawiam się. Może Pan opuścił Królestwo, żeby pokazać, że kocha nas prawie tak mocno jak Ziemian. Uznał, że dojrzeliśmy, że jesteśmy tego warci. Że będziemy umieli wierzyć, zamiast wiedzieć. Niezależni i wolni. W końcu dał nam, tak samo jak im, możliwość wyboru i wieczne wątpliwości.

Gabriel położył rękę na ramieniu przyjaciela. Poczuł, że Razjel drży, jak gdyby z chłodu.

– Czy to właśnie jest tajemnica? – spytał.

Książę Magów wpatrywał się w niebo.

– Mam nadzieję – powiedział poważnie.

Koniec

Glosa

Abaddon – po grecku *Apolyon*, znaczy „Niszczyciel". W „Apokalipsie św. Jana" zwany Aniołem z Kluczami do Czeluści, który pokonał i związał Szatana na tysiąc lat. W większości późniejszych źródeł uznany, nie wiadomo dlaczego, za demona lub anioła upadłego, jak choćby w „Dziejach Tomasza" z III w. n.e. De Plancy w „Słowniku wiedzy tajemnej" robi z niego władcę świata podziemnego i utożsamia z →Samaelem. Postanowiłam przywrócić mu dobre imię i pozwolić znów występować w roli prawego rycerza Pana, bo z mrocznym i niejednoznacznym image'em doskonale nadawał się na bohatera literackiego. W ten sposób stał się Daimonem Freyem. Pierwszy człon imienia pochodzi od greckiego słowa *daimon*, oznaczającego ducha opiekuńczego. To samo określenie stało się później źródłosłowem terminu „demon". A skąd Frey? No cóż, tak się przedstawił, kiedy spotkaliśmy się po raz pierwszy.

Adramelech – w demonologii wielki kanclerz piekła i kawaler Orderu Muchy, odznaczenia ustanowionego przez →Belzebuba. Jego imię znaczy „Król Ognia", dlatego pozwoliłam sobie ochrzcić tym mianem typ szybkostrzelnego karabinu produkcji głębiańskej, a samego demona uczynić rusznikarzem hobbystą.

Af – w legendach hebrajskich i księdze Zohar książę gniewu Bożego. Ma brata bliźniaka imieniem Chema. Jest jednym z aniołów zniszczenia, gniewu, zamętu lub szału, zależnie od źródeł. W *Siewcy Wiatru* zrobiłam z nich elitarną straceńczą jednostkę bojową.

Alimon – według tak zwanych zaklęć mojżeszowych anioł strzegący przed ranami postrzałowymi i ciętymi. U mnie stał się dowódcą komanda Szeol, zwanym też Mistrzem Ran. Aniołowie Reiwtip i Tafti, czyli w *Siewcy Wiatru* podlegający mu komandosi, są według szóstej i siódmej „Księgi Mojżeszowej" pomocnikami Alimona.

Anakim – według „Zoharu" potomkowie upadłych aniołów i ziemskich kobiet. Wzmianki o nich znajdują się także w biblijnej „Księdze Rodzaju". Zdaje się, że grzechu „obcowania z ziemskimi córkami" dopuściło się sporo aniołów, podobno ponad dwustu, z pewnością zaś Uza, Azael i Uzjel, adiutant →Gabriela. Niektórzy zostali wygnani z nieba, niektórzy tylko ukarani, a na występek pewnej grupy, w tym także →Uzjela, zdaje się że przymknięto oko. Nie wiadomo, jaki był status *anakim* w hierarchii niebiańskiej i czy w ogóle do niej przynależeli. Część z nich żyła z pewnością na Ziemi, między ludźmi, gdyż legenda głosi, że Bóg zarządził potop między innymi po to, żeby pozbyć się istot, których nie planował stworzyć. Dodajmy, istot obdarzonych tak potężną mocą, że zwano je gigantami, nie tylko ze względu na wzrost.

Anioł – po hebrajsku *malach*, po grecku *angelos*, znaczy „zwiastun", „posłaniec". Potocznie nadprzyrodzona, skrzydlata istota służąca Bogu, zamieszkująca niebiosa. Postać skrzydlatego posłańca i opiekuna ludzi pochodzi ze zmieszania wierzeń babilońskich, perskich, hebrajskich, greckich, a nawet arabskich. Aniołami interesowali się teologowie, doktorzy Kościoła, gnostycy, mistycy, kabaliści, spirytyści i magowie różnej maści, przez całe stulecia aż do dziś. O aniołach nie zapominali także literaci i poeci. Odwieczne spory o cielesność, płeć i charakter Bożych posłańców pozostają, oczywiście, nierozwiązywalne. Aniołowie nie są doskonali, o czym dowiadujemy się z „Księgi Hioba", gdzie można przeczytać, że Bóg „...w aniołach swoich znalazł niedostatek". Różne źródła głoszą, że aniołowie rozróżniają dobro i zło i mogą między nimi wybierać, lecz tylko raz. Anioł, który opowiedział się po dobrej lub złej stronie, będzie trwał w postanowieniu do końca czasów. Jan z Damaszku twierdził natomiast, że każdy anioł może zwrócić się ku złu, a następnie poprawić. Podobnego zdania był św. Piotr, twierdząc, że „rzeczą Boga jest darować aniołom, gdy grzeszą". W 1950 roku papież Pius XII w encyklice „Humani Generis" przyznał aniołom wolną wolę i rozum. W *Siewcy Wiatru* jako synonimu słowa „anioł" używam określenia „skrzydlaty" i przyznaję poddanym Pana wolę, rozum i uczucia nie mniejsze niż ludzkie.

Aniołowie Miecza – tajemnicza i trudna do zlokalizowania grupa aniołów zgrupowana wokół tak zwanego Miecza Mojżesza. Wodzem tej klasy aniołów jest →Soked Hezi lub Hozi. W *Siewcy Wiatru* zrobiłam z nich oficerów jednostki zwanej Szarańczą, dlatego dowódcą Aniołów Miecza jest u mnie →Kamael, według „Apokalipsy Mojżesza" władca dwunastu tysięcy aniołów zagłady. Według źródeł Abaddon, czyli Daimon Frey, nigdy nie należał do tej formacji.

Aniołowie gniewu, szału lub zamętu – paskudne towarzystwo w służbie Bożej. Brali udział w pogromie budowniczych wieży Babel. Według „Zoharu" zostali powołani, aby karać świat i sprowadzać na ludzi nieszczęścia. W „Apokalipsie Mojżesza" są mocarzami stworzonymi z ognia. Dowodzi nimi →Ksopgiel.

Aniołowie służebni – po hebrajsku *malache haszaret*, najliczniejszy i najpośledniejszy chór aniołów. W raju usługiwali Adamowi i Ewie. Zwani są „ptactwem niebieskim". W *Siewcy Wiatru* zamieszkują Pierwsze Niebo, żyją w ubóstwie graniczącym z nędzą, a zajmują się najbardziej niewdzięcznymi pracami na Ziemi i w Królestwie lub usługują wyższym rangą aniołom.

Aniołowie stróże – teoretycznie należą do nich wszyscy aniołowie opiekuńczy, a więc ci zajmujący się ziemią, wodą, roślinami, zwierzętami, narodami i prawami przyrody, ale prawdziwych aniołów stróżów, czuwających nad ludzkim życiem, jest mniej, bo tylko dwa chóry. Dla mnie stali się grupą elitarną i konserwatywną, z pewnymi skłonnościami do fanatyzmu.

Antykreator – postać stworzona przeze mnie na bazie gnostyckiej, dualistycznej koncepcji natury Boga. Część Boskiej mocy, którą Stwórca, mieszczący w sobie wszystko, odrzucił w czasach Prapoczątku, aby stać się samą Miłością, Światłością i Dobrem. Inaczej cień Boga, Jego mroczna, świadomie odrzucona strona. W świecie wykreowanym w *Siewcy...* →Lucyfer jako zło absolutne byłby nie do przyjęcia. Dysponuje zbyt małą mocą, by potrafić przeciwstawić się Panu, jest zbyt ludzki, za podobny do swoich anielskich kumpli. Koncepcja książki nie pozwalała pokazać Głębi jako piekła w potocznym rozumieniu, a Głębian jako rzeczywistych przeciwników Nieba.

Archaniołowie – według Pseudo-Dionizego Areopagity i Grzegorza Wielkiego zaledwie przedostatni z chórów, po którym są już tylko aniołowie służebni i stróże. Przykład, że w Niebie można zrobić błyskotliwą karierę i wytłumaczenie, dlaczego →Michał i →Gabriel, zawrotnie awansując, zostali włączeni w skład dwóch najwyższych chórów, odpowiednio: Serafinów i Cherubinów. Warto dodać, że oprócz znanych z Biblii archaniołów Gabriela, Michała i →Rafała, a także siedmiu wkraczających bez ograniczeń przed Biały Tron Boży, są zapewne rzesze innych, pełniących funkcje odpowiadające w najlepszym wypadku funkcjom podoficerów.

ARCHONCI – aniołowie wysokiej rangi, utożsamiani z eonami, według wierzeń okultystów duchy planet. U mnie potężni aniołowie, powołani do życia w czasach przed Stworzeniem, prastara arystokracja niebiańska, która po przejęciu władzy przez archaniołów straciła większość wpływów.

ARYSTOKRACJA – struktura nieba i piekła jest ściśle zhierarchizowana, jedne chóry stoją ponad drugimi, są aniołowie wyższych i niższych rang. W *Siewcy Wiatru* skrzydlaci mieszkający powyżej Czwartego Nieba należą do Świetlistych, czyli dobrze urodzonych. Arystokracja Głębi to Mroczni.

ASMODEUSZ – demon pochodzenia perskiego, w demonologii zarządca piekielnych domów gry. Według legendy jest synem demonicy →Lilith i →Samaela. Inna legenda ojcostwo przypisuje Adamowi, pierwszemu mężowi Lilith.

Asmodeusz uchodzi za wynalazcę rozrywek, muzyki, tańca i mody. Podobno jest wiernym i serdecznym przyjacielem. Ma bystry umysł i dużą wiedzę, skoro udało mu się wyprowadzić w pole samego Salomona. Zdradza też ponoć talenty literackie i to niemałe, skoro przypisywano mu autorstwo „Dekameronu". Szekspir darzył go dużą sympatią i nazywał poufale Modo. Asmodeusz jest demonem niezgody małżeńskiej i zmysłowej miłości, a jego liczne romanse przeszły do legendy zarówno na Ziemi jak i w samym piekle.

ATANAEL – podwładny →Nisrocha, postać fikcyjna.

Azazel – demon. Występuje w mitologii hebrajskiej i muzułmańskiej. Twardy facet. Legenda głosi, że gdy Bóg rozkazał hierarchom nieba złożyć hołd Adamowi, Azazel odmówił, twierdząc iż „syn ognia nie pokłoni się synowi gliny". Za nieposłuszeństwo wyleciał z nieba i jest teraz jednym z najpotężniejszych demonów. Świetnie zna się na broni, lubi eleganckie kobiety, gdyż według podań hebrajskich wymyślił makijaż i damskie ozdoby.

Belzebub – „Władca Much", niegdyś był lokalnym bogiem syryjskim. Wzmianki o nim występują w ewangeliach św. Mateusza, Marka i Łukasza. Nie jest do końca pozbawiony sumienia, gdyż według apokryficznej ewangelii Nikodema sprzeciwił się Szatanowi i zezwolił na zabranie do nieba praojca Adama oraz świętych patriarchów uwięzionych w piekle.

Broń – według św. Piotra aniołowie w niebie uzbrojeni są w miecze, czasem ogniste, czego można się dowiedzieć z „Księgi Rodzaju". Demony natomiast znają i stosują broń palną, a często są nawet posądzane o wynalazki w tej dziedzinie. W niebie z kolei są anielscy wytwórcy machin wojennych i specjaliści od fortyfikacji, a moce i kompetencje wielu wysokich rangą skrzydlatych sugerują, że dysponują oni rozliczną bronią, w tym masowego rażenia. W *Siewcy Wiatru*, zakładając, że świat anielski rozwija się równolegle z naszym, pozwoliłam sobie pomieszać różne rodzaje broni i formacje, tak że klasyka współistnieje z nowoczesnością. Pojawiają się komandosi i broń podobna do ziemskiej, ale większe bitwy wciąż rozgrywane są na sposób starożytny. Moce niektórych aniołów i demonów są tak potężne, że można walczyć z nimi jedynie starymi, wypróbowanymi sposobami, przeciwstawiając im godnych przeciwników i, oczywiście, magię. Nowoczesne sposoby byłyby zawodne, więc typowa broń palna przydaje się głównie w rozgrywkach osobistych lub walce wywiadów. Typologię oraz nazwy broni: kandelabry, naczynia gniewu, ślepia diabła itp. – wymyśliłam.

Bestie – boskie zwierzęta, istoty uchodzące za aniołów i stwory apokaliptyczne lub biblijne, obdarzone potężnymi mocami, niemające ludzkich kształtów.

Chajot – przykład „świętych zwierząt", zwanych „istotami żyjącymi". Występują w wizji Ezechiela i kabalistycznej księdze Jeciry. Są równe rangą Cherubinom, mają po trzy zwierzęce twarze, cztery skrzydła i ciało stworzone z ognia. W powieści są równocześnie żywymi stworzeniami i machinami bojowymi. Odpowiadają mniej więcej ciężkim czołgom.

Chalkedry – archaniołowie lotnych substancji Słońca, wspominani głównie w księdze Henocha. Kolejny przykład boskich →Bestii. Mają lwie twarze, nogi i ogony krokodyli, ciało o barwie tęczy, dwanaście par skrzydeł, odznaczają się gigantycznym wzrostem.

Chema – brat bliźniak →Afa, anioł gniewu. W księdze Zohar można znaleźć podanie o tym, jak obaj bracia usiłowali połknąć Mojżesza. Nie świadczy to za dobrze o ich intelekcie.

Cherubiny – nie mają nic wspólnego z tłuściutkimi amorkami baroku. Pochodzą z mitologii asyryjskiej. Należą do drugiego z kolei najwyższego chóru w hierarchii. W „Apokalipsie św. Jana" noszą imię „Czterech Zwierząt", mają sześć skrzydeł i „dookoła i wewnątrz pełne są oczu". Tytularnym cherubinem został mianowany Gabriel.

Czeluść – miejsce poza światami, odwieczny chaos, siedziba →Antykreatora.

Demiurg – w gnostycyzmie istota niebiańska, anioł – stwórca materialnego wszechświata, wykonawca Boskiego Projektu.

Demony – w powieści ogólnie wszyscy Głębianie i Mroczni, ale również istoty niższego rzędu zamieszkujące Limbo i Strefy Poza Czasem.

Drop – żeński anioł pojawiający się w gnostyckim „Kodeksie Berlińskim".

Dubiel – anioł opiekuńczy Persji. Według legendy talmudycznej zastępował przez dwadzieścia jeden dni → Gabriela, gdy ten popadł w niełaskę i został czasowo wygnany z nieba. W powieści Gabriel jako Anioł Zemsty nie potrafi wybaczyć Dubielowi, że pełnił jego funkcję, co skłania opiekuna Persji do udziału w spisku.

Duchy żywiołów – w średniowiecznej magii ceremonialnej istoty podrzędne względem aniołów i demonów, służebne. Istnieją salamandry – duchy ognia, sylfy – duchy powietrza, gnomy – duchy ziemi i trytony lub ondyny – duchy wody. Pojawiają się podczas niższych rytuałów magicznych.

Duma – anioł śmiertelnej ciszy i milczenia z księgi Zohar. Przewodzi aniołom zniszczenia. Pojawia się w licznych podaniach hebrajskich.

Dżinny – w tradycji muzułmańskiej istoty pokrewne upadłym aniołom, które stały się z czasem demonami. W *Siewcy Wiatru* dżinny są podległe aniołom i Głębianom, nie różnią się statusem od duchów żywiołów. Często wstępują na służbę do panów Otchłani lub Królestwa.

Eony – w wierzeniach gnostyckich anioły zajmujące jedno z najwyższych miejsc w hierarchii. Byty stworzone na samym początku, u zarania wszechświata. Często utożsamiane z →archontami. Posłańcy pomiędzy samym Stwórcą a jego stworzeniem.

Faleg – pan wojny, anioł rządzący planetą Mars. Korneliusz Agryppa uważa go nawet za anioła wojny. Książe niebieski.

Fanuel – archanioł pokuty, jeden z siedmiu archaniołów „obecności Bożej", mający nieustanne prawo wkraczania przed wielki Biały Tron. Jego imię często pojawia się w zaklęciach magicznych.

Gabriel – „Mąż Boży", archanioł, tytularny cherubin, w tradycji judeochrześcijańskiej i mahometańskiej jeden z najważniejszych aniołów. Zwiastował Dobrą Nowinę. Jest aniołem zmartwychwstania, miłosierdzia, śmierci i zemsty. Szara eminencja nieba. Jest panem Księżyca, aniołem marzeń sennych. Według Orygenensa jest również aniołem wojny. Według tradycji muzułmańskiej, jako Dżibril podyktował Koran, świętą księgę islamu. Zniszczył Sodomę i Gomorę, rozgromił wojska Snacheryba. Według literatury rabinackiej jest księciem sprawiedliwości. Jeden z trzech aniołów wymienionych z imienia w Biblii.

Gamerin – anioł, którego imię według magii obrzędowej należało wyryć na rytualnym mieczu. Gamerin wykonywał wtedy „specjalne zadania" maga.

Geniusze – inteligentne duchy, w mitologii rzymskiej odpowiedniki greckich daimonów. Według pewnych wierzeń gnostyckich poruszały gwiazdami, planetami i Słońcem. W legendach arabskich pierwotni mieszkańcy Ziemi. W powieści, istoty podlegające mieszkańcom Głębi i Królestwa, o statusie zbliżonym do →dżinnów.

Głębia – lub Otchłań, w powieści określenie siedliska upadłych aniołów i demonów, Piekła z jego siedmioma kręgami. Na samym dnie stoi Pandemonium, oficjalna siedziba władców Głębi, obecnie państwowa rezydencja Lucyfera. Piekło nie jest tak shierarchizowane jak Królestwo. Włości różnych możnowładców i arystokratów znajdują się we wszystkich Kręgach, nie ma lepszych i gorszych dzielnic, choć za najbardziej prestiżowe uchodzą okolice Jeziora Płomieni w Siódmym Kręgu, gdzie najwięksi panowie Otchłani mają wille i prywatne pałace. Jedynie Pierwszy Krąg, zwany Przedpieklem, zamieszkany jest głównie przez głębiańską biedotę. Tak jak Królestwo przypomina jedno gigantyczne miasto, Głębia składa się z różnych krain i wiele jest w niej niezamieszkanych przestrzeni. Miasta są raczej niewielkie, przeważają wioski. Tylko Piąty Krąg nie jest przychylny mieszkańcom, z powodu lodowych pustkowi i płomienistych jezior. W Czwartym znajduje się wiele puszcz i bagien.

Harap Serapel – „kruki śmierci", w kabale sefira przeciwna do Necah. W okultyzmie grupa demonów wrogich Bogu, dowodzonych przez Baal Chanana. U mnie to jednostka specjalna Głębi.

Harbona – „Poganiacz osłów", jeden z aniołów zamętu.

Hierarchia – liczba i porządek chórów niebieskich, których klasyfikacją zajmowali się przez wieki liczni mędrcy i teologowie. W powieści stosuję hierarchię św. Grzegorza Wielkiego. Są to kolejno od najwyższych – Serafiny, Cherubiny, Trony, Panowania, Księstwa, Potęgi, Cnoty, Archaniołowie, Aniołowie.

Hija – jeden z dwóch synów Szemhazaja, anioła, który zgrzeszył namiętnością do ziemskiej kobiety. Ponieważ w języku aramejskim słowo *hija* oznacza zaimek osobowy „ona", nadałam to imię bohaterce powieści, półanielicy, i uczyniłam ją córką →Uzjela, podwładnego → Gabriela.

Imiona – starałam się, żeby większość imion pojawiających się w powieści miała odniesienia w źródłach, z wyjątkiem nielicznych, trzecioplanowych. Z ważnych postaci tylko Daimon Frey nosi wymyślone imię, gdyż → Abaddon to raczej określenie funkcji niż konkretnej osoby.

Izrafel – arabski archanioł muzyki. Głos jego trąby obwieści Sąd Ostateczny.

Jaldabaot – „Dziecko chaosu" w gnostycyzmie orfickim, →archont i →demiurg.

Kamael – lub Kemuel, w okultyzmie demon zamieszkujący piekło, hrabia palatyn. Ukazuje się pod postacią lamparta. W legendach hebrajskich dowódca dwunastu tysięcy aniołów zniszczenia. W powieści, jako dowódca Szarańczy, jest automatycznie wodzem Aniołów Miecza. Ponoć bardzo boleje nad tym, że przystąpił do buntu → Lucyfera i marzy o powrocie do Nieba.

Kolazonta – anioł niszczyciel występujący w „Księdze Mądrości".

Królestwo – państwo niebiańskie, którego obywatelami są wszyscy aniołowie. Składa się z siedmiu koncentrycznych kręgów, zwanych Niebami. Od Limbo odgradza je zewnętrzny pierścień murów. Podobne, choć nie tak silnie ufortyfikowane okręgi murów obronnych odgradzają od siebie poszczególne Nieba. Im niższe Niebo, tym pośledniejsze klasą anioły je zamieszkują. W Pierwszym skupiają się przede wszystkim skromne domy i kwatery aniołów służebnych, stojących najniżej w hierarchii. W Drugim znajdują się zorganizowane na kształt zakonów wojskowych siedziby aniołów stróżów, oraz koszary Zastępów. W Trzecim mieści się raj dla ludzi i w ogóle zaświaty stworzone dla mieszkańców Ziemi. Mieszkają tu także urzędnicy niższego i średniego szczebla. Czwarte Niebo zajmują urzędy i gmachy użyteczności publicznej. Jest to też siedziba urzędników wysokiego szczebla oraz aniołów z chórów Cnót i Potęg. Powyżej Czwartego Nieba znajdują się dziedziny niedostępne dla prostych aniołów, gdzie mają prawo wstępu jedynie Świetliści. W Piątym mieszkają Księstwa, Panowania i Trony. Szóste to dzielnica pałaców i willi prywatnych. Tu mają swoje posesje archaniołowie, tu stoją prywatne pałace Gabriela, Razjela, Daimona i pozostałych przyjaciół bohaterów powieści. W Szóstym Niebie znajdują się też posiadłości Pistis Sophii. Również tu rozciąga się najpiękniejsza dzielnica Królestwa, Hajot Hakados. W Siódmym Niebie, pośrodku, stoi Pałac Pański. To najświętsza dziedzina Królestwa. Siedziba Cherubinów i Serafinów. Przypomina ogromny, cudowny ogród. Oczywiście, schemat ten jest bardzo skrócony i nie obejmuje bardzo wielu aspektów działalności Królestwa, niemniej daje o nim jakieś pojęcie.

Księga Razjela – w tradycji rabinackiej tajemna księga, która zawiera całą mądrość ziemską i niebiańską. Legenda przypisuje jej autorstwo archaniołowi Razjelowi. W rzeczywistości prawdopodobnie autorem dzieła był któryś z dwóch kabalistów żydowskich, Izaak Ślepy lub Eleazar z Wormacji. Według legendy księga trafiła w ręce Adama, potem Henocha i Noego. Ponoć jej Salomon zawdzięczał swą niezwykłą mądrość. Nie wiadomo co stało się z tym bezcennym dziełem po śmierci Salomona. W powieści przyjmuję, że powróciło do swego twórcy, Razjela.

Ksopgiel – wódz aniołów szału.

Limbo – w „Boskiej Komedii" Dantego nazwa przedpiekla. W *Siewcy Wiatru* rodzaj podgrodzia, ziemi niczyjej otaczającej strefę graniczną między Królestwem a Głębią.

Lucyfer – „Niosący światło", potocznie władca piekieł, pierwszy zbuntowany anioł. Ponoć niesłusznie oskarżony o nieposłuszeństwo wobec Boga, na skutek błędnego odczytania fragmentu biblijnej Księgi Izajasza. W okultyzmie Lucyfer jest cesarzem państwa piekielnego. Przed upadkiem należał do chóru cherubinów. U mnie jest byłym archaniołem, niegdyś kumplem →Michała i →Gabriela.

Magia – liczne księgi i traktaty magiczne odwołują się do mocy i imion anielskich, mają dopomóc w ujarzmieniu i zmuszeniu do służby aniołów i demonów; boskie i piekielne istoty miały uczyć ludzi zarówno białej jak i czarnej magii, dlaczego więc same nie miałyby jej używać?

Manna – „chleb anielski", który, jak czytamy w Biblii, wykarmił Izraelitów na pustyni, musi być zapewne podstawą wyżywienia mieszkańców niebios. Jadał ją z powodzeniem również prorok Eliasz. W powieści występuje więc w wersji plebejskiej, jako wojskowe racje żywnościowe, ale również wykwintnej, na przyjęciu urządzonym przez →Gabriela.

Mastema – anioł zła i zniszczenia, oskarżyciel i kusiciel. Jego imię wspominane jest w esseńskich rękopisach z Qumran oraz różnych apokryfach starotestamentowych. W powieści →Jaldabaot przyjmuje miano Mastemy niejako symbolicznie, bo anioł ten, mimo pełnionych funkcji, uchodzi za wiernego sługę Boga.

Merkawot – „rydwany", przyrównywane do świętych sefirot. Aniołowie pełniący straż przy Tronie Chwały. Jest ich zaledwie siedmiu, odpowiadają siedmiu niebom. O rydwanach wspomina też Psalm 68, podając ich liczbę w dziesiątkach tysięcy. W tradycji żydowskiej, zwane też *ofanim* – „święte koła", tworzą osobny chór. W powieści pojawiają się jako jednostka bojowa, będąca skrzyżowaniem starożytnych rydwanów bliskowschodnich i formacji szturmowej w rodzaju lekkich czołgów lub ciężkich wozów bojowych i podobnie jak →chajot stanowią połączenie istot żywych i machin bojowych. W naszym świecie armia Izraela nazwała merkava opracowany u nich typ czołgu podstawowego.

Metatron – „Przyjaciel Boga", tradycyjnie najwyższy rangą anioł w hierarchii niebiańskiej. Król Aniołów,

Książę Bożego Oblicza, Wielki Kanclerz Nieba, Anioł Przymierza, Opiekun Ludzkości. Niebiański skryba. Według słowiańskiej „Księgi Henocha" ma siedemdziesiąt dwa skrzydła, płomienne ciało całe pokryte oczami i ogniste spojrzenie. Jest wyższy rangą od →Michała i →Gabriela. Ponoć to on walczył w Penuel z Jakubem i on powstrzymał Abrahama przed złożeniem w ofierze Izaaka.

Literatura okultystyczna przydała mu brata bliźniaka imieniem →Sandalfon.

MICHAŁ – „Kto jest jak Bóg", archanioł, tytularny serafin, niegdyś bóstwo chaldejskie, w tradycji biblijnej, chrześcijańskiej, muzułmańskiej i żydowskiej jeden z najpotężniejszych aniołów. Występuje jako anioł skruchy, sprawiedliwości i miłosierdzia. Według „Apokalipsy św. Jana" Michał pełni funkcję wodza zastępów. W wierzeniach islamskich nosi imię Mika'il, ma szmaragdowe skrzydła i szafranowe włosy. W katolicyzmie jest patronem policjantów.

MITEASZ – postać fikcyjna.

NIEBA – w powieści siedem dzielnic, ułożonych w koncentryczne kręgi otoczone wewnętrznymi murami, na które podzielone jest Królestwo. Najniższe i najbiedniejsze Pierwsze Niebo sąsiaduje bezpośrednio z Limbo.

NISROCH – „Wielki orzeł", niegdyś bóstwo asyryjskie. Według części źródeł anioł chóru Księstw, w tradycji okultystycznej demon, szef kuchni w Domu Książąt.

Nitael – według kabalistów były anioł chóru Księstw. Według niektórych źródeł nadal mieszka w niebiosach.

Och – władca dwudziestu ośmiu ze stu dziewięćdziesięciu sześciu prowincji olimpijskich, na które podzielone jest niebo, u okultystów anioł Słońca. Interesuje się mineralogią i alchemią.

Parasim – niebiańska kawaleria, chór aniołów – jeźdźców należących do chóru aniołów pieśni pochwalnych. Według „Księgi Henocha" wodzem tego chóru jest Tagas bądź Radueriel. W powieści występują w roli jazdy.

Piołun – w „Apokalipsie św. Jana" gwiazda, która spadła, gdy zatrąbił anioł trzeci. Z uwagi na apokaliptyczne pochodzenie doskonale nadawał się na imię dla rumaka Daimona Freya.

Pismo – według kabalistów aniołowie posługują się własnym alfabetem, pokrewnym alfabetom hebrajskim i aramejskim. Istnieją różne wersje tego pisma, na przykład „niebiańskie", „królewskie" czy „rozstąpionych wód". Pisarze zapisujący ludzkie uczynki, niebiańscy skrybowie i kanceliści, tworzą w wierzeniach hebrajskich osobny, wysoki rangą chór.

Pistis Sophia – według nauki gnostyków potężny eon żeński, personifikacja Mądrości Bożej. Legenda głosi, że to ona wysłała do raju węża, który skusił Adama i Ewę. W *Siewcy Wiatru* Pistis Sophia włada wszystkimi żeńskimi aniołami, a jej dwór jest zorganizowany na wzór bizantyńskiego.

Pieniądze – nigdzie nie znalazłam wzmianek o pieniądzach anielskich lub diabelskich używanych lub bitych w niebie czy w piekle. W *Siewcy Wiatru* bohaterowie posługują się pieniędzmi kruszcowymi, bitymi na wzór starożytny przez różnych wysoko postawionych możnych, bogate miasta kupieckie, królestwa ze Stref Poza Czasem itp. Mogą się pojawiać oficjalne pieniądze Królestwa lub Głębi, jak na przykład złote denary niebiańskie lub głębiańskie talary, ale współistnieją z szeklami lucyferiańskimi, które są właściwie oficjalną walutą Otchłani, drachmami →Asmodeusza czy koronami regenta Królestwa bitymi przez →Gabriela. Zastępy pobierają żołd w srebrnych soldach marsowych, sygnowanych przez →Falega. Wartość pieniądza zależy od jakości i ilości kruszcu, a także od pozycji emisjonariusza. Szekle lub drachmy bite przez władców Stref Poza Czasem zawsze będą stały niżej od koron Gabriela czy szekli lucyferiańskich.

Płeć – niekończące się dywagacje na temat płci aniołów trwają do dziś. Wiele wskazuje na to, że biblijni aniołowie byli zdecydowanie płci męskiej. W tradycji hebrajskiej, a szczególnie arabskiej pojawiają się również aniołowie żeńscy. Przeświadczenie o całkowitej bezpłciowości, a nawet bezcielesności aniołów wprowadzili do angelologii Grecy, pod wpływem filozofii platońskiej. W powieści wolę się jednak trzymać wcześniejszych tradycji i pozwoliłam aniołom zachować dwie odrębne płci.

Prowincje – według „De Magia Veretum", szesnastowiecznej księgi magii rytualnej, istnieje 196 prowincji zwanych olimpijskimi, na które podzielony jest wszechświat. Rządzą nimi duchy olimpijskie, potężni aniołowie. U mnie prowincje są raczej lennymi ziemiami Królestwa, przytykającymi bezpośrednio do siedmiu kolejnych Nieb.

Rafał – „Bóg uzdrawia" – anioł uzdrowień, pochodzenia chaldejskiego. Pojawia się w „Księdze Tobiasza", etiopskiej „Księdze Enocha" i esseńskiej „Regule Wojny". Jest aniołem Oblicza Bożego, według tradycji zasadził rajski ogród. W niebie pełni wiele funkcji, jest gubernatorem Południa, Strażnikiem Zachodu, nadzorcą wieczornych wiatrów, stróżem Drzewa Życia, aniołem radości, miłości i światłości, patronem podróżnych, ale przede wszystkim zajmuje się uzdrowieniami. Według legendy podarował Salomonowi magiczny pierścień, który obdarzał mądrością i dawał władzę nad demonami.

Raguel – archanioł „dokonujący zemsty na dostojnikach niebiańskich", czyli wykonawca wyroków niebiańskiego sądu. Ponieważ kult Raguela zagrażał kultowi świętych i zaczynał zakrawać na bałwochwalstwo, w 745 roku synod rzymski wyklął tego archanioła i ogłosił demonem. W *Siewcy Wiatru* pozwoliłam sobie wymyślić pewnego rodzaju intrygę, bazując na wydarzeniach historycznych i legendarnych. Otóż za wydaleniem Raguela z Nieba stoi Gabriel, który jako Anioł Zemsty nie mógł mu darować, że ten, pełniąc obowiązki egzekutora, ośmielił się wyrzucić go z Nieba, kiedy Archanioł Objawień został skazany na wygnanie za „niedokładne wypełnienie Boskiego polecenia". Przez dwadzieścia jeden dni Gabriela zastępował →Dubiel, Anioł Persji, z którym Gabryś po powrocie też ma poważnie na pieńku. Przytaczam tę historyjkę, żeby pokazać, na czym, mniej więcej, polegała praca nad powieścią.

RAM IZAD – według mitologii staroperskiej anioł, który wykonuje płatne usługi.

RAZJEL – „Tajemnica Boga", Archanioł Tajemnic, autor legendarnej „Księgi Razjela", która zawiera całą „mądrość ziemską i niebiańską". Razjel ofiarował księgę Adamowi, później przechodziła z rąk do rąk, trafiając do Henocha, Noego i Salomona. Wielokrotnie usiłowano ukraść bezcenne dzieło, kilka razy próbowali się tego dopuścić aniołowie. Nie wiadomo, co się stało potem z Księgą. W *Siewcy Wiatru* powróciła z powrotem do Razjela.

RUMAKI – według tradycji angelologicznej aniołowie poruszający się po wytyczonych na niebie szlakach, często konno. Istnieje chór →parasim, aniołów jeźdźców, o konnych anielskich wojownikach wspomina „Apokalipsa św. Jana". Według legendy arabskiej, pył ze śladów kopyt siwego rumaka →Gabriela ożywił posąg złotego cielca. W powieści konie należą do boskich zwierząt i są powszechne w armii.

SAMAEL – „Trucizna Boga", demon, który czasem w legendach żydowskich występuje jako dobry anioł.

W literaturze rabinackiej Samael bywa utożsamiany z wężem, który skusił Ewę. Ponoć uwiódł ją potem i został ojcem Kaina. W powieści →Michał wyrzucił go z Nieba, gdy Samael wrobił →Lucyfera w bunt przeciw Panu, doprowadził do wojny w Niebie, następnie narozrabiał, co mógł w Głębi, skąd został wreszcie wyrzucony edyktem Lucyfera. Błąka się teraz po Ziemi i Strefach Poza Czasem, prowadząc życie hulaki i włóczęgi.

Sandalfon – brat bliźniak →Metatrona, jeden z książąt Sarim.

Sądownictwo – Irin i Kadiszin, czyli „czuwający" i „święci", aniołowie, którzy pospołu tworzą niebiański Sąd Najwyższy, zwany Bet Din. Są nader potężni, rangą i pozycją przewyższają samego →Metatrona. Według „Apokalipsy Mojżesza", prawodawca ujrzał w szóstym niebie Irin i Kadiszin. Kadiszin mają ciała uczynione z gradu i są niezwykle wysocy. Wyroki niebiańskiego sądu wykonywał przed wygnaniem →Raguel.

Serafini – najwyższy chór aniołów. Serafini otaczają Biały Tron, nieustannie śpiewając na chwałę Panu. Według słowiańskiej „Księgi Henocha" serafini mają sześć skrzydeł i cztery twarze. Według „Apokalipsy Mojżesza" ryczą straszliwie jak lwy. Tomasz Akwinata nazywa ich „przyjaciółmi Boga". Serafini są aniołami światłości i ognia. Ich nazwa oznacza „płonący".

Sfery (Strefy) Poza Czasem – wymyślone na potrzeby powieści krainy rozciągające się za Rzeką Czasu, ograniczone Praoceanem, sąsiadujące bezpośrednio z Limbo. Miejsce zamieszkania dżinnów, duchów żywiołów, geniuszy i istot mitologicznych.

Sikiel – według „Sefer Jecira" Anioł wiatru Sirocco.

Soked Hezi – jeden z aniołów ustanowionych nad Mieczem, książę Merkawy. W powieści tytularny władca Aniołów Miecza.

Trony – klasa aniołów, stanowią trzeci z kolei chór za Serafinami i Cherubinami. W powieści są jednocześnie żywymi aniołami i machinami bojowymi, w które potrafią się przeistaczać w razie wojny. Składają się z ognistej materii i pojawiają jako kule złożone z płomieni.

Tubiel – wódz Aniołów Lata. Przyzwany odpowiednim zaklęciem potrafi sprawić, że małe ptaszki wracają do swoich właścicieli.

Uriel – archanioł, serafin lub cherubin, regent Słońca, anioł Obecności Bożej. Wysoki rangą dostojnik niebiański. Ponoć osuszył Morze Czerwone, pozwalając przejść Izraelitom. Opowiadają o nim liczne legendy oraz wiele tekstów źródłowych. Pojawia się między innymi w „czwartej księdze Ezdrasza", apokryficznym „Życiu Adama i Ewy", etiopskiej „Księdze Henocha", esseńskiej „Regule Zrzeszenia" czy księdze Zohar. John Dee twierdził, że otrzymał od Uriela cudowne zwierciadło. Z powodu zbyt silnego kultu otaczającego tego anioła, Uriel został potępiony przez papieża Zachariasza w 745 roku w czasie synodu rzymskiego i stał się demonem. Jednak w tradycji ludowej wciąż pozostaje „świętym archaniołem".

Uzjel – wysoki rangą anioł w tradycji rabinackiej. Rządzi czterema wiatrami. W kabalistyce Uzjel należy do aniołów, którzy weszli w grzeszne związki z Ziemiankami i mieli z nimi potomstwo. W legendach i w „Raju utraconym" Miltona jest bezpośrednim podwładnym → Gabriela. W *Siewcy Wiatru* zachowuje stanowisko adiutanta archanioła, jest też ojcem spłodzonej z ziemską kobietą półanielicy imieniem →Hija, którą →Gabriel, → Razjel i →Michał ukrywają przed innymi dostojnikami Królestwa.

Zastępy – określenie ogółu aniołów. W powieści funkcjonuje także jako określenie regularnej armii Królestwa, dowodzonej przez →Michała.

Zofiel – „Szpieg Boży", władca planety Saturn, według legendy doradca Noego. Pojawia się w księdze Zohar, a także okultystycznych zaklęciach salomonowych. W powieści Zofiel występuje jako agent wywiadu Królestwa.

Żeńscy aniołowie – pojawiają się w tradycjach żydowskiego okultyzmu, w tekstach gnostyckich i często legendach arabskich, gdzie nosiły nazwę „Benad hasze", córki Boga. Prawodawca Mojżesz także widział w niebie żeńskich aniołów. W biblijnej „Księdze Zachariasza" prorok widzi unoszące się w powietrzu kobiety o skrzydłach

„niby bocianie". Niektóre anielice wymieniane są w źródłach z imienia, jak Szechina, Pistis Sophia, Barbelo, Bat Kol, Drop, Derdekea, Plesitea, czy Rachel. W legendach pojawiają się cztery odrębne chóry anielic, którymi zawiadują cztery matriarchinie. Pozostawiam tę strukturę w powieści, dodając Pistis Sophię jako zwierzchniczkę wszystkich czterech chórów. Emanuel Swedenborg, osiemnastowieczny uczony i mistyk, który twierdził, że wielokrotnie odwiedzał niebo, nie miał wątpliwości co do istnienia żeńskich aniołów, utrzymywał też, że aniołowie są bardzo podobni do ludzi, mogą zawierać związki małżeńskie i posiadać na własność domy, czy nawet wille otoczone ogrodami. Nie jestem więc tak bardzo odosobniona w mojej wizji skrzydlatych istot przedstawionej w *Siewcy Wiatru*, choć na szczęście ma ona źródło w czystej fikcji literackiej i obyła się bez mistycznych doznań.

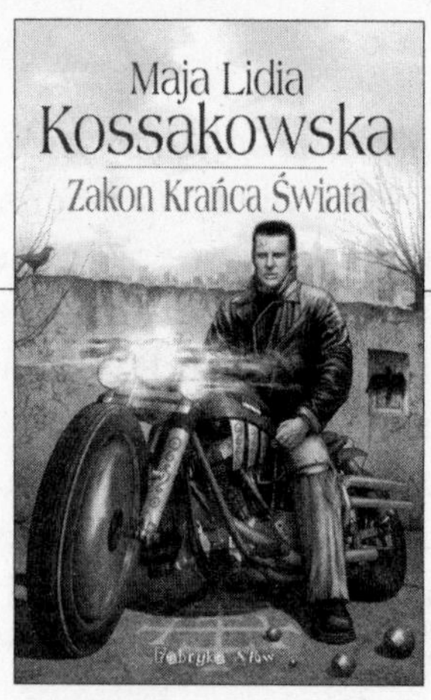

Maja Lidia Kossakowska

Zakon Krańca Świata – tom 1

Lars Bergeson jest Grabieżcą u szczytu sławy i możliwości, swobodnie poruszającym się między wymiarami i jednym z ostatnich wychowanków gildii. Nieustannie sprzyja mu szczęście – aż do spotkania z tajemniczą Miriam, dziewczyną o wielkim talencie do podróży i pakowania się w kłopoty. Ratując ją, staje się wrogiem wielu potężnych i mściwych osób. Lars może mieć tylko nadzieję, że więcej jej nie zobaczy.

Złośliwy los ciągle jednak krzyżuje ich ścieżki. Ale od tego nie może zależeć przyszłość świata...

Otóż może. I zależy. Czy świat zobaczy swój drugi koniec?

ISBN 978-83-89011-62-6

Maja Lidia Kossakowska

Zakon Krańca Świata – tom 2

Tym razem szczęście opuszcza Berga, a życie dość mocno komplikuje się przez tajemnicze Drzewo, które go wzywa. I jest jeszcze Zakon Krańca Świata... Bohater staje się marionetką w sieci mocy, której nie potrafi ogarnąć umysłem, a prawda, która czeka na krańcu świata, jest porażająca...

W poszukiwaniu Zakonu, Berg spotka różne charaktery, najczęściej te urodzone pod ciemną gwiazdą. Chyba nikt nie chciałby, jak Lars, stanąć na drodze morderczej ćmie, której śmiercionośne skrzydła zakończone kolczastymi ostrzami zmieniają ludzkie ciało w poszatkowane mięso... Na szczęście w tym mrocznym i postapokaliptycznym świecie, pojawi się też odrobina dobra.

ISBN 978-83-60505-02-1

Maja Lidia Kossakowska

Więzy Krwi

Autorka prezentuje przewrotne pomysły fabularne i świat, który nie jest piękną krainą magii, ale często smutną i demoniczną rzeczywistością. Tu nic nie istnieje bez powodu: pojawienie się zwykłej muchy ma sens, choć bohater jednego z opowiadań wolałby owej muchy nigdy nie zobaczyć, widmowy demon grasujący w dżungli wyciąga mordercze ręce po kolejną ofiarę, a zwykłe zakupy mogą urosnąć do rangi święta. Ba, pojawiają się nawet Zakony Handlowe, a wierni urządzają coroczne pielgrzymki do świątyń handlowych! Zapach rdzy, wanilii i gorzkich migdałów zwiastuje natomiast pojawienie się Anioła Śmierci.

Wśród opowiadań jest też mikropowieść. Autorka kreuje w niej świat po drugiej stronie lustra, którym rządzi Lud Luster, prowadzone są niejasne interesy, a w powietrzu czuć zapach krwi i zemsty.

ISBN 978-83-60505-05-2